Ficha Catalográfica

(Preparada na Editora)

Ruiz, André Luiz de Andrade, 1962-

R884s   Sob as Mãos da Misericórdia / André Luiz de Andrade Ruiz / Lucius (Espírito). Araras, SP, 4ª edição, IDE, 2008.

512 p.

ISBN 85-7341-338-7

1. Romance 2. Cristianismo 3. Roma/História 4. Espiritismo 5. Psicografia I. Título.

CDD-869.935
-202
-933
-133.9
-133.91

Índices para catálogo sistemático:
1. Romances: Século 21: Literatura brasileira 869.935
2. Cristianismo do século I 202
3. Roma: História antiga 933
4. Espiritismo 133.9
5. Psicografia: Espiritismo 133.91

Volume 3 da Trilogia

SOB AS MÃOS DA MISERICÓRDIA

ISBN 85-7341-338-7
4ª edição – abril/2008
7ª reimpressão – fevereiro/2023

Copyright © 2005,
Instituto de Dif)usão Espírita - IDE

Conselho Editorial:
Doralice Scanavini Volk
Wilson Frungilo Júnior

Coordenação:
Jairo Lorenzeti

Capa:
César França de Oliveira

Ilustração da capa:
"Sob as Mãos da Misericórdia" - *Salvador Dali*

Pintura mediúnica realizada na Sociedade Beneficente Bezerra de Menezes, Campinas-SP, em setembro de 2005.

Diagramação:
Maria Isabel Estéfano Rissi

Os direitos autorais desta obra pertencem ao INSTITUTO DE DIFUSÃO ESPÍRITA, por doação absolutamente gratuita do médium "André Luiz de Andrade Ruiz".

Parceiro de distribuição:
Instituto Beneficente Boa Nova
Fone: (17) 3531-4444
www.boanova.net
boanova@boanova.net

INSTITUTO DE DIFUSÃO ESPÍRITA - IDE
Av. Otto Barreto, 967
CEP 13602-060 - Araras/SP - Brasil
Fone (19) 3543-2400
CNPJ 44.220.101/0001-43
Inscrição Estadual 182.010.405.118
www.ideeditora.com.br
editorial@ideeditora.com.br

Todos os direitos reservados. Nenhuma parte desta publicação pode ser reproduzida, armazenada ou transmitida, total ou parcialmente, por quaisquer métodos ou processos, sem autorização do detentor do copyright.

Volume 3 da Trilogia

SOB AS MÃOS DA MISERICÓRDIA

romance do Espírito LUCIUS
pelo médium
ANDRÉ LUIZ RUIZ

ide

Sumário

1 - Relembrando a história 9
2 - Médico para os enfermos 13
3 - Cláudio Rufus e o "Grande Imperador" 22
4 - No dia seguinte 28
5 - O primeiro encontro 34
6 - A aproximação 45
7 - A resposta de Décio 55
8 - O novo trabalho e novas alegrias 68
9 - O ponto de vista de Marcus 79
10 - Confissões no trabalho 89
11 - A história de Décio 101
12 - A passagem do tempo 112
13 - Forças negativas e sentimentos viciados 123
14 - Os planos do bem e as armadilhas do mal 139
15 - A ação das trevas e a resposta do amor 150
16 - Amar os inimigos 163
17 - Vendo o hoje, lembrando o ontem, e prevendo o amanhã 174
18 - O destino de Décio 187
19 - Todos para seus destinos 200
20 - Tristes realidades 220
21 - As forças do bem 232
22 - Jornada que prossegue 247
23 - Um novo começo para todos 261
24 - Enquanto isso, em Roma... 272
25 - A ajuda espiritual durante o sono 288

26 -	Colheita	301
27 -	Desdobramentos	316
28 -	As revelações de Tito	323
29 -	O julgamento de Marcus	337
30 -	Seguindo para frente	349
31 -	Resgates necessários	363
32 -	Surpresas difíceis	373
33 -	A viagem e a busca	390
34 -	Conselhos e despedidas	401
35 -	Testemunhos individuais	411
36 -	Finalmente, o reencontro	426
37 -	O regresso	443
38 -	Cuidados espirituais	460
39 -	Compreendendo os planos de Jesus	472
40 -	Sob as Mãos da Misericórdia	486

1

Relembrando a História

A fim de que o leitor querido possa se recordar dos lances principais que se acham desenvolvidos nos livros anteriores "O Amor Jamais Te Esquece" e "A Força da Bondade", este relato dá continuidade aos processos evolutivos dos espíritos Pilatos, Fúlvia, Lucílio, Lívia, Cléofas, Simeão, cujas vidas se entrelaçaram, no primeiro romance, ao Cristianismo nascente.

Graças ao pedido de Jesus, Zacarias assumira a tarefa de amparar o governador Pilatos em todos os lances de sua caminhada, depois da crucificação do Justo, a fim de que aquele importante governante romano pudesse se sentir auxiliado nas provas difíceis que teria de enfrentar.

Empenhado no cumprimento dessa missão espiritual a que fora conduzido pela solicitação do próprio Cristo, em pessoa, Zacarias entregou tudo o que tinha e não mediu esforços para que o governador se visse atendido nas mínimas necessidades, fossem elas materiais, fossem elas da alma decaída e frágil, terminando por ingerir a bebida venenosa que, por ordem de Fúlvia, a cunhada e ardilosa amante do governador, havia sido enviada através de Sávio, para ser ministrada a Pilatos.

Com a morte de Zacarias, o protetor e amigo incondicional, o governador exilado e preso na antiga guarnição viu-se pressionado pelos romanos que ali serviam, e pela consciência culpada, a dar fim à própria vida, no ato funesto de transpassar o ventre com a espada que lhe fora oferecida pelos envergonhados oficiais daquele posto militar, que o consideravam indigno e não aceitavam tê-lo ali, em desgraça.

O tempo passou e no "A Força da Bondade" pudemos observar

as consequências nocivas para o espírito que se permite arrastar pelas estradas tenebrosas do mal, da intriga e das condutas mundanas, conhecendo as tristes condições do desencarne de Fúlvia, a confessar seus crimes medonhos ao coração filial de seu genro Emiliano, bem como acompanharmos o seu sofrimento e desequilíbrio no plano espiritual, onde já se encontrava Pilatos, suicida, e o outro amante Sulpício, transformado em dirigente de entidades perturbadoras que tomou a seu cargo a guarda do ex-governador desencarnado e, agora, da antiga amante desenfaixada da carne, mantendo a ambos encarcerados em subterrâneo cavernoso nas furnas umbralinas.

Ao lado desse estado de maldade ignorante, observamos o esforço do grupo de seguidores de Jesus que, do Alto, vítimas que foram dos abusos e violências cometidas em nome do Império Romano no combate à seita cristã, haviam se unido para buscar resgatar os próprios algozes e preparar-lhes o regresso ao mundo físico, em futura reencarnação.

Assim, encontramos Lívia e Zacarias, Cléofas e Simeão a amparar a recuperação de Sávio, Pilatos, Fúlvia, Sulpício e Aurélia, ao mesmo tempo em que amparam com energias e intuições elevadas o esforço generoso do centurião Lucílio, reencarnado no mundo ao lado dessas personagens, na figura do romano Licínio, braço direito do irresponsável e dissipador Marcus, marido de Druzila e amante de Serápis, as mesmas Aurélia e Fúlvia renascidas, agora como dona e empregada da mansão, respectivamente.

Reunidos no cenário do mundo pelos compromissos assumidos nos mesmos erros, Marcus, Druzila e Serápis se acham envolvidos pelo conflito amoroso, pelas disputas sensuais através das quais ambas buscam se impor ao interesse de Marcus, o mesmo Sávio reencarnado.

Enquanto se perdem em condutas dissolutas, Licínio se esforça por exemplificar a virtude, no serviço humilde e devotado que presta à casa faustosa de Marcus, seu amigo desde a infância. Ao lado dos desmandos e disputas mesquinhas, encontraremos esse espírito que renasceu para ajudar os outros a se erguerem e que, por sua vez, entrega-se para salvar uma simples escrava, serva do mesmo palácio, da injustiça de ser condenada sem culpa.

E, por fim, na ausência de Marcus que viajara para longe, amparado apenas pelos seus fiéis sustentadores espirituais, Licínio/Lucílio entrega o corpo físico às chamas do poste incandescente que iluminava a noite festiva do teatro Flávio, cantando como o fizera décadas antes, ao lado de João de Cléofas, no circo Máximo.

Ao regressar a Roma, Marcus depara com o amigo, condenado ao martírio para salvar a escrava Lélia, a quem ele culpara pela morte da esposa Druzila, envenenada.

Sua amante Serápis está em trabalho de parto quando Licínio está sendo consumido pelas chamas, sob as vistas arrependidas do irresponsável amigo que vai ao local do martírio para assistir à execução de seu amigo fiel.

Voltando a casa, encontra-se surpreendido pelo nascimento de dois filhos homens, como ele sempre desejara, que virão a servir de meio-irmãos à sua primeira filha Lúcia, nascida do casamento com Druzila.

Seu orgulho de varão, no entanto, como se um castigo dos Deuses o atingisse, se vê ferido pela mísera condição dos dois meninos que lhe chegam pelo ventre de sua amante Serápis.

O primeiro é cego e ao segundo faltam-lhe ambos os braços.

Ali, pelo ventre da antiga amante Fúlvia, hoje Serápis, renascem seus dois mais diretos credores, ambos igualmente endividados com a lei do Universo, Pilatos e Sulpício, filhos daquele Marcus/Sávio.

Agora, Marcus/Sávio recolherá a experiência dolorosa que poderá lhe permitir a evolução mais rápida ou ensejará que se endivide novamente.

Está viúvo e nada o impede de tomar Serápis como sua esposa. Sua filha Lúcia se encontra muito ligada à antiga serva de seu palácio, agora mãe de seus dois filhos. Sua riqueza lhe permite viver faustosamente, e a amante, agora mãe de seus filhos, é a mulher que sempre desejara.

A partir daqui, leitores queridos, depois desse breve resumo, seguirá a história para que nossas almas estejam em sintonia com a compreensão das leis espirituais e com o aprendizado tão importante para a nossa elevação diante dos desafios que nós mesmos semeamos em nosso caminho pelos atos impensados de outras épocas.

É verdade que este breve relato, sucinto e incompleto, como todo resumo acaba sendo, não fornecerá ao leitor todo o conteúdo que liga as personagens nessas etapas sucessivas de sua trajetória.

Para bem compreender todo o processo, é importante que se busque a leitura das obras anteriores a fim de delas extrair toda a riqueza de exemplos e a compreensão plena do funcionamento da engrenagem perfeita e absoluta da Justiça Divina, tanto quanto se possa entender a função da augusta Misericórdia.

Nesta obra, no entanto, o(a) leitor(a) querido(a) poderá vislumbrar que o amor continua não se esquecendo dos aflitos e que, somente com a força que a bondade verdadeira propicia, chegaremos a reunir condições de nos levantarmos perante a madrugada de nossas faltas e encarar o Sol fulgurante da Misericórdia a trazer a aurora de um horizonte de belezas e felicidades imortais, não apenas para nós, mas para todos os irmãos da Terra.

E retomaremos a empreitada a partir daquela personagem que foi apresentada em "A Força da Bondade", fora do contexto temporal daquela narrativa e sem que ali se tivesse desenvolvido a parte que lhe cabia no contexto da história, o jovem Cláudio Rufus.

Antes, porém, acompanhemos o encontro espiritual que envolveu o despertamento das milhares de entidades que haviam sido recolhidas no dia da execução de Lívia e João de Cléofas, no circo Máximo, e que estavam acolhidas em ambiente de vastas proporções, sob os cuidados de entidades generosas, tendo Abigail por centro de luz.

MÉDICO PARA OS ENFERMOS

Enquanto na Terra os homens seguiam seus caminhos, inspirados pelas idéias do Bem, no mundo invisível, onde a vida é mais dinâmica e bela no seu aspecto mais verdadeiro e profundo, seres luminosos de todos os matizes se viam atraídos para o núcleo da civilização romana, neste período do império onde floresciam valores mais elevados, ainda que mesclados a comportamentos inferiores.

O chamado ciclo dos imperadores bons estava em curso, o que não livrara o Cristianismo nascente das provas e testemunhos indispensáveis ao seu amadurecimento.

Como qualquer semente lançada ao solo, que precisa dos testes rudes da cova escura e quente, abafada e sufocante, no esforço para romper seu casulo e deitar raízes mais fundas, antes de lançar-se à luz do dia e erguer-se para o céu, o Cristianismo não podia deixar de enfrentar tais desafios que o preparariam para levantar-se sobre o céu moral da humanidade, enraizado nos exemplos de dor, renúncia e coragem que seriam a sustentação de todo o edifício da fé.

Doutrina de transformação íntima por excelência, aqueles que o professassem eram convocados a demonstrar o grau de sua assimilação pela capacidade de renunciar às coisas superficiais, fazendo ver aos antigos padrões religiosos, que o Cristo representava uma força mais elevada do que qualquer filosofia ou crença de seu tempo, modelando o caráter dos seus adeptos na sinceridade convicta e na alegria ante o sacrifício, fosse ele qual fosse.

Espalhavam-se sobre as diversas regiões planetárias, contingentes de espíritos reencarnados com o propósito de serem levados a este teste, superando a si mesmos, outrora endividados em condutas espúrias e, agora, candidatados à vitória sobre suas fraquezas.

Tratava-se de antigos religiosos de inúmeras religiões ancestrais, falidos nas lutas contra os interesses mesquinhos da riqueza e do poder, arrependidos por terem conduzido a multidão que os seguia ao charco da ignorância onde melhor poderiam usurpar-lhes os bens e aproveitarem-se de suas desgraças.

Entre eles estavam entidades que necessitavam dar um ponto final ao ciclo evolutivo que lhes era próprio, já tendo conquistado muitas virtudes, mas lhes faltando, ainda, a do supremo sacrifício da própria vida em favor dos semelhantes.

Outros se viam convocados à caravana fecunda dos mártires do Cristianismo porque possuíam débitos imensos, acumulados ao longo de inúmeros séculos de tragédias semeadas nas estradas humanas, nódoa inapagável na consciência da alma a não ser pela disposição de receber em si parte das dores que espalhou, só que, desta vez, sem revolta, porque a serviço de uma causa transcendente, a da pavimentação da estrada que Jesus houvera traçado, de horizonte a horizonte, no panorama da vida.

Por esse motivo, como candidatos a esse testemunho, como já vimos na história anterior – "A Força da Bondade" – milhares de espíritos haviam sido recolhidos no espetáculo sangrento do circo dos martírios, e tinham sido encaminhados ao próprio despertamento através da visualização do imenso aparelho cristalino que lhes servia de tela cinematográfica, e que lhes transmitia a acolhida dos mártires cristãos pelo próprio Cristo, em outro ambiente, distante dali, recebendo o amparo de amorosas entidades.

Dessa forma, amparados por Abigail e por um grande contingente de nobres emissários espirituais, que os sustentavam com amor e desvelo, milhares de espíritos puderam visualizar por primeira vez a figura do Divino Governador Planetário, humilde e grandioso, a caminhar de um a outro dos martirizados no Circo Máximo, despertando-os em seus nichos de conforto para as belezas e alegrias espirituais do dever cumprido.

E, se naquele ambiente onde Jesus se encontrava pessoalmente, atendendo os seus fiéis seguidores, a forte emoção se impunha natural pela presença do Cristo de luz, no retirado sítio de onde a multidão de entidades perturbadoras e perturbadas, que havia sido recolhida naquele mesmo dia, assistia à cerimônia, a emoção era certamente ainda maior, porque mais dramática, devido às explosões de vergonha e arrependimento, de dor e culpa, da noção da injustiça cometida e da perda da oportunidade.

Desdobravam-se as entidades socorristas no vasto ambiente que congregava essa multidão semidesperta, de espíritos que deixaram as companhias humanas para seguir em busca de novos caminhos, a fim de que tais manifestações de choro convulsivo, de vergonha de si mesmo, de arrependimento ácido e corrosivo fossem contidas e mantidas dentro dos padrões aceitáveis para a continuidade daquele primeiro encontro com a verdade.

Enquanto isso, Abigail se mantinha em orações no centro da grande área, como um imenso teatro circular, cuja cobertura translúcida permitia aos presentes divisar a beleza dos astros cintilantes na noite escura do cosmo espiritual, mais cheia de maravilhas do que qualquer noite em qualquer quadrante da Terra.

De todos os ângulos desse ambiente, os assistentes tinham visão do que era transmitido pela imensa tela que se dividia em tantas partes quantas se fizessem indispensáveis para que os assistentes pudessem acompanhar a visão inesquecível que lhes ensinaria quais eram as diferenças profundas entre os que se mantinham fiéis ao Bem e os que se apresentassem preguiçosos, omissos, mundanos adeptos dos interesses imediatos do materialismo.

Por todos os lados escutava-se o choro de emoção, de repugnância, de nojo diante dos atos que a consciência lançava na lembrança indelével da conduta de cada um.

Transmitida sem interrupção, a figura de Jesus dominava o cenário e, na tela à sua frente, os milhares de espíritos desequilibrados que haviam sido recolhidos em Roma naquele dia do suplício de Cléofas, Lívia, Licínio e outros, podiam ver aqueles pobres cristãos condenados que tinham tombado enquanto cantavam hinos de louvor, recebidos por Ele, o Mestre Generoso.

Em questão de poucas horas, os que pareciam escória humana e material de deleite cruel da arquibancada se viam alçados à condição de eleitos do Amor, remunerados pela felicidade inconteste de sentirem as mãos espirituais daquela alma límpida e majestosa tocar-lhes a face, sorrir-lhes emocionada, chamar cada um pelo seu nome, enquanto que os que gritavam e se exaltavam nos prazeres do circo, na diversão ensandecida, na crueldade gozadora, agora estavam, poucas horas depois, reduzidos à escória da consciência dolorosa, da luta contra misérias que não podiam esconder porque elas se plasmavam ao redor de cada um deles.

Feridas surgiam ou cresciam na estrutura do perispírito, máscaras de poder e orgulho davam lugar a estruturas faciais descarnadas, mais parecidas com as próprias caveiras horripilantes. Homens de aparência musculosa e arrogante se iam mirrando como se se tornassem velhos quebradiços, arqueados e calvos, tumorosos e ossudos.

Ao contato com as próprias essências, aqueles espíritos que haviam sido recolhidos na noite da tragédia no ano 58 d. C., entre os quais se achavam entidades de ex-gladiadores como das mais necessitadas, iam saindo da inconsciência para serem defrontados com a própria realidade, a partir da qual poderiam adotar novos rumos para seus destinos.

Sem esse banho de Verdade, sem essa derrocada das ilusões e a constatação da realidade de cada um, nenhum trabalho de recuperação poderia ser levado adiante, partindo de uma ilusão ou de um desconhecimento da própria condição espiritual.

O tempo passava e, em cada momento que Jesus se dirigia aos mártires inocentes lá no local onde se encontravam, nova torrente de emoções eletrizava o imenso auditório onde os miseráveis gozadores assistiam e se transformavam.

Alguns apontavam para a tela, dando a entender que conheciam aquele que Jesus beijava, que haviam visto sua figura em algum lugar daquela Roma, que sabiam de quem se tratava. Algumas entidades identificavam espíritos conhecidos, constatando a sua nobre condição espiritual e, entre os que foram dizimados fisicamente naquela cerimônia macabra, vários mendicantes da capital imperial, cansados das humilhações e misérias, tinham sido levados ao sacrifício final, porque eram dos que escutavam a palavra de João de Cléofas no subterrâneo das catacumbas, único local onde ouviam algo que lhes produzia esperanças.

A cena era comovente e dolorosa.

Abigail, entretanto, parecendo ser a usina de energias radiantes que sustentava as energias da tela cristalina, mantinha-se impassível em elevada prece, como que conectada a outros planos, a serviço de algo superior, apresentando-se como a emissária daquele Jesus a quem amara desveladamente.

Ao longe, a cerimônia de boas-vindas aos heróis do testemunho chegara ao fim, e parecia que o momento da despedida daquele Cristo Amigo se aproximava.

E enquanto Estêvão e os demais espíritos que O cercavam tomavam a direção que lhes competia, no sentido de encaminhar os recém-chegados, por um momento pareceu que o encanto iria se desfazer, cessando as músicas melodiosas e apagando-se a tela de esperanças e lágrimas para aqueles miseráveis e desditosos espíritos insensatos.

No entanto, Abigail não se movia, como que em preces que lhe retiravam a lucidez sem privarem-na do equilíbrio e do controle da situação.

Foi então que, para surpresa de todos os espectadores daquela caravana dos desventurados, a figura augusta do Senhor voltou-se para todos eles, como se se utilizasse da Tela para transportar-se de um para outro ambiente.

Sem acreditarem no que estavam vendo, observaram que daquela estrutura cintilante que transmitia as imagens, uma forma solar tomava corpo e começara a se apresentar no meio do auditório, transfigurando-se diante de todos os presentes, na esteira de luz e de forças que Abigail sustentava, como uma estrada que ligasse as duas cerimônias: a dos felizes pelo testemunho da fé e a dos infelizes pelas defecções e culpas.

Sim, aquele ser mágico que só podia ser visto à distância pelos emocionados espectros daquele imenso teatro, agora se manifestava pessoalmente diante deles, saindo daquela tela que se transformara em uma câmara plasmática necessária para que sua manifestação em ambiente de vibrações mais densas e difíceis pudesse ser presenciada por todas aquelas criaturas despreparadas para tal espetáculo.

Como que um raio correu pela arquibancada, eletrizando os miseráveis que, nem de longe imaginavam que pudessem ser dignos de estar na presença daquele ser de quem a maioria nunca tinha ouvido falar quando se achava na Terra.

A presença imponente e a soberana simplicidade do Cristo infundiam emoção e um quase pavor na maioria dos espíritos, pavor diante de tal nobreza e elevação.

Seus modos simples não exigiam nenhuma reverência, mas não havia quem, naquele ambiente, não se obrigasse a si mesmo a prostrar-se de joelhos.

A própria Abigail, tão logo sentira a chegada do Augusto Governante de Almas, ajoelhara-se, humilde, ante a tela/câmara, circunstância esta que, por si só, propiciou que as energias que esplendiam ao seu redor se tornassem ainda mais intensas e rutilantes.

No entanto, tão logo se apresentou no meio deles, em pessoa, como que ligado diretamente ao halo de luz que se fundia em Abigail, aquele Mestre, descalço e singelo, abaixou-se e, num gesto de carinho, tomou a filha querida pelas mãos e levantou-a suavemente, acariciando-lhe o rosto com afeto espontâneo.

— Que bom, meu Senhor, que a tua presença se faz aqui entre os indignos de ti — falou a jovem, emocionada.

— Filha, como outrora, eu não vim para os sãos e sim para os enfermos. Meu regozijo é imenso pelos que venceram a morte no testemunho do amor, mas em meu coração há mais alegria quando um pecador se salva do que quando noventa e nove justos se confirmam em suas virtudes.

E entendendo sobre o que Jesus se referia, Abigail estendeu as mãos na direção dos que escutavam tudo o que se estava dizendo entre eles e, apontando-os, disse:

— Pois então, Mestre Querido, aqui estamos, a multidão dos doentes e dos pecadores, à espera do sublime médico de nossas almas.

Afastando-se dois passos da jovem que, emocionada, se mantinha firme na oferta de seus recursos para que aquele momento pudesse se eternizar no coração de todos os assistentes, Jesus se dirigiu a todos os que se achavam naquela assembléia, a maioria dos quais deixara a posição sentada para colocar-se igualmente de joelhos. Outros se prostravam no solo, escondendo o rosto cadavérico entre os braços mirrados e esqueléticos, mas todos traziam os olhos cheios de esperanças e de lágrimas.

— Filhos do meu coração — falou o Cristo, manso e firme, veludoso e trovejante – venho até vossa presença para vos garantir as felicidades do reino de Meu Pai e Nosso Pai.

Todo caminhar é feito de esforço e suor para que, ao final, se atinja uma única alegria – a da chegada ao destino pretendido.

Não imagineis, com base nos erros do passado, que para vosso futuro não existam esperanças. Não vos esqueçais nunca de que as mais fecundas e produtivas árvores são aquelas que deitaram suas raízes nas substâncias pútridas e malcheirosas, no lixo que, transformado, se torna adubo para a sua frutificação doce e abundante.

O passado é o vosso adubo, mas é o futuro que vos aguarda, nos frutos doces e numerosos do Bem que produzireis, sem exceção.

Venho vos dizer o quanto Meu Pai precisa de cada um de vós e vos pedir a ajuda para a Obra, tão carente de trabalhadores.

Vasta é a seara, a garantir trabalho e pagamento a todos os que a aceitarem, renunciando aos próprios interesses. Não tenhais mais ilusões vãs de sucessos terrenos que, como podeis constatar, foram incapazes de vos acompanhar até aqui.

A semente que Meu Pai me incumbiu de semear está lançada e a sua defesa pede soldados valorosos e capazes de aceitar o sacrifício.

Vejo em cada um de vós esse soldado de que necessito para ampliar o exército dos obreiros do Bem, não mais através das agressões da ignorância, mas do exemplo na fé e no sacrifício da própria vida.

Peço-vos o auxílio para que possamos auxiliar aos que se perderam nos caminhos. Pensai em vossos filhos, em vossas mães e pais, em vossos entes mais queridos. Eles estão privados das bênçãos que estais recebendo nesse instante porque, simplesmente, ignoram as Verdades que vos foram reveladas.

Estareis felizes escutando os gritos de dor de vossos queridos?

Podereis sorrir enquanto eles choram?

Meu amor vos acompanhará sempre e todos os que se candidatarem a ser adubo fecundo, alimentando a semente da Boa Nova, serão aquinhoados com bênçãos maiores do que o sacrifício oferecido, porquanto, na Casa do Pai, a Gratidão é a moeda do Reconhecimento e a Misericórdia é mais poderosa que a Justiça.

Aceitai meu Amor incondicional...

E dizendo isso, acompanhado por Abigail, Jesus dirigiu-se até o limite vibratório onde se iniciava a platéia, hipnotizada pela emoção e, num gesto simbólico de seu amor, dirigiu-se ao grupo dos gladiadores, os piores e mais duros espíritos que tinham aceitado partir com a caravana dos refugiados no Bem, naquele dia do martírio em Roma e, aproximando-se de um dos mais horríveis espíritos, que ali se mantinha isolado dos demais, como nos velhos tempos da Palestina junto aos miseráveis e ignorantes, colocou docemente sua mão sobre a fronte da entidade apavorada, dizendo:

– A bênção que te ofereço, meu irmão amado, é a mesma que oferecerás a todos os teus irmãos de caminhada em meu nome... e é a mesma que ofereço, neste momento, a cada um de vós – disse, erguendo a voz para que todos entendessem que era para cada um deles que Jesus também falava.

E exatamente nesse instante, o ambiente penumbroso e algo apagado daquele auditório de fantasmas disformes, iluminou-se como que por um milagre, como se mil luzes se acendessem sem saber de onde, como se o firmamento tivesse trazido todos os sorrisos estelares para observarem, do alto da cúpula fluídica, o interior daquele ambiente.

Todos se olhavam espantados, todos percebiam as novas disposições de luz daquele lugar e, quando foram buscar de onde vinham tais luminosas emanações, puderam notar que, partidas do coração do próprio Jesus, incrustavam-se no coração de todos os presentes que se mantinham ligados nas vibrações de esperança daquele momento, tornando iluminado o peito de cada um deles, pequeninos sóis que passaram a incandescer no exato instante em que Ele oferecia sua bênção a cada um dos que ali se encontravam.

A emoção atingiu o zênite.

Todos os quase vinte espíritos dos gladiadores arrependidos se prostraram em pranto convulsivo aos pés do Divino Mestre, respeitosos.

– Nós te seguiremos, Senhor... – falavam uns.

– Morreremos por ti – falavam outros.

– Nunca mais matarei ninguém – exclamava mais um.

– Juramos aceitar o sacrifício por teu Amor...

Jesus sorria, emocionado e silencioso, passando as mãos por sobre suas cabeças prostradas diante dele.

Mais alguns instantes e o Mestre retornava ao centro do que poderíamos chamar de palco.

A luz que reinava agora, no ambiente, partida do íntimo de cada espectador presente, deixava todos à mostra com suas misérias e lágrimas, mas, viva em cada coração, ela penetrava seus espíritos e os alimentava de esperanças e forças para as tarefas do porvir, quando se faria necessário que almas determinadas aceitassem as dores do testemunho para a corrigenda dos próprios erros.

E foi nesse dia que muitos se determinaram a solicitar a oportunidade de renascer na condição humílima, apagada, de escravos, de pobres andrajosos, de pessoas operárias e serviçais, com a possibilidade de vivenciarem a fé cristã até o limite do sacrifício de sua vida.

Dirigindo-se ao centro do aparelho que lhe servira de porta de chegada, depois de ter-se despedido de Abigail, Jesus deixou o ambiente sem que, contudo, a luz que iluminava os desditosos se apagasse.

E a música sublime que acompanhava todos os lances da passagem de Jesus naquele meio se tornou mais intensa, em notas de excelsa harmonia e inspiração, acabando de derrubar as mais duras barreiras íntimas dos mais sofridos espíritos ali admitidos, transformadas em uma torrente de pranto que lavava suas almas e os preparava para os horizontes do futuro.

CLÁUDIO RUFUS E O "GRANDE IMPERADOR"

Como já havíamos descrito antes em "A Força da Bondade", o jovem Cláudio Rufus era homem de confiança na administração do imperador Adriano, responsável pela supervisão das edificações públicas, encontrando-se envolvido pelos problemas intrincados da organização e reconstrução de antigo templo romano que fora anteriormente remodelado por Marcus Agripa, braço direito do imperador Augusto, que havia governado o império do ano 44 a.C. até 14 d.C.

Tratava-se do Panteón, construção portentosa e inusual ao estilo arquitetônico tradicional, cuja finalidade, na intenção do imperador que a determinara, era a de enaltecer os astros conhecidos, através dos deuses materiais que os representavam na crença dos romanos.

Era jovem robusto, sem apresentar traços de obesidade denunciadora de uma vida de regalos e facilidades.

Tinha de enfrentar uma série de problemas, administrar as contas, empregar bem os recursos, organizar os trabalhadores, afastar os curiosos, impedir os abusos, vigiar os funcionários corruptos, combater os inescrupulosos que sempre tentavam surrupiar os bens que não lhes pertenciam.

Enfim, exercia uma função pouco invejada na qual a imensa responsabilidade conflitava com as poucas vantagens que obtinha, além da satisfação de pertencer ao círculo de confiança pessoal do próprio imperador que, conforme era seu costume, estava ausente da capital naquele ano de 126 d.C.

Envolvido pelas infindáveis questões que lhe consumiam as forças físicas e mentais, Cláudio achou conveniente buscar o amparo dos deuses de sua crença romana e, tendo ido ao templo de Júpiter Capitolino, ali se deixou levar por suas preces formais e suas oferendas materiais no intuito de encontrar refrigério para o espírito cansado no amparo material dos deuses de pedra.

Como já vimos, à saída do grande núcleo da fé romana, foi cercado pela chusma de pedintes infantes que, a todos os abastados frequentadores do templo estendiam as mãos sujas e perseguiam com suas ladainhas, a esperar alguma migalha da faustosa bolsa dos endinheirados usurpadores dos cofres do Estado Romano.

Cláudio já conhecia aqueles meninos e, sempre que possível, brincava com eles, nos jogos verbais com que desafiava a inteligência sagaz dos meninos que, tão cedo, se viam obrigados a amadurecer nas ruas da grande metrópole que, um dia, os consumiria nos circos do prazer onde dava vazão à sua fome de carne humana.

Depois de haver estabelecido a conversação brincalhona com os garotos e lhes ter estendido algumas migalhas de suas moedas pequenas, ao retomar sua trajetória em direção à construção que administrava, viu-se desequilibrado por um obstáculo que se encontrava no solo, o que lhe produziu estrondosa queda, para a alegria dos garotos que, vendo a cena, mais não fizeram do que gargalhar às custas de sua vergonha.

– Ra, ra, ra – o construtor de ratoeiras tropeçou no imperador... – falou Fábio, um dos meninos conhecido de Cláudio.

– O que é isso, Fábio? – perguntou o rapaz, sem entender a referência que o menino fazia ao apontar para o chão e indicar algo a que chamara de imperador.

– Ora, Sr. Cláudio, a sua queda se deveu, exatamente, ao grande imperador que estava no seu caminho e o senhor não viu, só isso...

Vendo que não se tratava de nenhum imperador, mas, sim, de um amontoado de trapos sujos sobre o calçamento, Cláudio pensou, a princípio, que se tratava de uma brincadeira de mau gosto dos próprios garotos, a colocarem pedras envoltas em panos para que ele se desequilibrasse como acontecera momentos antes.

No entanto, logo que se levantou, pôde perceber que os trapos se moviam e entendeu que ali se encontrava um ser vivo, mais especificamente, uma criança de aproximadamente dez anos de idade, absolutamente disforme, sem rosto, já que a carne que recobria a face inferior lhe havia sido devorada pela lepra, expondo os dentes apodrecidos num sorriso macabro e assustador.

Aquele menino era o "grande imperador" a que se referiram os outros, momentos antes, porque corria a notícia de que, ao nascer, havia recebido um aglomerado sem sentido de nomes importantes dos antigos e cultuados césares romanos. Domício Nero Otávio Caio Julio César era seu nome, o que contrastava com a sua condição horripilante.

No meio das roupas infectas e malcheirosas, uma placa de madeira mal escrita trazia um pedido de ajuda, como acontecia com muitos pedintes que não apresentavam condição sequer de erguer a voz para solicitar a ajuda pelas ruas de Roma.

Indagando mais a respeito do garoto, Cláudio ficou sabendo que era trazido por uma jovem, todas as manhãs, em um carrinho de madeira, que ali o deixava e voltava mais tarde para buscá-lo, tanto quanto às moedas que houvesse recebido.

A jovem que se apresentava como sua mãe era a que, na verdade, lhe havia dado um nome tão esdrúxulo, fosse por suas ilusões de grandeza, fosse por ironizá-lo em sua miséria, a contrastar com um nome tão importante.

Naquele piso duro e frio, um ser humano de aparência asquerosa era uma mercadoria explorando a piedade dos passantes para a obtenção de algum recurso.

Essa visão impressionara Cláudio profundamente.

Depositou algumas moedas no recipiente que era destinado a tal fim e, sem conseguir pensar em outra coisa, afastou-se em direção ao Panteón, meditando nas misérias daquela alma forçada a viver naquelas condições, sem nenhuma perspectiva de crescimento e melhoria.

Da mesma forma, via-se compelido, pela sua maneira generosa de ser, a buscar alguma forma de ajudar aquele menino sofrido, cujos olhos lúcidos falavam de suas tragédias e dores.

Suas atividades frenéticas junto à construção não foram capazes de afastar de sua mente a cena dantesca daquele ser sem rosto, sem esperanças e usado como coisa para obter dinheiro.

Lembrou-se, Cláudio, de sua infância feliz na companhia de seus pais bondosos e preocupados e, por um instante, viu-se como aquele menino de dez anos atirado ao chão, à mercê de cães, garotos e homens desalmados que só não o atacavam por medo da peste que ele trazia.

Ao mesmo tempo que o feria, a lepra o defendia dos mais audaciosos e desumanos, que não tinham coragem de se aproximar dele sequer para tomar as moedas que ficavam depositadas em um recipiente que era amarrado nas roupas do menino, na altura do peito, para que ninguém ousasse furtá-las.

Cláudio não pensava em outra coisa a não ser no "grande imperador", meditando se isso não haveria de ser um prenúncio do destino, a colocar esse menino em sua trajetória logo depois que fora ao templo de Júpiter apresentar oferendas ritualísticas.

O jovem administrador das edificações de Adriano era um rapaz de seu tempo, vivendo os momentos da tradição romana, envolvendo-se com uma ou outra aventura feminina, mas, no fundo, de caráter íntegro e bom, não sendo capaz de ser indiferente, como a maioria dos romanos, às tragédias como aquela que tivera sob as suas vistas.

Ao final do trabalho, naquele dia, interessou-se em voltar ao ambiente onde deveria estar o menino naquela mesma ruela escura onde o encontrara pela manhã, mas para sua tristeza, ao chegar ali, o garoto já não estava.

– O carro imperial do grande imperador já passou para levá-lo de volta ao palácio, senhor Cláudio – falou o mesmo Fábio da manhã, que ali continuava com seus amiguinhos, espreitando algum transeunte que se animasse a depositar alguma moeda sobre Domício, buscando fazer com que mudasse de opinião e entregasse a moeda para eles, já que o aleijado não iria poder usá-la para nada.

– Você por aqui, ainda? – perguntou Cláudio, surpreso pela presença do menino.

– O senhor sabe como é... temos que aproveitar todas as oportunidades para que o nosso dia não passe sem nenhum ganho – respondeu o menino.

– Se você sabe o que estou procurando, pode me informar para onde é que levaram o "grande imperador"? – perguntou o jovem administrador.

— Ora, tão interessado assim nesse monte de lixo imperial, vai acabar produzindo ciúmes em Adriano, senhor Cláudio – respondeu, sarcástico, o jovem Fábio.

— Não seja insolente, moleque. Se você me disser mais alguma coisa a respeito, prometo que remunerarei sua informação com algo que o compense por toda uma semana de seus serviços de agarrar os ricos com suas mãos sujas.

Diante da promessa generosa, brilharam os olhos do menino.

— Bem, senhor, não sei muita coisa. Sei que a mulher traz a encomenda todos os dias, antes do Sol começar a se levantar sobre a colina e, assim que ele se põe por detrás destes prédios, começando a fazer sombra mais intensa por aqui, ela vem buscá-lo e o leva para um lugar que não conheço.

— Isso já me ajuda, Fábio. Vou lhe pagar o que prometi e quero que você, a partir de amanhã, se mantenha por perto e observe tudo sobre este menino e a mulher que o traz. Qualquer informação eu saberei valorizar e você só tem a ganhar com isso. Além do mais, quero que sua presença por aqui impeça que alguma maldade seja feita com esse garoto.

— Tá doido, home – falou Fábio, medroso. Ninguém nem se atreve a passar perto desse pestoso dos infernos.

— Eu sei disso, Fábio, mas quero que você não deixe que os cães se aproximem, que coloque um pouco de água por perto dele para que possa matar a sede se quiser, que não deixe que os meninos joguem pedras nele, etc.

— Bem, isso dá para eu fazer, mas vai custar mais caro porque os outros meninos não vão gostar que eu faça isso, já que todos os dias nós nos divertimos com o imperador.

— Está bem, eu deixarei uma moeda para cada um a fim de que o ajudem a proteger Domício, enquanto a sua mãe não está presente e, além do mais, você vai me representar por aqui, devendo me informar de tudo o que acontece com o menino, quando que a mãe o trouxe, quando que o veio buscar, onde mora, tudo isso. Está bem?

Percebendo que Cláudio falava sério e que aquela representava uma significativa vantagem material, quase que um trabalho remunerado,

Fábio, mais do que depressa, aceitou a proposta, não sem antes perguntar direto:

– Ora, senhor Cláudio, que tanto interesse por esse monte de podridão? É seu filho? Seu parente?

– Não, Fábio. Eu me lembrei de quando eu era criança, que tinha um pai e uma mãe que me amavam e não me deixavam passar por nenhum sofrimento. Você tem pernas para correr, braços para se defender, casa para voltar, sabe falar, gritar, pedir, fugir, enganar, negociar. Ele não pode fazer nada disso, Fábio. E se você fosse ele? Como se sentiria?

Vendo-se convocado a refletir mais profundamente, Fábio baixou a cabeça para pensar por um momento nas tragédias daquela vida em frangalhos e sentiu um rasgo de emoção em seu peito acostumado às traquinagens e às misérias de uma infância pobre, mas que não tinha nada de monótona, sempre lhe permitindo alguma diversão.

– Está bem, senhor Cláudio, eu farei o que está pedindo.

Despediram-se e prometeram se encontrar no dia seguinte quando Cláudio iria descobrir o paradeiro de Domício e se enfronhar mais na história de sua vida.

No dia seguinte

A noite passara rápida para aquele jovem de trinta e oito anos, que já era responsável por organizar obras tão complexas e administrar tantos problemas, principalmente agora que a edificação se encontrava na fase final. O nascer do dia já o encontrara de pé, tratando de planificar as ações que tinha pela frente no cumprimento de seus deveres.

Deixando as dependências de sua confortável moradia, o jovem funcionário de Adriano seguia até o trabalho valendo-se de veículo de transporte rápido, tracionado por forte animal e conduzido por um servo que, igualmente, lhe servia de escolta singela, dispensando as mais confortáveis e bem mais lentas liteiras, carregadas por escravos.

Procurava chegar sempre antes que todos os operários se encontrassem já em seus postos a fim de preparar as ordens e se antecipar aos problemas, o que o fazia prever melhor e planejar os passos necessários de cada etapa da obra já adiantada e em seu estado mais delicado, a saber, a conclusão da grande rotunda suspensa.

Por algumas horas Cláudio Rufus permaneceu perdido nas preocupações administrativas, sem se dar conta do tempo que passara célere.

Sentindo o estômago indicando a necessidade de alimento, deu-se conta de que o adiantado da hora pedia a ingestão de alguma coisa, o que o levou a buscar em seus aposentos de trabalho, improvisados ao redor do edifício que se reformava e ampliava e onde, geralmente, realizava os encontros com os seus auxiliares e subordinados.

Enquanto se servia de alguma fruta seca e ingeria uma significativa quantidade de hidromel, uma mistura comum da água com o produto das operosas abelhas, foi informado de que alguém o procurava com insistência.

– Quem está querendo falar comigo? – perguntou desentendido.

– É um desses ralés que deve estar acostumado a depender de suas generosas e tão conhecidas moedinhas.

– Diga que passe outra hora e que estou ocupado – respondeu Cláudio ao seu subordinado que, sem sair do lugar, devolveu-lhe a palavra, dizendo:

– Já fiz isso, meu senhor, mas o menino disse que se chama Fábio e falou que é seu "funcionário" e precisa comunicar-se urgentemente com o senhor.

Ao escutar a referência engraçada que Fábio se atribuía, na importância que encarava a tarefa que lhe havia sido conferida por Cláudio, o administrador entendeu do que se tratava e relembrou que, realmente, havia pedido informações àquele pequeno garoto de rua que certamente o buscava para lhe trazer algo que tinha ligação com o pequeno leproso.

Fazendo-se de surpreso para que o subordinado não se inteirasse do que se passava, Cláudio respondeu:

– Ah! Esses moleques sempre desejando alguma forma de se aproximar e obter alguma coisa! Bem, como estou em um momento de descanso, traga-o até aqui, Cneu, pois por esse nome eu acho que sei de quem se trata.

Não tardou muito para que o empregado Cneu lhe fizesse chegar o pequeno e esperto Fábio, sentindo-se importante por ser conduzido ao interior do imenso campo de obras, como se, realmente, passasse a ter alguma relevância na ordem do mundo.

Sua surpresa era muito grande e, por saber que não teria muito tempo ali dentro, olhava para todos os lados a fim de gravar a maior parte dos detalhes que poderia, como forma de revelá-los aos seus amigos, nas conversas através das quais exibiria a sua virtude e superioridade ante os olhares espantados e invejosos de seus outros companheiros de miséria.

– Pois então, não sabia que nosso imperador contratava como funcionários crianças de sua idade, Fábio.

— Bem – disse o menino, inteligente – depende de que imperador nós estamos falando. Se Adriano não pode remunerar meus importantes serviços, estou a seu serviço por causa do "outro".

A inteligência de Fábio era uma das agradáveis satisfações que levavam Cláudio a perder seus minutos com os meninos de rua, sempre mais vivazes e ativos que a maioria dos filhos de romanos abastados e caprichosos.

— Se você veio até aqui, em seu horário de trabalho, então, meu funcionário, espero que tenha valido a pena a informação que me traz.

— Como o senhor me pediu, quer dizer, me contratou – reforçou o menino para lembrá-lo de seu vínculo profissional – estive presente no local desde antes de o monstrinho chegar em sua carruagem.

— Não fale desse modo, Fábio, é muito sofrimento e precisamos respeitar a dor desse pequeno infeliz – falou Cláudio para educar-lhe o espírito insolente.

— Está bem, senhor Cláudio, é só um jeito de falar. Daqui a pouco o senhor vai querer que eu me vista com alguma dessas roupas de gente importante para vir até aqui e falar do monst..., quer dizer, ... "do pequeno infeliz"... como se eu fosse um senador...

— Até que a idéia da roupa melhor ou, pelo menos, mais limpa não é uma má idéia – gracejou Cláudio.

Fazendo uma careta insolente e depreciativa, Fábio continuou:

— Então, Senhor Grande Administrador da Ratoeira Gigante do Imperador Adriano César Augusto etc,etc,etc... eu estava lá naquele beco dos infernos quando a dita mãe daquele " pequeno infeliz" chegou e jogou o lixo, quer dizer, depositou sua caveira, ou ainda, posicionou o miserável no lugar.

Enroscando-se na tentativa de florear propositalmente as palavras pobres com que estava acostumado a se expressar, acabou por desabafar:

— Ah! Seu Cláudio, se eu tiver que ficar falando como o senhor vai gostar, vou acabar me dispensando de ser seu funcionário porque isso vai ficar muito difícil.

— Tudo bem, Fábio – respondeu Cláudio bem humorado com a revolta do menino. Fale como você conseguir e me explique o que aconteceu.

Soltando-se mais, diante da autorização do seu patrão, o menino desengasgou o que tinha a falar no seu linguajar de menino de rua.

– Então, chefe, aquela safada, que se diz mãe do monstrinho, chegou e despejou o coitado no chão como faz todos os dias. Pendurou a tabuleta e saiu rápido para não ser vista como a malandra que explora a desgraça do montinho de malcheiro.

Aí, eu fui atrás dela e andei que nem um condenado, tomando cuidado para que ela não me visse até que cheguei ao lugar onde ela vive.

E quando eu já estava pronto para sair, vi ela sair com outro carrinho e pensei: – Por Júpiter Capitolino, não é que a diaba é dona de uma transportadora...?!

E nesse carrinho tinha mais duas crianças que ela carregava, enquanto uma menina maiorzinha ia com ela puxada pela mão, ajudando a carregar uns pacotinhos.

Sentindo-se atraído pelo relato de Fábio, Cláudio se intrigava com aquela situação inusitada em que uma mulher, razoavelmente jovem, se via envolvida com tantas crianças.

– E aí, Fábio, o que aconteceu? – perguntou o administrador, curioso.

– Aí que eu segui eles até perto de uns palácios muito bonitos e vi que a mulher escondeu o carrinho em algum lugar e sentou-se no chão com os meninos.

– E ficou pedindo esmola também? – indagou o ouvinte do relato.

– É, eu acho que é mais ou menos isso. Mas o que é mais interessante é que essa vagab...

– Fábio, olha o palavreado – interrompeu Cláudio falando sério.

– Desculpe, senhor Cláudio. O interessante é que eu acho que "essa jovem de costumes degradados" – melhorou? – deve ter uma fabriquinha de desgraçados.

– Por que, Fábio?

– Ora, porque os dois pequenos são outros dois diabos de feio e tortos, parecendo mais com o cão dos infernos do que com gente. Um deles nunca abre os olhos e chora muito, enquanto o outro não tem os dois braços.

E meio preocupado com o seu destino, Fabio perguntou a Cláudio, apreensivo:

— Será que o senhor não me mandou espionar uma dessas bruxas velhas que usam uma poção para ficar parecendo mocinha e que, dentro de sua casa fica cortando os braços e tirando os olhos de crianças para usá-las como pedintes?

— É, quem sabe não é isso! — exclamou Cláudio percebendo o medo do menino.

— E se ela me perceber e, vendo que eu sou criança, desejar fazer alguma coisa comigo também? Roma está cheia de gente perigosa que fabrica veneno, faz mágicas de matar qualquer um...

— Essas mágicas só pegam em crianças de sua idade se elas forem "funcionários" de alguém... — respondeu Cláudio brincando com o pavor do garoto.

Percebendo que o seu chefe estava amedrontando-o de propósito, Fábio respondeu certeiro:

— Eu não sei se isso é verdade ou não é. Só sei que quando o senhor me mandou fazer esse serviço, não disse que iria ser tão arriscado assim e que eu poderia acordar algum dia desses sem as pernas ou sem a língua por causa do feitiço de uma bruxa. E se é assim, o que o senhor me prometeu é muito pouco para o risco que estou correndo — falou Fábio, chegando ao ponto onde a brincadeira macabra de Cláudio o tinha permitido chegar.

— Já entendi, seu safado, está querendo me esfolar com essa conversa de aleijado e bruxa só para valorizar seu serviço...

— Não, seu Cláudio, é verdade. A mulher tem parceria com algum desses deuses infernais, porque não é possível ter tanto desgraçado a seu serviço. Meu risco é verdadeiro, posso mostrar para o senhor.

— Está bem. Quando você me levar para ver onde ela vive eu aumentarei seu pagamento pelo perigo a que você está se expondo, pelo risco do serviço — falou o jovem, beliscando a bochecha de Fábio, que sorriu de alegria ante a aprovação de seu patrão.

— Quando o senhor quiser eu o levo até a casa onde vivem. É uma casa pequena, mas parece bem arrumada. Lá, fica a bruxa e as suas crias deformadas, ajudada por uma outra mulher mais velha. A única que se salva é a pequena menina que está sempre com ela e que, ao que me pareceu, tratava os dois deformados com muito cuidado.

— Bem, Fábio, hoje, ao entardecer, venha até aqui depois que a mãe apanhar Domício no beco e nós iremos até a casa onde vivem, está bem?

— E é aí que o senhor vai pagar o meu salário já com o aumento?

Vendo que o garoto sabia negociar como gente grande, Cláudio respondeu:

— Se tudo for verdade como está dizendo, além do que estou lhe dando agora pela informação, eu lhe darei o aumento quando descobrir onde eles vivem.

E dizendo isso, estendeu ao menino um punhado de moedinhas, que representavam para ele uma pequena fortuna, diante da dificuldade de sobrevivência na mendicância naquela Roma indiferente.

Agarrando as moedas, Fábio viu que era verdade o que Cláudio havia proposto e, a partir daí, passou a dedicar-se ainda mais fielmente aos pedidos que o administrador o incumbia de executar.

Meio desnorteado, Fábio não sabia por onde sair e, como o trabalho solicitava a presença de Cláudio na solução das questões que lhe eram atribuídas, encarregou Cneu de levar o menino para fora, não sem antes recomendar o cumprimento da outra parte de suas funções, na defesa do pequeno Domício, abandonado naquele pedaço escuro da cidade.

Prometendo que tudo faria para ajudar o monstro, Fábio saiu dali e, antes de passar pela tábua que cercava o local, lembrou-se de uma informação importante que havia esquecido de dizer ao seu "chefe".

Pedindo desculpa a Cneu, e correndo na direção de Cláudio que já se punha a caminho da edificação, segurou-o pela roupa para chamar-lhe a atenção e, tão logo este se voltou para constatar o que o estava prendendo, deparou com o rostinho corado de Fábio, que lhe disse, baixinho:

— Senhor, esqueci de dizer que o nome da bruxa é ...

...Serápis

Depois, voltou correndo com a agilidade de quem aprendera a defender-se dos perigos do mundo usando a velocidade das próprias pernas.

O primeiro encontro

Conforme ficara combinado entre Cláudio e seu "funcionário", ao final do dia de trabalho o pequeno Fábio lá se encontrava para encaminhar o administrador até o local onde viviam aqueles cinco seres desditosos, quase todos marcados pela tragédia e pelas necessidades recíprocas.

No espírito do pequeno mendigo de rua estava palpitante a promessa do recebimento do complemento de sua recompensa, enquanto que em Cláudio, um sentimento de compaixão e curiosidade alimentava sua expectativa.

As ruas se sucediam, as curvas do caminho, as pessoas que passavam, as liteiras, as bigas, os comerciantes, tudo aquilo fazia parte de uma cidade que se tornara imensa e uma verdadeira mistura de raças, povos, línguas e interesses.

As castas políticas se sucediam buscando a obtenção de vantagens pessoais sob o pano de fundo do interesse público. Homens ricos se mantinham influentes através de milícias próprias, arruaceiros pagos para proteger e impor opiniões aos outros segundo o interesse daquele que os pagava.

As questões sociais iam sendo tratadas com o descaso de sempre e o interesse dos que governavam, na sua grande maioria, era o de tanger aquele "gado" humano, oferecendo-lhe o prazer insensato, o alimento grosseiro e as homenagens mentirosas para que se mantivesse pacífico e sempre ignorante, única forma de se poder continuar roubando o erário público sem oposição significativa.

Nada disso, no entanto, tirava da mente de Cláudio a imagem de Domício e a ansiedade de encontrar o local de seu abrigo, bem como conhecer algo da história daquelas criaturas que os olhos argutos de Fábio haviam identificado.

Seria verdade aquela informação de que a mulher que tomava conta dele era uma pessoa inescrupulosa que, não bastando prostituir-se, valia-se da miséria de Domicio e de outras crianças para conseguir a compaixão dos ricos de Roma? A exploração de pequeninos, como forma de seduzir a frieza dos indiferentes com a exposição dos dramas e misérias, era forma normal de apelo à caridade, mas erigir como que um empreendimento, valendo-se de pequeninos doentes como se eles fossem lojas espalhadas pela cidade, angariando clientes, administrada por uma mulher saudável, era algo novo e que repugnava ao espírito mais complacente.

Se fosse assim – pensava Cláudio enquanto seguia os passos do pequeno guia – ele haveria de tomar alguma atitude, usando de sua influência e seu prestígio, a fim de salvar dessa miserável exploração aqueles que se viam expostos de maneira cruel, como mercadorias da desgraça.

※ ※ ※

E enquanto nossas personagens se dirigem ao local específico, é importante avaliar, leitores queridos, como é sábia a Justiça do Universo, que nos vigia nas menores quedas tanto quanto nos considera nas mais nobres atitudes, mesmo quando insignificantes aos olhares humanos.

Podem pensar as pessoas de hoje que, segundo as aparências, o importante nesta existência é a conquista de bens e poderes, cujo desfrute compensará todas as mazelas, crimes e violações que foram necessários produzir para obter as tão sonhadas vantagens.

Profissionais ansiosos por riquezas e prazeres que espoliam seus clientes; advogados corruptos que enganam os que lhes confiaram seus pobres direitos, entregando-lhes, como pagamento, pequena porção daquilo que lhes pertence e retendo para si – sob o pomposo nome de honorários – a maior parte daquilo que deveria estar nas mãos dos verdadeiros proprietários. Médicos ávidos por dirigir carros símbolos de "status" a estabelecerem atendimento indiferente e priorizarem os que lhes podem pagar, relegando a dor dos pobres ao patamar inferior até mesmo à dor dos animais.

Políticos de todas as épocas e nações buscando o apoio dos humildes e lhes oferecendo esperanças vãs, nas promessas brilhantes que se frustram tão logo eleitos, interessados nos desvios de recursos, no favorecimento de seus apaniguados, na nomeação de seus parentes e amigos, na edificação da rede de sustentação econômico-financeira que lhes dará suporte para a continuidade dos desatinos e das falcatruas, desde que todos saiam aquinhoados e encontrem as vantagens que procuram.

Professores que desencaminham seus alunos, deixando de lhes ensinar o que poderiam, explorando-lhes a falta de base, descontentes que se acham com os recursos que recebem em troca dos esforços que empenham. Religiosos que vendem artigos de fé e se aproveitam do desespero dos que sofrem para roubar-lhes descaradamente as esperanças e os bolsos, estabelecendo a chantagem emocional, valendo-se da figura de satanás como instrumento de pressão e intimidação. Igrejas que enganam fiéis absolvendo-os de seus pecados desde que reconheçam válidos os rituais da crença com os quais dizem garantir um lugar no Paraíso.

Comerciantes que trazem imagens religiosas penduradas nas paredes de suas lojas ou que batizam seus negócios com nomes dos santos de sua crença, mas que, em verdade, são donos de verdadeiros abatedouros de vítimas inocentes porque não fazem outra coisa senão espoliar ingênuos, fraudando o peso, a qualidade e o valor das mercadorias, cobrando valores absurdamente elevados por coisas absurdamente baratas e reconhecendo como virtude ou talento negocial aquilo que, certamente, Jesus chamaria de peçonha ou podridão.

Empresários que espoliam funcionários, que dão golpes em fornecedores e desaparecem sob o manto da falência, funcionários que deveriam respeitar a justiça que dizem incorporar sob suas togas austeras, mas que usam de seus poderes para inclinar a espada da Justiça na direção de interesses menores.

Empreiteiros que corroem recursos desviando dinheiro público para seus bolsos espertos e insaciáveis, deixando de ampliar os benefícios de obras de saneamento, de urbanização, de interesse do povo porque seu interesse individual de lucro e a sanha desmedida de ganhar mais e mais tornou insuficientes os recursos que tinham sido colocados como bastantes para as obras.

Fabricantes de medicamentos que fraudam o conteúdo de remédios ou que multiplicam absurdamente os poucos centavos de seu custo verdadeiro, fazendo-os chegar às mãos dos enfermos por preço milhares de vezes maior do que o que lhes custou a sua fabricação.

Exploradores de fraquezas humanas, que multiplicam negócios escusos para oferecer aos fracos a oportunidade de caírem ainda mais no charco dos próprios defeitos, vendendo bebidas, oferecendo jogatinas, favorecendo o tráfico de drogas, explorando a sexualidade com a permissividade que estimula o prazer através de lugares que o favoreçam, de propagandas que o enalteçam, de campanhas que tornem o seu exercício a demonstração do poder ou da capacidade de quem o vivencia.

Publicitários de todas as mídias que homageiam a degradação para que não lhes falte a audiência e que, para obter o interesse de patrocinadores, permitem que a depravação e os maus instintos sejam apresentados como coisas dignas de elogio ou de divulgação, formando opiniões nos espectadores ingênuos, semeando condutas desonrosas como se fossem coisas normais, traduzindo na linguagem da normalidade social aquilo que representa a degradação da personalidade, explorando as fraquezas emocionais e morais daqueles que, desejando uma diversão inocente que lhes atenue as preocupações de um dia de trabalho exaustivo, se postem diante da televisão ou busquem alguma informação em revistas ou jornais circulantes.

Atravessadores que frequentam mercados e entrepostos na madrugada e perante os quais o produtor do campo vai negociar, ansiosamente, a produção que precisa ser vendida para que não se estrague em suas mãos, perdendo o fruto de seu suor. E depois de terem recebido a mercadoria por preço o mais baixo possível, se sentem no direito de multiplicá-lo sem escrúpulos, a fim de que outros venham a adquirir a mesma cenoura para levá-la à feira na cidade, onde o seu preço novamente será multiplicado, até que os gananciosos que não derramaram nenhuma gota de suor se sintam felicitados pelos ganhos com a exploração injusta do trabalho alheio.

Homens estudados esmerando-se em fraudar tributos, aconselhando meios de ganhar sem serem alcançados pelas vistas fiscais ou favorecendo com armações e esquemas a remessa de recursos para longe dos países onde deveriam estar sendo investidos para a produção de novos recursos e a diminuição dos dramas do desemprego.

Corporações dirigidas por pessoas inteligentes tornam-se verdadeiros leviatãs sem alma, exigindo o sangue de lucros e metas sempre maiores, não importando se isso vai inviabilizar a manutenção de postos de trabalho e salários de famílias.

Escritores que se vendem ao gosto dos leitores ávidos por se reconhecerem nos dramas do sexo sem freios, das insatisfações amorosas, das falências morais de todos os tipos, a fim de que seu livro seja considerado na lista dos mais vendidos e possa espalhar o seu lixo moral a troco das moedas que farão a tranquilidade dele e de sua família. Sim, porque muitos deles prezam a própria família e seus laços afetivos, ainda que o livro que escreveram tenha pervertido a família alheia e destruído com maus exemplos os liames de afeto na mente dos leitores.

Editores que desejam conseguir os lucros que lhes propiciam as mesmas regalias, a enaltecerem a podridão e o mau odor literário, buscando enfiar goela abaixo algum novo lançamento que produza o interesse nas pessoas, mesmo que as aconselhe com imagens nocivas, que lhes estimule a queda ou a manutenção de condutas equivocadas.

Seria infinda a listagem dos comportamentos considerados "normais" na maioria dos que compõem a sociedade de hoje, mas que não passam de repetição criminosa de condutas que frustram sonhos, usam pessoas, corrompem crenças, associam-se para o crime, enganam ou ludibriam, dissimulam ou roubam, vendem-se ou compram, corrompem ou aceitam a corrupção.

A Lei Soberana do Universo, entretanto, sabe de tudo e conhece todos os mais ocultos pensamentos, sentimentos e gestos.

Desse modo, não imaginem vocês, leitores queridos, que é porque o magistrado nos concedeu ganho de causa, que essa absolvição represente a verdadeira inocência.

Nem se iludam achando que, porque ninguém descobriu a sua

estratégia espoliativa ou que, pelo fato de suas próprias vítimas os terem perdoado, vocês estão quites com a Lei e nada mais devem.

Para a concepção divina que nos engendrou, tão sagrado quanto é o Livre-Arbítrio é, também, a Responsabilidade pessoal e intransferível pela colheita dos frutos que tivemos liberdade para semear.

Assim é o mecanismo celeste de conceder a todos a oportunidade de viver e escolher os caminhos que acham melhores para seus passos, mas de impor a cada um as consequências de suas boas escolhas, tanto quanto as amargas penas pelas opções mal feitas.

Por isso, queridos leitores, reavaliem essa insana competição por coisas tão mesquinhas, mas que, se lhes permitem o brilho de alguns momentos nos prazeres que alimentam e estimulam, garantirão séculos de lágrimas pelas dores que produzem em seus caminhos.

Olhem para essa Serápis abandonada e só, e não se esqueçam daquela Fúlvia arrogante e oportunista.

Olhem para esse Domício leproso e inválido e não se esqueçam da figura obsessora que envolvia o imperador Nero nas suas loucuras e excentricidades.

Olhem para os dois deficientes lacrimosos, um cego e ferido e o outro sem os braços, e não se esqueçam do altivo governador da Palestina, Pôncio Pilatos e seu braço direito, o poderoso Sulpício, todos envolvidos nos dramas da queda moral através dos abusos, da espoliação do povo, da exploração da sexualidade e dos prazeres indignos, da traição dos afetos, da imposição do forte sobre o fraco, do descaso para com a vida e o sofrimento do semelhante, dos interesses e das disputas consideradas "normais" entre as pessoas de uma sociedade.

Não se esqueçam de ver que os lucros e os títulos de um momento não fizeram nada que pudesse evitar o regresso à vida para que, aqueles que falharam juntos, igualmente juntos pudessem se ajudar a reerguer, suportando-se uns aos outros, alimentando-se, agasalhando-se, resgatando em coletividade e com as marcas que lhes eram pessoais na responsabilidade pelos erros de outras épocas, os delitos praticados para a modificação de seus caráteres, para a corrigenda de suas inclinações nocivas e para a depuração de suas pequenas virtudes no cadinho dos testemunhos acerbos.

Lembrem-se, leitores queridos, não são somente os ladrões, os sequestradores, os agressores, traficantes, enfim os que chamamos de bandidos que merecem essa qualificação e que receberão os efeitos de suas escolhas.

Eles também serão justiçados por uma Justiça mais misericordiosa do que todos os sacerdotes e mais equidosa do que todos os magistrados. No entanto, todos eles poderão, talvez, apresentar como atenuante, a sua miséria material, a sua falta de formação, a fome que viram seu filhos passar, a violência de que foram vítimas, a ignorância e a falta de estudo.

E quanto aos outros aos quais aqui nos referimos?

São bandidos iguais se se permitem cometer os mesmos desatinos pelo interesse de ganhar sem se importar a quem estão roubando. Poderão, no entanto, contar com alguma dessas atenuantes?

É por isso que na questão número 642 de "O Livro dos Espíritos", as entidades luminosas que nos orientam os caminhos nos asseguram de que não é responsabilidade nossa apenas o Bem que fizermos no LIMITE DE NOSSAS FORÇAS.

Também será nossa responsabilidade todo o Mal que possa decorrer de um Bem que nós tenhamos deixado de fazer quando o podíamos ter feito.

* * *

Cláudio já começava a suar pelo esforço do caminhar acelerado de Fábio, quando o menino estacou e quase foi atropelado pelo administrador, que procurava andar na sua cola.

– Calma, homem – falou o menino. – Não está me vendo na sua frente?

– Ora, Fábio, você pára sem avisar, como é que eu adivinho?

– Fale baixo, seu Cláudio, que a casa é ali... – disse o garoto, apontando para uma pequena construção situada a cerca de cinquenta metros de onde os dois estavam. Se eu não me enganar, em qualquer momento a tal mulherzinha vai chegar com sua transportadora de desgraças, carregando o circo dos horrores.

Olhando para a construção, parecia tratar-se de decente moradia, sem que se apresentasse com os contornos das casas sórdidas ou destinadas aos aglomerados humanos, tão comuns naqueles tempos.

Não se tratava de um daqueles cortiços romanos, promíscuos e devassos, malcheirosos e pobres.

À primeira impressão, era uma casa modesta, mas de proporções dignas de qualquer família de classe proletária com algum recurso suficiente para afastá-la da promiscuidade das casas coletivas, cercada de bom terreno.

Em realidade, Cláudio estava diante daquela mesma casinha conhecida anteriormente pelo qualificativo de "pequeno palácio", o local dos encontros clandestinos de Marcus e Serápis e onde ele pensava manter a amante para levar com ela uma vida paralela. Fora ali que Licínio encontrara aquela que ele pensara ser, um dia, a mãe de seus filhos, compartilhando o mesmo leito com o seu patrão e melhor amigo, Marcus, numa tarde calorenta, ao procurá-lo para falar sobre as acusações que Druzila levantaria a respeito de seu comportamento pessoal.

Não longe dali se achava o local onde Licínio se sentara para chorar a decepção do coração amado e ferido e onde os espíritos Zacarias e Cléofas o estavam amparando para que sua trajetória luminosa suportasse esse testemunho de tragédias e dores, como já foi relatado em "A Força da Bondade".

Não se sabe por que, o pequeno palácio havia se transformado na pequena prisão da desdita e do sofrimento daquelas cinco criaturas que, ao que parecia passavam por graves privações individuais e coletivas.

E, em verdade, não tardou para que o aglomerado humano desse passagem à mulher ainda jovem que empurrava os dois carrinhos de madeira com a ajuda da pequena Lúcia, transportando três desditosas criaturas enfermas e deformadas.

O cortejo era tão deprimente, que os próprios transeuntes se afastavam deles e teciam comentários, entre jocosos e irônicos, apontando para o grupo como exemplo de punição dos deuses por imaginários crimes cometidos.

Serápis, orgulhosa e arrogante no espírito altivo, fingia não escutar as frases cortantes e desumanas, enquanto tudo fazia para que o trajeto fosse cumprido o mais rápido possível a fim de furtar-se a essa humilhação.

Por isso, empurrando com força os dois carrinhos o mais célere que podia, sem olhar para os lados para não ter que encarar as faces de repugnância, medo ou asco, ganhou a entrada do pequeno tugúrio e ali se meteu, fechando a porta que lhe dava acesso desde a rua.

– Viu, seu Cláudio, o senhor viu a mulher e os monstrinhos? – falava orgulhoso o pequeno mendigo, sem atentar para a própria miséria material.

– Sim, Fábio, você fez um bom trabalho. Agora já sei onde eles moram.

– E o meu aumento? O senhor viu que a mulher é uma bruxa que fabrica crianças desgraçadas, não viu? Eu não menti para o senhor. Não esqueceu de sua promessa, não é?

Rindo-se intimamente dos medos e das preocupações daquele pequenino ser, que fora educado entre a necessidade e a busca de recursos junto aos passantes da rua, Cláudio retirou da roupa pequeno recipiente de moedas e entregou a Fábio, dizendo:

– Eu costumo remunerar bem meus funcionários quando eles cumprem bem os seus deveres. E você não fez diferente. Como eu prometi, aqui está. Não se esqueça de continuar cumprindo aquilo que nós combinamos, está bem?

Com os olhinhos reluzentes de alegria, já que estava acostumado a ser passado para trás em negociações ou promessas que recebia dos mais velhos, o garoto agarrou a pequena bolsa e, depositando um beijo na roupa de Cláudio, como era costume ao demonstrar gratidão pela generosidade dos poderosos, Fábio respondeu:

– O senhor é o melhor patrão que eu já tive, senhor Cláudio. Eu nunca vou deixar de cumprir meus deveres e ser fiel à sua generosidade. Posso ir agora?

– Sim, meu amiguinho. E não se esqueça de me comunicar qualquer coisa que acontecer com eles, já que eu não irei conversar com a mãe do menino agora porque já está tarde. Irei fazê-lo no momento oportuno.

Estendeu a mão para o pequenino que, na sua gratidão e submissão, ao invés de retribuir o gesto amistoso do cumprimento, empertigou-se e saudou Cláudio como se ele fosse o próprio imperador, exclamando: "Ave! Cláudio!", espalmando a mão com o braço esticado, como faziam os soldados e os súditos de Adriano e dos Césares desde longa data.

E sem esperar a reprimenda do administrador que não desejava esse tipo de cumprimento, Fábio acelerou as pernas ágeis e deixou Cláudio com as palavras de censura ainda por sair da própria garganta.

Era com ele, agora.

Competiria à sua maturidade encontrar uma forma de auxiliar aquela mulher, cujos traços de rosto ele não pôde ver, mas que, pela idade e pelos contornos corporais, era dotada de saúde e de razoável beleza, que poderiam ser usadas em algum serviço remunerado e honesto.

Resolveu afastar-se, depois de guardar bem a localização daquela moradia.

Enquanto regressava para sua casa, preparando-se para o descanso merecido da noite, nem imaginava que espíritos amigos o seguiam muito de perto.

Amparando seu coração generoso e interessado, todos os que se interessavam por aquelas criaturas endividadas no mundo se acercavam de Cláudio para envolvê-lo com fluidos de doçura e estímulo no Bem.

Naquela noite, ele dormiria ao embalo das vibrações de Zacarias, Lívia e Cléofas, as almas amigas que, a pedido de Jesus, se mantinham vigilantes e tentavam ajudar o grupo desditoso que sofria as penas que haviam semeado no passado.

E pelo que Cláudio pensava fazer, já recebia o amparo dos que desejavam usá-lo no Bem que a Misericórdia de Jesus queria fazer chegar para erguer os caídos, para sustentar os fracos, para amparar os desditosos do mundo.

E esse Bem, ainda que fosse proveniente do coração do próprio Cristo, espírito estelar que nos guiava e nos guia, não poderia chegar até os cinco infelizes senão através de mãos tão humanas quanto as dos próprios sofredores.

Cláudio haveria de ser as mãos de Jesus.

Esse era o sonho dos espíritos, Emissários do Divino Amigo.

* * *

Pensem nisto, queridos leitores. Olhem para as próprias mãos e sintam o quanto Jesus pode estar precisando delas para atender algum sofredor que mora na casa vizinha, que está sentado na sarjeta de sua rua, que está pensando em tirar a própria vida porque não tem mais forças para viver.

Quem sabe, muitos Zacarias, Lívias ou Cléofas não estão por perto de você para que seu idealismo não esfrie e para que seu desejo de fazer o Bem se transforme, realmente, em um gesto de Bondade?

Misericórdia quero, não o sacrifício – dizia Jesus a todos nós.

A APROXIMAÇÃO

Depois de uma noite de sono tranquilo, como que embalado pelas vibrações de paz e alegria, Cláudio despertou no corpo físico, pela manhã, com a convicção de que deveria ajudar aquela família desventurada de forma sutil e cuidadosa para evitar que alguma conduta ostensiva e direta pusesse em risco a sua tentativa benemerente.

Roma era uma grande armadilha e todas as pessoas estavam sempre preparadas para enganar, usar ou prejudicar os outros, o que motivava, na maioria, uma postura de desconfiança e temor ante o desconhecido, sobretudo quando se apresentava, inicialmente, com gestos de benevolência e generosidade.

Cláudio tinha razão, porque Serápis era uma mulher ferida, desconfiada de tudo e de todos.

Em realidade, a sua juventude e seu ímpeto amoroso tinham sofrido um duro golpe, perante o qual ainda não havia se recuperado por completo.

Como se recordam os leitores queridos, ao final de "A Força da Bondade", quando Marcus regressa do trágico cenário no qual seu melhor amigo e administrador de seus bens, Licínio, perde a vida por entre as chamas, encontra a sua amante, aquela serva atraente e insinuante, Serápis, em trabalho de parto que lhe propiciaria o tão esperado filho varão.

E para sua surpresa, fica inteirado de que não é um filho, mas são dois.

No entanto, a dupla satisfação inicial se transforma em dupla tragédia, porque as duas crianças são deficientes e, à toda evidência, segundo as crenças comuns entre os romanos de então, isso era uma maldição que pesaria sobre a família inteira, já que as enfermidades desse tipo tanto quanto as outras doenças deformantes ou corrosivas dos tecidos eram vistas como punição ou castigo, má sorte ou estigma pestilento.

O jovem aristocrata Marcus, viúvo de Druzila, desejava muito possuir filhos que lhe honrassem a posição social e demonstrassem a virilidade de sua condição masculina, bem como a sua contribuição para a continuidade das tradições sociais e religiosas, que impunham aos homens a procriação de descendentes masculinos que lhes sucederiam no culto aos antepassados e nas exigências dos rituais sagrados.

E se tais filhos fossem sadios, como ele imaginava, nenhum obstáculo existiria para desposar Serápis, que na condição de sua amante, representava a mulher ideal pelas emoções e afinidades que nutriam entre si.

Aliás, o próprio Licínio já houvera deixado esse terreno aplainado quando, assumindo a condição de genitor dos filhos de Serápis, livrara Marcus da suspeita de ser cúmplice do assassinato de sua esposa para que pudesse consorciar-se com a amante.

Firmando documento perante o magistrado Sérvio Túlio, no qual confessava ter sido o responsável pelo envenenamento de Druzila, Licínio conseguira atrair para si a culpa pela morte da antiga senhora e inocentar a pobre serva que, em realidade, nada houvera feito para produzir a morte da primeira esposa de Marcus.

Apresentando-se como apaixonado por Serápis e o gerador dos filhos que carregava no ventre, Licínio retirava do amigo de tantos anos a suspeita nociva e permitia que, de marido mesquinho e assassino, Marcus passasse a ser visto como viúvo honrado que recebia a antiga serva e seus filhos como nova família.

Com isso, poderia recomeçar a sua vida afetiva com a pessoa amada e adotar como seus os filhos dela, regularizando a situação sem problemas e dando sequência às experiências da vida, ao lado da companheira com a qual, em verdade, já se havia estabelecido.

Licínio tinha dado a própria vida como um gesto de renúncia e amor fraternal a todos, garantindo-lhes os caminhos abertos para a retomada da trajetória do afeto, como era o desejo de ambos, impossibilitados de concretizá-lo em face das suspeitas que despertariam caso resolvessem estabelecer o matrimônio sem uma explicação plausível para a morte daquela que era obstáculo para que o consórcio pudesse acontecer.

Agora, dependia dos dois amantes realizarem as coisas aproveitando-se das circunstâncias favoráveis que o sacrifício de Licínio havia criado.

No entanto, os preconceitos e as falsas noções de honradez, aliados à fraqueza moral das pessoas, se incumbira de levar os envolvidos no relacionamento amoroso proibido para caminhos de dor e aflição absolutamente opostos aos que poderiam ter construído para si mesmos.

Ao constatar a miserável condição dos próprios filhos, Marcus viu apagar-se a chama da paixão que consumia suas entranhas ao contato com Serápis.

Perdido no cipoal de sentimentos contraditórios, o jovem aristocrata romano não desejava colocar em risco a sua posição e a respeitabilidade de seu nome, muito menos trazer para dentro de sua casa a figura da mulher amada com seus dois filhos deficientes, que transmitiriam para todo o ambiente a consideração de malignidade de que eram portadores desde o nascimento.

Incapaz de ser nobre nos gestos decisivos do destino, e considerando a possibilidade de estabelecer relacionamentos sexuais com as mulheres que desejasse em face de sua condição abastada, empalideceu em seu coração a figura da mulher amada, da amante calorosa, da efusiva companhia e inspiradora de suas fantasias.

Enquanto Druzila, na condição de esposa ciumenta e indesejada se apresentava como obstáculo à união espúria, a chama do proibido crescia nos encontros que aproximavam o patrão infeliz da serva insinuante.

Com o desaparecimento do problema, Marcus se viu livre para agir sem dificuldades ou oposições, precisando ter cuidado, apenas, com as circunstâncias que envolviam o assassinato nebuloso da mulher.

Mas vencido também este obstáculo pela ação do amigo, como

já se explicou, restou-lhe a figura de Serápis, livre, da filha, Lúcia, que se apegava à serva pela afinidade ancestral e dos dois pequenos infelizes que, mais do que desonrar a sua tradição, iriam macular o seu nome.

— Muitos dirão — falava Marcus consigo mesmo — que estes dois filhos inválidos são a prova de minha prevaricação e a punição que os deuses me infligiram por ter traído minha esposa. Muitos poderão ver nisso, inclusive, a prova de que eu tive alguma coisa a ver com a morte de Druzila.

Não, não posso aceitar isso. Não aceito ser libertado pelo destino de um demônio de mulher para me ver conduzido ao próprio inferno.

Serápis é a culpada por tudo isso e eu não irei acabar com minha vida para me unir publicamente a um ser marcado pela desgraça e pelo ódio dos deuses que dirigem nossas existências.

* * *

Com tais pensamentos, Marcus procurava afastar de seu coração todas as emoções e responsabilidades que deveria assumir, independentemente dos prejuízos sociais que adviessem.

Afinal, desde a última encarnação, quase cem anos antes, ambos estavam implicados no envenenamento de Zacarias.

Chegava para ambos a oportunidade de repararem o mal engendrado com astúcia e praticado sem compaixão.

No entanto, apesar de terem se passado quase cem anos das quedas e dos delitos que lhes competia reparar pelo Bem praticado, Marcus se deixara envolver pelas convenções de sua posição, pela avaliação das perdas e ganhos sociais, pelas suspeitas e ironias de que seria objeto, como o viúvo da envenenada e o pai dos aleijões.

Com todas estas idéias avassalando o seu caráter tíbio, Marcus afastou-se de Serápis, sem dar-lhe oportunidade de qualquer entendimento.

Proibiu a sua entrada no antigo palácio, deu instruções para que ninguém se prestasse a atendê-la e que, quando muito, se limitassem a entregar no endereço de seu antigo ninho de amor clandestino, alimentos que servissem de sustento à prole deixada pelo antigo administrador.

Valendo-se da confissão de Licínio, Marcus passou a utilizá-la como prova de sua inocência no tocante à paternidade dos filhos de Serápis, imputando-a ao antigo administrador.

E se os filhos eram de Licínio, ele ajudaria as crianças e a antiga serva como um gesto de compaixão, em memória do antigo amigo. Nada mais do que isso.

E com relação a Lúcia, a filha do primeiro casamento com Druzila, o seu apego a Serápis era tamanho que, com quase dois anos de idade, quando do nascimento dos dois filhos doentes, não pretendia infligir à pequena uma nova orfandade, já que a criança passara a identificar na amante a figura da própria genitora e o mesmo acontecia com esta em relação à criança.

A aproximação direta e efetiva que existia entre elas desaconselhava qualquer esforço de romper a união.

Além disso, Lúcia representava a lembrança constante de Druzila, que ele não suportava nem mesmo em pensamentos.

Diante da responsabilidade de ser pai da pequena filha, sem amparo de parentes próximos, sem a cooperação senão de escravos indiferentes, bem como por não possuir nenhuma inclinação à paternidade responsável, coisa que sempre achou ser obrigação atribuída às mulheres, Marcus deliberou permanecer livre como um viúvo disponível a assumir as responsabilidades de ser pai de uma criança sem mãe, criança que, além de ser do sexo feminino, não aprendera a amar, não se dedicara nenhum dia a seus cuidados e, por isso, não tinha com ela qualquer vínculo mais profundo.

Afastou-se, pura e simplesmente, deixando garantida a Serápis e à prole a pequena casa que lhes servia de pousada de prazeres, o "pequeno palácio", como gostavam de chamar.

Com tais rasgos de generosidade, Marcus imaginava já estar remunerando muito bem aquela mulher que lhe seduzira e se insinuara para preencher o vazio do seu coração, frustrado pela companhia repugnante de Druzila.

Aos curiosos e aos servos do palácio onde habitava, Marcus diria que Lúcia havia ido viver com parentes distantes e que, usualmente, ele iria visitá-la, levando-lhe presentes até que ela crescesse e pudesse voltar para Roma em sua companhia.

Assim, adiaria para daí a muito tempo, a solução do problema, sem criar maiores embaraços a si próprio.

Em sua cabeça, as explicações estavam perfeitas e os planos adequados aos seus interesses de voltar à vida devassa e irresponsável de solteiro, quando não tinha nada mais a fazer do que gastar e gozar os prazeres da vida.

Essa era a visão de Marcus diante dos problemas que ele não desejava enfrentar, das responsabilidades que ele não aceitara como deveria e que, por mais plausível ou justa que parecesse a sua escolha, isso o desqualificava como espírito amadurecido, demonstrando, ao contrário, a falta de profundidade moral, a covardia e a infantilidade de sua conduta perante o dever material de amparo, perante o dever moral de compartilhar as desditas e perante o dever espiritual de dar apoio a espíritos que voltavam à vida física para resgatar pesados débitos do pretérito contando com o seu respaldo decisivo.

A sua defecção, mais do que qualquer coisa, representava uma dupla ofensa, por ignorar o sacrifício do próprio Licínio, única coisa que lhe pesava, verdadeiramente, na consciência.

Jamais ninguém fizera tanta diferença em sua vida como aquele amigo devotado e humilde que, amando Serápis com sinceridade, foi por ela rechaçado; amando fraternalmente Marcus, por ele foi condenado ao poste incandescente e que, apesar disso tudo, empenhou seus melhores esforços para entregar a ambos aquilo que ambos desejavam.

Licínio morrera para garantir a vida de Lélia e a felicidade de Marcus e Serápis, como bem o sabia o jovem aristocrata. E esse sacrifício, testemunhado pessoalmente no teatro Flávio, era a única coisa que lhe pesava na consciência, nos momentos em que se via animado a fugir do testemunho pessoal.

Por não suportar esse estado de coisas, tão logo deliberou agir desse modo e dar esse destino à sua vida, Marcus deixou a capital e partiu em viagem de diversão, com a justificativa de que Roma lhe trazia más lembranças por causa do assassinato de Druzila em seu próprio palácio. Dessa maneira, naquele ano de 126 d.C. Marcus já se encontrava distante da cidade há mais de dois anos e seu desejo íntimo era o de afastar-se dali por mais tempo, como forma de esquecer os dissabores da dor íntima.

E por causa do afastamento demorado do jovem patrão, as suas ordens de amparo precário da família asilada no pequeno abrigo de amor, transformado em prisão de miseráveis sofredores, acabaram sendo, igualmente, menosprezadas, relegadas a coisas secundárias, deixando a família à mercê da mais absurda penúria.

＊＊

Tudo isso, no entanto, não era do conhecimento de Cláudio que, intuído pelos espíritos amigos que o ajudavam, bem sabia não ser adequado apresentar-se como benfeitor aos olhares ariscos de uma Serápis ferida.

Melhor procurar outros caminhos para a aproximação de maneira indireta.

Dirigindo-se ao canteiro de obras do panteón, convocou seu ajudante direto, Cneu, o mesmo que levara o pequeno Fábio à sua presença no dia anterior.

– Preciso de seus préstimos, Cneu.

– Às suas ordens, meu senhor – respondeu o ajudante;

– Tenho que auxiliar uma família desditosa, cuja mãe, viúva, tem que criar sozinha quatro filhos, dos quais três homens são doentes e a única criança sadia é uma menina um pouco maior. No entanto, não quero que ela saiba que estou fazendo isso para que não se veja animada a me esfolar com exigências ou pedidos, já que a mulher é dessas mendicantes de rua que você bem sabe, como amolam os passantes com suas súplicas. Quero ajudá-la de maneira oculta, através de algum trabalho. O que você sugere?

Ouvindo atentamente a solicitação, Cneu coçou a cabeça confuso e, sem uma idéia imediata para oferecer, não teve outra opção mais luminosa e criativa do que passar o problema para outro dos funcionários da construção, o que o levou a dizer:

– O seu interesse, meu senhor, é muito nobre para minha ignorância. Eu acho essa gente miserável um bom material para lançarmos às feras nos circos porque os bichos merecem uma carne desse tipo. Mas como o senhor me pede uma opinião, reconhecendo o meu despreparo para oferecer-lhe alguma solução decente, dentro daquilo que é da sua expectativa, posso aconselhar que o senhor fale com Décio, um trabalhador forte que temos e que, pelo que já andei escutando, também gosta de ajudar as pessoas, porque muita gente vem até aqui para falar com ele nas horas em que tem folga.

— Pois bem, Cneu, traga-me esse empregado para que possamos conversar um pouco.

— Sim, meu senhor.

E falando isso, saiu para, poucos minutos depois, trazer até o gabinete de trabalho de Cláudio, o referido funcionário que, como era de se esperar, imaginava estar sendo chamado para alguma repreensão ou pedido de explicações.

— Senhor Cláudio, este é o funcionário de quem lhe falei — informou solene o ajudante Cneu, dando entrada a Décio, um homem a caminho da madureza e que era dotado de uma robusta compleição física, incompatível com a serenidade de seus olhos, de aparência gentil e respeitosa.

— Pois bem, Cneu, pode voltar ao serviço — falou Cláudio, firme, demonstrando que não desejava testemunhas de seu diálogo.

Fechados no recinto, manteve-se Décio de pé e de olhar baixo, como era costume aos subalternos na presença de seus superiores, até que estes lhes dirigissem a palavra.

Pronto para alguma reprimenda, surpreendeu-se com os modos igualmente educados e gentis de Cláudio, com o qual iria conversar pessoalmente pela primeira vez em sua vida.

— Senhor Décio, sente-se, por favor — exclamou o jovem administrador de Adriano.

Sem desejar usufruir da liberdade que lhe era concedida fácil e amistosa, Décio recusou o privilégio de colocar-se confortavelmente na mesma altura do seu superior e respondeu, polidamente:

— Para mim, meu senhor, já é subida honra estar neste escritório em sua presença, ainda mesmo que seja para receber alguma reprimenda. Sentar-me diante de sua pessoa, além de deferência que não mereço, é ousadia a que não me autorizo, nem mesmo estimulado por sua bondade.

Admirado com a fala nobre e as maneiras elevadas desse carregador de pedras, Cláudio se viu tocado pelos conceitos pouco usuais na boca de trabalhadores rudes, acostumados a vociferar palavrões, insultos, blasfêmias, xingamentos.

Voltando a si da surpresa, o administrador tornou mais amistoso o tom de voz e falou:

– Não se trata de nenhuma reprimenda, Décio. Trata-se de um pedido de ajuda.Cneu me disse que você poderia me auxiliar em uma diligência pessoal que necessito realizar.

Convocado pela solicitação direta de Cláudio, Décio se interessou pela oportunidade de servir ao seu senhor de maneira direta e o brilho de seus olhos demonstrou a sua alegria em ser prestativo.

– Pois bem, meu senhor. Se já me sentia privilegiado em servir ao imperador através da sua direção justa e generosa, aquilo em que puder ser-lhe útil representará alegria maior para meu espírito.

– Pelos seus modos gentis, meu amigo, creio que você é a pessoa certa – falou Cláudio, mais familiarizado com aquele homem forte e sereno.

Contou-lhe o problema e a sua dificuldade em se aproximar de Serápis de maneira direta, sem levantar suspeitas, ou produzir algum tipo de reação negativa.

Ouvindo-o, Décio se inteirava das dificuldades de Cláudio em ajudar alguém desconhecido e, longe de pensar qualquer coisa má a respeito do solicitante, avaliou a bondade natural daquele jovem tão prematuramente levado à condição de administrador sem sossego.

Naquele momento, Décio entendeu que, efetivamente, poderia fazer alguma coisa.

Deixando Cláudio terminar a exposição, o empregado pensava em como melhor ajudar a solucionar o problema, sem revelar a sua tarefa cristã na modesta choupana onde vivia e onde procurava pregar o Evangelho de Jesus aos que buscavam o consolo do Senhor.

Não que temesse o testemunho ou a morte. Apenas sabia que muitos precisavam das luzes da Boa Nova e, por isso, não seria justo antecipar o momento doloroso, em prejuízo de tantas sementes que ainda precisassem ser espalhadas.

No entanto, Décio comandava uma rede de solidariedade informal, através da qual os mais desditosos encontravam o apoio dos menos infelizes e, assim, as prementes necessidades iam sendo vencidas.

Depois de traçar as linhas gerais, assim que lhe foi concedida a palavra, Décio respondeu a Cláudio:

— Meu senhor, sua preocupação fraterna emociona minha alma miserável. Acostumado a presenciar as dores alheias diante da opulência, tenho visto pessoas invejarem a posição dos cães dos grandes palácios, aos quais nada falta, nem a comida nem o carinho. Quando entrevejo o seu interesse pelas criaturas mais infelizes, meu coração se alegra porque sei que Roma não está perdida nas mãos de administradores desumanos e que para todas as nossas angústias as forças superiores possuem enviados que nos amparam.

Não sei dizer se terei plenas condições de atender, na altura de suas expectativas, à solução completa do problema. No entanto, posso afirmar que amanhã, se o senhor me permitir esse prazo, estarei aqui com um plano de auxílio dessa família, cuja tragédia identifico com a minha própria, filho infelicitado pela peste, expulso do lar, atirado aos cães, de onde acabei salvo por um coração generoso como o seu, que me deu guarida e cujo amor era tão intenso que, na época de minha ignorância, foi capaz de me curar da doença.

Tudo farei para ajudá-lo de modo que o seu sentimento de sincero devotamento se transforme em bênçãos para todos eles.

Cláudio emocionara-se com a confissão singela de Décio, expondo-se de maneira tão íntima, revelando suas dores e suas misérias pessoais, tanto quanto o seu desejo de ser útil no alívio aos que sofriam como ele sofrera um dia.

— Obrigado, Décio, esperarei por sua palavra amanhã!

— Obrigado, senhor, pela confiança e por me permitir ser útil — respondeu o operário, deixando o ambiente carregando o coração cheio de alegria e vontade de ajudar.

Sobre esses dois indivíduos interessados exclusivamente no Bem dos que sofriam, pairava a mão generosa do amor, iluminando suas frontes com o idealismo verdadeiro e desinteressado, e preenchendo seus corações com a satisfação do afeto real e puro.

Sobre ambos, a mão de Jesus pairava, através do amparo espiritual de Zacarias, Lívia, Cléofas devotados a Cláudio e da proteção invisível de Licínio e Simeão, dedicados ao amparo de Décio.

A resposta de Décio

Depois de ter sido convocado por Cláudio para auxiliar no processo de amparo a Domício e aos demais irmãos de desdita, o devotado servidor do Bem, que mantinha um embrião da casa do Cristo na periferia de Roma, passou a pensar como poderia desempenhar sua tarefa sem comprometer a obra e arriscar o destino de tantos adeptos anônimos que procuravam guarida naquela pequenina comunidade que se edificava no próprio ambiente doméstico.

Como pretendia ter liberdade para poder reunir-se, Décio não residia nas "insulae", edifícios de vários andares que congregavam, às vezes, centenas de pessoas empilhadas e amontoadas. Preferira reunir todas as suas modestas riquezas e, ainda que mais distante e pior situada, adquirira vivenda humilde, em região mais afastada e, por isso, onde a necessidade se fazia mais candente, propiciando a melhor difusão da mensagem do Evangelho nos corações.

Por esse motivo, empenhado em transformar o texto escrito em vida e verdade, Décio se preparara espiritualmente para dar novo rumo ao seu destino, já que não lhe saíam da consciência profunda o juramento que fizera naquela cerimônia, há quase setenta anos, quando ajoelhado aos pés de Jesus, jurara que nunca mais mataria ninguém.

Sim, Décio houvera sido um dos gladiadores, aquele a quem Jesus tocara por primeiro, a fim de abençoar todos os outros e que, invadido por irresistível sentimento, transformara as suas tendências e, sincero e autêntico como sempre fora, deliberara nunca mais fazer o que havia feito.

Agora, reencarnado para enfrentar as próprias tendências, havia solicitado condições para poder ser um pequeno representante do Divino Mestre no seio da comunidade pagã, a caminho da transformação moral.

Isso lhe fora concedido, mas para que ele pudesse enfrentar as suas tendências antigas e vencê-las, fora aquinhoado com um novo corpo de proporções tais que, além de lhe garantir robustez e saúde, também poderia conduzi-lo pelos mesmos caminhos de antes, usando de seus atributos físicos para dedicar-se às lutas grotescas tão ao gosto daquele período, o que lhe facultaria ganho fácil e recursos abundantes.

Por isso, apesar das enfermidades de nascimento, fora encaminhado à Terra com o projeto corporal adequado ao testemunho e à tentação natural em uma sociedade que sempre se inclinara na busca dos prazeres fáceis e das maneiras mais rápidas de ganho, principalmente através das lutas brutais, onde corpos fortes iam se destruindo, para deleite da massa.

No entanto, a primeira vez em que pôde presenciar uma luta de gladiadores em uma arena, vendo a brutalidade e o sangue jorrando enquanto delirava a turba, um tal sentimento de nojo tomou conta do seu ser, que vira-se obrigado a deixar o ambiente para procurar, num desvão qualquer, local adequado para verter o vômito que lhe viera, espontâneo, à boca.

Ali morriam, para Décio, as possibilidades de usar seu físico para ganhar a vida, apesar das insistentes sugestões dos próprios parentes que o desejavam explorar, induzindo-o ao caminho que lhes parecia mais fácil.

Empregou-se, por causa dessa pressão, não nas artes da morte, mas naquelas que permitiam que sua força fosse usada para o Bem, na edificação de prédios que tivessem uma finalidade positiva. Passara, por isso, a ser dos mais requisitados operários da construção, por causa de sua capacidade física e pela disciplina obediente de sua conduta.

Assim, não lhe faltavam serviços naquela Roma sempre em obras, o que lhe permitia, desde jovem, ganhar o suficiente para auxiliar seus pais na manutenção da família e, depois que se vira sem eles, das próprias necessidades.

E ao contato com os pobres encontrou, ou melhor, reencontrou aquele Jesus que ele conhecera pessoalmente e de quem sentira o toque inesquecível, qual fogo que penetra com amor e esculpe sem ferir a alma para sempre.

Encantara-se com a mensagem e decidiu-se, com consciência limpa e segura, de que sua vida seria a propagação daqueles ensinamentos, mesmo sob o risco de ser punido por tais condutas com a própria morte, como já vinha acontecendo há muito tempo.

Assim, tornara-se o centro de pequeno movimento de multiplicação da mensagem, tanto quanto de ampliação do Bem.

Dos recursos que ganhava nas obras onde servia, destinava pequena quantidade para a manutenção de suas necessidades frugais e o restante transformava em benefícios aos sofridos seguidores que, ao encontrarem o auxílio inesperado em suas mãos, abriam-se para aquele Jesus desconhecido.

– Estes recursos não são meus – falava Décio àqueles que ajudava. – São recursos que Jesus me mandou entregar a vocês para que as crianças não passassem tanta fome.

E, entre lágrimas de gratidão, mães aflitas passavam a desejar conhecer melhor esse Jesus a quem Décio tanto se referia.

Por suas mãos, muitos se tornaram cristãos, não apenas porque escutavam as suas palavras, mas, sobretudo, porque acreditavam nelas ao verem os exemplos que Décio oferecia, na coragem do Bem, na solidariedade para com os que choravam, desditosos, numa cidade de indiferentes.

O movimento se ampliava no bairro modesto onde todos viviam e, duas vezes por semana, sua casinha se tornava apertada para congregar todos os que se acercavam para ouvir suas palavras.

Ali, Licínio encontrara a compreensão do Evangelho Verdadeiro e, juntando suas disposições no Amor, conseguira coragem para levar sua jornada até o sacrifício para salvar inocente criatura condenada sem provas ao suplício do circo violento.

Décio sabia que podia atender ao pedido de Cláudio, ajudando aquela família.

No entanto, não desejava comprometer o trabalho de difundir a Boa Nova confessando-se cristão ao romano importante que lhe convocara a ajuda, para que não se visse destruindo ou pondo em risco aquilo que, ainda, deveria produzir muito fruto.

Depois de pensar e orar com sinceridade, viu-se tocado por luminosa idéia, plantada em sua alma pelo carinho de Zacarias.

— Sim, isso é possível! – falava eufórico para si próprio. – Aquela criatura poderá ser usada na própria obra, afinal, há trabalho para mulheres, abastecendo de água os operários e cuidando dos afazeres mais leves, organizando e limpando as coisas. Eu me responsabilizarei pela sua proteção e saberei preservá-la dos ataques mais baixos de homens sem caráter. Se necessário, arrumarei pessoa que possa cuidar de seus filhos para que ela trabalhe. Sim, acho que essa é a melhor solução.

Quando o dia propiciou o regresso de todos às atividades regulares junto ao grande templo, Décio solicitou a Cneu que informasse seu superior de que ele precisava lhe falar sobre o assunto da véspera.

Não tardou para que Cláudio o convocasse ao diálogo reservado.

— E então, Décio, o que tem a me dizer?

— Bem, meu senhor, por tudo o que pude pensar, acho que consegui uma maneira de ajudar a pessoa, sem levantar suspeitas de sua intervenção.

— Pois então, fale logo – disse Cláudio, demonstrando ansiedade e falta de tempo.

E então Décio lhe expôs o plano de convocar a jovem para trabalhar nos serviços gerais daquela obra, sob a sua proteção direta, o que lhe permitiria receber um salário que compensasse a perda da renda proveniente de esmolas ou outras atividades pouco decentes.

— Mas como vamos fazer para que ela aceite o trabalho? – perguntou o administrador, procurando dar contornos reais para a execução daquele plano.

— Ora, Senhor, é muito fácil. Eu mesmo posso me dirigir ao local onde ela se coloca como pedinte e começar um diálogo para dizer-lhe que conheço um lugar que está precisando de mão de obra feminina e que pagam bem. Algo a que ela se veja interessada e que não levante suspeitas quanto à sua intervenção direta. Perguntarei se não seria melhor trocar os incertos recursos que se consegue com a esmola por um salário que lhe seja constante, por um serviço que ela mesma possa executar.

– É, Décio, acho que isso pode dar certo. E pelo que vejo por aqui, não faltará alguma coisa para ela fazer. Se ela morder a isca, desejo que você informe que estará ligada diretamente à minha supervisão, sem que se refira ao nosso plano para ajudar o pequeno menino e seus irmãos.

– Pode ficar tranquilo, meu senhor. A sua solicitação é lei para o meu silêncio.

– Está bem, então, Décio. Hoje mesmo você pode sair mais cedo para concretizar suas táticas, levando à mulher a proposta para o trabalho.

Estendeu a mão e tal era o seu contentamento, que Décio sentiu-se com suficiente liberdade para corresponder-lhe ao cumprimento, agradecido pela confiança e pelo gesto de fraternidade que Cláudio demonstrava.

Informado do local onde a mulher se prostrava, em bairro suntuoso e importante, a pedir ajuda na companhia de três desventuradas crianças, Décio deu prosseguimento à estratégia.

Vestido de maneira simples como sempre, seus passos determinados levaram-no ao local onde, de longe, pôde vislumbrar o cortejo da desgraça projetado sobre a laje do piso, ao abrigo de uma sombra que atenuava o sacrifício de pedir e o calor das próprias crianças.

Tomou a direção do grupo a passos lentos, preparando seu espírito através da oração para que tudo saísse como o planejado.

Força poderosa o abastecia e eletrizava seu coração que, acelerado, lhe dizia da importância daquele momento na trajetória de todas aquelas almas.

– Uma esmola, ó generoso senhor – escutara Décio ao passar o mais perto possível do grupo, mas à distância suficiente para não denunciar seu interesse em ajudá-lo.

Era a voz da pequena Lúcia que se erguia, obedecendo os ensinamentos de Serápis, na tentativa de seduzir os passantes.

Mais do que isso, a pequenina criança se dirigia às pessoas e as agarrava pela barra da vestimenta, como a tentar chamar ainda mais a atenção dos indiferentes para as desditas de sua família.

Assim que Lúcia se dirigiu a Décio, o servidor de Jesus se viu convocado pelas mãozinhas infantis a interromper a própria marcha e voltar-se para o diálogo com a pequena.

Vendo que o homem parara a caminhada e se sentindo vitoriosa no seu intento de pedir ajuda para aquela a quem se via ligada como se fosse sua mãe verdadeira, Lúcia apontou para o pequeno grupo abrigado à sombra e disse:

— Senhor generoso, eu não peço ajuda para mim, que tenho saúde e posso andar. Peço que ajude meus irmãozinhos. Um é cego e doente e o outro não tem os braços desde que nasceu. Se o senhor quiser ver com os próprios olhos, venha até aqui...

A palavra fácil de Lúcia parecia que lhe era soprada por lábios invisíveis, tal a naturalidade com que eram proferidas.

Era um convite irrecusável para quem desejava, efetivamente, ter sido convidado para aproximar-se.

Décio, no entanto, fez-se de desacreditado, respondendo, com carinho:

— Ora, menina, não é possível existir tanta desgraça junta assim como você está falando. Isso é exagero seu para me tomar alguns trocados.

E vendo que o homem não acreditava em sua palavra, ferida pela sua descrença e recebendo as palavras de Décio como uma consideração de desonestidade de sua parte, Lúcia controlou o choro e respondeu ao desconhecido:

— O senhor pode até não dar nenhuma moeda para nós, mas não diga que estou mentindo sem, antes, ver a nossa realidade – falou a pequenina em tom tão triste e abatido que Décio, sensível por natureza, se sentiu um monstro ferindo assim tão sofrida criança.

— Está bem, menina, eu quero ver para acreditar em você.

Agarrando o homenzarrão pela ponta dos dedos, Lúcia arrastava-lhe o corpo pesado até o local onde estavam os seus.

— Mamãe, mamãe – gritava a pequena criança de quatro anos, aproximadamente – veja, mamãe, este homem veio nos conhecer...

Chamada insistentemente pela menina, Serápis procurou ajeitar-se e colocar os filhos bem à mostra, como forma de apresentar bem a "mercadoria", com a finalidade de sensibilizar o transeunte e, com isso, conseguir valores um pouco mais significativos.

Assim, Lúcio e Demétrio foram expostos em toda a nudez que permitisse a Décio constatar a sua condição de infelizes.

Assim que chegou, Serápis saudou o visitante, dizendo:

— Bondoso patrício, eis aqui a nossa triste verdade. Tenho aqui meus dois filhos pequenos nestas condições de dor e miséria e, não bastando esta condição que o senhor pode ver, tenho um outro ainda mais infeliz, que não tenho condições de trazer aqui.

Em verdade, Serápis não desejava dizer que explorava o outro colocando-o na rua para pedir esmolas também, aproveitando-se de seu grotesco estado que, por si só, já era um discurso sem palavras ao coração dos menos indiferentes.

— Pelo que vejo, minha senhora, deve ser muito dura a vida de todos vocês. Estas duas crianças feridas nas funções mais importantes a dificultar-lhes o desenvolvimento da própria existência, além de uma terceira, em piores condições, representam desafio que parece ser maior do que as forças de qualquer mulher ou de qualquer bela criança como esta menininha simpática que me obrigou a vir até aqui.

Observando o interesse espontâneo daquele homem que parecia simples e bom, Serápis animou-se a falar de suas desgraças.

— Sim, meu senhor. Não sei como tenho suportado. Creio que só o Amor de Lúcia e a vontade que tenho de matar o pai destas outras crianças é que me mantém viva.

— Como assim? – perguntou Décio, surpreso quanto à informação e desejando permitir que Serápis desabafasse.

— Sim, meu senhor, acho que é o Amor misturado ao grande ódio que sinto que me mantém as forças, porque não fiz estes filhos sozinha e, para minha infelicidade, fui relegada à condição miserável em que me encontro, quando o genitor verdadeiro de Lúcio e Demétrio é um homem poderoso e rico que, de maneira egoísta, nos deixou assim que constatou os aleijões dos próprios filhos.

Não sei a que deus recorrer que seja suficientemente mau para perseguir esse projeto de homem mal resolvido, que não se condói em deixar sua família exposta na rua, sem qualquer auxílio.

Procurando entender melhor sem desejar parecer curioso demais, Décio arriscou:

— Mas não haveria meios de recorrer aos magistrados para solucionar este problema? Afinal, se ele é pai...

— Sim, meu bondoso senhor, mas é que para a lei estes filhos não são dele e sim de um outro homem, talvez o único homem decente que eu encontrei e que, desinteressado, tentou me ajudar, dando-me um emprego no palácio daquele que odeio tanto.

— Agora é que estou mais confuso ainda — respondeu Décio, interessando-se pela sua história.

— Bem, meu senhor, nos encantos de mulher e nos interesses de homem, apaixonei-me pelo patrão que era infeliz com sua mulher insuportável, no que fui correspondida por ele, interessado em ser feliz ao lado de outra que lhe preenchesse os sonhos e lhe garantisse a prole de varões que perpetuassem o seu nome e a tradição de sua família.

No entanto, como o senhor pode ver, pertencia à classe dos miseráveis que, apesar de terem um corpo ou um rosto bonito, não deixam de ser miseráveis. Assim, interessado em me manter como sua propriedade, o patrão apaixonado construiu um pouso de amor onde passamos a nos encontrar e onde fiquei grávida.

Tudo ia razoavelmente bem quando, por um desses infortúnios do destino, sua esposa morreu, ao que parece, vítima de veneno poderoso.

Assim, nessas condições, ficamos ainda mais impossibilitados de nos unir já que poderia recair sobre nós toda a acusação de envenamento.

A filha pequena da primeira união, esta menina adorável que o trouxe até nós, agarrou-se a mim e eu a ela, sem uma explicação para tamanho apego e, por isso, adotei-a como filha do coração, na certeza de que isso também facilitaria a manutenção de nossa venturosa relação de amor.

Pelos planos de Marcus, em face das suspeitas que poderiam pesar sobre mim ou sobre nós, levei ao conhecimento dos que investigavam o crime que uma das servas de confiança da senhora assassinada era detentora de um frasco de veneno e que bem poderia ter sido ela aquela que o precipitara na água que servira como gole fatal.

Acabou-se descobrindo o frasco do veneno, cujas características eram iguais, nos efeitos, às do veneno usado para matar a esposa de Marcus.

A moça foi presa e o viúvo tudo fez para condená-la, visitando juízes para ver-se desforrado em seu orgulho ferido com a punição da serva cujas circunstâncias apontavam para a culpa flagrante.

Tudo ia bem quando, em meio a todo turbilhão das festas, as dores do parto me visitaram e Marcus fora convocado para receber os filhos que tanto desejava.

Chegara aturdido, contrariado, como que pressionado por forças terríveis, mas, ainda assim, tudo esqueceu ao escutar o choro dos filhos que seriam a nossa felicidade para sempre, mas que foram, em realidade, a causa da nossa desgraça.

Tão logo constatou a condição de ambos, não lhe foi suficiente o fato de ambos serem homens como ele tanto sonhara.

Serem cego e aleijado foi a nossa sentença cruel, condenatória sem defesa, afastando o amante apaixonado e transformando-o em miserável fugitivo.

A princípio nos ajudava com alimentos, o que nos permitia uma vida menos indigna. Depois, não sei por que, nem isso continuou a nos ser oferecido.

Venho todos os dias até aqui porque naqueles muros – disse Serápis indicando vasta construção não muito distante deles – encontra-se o palácio que me serviu de abrigo por algum tempo e serve de moradia para esse infeliz.

Já cheguei à humilhação suprema de bater às suas portas a pedir informações sobre Marcus ou, ao menos, um auxílio para nossas misérias, quando fui informada de que ele se ausentou em viagem, há mais de dois anos e que, pelo que me disseram, nada mais tinham para me oferecer.

Foi então que descobri que todos pensam que estes são filhos de Licínio, o homem que um dia revelou seu amor por mim, mas que desprezei, em meu egoísmo de mulher, desejosa de maiores conquistas.

Ao que parece, Licínio apresentou-se perante o magistrado que julgaria a serva acusada e, para libertar a moça, inventou mentiras que diziam ser ele próprio, o culpado pelo envenenamento.

Assim, não sei por que, não sei se para dar mais peso à sua invenção ou se para livrar a mim e a Marcus da suspeita de assassinato, Licínio assumiu a paternidade dos filhos perante o juiz que constatou a minha gravidez e tomou por verdadeiras as suas afirmações, condenando-o em lugar da serva, que mandou libertar e que, desde esse dia, fugiu e não deixou nenhum sinal.

A partir daí, meu senhor, tenho que me manter e dar de comer a todos estes desditosos infelizes a quem me sinto ligada por laços de amor e por sentimentos de repulsa que não consigo medir quais são os maiores.

Somente a pequenina Lúcia é aquela que me dá vontade de seguir lutando e que, podendo eu tê-la apresentado à porta do palácio de Marcus como a filha legítima da primeira união, não o fiz e não o faço porque não desejo me ver dela afastada.

Fico por aqui, à espera da generosidade dos que passam e na esperança de encontrar Marcus a fim de que ele veja a que nos reduziu e sinta dor em seu coração indiferente e mau.

Interrompeu o relato para que pudesse secar duas lágrimas que escorriam, dos olhos belos e tristes que denunciavam a dor íntima e a amargura de um ódio silencioso e profundo que nutria.

Lúcia tinha se afastado à cata de outros passantes e só restavam aqueles dois desditosos seres, Lúcio, choroso e cego e Demétrio, sem os braços.

O silêncio denunciava a emoção diante daquela dor familiar.

Vendo-o emudecido, a jovem, que se permitira o arroubo da confissão, não desejando perder a oportunidade que podia lhe garantir algumas moedas, tentou aliviar o clima, dizendo:

— Desculpe incomodá-lo com minha desgraça pessoal e nossa desdita coletiva. Mas é que ninguém nos escuta, ninguém pára para ver nossa condição e, à distância, todos pensam que somos vagabundos, todos nos acusam de banditismo, muitos me chamam de prostituta, outros nos cospem, e quantos não nos enviam caixas bonitas, como presentes, mas cujo conteúdo está repleto de excrementos ou lixo apodrecido.

— Não se desculpe, minha filha. Não pense você que não conheço a sua dor através da dor de tantas outras mulheres injustiçadas como você.

Sem se ver repelida por aquele homem paciente e sereno, Serápis se sentiu aquecida por dentro, coisa que há muito não sentia.

Aproveitando-se desse clima positivo, Décio falou-lhe sincero e humilde:

— Se sua desdita é desse tamanho e se sua luta é cruel como parece pelo seu relato, talvez fosse melhor tentar um trabalho que a afastasse desse tipo de acolhida a que você se refere...

— Ah! Senhor, mas quem daria trabalho a uma mulher que tem quatro filhos, três dos quais são pedaços de gente, numa cidade onde qualquer doença é vista como maldição da sorte a contaminar tudo onde toca?

Tantas vezes tentei serviço, mas o peso dos filhos não mantinha aberta porta que minha beleza havia entreaberto. Pensei em jogá-los fora, em abandoná-los, mas uma dor imensa visita meu coração somente em pensar que estarão entregues aos cachorros da rua, à chuva e à fome.

Ninguém dá serviço a uma mulher como eu... — falou tristemente.

Sentindo que havia chegado a hora, Décio arriscou:

— Mas e se lhe dissesse, minha filha, que talvez eu consiga trabalho para você e amparo para seus filhos? Você estaria disposta a deixar a situação de pedinte e se tornar uma trabalhadora?

Há muito tempo que os seus olhos não brilhavam de esperança. Todavia, Serápis desconfiava de todos os gestos generosos, depois que Marcus a abandonara.

— Ah! Meu senhor, desculpe o que lhe vou dizer, mas nossa desgraça é muito grande para que acreditemos em ajuda que mais parece uma brincadeira de um destino cruel com a nossa miséria sem fim. Se o senhor está desejando brincar conosco, tenha piedade de nossa dor e não nos acene com esperanças que não existem — falou Serápis, debulhada em lágrimas de cansaço e angústia lamentosa.

Tocado pela emoção daquela mulher entregue à desilusão e incapaz de pensar que poderia haver esperança para seu futuro, Décio continuou falando-lhe, paternal:

— Não é brincadeira ou fantasia, minha filha. Se você deseja trabalhar, tenho autorização para levar quem eu encontre pelo caminho com esse desejo para que se empregue em uma obra onde eu mesmo presto serviços e que está precisando de mãos eficientes. É um trabalho simples, mas com o pagamento garantido. Nosso patrão é o imperador e nosso chefe é um homem muito sério, rigoroso, mas muito bom.

Assim, estou autorizado a levar até ele qualquer pessoa que eu veja que preenche os requisitos de nossas necessidades e, como você tem saúde, tem forças e está sem trabalho, quem sabe se não será possível que você seja uma dessas candidatas.

Envolvida pela expectativa de sair daquela sarjeta suja ao pé dos palácios de mármore, Serápis respondeu, ainda não querendo acreditar:

— Mas senhor, meus filhos me impedirão de atender ao horário de trabalho, além do que, pela desgraça que vestem em seus corpos deformados, são um atestado de indignidade que me condena a vagar por aí, sem esperanças maiores do que a esmola.

— Não, minha filha, quanto a isso não se preocupe. Para mim, o mais importante é que você deseje trabalhar e ganhar o salário sem depender mais dessa indústria da dor e da miséria.

— Mas o senhor acha que eu vou ter que me deitar com alguém para conseguir o emprego? Desculpe perguntar, mas não aceito mais ser usada por homens que se aproveitam de nossas carnes para saciar seus apetites sem nos conceder nem o respeito nem o amparo de que necessitamos...

Percebendo os escrúpulos de Serápis no que dizia respeito ao seu interesse de homem ou ao de qualquer outro homem que estivesse desejando seus serviços sexuais acenando com a esperança do trabalho, Décio prosseguiu:

— Não se trata desse tipo de trabalho. Aliás, nosso chefe é homem dos mais sérios e respeitosos e, se está solicitando a mão de obra feminina é porque se trata de trabalho que os próprios homens não poderão realizar por si mesmos, já que estão empenhados em terminar a obra antes que o imperador chegue de viagem.

Além do mais, eu mesmo garantirei a sua segurança junto aos eventuais ataques de que você possa ser objeto.

Quanto aos seus filhos, isso é algo que nós cuidaremos de forma a não impedir que possa trabalhar. Nosso chefe é muito influente e, certamente, terá uma forma de garantir o atendimento dos pequenos enquanto você cuida de ganhar o salário.

Vendo que todas as suas ansiedades se viam atendidas, como se uma força poderosa lhe respondesse às preces aos deuses que sempre pareceram frios e distantes, Serápis passou a chorar de emoção, buscando segurar nas mãos calosas de Décio e beijá-las, orvalhando-as com suas lágrimas, como se estivesse agarrando à única esperança real que poderia retirá-la da desdita e da fome.

Sem saber o que dizer, mas desejando demonstrar o seu intenso desejo de trabalhar, rematou:

— Se tudo isso não é um sonho, se não é armadilha da sedução que vem me punir as condutas erradas que já tive; se não há interesse mesquinho e se a condição de desgraçados que carregamos não impede que prestemos para suar, a partir de agora o senhor é o benfeitor que os deuses enviaram para reerguer a nossa esperança. Sim, meu senhor, trabalho é tudo o que eu desejo. É, sobretudo, o que mais todos nós necessitamos. Meu sonho é não ser chamada de prostituta, nem ser convidada por homens para que me deite com eles em troca de um pedaço de carne para a fome de minhas crianças. Meu sonho é não ter que disputar com os cães um lugar à sombra dos palácios, esperando pelos ossos que jogam de suas janelas ou pela compaixão que nunca chega de seus corações fechados.

Ah!, senhor, se isso for verdade, esteja certo de que eu serei a mais dedicada operária dessa obra.

Falando isso, continuava a beijar as mãos que Décio insistia em retirar, mas cujo ímpeto de gratidão de Serápis impedia que o fizesse.

Era ele a fonte cristalina que vinha saciar-lhe a sede e reabastecer-lhe as forças.

Sobre ela, as mãos luminosas de Lívia acariciavam-lhe os cabelos sujos, envolviam as limitações de Demétrio e as dores de Lúcio, ao mesmo tempo em que dirigiam a inocência de Lúcia para que todos pudessem se reequilibrar e seguir a trajetória de expiação e sofrimento que haviam, um dia, semeado nos próprios destinos.

8

O NOVO TRABALHO E NOVAS ALEGRIAS

Sob os cuidados de Décio, logo no dia seguinte, pela manhã, Serápis se apresentava ao local onde seria admitida para prestar serviços gerais que incluíam o fornecimento de água aos operários, a limpeza das acomodações e dos escritórios e pequenas organizações que não importassem em excesso de esforço para a sua condição feminina.

No local, já existiam algumas mulheres como ajudantes nestas funções, mas tratava-se de servas ou escravas não remuneradas, obrigadas pela sua inferior condição social a servirem sem direitos maiores do que o da comida e do descanso.

Chegando ao Panteón, cuja estrutura imponente impressionava e cujo acabamento final se estava providenciando, a jovem mulher foi levada à presença de Cláudio Rufus, não sem antes ser informada de que aquele era o seu chefe a quem deveria obedecer cegamente, sem quaisquer erros de condutas que pudessem causar algum prejuízo ao andamento das coisas.

Sabendo que seria importante manter uma boa aparência a partir desses critérios, diante da oportunidade que lhe surgia pela frente, Serápis deixou de lado todas as posturas altivas próprias de seu espírito insolente e, recordando-se das próprias necessidades, procurou assumir a conduta humilde e discreta, tão agradável aos olhos dos patrícios romanos.

Dessa forma, não ousou levantar o olhar na presença de Cláudio, que a observava com interesse sem saber por onde começar, admirando-lhe o porte físico e o desgaste imposto pelas agruras materiais e morais.

– Pois então você é a candidata ao trabalho, conforme Décio me informou – falou o rapaz rompendo a expectativa.

Com um aceno de cabeça a moça anuiu, mantendo o silêncio.

– Décio se responsabilizará por você aqui dentro, mas esteja certa de que, apesar de existirem muitos homens por aqui, nenhum deles terá coragem de investir contra a sua segurança, a não ser que você não saiba se conduzir, o que me obrigará a dispensá-la.

– Sim, meu senhor. Não causarei problemas dessa natureza, e se algo se passar nesse sentido, comunicarei ao senhor Décio sobre tudo para que não seja de seu desconhecimento.

– Assim está bem.

Lembrando-se dos filhos e de Domício, o leproso que ela cuidava, Cláudio enveredou por esse assunto.

– Segundo meu funcionário me informou, você é mãe de quatro filhos, sendo que três deles são muito doentes. Como é que pretende manter-se neste trabalho e conciliá-lo com os cuidados que eles pedem?

– Essa também, meu senhor, era a minha preocupação principal. O filho mais velho, adotivo, é o mais desditoso e, por isso, não teria como deixá-lo sob os cuidados da única filha sadia, também adotada, como estão os outros dois neste momento. Lúcia, minha pequena, se esmera em cuidar tanto do irmão cego, Lúcio, quanto do irmão aleijado Demétrio. Todavia, o senhor Décio me informou que ele conseguiu uma pessoa que se incumbirá de zelar pelos meus filhos na minha ausência. Como saio muito cedo de casa, deixo os pequenos sozinhos até a sua chegada e, ao meu regresso, segundo me informou o senhor Décio, as crianças já terão sido alimentadas e cuidadas, principalmente o maior, sempre mais sofrido, bastando que eu termine de cuidar das pequenas coisas que ainda restem a fazer, que, por sinal, são sempre muitas numa casa onde vivem quatro crianças.

Se não fosse essa disposição eu não poderia estar aqui para trabalhar.

Ouvindo-lhe as explicações, que não acrescentavam muito ao que ele próprio já sabia, Cláudio concluiu:

– Bem, algum dia desses gostaria de conhecer seus filhos, se isso não for algum problema para você, porque costumo procurar auxiliar as crianças que sofrem de alguma maneira. Se não houver oposição de sua parte, marcaremos uma visita para que eu os possa encontrar na sua presença.

Surpreendida positivamente com o interesse de Cláudio, Serápis sorriu como que acedendo aos propósitos do novo chefe, na condição da pessoa que não tem como dizer não, apesar das mazelas que poderiam colocar em risco o seu próprio trabalho, quando da descoberta de que o filho mais velho era leproso e de aparência repugnante.

Com isso, foi dada por terminada a primeira entrevista entre os dois, encaminhando-se a mulher para as rotinas que a aguardavam, pelas mãos do próprio Décio que, depois de ter se livrado dessas tarefas, regressou para terminar de conversar com seu superior.

– Pois então, senhor Cláudio, desculpe-me a ousadia de já trazer a jovem para o trabalho, sem antes consultá-lo. Mas as circunstâncias foram tão positivas que me senti compelido a aproveitá-las da melhor maneira, não deixando oportunidade para que a má sorte estragasse os seus planos.

– Fez muito bem, Décio. Eu só tenho gratidão por seu empenho na solução dessa tragédia que me tocou o coração. Você notou o constrangimento dela ao receber o meu pedido de visitar-lhe os filhos? Certamente teme que a condição de pestoso de Domício a faça perder o trabalho, diante das inúmeras reações contrárias que são tão comuns em nossos dias ao contato com pessoas enfermas como ele.

– É, senhor, eu também percebi a sua postura reticente.

– E quanto ao restante, Décio, ela contou-lhe mais algum detalhe sobre sua vida?

– Ah!, senhor Cláudio, em boa hora as forças superiores cativaram seu coração em favor dessa família. A moça estava tão desesperada que não precisou de muito para abrir o cofre de seu coração e relatar-me, ainda que por cima, o drama no qual se envolveu e que a levou da condição de quase senhora para o estado de mendiga vulgar.

E falando isso, relatou a Cláudio todos os pormenores da conversação, sem esconder nada, nem as impressões emocionadas que perpassaram pela alma da moça quando ele lhe propôs o trabalho como fonte de renda segura para a família.

Vendo os olhos de Décio também umedecidos pelo pranto da emoção, Cláudio se deixou invadir por um estado de elevação espiritual que lhe era próprio ao grau de evolução de sua alma, sentindo que a sua conduta estava de acordo com as vontades daqueles a quem chamava de deuses de sua tradição.

Na sua alma, vibrava a estrela da bondade que o tornava muito diferente dos demais homens desse período e, ainda que mantivesse sua vida dentro dos padrões da normalidade social de seu tempo, cultivava atitudes e sentimentos que o elevavam no conceito moral por demonstrarem suas qualidades.

Enlevado por tais vibrações, Cláudio disse a Décio, depois de retirar duas pequenas bolsas de dentro de uma caixa que lhe servia de cofre de segurança:

— Pelo estado da família, creio que será importante que você faça chegar às mãos de Serápis um adiantamento de salário, para que ela tenha recursos que compensem a falta das esmolas diárias que conseguia quando se dedicava a pedir nas ruas. Como, agora, acredito, nem ela nem os filhos se acham nessa tarefa, faltará com o que comprar o necessário. Assim, diga-lhe que, em nome do imperador generoso, ela receberá o adiantamento para que não se desespere e que, todos os meses você, Décio, estará incumbido de proceder ao abastecimento de sua moradia com alimentos para que os filhos não passem privações maiores. Eis aqui as moedas necessárias para esse adiantamento e para a compra dos gêneros indispensáveis.

Entregou-lhe a primeira bolsa com tais recursos para que o operário, no momento de levá-la de regresso à casa, pudesse lhe entregar, informando-a das determinações de Cláudio.

Segurando a segunda bolsa nas mãos, entregou-a a Décio, que não entendera para que se destinara aquele segundo montante de recursos.

Vendo o seu olhar de curiosidade e dúvida, Cláudio continuou:

— Esta segunda bolsa, Décio, é uma recompensa pelos seus bons ofícios junto dessa família de necessitados, auxiliando-me com a discrição que você soube manter e com o bom senso que seu espírito generoso soube desenvolver. Não entenda isso como pagamento ou adiantamento. É apenas um gesto de gratidão que gostaria que você aceitasse, já que pretendo valer-me de seus bons ofícios para novas tarefas. Além do mais, há a despesa com a pessoa que vai cuidar dos filhos de Serápis em sua ausência...

Embevecido com a atenção de que se via rodeado, da consideração de que era objeto, Décio abaixou a cabeça e disse, emocionado:

– Senhor, nunca ninguém levou em consideração qualquer coisa que eu tivesse feito, raramente dirigindo-se a minha pessoa como se eu fosse gente de verdade. A maioria me tratava como animal de carga, só isso. Assim, o fato de o senhor ter-me considerado digno de uma tarefa tão nobre como essa já representa para mim um régio pagamento, porque me oferece um tratamento que eu achava que nunca mais iria receber de ninguém. Esteja certo de que isso vale mais do que qualquer moeda que o senhor puder me pagar como prêmio por algo que, estou certo, não o fiz por meus próprios méritos, mas, sim, por causa do apoio dos amigos divinos. Além disso, a pessoa que aceitou me ajudar, nada está me cobrando para amparar as crianças. Em nossa comunidade pobre, temos o hábito de os menos ocupados auxiliarem em pequenos serviços aos que mais necessitem. Assim, a mulher que estará amparando os filhos enfermos de Serápis é pessoa bondosa que o estará fazendo por Amor. Ela própria tem um filho e, sabendo quanto é difícil a criação de uma criança, imagina como o será, então, de quatro, sendo três tão doentes.

Vendo que Décio se preparava para recusar a oferta, Cláudio interrompeu suas desculpas, afirmando categórico:

– Eu compreendo seus escrúpulos e sua gratidão. No entanto, não aceito não como resposta. Já fui informado de que você é um homem generoso e que muitas pessoas o procuram por aqui para solicitar seus préstimos ou sua ajuda. Seus modos gentis e humanos me demonstraram ser verdade essa informação e, sabendo que essa conduta não é compatível com a de um romano da nossa tradição indiferente e egoísta, estou certo de que, ainda que sendo romano de nascimento, suas crenças o transformaram em algo melhor do que o normal dos nossos cidadãos. Assim, estou seguro de que, dessa pequena bolsa, não haverá benefício que se restrinja apenas aos seus interesses, mas, ao contrário, sei que muitos outros aflitos encontrarão consolo em suas pequenas moedas com as quais, tenho certeza, você tratará de amparar-lhes as desditas, dando curso à bondade de sua alma.

A avaliação de Cláudio era um fulminante raio a desvelar todo o interior de Décio que, envergonhado perante as referências elogiosas, não sabia como esconder a vermelhidão de seu rosto.

Cabisbaixo, mantinha-se quieto, sem saber o que dizer ou fazer.

– Está resolvido e vamos acabar logo com esse assunto. Há muito trabalho a ser feito e preciso de sua força tanto nas rotinas finais da obra quanto na atenção sobre a jovem para que tudo corra como estamos planejando.

Sentindo-se envergonhado perante a generosidade material de Cláudio, Décio secou os olhos úmidos na barra de sua roupa surrada de trabalhador braçal e só pôde dizer:

– Senhor, em nome dos famintos de Roma, eu agradeço a sua generosidade, que os irá aliviar em suas angústias. Obrigado. Que Deus o abençoe.

E dizendo isso, retirou-se.

Ali permaneceu Cláudio, pensativo e sensibilizado pelas emoções que o alimentavam de ideais nobres e bons.

* * *

Enquanto isso, a rotina da família se alterava significativamente.

Indicada por Décio, a nova ajudante da casa, Flávia, se apresentara no ambiente do lar modesto quando Serápis já havia ido para o trabalho na companhia de seu benfeitor.

É que, também, ela precisava cuidar de seu pequeno abrigo antes de sair a ajudar nos cuidados para com as misérias alheias.

Décio já havia informado Serápis de como iriam proceder e, com isso, Lúcia já sabia que uma mulher viria ajudar por algumas horas, nos cuidados com os pequenos.

Por sua vez, Décio também informara à sua colaboradora que o lar era o pouso de três crianças doentes e que ela não se espantasse com o que iria encontrar. Estavam todos a serviço de Jesus no lar desditoso daquela família, para que, através do trabalho, todos pudessem encontrar um destino melhor.

Imbuída dessa boa vontade, apresentou-se a voluntária do bem na casinha que, outrora, havia sido o "pequeno palácio" de Serápis e Marcus, trazendo a boa vontade das criaturas que se alegram em fazer o Bem pelo Bem, com o privilégio de sentir o Amor de Jesus a iluminar seus atos desinteressados.

Décio havia feito menção de pagar-lhe os serviços, mas, recusando qualquer pagamento, a jovem mulher afirmara que devia muito a Jesus para trocar seu suor espontâneo por algumas moedas romanas.

Ela se doaria no horário disponível e, ainda que não conhecesse a mãe dessas crianças, já se sentia condoída por sua situação de penúria e angústia porque, ela própria, na idêntica condição de mãe, aquilatava com maior exatidão o que deveria ser o sofrimento materno diante da aflição de três de seus quatro filhos.

A compaixão que Flávia sentira pela história trágica daquela mãe enchera seu coração de vontade de ser útil, sobretudo pelo fato de a necessitada não saber quem a estaria ajudando, por não se encontrarem ao longo do período do serviço.

Relembrava, assim, do ensinamento de Jesus, que ensinara que a mão esquerda não deve saber o que a mão direita está fazendo, no sentido de que deveríamos fazer o bem sem que isso fosse do conhecimento dos outros ou proporcionasse a sua gratidão.

Assim, já no primeiro dia, depois de terminar os afazeres domésticos em seu lar humilde no qual vivia na companhia da mãe envelhecida e do filho, saiu em demanda da vivenda, conforme Décio lhe havia orientado. Ali chegou pelo meio da manhã, batendo na porta conforme haviam anteriormente combinado, num código pré-estabelecido para que Lúcia permitisse o ingresso da nova ajudante da família, segundo as orientações de Décio.

Franqueado o seu ingresso ao novo ambiente de trabalho, a jovem logo pôde vislumbrar o tamanho das necessidades de todos e, vendo que somente a pequena Lúcia guardava condições de ser útil, passou a ajustar todas as coisas de modo a permitir que as demais crianças fossem atendidas em primeiro lugar, com a higiene física tão necessária para a diminuição dos odores fétidos que Domício emitia.

Ajudada pela pequena menina de quase cinco anos, levaram o mais velho ao banho, trocando-lhe as vestes por outras que se achassem limpas e disponíveis.

A partir daquele dia, os carrinhos não funcionariam mais como transportes de crianças pedintes. Seria usado para facilitar o trânsito de Domício no interior do lar, bem como nas imediações quando necessário.

Depois de cuidar dele, chegou o momento de amparar os outros dois, seja com a mesma rotina de higiene física, seja, depois, com o preparo do alimento necessário ao sustento dos famintos infantes que, desde o dia anterior, nada tinham comido.

O pouco que encontrou, elevou em seu espírito o grau de compaixão para com as dores daqueles seres ali reunidos. Imaginou a tragédia de uma mãe que se via desafiada por tais obstáculos e ainda tinha coragem de seguir vivendo, sem terminar tudo pela tragédia do infanticídio e do suicídio.

Dividiu a pequena ração entre os quatro e, condoída pela fome de todos eles, saiu à rua para buscar, junto a pessoas conhecidas e que compunham o círculo de solidariedade na miséria, alguma coisa a mais que pudesse completar o pouco que havia.

Voltou trazendo frutas e pães humildes para que todos pudessem se sentir sustentados de uma maneira um pouco menos precária.

Diante da mesa, na hora em que se preparavam para ingerir o que havia sido conseguido graças aos pedidos junto a pessoas de bom coração, a benfeitora daquele pequeno mundo se lembrou de agradecer a Jesus pelas dádivas recebidas, pela generosidade que não deixou faltar o pão aos mais necessitados.

Dizendo isso, Flávia pediu que as crianças fechassem os olhos e repetissem as palavras que ela ia dizer.

Obedientes e agradecidos, os pequenos se postaram conforme havia sido orientado e, palavra por palavra, repetiram a oração que escutavam.

– Senhor Jesus,

– Senhor Jesus...

– Nós te agradecemos,

– ...nós te agradecemos...

– o pão da vida e o alimento para nossas almas – continuava a prece, pausadamente, para que as crianças repetissem.

– Obrigado, senhor, por este lar, pelas crianças que aqui estão, pela sua mãezinha valorosa, que soube lutar por eles sem se deixar levar pelo desejo de morrer ou de matar. Ajude-nos a vencer todas as dificuldades que, nem se comparam à cruz onde o Senhor foi pregado, injustamente.

Que assim seja.

Feita a oração com as crianças que a acompanhavam em reverente coro que silenciou ao final das últimas palavras, a jovem serviçal disse animada:

— Bem, crianças, agora vamos encher a barriga, que já passou da hora.

— Viva! – gritou Lúcia. – Hoje temos comida. Vejam só, Demétrio, Domício, Lúcio, quanta coisa nossa benfeitora trouxe para nós. Precisamos agradecer a sua dedicação, obedecendo e sorrindo para que ela se sinta feliz pela nossa alegria. Vamos cantar nossa musiquinha.

E dizendo isso, colocou-se de pé diante de todos eles e, com sua voz infantil, passou a repetir os versos que havia escutado de sua mãe, convocando seus irmãos a cantarem juntamente com ela:

Na dureza ou na miséria,
Somos sempre solução.
Quando temos, dividimos.
Quando não, viramos pão.

E quando a música terminava com essa frase curiosa, Serápis costumava dar mordiscadinhas nos braços de seu filhos e eles faziam o mesmo uns nos outros, como se estivessem se alimentando reciprocamente, terminando em gargalhadas, o que era um recurso para espantar um pouco a dificuldade e a tristeza.

Assim fizeram os meninos que, cantando junto com Lúcia, tão logo terminaram de repetir a estrofe final, começaram a se procurar para as mordiscadinhas de sempre, como se eles estivessem a se devorar uns aos outros.

A risada final não evitou que a jovem empregada derrubasse as lágrimas de admiração, vendo a tragédia daquela família ser enfrentada com tal coragem, que até mesmo as crianças não percebiam a crueldade da própria condição.

Secando rapidamente o rosto, dividiram entre si o pão e as frutas, sendo certo que Lúcia se incumbia de cuidar dos dois irmãos, dando-lhes a comida na boca enquanto que a voluntária do bem se acercava de Domício para levar-lhe o alimento, que era devorado pelos dentes podres daquele infeliz corpo doente.

Para os pequenos, fora uma aventura inspiradora aquele primeiro dia, fazendo com que exigissem da nova amiga, a promessa de que voltaria no dia seguinte.

Por volta do meio da tarde, a jovem fazia a promessa solene diante de todos eles e despedia-se, emocionada e feliz, pela possibilidade de ter aliviado aqueles corações aflitos em suas dores mais comuns, já que precisava dirigir-se à casa comercial onde trabalhava na limpeza até depois de anoitecer, para ajudar na criação de seu filho e nos gastos da casa.

Ficaram as crianças esperando a chegada da mãe para poderem contar as novas aventuras vividas ali, naquele ambiente agora mais arrumado e limpo.

Ao final do dia, Serápis chegava, escoltada por Décio que, conforme o combinado com Cláudio, depositava-lhe a bolsa em suas mãos como adiantamento de salário para as despesas imediatas, informando-a igualmente de que a família seria atendida por um amparo de comida para que não faltasse nada às crianças.

Serápis não acreditava naquilo.

Deveria estar sonhando um sonho muito bom e tinha medo de despertar na mesma realidade cruel a que fora acostumada, nas lutas, nas maneiras mentirosas e infiéis, nas competições e nas traições para conquistar postos ou posições de realce no afeto de pessoas ricas.

Tudo isso ela conhecia pessoalmente, como prática que fizera de sua vida a gerar a desgraça na qual estava inserida.

Esse novo mundo, essa forma diferente de ser tratada, onde pessoas se interessavam pelo Bem das outras custava-lhe entender como poderia existir ou ser real.

Agradecida por tudo e ansiosa para saber das novidades dentro do lar, combinaram a rotina do dia seguinte para que, ao amanhecer, Décio ali estivesse para seguir com ela para o trabalho que os esperava.

No entanto, as surpresas ainda não haviam acabado.

Dentro do lar, a alegria dos filhos que, pela primeira vez, haviam transformado aquele túmulo em um lar cheio de algazarras alegres e bem dispostas, esperava pela mãe que, solicitada por todos os braços, não sabia a quem entregar-se para ouvir as peripécias daquela nova jornada de aventuras e risos.

Lúcia era a mais tagarela, querendo falar tudo, contar como haviam se comportado, como os meninos tinham ajudado, tinham cantado a musiquinha na hora da comida, da fartura que eles tiveram naquele dia, do esforço da nova ajudante em lhes atender os menores pedidos.

Serápis estava ingressando num mundo novo.

Um mundo que ela já vivera quando se encontrava ao lado de Licínio e que, talvez, já há muito tempo estivesse vivendo, na felicidade e na paz, se o tivesse aceitado como o companheiro querido, ao invés de ter preferido as aventuras da conquista de bens e riquezas, ao lado do covarde Marcus, rico e fraco.

Sim, um dia, alguns anos atrás, ela tivera a opção de ser menos rica e mais feliz, ao lado de um homem cujo coração se parecia com o de Décio, com o de Cláudio e com o daquela mulher que, agora, mesmo como empregada sem pagamento, tratava seus filhos doentes com respeito e carinho.

A alegria das crianças era o atestado do Amor Verdadeiro de que foram objeto.

Amor que Serápis nunca conhecera porque sempre preferira as emoções das paixões desenfreadas e loucas, as sensações da sexualidade desajustada e a euforia da posse sem fundamento na sabedoria de contentar-se com menos para garantia da própria felicidade duradoura.

A bondade de Jesus e dos espíritos amigos começava a envolvê-la para que ela também descobrisse a bondade que estava guardada dentro de seu próprio coração.

O PONTO DE VISTA DE MARCUS

Havia sido um dia muito difícil aquele em que ele descobrira a condenação do melhor amigo, Licínio, tanto quanto se obrigara a presenciar-lhe a execução depois do breve colóquio que mantiveram no calabouço do atualmente chamado Coliseu.

O choque e as dificuldades da vergonha, a incompreensão das coisas, a constatação de que o amigo estava morrendo para salvar uma serva que, à vista da maioria dos romanos importantes, não possuía qualquer valor como ser humano, era algo inusitado e absolutamente estranho àquela sociedade egoísta e o seria igualmente para Marcus, se não conhecesse o caráter nobre de seu administrador.

No entanto, conhecê-lo como se conheciam tornava ainda mais difíceis as coisas, no aspecto moral, já que Marcus, em realidade, acabara sendo aquele que gerara todas as consequências, ao tentar obrigar a condenação de Lélia como culpada da morte de sua esposa Druzila, subornando autoridades e usando de sua importância e de seu dinheiro para impedir qualquer julgamento demorado e justo.

Não tendo conseguido salvar a jovem pelos apelos diretos que fizera, Licínio não se viu com opção outra a não ser a de assumir a culpa, forma que possibilitaria, inclusivo, a liberação de seu amigo Marcus e de sua amante, Serápis, de quaisquer culpas, permitindo que, com o tempo, viessem a se unir e reconstruir um lar para Lúcia e para os filhos que ela carregava no ventre.

Tudo isso pesava na consciência do patrício imaturo quando presenciara o ato final de Licínio, a cantar o hino cristão com o qual se despedia da vida física, nos braços de seu velho amigo e tutor espiritual, Zacarias.

Não mais suportando a dantesca cena que apequenava aquela gloriosa Roma de mármores e sangue, leis e injustiças, Marcus deixou o recinto tenebroso onde a multidão exultava com o espetáculo e dirigiu-se para seu " pequeno palácio " onde se ocultava das vistas de todos os demais e onde passava instantes de idílio amoroso junto de Serápis.

Não nos esqueçamos de que, dentro dos planos de Marcus para a condenação de Lélia, logo após a morte de Druzila, encontrava-se a viagem dele e Lúcia para o interior, com a desculpa de sair do ambiente triste e funéreo que o falecimento da esposa instalara, buscando levar a filha aos parentes da falecida, residentes em distante interior agreste. Serápis partiria antes dos dois, como se os fosse anteceder na viagem com as bagagens, mas, em realidade, assim que deixasse o palácio, seria levada para a vivenda onde estavam acostumados a se encontrarem clandestinamente, ali permanecendo até que Marcus voltasse sigilosamente da viagem para trazer-lhe a filha a fim de que permanecesse em sua companhia.

Somente Licínio saberia de todos os detalhes de seu plano e essa medida evitaria a constrangedora constatação da gravidez de Serápis por todos os demais empregados e serviçais do palácio enlutado.

E agora que o administrador estava morto, ninguém mais conhecia os segredos e o paradeiro nem de Serápis, nem de Lúcia nem de Marcus, todos os empregados supondo que se encontravam em distante região.

Ferido na alma, no regresso do Coliseu foi o pai agradavelmente surpreendido pela chegada do momento mais importante em seus sonhos masculinos, aquele em que uma mulher lhe concederia um filho homem, para dar prosseguimento ao seu nome, às tradições de sua família e ao culto dos antepassados, surpresa essa que se mostrou ainda maior quando a mulher que fazia o papel de parteira lhe comunicou o fato de que ele, em realidade, era pai de dois meninos.

Tão logo fora recompensada, tratou a senhora de ausentar-se o mais rápido possível porque sabia que, em questão de poucos minutos, o mundo de sonhos e esperanças de Marcus desabaria quando da constatação dos filhos deficientes que o destino lhe houvera endereçado.

E assim aconteceu.

Ao vislumbrar as criaturas pequeninas e mal formadas, o golpe em sua alma atingiu proporções ainda mais profundas, graves e danosas.

Já se achava um indigno amigo, um desditoso companheiro que não soubera dirigir as cordas do destino a ponto de impedir o sacrifício de Licínio.

E o seu mais ardente sonho se transformava em pesadelo ao constatar que ele acabaria sendo motivo de ironia de toda Roma caso assumisse como seus aqueles filhos deformados, que o destino, a prudência e generosidade de Licínio haviam assumido como prole dele próprio.

Todavia, fosse pela crueldade presenciada no circo com a tragédia a que foram submetidos os cristãos no poste do martírio, fosse porque uma voz íntima o advertia dos compromissos espirituais para com aqueles que lhe chegavam ao lar, Marcus não se animou a providenciar o descarte daqueles corpos defeituosos junto ao lixo público da cidade que, costumeiramente, recebia os corpos deformados de inúmeras crianças que não eram aceitas pela família ou que, por seu estado de debilidade ou má formação, traduzir-se-iam em vergonha para aqueles que as haviam engendrado.

Uma vez que se tratava de um jovem despreparado para todas as dores dos testemunhos de honradez e maturidade, abatido pela morte de Licínio e atribuindo-se, ainda que em parte, a culpa pela prole defeituosa, acovardou-se perante o testemunho de ser pai daqueles filhos e, valendo-se daquilo que Licínio houvera feito para facilitar a sua união com Serápis, como um gesto de benevolência do administrador, considerou as crianças como órfãs de pai desde o nascimento e, ao invés de adotá-las e trazê-las para o palácio, o que permitiria a sua união definitiva com Serápis, até então sua amada, preferiu valer-se da falsa paternidade de Licínio e torná-la verdadeira, afastando-se daquele ambiente e abandonando todos os filhos e a amante na condição em que se encontravam. Regressou naquela mesma noite fatídica, tomando o rumo da propriedade rural para onde tinha se deslocado antes, deixando não apenas a mãe de seus filhos abandonada à própria sorte, mas, igualmente, a própria Lúcia que, nessas alturas, era a expressão de um passado que ele não desejava relembrar – Druzila – e de um futuro que ele não mais desejava construir ao lado de uma amaldiçoada produtora de aberrações – Serápis.

Lúcia, ademais, precisaria mais de uma mãe do que de um pai.

Esse pensamentos despropositados de Marcus eram fruto de seu despreparo para as lutas morais da vida, reduzido que se achava a um mero gozador das coisas materiais do mundo, acostumado a poder tudo comprar, tudo mandar, tudo resolver à sua maneira.

Garantiu à família desditosa a possibilidade de utilização daquela moradia e, depois que pôde meditar melhor nos fatos, já na sede campestre para onde regressara sozinho, escrevera a Fábio, o administrador que sucedera Licínio, relatando-lhe que descobrira o motivo do desaparecimento do antigo mordomo, seu antecessor, motivado pela sua união com Serápis que lhe esperava um filho. Acrescentou, para dar mais veracidade à história, o fato constante da confissão de Licínio, de que adotara a fé cristã e que, por esse motivo fora preso e condenado, no intuito de libertar Lélia, a serva acusada de matar Druzila.

Segundo a versão de Marcus ao administrador Fábio, Lélia fora consumida pelas mesmas chamas que haviam matado Licínio.

Restara Serápis, mãe de dois filhos doentes, herança póstuma de seu melhor amigo, Licínio.

Assim, através da mencionada carta, Marcus determinava a Fábio que se ocupasse de atender às necessidades da família do amigo e que o fizesse ainda antes do seu regresso ao palácio.

Dessa maneira, Marcus pensava organizar o mundo ao seu redor segundo os seus mais interessantes e convenientes objetivos, afastando Serápis de sua companhia e mantendo-a como a amante de Licínio, abrigada em um local seguro, ainda que simples, ajudada pelo apoio de alimentos que ele mandara o novo administrador remeter através de seus servos de confiança até o local onde vivia a nova família.

Por isso, quando Marcus regressou da propriedade afastada ao seio de seu antigo lar, encontrou as coisas mais ou menos encaminhadas, com a garantia de Fábio de que havia adotado as medidas exigidas pelo seu patrão no documento remetido antes e que, como amigo e subalterno de Licínio, jamais houvera imaginado que o falecido antecessor mantivesse um caso íntimo com Serápis tão bem guardado.

Na acústica de sua alma, Marcus se esforçava por manter

apagadas as mais ternas lembranças dos momentos de prazer e enlevo que houvera vivido ao lado da serva querida, agora caída em desgraça pela infausta maternidade que lhe colocara nas mãos dois seres amaldiçoados como filhos.

Proibira que se comentasse qualquer coisa sobre Druzila, sobre Licínio, sobre Serápis e sobre o triste destino de todos eles.

Em realidade, explicara a Fábio apenas parte da história sobre o afastamento de Serápis do palácio, já como medida de impedir que seu estado de gravidez, cuja co-autoria atribuía a Licínio, viesse a ser descoberto pelos demais serviçais e acabasse comprometendo a honradez tanto do importante funcionário quanto do próprio patrão, surpreendido por uma ocorrência que atestava uma intimidade e uma licenciosidade indignas da austeridade de uma casa patrícia como era a sua.

Por isso – explicava-se – a necessidade da viagem de Serápis antes dele e de Lúcia, medida indispensável para afastá-la dali, encaminhando-a para modesta vivenda que fora providenciada pelo próprio futuro pai, Licínio.

No entanto, as dores colheram a ambos de surpresa e este não pôde ver o nascimento de seus dois rebentos.

Como vários meses já se haviam passado e Fábio jamais houvera tido qualquer contato com Lúcia, sendo incapaz de reconhecê-la agora, sobretudo com as mudanças próprias do crescimento infantil, Marcus evitou relatar o destino da única filha, tudo fazendo supor que a mesma estivesse entregue aos parentes afastados da defunta esposa.

Fábio e qualquer servo do palácio, com exceção de Lélia, seriam incapazes de reconhecer Lúcia, depois de tanto tempo sem encontrá-la.

Assim que tudo estivesse convenientemente explicado, Marcus via a necessidade de afastar-se dali, para que a farsa que promovera como maneira de se livrar da condição de pai de dois monstros, fosse efetivada como verdade.

Se permanecesse por ali, fatalmente Serápis surgiria para acusá-lo, exigir-lhe maior ajuda, apresentar Lúcia e impor-lhe a vergonhosa reputação de um pai mesquinho, abandonando tanto a filha do primeiro casamento quanto os da união espúria e ilegítima.

Marcus sentia que Serápis era detentora de muitas chaves para fazer abrir as portas ao sabor de seus caprichos e interesses. Por isso, não havia outra maneira de fugir desse risco senão deixando Roma, sem destino e sem informar quanto tempo ficaria ausente.

Ao término dos trinta dias do nascimento dos rebentos desditosos, Marcus se afastava novamente da capital imperial, sem destino declarado sequer ao próprio administrador, ao qual se dirigiria através de mensageiros que lhe trariam todas as ordens e orientações necessárias ao andamento das coisas por ali.

Isso o afastaria de Serápis, da pressão psicológica de tomar qualquer outra atitude mais generosa, das lembranças de Licínio, das vistas aguçadas da ex-amante e da consciência de culpa pelo abandono de Lúcia, sentimentos estes que procurava combater e remediar com a concessão do direito de viverem juntas sob o antigo tugúrio de amor e de lhes garantir alguma provisão mensal.

Se na superfície esta versão possuía muitos pontos de apoio que a aproximavam da verdade, no conjunto de todas as provas e indícios, tendo sido um caminho dos mais bem arquitetados para livrá-lo da responsabilidade e da vergonha de ser pai, por outro lado, seu coração sabia que sua conduta era indigna de tudo, de seus genitores já falecidos há muito tempo, de seu melhor amigo, Licínio, de um sentimento de nobreza que ainda não estava de todo morto em suas tradições familiares, de sua consciência que sabia que tudo aquilo era um deslavada mentira.

Mesmo o seu afeto ainda tremia ao fixar a figura de Serápis, a amante calorosa e explosiva, dócil e segura, frêmito esse que Marcus procurava afastar de imediato, a fim de não se sentir amolecido em suas fibras masculinas que decidiram qual o caminho que sua vida tomaria.

Não permitira que fosse objeto de ironias naquela Roma ferina e teatral, afastando-se de tudo o que colocasse em risco a sua estirpe e sua tradição.

Afastou-se como quem sai para longa viagem que, de resto, não excluiria nem mesmo uma travessia do Mediterrâneo, em busca dos encantos da Grécia ancestral, com seus monumentos e tradições de beleza.

Por esse motivo, mesmo que abandonada na condição de vítima

inocente da maternidade de filhos inúteis para a vida de glórias, Serápis não conseguiu restabelecer mais qualquer contato com o pai de seus filhos, tendo buscado informações em todos os lados, solicitado a colaboração de pessoas que pudessem ajudá-la a encontrar Marcus, recebendo sempre a mesma notícia: Marcus havia viajado sem data para voltar.

E por mais que já se tivessem passado mais de dois anos de todos estes fatos, Marcus continuava carregando consigo todos os conflitos de um coração que sente saudades da mulher amada, mas não deseja, em hipótese alguma, dividir-lhe o fardo, aceder-lhe à companhia, comungar com ela das lágrimas que deveria estar derrubando.

Sua trajetória de turista não conseguia fazer com que sua consciência lhe desse trégua e, por mais longe que fosse, via-se perseguido por todos estes tormentos que o acusavam de culpado na morte de Licínio, culpado na fuga da responsabilidade paterna, culpado pela farsa bem engendrada, na qual enodoava ou conspurcava a memória do melhor amigo para livrar a própria moral dos julgamentos mais incisivos.

Por isso, nem as belezas da Grécia, nem os ares frescos de montanhas, nem as carícias de tantas outras mulheres passageiras nas quais pensava enganar os próprios sentimentos eram capazes de completá-lo ou amainar o vulcão que o perseguia e crestava por dentro.

Tinha saudade e medo, ansiedade e temor, solidão e carência.

Sua alma era um verdadeiro turbilhão.

* * *

Mais uma vez, queridos leitores, surge diante de todos nós as implicações de nossas condutas, no tocante à responsabilidade em todos os pequenos atos que realizamos.

Sobre tais questões, o já mencionado "Livro dos Espíritos", que a Doutrina Espírita oferece como o mapa para a compreensao de nossos destinos diante das leis que dirigem nossos passo, não deixa margem a dúvidas no tocante à nossa condição de seres responsáveis, que contamos com os instrumentos que nos colocarão no rumo, não importa de quanto tempo necessitemos ou que soframos o efeito doloroso a que dermos causa.

A já citada questão 642 da referida obra é muito elucidativa quanto a isso.

Para ser agradável a Deus e para garantir o próprio futuro, não basta não fazer o mal, como muitas pessoas imaginam e se justificam em seu egoísmo e indiferença disfarçado de escrúpulo e nobreza.

Não é pela inércia no mal que se conquistará qualquer benefício na ordem evolutiva.

É indispensável que possamos fazer o BEM, NO LIMITE DE NOSSAS FORÇAS.

A isso se dedicou o próprio Licínio, ao entregar-se na vida física para conseguir resgatar a inocente criatura da injustiça a que seria levada pelos estratagemas de Marcus e pela venalidade das autoridades humanas.

Fazer o Bem no limite não apenas de seus recursos, não apenas no limite de seu tempo, de seus interesses, de suas conveniências, de sua descendência, de seu feudo.

Fazer o Bem até que as suas forças não aguentem mais, empenhando nessa faina todos os seus valores e objetos, coisas e riquezas, potencialidades espirituais e virtudes.

E, logo a seguir, a resposta a essa pergunta prossegue afirmando quão abrangente é a nossa responsabilidade no mundo, como espíritos em evolução que somos, todos solidários com o crescimento de todos.

Assim, vaticina que seremos responsáveis por todo o mal que possa decorrer de um Bem que nós deixamos de realizar quando o poderíamos ter feito.

Essa era a fundamental diferença entre Licínio e Marcus.

O primeiro houvera sabido cumprir com a sua essência divina, aceitando fazer o Bem no limite máximo de suas forças, de seus ideais, de seus objetivos.

O segundo se limitara a tentar amparar à distância, fugindo à responsabilidade dos próprios atos, acovardado diante dos efeitos da semente que houvera plantando no caminho, sem nos esquecermos de que, na vida anterior, como Sávio, havia maculado as próprias mãos com o envenenamento involuntário de Zacarias, quando tinha a intenção de matar Pilatos, para agradar a então igualmente amante Fúlvia, a mesma amante Serápis de agora.

Não se tratava, portanto, de um inocente e primário trânsfuga da lei de Amor.

Era um reincidente, um repetidor de condutas desrespeitosas que, segundo suas próprias necessidades espirituais, lhe impunham o dever moral de receber, ao lado da nova companheira, a figura detestável daqueles que haviam se comprometido diretamente pela cumplicidade sexual e política, Pôncio e Sulpício, os mesmos Lúcio – cego – e Demétrio – aleijado, agora como os filhos da antiga amante, Fúlvia, agora, Serápis.

Na planificação originária preparatória da presente reencarnação, Serápis seria mãe de seus dois sócios de delitos sob o amparo de Licínio que, como já lhe havia revelado, interessava-se em tê-la como esposa legítima e aceitara, espiritualmente, ser o devotado genitor dos dois filhos deficientes que o destino lhe encaminharia.

Ambiciosa, no entanto, preferiu aventurar-se em busca de dinheiro e poder, acabando por perder o coração fiel e devotado de um espírito luminoso, aquele mesmo Lucílio que procurara ajudar Zacarias a proteger Pilatos, trocando o seu afeto pelo interesse carnal e a paixão de um Marcus rico e inconsequente, aquele Sávio tolo que se deixara dominar pelos seus encantos sedutores.

Trocara a segurança do afeto pela fraqueza do companheiro que escolheu, não com base em realidades virtuosas do espírito e, sim, baseada nos interesses mesquinhos de continuar mandando e vivendo faustosamente, tendências que seu espírito ainda não havia conseguido abolir de suas ambições mais profundas.

Agora, todos estavam recebendo de todos as decepções que suas fraquezas produziam, por fugirem igualmente dos deveres do fazer o Bem.

Todos recebiam o Mal pelo Bem que haviam deixado de semear quando poderiam tê-lo feito.

Serápis, que optara por Marcus, se via sozinha sem o companheiro volúvel que escolhera, enquanto que Marcus não conseguia acalmar seu afeto, atormentado pelas defecções e pelas acusações de sua própria consciência, vendo-se afetivamente atrelado a uma mulher que representaria a sua desdita para sempre.

Por isso, queridos leitores, entendamos os deveres que nos compete observar na jornada da vida e, por mais dolorosos e difíceis, não abdiquemos do esforço para que o Bem dos que estão ao nosso lado prevaleça sobre os próprios interesses.

Nosso sacrifício pessoal será o único advogado decente que se levantará para defender-nos.

Todo o mal que possa decorrer da ausência de um Bem que poderia ter sido realizado por suas mãos representará acusador inflexível no tribunal da Verdade, a apontar na sua direção quando se buscarem os responsáveis pela dor, pela fome, pela vergonha, pela queda de alguma pessoa, pela lágrima de algum ser.

Por esse motivo é que a vida é tratada com tão elevada consideração por todos nós, espíritos que os amamos tanto, já que cada sentimento de bondade expressado em gestos ou palavras é riqueza de valor inestimável enquanto que cada minuto perdido, cada dia, cada mês ou cada ano, é a repetição das velhas sementeiras dolorosas que, até os dias de hoje, estão ferindo tanto suas roupagens físicas, na forma de tumores ou enfermidades, quanto suas almas imortais, na forma de consciências de culpa, cáusticos da mente e do espírito, a converterem-se, mais cedo ou mais tarde, em outras inúmeras doenças da matéria, se a nossa vontade de corrigi-las não nos encaminhar para o exercício do Amor de maneira redobrada e incansável.

Não se esqueçam de uma coisa, queridos leitores:

Entre todos os que estamos aqui, no mundo de hoje, encarnados ou desencarnados, não existem inocentes.

Só há culpados.

Por isso, lutemos para que nossas experiências no Bem nos defendam e para que nossa consciência imortal, Verdadeiro Juiz inflexível de nossas culpas, ...finalmente...

... nos absolva.

10

Confissões no trabalho

As novas atividades de Serápis produziram uma transformação em seu espírito, uma vez que, deixando a condição de mendicância a que se impusera como forma de tentar solucionar os problemas da criação da prole sem recorrer ao assassínio ou ao abandono dos filhos desditosos, a sua alma passou a assimilar forças novas, aumentando a confiança na solução de todos os problemas materiais que tanto os afligiam.

Além do mais, a companhia constante de Décio e a solicitude de que se via cercada, fizeram com que Serápis sequer percebesse as gotas de suor que lhe escorriam pela face, no vaivém, no sobe e desce, no carregar água, no organizar objetos e no limpar os gabinetes improvisados nos quais Cláudio se reunia com seus principais ajudantes.

A alegria dos filhos ao contato com Flávia em seu lar lhe produzia uma tranquilidade segura e, por tudo o que estava recebendo, ainda que o ódio que nutria por Marcus corroesse seus mais íntimos pensamentos, naturalmente se sentia ligada aos seus benfeitores, principalmente a Décio que, na sua maneira séria e respeitosa, transformara-se em verdadeiro pai, a observar-lhe as necessidades e preservá-la dos riscos junto a homens rudes e grosseiros.

Graças à sua vigilância, pôde se sentir segura ao transitar com sua beleza e vigor por meio de criaturas acostumadas a desrespeitar a condição feminina.

Décio era sua garantia e todos os homens ali não se animariam a ter que enfrentar a estatura e os músculos daquele obreiro firme que se impunha não somente pelos exemplos e pelas palavras, mas, igualmente, pelo tamanho.

Como lhe houvera garantido, sua condição de serviçal impunha um serviço que a calçada não exigia na situação da mendicância. No entanto, ao cumprir suas obrigações corretamente, sentia-se capacitada a ganhar o pão indispensável para o alívio de seus sofrimentos e para a concretização de seus sonhos de, mais cedo ou mais tarde, retomar o que julgava ter-lhe sido tirado, ou seja, a condição de senhora no palácio de Marcus.

Por sua cabeça passavam meios de vingança, como, infelizmente, costuma ser a conduta de muitas mulheres que se veem preteridas na ordem afetiva.

Se a condição emocional infantil de certos homens lhes impõe a dolorosa situação da solidão, ao invés de entenderem essa experiência como fonte de enriquecimento que lhe propiciará desenvolver maiores virtudes na luta e na superação das adversidades, resvalam, ao contrário, para o abismo da auto-flagelação, do vitimismo, da pessimista interpretação de que são injustiçadas criaturas a merecerem a desforra contra aquele que as abandonou.

E no seu psiquismo sonhador, quando o ferimento se instala sem o combate da fé e da razão esclarecidas, deixado ao sabor da ventania do rancor e do ódio, a fagulha da tristeza se incinera e se transforma no incêndio enfurecido da vingança, traçando planos nos quais pensa infundir àquele que tergiversou nos compromissos do afeto a justa contrapartida da dor e da decepção, devolvendo-lhe ferida por ferida, como a se igualar no lamaçal da indignidade e do crime.

Como mulher sem fé mais elevada e acostumada a usar da razão como instrumento de conquistas, Serápis carregava em seu íntimo a planificação de conseguir retornar ao antigo posto material de onde fora retirada por força das circunstâncias.

Entretanto, tais cogitações eram seu segredo mais bem guardado, deixado para o momento certo, uma vez que, agora, o que lhe interessava era corresponder ao voto de confiança que lhe houvera sido oferecido tanto por Décio quanto por Cláudio Rufus.

Este, por sua vez, nas poucas vezes que encontrava a jovem, sempre se interessava por saber como iam as coisas, como estavam se comportando os seus homens a respeito da sua presença, e, naquele dia, já alguns meses depois do início de suas tarefas, Cláudio lhe questionava sobre o tratamento dos operários como forma de começar a conversa, ao que ela, prontamente, respondia:

– O senhor Décio é a minha garantia e, graças à sua proteção, estou em paz podendo fazer meu trabalho, senhor Cláudio.

– Isso é muito bom, Serápis. Apesar de meus compromissos constantes, tenho observado que as coisas estão melhores, que o lugar está mais arrumado, que os homens estão mais atendidos, não precisando interromper o trabalho com a desculpa de se abastecerem de água.

Enquanto Cláudio conversava com ela, seu olhar perscrutava aquela jovem que, apesar de possuir os contornos físicos harmoniosos e inspiradores, se via, assim, tão prematuramente, levada à condição maternal difícil e complicada.

Sem desejar perder a oportunidade de se esclarecer, sobretudo com relação a Domício, que não lhe saía da cabeça, Cláudio perguntou-lhe:

– Até agora, Serápis, ainda não consegui compreender como é que, dentre todos os filhos que você já possui, uma menina que não foi gerada em seu ventre, mas que, na prática, sua alma acolheu como filha, e dois outros meninos que você gerou e que se apresentam doentinhos, ainda houve condições de acolher a Domício, tão sofrido. Como foi isso?

– Ah! meu senhor, as desgraças, quando vem juntas, fazem delirar nosso pensamento e, quando estamos perto de fazer coisas piores, o destino ou os deuses, às vezes, nos alertam ou impedem, ajudando-nos de alguma sorte com as migalhas de sua preocupação.

– Continuo sem entender, Serápis.

– Bem, meu senhor – disse a jovem, passando as mãos pelo rosto suado – eu acabara de ser mãe de dois infortunados que, por si só, me tiraram todas as esperanças de felicidade. No início, cansada do parto, perdi os sentidos e adormeci profundamente. O silêncio do ambiente e a condição do esforço físico prolongado me impuseram essa estafa que os homens, muitas vezes, não entendem ou aceitam. No entanto, dormi profundamente, com a alegria íntima de ter correspondido ao máximo na felicidade do eleito de meu coração que, tanto desejando ter um filho homem, fora agraciado com dois.O senhor deve imaginar a minha surpresa terrificante quando, ao acordar no dia seguinte, quando o Sol já ia alto, esperando receber o carinho e o devotamento do companheiro feliz e orgulhoso, a me considerar a sua devotada cara-metade, sou surpreendida pela tripla tragédia. Mãe de dois filhos deformados e abandonada por aquele que, até então, considerava como a base de meus sentimentos mais puros.

Foi uma situação desesperadora para mim.

A visão de Lúcio, de órbitas murchas e de Demétrio, sem os braços, aliada à solidão como sentença injusta por tudo o que houvera suportado, sem um adeus, sem uma explicação, sem qualquer entendimento que pudesse garantir o futuro material a que estaríamos expostos, criou em meu ser uma vertigem de aflição e desespero até hoje difícil de suportar.

Tão logo recobrei as forças, amparada pela serva que ficara no lar no período da gravidez, pus-me de pé e deliberei convocar Marcus a uma conversa mais direta, enviando-lhe um bilhete através da empregada.

Referida mensagem retornou lacrada como houvera sido mandada, com a informação obtida pela serviçal de que Marcus tinha se ausentado já há alguns meses com a filha, como aliás, houvera sido combinado por nós mesmos, depois da morte de sua primeira esposa.

Como vê, Marcus não tinha se dirigido para o palácio.

Logo imaginei que houvesse tomado o destino da fazenda no interior, o que me causou mais desespero ainda.

Vendo o meu estado, a mulher que ali me servira até aqueles dias, acostumada às tragédias tão comuns como a minha nesta cidade sem compaixão, aventou-me a possibilidade do descarte dos filhos junto aos detritos da cidade, o que, ao meu espírito de filha quase enjeitada por pais indiferentes me doía ao coração. Imaginar estes pequenos seres mordidos por formigas, devorados pelos ratos e pelos urubus antes mesmo que estivessem mortos, me arrepiava inteira e a repulsa de meus sentimentos me impediria de agir dessa maneira.

No entanto, aventou ela outra hipótese. Falando-me de que não precisaria encaminhar à morte pelo abandono, lançou-me à mente a ideia de doar os pequenos, colocando-os junto à coluna lactária existente no "forum das verduras" (local onde se comercializavam os produtos do campo na antiga Roma, nas margens do rio Tibre), onde os enjeitados são, muitas vezes, encontrados por pais ou mães que desejam filhos sem poderem obtê-los.

Eu já ouvira falar dessa prática tão comum em nossos meios, mas jamais havia presenciado o seu funcionamento.

Assim, disposta a dar esse destino, quis, antes de agir, ver como se davam as coisas. Por isso, na primeira noite que se me apresentou favorável, vesti modesta capa que me protegia e dirigi meus passos ao local estabelecido para poder observar melhor o que se passava.

Oculta pelo véu da noite e da larga vestimenta singela e tosca, passei despercebidamente e me coloquei em um local de onde pudesse observar melhor.

Não tardou para que percebesse vultos escuros esgueirando-se por entre as pilhas de caixotes rústicos, carregando pequenos embrulhos e depositando-os no chão, junto à referida coluna que, naquela noite em que pude presenciar o destino de tais infelizes, recebera mais de seis desditosos enjeitados.

E se as mães que abandonavam valiam-se da mais absoluta penumbra para deixarem o fruto indesejado de suas aventuras no chão frio, por entre os legumes e verduras, vez por outra alguém surgia carregando pequena lâmpada de azeite, como quem procura vencer a escuridão e avaliar o tipo de criança ali depositada.

Pude perceber que despiam-na por completo para examinar seu estado geral e, mais de uma delas se viu rejeitada porque, ao que pude presumir, não eram perfeitas na forma ou tinham traços não muito típicos dos romanos, mais se parecendo com rebentos de estrangeiros, com suas características típicas.

Ali percebi que meus filhos não teriam qualquer chance.

E so o ongano ou a escuridão os ajudasse a conseguir um pai ou uma mãe, tão logo clareasse o dia e se constatasse melhor o estado geral, o destino do lixo estaria, certamente, marcando o trajeto que lhes seria imposto.

Dispunha-me, assim, a deixar o local, quando tive minha atenção voltada para um gemido que vinha das redondezas.

Não parecia um gemido de criança recém-nascida. Era um lamento, um choro triste que cortava com sua melancolia o coração mais duro e indiferente.

Acerquei-me para melhor observar e, ao clarão baço do luar, consegui divisar um amontoado de panos que se moviam.

A princípio pensei que fosse um malfeitor escondido. No entanto, as suas dimensões eram reduzidas e seu lamento demonstrava dor intensa.

Ao me aproximar, ouvi um sussurro que cortou o coração que acabara de trazer dois seres ao mundo.

Uma voz gutural, quase incompreensível, suplicava:

— Água, um pouco de água...

Mas a voz não saía como a minha, neste momento. Era um lamento, uma petição envolvida por lágrimas e dores de quem está desistindo de viver.

Encorajada pelo sentimento materno, me acerquei ainda mais e pude ver que se tratava de uma criança que pedia ajuda.

Naquele momento, não pensei que tipo de criança seria, se era sadia ou doente. Apenas senti meu coração de mulher e de mãe me impor o dever de arrumar água para aquela criatura desventurada como se ele próprio fosse meu filho.

Esqueci tudo o mais.

Saí dali para buscar água a fim de diminuir-lhe o sofrimento e, no mesmo instante em que lhe deitava à boca os goles pausados do líquido santo, percebia o seu estado de abandono.

Tinha entre sete e oito anos e, assim que se viu atendido por mãos desconhecidas, dirigiu-me o olhar triste e falou, marcando-me para sempre:

— Obrigado, mãezinha.

Ah! senhor Cláudio, aquela voz rouca, balbuciada, que me chamava de mãezinha para agradecer-me por um copo de água, a mim, que havia ido até ali com a finalidade de me livrar dos meus próprios filhos doentes, produziu uma tormenta que me devastou os sentimentos. Senti-me indigna, senti-me uma bruxa satânica e era como se os deuses estivessem me dizendo: Você terá coragem de deixar seus filhos mendigando um pouco de água? Lúcio, cego, e Demétrio, sem os braços, certamente morrerão à míngua.

E enquanto falava, procurando ser o mais honesta consigo mesma e com aquele que se apresentava como dos poucos benfeitores em seu caminho, Serápis não conseguia impedir que as lágrimas de vergonha escorressem por seu rosto.

– Sim, meu senhor, eu estava ali para desfazer-me dos rebentos aleijados e um filho alheio me suplicava um pouco de água e me chamava de mãezinha.

Não aguentei essa situação. Soluçando de emoção, de vergonha, de dor moral, esqueci de tudo o mais e saí dali correndo, sem conseguir deixar para trás a imagem e o som da voz daquele menino infeliz.

Voltei para minha casa e encontrei a minha situação real. Não poderia pensar em nada naquele momento.

Estava muito impressionada e o arrependimento me fazia sentir suja perante aqueles inocentes deformados que meu ventre carregara com tantas esperanças.

Os pequenos choravam.

– Estão com fome, senhora – falou a serva, mais experiente nas coisas da maternidade.

– Naquele momento, o choro de fome dos pequenos que nada imaginavam sobre as próprias realidades me faziam ouvir o choro daquele menino abandonado a me pedir um pouco de água.

Aproximei-me de Lúcio que, sem abrir os olhos, esticou seus bracinhos assim que sentiu o calor de meu seio aproximar-se dele. E enquanto se alimentava, seus braços como que desejavam se prender ao meu corpo, segurando minhas roupas com a força de quem deseja viver, de quem precisa estar comigo.

Minhas lágrimas escorriam por sobre seu rostinho apagado e faminto e, por mais de uma vez, tive ímpetos de pedir-lhe perdão porque acabara de regressar do local onde pensara abandoná-lo, sem amparo.

Logo depois foi a vez de Demétrio que, do mesmo modo, desejava sentir meu afeto, mas a ausência de braços impedia que se expressasse na sua intenção de prender-se ao meu seio, cujo leite farto lhes servia de comida e água.

Depois da larga jornada, ambos adormeceram silenciosos e satisfeitos, como se não existissem mais problemas para eles.

Então, pensei comigo, para os dois, o maior problema que os incomodava era a fome, o estômago vazio. Não tinham a noção de que seriam crianças diferentes. Não choravam porque seriam repelidos no futuro, pelos homens ditos sadios. Não se lastimavam porque nunca veriam a luz do Sol ou carregariam um copo d´água. Choravam porque tinham fome e, agora, haviam parado de chorar porque alguém lhes dera alimento.

Lembrei-me de Domício.

Perdido no meio dos caixotes, talvez não soubesse da desgraça que a vida lhe vaticinava. Talvez chorasse apenas porque tivesse sede, ou fome, ou frio e que, dessa maneira, não seria difícil fazer com que se sentisse confortável.

E vendo meus filhos dormindo em paz, senti meu coração apertado por imaginar aquela outra criança abandonada, talvez chorando de fome sem um seio de mãe a alimentá-lo.

Vesti minha roupa novamente e, ao fim de duas horas, trazia em meus braços aquele corpo doente e disforme também, cujos olhos pude ver brilharem pela primeira vez, ao calor da pequena casa que, daquele dia em diante, seria dele igualmente.

Eu, que havia ido até ali para despejar duas crianças, acabava voltando de lá carregando mais um infeliz.

Quando chegou em casa, procurei trocar-lhe as roupas para dar-lhe maior conforto. Suas vestes estavam malcheirosas, desgastadas, quase apodrecidas. Percebi que ele não tinha movimentos seguros nas pernas e que, pelo que via, não poderia se manter de pé.

Lúcia, pequenina, me ajudava em tudo, feliz como uma criança que ganha um brinquedo e quer cuidar dele.

Sobretudo porque esse "brinquedo", apesar de ser maior que ela, permitia que ela fizesse algo para amparar suas dores.

Uma vez que Lúcia teria que conviver com os irmãos deformados, tratei de fazê-la se sentir importante ajudando a cuidar daquele menino que, para nós, não tinha nome.

Foi aí que, precisando nomeá-lo, apesar de suas desgraças tão vastas ou até por causa delas, resolvemos coroá-lo com os nomes dos mais importantes personagens de nossa Roma, quem sabe se para atrair um pouco da boa sorte, quem sabe se para traduzir a trágica distância que existe entre os que são poderosos governantes e aqueles que são vítimas de seus governos opulentos e injustos.

Enxugando as lágrimas para terminar a história, completou:

– Daí, meu senhor, sem amparo de Marcus, apesar de ter recebido ajuda modesta durante algum tempo, não tive outra opção a não ser a de me dedicar a pedir com meus filhos, que a caridade nos sustentasse com suas moedas.

E até os dias de hoje, vinha tentando encontrar-me com o pai de Lúcio e Demétrio para que, vendo a nossa condição, ao menos se deixasse levar pela compaixão.

Por fim, acabei tomando conhecimento de que ele próprio não se considerava pai de ambos, atribuindo a paternidade a Licínio, o seu antigo administrador que, segundo fiquei sabendo depois, fora preso e executado para salvar aquela maldita Lélia, a empregada que fora uma das causadoras de toda esta tragédia. Se essa mulher tivesse sido morta como deveria, eu já teria sido aceita no palácio de Marcus e nossos filhos nasceriam lá dentro, não tendo ele como nos expulsar nem como fugir dali. Mas essa mulherzinha invejosa, amiga de Druzila, tudo fazia para me prejudicar quando eu trabalhava a seu serviço. Era daquelas que bajulavam a patroa e lhe contava tudo, sempre procurando fazer intrigas. Além disso, tenho certeza de que ela ou a própria Druzila desejavam me envenenar e, para isso, vieram com uma estória de que tinham um sonífero poderoso que me aliviaria as tensões e me faria descansar melhor. Já naquela época, pelo que posso imaginar hoje, depois de tudo o que se passou, usaram desse artifício para tentarem me tirar do caminho.

Bem, o estômago não espera que a injustiça seja reparada e, precisando comer e dar comida a mais quatro do dia para a noite, tive que me desdobrar. Não houve quem não me aconselhasse a venda de meu corpo jovem, através da qual não nos faltariam recursos. Porém, quando pensava que ia dar esse passo terrível para uma mulher, via os olhos de Lúcia que brilhavam e sua voz a perguntar-me aonde ia. Isso me desarmava. Ao mesmo tempo, os pequenos pediam comida a cada três horas e ali eu tinha que me encontrar para amamentá-los. Por isso, de uma forma ou de outra, meus filhos foram o seguro de integridade que me impediu de aceitar a falência moral, entregando meu corpo em troca do dinheiro, como acontece com tantas mulheres neste mundo, sem condições de conseguir alimentar a prole por outras vias.

Preferi, como já disse, tornar-me pedinte com eles, a tornar-me prostituta sozinha.

Então, para melhor aproveitar as oportunidades, passei a deixar Domício em um ponto não muito distante enquanto que eu e os outros três nos mantínhamos em outro, como forma de ampliar nossas chances de ganho.

E esta, resumidamente, é a minha ligação com Domício que, apesar de não ser filho de minhas entranhas, acabou sendo aquele que os deuses usaram para que eu não me desfizesse dos meus filhos infelizes, encorajando-me a seguir adiante, não sei por quanto tempo.

Se não fosse Décio ter me encontrado pelo caminho, me trazendo até aqui e se não fosse o senhor me aceitando como trabalhadora, certamente estaria mais próxima da derrota do que me encontro agora.

Emocionado com a luta daquela jovem que se mostrava sincera por um lado e reticente por outro, no que dizia respeito às suas relações afetivas com Marcus e no seu desejo de culpar a ele e a Lélia pelo seu infortúnio, Cláudio pôde avaliar melhor a complexidade daquela jovem que, infeliz por um lado, dispusera-se a tentar diminuir o sofrimento de Domício. Se era abandonada por Marcus, tratava de Lúcia, a filha dele com a sua rival, como se fosse sua própria prole. Ao mesmo tempo em que surgia generosa de um lado, trazia o coração hostil a acusar o amante que a deixou e a serva que fora inocentada.

Cláudio desejava, como já houvera falado, aproximar-se mais de Domício e de seus outros filhos, para que conhecesse pessoalmente e com mais liberdade, a desdita da família.

Sem, no entanto, desejar impor-se no ambiente da casa, como um invasor que se vale de sua melhor condição social para penetrar no lar desguarnecido de qualquer proteção masculina, Cláudio engendrou outra estratégia para aproximar-se dos pequenos.

— Como já lhe disse, outrora – falou o administrador das obras de Élio Adriano – me interesso muito pelo destino dessas crianças. Estamos nos aproximando das festas dedicadas aos deuses Cástor e Pólux, devotados protetores da infância. Com isso, gostaria que você aceitasse trazê-los à festa que organizarei para a comemoração dessa data, para que eles recebam as guloseimas e se sintam abençoados pelas referidas divindades.

E como não desejasse que o seu interesse fosse visto como forma de aproximação física indireta, criando uma situação artificiosa para explorar a mulher desprotegida, acrescentou:

– Não se preocupe com nada. Marcaremos a data com antecedência, durante um sábado pela tarde e pedirei a Décio que os acompanhe até o local. Levarei outras crianças também e, com isso, não faltará companhia e festa para todos os pequenos.

– Ora, meu senhor – disse Serápis, constrangida com o convite – eu já sou muito feliz com o emprego e com a ajuda em alimento que tenho recebido. Não acho justo pesar ainda mais nas suas preocupações. Meus pequenos estão felizes com a proteção que têm recebido do senhor e de Décio e, em verdade, para todos nós, vocês tem sido nosso Cástor e nosso Pólux, vivos.

– Eu não desejo que você decida pelos seus filhos, Serápis. É para eles que faço o convite. Quanto a você, só lhe resta, como mãe preocupada, acompanhá-los para que se vejam vigiados pelo olhar atento e carinhoso da genitora.

E não pretendendo perder a chance com as escusas formais da mulher agradecida, deu por encerrada a conversa, dizendo:

– Tudo está decidido, então, Serápis. Décio a procurará para falar dos detalhes e informar a data. Quanto à festa em si, é algo muito simples e que tem por finalidade levar alegria aos pequenos infortunados que encontro sempre pelas ruas. Não é algo que faço só para os seus filhos. Costumo fazer isso sempre pelos pequenos e, por isso, todos os anos, aproveito essa oportunidade para festejar oferecendo aos nossos deuses respectivos a alegria dos pequenos como oferenda da minha gratidão.

É um compromisso que assumi desde há muito tempo e, para não perder as graças generosas dos deuses gêmeos, não posso deixar de dar-lhe continuidade. Agora, vá cuidar da tarefa porque, ao que me parece, já deve haver muito trabalhador com sede esperando pela sua provisão líquida.

Vendo-se dispensada para que não mais protestasse, Serápis

abaixou a cabeça sorridente, em sinal de gratidão e respeito e, com breve reverência que lhe fazia lembrar os idos tempos em que servia no palácio de Marcus, retirou-se da presença de Cláudio, que ali permaneceu envolvido por uma atmosfera de sentimentos nobres e carinhosos.

Como acontecia ao coração generoso de Cláudio, interessado pelas crianças perdidas de Roma, aquela seria a oportuna ocasião de aproximar-se pessoalmente da família de Serápis, sem que isso pudesse ser considerado um ato deliberado para conquistar-lhe o coração.

Isso jamais lhe passara pela cabeça, desde o momento em que se viu derrubado por tropeçar em Domício.

No entanto, agora, com a convivência com a jovem e conhecendo-lhe as lutas pouco comuns nas mundanas moças daquela época, Cláudio não poderia negar a si mesmo uma certa emoção que lhe acelerava o coração quando se via na presença de Serápis, emoção essa que ele insistia em combater através da distância ou do exercício da autoridade que, sem humilhar a ninguém, o fazia sentir a distância que havia entre eles.

Guardando, no entanto, as emoções para si mesmo, Cláudio dirigiu-se a Décio para lhe comunicar a nova deliberação e pedir-lhe o auxílio a fim de que se concretizasse a ida dos filhos de Serápis, acompanhada dela própria e dele, Décio, até o local onde Cláudio os receberia para as festividades de Cástor e Pólux.

Pretendia o jovem, além de Serápis e dos filhos, trazer para a comemoração aquelas mesmas crianças que se encontravam nas ruas e que pilheriavam com ele, sempre a dizer que ele estava construindo uma ratoeira, entre as quais estava Fábio, o seu "funcionário", agora sem aquele emprego de proteger Domício que, sem mais necessitar ser usado como isca para a caridade fria dos homens, permanecia em casa, protegido da curiosidade e do descaso agressivo das pessoas. Fábio, no entanto, ainda o servia em pequenas coisas, de tal maneira a se manter na folha de pagamento de Cláudio, ostentando orgulhosamente o título de seu empregado.

Fábio e mais alguns meninos seriam chamados também a participar da distribuição de doces e pequenos presentes.

A HISTÓRIA DE DÉCIO

Naquele período do império romano, prevaleciam as leis que proibiam a associação de pessoas para a defesa de seus interesses ou para a realização de atividades comuns.

Desde os remotos tempos de Augusto, os governantes romanos temiam que toda associação acabasse evoluindo para um embrião de rebeldia, porquanto desde então, os dirigentes públicos já sabiam que, sozinho, o indivíduo se vê inibido, mas, acompanhado, se fortalece e se torna mais arrojado.

Assim, leis múltiplas proibiam qualquer tipo de agremiação coletiva, excepcionadas, por óbvios motivos, aquelas cuja finalidade eram a de proceder aos cerimoniais fúnebres.

Houve ocasião em que um devastador incêndio na capital de uma de suas importantes províncias fez o seu governador pensar em estabelecer uma corporação de cento e cinquenta bombeiros fixos, os quais teriam combatido o fogo com eficácia, impedindo que o mesmo assumisse as proporções catastróficas como assumiu, mas foi desautorizado pelo imperador à época, por considerar preferível o risco do incêndio nos prédios ao risco de incêndio político que tal medida pudesse acarretar aos interesses romanos.

As atividades coletivas, muitas vezes, impunham aos seus integrantes a associação informal e não declarada, fazendo suas reuniões em lugares não públicos, furtando-se das vistas das autoridades.

Desde Trajano, o governo romano fazia vistas grossas a muitas dessas agremiações, apesar da proibição legal, pois seria impossível policiar todo o império, todas as casas, todos os lugares sob o domínio da águia imperial para coibir a reunião de pessoas.

Assim, desde então, os governantes se limitaram à política da aplicação rígida da lei quando a sua infração fosse constatada ou quando qualquer delação ou denúncia levasse a milícia romana ao foco agremiativo.

Com os cristãos as coisas não eram diversas.

Depois de Nero que, na sua insanidade, fizera as perseguições cruéis que todos conhecemos, o movimento inaugurado por Jesus na longínqua Palestina se ampliava, principalmente, entre os desfavorecidos e miseráveis do mundo.

Todavia, as administrações posteriores à de Domício não se empenharam em uma luta devastadora contra os seus adeptos, levando-os aos circos quando eram flagrados nas atividades associativas proibidas, a maioria das vezes como condenados comuns, como indivíduos punidos por delitos variados, entregues à sanha da multidão que sempre pedia mais e mais sangue nos espetáculos.

Os cristãos continuaram a ser encarcerados e mortos, num processo intimidatório, mas desde Trajano, o antecessor do imperador Adriano, essas perseguições ou punições aconteciam quando, por denúncias ou flagrantes, eram encontrados reunidos ilegalmente ou se constatava serem adeptos da malfadada doutrina que, com seus estatutos morais representava um atentado à tradição pagã dos romanos mais antigos, uma verdadeira ameaça às tradições orgulhosas e altivas dos herdeiros de Remo e Rômulo.

Para se protegerem de tais riscos, os cristãos entre si estabeleceram uma senha que servia de identificador da sua condição religiosa, seja traçando o símbolo de um peixe em alguma superfície, com duas linhas curvas que se cruzavam antes da extremidade, para formarem a cauda, seja se valendo do gesto que indicasse a cruz do sacrifício, desenhada com a ponta do dedo sobre algum local ou mesmo traçada no ar, com a mão espalmada, indicador de que tais pessoas eram adeptas da nova fé.

Com isso, os cristãos mais simples se saudavam e declinavam a sua condição de seguidores do nazareno, o que lhes facultava o ingresso nos locais onde os fiéis à nova fé se uniam em preces e exortações evangélicas.

Por ocasião do governo de Adriano, a religião cristã, graças ao empenho de milhares de adeptos e milhares de vítimas, ia penetrando em todos os ambientes da grande cidade, tornando-se uma prática que se misturava lentamente aos usos clandestinos não só dos verdadeiros cristãos, como também de muitos romanos, curiosos diante de uma doutrina que reconheciam capaz de suportar tantas perseguições infundindo tanta coragem nos seus seguidores.

Atraídos por tal realização inusitada naquele meio coletivo, muitos romanos passaram a se dedicar ao estudo sigiloso, à frequência esporádica a algumas reuniões, levados por amigos, por romanos verdadeiramente convertidos.

Além desses, os cidadãos que sofriam de inúmeros problemas passaram a ver nas orações cristãs uma fonte a mais a que se poderia recorrer como forma de se conseguir uma melhoria diante dos próprios problemas.

As tradições ancestrais eram um conjunto de ritos frios e vazios, e os deuses de pedra, sempre a esperarem oferendas materiais ou fidelidade canina de seus adeptos, deixavam a sensação de indiferença e distância na alma do aflito que os procurasse.

Deuses dos poderosos, dos opressores, da guerra, da vida dissoluta, naturalmente não poderiam infundir à alma aflita a confiança que se busca num foco de esperanças ou de luzes.

Já as reuniões cristãs, simples e despojadas como era da essência do próprio cristianismo primitivo, eram a expressão da esperança verdadeira, da solidariedade mais pura, onde famintos e miseráveis, libertos e até mesmo alguns escravos se tornavam um único corpo, orando com um único objetivo, auxiliando-se reciprocamente, expondo seus sentimentos e conflitos a um único Deus e ao amado Mestre, na condição de embaixador do Altíssimo.

Os cânticos singelos irmanavam os seres nas mesmas lágrimas e, de certa maneira, todos os que buscavam esse consolo carregavam consigo dores íntimas que os aproximavam reciprocamente, não prevalecendo em tais ambientes as posições sociais, os títulos de nobreza e as tradições do patriciado romano.

Aliás, para se furtarem a qualquer compromisso constrangedor, os próprios romanos importantes que aceitassem comparecer a essa reunião tipicamente de pobres e estrangeiros, faziam-no travestidos de pobres e ocultos por vestes que não lhes denunciassem a condição de nobreza ou de superioridade social.

Apequenavam-se em túnicas do povo, ocultavam joias ou quaisquer atavios usados sempre como sinal de importância ou realce pessoal.

Os dirigentes anônimos dessas reuniões não eram doutores ou homens cultos em letras, segundo as tradições pedagógicas prevalecentes naquela época.

Eram estoicos idealistas, criaturas gratas ao Divino Amigo pelas bênçãos recebidas e que, desejosos de comungarem e ampliarem a generosidade do Céu a mais pessoas, se devotavam a expandir a mensagem, não como um movimento organizado, hierarquizado, mas como uma grande força que não consegue se enclausurar, qual luz que não se impede de brilhar.

Décio era um desses indivíduos que, beneficiado em momento de muito sofrimento, compreendera a grandeza daquela mensagem e, ainda que na condição de humilde trabalhador braçal, determinara-se a ser um modesto, mas firme semeador da doutrina de Jesus no coração dos aflitos.

Houvera sido enjeitado, como era costume se fazer naquela época, por apresentar a pele ulcerada, indicador de que padecia de enfermidade que o marcaria como imundo para sempre, além de comprometer a consideração e a respeitabilidade dos que o haviam gerado.

Abandonado no lixo, ali foi encontrado por um cristão que procurava alimento ou alguma coisa útil que pudesse usar em seu casebre, sendo, então, retirado do meio dos detritos e levado nos braços do generoso servo do Bem.

Identificado com a criança, Policarpo passou a dividir com o pequeno doente o pouco alimento que conseguia, fazendo com que o menino doente fosse recuperando o viço e, incluindo-o nas suas orações diárias, inoculou no espírito do filho por adoção, a chama da fé verdadeira, dessa que não precisa de dinheiro para revelar-se no Bem, dessa que não espera melhores condições para si mesma, dessa que nunca está cansada para seguir mais adiante, desde que seja para atender a dor ou secar uma lágrima.

Policarpo era daqueles que, tendo conhecido as diversas faces da miséria, delas assimilara os ensinamentos, desprezando a melancolia, a tristeza, o abatimento.

Assim, com tais valores nobres, modelou o caráter do filho a que deu o nome de Décio e que passou a ser aquele que o seguia por todos os lugares. Diante dos infortúnios dolorosos que vitimavam a criança, na enfermidade que comprometia a sua epiderme, Policarpo não tinha uma palavra de queixa ou uma frase de insubordinação ante a vontade do Criador. Sabia o devotado servidor da Verdade que cada um tinha que enfrentar seus percalços e que Deus jamais se equivocava.

Por isso, tanto carinho demonstrou com aquele que retirara do lixo e a tantas misérias humanas Policarpo se devotou, pela felicidade de seus irmãos de sofrimento que, escutando-lhe as preces em favor da criança, mãos luminosas, em certa noite de oração, se fizeram visíveis no pequeno casebre onde viviam os dois e, para espanto do improvisado pai que se prostrara de joelhos, encantado, o pequeno garoto, agora já com seus sete anos de idade, foi tocado em suas chagas purulentas e teve a saúde recuperada.

Igualmente impressionado com a luz suave e brilhante que se materializara no interior da casinha, Décio não sabia entender o mecanismo daquelas ocorrências, mas, à medida que as mãos luminosas o tocavam, exclamava impressionado:

– Paizinho, suas orações, paizinho... seus pedidos, paizinho... A dor está passando, veja, paizinho... Jesus ouviu nossas preces...

E chorava emocionado, enquanto ia relatando ao pai que seus padecimentos iam diminuindo tão logo a luz o acariciava.

Depois que pairaram sobre o menino, dirigiram-se sobre a fronte de Policarpo e, como a bendizê-lo, posicionaram-se uma sobre a testa do genitor adotivo e a outra penetrou-lhe o peito, afundando-se como a buscar o íntimo do coração, expungindo-o de toda angústia, de qualquer sentimento de preocupação ou de aflição.

Policarpo, genuflexo, chorava emocionado diante da demonstração de tamanha generosidade e, falando em voz alta, agradecia como podia, ressaltando a sua miséria e seu demérito.

– Luz bendita – falava ele – graça te dou pela bondade que não mereço, mas que se compadece dessa criança para que ela seja, não mais uma enferma no mundo dos doentes, mas um sadio homem de Bem a serviço da Bondade.

Obrigado, mil vezes, obrigado... falava Policarpo sem conseguir conter o pranto diante da grandeza daquela ocorrência.

Seu coração, visitado pela luz intensa, se fizera uma fortaleza de confiança e de vontade de Amar a toda a humanidade, enquanto que sua mente, a partir daquele momento, se tornara uma lúcida fonte de ensinamentos e reflexões, a facultar a todos os que o escutassem, a palavra inspiradora e a compreensão espiritual a respeito das verdades do Evangelho.

Qual a ocorrência conhecida como Pentecostes, a Policarpo também fora concedida a inspiração superior, naquilo que os antigos cristãos denominavam "dom", que mais não era do que o afloramento das suas capacidades mediúnicas, transformando-se em um veículo de entidades superiores que, através de seu desprendimento, de sua generosidade, de sua carinhosa solicitude, passariam a tornar mais luminosas as mensagens espirituais, no conforto das criaturas que as buscassem.

Roma necessitava de mais semeadores e, à época em que Décio era menino, poucos se aventuravam na entrega tão integral quanto Policarpo se dispunha a entregar-se.

Assim, a partir daquele instante, como que se sentindo despertar para as realidades mais transcendentes, Policarpo passou a vislumbrar no ambiente pobre do casebre, mais do que as mãos luminosas que pairavam na penumbra do ambiente.

Aos seus olhos, uma forma luminosa e indefinível foi surgindo de tal maneira brilhante que Policarpo não conseguia divisar os detalhes das linhas que a formavam..

Seus olhos, pouco acostumados a visões angelicais naquele ambiente de grotescas criaturas, se deixou perder no doce hipnotismo daquele instante, sem cogitar qual a origem daquela visão rutilante e irreconhecível.

Em um instante, o mundo perdeu todo o seu sentido. Já não havia nada mais marcante do que aquele ser cujos contornos pareciam a expressão de estrelas reunidas, dando-lhe a forma difusa da qual brilho vivo e ao mesmo tempo suave emanava em todas as direções. Apenas as mãos se viam perfeitamente definidas a pairarem no ar ambiente.

Roma já não significava nada.

Nem a dor, nem a fome, nem a miséria, nem sua pobreza, nem o imperador, nem todo o império tinham qualquer significado diante daquele ser inesquecível que, apresentando-se assim, irradiava um sentimento de bondade que jamais fora exprimido em todos os discursos sobre o Bem que os homens tivessem proferido em toda a Terra.

Policarpo, no entanto, não se achava digno de uma visão de tal magnitude, deixando-se confundir em sua inocência por pensamentos que questionavam ser ela real ou se era fruto de uma alucinação ou uma loucura enfermiça.

E, sem ousar emitir qualquer palavra, seu pensamento discursava para si mesmo:

— Não, Policarpo, isso não pode ser verdade. Você é um traste. Essa alma generosa não pode ocupar-se de alguém tão miserável...

E enquanto ia nessa direção, o dono do casebre viu as mãos de luz dirigirem-se até o pequeno Décio, que continuava paralisado de emoção diante das mãos luminosas.

Tocando-lhe o peito como fizera com Policarpo, o menino voltou a dizer para o pai adotivo, ainda confuso diante de tal ocorrência:

— Paizinho, que luz é esta?

— Meu filho... deve ser um anjo de amor que se ocupa de gente tão inútil como nós por causa da compaixão que nutre por você, querido — respondeu o pai, em lágrimas.

Voltando-se para sua direção, Policarpo escutou em seu íntimo, sem que as palavras precisassem ser pronunciadas:

— É preciso ser puro como uma criança para entrar no Reino de Deus.

Vocês são filhos bem-amados também. A seara é grande e os trabalhadores, escassos.

A ambos, cada um a seu tempo, estão confiadas tarefas junto ao grande rebanho dos aflitos.

Ama a Jesus o suficiente para aceitá-las, Policarpo?

Colhido de chofre por aquela pergunta de todo inesperada, como se a aparição lhe repetisse trecho do Evangelho que tão bem ele conhecia e precisasse escutar da sua própria boca a confissão do verdadeiro afeto, na elaboração de seus dias do futuro, Policarpo não titubeou:

— Não sei quem és, alma generosa, mas amo a Jesus mais do que toda a minha vida, do que todas as minhas aspirações, mais do que a mim mesmo...

Ele chorava sem conseguir dizer com clareza qual o tamanho do amor que sentia.

Dirigindo-se para ele, as mãos luminosas, que pairavam no interior do casebre e que Policarpo via, na forma de uma presença diamantina que se tornava um sol ainda mais intenso, acariciaram-lhe o rosto molhado e aos seus ouvidos íntimos, no interior de seu ser, uma voz trovejante e suave se fez ouvir:

— Então, filho, apascente as ovelhas sofridas...

E como a imagem começava a se esmaecer, Policarpo se pôs a pedir mentalmente que aquela visão lhe retirasse toda a dúvida sobre a sua realidade e a sua identidade. Foi, então, que viu deslumbrado, a mão luminosa traçar no ar o sinal característico.

Uma cruz de luz inconfundível ficou pairando no ar, como se o espaço tivesse sido ferido pela destra do espírito luminoso e, ao invés de sangue, o ferimento produzisse um brilho refulgente.

Era o sinal com que os fiéis se reconheciam adeptos do próprio Cristo.

E enquanto a imagem desaparecia na visão de Policarpo, a pequena cruz flutuante se tornava mais fulgurante e viva, como a dizer ao espírito do homem carnal que a referida entidade vinha da parte do Cristo de Amor.

Aos olhos de Policarpo, aquela cruz flutuou em seu casebre a partir daquele dia, instalando-se por sobre a pequena porta de entrada e visível aos seus olhos mediúnicos tanto no lado de dentro quanto no lado de fora da habitação.

Desse dia em diante, Décio nunca mais adoeceu e essa visão passara a ser o grande segredo que ambos guardavam entre si, não se cansando nunca de conversarem sobre as emoções daquele dia, das lembranças daquele instante.

O tempo passou e Policarpo jamais se afastou da promessa feita naquele dia no sentido de apascentar-lhe as ovelhas.

Décio cresceu junto do pai adotivo e, seguindo-lhe os passos, integrou-se no trabalho do Bem onde conheceu amorosa companheira que lhe viria a ser a esposa querida com a qual se uniu e constituiu modesta vivenda, acolhedora e fraterna, o que o levou a se afastar do genitor na construção do próprio futuro.

A esposa, no entanto, depois de poucos anos de união, partira da vida em enfermidade fulminante, deixando-o sem filhos e com o coração ferido pela saudade.

Novamente a figura do pai adotivo se fez presente, relembrando a noite inesquecível daquele encontro e trazendo-lhe à mente a lembrança de que tanto Policarpo quanto Décio, cada um a seu tempo, seriam convocados ao serviço do Bem.

- Assim, meu filho, se a sabedoria do Pai privou seu afeto daquele coração amigo que o alimentava de esperanças, lembre-se que devemos amar a Jesus mais do que a nós mesmos e que a companheira, de onde está, lhe envia suas vibrações de amor imortal para que você cumpra a sua tarefa, agora que é chegada a sua hora de servir, enquanto que eu, envelhecido e desgastado, sigo esperando o ponto final da existência segundo a vontade do Pai e o amparo paciente de Jesus.

Faça a sua parte porquanto o chamamento do Bem, naquele dia, não o dispensou do trabalho, devendo a sua cura física, certamente, ser atribuída ao muito Amor que Jesus devota a você, meu filho.

Entendendo as exortações do genitor amoroso, Décio deu novo curso à sua vida, deliberando aproximar-se dos aflitos do mundo, adquirindo a casinha onde passara a viver nas proximidades da desgraça e, desde então, devotando todo o seu existir a espalhar a mensagem evangélica e os exemplos de afeto recebidos de seu pai adotivo que, apesar de encanecido nas lutas, seguia vigoroso e feliz, espalhando as notícias do reino da bondade não mais apenas pela Roma daquele tempo, ampliando suas pregações por outros lugares e regiões que a mão luminosa, a mesma que traçara a cruz no ambiente singelo de seu casebre naquela noite, lhe apontasse como direção a seguir.

Ambos, desde então, passaram a pertencer a Jesus plenamente e a fazer, não mais a própria vontade, mas a vontade daquele que amavam e que obedeciam por amor irrestrito.

Foi assim que Décio transformou a sua modesta vivenda no ponto de luz, na instituição informal que amparava os necessitados que ali sempre encontravam alguma coisa para as suas próprias dores.

Sua casinha era visitada por doentes, pobres, famintos, crianças, velhos, sempre esperançosos de obter algum benefício de suas mãos calejadas nos trabalhos rudes.

Seu salário era compartilhado com todos os aflitos e suas preces eram disputadas por todos os que viam nele a expressão desse Jesus desinteressado e bom.

Era o semeador saído do lixo, do abandono.

Era a pedra desprezada que se tornara a pedra angular da edificação do Reino de Deus no meio do reino podre dos homens.

※ ※ ※

Você que se diz cristão, pergunte-se a si mesmo há quanto tempo não visita um barraco, não vela a dor de um enfermo que não seja seu parente, não se aproxima de um miserável nas bordas dos lixões de sua cidade.

Você, que sonha tanto com a ajuda de Jesus, há quanto tempo tem deixado Jesus sozinho nos ambientes sórdidos da miséria?

Quantas vontades pessoais você deixou de realizar para fazer apenas um dos desejos do Cristo?

Pense, sem ter medo de se envergonhar, há quanto tempo você não faz alguma coisa a mais do que dar uns trocados para ajudar, há quanto tempo se limita a dar cestas de alimentos a instituições sem levá-las aos famintos, há quanto tempo não vê uma criança pobre com o nariz escorrendo pedindo o seu lenço, há quanto tempo só se limita a rezar em templos, em centros espíritas, a conversar com entidades, a esclarecer obsessores, a fazer da sua fé, apenas um momento limpo e perfumado, nos ambientes protegidos das instituições religiosas, em cerimônias suntuosas ou barulhentas?

Quando precisamos de Jesus sempre o localizamos. No entanto, por que, quando ele precisa de nós, raramente nos encontra e quando nos acha, nunca estamos disponíveis?

Como desejamos encontrar Jesus se dificilmente andamos pelos mesmos caminhos que Ele anda, carregando a nossa cruz sem reclamar e ajudando os que precisam?

Isso não é ser cristão.

É apenas fantasiar-se de...

Não nos esqueçamos:

Para os sepulcros caiados por fora, mas podres por dentro, haverá sempre pranto e ranger de dentes.

12

A passagem do tempo

Dentro dessa rotina de trabalho e convivência, os personagens de nossa história viram seus dias tornarem-se meses, e os meses sucederem-se em anos.

Para Cláudio Rufus, o trabalho junto ao Panteón havia sido encerrado com o sucesso arquitetônico encantando os olhares maravilhados do imperador nas cerimônias de inauguração, retumbantes e majestosas.

Certamente que suas habilidades de administrador de negócios públicos o capacitariam para outras convocações ante as realizações incessantes que Adriano mantinha em andamento por toda a Roma e por boa parte do império, em várias localidades distantes.

Na convivência mais estreita com Décio, o espírito aberto e naturalmente generoso de Cláudio, ainda que homem de raízes romanas, interessara-se por questões transcendentes.

A amizade entre os dois homens que ajudavam a família de Serápis e os pequenos enfermos que se mantinham vivos graças ao seu apoio crescera e, com o término das obras e dos trabalhos no Panteón tinham que buscar outras ocasiões para se manterem em entendimentos, passando Décio a frequentar mais assiduamente, na condição de convidado, os aposentos pessoais na moradia de Cláudio.

Apesar de contrária às tradições romanas, as práticas cristãs representavam novidade salutar que ia penetrando mais e mais a alma de inúmeros romanos, muitos entediados com a vida sem sentido que levavam, sofrendo as desditas da decepção, da perda de suas regalias, da desgraça que se abatia sobre aqueles que caíam dos pedestais mundanos, sempre objeto de ironia e sarcasmo dos outros tolos que se mantinham equilibrados sobre as mesmas estruturas miseráveis dessas falsas verdades vinculadas ao poder político, militar ou à riqueza e aparência.

A organização cristã não passava de um punhado de homens e mulheres dedicados com sinceridade à causa da simplicidade e do amor ao próximo, coisa que não havia mais em nenhum lugar além do coração dessa comunidade de adeptos anônimos, o que preenchia e consolava a muitos, inclusive romanos patrícios, caídos em desgraça.

Sem outro refúgio que lhes alimentasse as esperanças, muitos romanos e romanas encontravam nas forças morais que o cristianismo insuflava em seus adeptos a coragem necessária para a luta incessante contra as armadilhas do destino.

Além disso, por ser fé estruturada nessa ligação verdadeira e incessante com as forças do espírito, muito mais poderosas do que aqueles cultos formais e frios que os romanos adotavam na sucessão de deuses pagãos, sempre interessados em dinheiro e oferendas, os cristãos se valiam da oração fervorosa como importante liame entre os abatidos seres humanos e o Pai generoso e compassivo, o que lhes permitia compreenderem melhor as agruras de cada hora, abastecerem-se de recursos espirituais para seguirem adiante e, sentindo a esperança na figura do Divino Mestre, abrirem-se para que a vida tivesse um sentido que, até então, não era entendido pelos homens.

Os romanos, acostumados a orações despidas de conteúdo elevado pelas tradições superficiais de um orgulho e um preconceito de casta ancestral, ao experimentarem as sensações inusuais que a oração cristã propiciava, com os benefícios naturais na esfera dos problemas pessoais que os afligiam, mais e mais reconheciam, na prática, a superioridade da nova religião e, encantados com a descoberta, mais faziam por trazer outros aflitos para escutarem as pregações.

Com a ajuda de Décio, Cláudio Rufus, estafado ao final do período da construção bem sucedida, pôde encontrar um pouco de tranquilidade e equilíbrio físico, recebendo o alvitre do amigo, que se oferecera em orações pelo antigo chefe, como uma demonstração de afeto e de valor da própria generosidade.

A esta altura, Décio e Cláudio já conversavam sobre as questões transcendentes da vida, sabendo este que o primeiro era cristão, ainda que se mantivesse sempre de maneira discreta e sem invadir a esfera da consciência dos romanos tradicionais.

Cláudio, ainda que admirasse Décio na sua fé, considerava-a ingênua crendice de criança, incompatível com a idade e a seriedade que seu antigo empregado sempre demonstrara. Viu, no entanto, mudarem seus conceitos quando, nesse estado de abatimento próprio da estafa pelo exercício dos deveres incessantes, aceitou receber sua oração, mais para não desgostar sua boa vontade do que por acreditar nela.

Entretanto, qual não foi sua surpresa quando, em forma de ânimo renovado, de calma interior, de sono benfazejo, as mãos calosas de Décio puderam infundir-lhe as sensações da paz que há muito não sentia dentro de seu ser.

A oração era simples, porém de uma sinceridade e uma intimidade que poderia causar espanto pela informalidade e, sobretudo, pelo respeito e veneração com que se materializava nos lábios do pedreiro.

A força de que se revestia estava justamente nesse colóquio direto e singelo, que dispensava símbolos religiosos, estátuas e oferendas, porque era a manifestação pura do espírito, no sentido da autenticidade de sentimentos.

E a resposta era sempre a direta concessão, amplificada pelas dádivas da misericórdia que, necessitando revelar a mensagem do espírito aos indiferentes daquela capital do mundo, fazia além do que se estava pedindo, a fim de que os destinatários das bênçãos bem avaliassem o poder e a amplitude daquela fé que não se baseava no poder mundano, nas forças do dinheiro ou da tradição patrícia, nas bases das coortes militares e de suas conquistas sangrentas.

Por esse motivo, inúmeras criaturas arraigadas aos antigos conceitos romanos iam sendo consoladas e amparadas pelas palavras de esperança dos vários trabalhadores do bem que, enfrentando os riscos das perseguições regulares e da ilicitude de suas práticas, insistiam em manter os encontros fortuitos, as reuniões da fé sincera, nos ambientes pobres dos casebres além Tibre, nos bairros mais afastados do centro populoso e rico, sempre ao cair da noite.

Cláudio, encantado com os efeitos de uma simples oração, não entendia como é que isso podia ocorrer e, nessa ânsia de conhecimento que lhe caracterizava o espírito indagador, passou a escutar de Décio as explicações sobre os princípios espirituais que a tradição cristã mantinha, na maior parte, em forma de relatos orais ou de cópias que se iam multiplicando entre os seguidores.

Uma delas foi entregue ao jovem administrador para que pudesse consultar e aprofundar suas reflexões, mantida entre eles essa prática como um segredo que lhes garantiria uma melhor oportunidade de entendimento sem os riscos das tragédias da perseguição.

Com o tempo, Cláudio já se sentia mais esclarecido pelos ensinamentos cristãos que bebia com avidez, estimando cada vez mais a presença de Décio em seu lar.

Ao mesmo tempo, Serápis já não mais trabalhava na obra do templo de Adriano e, restituída à convivência dos filhos, seguia sendo amparada por Cláudio e por Décio, que não deixavam faltar coisa alguma para a manutenção da família desditosa.

Os filhos cresciam enquanto as dificuldades do ambiente doméstico se tornavam maiores por ser, naturalmente, de dimensões cada vez mais apertadas.

Serápis, no entanto, não reclamava de nada, mantendo seu coração silencioso e aquietado, ocultando apenas o ódio que ainda sentia de Marcus e o profundo desejo de vingar-se dele pela condição que lhe havia imposto por sua covardia moral.

A convivência com Cláudio no trabalho fizera com que ela se interessasse por aquele homem que lhe parecia sincero e respeitoso.

No fundo de seu coração, ele lhe fazia lembrar a figura de Licínio, o benfeitor desprezado por seu afeto e que, se lhe tivesse merecido a correspondência afetuosa, naturalmente estaria ao seu lado nas horas difíceis de seu destino, sem desamparar a família, não importasse de que tipo de corpos ela fosse constituída.

Como aquele Licínio era diferente e melhor do que Marcus, o miserável desertor dos compromissos.

A dor dos pequenos a preocupava e consumia.

Já não mais a dor da fome e da miséria como no passado.

Agora, a dor da doença e das limitações que ela propiciava.

Demétrio e Lúcio, já com quase oito anos, tinham comportamentos diferentes diante de suas realidades.

Lúcio, cego, apresentando um ferimento na pele do ventre que insistia em não cicatrizar, trazia a alma inquieta com as limitações que o destino lhe havia imposto.

Era algo arrogante, mesmo na pequena atmosfera onde se mantinha, desejoso de impor suas opiniões e ser atendido em tudo o que solicitava.

Demétrio, o que nascera sem os braços, carregava no espírito as tendências da agressividade e da frieza, revoltando-se por não conseguir desenvolver com a devida eficiência, as atividades nas quais pudesse exprimir a sua intenção e o seu sadismo.

Entre as duas crianças havia algo de cumplicidade e de dependência, já que, sob os cuidados de Lúcia, a irmã mais velha e que já contava seus dez anos, ambos passaram a entender o teor de suas limitações e que, se se ajudassem, um ao outro, poderiam fazer coisas que não conseguiriam se dependessem, apenas, cada um de si mesmo.

O carinho de Lúcia por ambos era a única coisa que atenuava os seus achaques de revolta ou impaciência.

Lúcio não aceitava o fato de não poder enxergar, limitando seus afazeres a coisas que estivessem sob a esfera de controle de suas mãos. Muitas vezes emburrava e não queria falar com ninguém, ocasião em que sua dor abdominal piorava e o obrigava a solicitar a ajuda da irmã, quando a mãe não se achava presente.

Lúcia tratava de seu machucado e, lembrando-se do carinho de Flávia, a antiga ajudante da família, orava pedindo a ajuda de Jesus para seu irmão.

Demétrio, sem os braços, dependia de todos para poder fazer as menores coisas, ainda que se esforçasse para realizar o que se fizesse possível, por seus próprios meios.

Acontece que, desde comer, banhar-se ou fazer qualquer trabalho, por mais simples que fosse, não havia como concretizar tais rotinas por falta de membros adequados para tanto.

Dependia sempre de alguém e estava sempre obrigado a pedir ajuda, o que o contrariava significativamente.

Ambos se sentiam muito felizes com a atenção de Lúcia que, com devotamento e carinho, mais se esforçava para aliviar o fardo pesado daqueles que a vida colocara como seus irmãos de jornada.

Principalmente em relação a Lúcio, a pequena se sentia extremamente ligada, o que atenuava a solidão que a cegueira lhe produzia, enquanto que gerava sentimentos de ciúme no coração de Demétrio, sempre requisitante de igual dose de atenção.

Se Lúcia era a que lhes compensava as deficiências com seus olhos e seus bracinhos operosos, os dois filhos se sentiam atraídos fortemente por Serápis, a mãe que se pusera ativa trabalhadora nas lutas para a sobrevivência de todos, além da ajuda dos benfeitores.

A presença de Serápis era, para os dois, motivo de alegria e esperança, cada qual desejando receber de sua solicitude materna o alimento afetivo que lhes abastecesse de afeto e nutrisse seus sonhos e esperanças.

As duas crianças disputavam a atenção da mãe, como se Lúcia não existisse naqueles momentos, o que a menina bem compreendia.

Com o término das tarefas na obra em construção, Serápis fora encaminhada para trabalhar algumas horas em modesto serviço de limpeza de padaria que se localizava não longe do ambiente familiar, graças ao cuidado de Décio, que conhecia o dono do estabelecimento e sua família, conseguindo, com isso, que Serápis não ficasse sem trabalho.

Amparado no prestígio de Cláudio, Décio pôde fazer ver ao proprietário, as vantagens de conceder o abrigo do trabalho à mulher que era objeto das atenções de tão importante funcionário do império.

Assim, nas ausências do lar, Lúcia fazia o papel da mãe devotada, cuidando daqueles três irmãos de infortúnio, entre os quais se incluía o filho adotivo, Domício.

Enquanto o Panteón não havia sido terminado, o trabalho de Serápis e os compromissos de Flávia se apresentavam como fatores que não permitiam o encontro direto, ficando, ambas, em contato através de breves bilhetes ou recados que deixavam reciprocamente, recomendando ou solicitando, informando e combinando rotinas, tendo Lúcia como porta-voz de tais entendimentos.

Serápis sabia dos benefícios que a companhia de Flávia

proporcionava ao ambiente de seus filhos e, assim, era muito agradecida a Décio por tê-la trazido até ali, naquele período em que se apresentara como irmã e mãe dos filhos.

Décio, abastecido por Cláudio, tudo fazia para ajudar Flávia que, na sua pobreza, aceitara servir Serápis e seus filhos sem nada cobrar como pagamento por seus serviços.

Era cristã e, por gratidão a Jesus que a havia amparado, se sentia em dívida com as bênçãos que recebera, dívida essa que procurava honrar, ao menos com os gestos de carinho que pudesse oferecer.

Todavia, também era mãe e carregava nos ombros o fardo difícil da responsabilidade familiar.

Com a ajuda de Décio, encontrara trabalho em casa comercial e conseguira equilibrar as necessidades com o que recebia, que dividia com a mãe, com quem morava, ajudada pelas ações do filho que, na sua juventude, sempre conseguia trazer para casa algum dinheiro, de serviços que fazia ou de ganhos que conseguia obter de algum coração generoso.

As recomendações de Flávia eram sempre no sentido de que seu filho jamais tomasse o que não lhe pertencia. Que, se necessário, pedisse, mas que nunca furtasse o que era dos outros, como o faziam tantas e tantas crianças que viviam da indústria da miséria, tantas vezes a causadora das desgraças e a impulsionadora do crime.

Com isso, ela garantia uma mínima provisão e, aproveitando-se das oportunidades, ajudava a quem podia.

Com o término do Panteón, Flávia voltou à sua rotina, deixando a Serápis o encargo de seu lar e dos cuidados com os próprios filhos.

Assim estavam as coisas no outono daquele ano de 132.

Cláudio, já convertido ao cristianismo, pensava em algumas modificações no ambiente de seu lar para que as coisas se ajustassem de outra forma.

Não era desconhecido de Décio, que Cláudio nutria um sincero afeto por Serápis, afeto este que foi aumentado quando pôde conviver com sua maneira de ser, no trabalho da construção, tanto quanto com a dor de seus filhos legítimos e do filho adotado, agora já às portas da fase adulta da vida, com seus 17 anos de idade.

— Estou pensando seriamente, Décio, — falou Cláudio com intimidade e respeito — em trazer a família de Serápis para viver aqui nesta casa, que é muito grande para um homem sozinho. O que você pensa disso?

— Bem, meu senhor, — como insistia em chamar o antigo patrão, apesar da amizade verdadeira e sincera entre ambos — diante das agruras e dos apertos onde estão vivendo, esta larga vivenda representaria, para todos, o próprio campo dos eleitos, o paraíso para aflitos.

— Tenho receio de que Serápis veja nisso apenas o desejo do homem que oculte sentimentos escusos a seu respeito. Você bem sabe que nutro verdadeiro carinho por essa mulher valorosa que, longe das doidas romanas, falenas viciadas pelas facilidades do dinheiro e do sexo a se tornarem vampiras e pragas em nossa sociedade de homens, é uma lutadora resignada, alguém cujos valores do espírito souberam acolher filhos de outras mulheres quando, em verdade, o normal das fêmeas de nossa sociedade é produzir o descarte de cada criança, mesmo as perfeitas e nascidas do próprio ventre.

— É verdade, senhor. Serápis demonstrou verdadeiro desprendimento ao acolher tais desditosas criaturas. Pelo que conheço de seu caráter pessoal como homem digno e correto, sei que a sua intenção é nobre e, se me for permitido ajudar, tudo farei para que Serápis não interprete equivocadamente seu interesse por ela.

— Contando com seu auxílio, conseguiremos fazer com que os meninos sejam melhor amparados, Domício seja encaminhado para um ambiente mais adequado e Serápis esteja por perto, se necessário, como servidora desta casa, para que não imagine que pretendo trocar sua presença por favores do corpo, como reles prostituta.

Com isso, poderemos também encaminhar a família para as realidades desse Cristo de amor e generosidade, principalmente os filhos enfermos que, sabemos, terão sempre maiores dificuldades em superarem tais obstáculos em uma sociedade como a nossa.

Penso que, colocá-los em contato com a mensagem de esperança, será um dever ainda maior do que velar pelas condições de seus corpos.

Para tanto, conto muito com sua presença direta e suas alocuções, como um professor de todos nós, a nos edificar com suas aulas de bondade e de carinho.

Ouvindo a referência pessoal, Décio baixou a cabeça algo constrangido e respondeu:

— Senhor, o único professor que temos é aquele Divino Amigo que se deixou matar para transformar a própria morte em uma aula de humildade, a ensinar a responsabilidade por tudo o que fazemos e a demonstrar que a vergonha é o patrimônio dos que matam injustamente, ao passo que a glória é a coroa dos injustiçados que aceitam os fatos sem a revolta nem o ódio contra os agressores.

Pessoalmente, sou apenas um endividado, esfarrapado moral que tento ser aquele que segue os passos luminosos do Senhor, ainda que rastejando na lama dos meus defeitos. Por isso, longe de mim qualquer pretensão ou desejo de ser professor. Apenas falo o que o coração me tem ditado e, nessa condição estarei sempre disponível para ser útil onde quer que seja.

Aliás, o seu alvitre sempre generoso, senhor Cláudio, me faz lembrar que estou esperando, para breves dias, a chegada do paizinho querido que, segundo me comunicou em breve missiva, deverá estar aportando em Óstia nos próximos meses e passará uma temporada em meu lar conforme sempre fora do meu mais profundo desejo.

Surpreendido com a notícia e com a alegria de Décio, Cláudio indagou:

— Policarpo vai chegar? Aquele dos seus relatos tão cheios de emoção e elevação de ensinamentos?

— Sim, meu senhor, meu paizinho querido está planejando visitar-me, creio que como algum presságio para a partida não muito distante, conforme fez mencionar na carta que me enviou. Não está doente, como ressaltou na escrita, mas sente que seus dias estão terminando e pretende cumprir as tarefas até o final, desejando partir desta vida somente depois que se desincumbir de deveres amorosos de um coração de pai junto ao coração de um filho adotivo que muito o ama e de outras tarefas que julga indispensáveis ultimar, como forma de entregar seus dias a Deus, que o haverá de chamar na hora que julgar adequado, mas que, segundo seus anseios mais íntimos, espera que o surpreenda no trabalho da Verdade, na fundação do Reino de Deus no coração das pessoas.

Escutando, embevecido, Cláudio se deixou levar pelas recordações das histórias que ouvira da boca de Décio, relatando os seus momentos de convivência com aquele homem valoroso e bom, cuja vida se transformara em uma sinfonia de bênçãos, não mais a serviço de si mesmo, mas à disposição dos aflitos do mundo inteiro, peregrino da esperança a levar as palavras doces da consolação da Boa Nova por onde o Senhor apontasse o caminho.

A notícia alvissareira parecia casar-se com os planos de afeto por aquele grupo de almas aflitas às quais ele se ligava e às quais desejava ajudar com o melhor do que possuía.

Não teria que dar satisfação a ninguém mais, já que os próprios servos de sua casa confortável haviam sido substituídos por pessoas da confiança de Décio pelo devotamento à causa cristã, empregados humildes que ganhavam a vida no trabalho honesto, remunerados por um senhor que, na intimidade, havia se entregado igualmente ao culto da mesma fé que eles nutriam.

Serápis e os filhos seriam hóspedes aos olhos de todos os outros empregados, considerados como irmãos naquela casa em que todos podiam conversar sobre as coisas elevadas que sentiam, sem os problemas aterrorizantes das perseguições, prisões e suplícios daí decorrentes.

Se as bênçãos de Deus o permitissem, quem sabe não haveria de surgir entre ele e Serápis, o laço sagrado do afeto sincero, a autorizar a união que selaria com o Amor, aquilo que, até então, começara como gesto de generosa solicitude.

Nada fora planejado, preparado, preconcebido.

O interesse no Bem de Domício, levara-o até Serápis e seus filhos miseráveis.

As forças da vida trouxeram-lhe Décio.

Tudo foi sendo organizado pela força das coisas para que, nas convivências de todos, as realidades do afeto lançassem seus fundamentos em alicerces do respeito e da admiração que, agora, Cláudio imaginava tornar os fundamentos da própria felicidade pessoal, contrariando todas as mais antigas tradições, vivenciando suas experiências afetivas à distância dos preconceitos daquela Roma pervertida e cruel.

Quem sabe, com o apoio de Décio e, agora, de Policarpo, tudo não pudesse ser encaminhado a contento e para o bem de todos os envolvidos?

Naquele dia oraria com mais fervor, no recolhimento de sua intimidade.

O ano de 132 se endereçava para o final e o de 133 seria aquele em que novas esperanças surgiriam para todos os que viviam os efeitos de suas jornadas ancestrais, nas vidas de erros e misérias.

Não foi difícil, assim, fazer com que Serápis, a bem de todos os seus e, reconhecendo as agruras experimentadas em uma casa que se tornara ínfima diante das peculiaridades de seus filhos, aceitasse a transferência com o compromisso de ser recebida como simples serva do palácio, como o passado lhe fizera relembrar, carregando consigo aqueles que a ela se uniam como se ela fosse a única esperança de seus dias aflitos.

Cláudio e Serápis se mantinham nos limites de um afeto que se respeita e sabe respeitar, sem arroubos irresponsáveis e sem condutas perniciosas e indignas.

Serápis não desejava mais reeditar uma história que ela conhecia por tê-la vivido pessoalmente e estar colhendo os frutos amargos até os dias do presente.

A imagem de Licínio, o generoso administrador do palácio de Marcos, constantemente lhe vinha à retina, nas lembranças de afeto e devotamento que ela tanto desprezara e que, agora, amolecida pelas desgraças da vida, a faziam se sentir envergonhada por tudo o que fizera ao coração generoso daquele que, até então, fora o único ser que lhe demonstrara verdadeira afeição.

Assim, no novo ano, a casa de Cláudio se acha transformada por novos habitantes, a exigirem cuidados diferentes e a imporem rotinas novas que o dono da casa sabia atender com desvelo e cuidado, contando sempre com a presença de Décio, aquele ao redor do qual todos orbitavam e que era o foco luminoso que lhes orientava os passos.

Forças negativas e sentimentos viciados

Como já noticiamos ao querido leitor, as agruras da família de Serápis se tornaram superlativas por causa do afastamento irresponsável do genitor Marcus, aquele a quem incumbia velar pelos destinos dos próprios filhos infelizes, mas que, impressionado pelo tamanho da prova, preferiu a manutenção das próprias conveniências a correr o risco de ser ridicularizado perante a sociedade mundana que ele tanto valorizava.

Assim, afastado da cidade, como a fugir dos deveres imediatos, embrenhou-se em suas propriedades na zona rural e ali permaneceu por longo tempo, de onde saiu em excursão de divertimentos em companhia de quaisquer mulheres que se admitissem no relacionamento íntimo e sem vínculos, tão somente para se aproveitarem de suas facilidades financeiras.

Marcus, desse modo, resvalava para o não muito distante precipício dos prazeres e gozos sem sentido, nos braços de criaturas viciosas e interesseiras, sempre prontas a oferecerem os corpos adocicados e voluptuosos como cálices contendo venenos amargos e ácidos corrosivos da superficialidade, da insinceridade e da cobiça material.

Isso não era tão importante para Marcus que, dotado de recursos, bem sabia que as mulheres daquela estirpe lhe seriam úteis objetos de prazer e que ele não desejava nenhum aprofundamento afetivo, apenas e tão somente o exercício e desfrute de sua virilidade para sufocar a consciência culpada pela defecção ante as responsabilidades de pai.

Trocando de companhia como quem trocava de roupa, para cada horizonte que surgia ao seu olhar, nas inúmeras localidades de diversão e balneários de descanso que visitou, Marcus se fazia acompanhar de uma dama diferente, sempre interessado em reviver com elas as emoções que sentira ao lado de Serápis, nas pequenas, mas confortáveis dependências de seu "pequeno palácio".

No entanto, por mais se sucedessem mulheres em seus leitos, em nenhuma delas conseguira encontrar o encanto, a graça, a sensação emocionada daquele afeto profundo que o escravizara desde quando a vira pela primeira vez, carregando a pequena Lúcia recém-nascida, nos braços torneados.

Os anos tinham passado igualmente para ele e, afastado agora da sociedade preconceituosa e das lembranças ruins acerca dos filhos defeituosos, Marcus se permitia recordar, com saudade, todos os lances emocionantes que vivera com Serápis.

Quanto mais se deitava com outras mulheres, mais se frustrava ao recordar a jovem e antiga serva, transformada em amante e que ele, no momento de torná-la esposa, se vira traído pelo destino que lhe cobrara preço alto demais.

No entanto, sua paixão por aquela moça continuava viva, depois de quase sete anos de afastamento, durante os quais não divisou em mais ninguém as mesmas emoções sentidas em sua companhia.

O tempo fazia a sua tarefa de atenuar as lembranças ruins e revelar as boas coisas, as boas emoções.

Inúmeras vezes Marcus se viu voltando ao antigo lugar de encontros clandestinos para retomar as relações afetivas, beijar Serápis e elevá-la à condição de esposa.

Sempre, no entanto, que se encontrava com a imaginação nesse idílio fantasioso, ocorria-lhe a lembrança dos dois filhos deformados que amargavam toda a cena e o traziam de regresso à própria realidade.

Como homem não acostumado a perder quando se via obstinado em conquistar alguém ou alguma coisa, infantil em sua capacidade de avaliar os desafios e entender as derrotas como ensinamentos, Marcus era ainda o mesmo menino caprichoso e mimado que só crescera no corpo físico, mantendo-se infantil nas reações íntimas de um espírito imaturo.

Ao lado de seu antigo amigo Licínio, sentia-se escoltado pelo bom senso e pelas sábias orientações que tinham o condão de encaminhá-lo, analisando as coisas e situações com correção e segurança. No entanto, depois de sua morte brutal, que era outra coisa que lhe pesava na consciência mais profunda, Marcus voltara à realidade de si mesmo, sempre desejoso de conquistar e concretizar o seu querer, não importava o que custasse.

Serápis, desse modo, continuava em seus planos pessoais de felicidade.

– Depois de todo este tempo em que ela deve ter ficado à mingua, tenho certeza de que será mais fácil que ela aceite voltar ao palácio, como minha esposa, desprezando aquelas crias horrendas, deformadas e indignas de um patrício como eu – pensava Marcus consigo mesmo, tentando convencer-se de seu plano.

Em sua mente, bastava que sua vontade fosse declarada no sentido de tê-la junto de si, que todas as coisas se resolveriam conforme seus desejos.

Sim – pensava ele – entre a fome na rua e o aperto naquela casa, certamente que Serápis não é louca em desprezar as velhas e confortáveis acomodações do Palácio onde viveu como serva e para o qual poderá voltar como senhora.

Dos filhos, aceitaria receber apenas Lúcia que, como ele sabia, era filha legítima de sua união com Druzila e que possuía o reconhecimento público como fruto de seu casamento com a falecida mulher.

Com relação aos filhos de Serápis, ninguém sabia que as crianças eram filhas dele, tendo sido, em realidade, assumidas como prole de Licínio na confissão que este fizera perante o juiz Sérvio Túlio.

Isso tornaria mais fácil descartá-las como coisas indesejadas e refazer a própria vida na companhia daquela mulher que lhe dominava o sentimento, mesmo depois de sete anos de distância e ausência.

Dessa forma, cansado de aventuras e desgastado emocionalmente pela sucessão de prazeres sem raízes, de sensações sem sentimentos, de instinto animal sem elevação espiritual, Marcus resolveu regressar a Roma e, tão logo se inteirasse das coisas durante a sua ausência, colocaria seu plano simples em prática, atraindo para si a mulher desejada.

Em verdade, o jovem não conseguia sentir por Serápis o verdadeiro amor enobrecido e elevado que caracteriza a maturidade das almas evoluídas.

Sentia saudade das aventuras carnais na companhia daquela que lhe correspondia às emoções. Embevecido por sua beleza e pelas formas encantadoras, pelos modos submissos e ousados, Marcus sonhava em tomá-la entre seus braços e, na cumplicidade dos velhos tempos, reencetar as mesmas horas de entendimento íntimo que lhe produziram tanta felicidade, aquela que nunca encontrara ao lado de Druzila ou de qualquer outra mulher.

Possuía uma tal sintonia com a antiga serva que não entendia como se construíra, assim, tão espontânea e rápida.

Ambos se sentiam atraídos um para o outro e desfrutavam de uma cumplicidade perfeita que ele nunca mais encontrara.

Em realidade, Marcus relembrava as mesmas sensações que desfrutara outrora, ao contato com a astuta Fúlvia, aquela mulher cobiçada pela beleza e pelos trejeitos lascivos e que mantivera com o antigo Sávio, agora revivido como Marcus, o romance através do qual pretendia aniquilar Pilatos no exílio.

Eram antigos comparsas, ainda que, logo depois, Fúlvia o tivesse envenenado sem nenhuma piedade.

Tão intenso era o sentimento de Sávio por ela que, mesmo tendo sido sua vítima naquelas circunstâncias, a atração que sentia por sua atmosfera vibratória era tal que tudo faria para reviver a mesma emoção e conseguir a mesma aproximação daquela época.

No íntimo do espírito imortal no qual se arquivam as sucessivas encarnações, com suas alegrias e dores, Marcus encontrava o material da emoção que o fazia sonhar com o reencontro com a mesma mulher desejada, sem entender a raiz de tal sintonia.

Ao chegar à capital do Império, sua alma se sentia feliz e pronta para resgatar todo o tempo perdido.

Não havia, entretanto, muita diferença entre o Marcus que fugira da paternidade desditosa e aquele que voltava a Roma com os ímpetos do adolescente insaciável.

A chegada ao palácio foi cercada de surpresa e alegria pelos que haviam ficado na administração de seus negócios, entre os quais, o fiel

Fábio, aquele que sucedera Licínio, sem ter-lhe, entretanto, a mesma maturidade e intimidade com o senhor.

Depois de ter sido colocado a par de tudo o que ficara sob a vigilância de seus empregados, Marcus pediu a Fábio que apresentasse as notícias sobre Serápis, nas recomendações que fizera para que, ainda que de maneira modesta, lhe prestasse a ajuda necessária.

Fábio se surpreendera com a interrogação do patrão, por acreditar que aquele já fosse um assunto encerrado, sobre o qual o esquecimento tivesse determinado o desaparecimento das preocupações de todos.

No entanto, a fim de não fugir da verdade com que se via comprometido na função honrosa de representante de sua autoridade naquela suntuosa habitação, Fábio relatou com exatidão as medidas iniciais que foram tomadas, as buscas que Serápis fizera, solicitando a presença de Marcus, a informação de que ele próprio se ausentara da cidade, sem data para regressar, e as poucas vezes que se enviou ajuda até aquele endereço.

– Mas foram tão poucas vezes assim, que você lhes mandou os alimentos necessários, Fábio? – perguntou, algo indignado, o patrão.

– Sim, meu senhor, e isso em cumprimento às suas ordens, que foram muito claras e incisivas. "Auxilie por algum tempo e, depois, vá rareando para que essas pessoas não nos atormentem com exigências sem fim". Foram estas as suas textuais determinações, as quais escrevi em minhas anotações pessoais para não me esquecer nem adulterá-las pelo sentimento de piedade por suas desgraças.

E continuando o relato fiel de tudo quanto acontecera na ausência de Marcus, Fábio completou:

– Não foram poucas as vezes que, ao sair das dependências do palácio em demanda de algum outro local da cidade, deparei com o semblante ansioso daquela mulher, abrigada à sombra de algum arbusto do caminho, como reles pedinte, carregando a tiracolo três infelizes crianças, uma menina e dois meninos menores, todos no afanoso esforço de sensibilizar os passantes e conseguir alguma moeda.

E pela insistência em permanecer nas cercanias do palácio, parecia que aquela infeliz comunidade familiar desejava, em realidade, produzir algum encontro ou ter algum contato com alguém que pudesse lhes subtrair do estado de penúria e dor. Algumas vezes em que eu mesmo mandei interromper a jornada da liteira e entreguei algum recurso à pequena menina que buscava os adultos e lhes estendia as mãos, escutei a mulher, à distância, pronunciando seu nome e indagando sobre a sua presença no palácio.

Sempre que isso acontecia, recordava-me das suas sábias orientações, a determinar que não me alongasse em muito ajudar para que isso não comprometesse a sua reputação com exigências de mendigos ou pessoas inescrupulosas que, valendo-se da memória do antigo administrador, dela se aproveitariam para extorquir a bondade dos que nada devessem.

Por isso, meu senhor, é que obedeci às suas determinações de maneira fiel e inflexível.

Visivelmente contrariado, Marcus não se lembrava mais das orientações que deixara para que não se criassem espectativas em Serápis, vitimada pela desgraça dupla da maternidade traumática e da solidão a que se vira relegada, nas desditas pioradas pela ausência de sustento e amparo do pai de seus filhos.

No entanto, o relato de Fábio era muito elucidativo e, ao som das palavras do jovem mordomo, reavivaram-se em sua mente as ordens arrogantes com as quais desejava demonstrar a sua distância pessoal daquele caso, não levantando suspeitas sobre a sua íntima ligação com Serápis e com aqueles infelizes aleijados.

Tudo fizera para que Fábio acreditasse se tratassem de companheira e prole vinculadas a Licínio, o falecido amigo, a merecerem dele o acolhimento à distância, em nome da gratidão pelos serviços que prestara, nada mais.

Agora, com esse perfil de indiferença, Marcus percebia que, como outrora no caso de Lélia, sua conduta se transformava em sua própria barreira.

No passado, pretendendo condenar Lélia para livrar Serápis de qualquer suspeita, Marcus visitara e corrompera autoridades, tentando apressar as coisas e ver assassinada a serva que lhe parecia a mais adequada vítima, obrigando Licínio ao sacrifício da própria vida para libertar a inocente.

Agora, graças ao mesmo procedimento que adulterava a verdade para livrar-se do dever, Marcus criara condições para ser ignorado, senão detestado por aquela que ainda dominava seu coração e era o centro de seus planos de felicidade.

Por sua culpa, agora, Serápis deveria sentir ainda mais ódio de sua fuga e de seu descaso.

Isso o contrariava profundamente, mas ele não tinha como negar que a culpa integral desse estado de coisas era dele próprio.

Enquanto o mordomo se mantinha em silêncio e na cabeça de Marcus tudo isso corria célere, como um rastilho incandescente que ele precisava interromper antes que detonasse o barril de pólvora da indiferença, do rancor mais profundo que afastaria Serápis para sempre, o proprietário retomou a palavra e perguntou, impaciente:

– Está bem, Fábio, mas e agora, onde está essa mulher? Continua nas proximidades do palácio?

– Bem, meu senhor, desde algum tempo já não a vejo mais, nem mesmo os pequenos pedintes. E como tal afastamento era de todo desejável, segundo suas próprias determinações, nunca mais enviei as provisões até a antiga vivenda, deixando que caísse no esquecimento a generosidade de seu coração a fim de que não se transformasse em vulnerabilidade a ser explorada por pessoas inescrupulosas e interesseiras.

Dando-se por satisfeito, Marcus dispensou o ajudante eficiente e trancou-se em seus aposentos de trabalho, dentro dos quais iria traçar melhor os planos, retificando a sua estratégia para que conseguisse atingir seus objetivos.

Importaria, primeiramente, inteirar-se das condições da família e saber como estariam vivendo.

Com esse intento, Marcus mandou chamar empregado de sua confiança, dentre aqueles que eram destinados ao seu serviço íntimo e determinou que ele se dirigisse até aquele local onde deveria estar vivendo a família abandonada para obter maiores informações sobre o seu estado geral.

Que observasse à distância, em primeiro lugar, sem revelar-se como enviado do palácio, para melhor apreciar as condições gerais. Que perguntasse aos vizinhos, que se informasse sobre as crianças e, principalmente, sobre a mulher.

Assim, foi enviado até o local o jovem servo, devidamente trajado para que não levantasse suspeitas e pudesse passar por singelo curioso.

No entanto, não foi difícil para ele encontrar informações sobre a família.

Poucas horas depois, o jovem regressava à presença de Marcus com as informações que eram ansiosamente esperadas.

– Meu senhor, a casa está vazia.

– O que? – perguntou, surpreendido, o patrão.

– Sim, meu senhor, ninguém mais mora ali, estando ela totalmente fechada.

– Mas o que aconteceu com eles? Você perguntou para os vizinhos?

– Sim, senhor Marcus. Segundo me contaram, a mulher que ali morava com um grupo de crianças deformadas, três meninos e uma menina, se mudara. Parece que, por ter conseguido emprego em uma das obras de César, ali conhecera um importante funcionário que, interessando-se pelo destino das crianças, tanto quanto pelos encantos da mãe delas, recolheu-as em sua casa ampla, já que todos estavam submetidos a uma vida de dificuldades extremas.

– Você tem certeza do que está me dizendo, Salústio?

– Bem, meu senhor, essas informações foram as que consegui na vizinhança que, segundo o senhor bem o sabe, é o melhor tipo de noticiário que obtemos, porque são muitos olhos a vigiar os passos dos outros, cada um procurando bisbilhotar e concluir à sua maneira.

Por isso, fiquei sabendo que um homem vinha todos os dias buscar a moça para levá-la ao trabalho e, logo depois, uma mulher se apresentava para cuidar da casa até que, no período da tarde, ausentava-se horas antes do regresso da mãe, sempre acompanhada do mesmo homem, na volta do trabalho.

Intrigado e indignado com as informações que recebia, Marcus, a muito custo, conseguiu controlar a emoção fervilhante.

– Mas será que é esse o homem que a levou para sua casa, Salústio? E que outro filho é esse que existe? Segundo minhas informações, são apenas três.

– Bem, senhor, não tenho maiores informações a respeito. Só sei que ela trabalhava nas obras do Panteón e que, ali, encontrara o homem que lhe modificara o destino. Quanto aos filhos, estou seguro de que se trata de três meninos e uma menina. Vários vizinhos falaram acerca deles, até mesmo porque eram causa de muito medo, devido ao estado de enfermidade que apresentavam. Os três eram aleijados.

Arrepiando-se com o calafrio que sentia, Marcus dispensou o servo e permaneceu trancado no interior do escritório.

Seu espírito mesquinho tirava as suas primeiras conclusões.

Serápis havia encontrado outro homem em sua vida, com o qual, talvez, já tivesse inclusive outro filho.

Não, isso ele não aceitaria.

Ela teria que lhe pertencer novamente, e a presença de outro homem aguçava-lhe o instinto masculino de competir e vencer.

Precisava melhorar o plano para que conseguisse retomar o bem que julgava lhe pertencer.

Afastaria Serápis de quem quer que fosse e, se necessário, daria um fim naqueles filhos indesejados, poupando apenas a pequena Lúcia que, a estas alturas, já devia estar com mais de oito anos.

Em seus gabinetes mais íntimos, Marcus começara a traçar os sinistros projetos com os quais pretendia vencer a distância que o separava de Serápis, como se as ideias truculentas e cruéis lhe brotassem espontaneamente dos pensamentos, orquestrados com natural sucessão e com aparente lógica.

Primeiramente, sondaria as condições de vida atuais daquela família. Depois, arrumaria uma maneira de afastar o intruso e os filhos aleijados da mulher desejada, fosse pelo sequestro, fosse pelo assassinato.

Tudo faria para que a antiga amante se desencantasse de seu atual protetor, mobilizando seus contatos, suas influentes amizades para alijar um do outro, arrasando o competidor que ousara meter-se no caminho de seus planos.

E, depois de tudo pronto, sem que ninguém suspeitasse de suas artimanhas ocultas, surgiria como o salvador, retirando-as da desgraça e da fome, do abandono e da dor, confessando-se arrependido e disposto a consolar a jovem ferida no afeto que se frustrou. Então, livre dos filhos problemas, poderiam retomar a jornada da vida a dois, apenas com a filha maior ao seu lado.

Deveria agir rapidamente, pois a notícia de seu regresso a Roma não tardaria a ser conhecida.

Assim, para evitar publicidade prejudicial aos seus planos, evitaria deixar a mansão e, se as circunstâncias o compelissem a fazê-lo, sairia disfarçado para não levantar suspeitas, usando roupas simples e não se valendo das suntuosas liteiras de transporte dos patrícios.

Espalharia uma rede de espiões e procuraria usar os servos para conseguir o maior número de informações a fim de agir prontamente.

Nesse desiderato, as ideias lógicas iam brotando de seu cérebro esfogueado, como uma cascata de pensamentos que se sucediam sem que precisasse se esforçar muito para concatená-las.

A noite ia alta quando o cansaço envolveu-lhe o corpo pedindo o repouso.

O dia seguinte seria muito ativo para a organização dos primeiros passos no sentido da reconquista do afeto que ele houvera desprezado.

※ ※ ※

Não sabia, nosso invigilante Marcus que, inspirando-lhe os sinistros projetos, se associara ao seu desejo afetivo e se aproveitava de sua ânsia vaidosa de conquista, o espírito astuto de Druzila que, desde muito tempo, seguia os passos de todos os componentes daquele grupo familiar, espreitando o melhor momento para levá-los ao pagamento dos débitos dos quais ela se julgava credora, como esposa injuriada, enganada, traída e assassinada.

Assim, logo depois da morte por envenenamento e das cerimônias fúnebres, seu espírito não encontrou descanso, passando a seguir, qual espectro sinistro, todos os passos das criaturas envolvidas com o seu drama pessoal.

Pôde, então, constatar a efetiva gravidez de Serápis e seu envolvimento com o marido, numa traição perpetrada no sítio aprazível que Marcus elegera para tais relações espúrias e que se arrastara para dentro do próprio palácio, por entre os corredores, através dos olhares cúmplices, das insinuações e sinais secretos, através dos quais se revelavam apaixonados.

Druzila, em espírito, perturbara-se ainda mais com tais descobertas, sobretudo por saber-se envenenada pela própria Serápis que, ainda que não suspeitasse ser corrosivo letal aquilo que colocara no jarro de água, dera curso à ideia de adormecer Druzila para sequestrar Lúcia para, com isso, fustigar o espírito de Marcus e forçá-lo a elegê-la como a primeira entre seus interesses afetivos.

A gravidez de Serápis foi o mais doloroso espinho no coração de Druzila, que tudo fez para piorar-lhe as condições e danificar-lhe os sentimentos. A ausência de Marcus, o afastamento de Licínio, deixavam caminho livre para sua influência direta, que só era atenuada pelos cuidados espirituais de Zacarias e Lívia, zelosos protetores tanto de Serápis quanto dos espíritos de Pilatos e Sulpício, que iriam renascer por intermédio dela.

No entanto, tão logo Marcus regressou a Roma naquela noite triste da execução de Licínio no circo, Druzila agarrou-se vibratoriamente ao ex-marido para infundir-lhe sentimentos contraditórios e instigá-lo a recusar a paternidade daqueles seres que ela vira renascerem como monstros em uma sociedade que enaltecia a beleza e a boa forma.

Foi ao peso de sua influência mais direta que Marcus se viu inclinado a dar curso aos seus temores, ao invés de ouvir a voz da consciência que lhe ditava o dever de amparar a mãe de seus filhos, ainda que deformados pelo destino.

Alimentado no medo e na vergonha de ser o gerador de uma estirpe de aleijões, o espírito da ex-mulher lhe feria o sentimento com intuições sarcásticas que eram recebidas na acústica de sua alma e o aconselhavam a fugir ao dever paterno, aproveitando-se do clima criado por Licínio.

Depois que o abandono se dera, Druzila se dividia entre a vigilância que mantinha sobre Serápis, deleitando-se com suas dores e os prazeres que sentia na companhia de Marcus, envolvido com tantas e tantas mulheres, volúveis como ela própria o fora quando na vida física.

Sempre desejosa de conquistar o marido, Druzila induzia sua fraqueza masculina a requisitar todo o tipo de jovem disponível, num prazer que parecia insaciável e que, através dos processos de influenciação e simbiose espirituais, permitia a Druzila como que desfrutar os momentos de gozo carnal, colando-se ao corpo das mulheres com as quais o ex-marido se envolvia, igualmente moças levianas e dispostas a tudo.

Assim, sem o saber, apesar de Marcus modificar suas companhias como quem trocava de roupas, seu prazer era compartilhado sempre com Druzila, que se fazia imantar ao corpo das doidivanas mariposas e fruía as sensações prazerosas de estar com o homem que tanto desejara dominar, desde os tempos em que se mantinha viva fisicamente ao seu lado.

Agora invisível, manipulava-o como um fantoche, estimulando a sua cupidez e a sua natural inclinação à sexualidade sem freios para dela desfrutar tanto quanto o desejasse, plasmando em sua mente os quadros mentais de sedução e volúpia com os quais despertava o seu desejo de novas aventuras, como a um faminto se aguçam as papilas gustativas ao contato com os odores agradáveis de um prato saboroso.

Todavia, nas muitas idas e vindas entre Serápis, a qual pretendia fazer sofrer, e Marcus, que dominava pela fraqueza do prazer, Druzila se viu surpreendida pela ação generosa de Décio e de Cláudio Rufus, os quais, pela bondade natural de seus corações e pela inspiração superior, passaram a demonstrar o interesse invulgar pelo destino daquele grupo de seres que deveria sofrer a sua vingança.

A partir da presença de Décio e de Cláudio nas suas vidas, Druzila viu começar a esmorecer o seu plano de vingança, o que ela não concebia, já que Serápis era o foco de seu ódio constante e doentio.

Quando, então, ela pôde perceber que Cláudio se interessava sincera e honestamente por Serápis e que a jovem se sentia aquecida por saber-se objeto de sua afetividade, Druzila tremeu de ódio, arquitetando um novo plano para fustigar-lhe a felicidade nascente.

Não! Serápis jamais poderia ser feliz. Era uma víbora que precisava provar do próprio veneno.

E, com esse propósito, Druzila passou a estimular em Marcus o desejo pela antiga amante, já que ela o dominava plenamente, nos anseios e sonhos masculinos.

Passando a projetar as imagens da jovem Serápis e a permitir que Marcus se recordasse dos momentos idílicos que viveram juntos, Druzila criou condições psicológicas no espírito do ex-marido para que ele voltasse a desejar a antiga serva, com a dupla finalidade de fazer a infelicidade da mulher e de produzir novas dores no falso e miserável esposo que, segundo as suas pérfidas intenções, jamais haveria de ser feliz novamente.

Nos mecanismos espirituais de afinidade e sintonia, Marcus recebeu-lhe as provocações suaves e se deixou levar pela multiplicação das emoções mais queridas, de um tempo em que seus sonhos eram a ante-sala da própria felicidade, representados pelo carinho da serva com quem tanto se afinizava.

Druzila já sabia que Serápis se encontrava enamorada de Cláudio e que este se voltava para ela como um homem sincero e digno, capaz de fazê-la feliz para sempre, apesar de todos os crimes que ela havia cometido no passado.

E por causa desse passado de delitos, o espírito ignorante não descansaria enquanto não impedisse que Serápis concretizasse a sua ventura.

Jamais aceitaria a felicidade daquela mulher que lhe fora a causadora da própria desgraça.

Desgraçaria a sua vida, ainda que tivesse de usar o próprio marido como ferramenta de sofrimento na jornada de todos.

E era isso que levava Marcus a ver-se tomado por uma torrente de ideias que se encadeavam naturalmente, como se ele próprio não precisasse se esforçar para elaborar o plano a fim de que pudesse recuperar a estima de Serápis.

Ingênuo, como um homem carente que perde a noção da correção e do bom senso, Marcus era o boneco dócil que Druzila manipulava para que as lágrimas jamais secassem na face daqueles que ela via como seus inimigos figadais.

E naquela noite de sono em que Marcus se deixara cair, entrevendo o início de sua luta para reconquistar Serápis dos braços de outro homem, a astuta Druzila, tão logo o espírito do ex-marido se projetou fora do corpo físico, apresentou-se perante ele, modificando a própria forma espiritual e assumindo o rosto de Serápis, aproximando-se dele como a pedir socorro, como a solicitar que ele a salvasse de algum perigo. Assim que Marcus, manipulado em seus sentimentos, se viu diante da mulher amada, deixou-se empolgar pela proximidade e tomou-a nos braços para compartilhar o beijo apaixonado e arrebatador, no qual colocou toda a sua emoção de homem vitorioso, imaginando que, realmente, estava diante da antiga amante.

Embalado por essa doce lembrança, agora materializada à sua frente e viva sob seus braços, Marcus conduziu a visão da mulher amada ao leito para que revivesse com ela os impulsos da sexualidade, imaginando que voltavam aos antigos tempos de prazeres e aventuras, sem imaginar que, em realidade, era o espírito de Druzila que a ele se entregava, lasciva e sedutora, para fortalecer na alma de Marcus o desejo obstinado de retomar Serápis para si mesmo.

No meio da noite, envolvido pela emoção erotizada do sonho inusitado, Marcus despertou com a sensação de que aquela havia sido uma visão premonitória a lhe comunicar o sucesso de sua nova empreitada, a dizer-lhe que ele se encontrava no caminho certo e que a vitória lhe estaria assegurada, interpretações oníricas estas que faziam parte dos costumes de todos os romanos, como que a consultarem os arcanos invisíveis e escutar o vaticínio da sorte, antes de cada desafio da vida.

Os augúrios lhe pareciam favoráveis e os deuses lhe davam o sinal de que ele estava no caminho correto.

Mal sabia ele que, ao seu lado, um espírito horrendo se contorcia em gargalhadas, satisfeito por perceber o quão tolo Marcus se permitia ser, dando sequência à trama através da qual ela haveria de desgraçar de uma vez para sempre os sonhos de sua adversária.

Não esqueça o leitor atento, que estamos falando daquelas que haviam sido mãe e filha na existência anterior, a astuta Fúlvia, jogadora e assassina, e a filha Aurélia, criada pela mãe à sua imagem e semelhança, aprendendo a ser cruel, sedutora e volúvel, segundo os interesses imediatos.

Perdidas nas teias das misérias do mundo material, se permitiram chafurdar no lodo dos sentidos inferiores e não foram capazes de desenvolver o verdadeiro afeto sincero e puro que deve existir entre pais e filhos.

Agora, eram as que se perseguiam e davam-se uma à outra, como o fruto amargo que semearam para si mesmas.

***

Por esse motivo, queridos irmãos e irmãs que abrem o coração para os ensinamentos espirituais, não se permitam tornar-se pedras de tropeço no caminho dos outros.

Não acedam ao desejo de seduzir quando deveriam aprender a respeitar os compromissos dos irmãos de jornada, tanto quanto não subordinem a própria felicidade à dor alheia, fustigando o semelhante com os efeitos dolorosos das suas conquistas.

A vida é muito breve e a pequena satisfação que os troféus humanos produzirem em sua alma serão poeira diante das infindáveis consequências amargas que esperarão por seus espíritos logo depois do sepultamento de seus corpos ditosos e pachorrentos.

Evitem as armadilhas da sedução, com a exposição indevida de corpos bem modelados para produzirem a atração sobre os carentes ou os cúpidos; afastem-se da ostentação que causa a revolta nos seres infelicitados pela miséria; não se permitam o falso contentamento de produzirem a inveja nos que não podem possuir o que vocês conseguiram obter; jamais se permitam as artimanhas da desonestidade e da imoralidade bem escondidas para a obtenção de bens materiais porque, em muitos casos, os cânceres e as doenças mais dolorosas são o derradeiro troféu a esperar por tais competidores do estelionato social.

E, sobretudo ao espírito feminino, que a renúncia à vingança possa ser o mais importante ensinamento destas linhas, porquanto na alma da mulher, sensível e preparada para as belezas superiores, a capacidade de amar plenamente está muito perto da possibilidade de odiar sem trégua, se a mulher se permitir trilhar o caminho perigoso da autocomiseração.

Ao considerar-se vítima, o espírito feminino estará muito propenso, pelas peculiaridades de sua sensibilidade, a aventurar-se pelo terreno perigoso da vingança, a perseguir com obstinação e crueldade aqueles que, à sua vista, surgirem como os responsáveis pela sua infelicidade ou pela frustração de seus ideais.

Observe-se pessoalmente e, longe de imaginar que isto é manifestação preconceituosa, pergunte-se se você, como mulher, sente prazer de ceder seu lugar a outra mulher.

Pergunte-se se você já consegue olhar para outra do mesmo sexo e não suspeitar ou temer suas intenções. Se não existe sempre uma desconfiança e um prejulgamento dos interesses e dos trejeitos que usam todas para se fazerem charmosas, carentes ou frágeis.

Se no íntimo de sua própria alma, todas as outras não surgem como potenciais ameaças à sua felicidade, aos seus interesses e aos seus objetivos.

Pergunte-se e escute a resposta com honestidade.

Pergunte-se se você não sabe quando está usando uma roupa

pouco adequada à função de cobrir o corpo como deveria e qual é o seu objetivo ao fazê-lo.

Se você não deseja mais se vingar dos que a traíram ou enganaram, sejam eles homens ou mulheres.

Observe-se no espelho e veja as suas preocupações em agir de maneira estudada para conseguir chamar a atenção da pessoa que lhe interessa.

Perceba como existem sinais típicos para enviar na direção daqueles que se pretende conquistar e como há um prazer sinistro em se sentir dominando o desejo de suas vítimas, ainda que seja para, logo a seguir, descartá-las pelo simples prazer de se fazer difícil.

Se observarmos em nós nossos comportamentos e inclinações, perceberemos em que nível evolutivo nos encontramos.

Se você já é capaz de, no exercício da experiência feminina, se manter elevada e não se contaminar com todas as tendências tão comuns que expusemos acima, esteja certa de que sua jornada terrena a levará a excelcitudes jamais imaginadas, pela nobreza de seus pendores como alma eleita por Deus para dividir com ele os sublimes mistérios do governo da Vida.

Mas se ainda existem as inclinações que se fizeram agulhas em sua vaidade de mulher, em sua cupidez e astúcia, cuidado. Vestindo essa nobre roupagem física, você pode estar tratando-se mais como fêmea do que como uma verdadeira mulher, cujos destinos superiores o Criador endereçou para ser a que modela o caráter dos homens e os encaminha para o crescimento, já que, por mais importantes ou poderosos que eles possam ser, todos eles tiveram que chegar ao mundo através de uma mulher.

Pense bem, porque suas condutas, seus impulsos íntimos e suas vibrações mais secretas denunciarão a todos os espíritos que a observam, se há em sua alma a nobreza e elevação de uma filha legítima da bondade, ou se você é, apenas, mais uma Druzila vivendo no mundo batizada com um outro nome.

No mundo de hoje, vivenciar as experiências num corpo feminino é a mais bela oportunidade de elevar-se aos céus espirituais ou o mais perigoso caminho para projetar a alma nos tormentos íntimos desse inferno moral do arrependimento e do ódio milenar. E é você, querida irmã, quem vai escolher que caminho seguir. Só você!

Os planos do bem e as armadilhas do mal

Com as modificações que a transferência para junto de Cláudio produziu nas vidas das personagens desta história, acostumadas a lutarem sem trégua pela sobrevivência mais precária, parece que um momento de paz e esperança invadiu o coração de toda a desventurada família de Serápis.

O ambiente mais confortável da moradia de Cláudio, a companhia de pessoas amigas, a modificação dos sentimentos e a presença carinhosa de Décio, o benfeitor de todas as horas, transformava aqueles momentos tristes do passado em alvissareiras bênçãos para o futuro.

As crianças se viam melhor instaladas, atendidas em suas necessidades básicas, ajudadas por outras criaturas que se viam contagiadas pelo exemplo carinhoso de Décio e pelas atitudes solícitas de Cláudio que, ao espírito sofrido e cansado de Serápis, não passavam desapercebidas.

Em seu íntimo, como mulher que experimentara todo o tipo de emoções violentas e soubera usar seus atributos para encantar os homens, não era difícil perceber o interesse masculino, ainda que, agora, já tivesse sofrido o suficiente para não mais atirar-se a aventuras que poderiam comprometer todo o equilíbrio de sua posição.

Considerava-se serva na casa de seu benfeitor e, como já foi falado anteriormente, foi nessa condição que aceitara a transferência da moradia.

No entanto, os modos respeitosos e cordiais, atenciosos e

fraternos de Cláudio, igualmente no coração vazio de Serápis, iam produzindo os efeitos suaves que atraem os mais violentos animais, asserenados pelo poder doce da melodia harmoniosa do Bem.

Serápis passara a sentir, no vazio que a envolvia, no coração cicatrizado depois de tantos dramas e feridas, o alento balsâmico do sentimento sereno e sincero, desse que não mais é acompanhado pela efusão vulcânica das paixões físicas, desequilibradas pelos excessos e pela ilicitude de sua vivência perante os costumes e compromissos legais, como houvera sido, anteriormente, com Marcus.

Aliás, a figura do antigo amante, irresponsável e covarde, se tornava ainda menor ao contato com a postura verdadeiramente nobre de Cláudio, cujas virtudes e cujo caráter eram mais do que roupagem superficial e mentirosa, a esconder as chagas morais da perversidade e do desrespeito.

A companhia agradável das crianças, agora mais felizes e fortes, possibilitava que todos se sentissem transportados ao ambiente de sonhos que nunca imaginaram capazes de encontrar na Terra.

Nem parecia mais aquele cortejo de aleijados, a perambular por toda Roma, transportados em carrinhos e atirados nas sarjetas a pedir a compaixão dos transeuntes.

Domício também acabara se beneficiando de todas as novas circunstâncias, já que fora para ele que Cláudio voltara toda a sua atenção, compungido pelo seu drama e pelo desejo de algo fazer por sua melhoria.

Graças ao interesse do jovem administrador de Adriano pelo destino de seus filhos legítimos, tanto quanto pelo bem-estar do infeliz leproso adotado por Serápis, a mãe aumentara o seu afeto por todas as crianças, percebendo que, da desgraça em que viviam, haviam surgido, para todos, as bênçãos que lhes chegavam e que eram atribuídas, a partir do encontro com Décio e com a nova doutrina cristã, à intercessão de Jesus pelos aflitos do mundo.

Nada mais poderia justificar essa modificação tão miraculosa, a transportá-los da sarjeta para o interior de uma faustosa moradia que, se não era tão exuberante quanto o palácio de Marcus, não lhe ficava muito distante na beleza e aconchego.

Quase quatro meses de ventura haviam transcorrido, desde a mudança.

Cláudio e Décio se esmeravam nas atividades diárias, sendo que o primeiro se via envolvido com as obrigações legais e administrativas, já que o retorno de Adriano e os seus planos de nova viagem para a antiga Hélade, demandando o embelezamento de Atenas e demais cidades antigas, impunha-lhe mais e mais deveres.

No entanto, ao final das tarefas de cada dia, quando a tarde se encaminhava para o poente, naquele início do ano 133, todos os dias se reuniam em sua moradia, a buscar a palavra confortadora de Décio, que informava do andamento das atividades e avanços da nova doutrina no seio da sociedade depravada e egoísta.

– Cada dia mais e mais romanos nos procuram, ainda que seja no anonimato e na escuridão da noite, recorrendo às orações de nossos grupos – informava Décio, entusiástico. – Acostumados a toda sorte de crenças e deuses durante o dia, durante a noite boa parte dos romanos vai em busca de sortilégios, magias, filtros amorosos ou venenos com os quais pretendem dar uma "ajudazinha" aos deuses na realização de seus desejos pessoais.

Dessa forma, acostumados a viverem de uma crença hipócrita e formalista, não é difícil que a frustração que sentem diante da impotência das estátuas os faça dirigirem-se para nossas reuniões anônimas e protegidas das vistas imperiais já que, apesar de não se estar mais ao tempo dos grotescos massacres, não foram invalidadas as leis que nos impedem as reuniões e a publicidade em matéria de fé. No entanto, ocultos e disfarçados sob mantos, capuzes e túnicas humildes, mais e mais romanos e romanas se apresentam para escutar as exortações noturnas, no isolamento do campo santo, para onde os patrícios tradicionalistas não se animam a ir depois que cai a noite.

Principalmente depois que meu pai regressou a Roma, temos visto muita gente a procurar-lhe o conselho através das alocuções que são testemunhadas pela noite e pelas pessoas que procuram Jesus no meio do temporal da vida e do sofrimento da alma.

Ouvindo-lhe a palavra emocionada, sentiam-se todos preenchidos de esperanças, pelo triunfo da nova doutrina sobre os enganos e desenganos do paganismo frio e indiferente.

Cláudio, com seu espírito mais jovem e idealista, acompanhava com interesse o relato do amigo, em cuja residência modesta igualmente comparecia em dias certos da semana para ouvir-lhe a palavra evangelizadora e trocar ideias que pudessem orientar seus passos na caminhada da vida através das novas estradas da renúncia, da confiança em Deus e do esforço de amar o próximo como a si mesmo, sem qualquer condição.

– Mas como é que se sabe da procedência dos que procuram as reuniões se a ela comparecem disfarçados? – perguntou o romano, admirado.

– Bem, Cláudio, nada que a boa observação não seja capaz de descortinar, seja pelo receio de serem vistos e identificados, o que faz com que se mantenham ocultados por detrás de capuzes e cobertas, seja pelos modos um pouco confundidos, inexperientes diante de nossas rotinas. Qualquer servo humilde nos conhece os cânticos. No entanto, os patrícios e os demais romanos pagãos nada sabem sobre nossas maneiras e nossas cantigas. Por isso, basta observar para que aquilatemos quantos são dos nossos e quantos ainda estão nos buscando pela primeira vez, na esperança de serem ajudados de alguma forma por alguma força superior que desconhecem, mas que imaginam ser como seus antigos deuses. Quando sentem a pureza de nosso Jesus e seus ensinamentos de Amor, de Confiança e de Otimismo, se encantam e, na maioria dos casos se veem surpreendidos pelas lágrimas.

– Que maravilha, Décio. Isso parece muito com nossas reuniões em sua casa – exclamou Cláudio.

– Sim, meu amigo, só que em tamanho maior, porque o ambiente agreste comporta algumas centenas de pessoas. E as palavras de papai são incomparavelmente mais inspiradas que minhas toscas expressões de fé.

– No entanto – respondeu Cláudio – seja transportada em vasos de cerâmica ou em preciosos recipientes de alabastro, a água pura é sempre a linfa refrescante e inspiradora, tanto nos lábios de Policarpo quanto nos seus, meu amigo.

Procurando dar outro rumo à conversa, Décio acrescentou, com uma ponta de preocupação:

– Tal publicidade, no entanto, me preocupa um pouco.

– Ora, Décio, não estará Jesus atento a tudo isso e feliz pela jornada próspera de suas ideias?

– Claro, Cláudio, que o Senhor está ciente de todos os passos de sua mensagem no mundo. No entanto, foi ele próprio quem nos ensinou que sua vinda ao mundo não tinha o condão de trazer a paz e, sim, a espada. Assustando os próprios discípulos mais chegados, o Senhor afirmara que havia vindo atear fogo à Terra e que o que mais desejava era que ela se incendiasse rapidamente, para queimar as impurezas e preparar a nova semeadura.

– Mas que quis ele dizer com isso?

– Pelo que posso entender – respondeu o antigo pedreiro do Panteón – trata-se de uma referência direta às lutas que surgirão por causa de sua mensagem. Naturalmente, os pobres e aflitos verão nela uma barca segura que lhes garantirá uma vida mais nobre, dando-lhes a oportunidade de aspirar às benesses que lhes são negadas nesta vida. No entanto, para os abastados senhores terrenos, aqueles que dirigem os negócios do mundo pela velha ordem de interesses e estratagemas, essa nova fé lhes ferirá profundamente as vantagens e os bens. Ajudar os que sofrem, dividir o pão, amar os inimigos, igualar escravos e senhores, tudo isso é por demais revolucionário. Esse foi o motivo para as perseguições cruéis do passado recente. Agora que as coisas se fixaram de forma menos dolorosa para todos, no entanto, a vulgarização da doutrina, a receber mais e mais interessados romanos para que se dissemine a maior número pode reverter esse processo drasticamente.

Facilitado o acesso dos candidatos a cordeiro, não há como evitar o ingresso dos que ainda se comprazem em ser lobos, que podem invadir o redil onde se reúnem almas aflitas e esperançosas e, ocultos igualmente pelo manto da noite, testemunharem nossas práticas proibidas para, logo depois, de forma fácil e violenta, fustigarem com a perseguição e o cárcere a todos os que forem surpreendidos.

E, mais uma vez, os que tiverem ascendentes de nobreza e tradição acabarão poupados enquanto que os pobres, sem defensores, pagarão o preço. Não que isso deva ser temido pelos que pretendem, verdadeiramente, dar a vida em testemunho da própria fé, mas, de uma forma ou de outra, sinto que esses dias de perseguição se aproximam de nós, à modida que vejo o aumento do número dos adeptos de ocasião, aqueles que vêm para ver, por curiosidade, mais do que por convicção.

Já falei isso com meu pai que, mais lúcido do que eu, me fez ver que tais eventos devem estar na base de seu regresso a Roma.

Perplexo com a informação, Cláudio pediu maiores informações sobre a opinião de Policarpo, cuja figura tinha muita vontade de conhecer.

Não se fazendo de rogado, Décio acrescentou:

– Sim, Cláudio, meu pai acredita que o seu regresso à nossa cidade esteja nos planos superiores para que ele próprio possa ser testado na fé que procurou espalhar por onde passou. Como diz em suas exortações luminosas, a palavra não pode ser submetida ao fogo do testemunho. Os que falam do Bem precisarão, forçosamente, ser convocados à vivência de suas expressões para selar com seus exemplos a grandeza dos conceitos que veicularam.

Assim, em seu íntimo mais profundo, Policarpo sente que chegou o momento de suas próprias provas, para as quais por tão longo tempo se preparou, no cumprimento da promessa que fizera outrora às luminosas mãos que me curaram da enfermidade no interior do casebre pobre onde vivíamos.

Segundo meu pai, não deve tardar o início da nova etapa e, demonstrando a sua convicção acerca disso, seus discursos evangélicos têm se tornado ainda mais contundentes e profundos, no sentido da implantação do Reino de Deus no coração das criaturas.

No interior do santuário dos mortos, à luz do luar como testemunha e enfrentando o frio noturno, a palavra dele aquece os corações e parece fazer enrubescer as próprias pedras, diante das contradições mundanas, das hipocrisias de uma vida faustosa cujo principal fruto tem sido o crime e a devassidão, a infelicidade e a doença, contra as quais, deuses e sacerdotes remunerados nada conseguem fazer.

Recentemente, falando da grandeza da mensagem de Jesus, Policarpo exortou os ouvintes a que recusassem todas as efêmeras coisas do mundo, os brilhos dourados de uma corte de homens iníquos, os interesses de poder e de grandeza tão agradáveis ao patriciado e às tradições de toda Roma, a fim de que agasalhássemos apenas a figura da humildade, a conduta da singeleza, como o fizera o Divino Amigo em sua jornada terrena. Muitos dos que estavam lá entreolharam-se como que espantados de tamanha ousadia, como a se sentirem exortados a viver uma vida absolutamente impossível de ser encarada, diante do cenário de glórias e grandezas materiais.

Muitos, aliás, estavam ali a buscarem formas de conquistar de maneira mais rápida aqueles mesmos patamares ilusórios, esperando contar com a aquiescência desse nazareno que, como eles podem supor erroneamente, seja dotado dos mesmos interesses dos deuses romanos.

No entanto, ao invés de ouvirem promessas e palavras de condescendência para os ideais espúrios que agasalhavam, se viram desnudados no mais mundano de seus sentimentos. Não contente com essa reação, talvez inspirado por uma poderosa e sobrenatural coragem, tocado de uma auréola de santificadora verdade, Policarpo se dirigiu aos próprios romanos ali ocultos entre os capuzes, a lhes dizer que o Reino de Deus conta com homens que tenham coragem de se expor e de arriscar os próprios interesses perante os falsamente poderosos da Terra. Aqueles que se acovardam por baixo de panos e cobertas ainda não estariam prontos para o reino de esperanças tanto quanto o trabalhador que, colocando a mão na charrua, olhasse para trás e ponderasse as vantagens e desvantagens de seguir adiante.

Que o Senhor respeitava as escolhas de cada indivíduo e não os obrigava a revelarem-se, mas que não se iludissem, porquanto, para todos os que preferissem as glórias de César estariam garantidas as belezas dos festejos que tanto agradam aos que seguem a César, ou seja, as agruras do circo, porquanto, entre imperadores que vêm e vão, os interesses humanos oscilam de um lado ao outro e, os que hoje são aliados, amanhã podem ser considerados traidores ou inimigos.

Somente Deus e Jesus não exigem esse tributo mesquinho, pois, como houvera ensinado quando de sua passagem na Terra, o jugo que Ele exerce é suave e o seu fardo é leve.

Era a mais direta alusão aos que, novéis e curiosos na fé cristã, ali estivessem à espreita de interesses imediatos, ansiosos por conseguirem objetivos mundanos, desejosos de favores e vantagens que lhes garantissem poder e riqueza, opulência e gozo.

Os próprios cristãos estremeciam ante as palavras de Policarpo. Alguns vibravam de idealismo por entenderem-lhe a profundidade dos conceitos, enquanto que outros pareciam invadidos por uma coragem transcendente e inexplicável, não faltando, no entanto, aqueles para os quais essas referências diretas e firmes eram perigosas para a segurança de todos. Alguns que se apresentavam ali pela primeira vez, mulheres em sua maioria, tocadas pelas exortações carinhosas, mas firmes daquele ancião, encorajaram-se e tiraram os capuzes escuros, oferecendo ao olhar brilhante de Policarpo, os olhos úmidos e marejados. Houve, entretanto, aqueles que continuaram ocultos e dali se retiraram tão logo se encerrou a reunião. Nesse dia houvera sido muito grande a assistência e não se podia controlar com o adequado zelo e cuidado os que ingressavam no recinto e os que dele saíam. Ao término da reunião, papai me comunicou uma visão familiar que muito me emocionou.

Havia visto, depois de muito tempo, as mesmas mãos luminosas a brotarem do vulto brilhante e indevassável que houvera encontrado no passado, como já me referi. As mãos de luz flutuavam sobre a assistência, mas só eram vistas por ele próprio e, de onde elas se postavam, um jato safirino chegava até ele para inspirá-lo nas palavras que falava, como se não estivesse falando por si próprio, mas reproduzindo, apenas, as vontades da rutilante entidade.

E enquanto ia falando sem controle direto, via as mãos luminosas se posicionarem sobre as cabeças ocultas pelos capuzes, como se a elas se entregassem com mais pronunciado carinho, fazendo-me adivinhar que ali estavam os mais perigosos elementos adversários das novas ideias, aos quais se fazia necessário despertar por palavras diretas e candentes.

Essas mãos passearam por todos os que ali estavam reunidos, mas aos ocultos elementos da velha ordem mundana, entregaram-se mais demoradamente, como a lhes tocar a mente e o coração, sem que percebessem.

Por fim, ao término da operação luminosa, ao afastar-se de mim, o facho luminoso me fez entender a mensagem de que o fogo estava ateado no coração daqueles irmãos clandestinos e espiões, e que eles se incumbiriam de atear o incêndio para que a Terra fosse iluminada pela verdade de forma mais rápida, como houvera desejado fazer o próprio Jesus.

Fazendo uma pausa na descrição, durante a qual Décio secava as lágrimas de emoção que lhe invadiam a alma, logo a seguir, retomou:

— E, assim, Cláudio, creio que estamos muito próximos dos momentos de dor pessoal que ensejarão o testemunho de alguns para a melhoria de todos.

— Mas eu gostaria de conhecer seu pai antes de que qualquer coisa de ruim viesse a lhe acontecer. Como posso ter essa alegria?

— Bem, sei que hoje ele estará falando novamente no mesmo local, depois que a noite se fizer mais escura. Se você desejar, poderemos ir até lá. No entanto, não sei se será conveniente para você, um importante funcionário do imperador arriscar-se tanto...

– Sei dos riscos que corro, mas, ainda assim, irei com você, protegido como fazem todos dos olhares curiosos dos circunstantes.

– Está bem, faremos como você deseja. No entanto, esteja seguro de que ninguém mais saiba de nossos planos.

E assim, despediram-se os dois.

* * *

Dando asas à sua planificação, Marcus também desejava informar-se dos detalhes da vida nova de sua amada Serápis, tendo espalhado seus informantes por todos os lados e, sem muita dificuldade, descoberto que ela se havia mudado para imponente residência de região respeitável da cidade, na qual vivia com sua família sob a proteção de importante funcionário de Adriano.

Essa informação aguçara ainda mais o impulso masculino de indignação na alma daquele jovem imaturo para a vida. Não lhe valiam os conselhos espirituais das entidades amigas que procuravam abrandar-lhe os ímpetos de vingança na busca de retomar o antigo idílio amoroso com Serápis.

Estava conectado com as influências nocivas de Druzila e se via alimentado pela volúpia de ter a antiga amante nos braços, aumentada pela sensação de disputa que a sua nova condição lhe impunha. Para isso, se serviria de todos os meios disponíveis para que a vitória fosse sua e não do outro intruso.

Sabendo onde estava a família, buscou informar-se sobre os recursos e as relações de Cláudio, logo notificado de que, apesar de romano de estirpe tradicional e de íntimo auxiliar do Imperador, era adepto da seita cristã, para onde estaria levando a própria Serápis, todos influenciados pelos malignos conselhos de Décio, um reles operário de obra.

Estas informações, regiamente remuneradas por Marcus, abriam-lhe uma ampla gama de possibilidades, já que precisava obter provas e favorecer o afastamento de Cláudio da mulher amada, a qual, agora, considerava envolvida pelos sortilégios mágicos dos seguidores daquela doutrina repulsiva que já houvera produzido tantos mártires.

Sim, Serápis deveria estar sob a ação de algum encantamento, o que motivava a sua modificação e o transformava em salvador da mulher amada e restaurador da ordem na manutenção dos costumes tradicionais da vida romana.

Valendo-se de seus espiões, passou a enviar informantes às diversas reuniões dos cristãos em todos os lugares onde soubesse que se reuniam, sempre esperando os relatórios de seus empregados de confiança.

Não foi sem surpresa que ficou sabendo do número elevado de romanos que iam a tais encontros, ainda que disfarçados sob mantos ou tecidos pesados.

Certamente que Cláudio deveria usar desses estratagemas para ocultar-se, tanto quanto Décio, dos olhares curiosos. Assim, resolvera que iria ele próprio, igualmente, a uma dessas reuniões para presenciar o ambiente e ver se seria fácil identificar o concorrente de seu afeto ou, quem sabe, avistar-se com a própria Serápis e falar-lhe diretamente.

Far-se-ia acompanhar de seu servo de maior confiança, Tito, além de alguns seguranças igualmente disfarçados que o escoltariam para sua proteção.

Alguns de seus homens montavam guarda nas cercanias da casa de Cláudio para seguirem seus passos e informar Marcus sobre suas rotinas normais, o que permitiu que o ex-amante de Serápis soubesse do movimento inusual que ali era observado com a saída fora de hora do dono da casa, acompanhado pelo amigo fiel, em direção ignorada e ocultados por roupas modestas e pesadas.

Haviam saído em veículo de transporte ocultados da visão pública por dosséis que vedavam as janelas, mas, ao longo do caminho, depois de se afastarem das casas mais conhecidas, fizeram parar o veículo e desceram, tomando o rumo das reuniões dos cristãos, já entrada a noite pelas horas em que a maioria dos romanos dormia para um novo dia de trabalho.

Com essa informação, igualmente disfarçado como já dissemos, Marcus partiu na mesma rota a fim de observar seu rival de mais perto, buscando inteirar-se pessoalmente dos detalhes como deveria proceder para atingir seus objetivos com astúcia e rapidez.

Não demorou muito e todos estavam no interior do mesmo recinto, protegido por muros antigos, onde, além das tumbas ancestrais, se reuniam os novéis cristãos, à distância da cidade que dormia, sendo de espantar o volume dos presentes, adeptos ou não das novas ideias.

Imediatamente Marcus viu que estaria em desvantagem numérica para adotar qualquer tipo de postura mais reveladora de suas intenções enquanto que, da mesma forma que qualquer outro, sua presença poderia ser identificada por algum espião dos governantes da cidade, o que viria a depor contra suas intenções.

Logo Policarpo surgiu ante os olhares curiosos e emocionados e a palavra fácil brotou de sua boca, como sempre, para espanto e alento de todos os ouvintes.

Generoso e dócil, suas verdades seguiam o mesmo bordão das reveladoras notícias do novo Reino, um Reino de Amor e Bondade que viria a desbancar os reinos pobres existentes sobre a Terra.

E por esse caminho sua pregação seguiu, de forma a confirmar as suas supostas tendências revolucionárias tanto quanto a dos seguidores que lhe apoiavam os conceitos.

Como houvera predito a luminosa entidade naquela noite anterior em que as bênçãos foram espargidas sobre os adversários do Bem, além de Marcus, Tito e seus servidores, outras criaturas pouco simpáticas ao movimento haviam se dirigido para lá, no intuito de se certificarem do teor insuflador das palavras do pregador.

Não tardou muito para que isso ficasse patente e fora de dúvidas, aos ouvidos de funcionários sempre prontos a agradar seus superiores na defesa das velhas e mesquinhas tradições.

Ao término de suas palavras, vários se aproximaram do ancião, entre os quais, Décio e Cláudio, sem os capuzes protetores, enquanto que a maioria se afastava para regressar aos lares e Marcus, atrasando o passo, vislumbrava à distância, a figura dos dois junto a Policarpo, antevendo o gozo de sua vitória pela facilidade com que manejaria as coisas para consecução de seus planos.

Junto dele, Tito confirmava se tratar dos dois homens que estavam seguindo e que tanto interessava ao seu senhor.

Tudo estava correndo melhor do que tinha imaginado e, diante de tantas provas, não seria difícil dar início às suas jogadas.

A AÇÃO DAS TREVAS E A RESPOSTA DO AMOR

Acionando todas as suas influências junto aos admi-nistradores romanos naquela mesma noite, particularmente a Lólio Úrbico, o prefeito dos pretorianos e seu amigo de noitadas e orgias célebres, Marcus levou ao seu conhecimento a ocorrência que testemunhara, relatando-lhe todos os pormenores do discurso de Policarpo, considerado ofensivo aos padrões romanos, noticiando, inclusive, a participação de outros elementos da alta sociedade romana, entre os quais citara a figura de Cláudio Rufus que, segundo ele próprio pudera vislumbrar, lá estavam, não como curiosos, e sim, como adeptos convictos.

Fizera questão de ressaltar que ele próprio comparecera ao local afastado para averiguar a conduta suspeita de empregado de seu palácio, o qual desde há algum tempo vinha se conduzindo de forma estranha e que, segundo suas suspeitas, se havia transferido para as fileiras dos rebeldes cristãos. Com essa desculpa, Marcus explicara a sua presença naquele ambiente de forma a não fazer com que o amigo imaginasse que ele também se houvesse contaminado com as novas ideias.

Graças às suas denúncias, às quais se somaram outras de diferentes espiões, inclusive do próprio guarda-costas, Tito, logo ao amanhecer do dia, Policarpo fora detido e conduzido às celas horrendas do Esquilino, onde permaneceria encarcerado até o término do processo apuratório.

Movimentando as suas poucas influências, Décio tentou obter

notícias do genitor encarcerado, não conseguindo mais do que genéricas informações que em nada o ajudavam sequer para conseguir levar-lhe algum alento ou propiciar-lhe algum tipo de amparo na hora mais dolorosa de seus testemunhos.

Vendo seu amigo em situação delicada diante do aprisionamento do venerável ancião, Cláudio Rufus buscou obter uma maneira de chegar até o local onde se achava detido, valendo-se de seus contatos para favorecer a Décio na aproximação do pai. Visitou os escritórios administrativos, as autoridades responsáveis pela detenção, tendo, inclusive, buscado acercar-se dos mais intimamente ligados a Adriano com a finalidade de se fazer ouvido pela maior autoridade romana, sem, contudo, parecer que advogava uma causa que, às vistas imperiais, era de todo nociva para a convivência e para as práticas tradicionais.

Era, pois, muito delicada a sua posição, buscando ser a ponte de ligação que permitira o acesso de Décio ao pai encarcerado, sem parecer que ele próprio, Cláudio, fosse simpatizante das mesmas práticas.

Ainda mais que não sabia que as próprias autoridades já haviam sido alertadas por Marcus sobre a sua presença e participação nos cultos proibidos, o que tornava mais suspeita ainda a sua conduta interessada no destino do velho e rebelde pregador da insurreição popular contra os costumes do império.

Por isso, não foi surpresa para Lólio Úrbico e seus asseclas quando, dias depois, sob o comando de Quinto Bíbulo, sub prefeito dos pretorianos, mais de trezentos indivíduos foram flagrados em nova reunião, acabando por abarrotarem os cárceres disponíveis, fossem os do já citado bairro, fossem os da prisão Mamertina, encontrando-se entre os que se viram levados à cela para as averiguações de praxe e para explicarem seus atos, os cidadãos romanos Décio e Cláudio Rufus que, diante do insucesso de todas as diligências no sentido de se avistarem com o venerável ancião, haviam se dirigido à fatídica reunião dos cristãos naquela noite para buscarem forças e inspiração para o momento difícil em que se viam envolvidos.

Para todos, segundo as ordens pessoais de Adriano, foi aberto um processo individual no sentido de se apurarem os fatos e de, dentro dos avanços próprios dos institutos legais de sua época, garantir-se ao menos a possibilidade de se investigarem as provas, caso a caso, além de ser forma mais discreta e silenciosa de se conseguir pressionar individualmente, forçando-se a reforma da convicção, diante das consequências materiais trágicas e das pressões psicológicas muito fortes que se abatiam sobre cada prisioneiro.

Por isso, dos mais de trezentos presos, depois que lhes era feito o interrogatório sumário e mostrado o destino que os aguardava, a maioria se manifestava arrependida, prostrava-se diante da estátua de Júpiter Capitolino e, depois de algumas chicotadas ou bastonadas, era posta em liberdade, até mesmo porque o espaço nas prisões não permitia a manutenção daquele contingente de presos por tanto tempo em seu interior.

Não obstante a defecção de tantos, trinta e cinco indivíduos se mantiveram irretratáveis na fé, fincando suas convicções em Jesus acima de todas as ameaças e crueldades psicológicas ou físicas a que fossem submetidos. Entre esses trinta e cinco estavam Décio e Cláudio.

Naturalmente, a figura de Décio como romano do povo não causou nenhum espanto entre as autoridades, acostumadas a encontrar esse tipo de perfil entre os adeptos dos ensinos do Cristo, o que era motivo para que seus sequazes tratassem-no com desdém, como costumavam fazer com aqueles que eram considerados traidores das antigas tradições.

No entanto, a prisão de Cláudio Rufus, inserido no meio dos adoradores daquele deus estrangeiro, era um profundo golpe na consideração recebida do próprio Imperador Adriano que, notificado pessoalmente do encarceramento de seu administrador de confiança nas obras do Panteón, determinou que o mesmo fosse conduzido à sua presença, a fim de explicar-se.

Para Cláudio Rufus, aquela situação inusitada e imprevista representava a perda de tudo o que de mais caro havia conquistado em sua vida.

Não tanto no que se referia aos bens materiais, mas, sim, ao que já há vários meses, representava sua própria família.

Doía-lhe superlativamente a dor da separação daqueles cuja necessidade ele buscava amparar com seu afeto sincero e sua proteção firme. Sua convicção nas forças do Bem, que já lhe eram naturais desde antes de se converter ao Cristianismo, só se viram ampliadas depois da descoberta daquela filosofia religiosa que tanto vinha ao encontro de suas certezas. Além do mais, a presença de Décio ao seu lado significava garantia de coragem para as horas difíceis, já que, sem ilusões vãs, imaginava as tragédias dolorosas que teriam de enfrentar a partir de então.

A sua apresentação diante do imperador foi doloroso golpe em sua estrutura emocional, uma vez que entre eles havia, além de respeito, uma demonstração de mútua confiança, pelos dotes de equilíbrio e prudência, honestidade e devotamento que Cláudio sempre demonstrara.

No entanto, acostumado à corte dos bajuladores, para Adriano, a situação de Cláudio, flagrado no meio dos cristãos, transparecia aos seus olhos imperiais como traição de sua confiança onipotente e tornando-o indigno de qualquer condescendência.

Nos bastidores seguia Marcus, pressionando as autoridades e seus amigos influentes para que Cláudio fosse levado ao suplício, distribuindo subornos, presentes e promessas a todos quantos pudessem ter alguma influência no caso, já que não pretendia que o rival sobrevivesse e pudesse continuar a ser uma ameaça aos seus planos de felicidade.

Não obstante, apesar de tudo e de todas as suas pressões através de Lólio Úrbico ou mesmo de Cláudia Sabina, mesmo depois de se ter recusado a renegar sua condição de cristão ou de fraudar a sua convicção em Jesus, o espírito de razoável benevolência de que o imperador era dotado propiciou que o jovem, ao invés de ser condenado à morte, sofresse pena menos grave, tendo-lhe sido imposta a sentença do banimento perpétuo, como forma de afastá-lo do meio social romano, confiscadas todas as suas propriedades na cidade e garantindo-lhe apenas pequeno farnel para que lhe servisse de começo de vida na distante província da Hispania, para onde tivera decretado o exílio forçado.

Não é preciso dizer do estado desesperador de que todos os seus comensais foram tomados ao saberem da prisão de Cláudio e Décio, tanto quanto, dias mais tarde, da sua sentença de banimento perpétuo, sem qualquer recurso à piedade soberana, já que tal decisão emanara do próprio César.

Décio também recebera a sentença de banimento para outra província do império uma vez que, como cidadão romano, esta havia sido a forma de Adriano não supliciar romanos na arena, evitando os traumas no seio da comunidade que desejava controlar com gestos magnânimos e, ao mesmo tempo, afastar esses perniciosos elementos da convivência dos demais, já que, resolutos na pregação e na vivência das crenças proibidas, tornar-se-iam, cedo ou tarde, focos de novas atividades religiosas da doutrina proscrita.

Dos trinta e cinco corajosos e intimoratos, treze tiveram o mesmo destino, ou seja, o exílio nas diversas províncias do império vasto, cada qual para uma região, a fim de que não se reunissem à distância, proibidos que estavam de deixar o local do último destino, até que a morte os viesse buscar com suas asas resolutas.

Serápis, seus filhos e os demais servos viram-se na condição antiga, desventurados do mundo novamente, sem condições ou amparo imediato.

Não tardou para que autoridades imperiais viessem ao lar de Cláudio para retomá-lo em nome de Adriano, confiscando-lhe todos os bens e valores e despejando sem qualquer condescendência todos os que lá dentro se mantinham protegidos do mundo cruel pelas vibrações de entendimento que tinham construído para viverem em paz.

Sem qualquer piedade pela condição dos filhos doentes, os soldados agiram de forma a que tivessem tempo apenas de retirar seus próprios pertences simples e ganharem a via pública, antes de os atingir com golpes de chanfalho para acelerar-lhes o passo.

Era assim que o poder se impunha aos pobres e destituídos de recursos.

Carregando o coração oprimido e as lágrimas nos olhos, Serápis não sabia para onde ir.

Levava consigo quatro criaturas que dependiam de seu amparo, dois filhos adotivos e dois filhos legítimos, todos já em condições de entender o drama que estavam enfrentando.

Domício, o mais velho, cada vez mais frágil com o avanço da doença, era o que precisava de maiores cuidados. Lúcia, sadia e ágil, era o seu ponto de apoio enquanto que Demétrio, sem os braços, e Lúcio, sem a visão, eram, um para o outro, braços e olhos que se ajudavam, sempre amparados pelo concurso amoroso de Lúcia, a irmã paterna.

No entanto, Serápis carregava, ainda, a frustração de um novo afeto perdido, de um coração esvaziado das esperanças da felicidade que, como madrasta ou sádica, se acercava mais uma vez para, imediatamente, desaparecer como fumaça.

Pensou em buscar formas de encontrar-se com Cláudio e Décio, aqueles seres cujo amor verdadeiro havia esculpido na sua alma fraca e viciosa uma nova forma de ver a vida e enfrentar os problemas, tornando-a menos fria e indiferente.

Sentia-se órfã na jornada da vida, sem imaginar ou suspeitar ainda que a ação de Marcus estava por trás de toda esta tragédia, no esforço do antigo amante para recuperar seu afeto ou a sua companhia feminina.

De volta à rua, carregando os quatro filhos desditosos ao seu lado, Serápis não imaginava o que fazer, buscando, na via pública, alguma sombra mais afastada ou isolada na qual pudessem todos se abrigar até que ela pensasse melhor, organizando suas ideias embaralhadas.

Tudo ia tão bem e, de repente, em poucos dias, eis que seu mundo desmoronava novamente, tanto o mundo material quanto o mundo emocional. Seu espírito alquebrado sofria tanto pelo regresso aos dias de penúria quanto pelo afastamento daquele que se houvera tornado seu protetor e o objeto de seus sentimentos mais sinceros, que não tivera oportunidade de exteriorizar a contento, sequer de se confessarem mais intimamente, no afeto que, desde já há algum tempo era recíproco e, por ambos, compartilhado. Tinha vontade de chorar, de que o mundo se abrisse e ela fosse consumida por suas entranhas. Estava cansada e sem esperanças, sentindo-se vencida e sozinha, sabendo, entretanto, que não podia dar vazão aos seus sentimentos porque precisava ser escora na vida das quatro crianças que haviam recebido um destino tão ou até mais miserável que o seu.

***

No plano espiritual à sua volta, duas cenas se apresentavam simultaneamente aos olhares que pudessem penetrar o invisível.

De um lado, exultante e desafiadora, apresentava-se Druzila, gargalhando como uma bruxa em êxtase, a gritar para a mulher odiada que aquilo era só o começo de suas dores.

— Você pensa que vai ficar só nisso? Você me tirou tudo e eu tirarei tudo de você, sua víbora malévola.

E enquanto gritava, puxando os próprios cabelos ensebados, vestida de andrajos que lhe davam a aparência de uma alma enlouquecida, girava ao redor da pequena família de Serápis que recebia igualmente o seu ódio.

Por outro lado, observando a cena dantesca em que o ódio de uma alma descontrolada induzira outro ser frágil e invigilante – Marcus – a agir dessa forma sob a hipnótica ideia de que, assim, conseguiria recuperar a antiga amante, encontravam-se Lívia, Zacarias, Simeão e Licínio, orando a Jesus por todos aqueles que estavam tão envolvidos no mal a ponto de que não se poderia dizer quem seria algoz e quem seria a vítima.

Ao redor de Druzila, que saltava como alucinada, e dos infelizes sentados à sombra, posicionaram-se os quatro espíritos amigos, buscando uma forma de levar ânimo e confiança aos irmãos de desgraças humanas.

Aproximando-se da pequena Lúcia, Lívia soprou-lhe ao ouvido a ideia de fazerem uma oração a Jesus.

Sem escutar a intuição pelos ouvidos físicos, a pequena garota, a caminho do início da adolescência, sentiu-se tocada por uma vontade de orar que a levou até os braços daquela Serápis arrasada e sem vontade, dizendo:

— Mamãe, por tudo o que aprendemos de Décio e do Sr. Cláudio, não podemos nos deixar abater. Jesus deve saber da nossa situação e deve estar tentando, de alguma forma, nos ajudar.

— Ora, filhinha, Jesus deve estar muito ocupado com outras coisas para pensar em nossa desgraça – foi a resposta pessimista daquela mulher alquebrada.

— Mas podemos orar juntas, mãe, e nossas orações farão o "barulho" que vai chamar a atenção de Jesus para nós – insistiu Lúcia, tentando convencê-la da importância da prece naquele momento.

Vendo o esforço de Lúcia no sentido de elevarem o pensamento, Druzila, que não via os espíritos luminosos que cercavam a todos, gritou, mais irritada:

— Ah!Ah!Ah! – gargalhou, sinistra. Que prece, que oração coisa nenhuma... isso é inútil... nossos deuses estão mortos ou surdos e mesmo que não estivessem, não seriam capazes de ajudar pessoas tão baixas e más como vocês.

No entanto, envolvidas por Lívia que, agora, se mantinha mais próxima de Serápis também, a luminosa entidade conseguiu fazer com que a palavra da mãe autorizasse a filha a pedir a Jesus por todos.

— Está bem, Lúcia, vamos orar juntas. Mas você deve fazer a oração por todos nós, com seu coração firme e confiante..

— Está bem, mãezinha, eu farei do meu jeito...

E procedendo como de costume quando aprenderam a orar com seus benfeitores, Lúcia ajoelhou-se ali, à sombra silenciosa daquele rincão isolado do mundo e proferiu singela oração:

— Jesus, o senhor deve estar muito ocupado mesmo com muitos sofredores. No entanto, assim que der um tempinho, ajude a gente que está sofrendo também por causa da maldade dos homens. Parece, Jesus, que o mundo persegue as pessoas boas como Cláudio e Décio, prendendo quem faz o bem. Eles devem estar sofrendo muito e nós, aqui nesta sombra, não temos para onde ir. Minha mãe e meus irmãos estão muito doentes e cansados e você sabe que eu, sozinha, não tenho como ajudar, apesar de ter muita vontade de tirá-los daqui. Acreditamos em você sem condições e pedimos o seu auxílio ou que você mande alguém que nos ajude.

Envolvida pelo coração magnânimo de Lívia, que conduzia seus pensamentos na súplica que fazia, Lúcia lembrou-se de sua primeira mãe, coisa rara em seu dia-a-dia, sentindo-se inclinada a incluir na prece o pedido a benefício de Druzila que, naquele momento, pouco se sentia ligada a Lúcia como assim estivera desde o nascimento da criança.

Dando seguimento à oração, Lúcia continuou:

— Jesus, você teve sua mãe que orou por você ao pé da cruz do sofrimento. A mim, a bondade de Deus me concedeu duas mães. A primeira, eu quase não conheci, mas estou certa de que, onde ela estiver, estará ao pé de nossa cruz orando igualmente a Deus para que nos ajude e proteja. Por isso, Jesus, se você estiver muito ocupado para nos ouvir, mande mamãe Druzila com suas bênçãos para nos ajudar nesta hora difícil.

Sem entender o motivo daquela lembrança, Serápis nada manifestou de contrariedade à menção do nome da antiga concorrente, respeitando na filha adotiva a natural rememoração daquele nome que, para seu espírito infantil, quase nada representava de bom ou de mau.

No entanto, a lembrança verbal que saía das palavras de Lúcia haviam atingido Druzila de forma fulminante, já que, desde o seu desencarne, ninguém havia orado por ela até então, de forma a colocar os sentimentos elevados a serviço das bênçãos do Amor.

Druzila era uma ensandecida pelo ódio em que vivera, pela forma como fora criada e pelas ilusões que guardara no próprio íntimo, sem que, jamais, houvesse sentido as alegrias do afeto sincero.

A prece de Lúcia, ali, no clamor da desgraça que o espírito vingativo da própria mãe natural produzia sobre eles, era uma chuva de bênçãos e de vergonha para sua alma desequilibrada.

Como seria possível que uma criança como aquela pudesse pedir a Deus por sua alma? E que sentimento de bondade era esse que sentira quando Lúcia, ajoelhada e de mãos elevadas ao céu, pronunciara seu nome qual cascata brilhante que chegava ao seu desventurado coração?

Ali estava Druzila, confundida entre o ódio da vingança e o sentimento de alento produzido por uma simples oração de uma criança que, longe de se lembrar de sua indiferença como mãe, confiava na sua condição de poder ajudar a todos.

Que santa inocência possuía essa criança, que pedia a bênção aos próprios demônios de seu destino?

Não podendo suportar esses sentimentos tão contraditórios em seu íntimo, Druzila afastou-se apressada daquele ambiente de energias sublimes que se formou ao redor do grupo, durante e depois de terminada a oração.

Ao seu encalço, no entanto, dirigiu-se Licínio, o antigo perseguido de suas artimanhas sedutoras, a fim de amparar-lhe o momento de crise durante o qual, esperavam, se conseguiria melhorar as suas condições de espírito infeliz e mesquinho.

Envolvidos pela vibração de confiança dos espíritos amigos que os amparavam, Serápis teve uma ideia que poderia, por enquanto, auxiliar os filhos aflitos naquele momento difícil.

– Filha, – exclamou ela mais animada – bendita a hora em que suas palavras nos elevaram o coração até Jesus. Creio que, por hoje, teremos como nos valer do recurso para a proteção e o abrigo na noite fria. Procuremos a casa de Décio, nos subúrbios da cidade e, ali, encontraremos alguma ajuda.

– Isso, mamãe, boa ideia. Lá nós encontraremos onde ficar por esta noite.

E como não desejassem perder mais tempo, levantaram-se todos, como se novas forças lhes tivessem preenchido os vazios da alma e, tomando o rumo mencionado, depois de uma caminhada pesada e difícil, atingiram a casinha de Décio, igualmente vazia e sem ninguém para ocupá-la.

Não foi difícil a Serápis conseguir abri-la, contando com a ajuda de Demétrio que, sem os braços, conseguia passar mais facilmente pelos vãos que davam acesso ao interior, de onde regressou, orgulhoso e vencedor, depois de ter destravado a porta que dava acesso à moradia modesta.

Entraram todos e, ali abrigados, mantiveram-se em silêncio para não levantarem suspeitas nas vizinhanças.

No entanto, a fome era uma companheira constante e, atendendo às necessidades emergenciais dos filhos, Serápis teve de sair em busca de algo para alimentar os pequenos.

Lembrou-se de Flávia, a irmã cuja bondade fora usada por Décio para cuidar dos filhos em sua ausência, quando trabalhava junto ao Panteón e, sabendo-a conhecida e cristã, imaginou não ser difícil encontrar sua moradia e pedir ajuda.

Além do mais, sabia que a mesma era trabalhadora em uma padaria na região onde morava e, por isso, saiu a informar-se, nas poucas padarias próximas, sobre o paradeiro da moça que sempre cuidara de seus filhos sem que nunca tivessem se encontrado por causa da incompatibilidade de seus horários.

Depois de muito procurar, de porta em porta, encontrou o local de trabalho de Flávia que, segundo as informações obtidas, só ingressaria no serviço mais tarde, devendo estar, naquele horário, na casa modesta em que vivia na companhia da mãe e do filho, não muito longe dali.

Recebendo indicações incertas do local onde a jovem benfeitora de seus filhos morava, Serápis saiu à rua, na tentativa de localizar-lhe o paradeiro.

Depois de muito perambular, de vagar pelas ruelas e caminhos, sempre com as informações entrecortadas por erros e orientações equivocadas, depois de muito tempo e cansaço, eis que, por fim, Serápis avista a casinha onde Flávia deveria morar, o que acabou confirmado pelas pessoas que viviam nas proximidades, identificada como mãe de um filho e filha de uma senhora idosa a quem ajudava.

Assim, esperançosa, Serápis dirigiu-se até a entrada da moradia singela, na qual se fez anunciar pelo ruído característico de palmas e expressões de quem está chamando alguém no interior da vivenda.

Não demorou para que uma das janelas laterais se abrisse e uma voz fraca, denotando ser oriunda de uma mulher idosa, respondeu ao chamamento de Serápis:

— Pode falar o que deseja... – foi a expressão da anciã.

— É aqui que Flávia mora?

— Qual é o problema? O que você está procurando? – respondeu a velha, com medo de afirmar ser ali a moradia da filha por temer algum tipo de perseguição.

— Não, minha senhora, é que eu sou amiga dela e estou precisando lhe falar.

— Mas não parece que você a conheça, pois eu nunca vi a sua cara por aqui, moça.

— Bem, na verdade, nós nunca nos vimos pessoalmente, mas somos amigas de Décio e ela cuidou de meus filhos enquanto eu trabalhava fora.

— Ah! Já sei. Espere um pouco aí que vou colocá-la para dentro e chamar Flávia para atender você. Já faz um bom tempo que isso se deu, não é?

— Sim, minha senhora, já faz um bom tempo... – respondeu

Serápis, aliviada por, finalmente, encontrar uma forma de equacionar seus problemas imediatos, ao menos com um pouco de comida para seus filhos.

Assim, não demorou muito para que a velhinha abrisse a porta e convidasse Serápis a entrar em sua casa, dizendo que a filha não demoraria, já que estava terminando de se arrumar para ir trabalhar na padaria.

– Flávia, Flávia, a moça está esperando você, filha. Não demore... – falava a mãe, dirigindo-se a alguém no interior de outro cômodo da casa.

– Sim, mamãe, já estou terminando – respondeu uma voz macia lá de dentro.

Serápis sentou-se e esperou a chegada daquela que representava o único ponto de apoio para suas misérias imediatas e a que seria capaz de alimentar as esperanças de seus filhos.

Pouco tempo depois de ter sido servida com uma caneca de água, trazida pela anciã, que percebera o seu estado de cansaço e sede, eis que uma jovem simples e de tez sofrida entra no pequenino cômodo que, durante o dia, servia de sala para os encontros da família e, à noite, era usado como quarto para o filho adolescente que ali vivia com elas.

Sem esperar as apresentações formais, Serápis levantou-se rápida para que sua condição de necessitada fosse, de pronto, percebida pela jovem que, serenamente, trazia um sorriso amistoso nos lábios.

Tão logo, no entanto, Serápis fixou o olhar no rosto da jovem, um estremecimento ganhou-lhe o corpo e uma vertigem quase a levou ao solo, não fosse o esforço sobre-humano de permanecer ereta, numa hora de surpresa tão amarga ao seu espírito.

E sem poder pronunciar outras palavras, os lábios de Serápis apenas puderam dizer:

– Mas... é você?

Enquanto isso, seus olhos deixavam escorrer lágrimas abundantes de emoção e angústia, naquele momento tão delicado de sua vida.

* * *

Lembre-se sempre disso, querido(a) leitor(a):

Jamais conseguiremos fugir de nossos próprios atos e, como aprendizes da vida, nos compete reencontrar na jornada do futuro, tanto o bem quanto o mal que semeamos nos caminhos e nos corações no passado.

O tempo passa mais depressa do que imaginamos, mas as responsabilidades se perpetuam para sempre.

Melhor corrigir o erro hoje do que ter que suportar o sofrimento e a vergonha amanhã.

Nossa evolução espiritual depende dessa limpeza de alma, sem a qual não poderemos ser aceitos no Tribunal da Verdade nem mereceremos a absolvição da própria consciência.

Não adiemos essa faxina interior. Mágoas, mentiras, erros, rancores, são tantas mazelas morais que nos fustigam e que nos impedem a felicidade plena de poder andar de cabeça erguida sem temermos a presença dos outros ou lastimarmos o encontro com certas pessoas.

Se você não pode ser a mesma criatura em todos os lugares, natural, espontânea, amiga, sincera, fraterna, aí você já encontra motivo para se preocupar, porquanto Deus nos fez uma só criatura, mas nós nos fantasiamos de um cem número de personagens mentirosos e mascarados de acordo com as nossas mentiras.

Dia chegará em que todas elas ruirão estrondosamente para que surja, apenas, a essência espiritual que nos represente verdadeiramente.

Amar os inimigos

Não bastassem as dores dos últimos dias, o destino havia reservado para Serápis surpresas ainda mais fortes, a testar suas convicções e a demonstrar a inutilidade de todos os planos e artimanhas que usamos para torcer as forças que dirigem nossos passos ao bel-prazer de nossos caprichos.

Por isso, desde que se vira devolvida à rua da solidão e da necessidade, sem o intuito de regressar ao antigo tugúrio onde vivenciara os momentos de paixão avassaladora nos braços do amante, naquilo que o leitor conhece pelo nome de "pequeno palácio", Serápis se vira particularmente envolvida pelas vibrações de Licínio, o espírito que lhe devotava o mesmo carinho do passado, apesar de desprezado pelo seu afeto de mulher interessada, não em um homem digno e de coração reto, mas na posição financeira e nos interesses imediatos.

Lá estava o antigo amigo de Marcus, o mesmo que houvera conseguido o emprego para Serápis e que havia morrido no sacrifício do circo justamente no mesmo dia em que Demétrio e Lúcio haviam regressado ao mundo das formas.

Licínio sabia que a transformação de Serápis estava exigindo dela um testemunho a que não estava acostumada a oferecer, na superação de obstáculos e na vitória sobre suas próprias imperfeições.

Por isso, ao mesmo tempo em que Lívia a envolvera nas vibrações femininas durante a prece de Lúcia ao pé da frondosa árvore em que se haviam abrigado, Licínio, depois de atender Druzila em fuga, encaminhou-se com a família até a vivenda vazia onde Décio se abrigava, inspirando-lhe a ideia de ir em busca de Flávia pelas ruas e caminhos de Roma.

E era Licínio quem, naquele momento doloroso e de superlativa vergonha para Serápis, sustentava suas energias a fim de que não fraquejasse diante da dor que, já grande com a perda de Cláudio e da sua proteção, agora se tornaria maior ao encontrar-se com Flávia naquelas condições.

Serápis, de pé no meio da pequena sala, estava diante da mulher que, por vários meses cuidara de seus filhos e os orientara no caminho do bem, enquanto ela própria ganhava a vida nos trabalhos estafantes das obras públicas para as quais Cláudio a havia convocado.

E, novamente, não havia muito o que falar, além daquela expressão surpresa e triste que exclamou, aterrada:

— Mas... é você?

— Sim, Serápis, sou eu, ...Flávia, ... para servi-la!

— Não – disse Serápis depois de rápido silêncio durante o qual as lágrimas escorriam com facilidade. Você não é Flávia... você é aquela Lélia... a mulher que eu acusei e que, graças à minha mentira, foi levada para a prisão e ia ser assassinada...

E era verdade. Apesar do tempo decorrido, das mudanças físicas que o tempo impõe a todas as criaturas, era fácil que Flávia fosse identificada como aquela que servira na mansão de Marcus, aquela que fora serva de confiança da própria Druzila e que, cumprindo suas funções, acabara por levar-lhe o jarro com a água envenenada.

Entendendo o constrangimento de Serápis, Flávia aproximou-se dela e a fez sentar-se com um toque delicado em seus ombros.

Segurando-lhe as mãos trêmulas, as igualmente trêmulas mãos de Flávia demonstravam um carinho que Serápis não podia entender e que, à medida que sentia ser verdadeiro, ainda mais a apequenava diante daquela que havia sido vítima de seus planos diabólicos.

Fora Lélia a empregada que Serápis acusou a Marcus e a Licínio como a que possuía o tóxico letal que envenenara o antigo funcionário da fazenda que a assediava, tanto quanto que matara a primeira esposa de Marcus.

Jamais imaginara que um dia iria estar diante daquela mulher que, salva da execução pelo gesto heroico e abnegado de Licínio, não havia mais deixado nenhuma pista de seu paradeiro.

— Sim, Serápis, um dia eu fui Lélia, a serva interesseira, a serva invejosa, aquela que estava a serviço da senhora Druzila, para satisfazer sua ânsia persecutória.

— E você sabe o que foi que eu fiz a você e quais eram os planos de Marcus com relação ao seu futuro, não sabe?

— Sim, minha irmã. Eu soube de tudo.

— E apesar de tudo isso, você cuidou de meus filhos, de minha casa, como minha empregada e sem receber nada, sem nunca dizer uma palavra a ninguém... – falava Serápis, admirada e sincera.

— Eu aprendi a amá-la, você amando seus filhos infelizes e vendo em todos vocês aquele Jesus que nos pediu compaixão para os que sofriam.

Sem que pudessem suspeitar da sua presença, as duas mulheres, que tinham seus destinos novamente sobrepostos pela dor e pela necessidade, achavam-se envolvidas pelo amplexo generoso de Licínio, aquele espírito fraterno que, na vida das duas mulheres, foi capaz de fazer o melhor, mesmo ao preço dos próprios interesses, ajudando sempre para que ambas crescessem em espírito. Acariciava a fronte de ambas, como o pai amoroso se coloca entre duas filhas muito amadas e busca fazer com que se reconciliem e esqueçam suas diferenças.

Emocionado, seu coração vibrava de afeto transformando-se em um diamante de radiante luminosidade, a penetrar-lhes o peito na hora do testemunho e do acerto de contas, para que nenhuma nesga de mágoa, de rancor, de ingratidão se mantivesse dentro de suas almas.

Mergulhando a cabeça no meio das mãos, em soluços de arrependimento, Serápis não sabia mais o que dizer. Estava, literalmente, vencida. Sem forças para agir, envolvida pelo arrependimento mais profundo de sua alma, deixou-se escorregar para o chão e, num gesto trágico e emocionante, ajoelhou-se diante da antiga adversária que não conseguia encarar diretamente e, colocando a cabeça sobre seu colo, em prantos de dor, exclamou, agoniada:

— Perdão, Lélia, mil vezes perdão, eu lhe suplico. A vida me puniu por tudo o que pensei em conquistar sobre o sofrimento dos meus semelhantes. Eu não sei como é que você se libertou da minha maldade e até que ponto as atitudes de Marcus a prejudicaram. No entanto, peço perdão por mim e por ele mesmo, que me abandonou com os dois filhos aleijados que você conhece e mais a pequena Lúcia que você viu nascer tanto quanto eu.

— Esqueça o passado, minha amiga. Eu já o esqueci, tanto que não me identifico mais por aquele nome que me traz lembranças amargas pelos erros que cometi, também em relação a você, quando busquei agradar o interesse doentio de Druzila por notícias picantes, levantando calúnias contra a sua conduta e realçando com tintas torpes os pequenos detalhes da sua vida no interior do palácio.

— Mas, apesar disso, você aceitou servir em minha casa, não foi? Você sabia que aquela mulher que nunca encontrava era eu?

E buscando ser sincera naquele momento de confissões dolorosas, Flávia respondeu, docilmente:

— No começo, me senti atraída para lá pela história triste que Décio me relatou, sobre uma mulher que precisava de amparo para que trabalhasse para sustentar seus quatro filhos infelizes, abandonando a profissão de pedinte nas ruas. Inclinada pela gratidão que devo ao meu benfeitor na promessa que lhe fiz quando recuperei a liberdade, e entendendo as agruras dolorosas do coração desditoso que tem de criar filhos em condição tão cruel de abandono e solidão, ali pude encontrar uma forma de retribuir ao mundo os benefícios que me vira recebendo tanto de minha mãe adotiva quanto de meu benfeitor, Licínio, e que me haviam poupado a vida nos sacrifícios que fizeram por mim.

No entanto, depois que comecei a trabalhar em sua casa, a presença de Lúcia, as coincidências de certas histórias, o seu nome, foram me fazendo suspeitar da personalidade que se fizera tão infeliz no meio daquele turbilhão de dores e lágrimas, doenças e necessidades.

Até que, certo dia, depois de ter deixado o trabalho em sua casa para ir na direção da padaria que me aguardava, atrasei a entrada na segunda jornada de trabalho para que, à distância, pudesse constatar minhas suspeitas e, então, pude ver a sua chegada, ao lado de Décio, confirmando a identidade daquela mulher infeliz como sendo a mesma que conhecera no passado.

Alisando carinhosamente os cabelos retorcidos e desalinhados como se acarinhasse uma filha abatida, Flávia escutou Serápis dizer:

— Mas mesmo assim, você continuou trabalhando lá e cuidando das coisas como se fosse a mãe das crianças! De onde você retirou forças para tamanho sacrifício? Eu quase fui a responsável por sua morte violenta, pelas afirmações maldosas que fiz a seu respeito!

– Eu não poderia agir de outra forma – respondeu Flávia – depois de tudo por que passei na vida, de tudo quanto recebi de Deus e dos corações generosos que me ampararam. Você não sabe de meus sofrimentos, mas um dia lhe contarei as minhas angústias, a dor, o medo, a solidão que me fizeram compreender melhor os sentimentos humanos. Depois que nos conhecemos, tivemos que enfrentar problemas juntas e se é verdade que, de um lado, estava seu interesse e o de nosso patrão em condenar alguém pela morte da senhora, por outro a bondade de Deus colocou um anjo a salvaguardar a minha inocência, já que, desde a primeira vez, eu jamais suspeitei de que aquele conteúdo do frasco fosse um veneno tão letal. Recebi-o das mãos da própria Druzila como se fosse um sonífero para me livrar da perseguição que um criado me fazia, desejoso de possuir-me como pagamento por seu auxílio nas tramoias de sedução que ela pretendia realizar para envolver o senhor Licínio.

Veja, Serápis, como eu também fui má com meus benfeitores e, a despeito de todas estas coisas, de ter ajudado a criar os fatores que o colocariam em uma situação delicada perante a honradez na qual lhe competia viver, ainda assim foi ele quem Deus enviou para salvar-me no momento doloroso. Como me envergonhei de mim mesmo quando, ao invés de esperar a fúria das feras ou o calor das chamas, encontrei o interesse devotado daquele homem cuja bondade nunca encontrei igual, a não ser aquela que aprendi a encontrar em Décio!

Foi graças ao senhor Licínio que, ao ser posta em liberdade, pude me encaminhar até o local por ele indicado, onde me veria ajudada como ele próprio o fora, por ocasião de suas dores morais mais profundas. Encaminhada por Licínio, encontrei Décio e, por isso, encontrei Jesus que me pedia que perdoasse os que me feriram a fim de que eu própria conseguisse o perdão pelos atos errados que cometi. Para mim também foi difícil o momento de constatar que aquele que eu houvera ferido ou prejudicado, se levantava para defender-me a vida, entregando a própria existência para me salvar.

Foi olhando as coisas pelo prisma de hoje, chego a considerar que essa foi a forma mais doce e generosa pela qual Licínio vingou-se de minhas condutas más. Graças a tudo o que fez, Licínio me mudou para sempre. Por isso, depois que passei a entender as belezas espirituais da vida ao contato com esse Jesus amoroso e compassivo, eu, que recebi da mãezinha que me adotara em momento de desespero o nome de Lélia Flávia, passei a utilizar meu patronímico Flávia para me fazer conhecida, deixando de lado o pré-nome Lélia, para que me fizesse esquecida daquela personalidade.

Depois de ter descoberto a verdade sobre você, passei a admirar as leis espirituais da vida e a sua dor passou a ser, para mim, o pesado fardo das angústias que a nossa ilusão garante como colheita para nossas sementeiras insensatas.

E como aprendi que somente quando se ama de verdade é que se consegue compreender a essência do Bem, amor este que Jesus ensinara que deve chegar sobretudo aos próprios inimigos, não me vi em outra situação senão a de continuar no seu serviço doméstico, sem me declarar, para que isso não viesse a causar-lhe dissabores ou suspeitas de que pretendia me valer dessa condição para prejudicar seus interesses, no exercício da vingança.

Aprendi a amar seus filhos, a admirar sua coragem moral por não tê-los abandonado, a entender suas necessidades de afeto e corresponder-lhes, ao menos em parte, aos pedidos de carinho próprios de crianças distantes da mãe querida.

E em seu lar, aprendi a cantar a musiquinha que você ensinara para enfrentar os momentos de pobreza extrema, quando a fome fazia com que outra solução não existisse a não ser aquela em que vocês se tornavam pão uns para os outros, mordendo-se como se estivessem saciando a própria fome.

A lembrança desses detalhes fazia Serápis sorrir e chorar ao mesmo tempo.

Sim, lembrou-se da musiquinha que cantavam nas horas do desespero da fome, como aquela em que, mais uma vez, agora, eles se encontravam.

— Foi por isso, Serápis, que eu me mantive em silêncio, buscando ajudar você e seus filhos na superação de suas dores. Cada um de vocês é um Jesus para mim, um Jesus que está a me pedir o melhor de meu sentimento, do mesmo modo que, um dia, eu fui um Jesus que Licínio salvou da morte do corpo tanto quanto salvou da morte do espírito na qual eu me encontrava.

E procurando mudar o rumo das coisas para que a amiga saísse daquela condição humilhante e inferiorizada, acrescentou:

– Somos, portanto, irmãs no erro e na necessidade. Não somos mais adversárias. Somos filhas de Deus e, juntas, seremos dois braços para que Jesus os utilize como seus próprios braços que foram imobilizados na cruz do martírio para que Ele sofresse sem merecer.

Tanto tempo depois, Serápis, ainda temos sido aquelas criaturas para as quais continuam valendo as rogativas derradeiras do Cristo, a solicitarem do Pai que ele nos perdoasse porque não sabíamos o que estávamos fazendo...

E forçando os ombros de Serápis para cima, obrigou-a a sentar-se novamente na cadeira, oferecendo-lhe um pano para secar o rosto.

Depois, esperando que a amiga se sentisse mais controlada, abriu-lhe o sorriso sincero e perguntou qual o motivo daquela visita inesperada.

Serápis relatou todo o acontecido, a prisão de Policarpo, da qual Flávia já sabia, as prisões coletivas de tantos simpatizantes e o detalhe de se encontrarem entre os detidos tanto Décio quanto Cláudio, o que Flávia ainda desconhecia.

Com isso, de relance, a jovem percebeu a dificuldade por que deveriam estar passando tanto Serápis quanto seus filhos.

Foi então que ela relatou que, naquele dia, as forças imperiais haviam ido confiscar os bens de Cláudio que, por ordem de César, havia sido banido para região distante e perdido tudo o que possuía, tendo sido despejados do local, sem condições de recolher quase nada, a não ser as poucas roupas e objetos que lhes pertenciam.

E sem saberem para onde ir, já que Décio lhe inspirara sempre a figura protetora, agora igualmente banida para outro setor dos vastos domínios romanos, não lhe ocorreu outra coisa a não ser buscar abrigo nas dependências de sua pequena vivenda, na qual conseguiu entrar com a ajuda dos naturais pendores contorcionistas do filho aleijado.

No entanto, sentia-se uma invasora em propriedade alheia e, ademais, carecia de recursos alimentares para a manutenção dos filhos, não restando outra pessoa além dela própria, Flávia, a quem a sua miséria e a fome dos seus rebentos poderia recorrer.

Esclareceu que não desejava buscar o amparo de Marcus diante da sua postura esquiva e irresponsável, ao abandonar a família às necessidades cruéis da vida, o que motivou a sua abstenção em procurá-lo naquele transe difícil por que estavam passando.

E diante de tão sincera confissão de necessidade, Flávia já não conseguia sentir outra coisa por aquela antiga e arrogante conhecida a não ser verdadeira compaixão e vontade de agasalhar a todos com os poucos recursos de que dispunha, mas que, à toda evidência, eram insuficientes para satisfazer às necessidades tanto de sua casa quanto das outras cinco bocas que se apresentavam ansiosas e vazias.

Por isso, lembrou de ir com Serápis até a padaria onde ela trabalhara antes da mudança para a casa de Cláudio e onde, estava convicta, conseguiria algum alimento, em troca de trabalho para a amiga.

Para aquele dia, arrumou alguma comida, buscou ajuda de outras irmãs cristãs que conhecia na redondeza e voltou com Serápis até a casa de Décio para levar o fruto da primeira coleta fraterna.

Aquilo era um soberano golpe no orgulho de Serápis, tanto quanto no de Demétrio e Lúcio que, já tendo se acostumado ao ambiente humano e generoso da casa de Cláudio, viam-se, agora, restituídos à condição de pedintes e devedores da caridade alheia.

Lúcia, mais velha, os dominava com sua palavra de afeto, apoiando os esforços da mãe adotiva que, ao contato das atitudes de Flávia, encontrara novo ânimo para não desistir de tudo, buscando na morte e no assassinato de seus filhos a solução mentirosa para seus problemas, o que viria a complicar todas as coisas.

* * *

Eufórico e ansioso, Marcus seguia o curso dos acontecimentos e, ainda que não conseguisse levar à morte o homem que encarava como seu adversário, se contentava em poder vê-lo afastado de seu caminho, deixando aberta e trilha que ele poderia usar para aproximar-se da mulher desejada.

Seus espiões o mantinham informado de tudo o que se passava e, imaginando que, com o despejo, Serápis o procuraria ou tentaria voltar para o antigo ninho de prazer, muito estranhou que ela preferisse afastar-se de sua presença, sem sequer solicitar o regresso ao tugúrio onde viviam antes.

Espantado, foi informado de que ela buscara embrenhar-se em bairro pobre, vindo a abrigar-se com a família em pequeno barraco, precariamente.

Apesar de admirado com essa escolha, para ele absolutamente ilógica, não deixou de se sentir vitorioso, porquanto imaginara que, tão logo as necessidades da família se avolumassem, Serápis buscaria seu amparo ou, se isso não se desse, seria mais fácil que ele se fizesse presente como um benfeitor a oferecer a ajuda aos aflitos.

Usaria a miséria e a dor deles como instrumentos a seu favor, na realização dos planos que tinha em mente.

Naturalmente que, dentre tais objetivos, não se encontrava resgatar as crianças deformadas que ela conduzia para todos os lados e que, na interpretação de Marcus, eram a força de trabalho que ela contava para ganhar esmolas.

Sua conduta masculina e distorcida imaginava a retomada dos antigos sonhos, sem incluir neles os filhos aleijados, deixando espaço, tão somente, para a pequena Lúcia já que, ainda que não nutrisse qualquer afeto mais profundo por ela, tinha o seu sangue e era filha legítima perante a lei romana, titular dos direitos legais então vigentes. E para ele seria fácil administrar aquela menina, enchendo-a de presentes e mantendo criados para educá-la, mesmo se valendo de meios para afastá-la do palácio onde pretendia instalar Serápis como se fosse a sua verdadeira esposa.

Não poderia expor-se ao ridículo em transferindo para lá toda a corte dos aleijados de Roma, o que seria motivo de chacota e humilhação nas bocas de toda a nobreza imperial.

Retomaria a mulher e desprezaria os filhos que, pela lei, pertenciam a Licínio e não a ele.

Forçaria as coisas para que Serápis, em posição de inferioridade, não se visse em outra contingência a não ser a de aceitar-lhe os galanteios novamente, refazendo as aventuras antigas e o calor da paixão dos tempos venturosos.

Assim foi que Marcus deixou correr os dias, que se transformaram em semanas nas quais Serápis, ajudada por Flávia, passou a morar na antiga casinha de Décio a título de protetora do seu patrimônio ao mesmo tempo em que, graças à indicação da amiga, fora admitida no trabalho da padaria por módico pagamento, no qual estava incluído o fornecimento de comida para a manutenção dos filhos.

Tais recursos, no entanto, não alcançavam suas exigências básicas, fazendo com que todos se vissem em precário estado geral, piorado a cada dia pelo acúmulo de necessidades sobre necessidades.

Domício adoecia ainda mais, tornando impossível levá-lo à rua para servir de chamariz à caridade alheia.

Lúcia precisava cuidar dele, enquanto Demétrio e Lúcio tinham que começar a se virar sozinhos, fosse na arrumação da casa, fosse na obtenção de outras fontes de recurso.

Foi aí que a figura do jovem filho de Flávia mais uma vez se fez importante escora na vida de todas as crianças. Aproximados pelos laços de amizade, Flávia apresentou a todos eles seu único filho, rapazote esperto e atirado, que sempre arrumava formas de ajudar a mãe na sobrevivência naquela cidade cruel.

Era o antigo funcionário de Cláudio, o pequeno Fábio, aquele que corria a levar-lhe informações sobre o paradeiro de Domício, e que se considerava empregado do importante administrador do Panteón.

Fábio entrosara-se na vida da família e passara a ser aquele que, mais velho e experiente nas armadilhas daquela cidade grande, explicava as coisas para os seus novos amigos, ajudando-os a encontrar meios para amparar o esforço da mãe na manutenção de suas necessidades.

Todos os dias, pela manhã, Fábio que, agora, já se encontrava na adolescência, levava os dois novos amigos para as ruas e, de uma forma ou de outra, ia orientando seu passos na conquista de recursos através do pedido, tanto quanto na busca de trabalho que pudesse ajudar de alguma forma.

E entre as possibilidades disponíveis, estava a de fazer dos dois aleijados, uma dupla que pudesse chamar a atenção dos que passavam, desempenhando alguma função interessante.

Precisava pensar em como fazer com que o cego aprendesse a tocar alguma coisa e o aleijado conseguisse cantar.

Lembrou-se dos hinos e canções que os cristãos entoavam nas suas reuniões familiares e aí pensou encontrar o caminho para levar os dois a desenvolverem algum tipo de habilidade para dela extraírem os recursos.

Foi assim que, pela primeira vez, Demétrio e Lúcio foram levados pessoalmente ao ambiente onde os cristãos daqueles tempos difíceis se reuniam, em um sábado pela tarde, a fim de apresentá-los à comunidade e pedir ajuda para que pudessem aprender a tocar, que fosse uma flauta e a cantar de maneira um pouco decente.

O próprio Fábio havia abandonado a carreira de pedinte profissional nas ruas de Roma e se esmerara, desde os tempos em que Cláudio o remunerava pelos pequenos serviços, buscando fazer pequenas coisas, encaminhando-se para atividades ou ofícios que ia aprendendo por si próprio, graças à ajuda de um ou de outro artesão que abrisse espaço para a sua juventude, sempre interessada em se fazer útil e receber algum dinheiro para levar para sua casa.

Afinal, estava se fazendo o único homem da família, a quem incumbia o dever principal de ser o mantenedor das despesas e o protetor da avó e da mãe que, até então, se haviam sacrificado para criá-lo.

Esse era o conceito da época, a enraizar-se na consciência dos homens até os dias de hoje.

Vendo o hoje, lembrando o ontem, e prevendo o amanhã.

Começava, assim, uma nova fase nas lutas daquele grupo de espíritos infelicitados pelos compromissos assumidos por eles mesmos em pretérito doloroso, no qual desejaram realizar todas as vontades e caprichos sem considerar as dores que espalhavam no caminho de seus semelhantes.

Graças ao apoio de Flávia, não foi difícil que Serápis se visse em condições de garantir, ao menos parte dos recursos de que necessitava para a sobrevivência precária na modesta casinha de Décio, cujo paradeiro era desconhecido para todos os que haviam se acostumado a ouvir-lhe as exortações do Bem.

A família desditosa se havia dividido em grupos para que todos tivessem condições de cuidar uns dos outros.

Lúcia permanecia em casa ajudando Domício com seus sofrimentos aumentados a cada dia, sem muita coisa a ser feita a não ser tentar-se diminuir seus padecimentos com alguma medicação paliativa que estivesse à mão, representada por infusões de folhas ou coisa similar.

Além disso, o estado piorado do jovem tornava-o uma atração horrenda à visão pública, produzindo quadros constrangedores em face da hostilidade de muitos, incapazes de aquilatarem a dor moral do próprio doente.

Era muito comum que o outrora poderoso espírito obsessor de

Nero, comandante de facções trevosas, temido por todos os que a ele se ligassem, pelos castigos que dispensava, agora, reduzido a um amontoado de carnes disformes e malcheirosas, incapaz de cuidar de si próprio, recebesse todo o tipo de impropério e xingamento de tantos quantos o encontrassem na via pública, sendo que, alguns mais exaltados e horrorizados com sua enfermidade atiravam-lhe pedras, excrementos, frutas ou ovos estragados para que saísse dali deixando as pessoas livres de uma cena tão deprimente, além do temor de contágio que sentiam.

Depois de algumas tentativas de se conseguir ajuda através da antiga fórmula mendicante, agora que ele crescera e que já não contava mais com o escudo protetor da infância que sensibilizava os transeuntes, Serápis e Lúcia concluíram que não seria possível mais valer-se do pedido público de ajuda, devendo-se mantê-lo resguardado em casa, até que pensassem em outra solução.

Lúcio e Demétrio se viravam como podiam, cada um ajudando o outro, amparados pelo concurso de Fábio, filho de Flávia, que conseguira ajuda para que tivessem rudimentos de música e de canto, aprendendo a fazer alguma coisa juntos para ganharem algumas moedas nas exibições públicas.

Lúcio se desempenhava razoavelmente com uma velha flauta, da qual tirava algumas notas que iam sendo juntadas para a composição de algumas músicas tristes, cujas letras os três criavam para melhor expressarem suas necessidades aos ouvidos dos que passavam.

No entanto, o exercício respiratório que era necessário implementar para que o instrumento pudesse ser executado, produzia no jovem candidato a flautista muito incômodo, porquanto desde pequeno, Lúcio trazia o ventre lacerado por ferida que não cicatrizava, conquanto não se tornasse pior, exigindo sempre cuidados com o atrito com roupas ou quaisquer cintos ou coisas do tipo, para que não viesse a ampliar a área atingida.

Isso o obrigava a andar um pouco arcado, como se estivesse tentando afastar a ferida de qualquer contato com o meio exterior.

Somada à sua cegueira de nascença, Lúcio era uma figura abatida e triste, caminhando graças ao apoio que Demétrio lhe oferecia já que este, ainda que sem braços, tinha a visão que faltava ao irmão, de forma que, nas desgraças pessoais que carregavam, usavam das possibilidades que lhes restavam para dividirem-nas e se ajudarem.

Graças aos braços de Lúcio, Demétrio se alimentava, pois um, ainda que cego, valia-se das mãos para levar a comida até a boca do outro.

As necessidades da vida, agravadas pelas condições de dificuldade de ambos, haviam transformado os dois em criaturas que tinham que se ajudar mutuamente, se desejassem continuar vivendo com menores desafios.

E, entre desafinos gerais, ambos eram capazes de conseguir algumas moedinhas nas ruas de Roma, moedas que depositavam nas mãos de Serápis com o orgulho de dois vencedores, como se houvessem vencido as maiores guerras, contra os maiores adversários.

Em realidade, poder-se-ia dizer que, realmente, estavam lutando guerras verdadeiras contra os instintos animalescos que permitiram se misturassem à sua personalidade, enfrentando adversários cruéis que habitavam seus corações na forma de orgulho, vaidade, prepotência, indiferença pelo sofrimento alheio e maldade sádica.

Lembremo-nos novamente do passado, na última encarnação desses espíritos.

Ninguém conseguiria imaginar que naqueles dois míseros artistas de rua, encontravam-se o outrora poderoso governador da Palestina – Pilatos – cego e ferido, de um lado, e de outro, o seu braço direito, seu ajudante fiel, o executor de suas ordens infelizes, o lictor Sulpício, contido no cárcere de uma deformidade que dele retirara todas as oportunidades de queda pela ação equivocada dos braços, outrora acostumados a manusear o chicote, a espada, os instrumentos de tortura, mas, agora, amputados do corpo para que não fossem mais motivos de escândalo.

Serápis, a orgulhosa Fúlvia, amante de Pilatos, manipuladora de homens para a obtenção de seus interesses, fomentadora de intrigas e mentiras, agora trabalhadora miserável de uma padaria, padecendo da solidão afetiva, imperiosa necessidade ao reequilíbrio de seus sentimentos.

Havia sido amada por Licínio, mas não soube valorizar seu afeto por ver, em sua expressão, apenas o amor de um subalterno empregado, um serviçal, um homem menor na expressão daquela sociedade. Preferiu investir, como já dissemos, em seus antigos sonhos de grandeza, em conquistar varão melhor posicionado, que lhe facultaria o crescimento social e a colocaria na condição de rainha daquele castelo de belezas e poderes.

Sonhara criar seu reino ao lado do marido de outra mulher e, no fim, perdera tudo, ficando apenas com os problemas que havia causado, representados na figura de seus dois filhos, Lúcio e Demétrio, os antigos amantes Pilatos e Sulpício.

Nova tentativa de construção afetiva através da aproximação de Cláudio e, no fim, o destino a afastá-la do ombro amigo e devolver-lhe o espólio de dores e misérias para que ela as administrasse pessoalmente.

Ao seu lado, tão somente, o carinho da pequena Lúcia, a filha de Druzila, ambas, igualmente, almas conhecidas suas, com as quais se comprometera profundamente na ocasião em que estivera na Terra como Fúlvia.

Druzila, como já sabe o leitor, a mesma Aurélia, sua filha com o pretor Sálvio, a quem desencaminhara nos mesmos deslizes e estratégias sedutoras, e que, afastada de toda consideração filial, ministrara o veneno tóxico à própria mãe, antecipando-lhe a morte que já se aproximava em função de câncer agressivo que poria fim natural a uma existência de erros e delitos muito graves.

E a jovem Lúcia, a mesma Cláudia, esposa de Pilatos, irmã de Fúlvia, que, apesar de ser sua irmã, nada impediu que Fúlvia se tornasse a amante de seu marido, levando-a a se comprometer moralmente com ambos.

Cláudia, no entanto, por ser um espírito melhorado, já possuía certa compreensão das coisas e, sabedora de que o marido era homem do mundo, suportava as traições de Pilatos como se elas correspondessem ao tributo que a esposa precisaria pagar para manter a paz nas relações do afeto, jamais imaginando, no entanto, que a infidelidade do marido chegasse a ponto de se expressar até mesmo com a própria irmã, por quem Cláudia nutria verdadeiro sentimento de carinho.

Agora, décadas depois, regressam todos na mesma estrada, cada qual carregando consigo os frutos e problemas pessoais, somados às responsabilidades coletivas que nascem dos relacionamentos interpessoais e que obrigam a cada qual defrontar-se com aquele que prejudicou, não para receber-lhe a vingança, a retribuição do mal pelo mal, a mesma moeda ou o olho por olho, mas, sim, para devolver-lhe, em bênçãos, em esforço, em devotamento, tudo aquilo que se lhe houvesse negado em outra vida ou que se lhe tivesse privado pela ambição ou egoísmo.

Essa era a condição essencial de todos os que ali estavam.

Sendo Lúcia o espírito de menores compromissos com a lei de causa e efeito naquele grupo, apesar de carregar falhas de caráter que teria de corrigir, seguia a vida sem maiores dramas de saúde, aceitando renascer ao lado da antiga irmã cujos compromissos do afeto estariam sendo provados no cadinho quente de sofrimentos pungentes para colaborar no seu resgate e, ao mesmo tempo, poder dela receber as demonstrações de atenção que lhe haviam sido negadas outrora.

Serápis, no entanto, carregava consigo os três espíritos com quem se comprometera fragorosamente, além de ter aceitado tutelar aquele infeliz irmão que necessitava de uma reencarnação de dor atroz para propiciar o reequilíbrio de suas vibrações enfermiças, aquele "grande imperador" que, agora, outra coisa não era do que o amontoado de carnes apodrecidas em vida.

O gesto de sacrifício de Serápis, no entanto, ao aceitá-lo como filho, mesmo que fosse para explorá-lo publicamente, era um pequeno mérito que se somaria a todos os outros conquistados pelas renúncias que fizesse e pelas lutas que empenhasse pelo bem dos filhos.

Tudo isto estava previsto pelo mundo espiritual no processo de evolução daqueles espíritos desde antes de seus reencarnes.

No entanto, Serápis havia sido preparada para unir-se a Licínio, o mesmo Lucílio, amigo e protetor de Pilatos ao lado de Zacarias, e encontrar nele o companheiro generoso que a ajudaria nas lutas da vida. Teriam dois filhos enfermos que criariam juntos, à luz de um lar amigo, com os aportes materiais que ele conseguiria pelo trabalho honesto na administração dos interesses de Marcus. Atraída pela proximidade de sua antiga irmã e seu antigo marido, Lúcia se acercaria da família como a pequenina amiga dos filhos do casal para conectar-se com seus destinos e seguir a trajetória comum que os esperava. A morte da mãe permitira que os laços afetivos já existentes entre eles se mantivessem naturalmente, com todos vivendo sob o dossel abastecido dos recursos do viúvo Marcus, o antigo amante de Fúlvia – como o soldado Sávio – responsável pela tentativa de envenenamento de Pilatos no acampamento distante que acabou levando à morte o velho Zacarias.

Marcus serviria como o abastado armazém de recursos para que todos, inclusive ele, pudessem quitar suas dívidas com a lei e limpar-se perante a Justiça do Universo.

Tudo havia sido preparado para que todos pudessem viver dentro do melhor padrão que permitisse superar os obstáculos com o menor sofrimento.

Mais adiante, a compaixão levaria Licínio a trazer Domício ao ambiente familiar, promovendo-se, assim, a ajuda àquele irmão desditoso, completando-se o quadro dos compromissos assumidos, sem as lágrimas e dores ampliadas.

No entanto, os principais interessados resolveram reescrever seus projetos com as letras tortas e as linhas inclinadas de seus caprichos.

Serápis queria ser a dona do palácio, conquistando o que pertencia à antiga filha. Desprezou Licínio e aceitou ser a amante de Marcus, acabou envenenando a primeira esposa – sua filha de outras vidas -, recebeu os filhos do sofrimento – os antigos amantes – e se viu abandonada por aquele cuja riqueza ambicionava tanto, mas que não tinha os compromissos diretos na criação daqueles aleijões tanto quanto ela.

* * *

Pensando sobre todas estas coisas, querido leitor, entendemos por que Jesus nos ensinara a pedir, na oração que denominamos de "Pai Nosso", que fosse feita a VONTADE DE DEUS – E NÃO A NOSSA VONTADE.

Quando nos submetemos à vontade Dele, estamos seguros de que as coisas correrão pelo caminho menos amargo, menos infeliz, menos sofrido que existe.

No entanto, quando nos colocamos a "corrigir" as coisas segundo nossa compreensão do que seja certo ou adequado, geralmente passamos a piorar todos os efeitos que teremos que recolher de nossos atos, criando maiores dores e mais compromissos com os novos erros que cometamos.

Nossos caprichos são quais vendas que toldam nossa compreensão das essências e fazem parecer mais corretas certas situações mentirosas que se nos afiguram mais agradáveis.

A felicidade do vizinho, os bens materiais dos nossos amigos, as alegrias aparentes dos que convivem conosco como nossos parentes, as vantagens dos que são nossos chefes, os prazeres dos que mandam em nós, tudo isso são enganos ou engodos nos quais caímos por nossas ambições, nossa rebeldia, como o peixe, inconsequente porque despreparado para escolher que, guiado pelo estômago, não percebe que por detrás da isca está o anzol que o vai fisgar.

No entanto, diferente do peixe, já temos capacidade desenvolvida para analisar, para avaliar as opções, para perceber certas armadilhas e para escolher melhor, compreendendo as nossas necessidades.

Afinal, já estamos qualificados não mais apenas como animais, mas sim, como animais racionais, o que nos capacita ou deveria capacitar para agir de um modo muito diferente ou com uma lucidez muito maior do que aquela que caracteriza a vida dos bichos do mundo.

* * *

À distância, Marcus acompanhava o desenrolar de todas estas etapas na vida da mulher desejada e de sua prole.

Deixara passar as semanas e os primeiros meses de dificuldades para montar melhor o golpe final com o qual pretendia livrar-se dos estorvos e reter, em suas garras, tão somente a mulher querida.

Para isso, precisava livrar-se de Lúcio e Demétrio, acabar com a incômoda presença de Domício e, quanto a Lúcia, usá-la como isca para atrair Serápis de volta à sua companhia.

E para conseguir isso tudo, tinha planejado, passo a passo, tudo o que precisava fazer a fim de criar o cenário adequado para suas jogadas.

Contratara pessoas cruéis a quem pagaria pequena fortuna e que, naqueles tempos tanto quanto nos de hoje, eram capazes de tudo pelo brilho da moeda ou pelo tilintar da riqueza em seus bolsos.

Miseráveis e homens sem oportunidades, que se prestavam a todo tipo de serviço para que saíssem da condição de pobreza, sem questionarem a licitude ou a crueldade do que lhes fosse ordenado.

Bandos de malfeitores viviam pelas ruas de Roma, pagos por homens poderosos, a prejudicar seus desafetos, ameaçar as pessoas que possuíam bens que eles desejassem, a cometer atentados furtivos, graças aos quais, no dia seguinte, um cadáver surgia sem explicações, livrando algumas pessoas de sua presença incômoda ou dificultosa para a concretização de certos negócios lucrativos, etc.

Até mesmo os governantes ou os políticos possuíam como que uma milícia pessoal, desafortunados indivíduos que, arrojados e violentos, vendiam suas ousadas forças a quem melhor lhes pagasse e, indiscriminadamente, saíam a perseguir os que fossem contrários aos interesses daquele que os assalariava.

Acobertados pelos poderes e pelas influentes forças de seus tutores, estes indivíduos estavam acostumados à impunidade, o que lhes garantia um melhor exercício da ousadia arrogante, já que sabiam que não seriam alcançados pelo braço de uma justiça tão defeituosa naqueles tempos quanto nos atuais, quando as limitações de meios, os problemas administrativos, as tortuosas estradas dos interesses humanos, mesclavam-se com a retidão dos conceitos de Justiça para desnaturá-los ao sabor dos interesses dos homens.

Marcus se ocupara de reunir pequeno grupo de homens desse tipo para que, no momento adequado, pudesse ordenar e ser obedecido sem ter que dar qualquer explicação de seus atos, não pretendendo se ver comprometido como mandante, mas dependendo de seu exato cumprimento para chegar ao destino que pretendia atingir. Marcus estava brincando de Deus, como muitos de nós já fizemos e muitos ainda estão fazendo até hoje, na ilusão de que se pode impor a própria vontade pela força de dinheiro, sem que se precise, depois, prestar contas do que se está realizando.

Longe de entender a aceitação da Vontade de Deus, estava empenhado em fazer valer a Vontade de Marcus.

Para isso, já tinha procurado o auxílio de seu amigo de orgias, o prefeito dos pretorianos, Lólio, de quem conseguira documento escrito com salvo conduto autorizando o embarque em galera militar para qualquer destino longínquo que escolhesse, de quem portasse aquele alvará oficial. Naturalmente que se valia de mentiras para conseguir tais documentos, afirmando tratar-se de uma medida necessária para a proteção de pessoas suas conhecidas e que, tendo-se comprometido perante certas fraquezas morais, precisavam ausentar-se da fúria de maridos traídos, ficando longe de Roma por algum tempo como forma de fazer a tormenta amainar.

Lólio, devasso e hábil amante, sabia como alguns romanos enganados costumavam se tornar impertinentes e perigosos por experiência própria, o que fez mais fácil as coisas para Marcus que, logo, já tinha em mãos os papéis oficiais para ingressar nos barcos militares que singravam o mar Mediterrâneo em todas as direções, levando consigo quaisquer pessoas e apontando ao capitão da embarcação o seu destino final, amparado nas ordens superiores e oficiais que não permitiriam qualquer questionamento.

Com isso, parte de seus problemas estava solucionada, fazendo, assim, com que pudesse se concentrar na execução da outra parte de seus planos.

O destino de Lúcio e Demétrio já tinha sido equacionado. Através do sequestro simples, coisa que ninguém impediria fosse feita já que se tratava de dois jovens aleijados, seus sequazes os afastariam de Serápis e eles seriam embarcados na primeira galera militar que zarpasse do porto de Óstia, rumo ao local mais afastado, com ordens de que, durante o trajeto, os jovens fossem atirados nas águas, como que por acidente. Assim, não apenas os dois rapazes seriam embarcados. Um de seus assalariados iria como responsável por eles e um outro, disfarçado de remador ou trabalhador da nau, seria incumbido de acabar com a vida dos dois infelizes durante a viagem.

Agora, era necessário resolver o problema de Domício para que ele fosse tirado do caminho.

Sabia, graças à sua rede de informantes, que o rapaz, já crescido, não se ausentava de casa. Necessitava agir de forma que seus braços exterminadores penetrassem no ambiente onde se abrigava e fizessem o serviço sem alarde. Para tanto, elaborou um plano para usar do veneno como forma de matar Domício, o que, de resto, seria um grande favor, abreviando seus sofrimentos e poupando-o de maiores dores durante a vida de leproso deformado e infeliz. Era assim que Marcus pensava, principalmente por não possuir qualquer vínculo direto com aquele jovem, não sabendo o motivo pelo qual fora ele inserido naquele contexto familiar depois de sua fuga aos deveres paternos.

Como Serápis trabalhava na padaria, prepararia uma das tradicionais iguarias tão desejadas pelos romanos, nela inserindo o veneno letal e, ele próprio se apresentaria na casinha como um enviado de Serápis, ofertaria aquele bolo ao rapaz como um presente da mãezinha que, mesmo no trabalho, se preocupava com o bem-estar dos filhos.

Para preservar Lúcia do risco do envenenamento e para que não fosse reconhecido pela filha, ainda depois de tanto tempo, se disfarçaria e esperaria que a menina saísse de casa, como acontecia todos os dias, quando ia levar comida para os dois irmãos que cantavam em alguma das ruas distantes, próximas dos bairros mais abastados da capital.

Não seria difícil, assim, conseguir entrar na casinha e fazer com que Domício comesse o bolo e, logo a seguir, depois de presenciar-lhe os primeiros estertores, sair sorrateiramente do ambiente e voltar incógnito para a própria casa. Precisava estar presente pessoalmente, para garantir que nada viesse a sair errado.

Além do mais, tudo isso deveria acontecer no mesmo dia, ou seja, tanto o sequestro dos jovens quanto o envenenamento de Domício, deveriam ocorrer simultaneamente, para que Lúcia demorasse ainda mais procurando pelos irmãos e não voltasse antes que o próprio leproso estivesse morto.

O alvoroço que o desaparecimento dos filhos aleijados iria produzir tanto em Lúcia quanto em Serápis, a procurarem por eles por toda a parte, faria com que se esquecessem de voltar ao lar, coisa que, quando fosse feita, já seria tarde demais para modificar as coisas.

Pela ação rápida do veneno e pelas próprias condições de debilidade do enfermo, sua morte não levantaria suspeitas nem seria atribuída a qualquer coisa que não à visita inexorável da morte que não perdoará a ninguém. Restaria, como estranha coincidência, apenas, o fato de ter se dado exatamente no mesmo dia do desaparecimento dos outros filhos. E enquanto as duas tivessem que se ocupar em dar sepultura ao filho e irmão morto, mais tempo teriam os ajudantes de Marcus para transportá-los até o porto distante e embarcá-los conforme suas recomendações.

Restariam, então, apenas Serápis e Lúcia.

E com as duas assim, tão vulneráveis, não seria difícil conseguir, por fim, recomeçar a própria vida, tendo ao seu lado a mulher amada.

No plano espiritual, a ação trevosa de Druzila continuava sobre Marcus, enquanto que a plêiade de defensores do Bem se desdobrava para garantir aos infelizes, que se veriam espoliados de toda esperança, forças e amparo para que soubessem suportar mais esta etapa de suas vidas, sem esmorecer no crescimento necessário e no expurgo de todo acúmulo de enganos que cometeram no passado.

Por isso, a compreensão das palavras de Jesus quando falava que era necessário que o escândalo viesse, mas que não fossemos nós a pedra de escândalo.

Por tudo o que fizeram no pretérito, Pilatos e Sulpício, agora Lúcio e Demétrio, deveriam se ver isolados, afastados dos entes queridos, sofrendo as privações do afeto e da proteção que negaram aos outros quando na função de administradores humanos. Como outrora, seriam banidos do seio de seus únicos respaldos, afastados dos seres que amavam, privados de seus sonhos e da proteção materna e fraterna que Serápis e Lúcia representavam.

No entanto, espíritos amigos já estavam cuidando para que, ao invés de serem exterminados no mar, conforme os planos nocivos de Marcus, acabassem tendo um destino que lhes permitisse seguirem vivendo, ainda que enfrentando as dificuldades de sua condição de deficientes.

Domício, igualmente, já se encaminhava para os derradeiros dias de sua jornada, não se justificando, por esse motivo, o comportamento criminoso daquele que iria antecipar-lhe a partida da vida física, já que toda ação nesse sentido é criminoso ato que comprometerá profundamente a existência daquele que lhe dá curso, mesmo sob a sedutora alegação de compaixão pelo doente. Se olhássemos para todos os atos que Domício cometera quando estava encarnado no mundo e durante o processo de obsessão a que submetera Nero, facilitando-lhe os acessos de crueldade, entenderíamos melhor a exatidão dos mecanismos da lei espiritual que, ao invés de ver no sofrimento físico um castigo na forma de revide ou do olho por olho, permitia que cada minuto vivido de maneira resignada, mesmo na dor ou na doença, fosse interpretado como fator disciplinador do espírito a atenuar em anos ou décadas, a sua necessidade de corrigenda futura.

Por isso, privar o espírito de alguém dos momentos de agonia ao antecipar-lhe o desenlace por força de venenos ou crimes que passem ocultos aos olhos humanos, consubstanciar-se-á, igualmente, em delito grave daquele que o pratica ou que o favorece, eis que estará privando aquele espírito dos momentos que lhe seriam úteis no processo de depuração e de libertação, além de representar postura rebelde diante da vontade do Criador, o único capaz de deliberar quando a morte pode recair sobre o organismo daquele que Ele vitalizou.

Enquanto os homens não são capazes de dar vida por si mesmos, não possuem o direito de cortá-la, arvorando-se presunçosamente em poderosos senhores do destino dos outros.

Isso ainda é prova de arrogância, disfarçada pelo pseudo manto da piedade.

Marcus, assim, seria, no fundo, a grande vítima de todos estes equívocos que planejara e, dos quais, o mundo espiritual tudo fazia para que ele não levasse adiante. No entanto, lúcidos e sábios, os espíritos amorosos que secundavam os destinos de todos eles sentiam em Marcus um afastamento de todo bom sentimento que o havia revestido quando, modestamente, fora partícipe dos processos de resgate dessas mesmas almas nos profundos ambientes trevosos, antes de reencarnarem para a nova jornada, já relatados no anterior "A Força da Bondade".

Amolecido pelas facilidades materiais e pelo exercício desbragado dos prazeres, seu espírito se afastou lentamente dos elevados ideais de nobreza da alma, entregando-se novamente às facilidades do mundo como se elas lhe pertencessem por direito de nascimento e não por singela concessão temporária de Deus.

Desgastando suas energias em aventuras e gozos, Marcus privara-se da ligação espiritual que entidades generosas mantinham com ele, principalmente depois que, por causa do envolvimento amoroso ilícito com Serápis, perdera o fator equilibrante que Licínio representava em sua vida.

É assim que, infelizmente, sempre costuma acontecer nas jornadas dos espíritos invigilantes, querido leitor.

Nos iludimos com os excessos da carne, nos prazeres e descansos, desfrutes e passeios, gastos e caprichos, nos afastando das linhas retas que havíamos traçado para nós próprios e, por isso, aprofundamos nossas raízes na terra pobre de nossos defeitos.

Quanto mais enraizados no mundo, mais difícil será nos vermos arrancados dele para as coisas do Céu.

Seremos apenas árvores que crescem para o alto, mas que jamais deixam o solo.

Nosso destino, no entanto, é sermos AVES, aquelas que visitam o solo de vez em quando, caminham sobre ele, constroem seus ninhos, alimentam-se na terra, mas que, fagueiras e livres, podem bater as asas e voar para o Céu sem que nada as amarre no cativeiro do mundo.

Por isso Jesus ensinou:

Não se pode servir a Deus e a Mamon...

São dois senhores cujos interesses são absolutamente opostos e conflitantes.

O DESTINO DE DÉCIO

Por alguns momentos, querido leitor, deixemos Marcus e seus planos nefastos através dos quais ele desejava modelar o destino dos outros segundo seus próprios interesses, e voltemos algumas semanas no tempo para observar a trajetória de Décio, depois de ter sido detido na reunião cristã e receber a pena de banimento para as províncias distantes.

Naturalmente que a sua ligação com o Cristianismo oriundo da distante Jerusalém impunha que seu destino punitivo fosse o mais afastado daquele centro civilizatório, o que levou os seus julgadores, sob a orientação direta do imperador a designar a península ibérica como o destino mais adequado para o seu isolamento, para acabar com o foco nefasto de uma crença que, sem fazer mal a ninguém, era de tal maneira transformadora dos costumes torpes e mundanos que afetaria os interesses de todos os que viviam mergulhados nas rotinas pervertidas daquele ambiente.

Além do mais, o imperador Élio Adriano mantinha ligações muito estreitas com a Ibéria, o que lhe permitiria receber informações mais detalhadas e confiáveis sobre os passos de tais exilados.

Não era do conhecimento dos julgadores, no entanto, a íntima ligação que havia entre ele e Cláudio Rufus que, como traidor da confiança de César, serviçal que se recusara a renegar a fé em nome dessa deferência imperial, também fora destinado às terras espanholas, nas quais deveria terminar seus dias na Terra.

Separados no cativeiro em função de suas diferentes condições sociais, Décio e Cláudio não mais se encontraram desde o momento em que este fora levado à presença de Adriano, de onde fora ordenada a sua partida imediata, carregando consigo apenas parcos recursos, suficientes tão só para a viagem e para o seu precário sustento na nova e difícil vida que o esperava.

Cláudio seguiu viagem primeiro, ficando Décio a esperar o transcurso do julgamento, na dependência de autoridades que, morosas, preguiçosas ou indiferentes, não se empenhavam na solução do caso segundo os ditames legais de rapidez e eficiência, já que precisavam conciliar a aplicação da sentença dos que foram presos no culto cristão com a data dos festejos de Adriano, ocasião em que os insurgentes fariam parte do espetáculo como vítimas de feras, como alvo para os arqueiros ou como postes incandescentes, para o furor e a exaltação descontrolada da multidão.

Assim, a decisão sobre o seu destino fora mais demorada, mas, uma vez em se tratando de cidadão romano, Décio fora poupado pelo imperador que, como já se falou, desejava manter-se nas graças dos cidadãos de Roma, aqueles que ele dirigia através da velha forma do pão e circo.

Deliberada a sua transferência para um destino tão afastado, Décio fora encaminhado para o porto de Óstia, no qual ficara encarcerado em modestas celas ali existentes que, de acordo com as necessidades, serviam também para abrigar uma que outra fera até o seu transporte para a cidade imperial.

Era necessário esperar a galera romana que tomaria o rumo da distante Espanha e na qual Décio teria assento em demanda de seu destino.

Seu porte físico robusto, que lhe garantira o trabalho nas obras do imperador, poderia inspirar temor em soldados, que o mantinham sob vigilância como se fosse um malfeitor comum.

No entanto, de sua pessoa emanava uma tal serenidade que seus olhos mansos inspiravam a conversação, diferente de outros condenados revoltados e agressivos.

Na sua resignação, Décio se mantinha tranquilo e amistoso, compreendendo que, se a sabedoria de Deus estava permitindo que ele passasse por tais situações, isso estava previsto para que, delas, o melhor se conseguisse.

Nessas horas, o preso se lembrava de seu paizinho, Policarpo, de quem sempre recebera as mais belas lições de equilíbrio e coragem, fé em Deus e fidelidade a Jesus.

Bem falara o ancião sobre os momentos difíceis que estavam esperando por todos os seguidores do Evangelho nascente.

Não sem motivo fora ele enviado de volta a Roma para falar à toda gente sobre as responsabilidades do cristão nos momentos do testemunho, alerta que somente 35 pessoas, no universo de mais de duzentos presos, tiveram em conta e se mantiveram fiéis às próprias convicções.

Os outros, frágeis na fé nascente, não conseguiram manter a fidelidade aos seus ideais até o sacrifício, mas, independentemente disso, eram dignos de um bom pensamento, já que se permitiam sentir uma inclinação por aquelas realidades espirituais.

Policarpo e sua coragem eram o sustentáculo de seus passos enquanto não lhe saía da cabeça a figura daquelas mãos luminosas de sua infância, a pairarem sobre sua cabeça enferma, como duas asas benditas e lhe trazerem a cura.

Seus momentos na prisão em Óstia eram dedicados à oração, elevando-se para que a vontade de Deus pudesse ser entendida e obedecida por ele, tanto quanto sempre o fora pelo velhinho que o criara como pai.

Encontraremos Décio, assim, ao entardecer do segundo dia de sua reclusão na cela do porto, posicionada bem diante do ancoradouro das galeras, em colóquio singelo com Deus, nas lembranças dos ensinos de Jesus:

— Pai querido, sei que não sou digno de pedir nenhum favor à vossa generosa sapiência que, conhecedora de tudo, já está inteirada de meu destino. Vós curastes minhas dores quando criança e, através de vosso emissário luminoso, destes a conhecer que meu pai e eu teríamos nossas lutas pessoais nos testemunhos da fé.

Aqui estou, Senhor, para que se concretize em mim o Vosso desejo. Estou certo de que, se a Vossa solicitude salvou meu corpinho tenro da doença galopante que me poderia ter conduzido à morte, era porque me desejáveis vivo no mundo para realizar a Vossa vontade.

Agora, que o destino parece incerto e que o horizonte desconhecido acena com seus perigos e dificuldades, inspirai-me para que não me afaste do Vosso caminho.

Sou muito ignorante para entender os Planos Celestes que

envolvem cada pessoa no mundo, mas, nesta hora, rogo-vos que não me faltem a convicção dos passos na direção de Vosso Interesse. Sou Vosso servo endividado e sem condições de pagar pelas graças recebidas. Por isso, tomai minha vida como penhor de meu sincero desejo de honrar tais compromissos no serviço humilde do Bem e, como fizera naquele dia no berço pobre, estendei Vossas mãos na direção a ser seguida para que não me veja à mercê, apenas, da minha própria cegueira espiritual.

A emoção tomava conta de seu espírito enquanto as palavras iam sendo organizadas em seu pensamento, no silêncio daquela pequena cela, recebendo ele a brisa do oceano próximo a falar da estrada que o esperava na direção do horizonte azul.

Ao seu redor se apresentavam os amigos espirituais de sempre, a fortalecerem-lhe os pensamentos e a preparar os seus passos no futuro.

A equipe de entidades luminosas que se haviam encontrado no mundo material pouco mais de cem anos antes, se mantinha unida para a continuidade da tarefa do Bem, no coração dos que sofriam por causa da própria ignorância.

Zacarias, Cléofas, Licínio, Simeão, Lívia revezavam-se entre Serápis, Domício, Lúcio, Marcus, Lúcia, Cláudio e outros encarnados cujas necessidades pessoais impunha ao amor de tais espíritos o doce dever de atender-lhes as necessidades do momento difícil por que passavam.

E como o Bem se serve dos que se esforçam para serem Bons a fim de fazer a Bondade vicejar no mundo de forma mais eficiente e plena, ali estavam eles, a receber as súplicas daquele que, havendo sido tosco gladiador em existência passada, agora se havia convertido em valoroso trabalhador de Jesus, encarnado como diamante no meio do cascalho humano, emocionados com sua sinceridade, com a sua coragem diante do desconhecido e com a humilde solicitação que, longe de pedir a liberdade, a modificação do seu destino, a alteração das sentenças humanas, pedia para saber servir em qualquer condição, em qualquer prisão, em qualquer exílio, no cumprimento da vontade augusta do Pai.

Enquanto todos se uniam ao redor de um Décio, de joelhos, suas mãos espirituais repousavam sobre a cabeça do antigo pedreiro como a lhe formar uma singela coroa, já que tais espíritos, mantidos de pé no recinto da prisão, o circundavam como se fossem pétalas luminosas de um núcleo floral.

As orações unidas eram banhadas por uma luminosa atmosfera, como se dos mais altos círculos espirituais, orvalho safirino respondesse às suas súplicas.

Enquanto Décio silenciava, lutando para controlar a própria emoção, olhando para as primeiras estrelas que marcavam o céu ainda azul, logo depois que o astro-rei se despedira, Lívia, a envolvê-lo com o Amor maternal que só as almas elevadas conseguiram sublimar, estimulada pelo olhar paternal de Zacarias, continua a súplica em nome do grupo de entidades que ali se postavam:

— Mestre, infinita é nossa gratidão pelo Amor que seu coração magnânimo e humilde nos dedica. Estamos tentando aprender, na nossa estrada de erros clamorosos, a seguir suas pegadas, a não fraquejar nos testemunhos, a nunca negar ajuda ao coração fraterno que está diante do perigo.

Você sabe que não mediremos esforços para fazer sorrir seu coração e para não mais deixá-lo sem companheiros na jornada do Bem.

Outrora, seu esforço contou com a nossa indiferença, entre os que o acusaram, os que fugiram, os que lavaram as mãos, os que nada fizeram para impedir a sentença injusta. Aqui estamos todos, unidos no erro para reparar tão nefasta conduta, amparando-nos uns aos outros.

E diante do cenário triste que se apresenta, quando as nossas fraquezas ainda nos empurram para o império dos defeitos que cultivamos por séculos, estamos a Lhe rogar que ampare não apenas este querido irmão, esta criatura cujo devotamento é tão conhecido de seu coração e que está sempre pronto para suportar os desafios na coragem do testemunho, mas a todos os de que nos temos acercado nos instantes difíceis de seus processos de resgate pela dor.

Afastados da Sua presença, somos como folhas entregues ao sabor da brisa depois que perdem a segurança da árvore protetora onde se agarravam, seguras. Por isso, somos apenas pequeno grupo de folhinhas que tenta conter o furacão da maldade, visando envolver aqueles mesmos que falharam pela ignorância na atmosfera da paciência, da confiança no bem e na resignação diante da Justiça do Justo.

O mal prepara-se para fustigar os pequenos brotos de amor que nascem no coração dos nossos tutelados, buscando cobrar as dívidas pelo caminho mais cruel.

Demétrio, Domício e Lúcio estão à mercê da ignorância que é alimentada pelos que desconhecem as belezas do Seu Amor.

Serápis e Lúcia se veem empenhadas na sobrevivência e nos cuidados fraternos e devotados que dedicam a estas almas vitimadas pelos próprios crimes, mas não têm condições de enfrentar as forças da ignorância que se orquestram para dizimar as esperanças de crescimento destes seres desventurados.

Marcus deserta do caminho da vigilância, abrindo seus sentimentos à influência de Druzila, igualmente hipnotizada pelo desejo de vingança.

Bandos de espíritos trevosos lhe obedecem o impulso vingador, igualmente sedentos do sangue dessas vítimas.

Arrebanhou ela os espíritos que o antigo lictor Sulpício sacrificou nos exercícios de seu autoritarismo, as mulheres violentadas e os pais infelizes que venderam suas filhas à sanha do governador Pilatos, para satisfazer seus desejos mais vis. Encontram-se sob a sua influência as almas assassinadas pela crueldade do governador diante da morte de seu funcionário de confiança na antiga Samaria, desejando tomar parte nesta execução sumária, quando as lutas de Pilatos apenas começam no corpo doente de um Lúcio infeliz e cego.

Druzila arrebatou os infelizes e sofredores que sofreram a perseguição na condição de cristãos na arena e que não conseguiram se livrar do ódio, tanto quanto dos parentes que viram seus entes amados perecerem de forma tão cruel e os convoca para o exercício da vingança sobre Domício, o "grande imperador" de outrora, a quem apontam como responsável direto pelos atos grotescos de Nero.

Odiando Serápis, Druzila se empenha em fazer sofrer a antiga e astuta Fúlvia, agora reduzida a uma infeliz mulher, amargurada na solidão e na infelicidade onde tenta redimir-se aos próprios olhos, sem sonhos e na luta por criar filhos que ninguém deseja, reduzida à condição de trabalhadora braçal contando, apenas, com o coração juvenil da pequena Lúcia que, da forma como pode, tudo tem feito para amparar os irmãos mais novos, nos sofrimentos que poucas crianças de sua idade conhecem durante uma vida inteira. Ela já os tem experimentado ainda na infância.

Veja, Senhor, todas estas tragédias são obra nossa e, agora que se orquestra o esforço do mal como a colheita dos espinhos que plantamos, estes pobres infelizes contam tão somente com a nossa insipiência de espíritos endividados para velar por eles.

Quando Você estava entre nós, encontrávamos a árvore frondosa capaz de abrigar em seu galhos e em suas raízes, de alimentar com seus frutos, de agasalhar com sua copa e proteger com sua sombra. Mas os homens ignorantes deceparam a árvore e, agora, estamos todos à mercê de nós mesmos. Não é apenas Pilatos quem lavou as mãos diante de seu destino. Todos nós lavamos nossas mãos com relação ao nosso futuro e, agora, nos vemos surpreendidos pelas tragédias que regressam, cobrando o tributo desse gesto de indiferença, desse ato de fuga do dever, dessa demonstração de pouco caso conosco mesmos.

Até hoje temos lavado nossas mãos quando a obrigação de fazer o bem surge a nossa frente, quando somos chamados a acolher um infeliz, quando as dores alheias pedem nosso concurso, como se isso fosse uma obrigação dos outros e não nossa.

Temos lavado nossas mãos no sangue de nossas vítimas, nas lágrimas que nossos atos produziram na face de inocentes, nas bacias de moedas da corrupção e da usura, revestindo esse ato com as aparências de falsa sabedoria, como a nos livrarmos da culpa que nos pertence.

Hoje, Senhor, não desejamos fazer a mesma coisa que sempre fizemos. Não queremos estar diante de Você como quem diz: fizemos o que pudemos, mas nada deu resultado. Em que pese estarmos submetidos à vontade de Deus que acatamos e respeitamos, não desejamos regressar à Sua presença carregando os cadáveres destes irmãos e seus espíritos confusos, sem entenderem o por que foram recambiados ao reino da verdade tão cedo, sem que pudessem ter crescido o suficiente.

É tão difícil, Jesus, regressar à vida física...

Ajude estes irmãos, ó Mestre Generoso e Bom. Proteja-os do mal através do escudo de seu carinho.

Nós, os de boa vontade, que não desejamos senão o crescimento dos que falharam, pedimos isso ao seu coração amigo, já que não temos como interferir no destino desses nossos irmãos aflitos para modificar-lhes o curso segundo a nossa vontade...

Lívia derramava lágrimas cristalinas como diamantes preciosos e, enquanto proferia a oração comovente na qual, por inexcedível grandeza de seus sentimentos, se igualava aos malfeitores do mundo a rogar por eles como se fosse uma igual, os outros espíritos amigos, que se uniam às suas rogativas, tocados no mais fundo de si mesmos, sem que ninguém o tivesse solicitado, ajoelharam-se ao redor do mesmo Décio genuflexo, a acompanharem a oração daquele espírito límpido e celeste.

Zacarias se recordava de Absalão, o velho ao qual não aceitara doar um par de sapatos, apesar de sua miséria material e de seu sofrimento moral, limitando-se a vender o par em troca de seu casaco corroído.

Cléofas se recordava da desditosa caminhada infeliz, quando aceitara aventurar-se no mundo carregando ao seu lado a antiga esposa do próprio Zacarias, como se, naquele delito afetivo, fosse encontrar a felicidade eterna, convertida pouco tempo depois em miséria da lepra e do abandono.

Simeão voltava os olhos ao seu passado de jovem e para as inúmeras quedas na ilusão da vida, revendo os olhares das moças cuja esperança de união se frustraram quando de sua deserção dos deveres afetivos.

Licínio, o mesmo Lucílio, rememorava os abusos cometidos na prisão Mamertina, junto dos presos infelizes que mantinha em regime de tortura, de fome e miséria, pelo simples prazer de exercer sua autoridade sobre criaturas sem defesa nenhuma.

A oração de Lívia, naquele momento, os reconduzira à realidade de si mesmos e, ao se unirem a ela, não pediam apenas pelas desditas de Décio, de Domício, Lúcio, Demétrio e dos outros.

A prece daquele grupo, a dirigir-se a Jesus com a mais sincera unção de suas almas, abraçava a toda humanidade, envolvendo Judas, Simão, Tomé, Tiago, Anás, Caifás, os soldados que O chicotearam, os transeuntes que cuspiram Nele, muitos dos quais tinham sido curados de suas doenças pelas Suas mãos abnegadas.

Sim, era pela humanidade inteira que eles oravam, afinizada aos mesmos erros seculares, ao comércio das mesmas emoções inferiores, nas alegrias dos ganhos, no desejo de vingar as perdas, na incapacidade de exercitar o perdão das ofensas, no interesse em manter os próprios privilégios, na satisfação de se fazer poderoso e humilhar os desditosos.

Todos ali se uniam ao redor do Bem que lhes cabia fazer pelos infelizes que se haviam comprometido tanto na última encarnação.

E, no entanto, não podiam alterar os rumos do mal que estavam sendo delineados para as personagens que pretendiam ajudar, prestes a se verem enredadas em crimes cruéis seja como agentes seja como vítimas.

Só Jesus tinha condições de modificar as coisas naquele momento trágico dos destinos de todos, uma vez que, por imperativo de submissão à Divina Vontade, nenhum deles poderia arvorar-se em reformador dos caminhos alheios, a não ser através da boa intuição, dos bons conselhos, da influência positiva, coisa que todos já tinham feito, de forma inócua diante da indiferença dos encarnados e da pressão psicológica da multidão de espíritos perseguidores e credores daqueles que estavam sendo conduzidos aos últimos dias de suas vidas na Terra.

Só lhes faltava o recurso da oração, a única força que tinha poder suficiente para interceder, para modificar os projetos, para alterar as circunstâncias diante das deliberações persistentes da maldade e da ignorância.

Assim, não restava a todos eles fazer outra coisa senão unirem-se a Lívia na unção e na esperança de que, escutando-lhes a rogativa, Jesus aparecesse no meio deles e, com seu olhar compassivo de cordeiro de Deus, resolvesse os problemas como um poderoso senhor é capaz de resolver, ordenando, mandando, modificando, refazendo.

Afinal, estavam eles buscando proteger aquele que, em suma, tivera singular participação em seu processo de condenação na Terra.

No entanto, ainda que a pequena cela se tivesse iluminado como se o Sol tivesse invertido o seu curso e voltado do poente para clarear o mundo, a figura do Divino Mestre, que certamente não se fizera surdo às rogativas de todos eles, não dava sinais de estar em condições de se fazer presente ali, naquele instante.

Terminada a rogativa, Lívia foi até cada um de seus amigos e, com um gesto de carinho, ergueu-os do chão e, entrevendo a emoção que invadia cada um nas lembranças dos antigos erros, na rememoração das passadas quedas, agradeceu-lhes a amizade e desculpou-se por fazê-los voltar ao passado.

— É que eu mesma, Zacarias, falava de mim a Jesus, elencando minhas imperfeições, minhas lembranças vivas de mulher rica, criada à sombra da facilidade material das convenções desta Roma de mentiras, à força das quais, me considero igualmente culpada pelo destino triste de meu amado esposo, Público, cujo espírito, por fim, poderei retomar ao encontro de meu coração em breves dias, quando dos sacrifícios coletivos na arena do circo, agora destituído de todas as honras, de todas as insígnias, de todos os favores do Estado ao qual tanto serviu na sua boa fé e no seu engano de homem do mundo.

Desculpem-me, meus irmãos. Não desejava fazê-los voltar ao passado, quando somente eu mesma tenho esse dever de não me esquecer das quedas pessoais para melhor saber me manter nas horas do reencontro com aquele que é o foco de meu afeto, desde longa data, e que, em breve, na figura pobre e honesta do escravo Nestório, vai regressar à Pátria da Verdade como vítima dessa Roma à qual serviu como Senador orgulhoso e devotado às suas causas materiais e políticas.

Entendendo-lhe a situação, Zacarias aproximou-se e, tomando-lhe a destra, depositou-lhe um beijo paternal, respondendo:

— Filha, nenhum de nós, em sã consciência poderia ter feito uma evocação mais bela e mais justa acerca de nossas necessidades como humanidade falida. Agradecemos a sua pureza de sentimentos que nos deu a lição de que não devemos buscar nos elevar para nos afastar de nossos erros, mas, ao contrário, devemos sempre carregá-los vivos em nossas lembranças para que, nunca, em tempo algum, nos coloquemos como os que julgam o próximo, os que nunca falharam, os que não entendem suas dúvidas, suas tentações e fraquezas. Somente quando nossas almas não se esquecem de seus deslizes é que encontramos forças para seguirmos no bem, enfrentando as armadilhas do mal nas quais já caímos antes, o que nos prepara para ajudar os outros a não caírem e a saírem delas.

E vendo que a luminosidade se amainava depois da intensidade de forças e belezas ali concentradas pela elevação de todos, Lívia retomou a palavra, dizendo:

— Agora, nosso primeiro e último recurso foi acionado. Estamos aqui juntos a Décio e a todos eles para aceitar as ordens Daquele que, em nome de Deus, nos dirige. Certamente Jesus está a par de tudo e, ainda que não se tenha feito presente entre nós, sentiu nossas preces e não se fará indiferente às nossas necessidades.

Todos os que a ouviam concordaram com suas frases de fé e convicção, não sem antes afogarem uma pequenina ponta de receio ante a demora da manifestação Daquele cuja solicitude sempre se fizera presente no caminho deles no tempo certo.

— Vamos ficar aqui com Décio por mais um tempo, já que as horas noturnas do sono físico ainda não se aproximaram, ocasião em que tentaremos nos aproximar novamente de Marcus, a fim de tentarmos modificar seus intentos homicidas — falou Zacarias, como quem se mantinha na condição do que era responsável pelos passos do grupo.

— Será que conseguiremos alguma coisa hoje, paizinho? — perguntou João de Cléofas, no seu carinhoso modo de se dirigir àquele que fora o primeiro Jesus em seu caminho, transformando-o para sempre pela compaixão e fraternidade. São tantos os obstáculos para chegarmos até ele todas as noites!

***

Referia-se Cléofas, à malta de espíritos que montava guarda ao redor da moradia de Marcus e que o envolvia como uma escolta macabra, a fim de neutralizar todas as tentativas de aproximação do bem, coisa que Druzila — espírito — era capaz de dificultar, frustrando todas as suas tentativas de influenciação positiva.

Uma multidão de malfeitores, espíritos desfigurados, agressivos, revoltados, sedentos de vingança se congregava ao redor de sua casa física, como a construir um casulo de sombras no qual aprisionavam aquele que lhes seria o braço vingador, protegendo-o de qualquer modificação de curso ou de intenção, como se ele fosse o único meio de fazerem cumprir o desiderato de se vingarem de Sulpício, Pilatos, Fúlvia, do "grande imperador" e de tudo o que eles representaram de dor e miséria em suas vidas.

Cada um exibia um instrumento de tortura que iria usar assim que encontrassem libertos do corpo aqueles espíritos que perseguiam e que, de alguma sorte, guardavam semelhança com os instrumentos de suplício que lhes haviam sido aplicados, como expressão clara da lei de talião, olho por olho, dente por dente.

Isso dificultava a aproximação das entidades luminosas que não conseguiam encontrar em Marcus, qualquer disposição para pensar de outra maneira, não havendo nenhuma brecha na fortaleza do mal a permitir que fosse explorada para beneficiar aquele irmão desditoso que exercia, ali, o papel de ferramenta material e agente de tantos espíritos vingativos.

Ah! Se Marcus orasse...

Ah! Se as pessoas orassem, ao invés de planejar os atos cruéis que imaginam ser a solução de seus problemas...

A oração seria caminho luminoso que se imporia naquele ambiente de vibrações pestilentas para favorecer o ingresso de amigos invisíveis que viessem em resposta ao seu desejo do Bem. No entanto, enceguecido pelo sonho de retomar aquela mulher com a qual manifestou as mais inferiores e calorosas sensações da sexualidade descontrolada, era uma lápide fria para qualquer modificação de vibrações íntimas, impossibilitando que os espíritos amigos que o buscavam, conseguissem chegar até ele pela imensa barreira vibratória que fora construída à sua volta, graças ao auxílio de sua invigilância.

E como os espíritos do Bem não se valem das mesmas armas que os espíritos ignorantes utilizam – a violência, a agressividade, a astúcia, a maldade, a ameaça, a imposição – viam-se eles afastados de qualquer influência direta sobre Marcus, outra coisa não podendo fazer senão orarem juntos pedindo ajuda a Jesus.

***

Enquanto se mantinham ali, na pequena cela de Décio, o silêncio se fez mais profundo e, ao mesmo tempo em que o preso se debruçava no parapeito vendo a noite que avançava, os espíritos se sentavam no mesmo local, de onde o atracadouro se fazia visível, algumas dezenas de metros adiante.

Perdendo o olhar no vasto lençol líquido, depois de alguns instantes, como se todos olhassem para o mesmo ponto, puderam divisar uma sombra espessa que se movia, iluminada à frente por um farol tão potente que, naquela época primitiva não se encontraria em nenhum local da Terra, muito menos no meio do oceano.

Os espíritos se entreolharam emocionados e os olhos espirituais de Décio igualmente vislumbravam a luz potente que caminhava no meio das águas escuras.

À lembrança de todos veio a passagem de Jesus quando, na escuridão da noite, caminhara na direção dos discípulos que se encontravam flutuando no meio do mar da Galileia o que lhes tornou a emoção ainda maior.

– Será Jesus, caminhando sobre as águas novamente? – perguntavam-se todos, aumentando a expectativa.

E os longos minutos foram se sucedendo até que os olhos pudessem perceber, saindo da escuridão, a figura de imponente galera romana que se dirigia ao porto, valendo-se das luzes das tochas que permaneciam acesas durante a noite para auxiliarem na atracação de embarcações que chegassem depois do ocaso.

Na parte mais alta da proa, ainda que a visão normal dos homens nada conseguisse divisar, a brilhar como uma estrela rutilante vinham duas mãos luminosas, como que a puxarem aquele corpo de madeira imenso que estalava à força dos remadores e das amarras para que atracasse no local adequado em segurança.

Não deixavam dúvidas:

Para Décio, eram as mesmas mãos luminosas que ele havia visto em criança, a trazer a embarcação que ele iria ocupar, demonstrando, assim, em resposta à sua prece, a vontade de Deus a amparar-lhe os destinos.

E para os outros espíritos emocionados, agora deslocados até a beira do ancoradouro, as duas mãos luminosas que guiavam a nau até o cais expeliam faíscas multicores e, ainda que não se fizesse conhecer na forma de uma imagem humana, não houve entre eles quem não tivesse certeza de que eram a resposta às preces de Lívia e de todos, mãos que traziam o barco até ali.

– Eis, por que, Lívia, Jesus não se apresentou em resposta às nossas preces.

Estava ocupado, de alguma forma protegendo o barco que, seguramente, será a solução que nós tanto buscávamos.

Enquanto a embarcação se preparava para aninhar-se junto às pedras do atracadouro, do alto do foco luminoso, uma centelha certeira partiu e penetrou profundamente o espírito das quatro entidades que ali estavam, enquanto que outra seguiu na direção do prisioneiro, detido atrás das grades à distância.

Sentindo uma emoção mais intensa, como a relembrar das ocasiões em que havia encontrado Jesus na longínqua Palestina, Lívia respondeu, emocionada:

– Sim, querido Zacarias, ... Jesus sabe...

Todos para seus destinos

Depois que atracou sossegada no porto, a imensa galera passou a descarregar o seu conteúdo e ser preparada para receber nova carga, no procedimento normal de qualquer embarcação, o que lhe tomaria alguns dias no atracadouro, delongando a presença de Décio no pequeno cárcere, a aguardar o momento de ser transferido para a embarcação.

Seus sentimentos, no entanto, estavam mais seguros diante da visão espiritual daquelas mãos luminosas que pareciam conduzir a nau suavemente até o porto.

Já não havia em seu espírito qualquer dúvida a respeito da proteção superior para que seu destino seguisse por caminhos abençoados, no trabalho e no sacrifício de um testemunho pessoal profícuo na sementeira do Bem.

Enquanto isso acontecia, retomemos a trajetória de Lívia e Zacarias que, sob o dossel escuro da noite, depois da atracação da galera e da sensação de êxtase decorrente da centelha luminosa que lhes penetrara o espírito, seguiram de volta para Roma. No dia seguinte, os atos finais das festas de Adriano marcariam o momento derradeiro do assassinato cruel dos remanescentes estrangeiros do grupo de presos em decorrência do culto cristão nas catacumbas da via Nomentana, pelo exercício de atividade condenada pelos cânones romanos como infração das tradições religiosas nacionais, entre os quais se encontrava o esposo amado de Lívia, o outrora altivo senador Públio Lentulus, reencarnado no seio da raça semita e levado para Roma como escravo culto para servir de preceptor das filhas de abastado patrício, que lhe concedera a liberdade definitiva. Diante das leis espirituais cuja finalidade é corrigir os pendores negativos próprios da ignorância, Públio se viu recambiado ao mundo sob a veste humilde do escravo Nestório, agora cristão assumido, carregando consigo os mesmos cabedais de inteligência e maturidade que as experiências humanas anteriores permitiram que seu espírito angariasse, mas sem o poder de mando, a capacidade de dirigir, a força financeira para impor sua vontade.

Apenas um servo a educar com sua sabedoria as filhas romanas e a dedicar-se à mensagem de Jesus com o mesmo carinho e fidelidade que eram características de sua personalidade limpa e autêntica, ainda que, em outras áreas, seu caráter rígido o tivesse feito sofrer e fazer sofrer injustamente aos que se mantinham ao seu redor.

Assim, ao entardecer do dia seguinte, quando as luzes solares já esmaecidas colaborariam para criar o cenário desejado para os efeitos que encantavam o público, encontraremos o grupo remanescente dos condenados para os quais a fidelidade a Jesus mantivera o farol da fé aceso, apesar das ameaças da força bruta, a enfrentar o testemunho final do entregar-se a si mesmo, do qual foram poupados pela ação direta de Adriano todos os cidadãos romanos que, mesmo persistindo na crença perseguida, em vez de serem condenados ao suplício, foram banidos para províncias distantes, proibidos de regressarem à sede do Império, incluindo-se, entre eles, Cláudio Rufus e Décio, como já vimos.

E os vinte e dois estrangeiros, entre os quais se encontravam sete mulheres, foram atados aos postes escuros da arena, para servirem de alvo às flechas envenenadas que arqueiros africanos, avantajados e exímios, iriam desferir covardemente.

Ensandecida pela excitação de festas tão suntuosas quanto arrepiantes, a multidão exultava ao som dos instrumentos musicais que procuravam criar o clima contrastante através de melodias ora estridentes ora suaves.

Isso não impediu que os condenados, como a sua fé lhes ditava ao coração, elevassem os cânticos de glória a Deus e de encorajamento solicitado a Jesus, Aquele que houvera também enfrentado galhardamente o momento máximo do exame verdadeiro do Amor.

Deixar-se matar sem odiar o assassino, entregar-se sem blasfemar ou se deixar enlouquecer pelo medo, sem se entregar ao espetáculo da covardia moral na hora decisiva.

Cantar era o recurso da fé sincera, a rogar as bênçãos do Pai amoroso e do Divino Mestre para as lutas acerbas daquela hora de ignominiosa crueldade.

E entre as feridas abertas no peito ofegante, vencido pela força das setas cáusticas, crivado à maneira de alvo fácil, Nestório/Públio se deixou perder entre as lembranças do passado. Sua memória prodigiosa se ampliava, agora que mais liberta dos laços da matéria, permitindo que aflorassem, rapidamente, cenas da antiga existência, de seu encontro com Jesus ao redor do lago, sua emoção e suas desditas, ombreando como nobre entre outros nobres cidadãos para receber as homenagens de Nero, espetáculo sangrento de cristãos dilacerados e devorados por feras famintas.

Lágrimas o envolviam naquele momento em que já não mais via ou escutava os gritos e os vivas da multidão, a demonstrarem a Adriano a sua alegria louca.

Suas lembramças viam outro cenário, outro circo, outras pessoas, entre as quais ele próprio se identificava, a sentir angústia dolorosa mais profunda pela certeza de que, apesar de alvo de insignes homenagens, a arena guardava terrível surpresa ao revelar, mais tarde, a presença de sua amada esposa Lívia entre aqueles que se deixaram devorar.

Nestório já não tinha mais como se manter preso ao corpo e, ainda que lutasse para manter a lucidez e o controle, entregava-se ao confuso esforço de identificar qual das duas realidades seria a mais cruel ou dolorosa: se aquela que estava vivendo como Nestório, vitimado por tão triste execução, ou aquela em que se via orneado de rosas, a aplaudir a matança de cristãos em outra época, no meio dos quais, o ser amado igualmente perecia.

Foi quando, para retirar seu espírito daquela situação delicada e confusa, Lívia, refulgente e translúcida, como se descida das estrelas, acompanhada por Zacarias que a aguardava a certa distância, se acercou do antigo companheiro que, por fim, se entregara ao mesmo destino que o dela pela força da fé em Jesus.

Seu coração exultava pelo reencontro tão esperado em que lhe fora permitido recolher, no meio dos despojos sanguinolentos, o espírito do amado esposo de outrora, a receber, como escravo, o prêmio de sua fidelidade.

O contato de suas mãos alvinitentes, ajoelhada no solo arenoso manchado de sangue, envolveu Nestório em blandiciosa emoção, enquanto Lívia, emocionada em preces silenciosas de gratidão, afagava os cabelos sujos e emplastados de suor álgido onde depositava um beijo de reencontro e saudade.

* * *

Amor imorredouro, amor sincero, amor que transcende os impulsos da carne, amor que é mais que gozo ou domínio, que é amizade nas horas difíceis, compreensão nas fraquezas, coragem nas lutas, amor que é fé na bondade do outro, que sabe reconhecer suas virtudes apesar das inúmeras quedas ou defeitos.

Amor, força bendita do Universo a representar a impressão digital de Deus em toda a criação, a simbolizar a herança genética do Criador em cada um de nós; Amor – o governante da vida – era a força dominante naquele momento imorredouro para todos, quando, no meio dos derrotados do mundo, surgia o espírito livre do cárcere corpóreo, melhorado, enobrecido e amparado pelo Amor que, igualmente, jamais o esquecera.

* * *

Ao contato de seu carinho, Nestório/Públio sentiu-se acolhido no colo materno quente e aconchegante que a alma amorosa de Lívia lhe oferecia, como se ela fosse, ao mesmo tempo, esposa e mãe, mulher e genitora do sentimento elevado em seu coração, ao qual o escravo desencarnado se apegara como criança que encontra o refúgio seguro no qual adormeceu brandamente.

Assim que se vira novamente unida ao espírito do antigo marido, Lívia sabia que poderia afastar-se o, com o impulso suave de seu desejo, foi retirando do interior daquele grotesco boneco de carne no qual se havia transformado o corpo de Nestório, o espírito do escravo que abandonava a carne, como se um segundo corpo perfeito e harmonioso saísse das formas do primeiro, desconjuntado e roto.

Guardando o tesouro junto ao coração, Lívia dirigiu o olhar para Zacarias que, nesse momento, se acercava dela para seguirem na direção de mais Alto, onde depositariam o precioso fardo nos processos de recuperação naturais a que são submetidos os espíritos vencedores nos sacrifícios da fé.

Não tardou Lívia, no entanto, ao lado do antigo companheiro, uma vez que, na Terra, outros seres igualmente comprometidos com o erro estavam à beira da tragédia.

* * *

Enquanto as festas aconteciam, Marcus havia deliberado aproveitar-se das condições mais favoráveis, quando boa parte da cidade tinha suas atenções voltadas para as ocorrências e para o noticiário bizarro de cada espetáculo, a fim de colocar seu plano em ação.

Assim, determinara aos seus mais fiéis servos, regiamente pagos, que se dirigissem ao local onde os dois aleijados, seus filhos com Serápis, ganhavam algumas moedas oriundas da caridade pública em troca das músicas que improvisavam, para que fossem sequestrados e levados a destino previamente acertado.

A condição principal era a de que se mantivessem fechadas as suas bocas para que não as usassem delas a fim de pedirem socorro.

Como ninguém estava junto deles, não seria difícil conseguir o intento.

Ao mesmo tempo, esperaria o momento adequado para ir até a casa onde Serápis se abrigava com a família, a esperar que Lúcia saísse para ir levar aos irmãos o alimento de cada dia, aproveitando-se de sua ausência para envenenar o grotesco ser que, ainda que doente grave, recusava-se a morrer.

Por isso, preparou seu disfarce com roupas pobres e mantos nos quais se ocultaria em capuzes ou gorros até que pudesse dar por terminada a sua missão clandestina.

Tudo foi minuciosamente detalhado, supervisionado e avaliado pelos espíritos perniciosos que o envolviam, sob a direta fiscalização de Druzila que, por canais intuitivos, mais e mais se acercava de seu ex-marido, exaltando-lhe as vantagens de retomar a experiência carnal com aquela mulher desejada.

Esse era o ardil que ela usava para, exatamente, transformar o marido que não a desejara, naquele que iria ferir profundamente a mulher que ele tanto cobiçava. Parecendo que seus desejos iriam se concretizar, alimentados pelo otimismo das ideias torpes de Druzila, Marcus não era capaz de vislumbrar os males que estava produzindo, nem se permitia pensar em coisas que pudessem sair errado nos planos que lhe pareciam perfeitos.

Precisava ter Serápis sozinha para si mesmo, ocasião em que a elegeria a rainha de sua mansão, como sempre fora o seu desejo.

Pensava ele que Serápis aceitaria perder tudo para voltar a viver no seu palácio de mármores raros.

Druzila, em espírito, o estimulava com mais e mais pensamentos nesse sentido, mantendo o estado de hipnose ativado, como costuma acontecer a muitas pessoas nos dias de hoje, incapazes de sair de si mesmas para vislumbrar o ridículo ou o grotesco de suas ideias ou planos, comportamentos ou projetos, acreditando-se certos e infalíveis.

Por detrás de todo pensamento fixo, certamente existem entidades negativas a estimular essa fixação, que poderá levar o pensador às decepções fatais nas experiências da vida.

E, depois de tudo planejado, o plano foi colocado em movimento.

Não foi difícil aos dois brutamontes recolherem da via pública os dois infantes desprotegidos que, sem saberem o que se passava, pouca resistência apresentaram à ação imperiosa dos que os abordaram, colocando-os em veículos fechados e levando-os a lugar desconhecido, tendo ficado pelo chão os instrumentos musicais usados para conquistarem a simpatia dos transeuntes.

Acompanhando os seus passos na realização dos eventos tão precisamente orquestrados, Cléofas, Simeão e Licínio seguiam, no plano espiritual, algo buscando fazer para minimizar ou para deslocar o rumo dos acontecimentos.

E se não podiam se fazer visíveis para impedir ou alterar as coisas, podiam, ao menos, usar as mesmas estratégias que Druzila estava usando para tentar ajudar as indefesas criaturas.

Assim, Simeão sugeriu ao grupo, que alguém fosse até Flávia, a mesma Lélia, aquela amiga de Serápis, a fim de fazê-la vir até a casinha onde Domício se encontrava, com o objetivo de produzir uma situação que impedisse a execução do nefasto crime que comprometeria terrivelmente o destino de Marcus.

Os dois sequestrados não estavam, ainda, em perigo de vida, já que não se cogitava de seu imediato assassinato. No entanto, o pobre Domício ainda necessitava expungir, por mais algum tempo, as agruras que ele próprio organizara para seus dias, despoluindo-se das cargas fluídicas deletérias através das chagas purulentas de um corpo que ia sendo devorado lentamente pela lepra.

Aceita a ideia com unânime alegria, Cléofas se ofereceu para ir até Flávia, sugerindo que Licínio tentasse conseguir alguma coisa junto a Serápis, enquanto que Simeão buscaria acompanhar Marcus a fim de produzir algum tipo de impedimento que atrasasse sua execução.

Assim combinados, partiram os três espíritos nas direções estabelecidas.

Ao chegar à casa de Flávia, Cléofas a encontrou às voltas com os afazeres domésticos, já que dedicava a manhã à arrumação bem como a ajudar sua velha mãezinha e cuidar da alimentação de todos, entre os quais, seu filho Fábio.

Em seu coração, o sentimento de bondade espontânea permitia que a moça fosse facilmente envolvida pela atmosfera amorosa de espíritos amigos que, mesmo nos momentos mais prosaicos da vida, procuram influir beneficamente sobre os encarnados, intuindo-os, ajudando na solução serena de problemas intrincados, valendo-se das sugestões, pensamento a pensamento, para que o encarnado possa melhor equacionar suas dificuldades.

No dia em que as pessoas não mais se deixarem arrastar pelas tormentas aflitivas da mente descontrolada, pelos impulsos nefastos das irritações, pela rotina cega e sem graça que consome os ideais mais sinceros, cada coração mais dominado e controlado pela serenidade será capaz de sentir a benéfica companhia dos amigos invisíveis e, dessa maneira, seja na pia da cozinha, no tanque onde a roupa espera a higiene regular, no preparo da refeição, no trânsito a caminho do trabalho, nas relações profissionais, nos espaços de tempo em que se possam permitir uma breve meditação, uma suave distração ou uma elevação admiradora da beleza, nessas horas, a ação da bondade será mais facilmente sentida, e muitas coisas infelizes serão evitadas, muitos passos não terminarão em tropeço, muitas feridas não serão abertas, muitos perigos poderão ser conjurados, muitas intuições serão mais facilmente escutadas.

Ao acercar-se da jovem, portanto, o seu estado leve e isento de conflitos mais graves, nas disciplinas de uma fé sincera que trabalha e serve da melhor maneira que pode, fazia com que Cléofas pudesse ser mais facilmente captado, o que permitiu que, soprando-lhe aos ouvidos do espírito, o trabalhador do Bem a fizesse pensar na possibilidade de levar alguma coisa até a casa de Serápis que, já há algum tempo, vinha desempenhando as funções na mesma padaria.

Cléofas a fez recordar dos tempos em que era a tutora daquela família, na ausência da mãe e, daí, a sentir saudades, foi um passo curto.

Como se estivesse pensando consigo mesma, diante de uma ideia nova que lhe brotava na mente, Lélia sentiu vontade de ir fazer um agrado a Lúcia e a Domício que, ela sabia, ficavam sozinhos durante a ausência da mãe e dos irmãos.

Sim – decidira Flávia, agora feliz pela lembrança – ela iria levar um doce até a casa de Serápis.

Cléofas se vira agradavelmente surpreendido pela resposta favorável da jovem que, com tal deliberação, poderia se apresentar como um obstáculo aos intentos homicidas de Marcus, pelo menos naquele dia.

Só lhe cabia acelerar o processo, porquanto, se ela chegasse muito tarde, não seria algo eficaz a ponto de impedir o crime.

Enquanto isso, Licínio se acercava de Serápis, na padaria, envolvida em todas as atividades de limpeza, organização e produção, trabalhando afanosamente sob os olhares cúpidos do dono do estabelecimento que, desde o momento em que pôs os olhos sobre ela, se viu imaginando o momento em que se apossaria daquele corpo provocante, apesar de Serápis já não mais se dedicar ao triste labor de conquistar homens ou seduzi-los para tirar proveito.

Assim, sem poder recusar o trabalho diante da sua necessidade, a jovem desventurada estava às voltas com um assédio por parte daquele que lhe pagava o salário e a ajudava na manutenção precária de seu modesto lar. Além do mais, diligente e operosa, logo ganhou a confiança do dono do negócio que, vendo sua capacidade de trabalho, várias vezes deixava o estabelecimento sob seus cuidados para ir tratar de outros negócios.

Era assim que as coisas estavam naquela manhã.

O patrão havia saído e Serápis era a única funcionária para fazer tudo, mantendo o forno aceso, abastecido de madeira, arrumando o local, atendendo as pessoas, atividades essas que impediam que ela se mantivesse ligada ao mundo espiritual, já que seus pensamentos corriam de um problema para outro, ora pensando na forma de evitar o assédio que se tornava cada vez mais persistente, ora imaginando como estariam os seus filhos no novo trabalho que o amigo Fábio providenciara para eles, tanto quanto Lúcia na organização das coisas em casa, junto a Domício.

Licínio, cujo sentimento sincero mantinha acesa a chama do verdadeiro afeto em seu coração, acercou-se dela para tentar infundir-lhe algum pensamento de preocupação com a família, que lhe permitisse ausentar-se como forma de evitar-se a tragédia.

No entanto, vendo a sua impossibilidade diante do assoberbado de seus afazeres, Licínio não achou justo criar algum sentimento de angústia em seu espírito, que poderia transtornar-lhe ainda mais a vida íntima e, em vez disso, depois de colher no pensamento de Serápis a informação sobre o paradeiro do dono da padaria, saiu ao seu encalço, a fim de tentar fazê-lo regressar mais rápido, para poder liberar a jovem para alguma escapada até o lar.

Depois de tê-lo encontrado no ambiente frouxo de uma casa de banhos, entregue a um dos prazeres prediletos dos romanos, Licínio pouco pôde fazer junto de seu pensamento desviado da rota segura, preso apenas às coisas da Terra e aos interesses imediatos do ganho.

Já ali por algum tempo, na tentativa de sugestionar o homem para que voltasse à padaria, usando de todas as boas influências, que se mostravam absolutamente infrutíferas, viu Licínio que precisaria usar de outra técnica.

Procurou, no interior da casa de banhos e no mesmo ambiente onde se encontrava o objeto de suas preocupações, por alguma pessoa que estivesse mais receptiva e que fosse mais sensível a fim de acercar-se e conseguir chegar até o banhista relaxado para sacudir-lhe o interesse naquilo que mais o preocupasse.

– Preciso fazer este homem sair daqui, rápido, pois o tempo está passando e as coisas não podem esperar – pensava Licínio consigo mesmo.

Identificada a pessoa mais propícia para receber suas influências, dela se acercou e, elevando o pensamento a Deus, iniciou um trabalho magnético de envolvimento de seus terminais nervosos ligados aos centros cerebrais que são responsáveis pela visão para, criando um atalho fluídico, fazer com que o cérebro daquele banhista, mais maleável às suas intervenções fluídicas, por algum momento, captasse não apenas as visões do mundo físico onde se inseria, mas as ideias produzidas por Licínio que, no ambiente magnético do mundo invisível ganhavam forma obedecendo à sua vontade.

Isso produziria uma espécie de transe ou descontrole visual no indivíduo eleito para ser o canal da mensagem, mas, ao mesmo tempo, ajudaria a que os que estivessem ao seu lado se sentissem impressionados com o fenômeno. E como todos os romanos daqueles tempos, assim como os humanos de hoje, eram facilmente impressionáveis pelo caráter místico de seu psiquismo mais aberto às realidades do mundo invisível, a reação estranha daquele que estaria servindo como médium a Licínio naquele momento, seria interpretada como um vaticínio, uma revelação.

Sem perder tempo, então, assim que foi se assenhoreando da área dos impulsos visuais no córtex do rapaz, que era de todo desconhecido do dono da padaria, Licínio fez projetar em seu mais íntimo, uma ideia firme que ganhara forma, volume e cores vivas: – a de uma padaria em chamas...

O torpor mediúnico levou o rapaz a se entregar a uma espécie de sonolência, ao mesmo tempo em que suas palavras, então desconexas, iniciando-se por alguns grunhidos ininteligíveis, passavam a chamar a atenção dos que ali se encontravam no desfrute de águas tépidas e massagens relaxantes.

– Um incêndio, fogo, fogo – passou a falar, agitadamente, o jovem desconhecido banhista, fora de si.

– Que fogo que nada, meu amigo, estamos dentro da água... – respondeu um outro, ironizando as palavras lançadas sem destino.

– Estou vendo um incêndio, algo está ardendo aqui em Roma...

E em que pese o fato de Licínio ter procurado dar todas os detalhes de uma padaria em chamas, os contornos do prédio, a localização na imagem que plasmara na mente do jovem, este não era capaz de gravarlhe os detalhes nem de reproduzir as exatas características, ficando as informações ao meio do caminho, o que poderia impossibilitar o objetivo de Licínio.

Vendo que o rapaz precisava ser o mais exato possível e, valendo-se de todas as suas forças magnéticas, agora já mais desgastadas por todo esforço, Licínio procurou fazer ressaltar na imagem mental que plasmava, um amontoado de lenha que se queimava rapidamente.

A mente do rapaz, desacostumada a esse tipo de reação, indisciplinada para tais percepções, não era uma perfeita caixa de ressonância das intenções do espírito, o que tornava mais difícil a transmissão fiel das impressões, como costuma acontecer com os médiuns em geral.

No entanto, concentrada a ideia de Licínio em apenas um aspecto da questão, fora mais fácil ao rapaz seguir no relato.

E aquilo que começara como uma grotesca manifestação, agora chamava a atenção dos demais, acostumados todos à consulta a oráculos e aos templos para a solução de seus problemas e dúvidas.

Acercaram-se por curiosidade ou por desejarem saber algo mais, enquanto escutavam o rapaz que repetia:

— Algo está queimando em Roma... uma casa, uma loja, alguma coisa assim, em um bairro distante daqui.

— Ora, meu amigo, Roma é muito grande e várias coisas pegam fogo por aqui, todos os dias — falou um outro banhista, menos impressionado.

— Não é qualquer coisa. Vejo um monte de lenha sendo incendiada... alguém aqui tem um lugar cheio de madeira que está pegando fogo... e as labaredas vão queimar tudo... tudo....

— Pode ser verdade — falou alguém, amedrontado.

— Deve ser o espírito de Nero que voltou dos tártaros para nos assombrar — replicou outro gozador, sob os sorrisos de outros ao redor.

— Brinquem quanto quiserem, mas não digam, depois, que não foram avisados — respondeu o jovem, inconsciente e de olhos cerrados.

Licínio afastou-se dando-se por terminada a sua ação sobre o rapaz que, agora aturdido, era objeto da curiosidade alheia sem entender o que havia acontecido.

No entanto, ainda que não desejassem dar atenção aos alvitres ali escutados, mais de meia dúzia de banhistas deu por encerrada a sua manhã de lazer e, sob as mais diversas desculpas, saíram às pressas porque se lembraram de que, de uma forma ou de outra, a descrição da tragédia anunciada se casava muito bem aos seus próprios cenários pessoais.

E no meio dos apressados, o dono da padaria saiu a correr pelas vielas de Roma, na direção de seu negócio, com medo de que ele estivesse em ruínas até a sua chegada, destruído e transformado em um monte de cinzas.

Afinal, as pessoas não acreditam "nessas coisas", mas é sempre bom, por via das dúvidas se certificar de que elas não existem...

* * *

Simeão, por sua vez, havia sido o único que não tinha conseguido nada com o seu esforço hercúleo de tentar afastar Marcus do caminho do erro.

Por mais que tentasse se fazer invisível para ingressar no ambiente onde ele se encontrava, as barreiras negativas eram muito pesadas para permitirem o seu ingresso furtivo. E para se apresentar diante das entidades que ali se mantinham como sentinelas trevosas, solicitando uma audiência, isso representaria uma inútil tentativa e já que, alertando tais espíritos, demonstraria o empenho das forças do Bem no sentido de frustrar a ação nefasta pretendida pelas entidades ignorantes, em prejuízo dos esforços de todos.

Resolveu, então, colocar-se no lar de Serápis, atendendo a Domício e tentando fazer com que Lúcia não saísse para levar comida aos irmãos.

No entanto, a pequena e responsável menina tinha o compromisso fixado em sua mente e, por amar os irmãos com desvelo, não os deixaria sem comida nunca, rechaçando qualquer ideia que a levasse no caminho da distração e do esquecimento.

Além disso, Lúcia estava nos passos finais do preparo do alimento de seus irmãos queridos, já que o horário em que se comprometera a levar-lhes o farnel diário se aproximava rapidamente, no final daquela manhã.

A saída de Lúcia até o local e a sua volta para casa consumiria aproximadamente uma hora na vigilância sobre o leproso, espaço mais do que suficiente para que Marcus concretizasse seu plano.

Simeão tentou, então, atrasar a saída da menina, causando-lhe pequenos embaraços, fazendo com que ela se distraísse, que não percebesse onde havia colocado os objetos, na esperança de que isso colaborasse para retardar as coisas.

No entanto, seus esforços não conseguiriam modificar a disposição de Lúcia, que já se preparava para sair, carregando o alimento para os irmãos os quais, sem que ela imaginasse, já há algum tempo tinham sido levados por desconhecidos para local distante e ignorado, sem que nenhum transeunte ou pessoa do povo se importasse com o destino dos aleijados artistas.

Ao sair de casa na hora prevista, Lúcia avisou Domício que se ausentaria, mas que, em breve, estaria de regresso, para que o jovem não se sentisse abandonado.

Deixaria a porta fechada já que não via motivos para trancar a casinha modesta, onde a miséria morava em companhia de um cego, um aleijado, um leproso, além de Serápis e dela própria.

Quem quereria entrar ali?

Foi assim que, sem maiores problemas, como fazia todos os dias, saiu a jovem carregando o saco com os alimentos costumeiros para os irmãos no que foi acompanhada pelos olhos argutos dos espiões de Marcus que, em uma rua próxima, aguardava dentro de uma liteira bem fechada, de onde sairia assim que lhe fosse dado o sinal indicador de campo livre.

Não tardou para que ele se visse dentro da casinha, carregando um bolo embalado à moda dos romanos da época, no qual, em um pedaço, deitara generosa quantidade de corrosivo para a produção da morte rápida.

Sem que pudesse ser identificado, e apresentando-se como o portador de um bolo que Serápis havia pedido que trouxesse para o almoço dos que estavam em casa, sua conversa suave não levantou suspeitas no espírito apático de Domício.

Diante da visão que tinha aos seus olhos, Marcus, no entanto, precisou controlar-se para não fugir espavorido. Precisava sair logo dali.

Fingindo urgência para voltar à padaria, disse ao jovem e disforme doente que precisava que ele provasse a guloseima a fim de levar a notícia até o coração ansioso da mãezinha, lá no trabalho.

Vendo que Domício não tinha como levar o bocado até a boca, Marcus procurou fazer o que Lúcia fazia todos os dias, ou seja, alimentá-lo pessoalmente, colocando a comida na cavidade bucal, já que o enfermo não tinha como agarrar os objetos.

Pedaço por pedaço, o veneno foi sendo transferido para o corpo de Domício.

E cada vez que um pedaço era introduzido, ouvia-se no mundo espiritual os vivas ao grande imperador.

As entidades infelizes que buscavam a vingança prometida por Druzila exultavam como se elas mesmas estivessem exercendo a tão esperada justiça que lhes satisfaria o desejo de retribuir o mal com o mal.

– Viva ... longa vida ao grande imperador – gritavam, irônicos, centenas de espíritos que se acotovelavam ao redor para verem a cena do envenenamento se concretizar diante de seus olhos.

– Morte ao maldito, é pouco veneno para um ofídio tão odiado, que até os infernos o recusam – eram frases que se escutavam no meio à balbúrdia que se seguia, como se todos voltassem às emoções do circo, nos seus dias mais festivos e cruentos.

Enquanto isso acontecia, Lélia Flávia, estimulada por Cléofas, passara na padaria para comprar um bolo que iria levar até a casa de Serápis, atendendo aos apelos do coração.

Surpreendendo a amiga sozinha no estabelecimento, informou-a de que iria até sua casa para matar as saudades dos pequenos e, assim que já o tivesse feito, voltaria para contar-lhe.

Agradecida e emocionada pelo gesto de carinho, Serápis forneceu o bolo que a amiga desejava e despediram-se.

Enquanto tudo isso ocorria, os dois sequestrados haviam sido levados diretamente para a periferia da cidade, no caminho que ia para o porto marítimo, abrigados em casa alugada por Marcus para servir de temporário cativeiro, no qual ele próprio se apresentaria naquele mesmo dia, a fim de dar as últimas instruções aos seus servos.

Lúcio tremia de medo e as dores físicas se tornavam ainda maiores. Demétrio, rebelde e agressivo, procurava com as pernas desferir algum golpe que pudesse causar dano aos seus algozes, o que era impossível tal a discrepância de forças entre eles.

Tão logo Marcus deu por terminada a criminosa execução junto a Domício, tratou de remover os resquícios de bolo que levara, colocando o restante em um saco tosco que levava consigo, para que nada ficasse no ambiente a denunciar o envenenamento e a morte, que acabaria sendo creditada ao estado de debilidade natural da doença insidiosa do jovem.

No entanto, assim que deu os primeiros passos, logo depois de fechar a porta, cruzou o caminho de Lélia Flávia que, vindo com o mesmo destino, trazia consigo o bolo que acabara de adquirir junto a Serápis.

Ansioso por deixar aquele ambiente pestilento, Marcus não cuidou de cobrir-se adequadamente, permitindo, assim, que a antiga serva de sua casa o reconhecesse, sem que, ele próprio, a identificasse, tal o apressamento de que se via tomado.

Da mesma forma não percebeu que a moça o acompanhava com o olhar curioso, tentando imaginar o que é que seu antigo patrão, que já há muitos anos não encontrava, poderia estar fazendo ali, ainda mais vestido de forma tão estranha para o seu gosto de homem apurado e vaidoso.

Viu quando, apressado, dobrou a esquina, seguido de outros dois homens que o esperavam lá fora.

— Será que Marcus está procurando por Serápis? – perguntava-se Lélia. – Mas então, por que o disfarce?

Sem entender, deu entrada no casebre e percebeu que o mesmo estava somente com Domício em seu interior.

Vendo-o, em avançado estado de debilidade, Lélia Flávia se acercou dele com carinho e o fez sentir o perfume do bolo recentemente cozido. Domício sorriu-lhe de forma triste e falou que havia acabado de comer um pedaço de torta que sua mãe lhe tinha enviado.

Lélia não entendeu a referência de Domício, imaginando que se tratasse de algum bolo que Serápis tivesse trazido no dia anterior e que ele houvesse comido.

– Ora, Domício, mas este é especial, porque sou eu que estou trazendo para você e para Lúcia. Quero que você coma um pedacinho para ver como eu tenho razão.

E sem se fazer de rogado, o jovem abriu a boca para receber mais um pedaço de bolo das mãos daquela moça que tanto cuidara dele em tempos passados.

Enquanto ele comia e Lélia também se servia de um pedaço, a moça começou a perguntar quem era aquele homem que estivera ali, pouco antes dela.

E o menino explicou que não sabia nem o conhecia, mas que se identificara como um emissário de Serápis para trazer o bolo que ela estava mandando para o almoço dele e de Lúcia.

No entanto, a moça sabia que aquela não era a verdade porque havia passado pouco antes na padaria e, se isso fosse real, Serápis a teria dissuadido de fazer a surpresa, dizendo que já havia enviado o presente.

Olhou ao redor da mesa e não viu nenhum pedaço da guloseima.

Mais uma coisa suspeita naquele comportamento sem testemunhas a não ser ela mesma.

Tentou obter mais alguma informação de Domício, mas sentindo já o efeito do veneno que ingerira, o jovem começava a dar sinais de incômodo e de mal-estar.

Vendo a sua condição de desequilíbrio orgânico, onde o suor começara a brotar de todos os poros e a respiração se tornava difícil, procurou abrir todas as poucas janelas da casinha e trazer água fresca para que o menino pudesse se sentir mais confortável.

Todas estas medidas foram inúteis.

Diante do estado de desespero que tomava conta de Domício, saiu correndo à procura de ajuda, batendo de porta em porta, pedindo informações sobre algum médico ou pessoa que conhecesse uma forma de cuidar de alguém passando mal.

De porta em porta, desesperada, acabou encontrando um senhor cuja fama na redondeza era a de profundo conhecedor das plantas e que aceitou ir com ela até a casinha.

Tão logo chegaram, os olhos experientes do homem entenderam que Domício estava nos últimos estertores.

— Minha filha — perguntou ele, dirigindo-se a Flávia, aflita — você é a mãe do menino?

— Não, meu bom homem, sou amiga da família.

— Então vá buscar a mãe porque até que ela chegue aqui ele já estará morto.

Aturdida e surpresa, Flávia repetiu:

— MORTO? ... É tão grave assim?

— Isso é veneno dos piores, minha filha. Esse menino está envenenado e não há como salvá-lo mais. O que foi que ele comeu?

A pergunta do homem, desferida diretamente aos seus ouvidos, causaram um choque em seu espírito porque, mais uma vez, ele havia comido um pedaço de bolo que ela trouxera e, provavelmente, um outro que Marcus lhe dera, mas que, em realidade, ninguém testemunhara nem havia o menor resquício.

Novamente sobre ela pesariam as acusações de envenenamento, sem que ela nada tivesse feito para disso ser acusada.

Vendo que os olhos do curandeiro buscavam nela uma resposta, preferiu ser rápida para poder ir chamar Serápis, dizendo-lhe:

— Eu acabei de lhe trazer esse bolo que está aí, enviado por sua mãezinha que trabalha na padaria, onde deve estar agora.

— Pois então, filha, vá logo chamá-la para que venha rápido. Eu ficarei aqui.

E saindo em desespero no rumo de Serápis, Lélia Flávia pareceu escutar, no íntimo de sua alma, a gargalhada de Druzila, espírito que morrera envenenado também pelo cálice de água que recebera das mãos da sua outrora serva de confiança, Lélia, feliz por estar sentindo que chegara a hora de vingar-se da desastrada empregada, invigilante e desidiosa nos cuidados para com a patroa.

Druzila exultava com o efeito de seu plano, que ganhava extensão ainda mais interessante do que ela mesma havia imaginado.

Ao mesmo tempo em que isso ocorria com Domício, Lúcia constatava o sumiço dos irmãos e corria para a padaria carregando-lhes os pertences abandonados no solo pedregoso da rua, a fim de comunicar o desaparecimento a Serápis.

Com a chegada do dono do estabelecimento, aliviado por não ter caído sobre ele o vaticínio do rapaz nos banhos públicos daquele dia, Serápis obteve facilmente a dispensa dos seus deveres, para sair com a filha, em disparada, em busca de maiores informações junto a possíveis testemunhas dos arredores.

Em vão, Serápis passou horas batendo à porta das casas, falando com os transeuntes, perguntando coisas desconexas, chorando de desespero, até que, cansada, sentou-se no chão, abraçada a Lúcia, e deu vazão às lágrimas mais dolorosas que um ser pode chorar: as lágrimas dos pais quando perdem seus filhos.

Lélia, por sua vez, correra até a padaria para falar com Serápis, mas não a encontrou no lugar, não tendo sido informada pelo dono do negócio qual o destino de sua funcionária, que abandonara o posto, aflita, dizendo que precisava salvar seus filhos.

Escutando essa referência, logo imaginou que alguém tivesse vindo noticiar a condição precária de Domício e que, já avisada, Serápis tivesse tomado o rumo da sua casa por caminho diferente do que Lélia fizera, desencontrando-se na jornada.

Resolveu, então, voltar para a casa onde estava o corpo morto de Domício, vitimado por estranhas convulsões, que olhos atentos sabiam identificar como sendo fruto do veneno ingerido.

Sem dever nada e com a consciência limpa, Lélia elevou uma prece a pedir forças para aquela hora de dor familiar e testemunho pessoal.

No entanto, não entendia por que Serápis tardava a chegar.

* * *

Enquanto isso, depois de sair da casinha, Marcus, acompanhado por Tito e outro de seus empregados de confiança, dirigiu-se até a periferia de Roma, onde os dois sequestrados infelizes eram ocultados pelos seus asseclas e, dando-lhes as últimas instruções, depositou em suas mãos vultosa soma que correspondia à metade do valor combinado, sendo certo que receberiam a outra parte quando tudo tivesse sido concretizado.

Segundo os planos, entregou o documento conseguido com Lólio Úrbico ao mesmo Tito que acabava de vir com ele da incursão pela casinha que abrigava a família de Serápis e na qual sabia que seu Senhor tinha comparecido para entregar o bolo envenenado. O documento permitiria que ele, Tito, homem da absoluta confiança de Marcus pudesse deixar o porto carregando as duas crianças tidas como doentes, adormecidas por poderoso sonífero, a fim de que fossem despejadas em algum lugar distante pela primeira embarcação que levantasse âncoras.

Apesar da maldade do plano, Marcus recuara na ideia de matar os filhos como fizera com Domício, já que, por serem filhos naturais dele mesmo, temia que a ira dos deuses recaísse sobre a sua felicidade futura, atraindo maus augúrios com o ato nefasto do infanticídio a manchar suas mãos e sua consciência.

Por esse motivo, embora houvesse planejado antes a possibilidade de matar os infelizes a bordo da embarcação e a ninguém revelasse que se tratavam de seus filhos naturais com a serva Serápis, determinara que o seu homem de confiança os desembarcasse onde a distância segura pudesse garantir que se manteriam afastados de Roma para sempre e que os abandonasse à própria sorte em algum local do vasto Império.

Com isso, ver-se-ia livre do estorvo e não atrairia a vingança dos deuses de pedra sobre o seu destino, nas crenças místicas que permeavam o imaginário dos romanos daqueles tempos.

Assim realizado, deixou os homens e regressou ao seu palácio, para a rotina normal, não sem antes, dirigir-se à magistratura local e, à luz das leis e do direito fundado no sangue, " jus sanguinis", apresentar pleito perante magistrado, solicitando lhe fosse garantida a autoridade sobre a filha Lúcia que permanecia em poder de antiga serva que, por tanto se afeiçoar à criança, se recusava a devolvê-la ao seu poder paterno.

Lançava, assim, a última cartada para reduzir Serápis à solidão que, segundo seus pensamentos, a faria retornar aos seus braços de antigo amante e futuro esposo.

Enquanto isso tudo acontecia no seio daquela Roma perversa, no porto, a mesma galera que havia chegado um dia antes estava sendo abastecida para deixar a costa italiana em breves dias.

Cada um estava pronto para seguir o destino que haviam criado para si mesmos e, na dianteira da embarcação, o farol protetor ainda se fazia rutilar aos olhos mediúnicos de Décio que, sem o saber, iria viajar na mesma nau em que Demétrio e Lúcio estariam.

* * *

Entenda, querido leitor, o quanto o Bem, através dos espíritos amigos, tenta tirar você dos enroscos em que sua imprevidência, sua imprudência, sua euforia tanto insistem em colocá-lo.

Nunca reclame da ausência de proteção, que está sempre disponível para atender às suas necessidades.

Reclame sempre de você mesmo que, poucas vezes, está preparado para receber a ajuda que Deus lhe envia, a exigir sempre um tipo de atendimento ou de benefício diferente, segundo os seus caprichosos interesses.

A culpa não é do Criador. É sempre nossa mesmo.

Tristes realidades

Enquanto os dois filhos sequestrados estavam sendo encaminhados aos seus novos rumos, em Roma, o desespero tomava conta de Serápis e Lúcia que, por mais que se empenhassem, nenhuma notícia conseguiam sobre o paradeiro de Lúcio e Demétrio.

Diante de tamanha demora em regressar ao lar, onde o cadáver do filho adotivo seguia a esperar por elas, Lélia resolveu dirigir-se ao suposto local onde ela sabia que os dois pequenos se exibiam, a tocar e pedir algum auxílio.

Depois de muito caminhar, Lélia encontrou o lugar mencionado e, em suas redondezas pôde, finalmente, avistar Serápis e Lúcia, juntas, a percorrer casas suplicando informações que pudessem ajudá-las a desvendar o mistério do desaparecimento.

Vendo-as e sabendo da urgência da notícia triste de que era portadora, Lélia não observou a ausência dos pequenos e a aparência de descontrole de Serápis. Tratou logo de acercar-se dela para lhe informar sobre a perda de Domício.

– Serápis, Serápis, – disse, ofegante, tão logo se viu à distância suficiente para que seus gritos fossem ouvidos.

Ouvindo seu nome pronunciado com insistência, Serápis procurou corresponder ao chamamento, naturalmente imaginando que se trataria de alguém com notícias dos filhos desaparecidos.

Surpreendeu-se, portanto, quando observou a aproximação de Lélia que, rápida e abatida, corria em sua direção.

– Lélia, estou aqui. Você tem alguma notícia dos meninos para mim? – perguntou a mãe, desarvorada, imaginando que Lélia a estivesse buscando para lhe comunicar o fato de os meninos terem sido encontrados em algum lugar.

– Não, Serápis. Dos meninos não. Tenho uma notícia triste para lhe dar mas é sobre Domício...

As palavras de Lélia, entrecortadas pela respiração ofegante e emolduradas pelo olhar triste e pesaroso fizeram com que Serápis antevisse outra desgraça acontecendo em sua vida.

– Ele está muito mal?... – perguntou a mãe adotiva, ansiosa para saber se a sua condição poderia sustentar-se mais algum tempo para que ela pudesse continuar as buscas dos outros dois meninos.

– Não, Serápis, Domício já não está mais... – respondeu a amiga, procurando conter as lágrimas.

Procurando confirmar as insinuações de Lélia, Serápis segurou os próprios cabelos entre os dedos e, aflita, voltou a perguntar:

– Você não está querendo me dizer que Domício morreu, está?

– Sim, Serápis, Domício já se encontra no Reino de Deus há algumas horas.

– Meu Jesus, não é possível tanta desgraça num dia só! exclamou a mãe, sentando-se novamente na sarjeta improvisada por algumas pedras de calçamento, para chorar a sua desdita.

Vendo o estado de sua mãezinha, Lúcia, que continuava a bater nas casas pedindo informações, aproximou-se de ambas, esperando, tanto quanto Serápis havia imaginado também, que Lélia estaria trazendo notícias de seus irmãos.

Foi, então, que escutou a notícia do falecimento de Domício e, abraçada à mãezinha, procurava consolar sua dor unindo suas lágrimas às dela, naquele momento tão grotesco de suas vidas.

Ao longe, as festas de Adriano enchiam o circo com as algazarras e as exortações de sua grandeza imperial.

A tarde caía e o espetáculo da morte dos seguidores de Jesus, como já explicado antes, estava em andamento.

Ainda assim, ali se achavam ao seu lado os espíritos amigos que tudo tentavam fazer para que ela tivesse forças para enfrentar as dificuldades que lhe marcavam aqueles instantes amargos na jornada da vida.

Vendo que não adiantava perder tempo, as três mulheres tomaram o rumo da casinha de Décio na qual moravam já há alguns meses.

Com sua chegada, a modesta vivenda se fez pequena para abarcar todos os que se acercavam para se inteirarem do ocorrido.

Ali estava o ancião curandeiro que constatara o processo de envenenamento, os vizinhos e curiosos que, a esta altura, já tinham sido informados da morte do jovem, além de Serápis, Lélia, Lúcia e do próprio corpo deformado do defunto, esperando o destino inexorável.

Alguém amigo já tinha providenciado a ajuda dos demais cristãos para arrumar o local do sepultamento.

As lágrimas de Serápis e de Lúcia se juntavam às dos demais presentes, naturalmente mais comovidos com a dor da família do que com o destino do rapaz envenenado.

Sem entender o que se passara, já que Lélia não informara a Serápis os detalhes do ocorrido, em respeito ao seu estado de desespero e à falta de tempo para explicar em pormenores todos os fatos, veio ela a saber, por parte do curandeiro que a própria amiga havia providenciado, que a morte do filho não se dera, segundo as suas fortes suspeitas, por causa de algum problema natural, mas, ao contrário, havia sido produzida por envenenamento.

— Veneno? Como assim? Como ele conseguiu isso? – perguntava a mãe adotiva, ainda mais ferida e sem forças.

— Não sei, respondeu o homem. Só sei que, quando aqui cheguei constatei o que acabo de afirmar já que o rapaz ainda estava vivo, com todos os traços de veneno letal e fulminante.

— Mas como é que ele ia beber veneno? Ele não consegue nem se mover sem ajuda!

— Bem, senhora, o veneno lhe foi dado por alguém... – respondeu o homem, agora, mais constrangido diante da presença de Lélia no ambiente, a quem teria de acabar acusando, mesmo de forma indireta, quando relatasse todos os fatos como encontrara.

Descontrolada e sem entender, faltavam forças a Serápis para qualquer rompante de indignação ou qualquer forma de agitação. Apenas uma situação de impotência a invadira, dando-lhe a ideia clara da fragilidade do ser humano diante das forças misteriosas da vida.

Manifestando seu desejo de conhecer toda a realidade, já que também Lúcia assim se manifestava interessada e curiosa, pois o havia deixado pela manhã em bom estado geral, o curandeiro passou a relatar o que o leitor já sabe, fazendo menção ao fato de ter conseguido retirar do interior da boca do falecido um pedaço do bolo que, segundo ele supunha, havia sido o veículo do veneno.

O tóxico, então, estaria no pedaço de bolo.

Esquecida dos detalhes que antecederam aqueles tristes momentos, Serápis voltou à carga, como que perguntando-se a si mesma para organizar as ideias:

— Mas quem pode lhe ter dado o bolo com veneno? Tudo estava pronto para o almoço que Lúcia iria lhe fornecer tão logo voltasse do lugar onde fora abastecer Lúcio e Demétrio? Não havia bolo por aqui.

Por mais que se esforçasse para entender, seus pensamentos se embaralhavam com a dor do desaparecimento dos outros dois filhos. Foi quando o homem, pesaroso, terminou de explicar.

— Bem, minha senhora, eu não conheço ninguém aqui neste tugúrio de aflição. Vivo nesta região da cidade, mas sou mais procurado do que procuro as pessoas. O certo é que esta moça que a acompanha, desesperada, compareceu onde vivo e me solicitou ajuda para atender um rapaz agonizante.

Ao chegar aqui, constatei-lhe o estado desesperador e pude ver que sobre a mesa havia uma grande torta da qual faltavam alguns pedaços, entre os quais, aquele que, suponho, tivesse a substância letal. Não havia mais ninguém aqui e, assim, creio que esta resposta deverá ser melhor oferecida pela jovem que aqui se encontra e que, certamente, poderá aclarar melhor as coisas. Quanto a mim, dou por terminada minha modesta tarefa junto a seu sofrimento e deixo-lhe minha solidariedade para este momento difícil.

Pedindo licença a todos, afastou-se, não sem antes dizer onde é que poderia ser encontrado, caso necessitassem dele novamente, por qualquer motivo.

Depois de ter se retirado, Serápis parece que conseguiu se lembrar melhor de todos os detalhes daquele dia, quando Lélia se manifestara saudosa dos meninos e passara na padaria para comprar um bolo e trazer-lhes como um agrado inocente.

Os preparativos do funeral, com a arrumação singela de Domício para o transporte até o local do sepultamento eram imperativos já que o tempo que passava, o calor aumentando, as tristes condições do próprio corpo doente já há tantos anos, impunham ao bom-senso a adoção de rápidas medidas sob pena de se tornar insuportável qualquer cuidado tardio, diante da decomposição e do mau odor reinante.

Por isso, apesar de ter sido apontada como aquela de quem se esperavam explicações mais detalhadas, Lélia se dirigiu a Serápis, dizendo, calmamente:

– Serápis, minha amiga, nosso irmão que atendeu, atencioso, ao meu pedido, tem toda a razão quanto ao fato de me caberem maiores explicações diante de tão trágica ocorrência.

No entanto, Domício está a precisar de cuidados urgentes, seja no seu espírito, que não morre, seja no corpo que apodrece.

Cuidemos dele e, logo depois, poderei explicar a você todas as coisas, para que seu juízo sobre mim se estabeleça com liberdade e consciência.

Notando a correção das palavras de Lélia, tanto quanto a serenidade com que se posicionava diante da insinuação velada de que ela havia levado o bolo envenenado, Serápis se deixou convencer pelas suas razões, voltando-se, então, para o cadáver do filho adotivo, aquele menino que, por tantos anos, lhe servira de companhia e respaldo, ao mesmo tempo em que representara para ela uma oportunidade de fazer o bem, cuidando de suas necessidades.

E, dessa forma, o tempo transcorreu até o sepultamento de Domício, no cortejo triste e quase desapercebido que tomava o caminho do local destinado a sepultar os pouco importantes cidadãos de uma cidade tão imponente, cujo poder, entretanto, não impedia que se igualassem todos os seus moradores, nobres ou plebeus, perante a realidade da morte.

Apesar das suspeitas que pesavam sobre ela, em nenhum momento Lélia assumiu uma postura defensiva ou que denunciasse suposta culpa, fazendo tudo ao seu alcance para que a dor da família viesse a encontrar consolação sincera, verdadeira, na sua presença.

A mente de Serápis era um vulcão tão ardente que não sabia para que lado verter o caudal de lavas incandescentes.

Nesse processo, Lélia fora informada do desaparecimento dos outros dois filhos legítimos de Serápis, o que a fez avaliar melhor o imenso drama moral daquela mulher que amadurecia ao peso de tantas desgraças. Já não havia mais resquício daquela altiva moça que tudo fizera no passado para conquistar poderes e vencer obstáculos para chegar onde pretendia.

Agora era uma mulher aflita, incapaz de sonhar com as mesmas glórias porque se vira levada pela realidade das coisas a enfrentar as misérias que chegam na vida de todos como despertadores para a própria verdade.

Relembrou o fato de ter sido ela, Lélia, envolvida no envenenamento de Druzila pela acusação maliciosa de Serápis, entrevendo que não seria difícil que a mãe acreditasse na versão do assassinato do filho, através, novamente, do envenenamento, condenando Lélia apesar do que ela lhe falasse.

Diante desse quadro de dúvidas e suspeitas, os espíritos comandados por Druzila, alguns já felicitados pela morte de Domício e seu regresso ao mundo espiritual no qual pretendiam tornar mais acres a perseguição e a vingança, mais e mais se acercavam de Lélia e Serápis para que, entre ambas, a suspeita deitasse raízes de discórdia.

Assim, tudo faziam para que os pensamentos de Lélia recordassem os momentos amargos que passou na prisão, gritando-lhe ao ouvido que Serápis fora a mazela de sua vida. Não deveria deixar que ela viesse, novamente, a mandá-la para a cadeia como o fizera anos antes.

Ao mesmo tempo, valendo-se do momento de dor e de invigilância do Serápis, entidades maliciosas procuravam semear em seu íntimo os pensamentos contraditórios que permitissem a ela acreditar que Lélia era a assassina.

Tais entidades negativas a envolviam, dizendo, na acústica interna de sua mente:

— Veja, demorou muito tempo, mas ela está se vingando de você. Lembre-se, é aquela que você mandou para a cadeia e que seria morta no circo se não houvesse sido aquele bobalhão do Licínio.

Outro vinha, encaminhado por Druzila, a dizer mentalmente através da intuição negativa:

– Não acredite nela, não. Ela tentou matá-la oferecendo veneno quando você estava grávida, dizendo que era remédio para dormir, lembra?

E na mente de Serápis, a dúvida ganhava terreno, antes mesmo de ter sido dada à amiga, a oportunidade de se fazer escutar, na circunstância de relatar tudo o que aconteceu.

A confusão se tornava maior quando Serápis constatava a realidade da transformação de Lélia, que cuidara de seus filhos, que estivera presente dentro de sua casa e que poderia ter envenenado a todos se tivesse algum ódio no coração. Estas lembranças eram produzidas pela ação generosa de Licínio que, em espírito, se postava ao lado de Serápis para contrabalançar as ações insinuantes das entidades perversas, buscando ajudar a antiga empregada de Marcus a não adotar posturas precipitadas, como sempre o fizera e, das quais, sempre se arrependera.

Esse bombardeio aconteceu durante todo o dia, envolvendo as duas mulheres em energias que se combatiam através das ideias luminosas que tentavam se fazer ouvir e projeções mentais densas e trevosas que tudo faziam para que o mal, o sofrimento, a desconfiança, o ódio voltasse à tona de seus pensamentos para que ambas retornassem ao antigo caminho da acusação criminosa.

Como se vê, ao lado das duas, bons espíritos as assessoravam para o diálogo decisivo sobre seus destinos ao mesmo tempo em que, sem perceberem a ação da Bondade sobre todos, as entidades trevosas dirigidas por Druzila se orquestravam para criar a confusão, levantando impropérios, acusações, gritos de ódio, como forma de atacá-las impedindo que se harmonizassem.

Por fim, depois do sepultamento discreto, fizera-se o momento dos esclarecimentos entre ambas, na solidão sem testemunhas da casinha de Décio, para onde se dirigiram, contando, apenas, com a presença de Lúcia.

* * *

Enquanto isso, em Óstia, os preparativos seguiam seu curso e, para breves horas, a nau imperial seria posta em movimento para o destino que a aguardava.

Os materiais, o abastecimento adequado, a tripulação e a carga já estavam sendo embarcados, merecendo os últimos cuidados de amarração e acomodação nos porões escuros.

Também Décio já havia sido inserido na embarcação, mantendo-se atado ao madeirame da nau, que não possuía celas específicas para o transporte de prisioneiros e que, por isso, os mantinha detidos sob cordas enquanto não fosse lançada ao mar, ocasião em que se costumava soltá-los porque, aí o navio se transformava, ele mesmo, em prisão sem grades, encarcerado no meio do mar.

Foi então que, momentos antes da partida, subiu ao tombadilho o empregado de Marcus, de nome Tito, carregando documentos importantes à procura do capitão.

Depois de terem trocado rápidas palavras e de o comandante ter observado os documentos que lhe foram apresentados, autorizou a subida a bordo daquilo que parecia ser uma mercadoria de última hora, mas que, em realidade, se tratava dos dois deficientes, Lúcio e Demétrio, carregados nos braços fortes de dois homens contratados para o transporte, desfalecidos pela ação narcotizante de drogas que lhes foram ministradas à força pelos sequazes de Marcus, alguns momentos antes do embarque.

Imaginando tratar-se de algum banimento de criaturas perniciosas ao sentido estético tão cultivado em Roma, o capitão do barco não fez maiores indagações sobre os motivos de estarem aquelas duas crianças, unidas pelo destino trágico naquela mesma nau.

Sabia que sua função era a de levar e trazer o navio em segurança e que, no que tocava à justiça humana, esta deveria ser decidida pelas autoridades a quem incumbia o dever de levar e trazer o barco da sociedade igualmente em segurança perante as tormentas do mundo.

Doixados pelos carregadores no mesmo local onde se encontrava Décio atado à amurada do navio, Tito, que se responsabilizava pelos dois meninos, se posicionou nas proximidades da estranha carga, como a se preparar, igualmente, para a grande travessia.

Já na primeira olhada, Décio teve certeza de conhecer aqueles dois pequenos, uma vez que suas características pessoais inconfundíveis lhe afirmavam tratar-se dos filhos de Serápis.

Mas o que estariam fazendo os dois ali, naquele navio cujo destino era incerto, sem a mãe ou a irmã que tanto cuidavam deles?

Quem era aquele homem mal-encarado, desconhecido e misterioso que, nem de longe sonharia que Décio conhecia intimamente aqueles dois infelizes?

Pensando sobre tudo isso, o antigo lidador do Evangelho deliberou conseguir maiores informações tão logo o navio ganhasse o mar aberto, sem confessar qualquer conhecimento sobre os meninos. Tentaria conseguir a confiança do desconhecido e penetrar, seguramente, nos mistérios que envolviam a presença dos três naquele navio.

Fatalmente, alguma coisa errada havia acontecido para que os filhos de Serápis ali estivessem e, também fatalmente, ele haveria de descobrir os verdadeiros motivos.

Pensando em tais mistérios é que ele se recordou da cena das mãos luminosas a trazerem o navio até o porto, noites antes, tanto quanto do farol que continuava aceso no alto da proa e que, agora que o barco se movimentava, nas despedidas morosas do porto acolhedor, se tornavam mais intensas, como se tivessem ativado um mecanismo que ampliasse as vibrações, a sustentar o trânsito no mar desafiador.

O navio partira para seu destino e, tão logo se afastara, o capitão determinou que se cortassem as amarras dos eventuais prisioneiros que estariam sendo transportados para seus destinos em virtude de sentenças de banimento.

Décio viu-se livre, portanto, para poder esticar-se um pouco, caminhar por toda a extensão do barco e, ainda que não desejasse levantar suspeitas sobre suas intenções, traçar um plano para se aproximar dos viajantes tão peculiares.

Nesse sentido, foi ao capitão e lhe solicitou a autorização para servir no navio, trabalhando no transporte de água para as pessoas que remavam, para os que compunham a tripulação e para os viajores como ele.

Surpreendido pela demonstração de interesse pouco comum, o comandante quis saber o verdadeiro motivo daquele pedido:

— Ora, meu senhor, apesar de ter sido condenado ao exílio pelas leis romanas, isso não me transformou em um inútil. Só quando fazemos alguma coisa de bom para alguém é que nos realizamos como seres humanos plenos.

Bem ou mal, eu chegarei ao meu destino e poderei seguir minha vida, mesmo como um condenado. No entanto, observando as suas responsabilidades imensas no comando deste navio, fico a pensar que maldoso juiz o condenou a servir em uma tarefa tão áspera, na qual o encarcerou com a desculpa de honrá-lo com o cargo de capitão. Apesar disso, todos dependemos de seus cuidados e de sua sabedoria. Mesmo sendo, pois, um escravo de Roma nos mares por onde nos conduza, o senhor nos está sendo útil, não sendo correto que eu me sente comodamente, vendo-lhe o esforço de não permitir que o barco afunde em qualquer incidente infeliz, e não faça nada para colaborar com o seu trabalho.

Como já disse, mais algumas semanas e estarei em terra firme. No entanto, o senhor continuará encarcerado na prisão flutuante, cumprindo uma condenação apesar da sua inocência e de sua reiterada demonstração de capacidade.

Impressionado com aqueles conceitos tão verdadeiros e ditos de forma tão paternal, o comandante Caio acedeu a Décio em seu pedido, estabelecendo certas rotinas para que sua ação não viesse a atrapalhar a tarefa dos demais tripulantes.

Ele carregaria um recipiente contendo água e, em horas estabelecidas da viagem, se dirigiria aos remadores para lhes diminuir os suplícios, já que se tratavam, igualmente, de condenados pela autoridade romana.

Ao pensar nos homens presos aos pesados remos, lembrou-se das palavras de Décio sobre os ferros invisíveis que também o prendiam ao navio, afastado do lar, distante das alegrias da família, até que, um dia, envelhecido e desgastado, viesse a ser dispensado dos serviços marítimos e colocado em qualquer lugar à espera da morte, isso quando ela não o surpreendesse em alguma tempestade marítima, em qualquer rochedo submerso ou coisa semelhante.

Com isso, Décio passou a ter a possibilidade de se aproximar dos passageiros e lhes entregar a ração de água potável para sustentar-lhes o corpo no percurso agitado do mar.

O servidor do Cristo conseguira, então, uma forma de se acercar dos meninos adormecidos e de seu tutor estranho, para começar a se informar por que estariam ali aqueles três indivíduos tão díspares.

A viagem seria longa e produziria muitas surpresas na vida de todos, inclusive na do capitão e de alguns dos condenados.

Décio, ao mesmo tempo que era visto como um preso pelas leis humanas, era visto como um libertador pelas leis divinas, sabendo aproveitar as oportunidades para semear o Bem, como lhe ensinaram Jesus e seu paizinho Policarpo, não desdenhando de qualquer momento favorável para falar do novo Reino a ser implantado por Deus no coração das pessoas.

※ ※ ※

Assim, querido leitor, lembre-se de que você pode transformar seu momento de dor em um instante de luz, semeando o Bem onde você estiver.

Esqueça-se um pouco. Não dê tanto valor a seus problemas pessoais nem se permita resvalar para a compreensão de que você é uma vítima infeliz das circunstâncias.

Se você está passando por alguma coisa ruim ou difícil, realize esse milagre que é ser útil diante da própria adversidade.

Nem sempre será possível mudar o rumo que precisamos enfrentar, como não era possível a Décio alterar o curso do navio que o transportava.

No entanto, se as coisas eram dessa forma, impossibilitado de mudar a rota do barco, ele poderia se esforçar para mudar o próprio barco, melhorando as pessoas, servindo-as, falando com elas, estimulando suas virtudes, fazendo-as pensar, desejando que elas se sentissem mais próximas da Verdade do Espírito.

Isso você também pode fazer. Se a vida o colocou em uma situação que não pode ser modificada por mais que se esforce, é porque seu trabalho não está tanto em alterar o rumo do barco e, sim, em ajudar os que estão na mesma embarcação. Você não é visto por Deus como um condenado, mas sim, como uma mensagem de Amor que pode se multiplicar para os que estão do seu lado.

Se você está doente, lembre-se dos que, indo visitá-lo, podem estar mais doentes do que você mesmo.

Se você passa por problemas emocionais ligados ao abandono afetivo, nunca se esqueça de que aquele ou aquela que partiu carregará consigo o germe da própria solidão, agravado pelo peso da fuga, do abandono, a perseguir-lhe a consciência pelo resto da vida. Aos que ficaram ao seu lado, ajude a superarem seus problemas emocionais, apresentando-lhes uma conduta equilibrada e firme, confiante em Deus e em si própria.

Se seu testemunho é o da perda de entes queridos, lembre-se de que ninguém morre e que somente quando você se conduzir pelos padrões da fé em Deus e na imortalidade da vida é que os que o cercam se sentirão estimulados a confiar também na importância dessa Verdade.

Lembre-se: Deus nunca o vê como um encarcerado. Por isso, não criou grades nos horizontes nem construiu celas que prendessem as criaturas.

O Pai espera de você todo o bem que possa ser feito pelas suas mãos, se sua consciência estiver à altura daquilo para o que Deus o criou.

Você não foi criado como um perdedor da vida que se compensa ganhando bens materiais.

Você foi criado como um espírito vencedor, mesmo que perca tudo na existência.

Nunca se esqueça disso.

As forças do bem

A ação de Décio fora de um devotamento e de uma diligên-cia pouco constatável em criaturas colocadas na condição inferior como a dele, ali, naquela embarcação.

Ao mesmo tempo em que se fazia interessado pela descoberta do mistério que envolvia os dois meninos e o desconhecido que os transportava, sua solicitude natural atendia a todos os integrantes da jornada marítima a bordo da galera romana que, lentamente, se afastava da costa italiana, depois de fazer escalas nas ilhas e portos da região.

A embarcação seguia lentamente, sem perder de vista, ao longe, a linha costeira que representava o mais importante pedaço de terra que se conhecia sobre a Terra naqueles dias.

Décio se desdobrava, em prejuízo mesmo de seu descanso, ganhando com isso a simpatia de todos e a tolerância dos oficiais romanos que, diante de sua submissão serena e respeitosa, nele não viam nenhum perigo para as leis do império. Valendo-se da consideração natural que se estabelecera nas relações entre ele e os tripulantes, não lhe foi difícil descobrir que, segundo versões, os dois pequenos seriam seres banidos da cidade, conforme o sentenciaram autoridades responsáveis que, em vez de condená-los à morte, uma vez que já tinham conseguido viver mais de uma década, determinaram a sua transferência para distante colônia, enquanto o genitor lhes desejava a morte física.

Naturalmente que não era essa a verdade, mas essa era a estória que Marcus havia aconselhado a Tito relatar a qualquer curioso que se apresentasse com perguntas inconvenientes.

Fazendo-se de desentendido, Décio indagou do desconhecido sobre a mãe das crianças.

— Bem, me parece que morreu recentemente, executada no circo e, por isso, não possuem ninguém mais que vele por eles — respondeu o homem, aparentando não pretender fornecer maiores explicações.

Incomodado com a informação sobre a possível morte de Serápis, mas não tendo como confirmar tal alusão genérica, Décio procurava uma forma de continuar o assunto e ganhar algum tempo para organizar as ideias, já que, desde sua prisão, não mais tivera nenhuma notícia da família que adotara como a sua própria, para poder ajudá-los nos momentos difíceis pelos quais estavam passando.

— Que tristeza estar no mundo sem ter ninguém como apoio, ainda tão pequenos, não? — exclamou Décio, indagando. — Ainda bem que eles podem contar com o senhor para lhes oferecer os cuidados necessários. Com certeza há de ser um parente próximo...

Irritado com as perguntas, Tito foi muito rápido em refutar as suposições de Décio, dizendo:

— O senhor está muito equivocado. Desempenho aqui apenas o papel de responsável por ambos até o destino que os aguarda. Depois de entregá-los, volto a Roma onde me esperam novas ordens de meu patrão.

— Ah!, quer dizer que pelo menos existe alguém que está esperando pelos dois pequenos! Ainda bem. Será alguma tia, algum parente próximo?

E ainda mais alterado com o cerco sutil que lhe empreendia Décio, o homem retrucou:

— Que parente que nada. Minhas ordens são as de desembarcar os dois infelizes no porto de Narbonne, uma das escalas da viagem, deixando-os à própria sorte, já que foi essa a decisão oficial a respeito de seus destinos.

Ao escutar tal revelação, Décio sentiu um abalo percorrer o seu corpo, como um calafrio que lhe dizia da necessidade de dar amparo àqueles pobres condenados.

No entanto, para não produzir maiores antagonismos no ânimo do viajante, Décio se deu por satisfeito, voltou a oferecer-lhe uma nova porção de água e despediu-se prometendo voltar para lhes atender às necessidades, tanto as do temporário tutor quanto as dos meninos adormecidos.

Saindo dali, dirigiu-se ao interior da nau que rangia à força dos remos movidos pelos escravos e condenados a serviços forçados.

Lá o esperava o comandante em seu estreito gabinete onde se mantinha recolhido, enquanto que os seus subordinados cuidavam dos detalhes menores do deslocamento.

Movimentando-se serena e silenciosamente, Décio renovou a porção de água do recipiente de barro utilizado para o seu acondicionamento na modesta cabine do romano que já lhe era conhecido, ocasião em que o comandante aproveitou para dirigir-se ao serviçal com certa intimidade:

— Qual é o seu nome, aguadeiro?

— Todos me conhecem por Décio, meu senhor, para servi-lo — exclamou, educado.

— Vê-se que seus modos indicam que você já se fez serviçal de gente importante...

— Bem, meu senhor, para mim todas as pessoas são importantes, mas, no sentido específico de seu comentário, posso afirmar que aprendi muita coisa ao longo da vida, desde a criação de meu amado genitor até na oportunidade de servir sob a direção generosa do ilustre Cláudio Rufus, nas obras do Panteón, quando aprendi a nobreza de caráter e a retidão dos princípios como fator preponderante para a correta realização de todas as coisas.

A menção a Cláudio Rufus fizera brilhar os olhos do comandante.

— Quer dizer que você conheceu o administrador das obras do império em Roma?

— Mais do que isso, meu senhor, eu fui honrado com a possibilidade de servir sob o seu comando sábio e diligente e, posso afirmar que tive a alegria de privar de sua confiança, apesar de meus deméritos pessoais.

— Mas que boa surpresa, meu amigo. Conheço Cláudio desde muito tempo e sou-lhe muito grato pelas oportunidades que me favoreceram, porque,graças à sua decisiva intervenção junto às autoridades do império, consegui minha colocação neste posto.

– Muito me alegra, então, senhor comandante, saber que ambos temos em comum mais do que a sede que me alegra tanto combater no serviço humilde que lhe presto, mas que nos sentimos mais próximos por admirarmos as virtudes de caráter do mesmo homem de bem.

– Infelizmente, não sei entender quais os motivos, Cláudio se viu envolvido em um negócio complicado e acabou caindo em desgraça, como aliás tem sido tão comum nesta Roma contraditória a cada dia que passa. Em minha última viagem soube que fora banido da capital para, se não me falha a memória, a distante Hispania. Parece ser o mesmo destino que o seu e, se não estou enganado, ambos seguem para o exílio pelas mesmas causas.

Sentindo que a curiosidade do capitão poderia ser útil aos seus objetivos, Décio procurou ser o mais autêntico que as condições o permitissem.

Além do mais, por estar se apresentando como um amigo íntimo de Cláudio, Décio poderia estar sendo sondado pelo experiente comandante a fim de que o mesmo pudesse avaliar o tamanho da intimidade que dissera haver entre eles.

Por isso, achou conveniente revelar parte da verdade para que o capitão não viesse a desconfiar de suas intenções.

– Sim, meu senhor. Pelo que pude saber, tanto Cláudio quanto eu fomos detidos pelo simples fato de nossas crenças pessoais se manterem em certo descompasso com a religião de nossos ancestrais. Quanto a mim, que nunca passei de um reles pedreiro, este fato não apresentou conotações especiais. No entanto, quanto ao senhor Cláudio, a escolha da nova fé se mostrou tão sincera que, nem mesmo diante do Imperador que fizera questão de escutar sua defesa, animou-se ele em desertar de sua crença, mantendo todas as acusações e reconhecendo que se apresentava em desacordo com as regras religiosas do Império.

– Cristãos..... – exclamou o comandante, antecipando as informações.

– Sim, meu senhor. Declaramo-nos cristãos e estávamos prontos para morrer por esse "delito", como se em Roma não houvesse delitos mais graves e mais vergonhosos do que este.

— É verdade, meu bom homem. Eu estou a par de todos estes fatos.

— Que boas notícias suas palavras me fornecem, diante da incerteza do destino do querido patrão. Afinal, depois que ele foi apartado de nossa presença para ir ter com Adriano, nunca mais nos encontramos e não sabia de seu paradeiro.

— Sim, Décio, o capitão que o transportou me revelou que ele se mantinha sereno, ainda que com uma certa melancolia nas palavras, sem que isso o fizesse infeliz. Suas palavras eram sempre muito sopesadas e seus atos se assemelhavam aos que você vem desempenhando.

Pessoa tão importante e tão conhecida, pareceu tão inocente pela ausência de qualquer perigo para os poderes romanos, que o próprio comandante se dispôs a arriscar a autoridade no barco a fim de deixar que ele escapasse da maneira que o desejasse, sem que empreendesse qualquer perseguição ou busca mais detida.

Dá-lo-iam como morto no seio das águas e tal informação não teria como ser apurada pelas autoridades marítimas romanas.

No entanto, Cláudio se recusou a receber qualquer favor que pudesse comprometer a lisura no comando da embarcação.

Preferiu chegar à Hispania e desembarcar com as precárias provisões que possuía. E eram de tal forma incipientes, que o próprio capitão amigo o obrigou a aceitar um pequeno farnel de alimentos e algumas moedas que lhe serviriam para qualquer emergência ou imprevisto.

Visivelmente emocionado com a recordação e a grandeza daquela importante personagem em sua vida, o comandante se calou, esperando que o comentário de Décio viesse a quebrar a atmosfera de emoção que se fizera.

Este, por sua vez, só pôde expressar sua admiração pela conduta do amigo, afirmando:

— Se o senhor me tivesse contado tal fato sem revelar o nome do cidadão que o protagonizou, eu lhe teria perguntado, sem duvidar um só momento, se esse homem não se chamaria, porventura, Cláudio Rufus.

– Como é bom saber que ambos estão sendo punidos por serem homens de bem. Às vezes fico me perguntando, no silêncio destas noites no mar, se o mundo não estará de ponta cabeça, diante de tantos abusos e absurdos que sei que ocorrem à nossa vista, onde os malfeitores prosperam e os benevolentes cidadãos são perseguidos e banidos de seu berço natal.

– Todas estas discrepâncias, meu senhor, foram prenunciadas por Jesus e é por isso que sua palavra merece tanto nosso acatamento e nosso empenho por segui-la. Em nada Jesus mentiu, em nada deixou que a Verdade fosse iludida. Quando o governador romano se fez seu julgador, em atenção à solicitação dos judeus, interessados em levá-lo ao martírio, indagou do Divino Mestre se ele era Rei. A primeira resposta foi a de que se o seu reino fosse deste mundo, seus exércitos não o deixariam naquelas condições de abandono material, mas que inúmeras legiões se atirariam sobre os agressores para defender-lhe a vida.

Sem desejar escutar a profundidade dessa resposta, Pilatos voltou a perguntar: Quer dizer que sois, efetivamente, Rei? Foi então que Jesus se revelou em toda sua pureza e sabedoria, não para fraudar a verdade a fim de livrar-se de qualquer punição, mas para dar testemunho do que viera fazer no mundo.

Foi aí que o Senhor afirmou que não viera ao mundo senão para dar testemunho da Verdade e que fora o próprio Pilatos que o chamara de Rei. E enquanto o ilustre e poderoso romano, dirigente de exércitos e zelador da ordem pública permitia que um inocente fosse crucificado, adotando o singelo gesto de lavar as próprias mãos como a isentar-se da culpa de tal sacrilégio, o inocente condenado não levantava a voz para defender-se e carregava consigo todo o peso da infame acusação, do sinistro julgamento e da nefanda execução.

Sim, meu senhor, Jesus viera ao mundo para restabelecer todas as coisas, afirmando ser ele o Caminho, a Verdade e a Vida e que entre os homens e o Pai, somente o seu exemplo e a sua jornada se apresentavam como a estrada reta que tiraria os homens dessa luta cruel e sem sentido, nas competições, nas divisões e nas tragédias morais, e os levaria para um mundo de compreensão sublime, onde a

Justiça é iluminada pela Verdade e onde a conveniência e o interesse de Estado não têm nenhum poder real.

Um momento em que os que sofrem e os que os exploram, impiedosos, serão avaliados pelos seus feitos segundo as leis verdadeiras da alma e não os cânones romanos, sempre prontos a serem torcidos pela ação interesseira de algum grupo de senadores que defendam certas vantagens.

Esse é o Jesus perigoso para Roma, porquanto os romanos se perderam no cipoal dos interesses e mentiras enquanto que o Cristo representa a negação de suas orgias, de seus prazeres sórdidos, de seu falso poderio militar, da escravização dos inocentes, do abandono dos aleijados.

E ao falar disso, lembrou-se do drama dos dois pequenos conhecidos seus e se sentiu estimulado a revelar algo dos fatos ao romano que o escutava, surpreendido e algo emocionado pelo teor das palavras de Décio, que casavam tão apropriadamente aos seus próprios conflitos íntimos.

— Veja, Senhor, uma sociedade que expulsa de seu seio os inocentes meninos que estão a bordo desta embarcação, cujo destino, não sei se o senhor conhece, mas é o do abandono no porto estrangeiro, para que sejam devorados pelos cães famintos até que consigam algum meio de defesa, não pode ser uma sociedade de homens bons.

Impressionado com a informação, o comandante se fez mais interessado, afirmando, pasmo:

— Mas eu pensei que esse homem que está com eles fosse seu pai ou algum parente mais chegado!

— Eu também, meu senhor. Todavia, acabo de vir de uma conversa informal com ele na qual me revelou se tratar de uma execução de sentença cruel, a condenar uma criança cega e outra paralítica ao banimento por interesses escusos do pai verdadeiro que, certamente, desejaria matá-los para se livrar do peso de sua criação. Talvez sem coragem ou sem o desejo de se ver responsável pela execução dos próprios filhos, diante da maldição que tal ato poderia produzir no seio desses deuses que nossas crenças nos apresentam, tenha optado pelo abandono, a fim de que venham a morrer por conta da própria sorte ou do próprio azar.

— Mas isso é uma crueldade infame. São somente crianças...

— Pois é, meu senhor. E o que é pior, é o fato de que o tutor que os acompanha não guarda nenhum grau de parentesco, estabelecendo para si apenas o dever de despejar os menores no porto para, imediatamente após, regressar a Roma a fim de informar o cumprimento de tais deveres.

Horrorizado com tais revelações, o capitão do barco demonstrou que não permitiria que isso fosse feito dessa forma e que determinaria alguma medida para que o destino dos dois pequenos fosse modificado.

Percebendo a inclinação generosa de sua alma, Décio declarou também ser seu desejo o de ajudar os dois pequenos e que, em momento oportuno, gostaria de concertar com o comandante uma forma de proteger os desditosos meninos, abandonados no mundo.

Entendidos quanto a este fato e como o porto da capital da Gália Narbonensis ainda tardaria a chegar, despediram-se para que, no dia seguinte, voltassem a conversar sobre a melhor maneira de resolver o problema.

Enquanto isso, Décio continuava a prestar seu auxílio humilde aos necessitados do navio, seja com a entrega de suprimentos aos condenados remadores, seja com o tratamento de suas feridas, nos momentos em que descansavam, tanto quanto procurava conquistar a simpatia de outros romanos subordinados do capitão, para que também eles se sentissem bem atendidos e abrissem seus corações para a mensagem de um Jesus que tratava das enfermidades espirituais de cada um, não importava fossem romanos, escravos, autoridades ou exilados, ricos ou pobres.

Como o próprio Cristo afirmara, havia vindo para os doentes e não para os sadios.

Enquanto a noite caía, quente e lamentosa, todos os tripulantes se acomodavam para o repouso, valendo-se Décio da oração para que, invocando a proteção de Jesus, pudesse saber o que fazer naquela hora de decisão do destino de duas crianças.

O silêncio do barco, que repousava sereno em pequeno porto acolhedor ao longo da rota marítima que lhe cumpria percorrer, era a moldura para que sua alma se entregasse ao colóquio singelo e espontâneo com aquele Mestre amigo, que sempre recebia suas orações com carinho e demonstrava seu devotamento constante.

E em meio da serenidade que se seguira após a prece, brando sono invadiu o pedreiro exilado, propiciando que seus olhos espirituais se abrissem em outra dimensão da vida, a visualizar figuras flutuantes e luminosas quais serafins devotados que tivessem escutado suas súplicas e, deixando seus tronos safirinos, se projetassem no pantanal de suas vibrações.

Emocionado com a solicitude daqueles espíritos, Décio se prostrou diante das alvinitentes entidades que, como resposta de Jesus, ali se apresentavam ao seu espírito lúcido, enquanto seu corpo repousava em um canto desconfortável do barco.

Aproximando-se, uma delas se fez escutar, amistosa:

– Levante-se, meu filho Décio. Somos apenas seus irmãos e todo devotamento de sua alma deve ser guardado para Aquele a quem tudo devemos.

Era Zacarias, com seu coração generoso e humilde, a estender as mãos luminosas para o valoroso servidor do Bem, como a transformar em ação de reerguimento as palavras que acabara de proferir.

Junto dele estavam, igualmente luminosos e inspiradores, Lívia e Simeão, a lhe sorrirem serenos e estimulantes.

Acercando-se o grupo, deixaram o ambiente da nau física e projetaram-se no éter, transportando Décio para um local onde já se encontravam o capitão, os dois meninos e o próprio executor das determinações de Marcus, todos em espírito, a fim de que se fizessem entender de forma conjunta.

Dentre todos, o mais lúcido era o próprio Décio, ainda que envolvesse a todos uma branda claridade que lhes propiciaria serenidade diante daquele entendimento.

Perante a pequena assembleia, Simeão tomou a palavra, indicado por Zacarias para poder se expressar aos seus corações.

– Filhos queridos, estamos em missão de paz. Cada um de vocês é uma alma que o Pai criou e conhece como a palma de sua mão. Seus destinos estão interligados aos de todos os homens, tanto pelo Bem que lhes compete fazer quanto pelo Mal que efetivamente lhes ofereçam.

E aqui estamos para reverenciar o grau de bondade que há em cada um de vocês para que, ao voltarem ao seio da carne, possam saber escolher segundo a sabedoria que vê o futuro promissor e não o passado de erros a serviço de um presente de interesses.

Eis aqui, diante de seus olhos, dois espíritos sofridos, infelizes na vida, perseguidos pelos seus próprios equívocos. Demétrio, sem os braços, e Lúcio, sem a visão e sem o equilíbrio da saúde. São seres que desde o berço conheceram apenas o amargor da fome, da humilhação e das privações morais. Jamais encontraram a mão generosa de um pai que lhes desse carinho físico e, mesmo a mãe humana outro recurso não possuía a não ser expô-los na via pública para que, através da comiseração dos passantes conseguisse alguma moeda com a qual comprava a própria sobrevivência.

Agora, foram afastados até mesmo da mãe, única protetora que se ocupava deles.

Olhem para estes dois infelizes, meus irmãozinhos. Pensem consigo mesmos, se eles fossem seus próprios filhos, o que vocês fariam?

Mais do que isso, e se eles fossem vocês mesmos, infelizes desde o útero materno, condenados ao exílio e à morte cruel no meio das incertezas da vida?

Ante a pergunta sincera e certeira, abaixaram a cabeça os que escutavam, como a se posicionarem por primeira vez na condição dos próprios infelizes.

A brandura das palavras de Simeão era tal que não havia nenhum laivo de acusação ou de censura em seus lábios.

Apenas o carinho de um educador de almas que se valia de seu afeto verdadeiro para que os alunos imaturos pudessem pensar no que estavam realizando.

Continuando, depois de breve pausa, Simeão afirmou:

— A Bondade Divina está se ocupando de todos vocês porque está também se ocupando do destino destes dois infelizes no mundo.

Você foi escolhido para ser o responsável temporário por conduzi-los, Tito, porque Deus conhece a sua dor íntima e a deseja ajudar, fechando feridas produzidas por abandono no passado. Deus conhece o peso de sua consciência por haver relegado ao abandono pobre mulher que se vira engravidada no relacionamento que ambos mantiveram. Seu receio diante da paternidade fizera daquela situação um tormento para seu futuro de homem sem compromissos, levando-o a fugir sem explicações. No entanto, seu coração e sua mente, muitas vezes, no silêncio de suas ideias e sentimentos, se perguntam o que deverá ter acontecido à Sabina, a jovem que se entregou aos seus argumentos sedutores.

E enquanto ia falando sobre isso, o espírito do acompanhante dos dois meninos infelizes, aqui identificado como Tito, ia se vendo revelado no mais íntimo de seus erros, como a passar a temer a superioridade daquele ser que lhe falava ao coração.

Como é que estes erros tão bem guardados lhe eram apresentados assim, tão claros e sem qualquer equívoco?

Suas lágrimas escorriam, entre a vergonha diante da Verdade e o encontro consigo mesmo, depois de décadas de fuga, imaginando que isso seria suficiente para livrar-se da responsabilidade moral assumida com o abandono da jovem grávida.

— Olhe para estas crianças, Tito, como o filho de Sabina, aquele que você ajudou a colocar no mundo sem que tivesse tido a coragem de criar. Pense que estes poderiam ser os seus e que, efetivamente, de alguma sorte, como filhos de Deus e irmãos uns dos outros, na pessoa destas crianças desditosas, você estará dando o primeiro passo no sentido de obter o perdão dos próprios erros no tribunal inflexível da consciência.

Você haverá de encontrar Sabina um dia e, nessa hora, será necessário ter alguma coisa para apresentar diante da realidade da fuga para que seja levado em consideração como forma de arrependimento.

Não lhes faça mal, nem prejudique estes inocentes que nenhuma maldade lhe fizeram. Mais do que isso, eles representam a sagrada oportunidade de recuperação diante de seus próprios erros. Um dia você pretenderá que seu filho perdido o aceite como um verdadeiro pai, apesar de sua covardia inicial. No que você fizer por estes dois meninos estará a chave para que a sua consciência o perdoe e que seu filho o reconheça como verdadeiro pai.

É isso tudo quanto lhe pedimos. Ajude-os já que o destino que eles mesmos escolheram se tem apresentado difícil na solidão que precisarão enfrentar doravante.

Tito, em espírito, chorava, em silêncio.

Voltando-se para o capitão, Simeão continuou, humilde e fraterno.

– Generoso e correto capitão, em cujas mãos Deus colocou o destino de tantas pessoas, que o Bem seja sempre o horizonte que o guie e o porto seguro de seu repouso.

Querido filho Caio, a bondade Superior escolheu o seu barco como o seguro veículo para servir de transporte a fim de proteger devidamente os dois infeizes que se encontram sob sua responsabilidade. Adiante de sua nau um farol luminoso sinaliza a todas as forças trevosas que conspiram contra o Bem de que será inútil qualquer investida e que o destino prevê a necessidade de que nenhuma ocorrência infeliz suceda com a embarcação. Isso também é uma conquista de seu coração sofrido que buscou o refúgio no seio do oceano para fugir do drama moral da traição afetiva, a mesma que o levou à condição de assassinar a própria esposa e o filho que lhe nascera da relação adúltera. Por mais que seu sofrimento tenha procurado esquecer a desgraça e a atitude atroz mergulhando o coração aflito nas vagas distantes do ambiente devasso daquela Roma de enganos e tragédias cotidianas, sua consciência ainda vislumbra o rosto desesperado da mulher a suplicar pelo destino do filho recém-nascido, ainda mais do que pelo seu próprio destino.

Suas lágrimas abundantes a pedirem perdão, a solicitarem a sua compaixão para sua fraqueza, confessada diante de seus olhos como alguém que desabafa depois de longo tempo de sofrimento, esperando poder contar, senão com a compreensão da própria vítima, ao menos com a sua tolerância diante do erro moral grave.

E, no entanto, inócuas foram todas as lágrimas diante do brilho do ódio e da ruptura de todos os sonhos de marido apaixonado.

Lavínia, em desespero, praticamente se atirara diante do punhal ensanguentado com o qual você havia matado, momentos antes, o pequeno inocente que viera ao mundo com o pecado de ter sido gerado por um amante irresponsável, invocando as prerrogativas de marido ultrajado no ambiente do próprio lar.

Ao se revelarem tais tragédias, o coração espiritual de Caio batia descompassado, como se julgamento cruel lhe fustigasse a alma, apesar de ter conseguido a escusa de todos os juízes terrenos que lhe abonaram a conduta, graças igualmente, às influências de amigos e homens igualmente ultrajados, unidos sob o signo do mesmo sofrimento, a culparem as mulheres pela devassidão e pela derrocada dos costumes daquele tempo.

Desnudado diante de todos pela palavra carinhosa de Simeão, que acariciava suas mãos trêmulas enquanto olhava em seus olhos durante a revelação que fazia, Caio não tinha para onde fugir nem onde se esconder de si próprio.

Chorava de vergonha e parece que aceitava o sofrimento como uma justa paga pelo peso de ter tirado a vida de duas criaturas, uma a quem amava profundamente e outra que era de todo inocente de qualquer culpa e indefeso de qualquer agressão.

– Meu filho, para que sua consciência inicie o processo de reerguimento, entenda que estes dois infelizes representam as suas duas vítimas, aqueles que, agora, estão sob a sua proteção e podem receber de você mais do que uma simples garantia de transporte. No auxílio que puder lhes prestar encontra-se o primeiro degrau de seu reerguimento no Bem, porque dia virá em que terá que encontrar-se com Lavínia e com o pequeno ser que não pôde defender-se. Nessa ocasião, de seus erros nefastos você poderá apresentar algumas flores que nasceram de seu sofrimento e de seu arrependimento, a fim de oferecer a estes dois seres o início da sua reparação através do Amor. Só lhe pedimos que ajude Décio em tudo o que se fizer necessário para que estes dois pequenos infelizes possam seguir sua trajetória de crescimento no mundo.

Caio baixou a cabeça como quem não tem o que responder nem como negar o que lhe estava sendo solicitado, em espírito.

Enquanto isso, Décio seguia o colóquio, emocionado diante de tanta Bondade e Sabedoria no Amor que conhecia nossas mazelas, mas não se fazia indiferente, entregando-nos aos nossos próprios desatinos, esse Amor que tudo fazia para que nos tornássemos melhores, ajudando-nos uns aos outros apesar do que já tivéssemos feito de errado, um dia, em nossas vidas.

Simeão deixou Caio junto a Tito e aproximou-se de Décio a quem beijou a testa num gesto paternal dizendo:

– Filho, trago-lhe este beijo da parte de dois seres que muito o amam:

Policarpo, o paizinho que o adotou na miséria de suas dores...e...

Jesus que nos adotou a todos, pelo bem que você aceitou realizar na vida de muitos infelizes.

A emoção invadiu o coração de Décio à lembrança de Policarpo e à menção da solicitude de Jesus que, tão ocupado com tantas coisas, se permitia lembrar dele, tão indigno servidor na Terra.

Trazido pelas mãos de Simeão até a proximidade dos dois meninos em espírito, um pouco confundidos pelo inusitado da reunião e pela condição de jovens no corpo físico, Décio ouviu do ancião luminoso as inesquecíveis palavras:

– Meu filho, Jesus lhe confia um tesouro inestimável nas pessoas destes dois infelizes. Zacarias falará com você.

E olhando para Zacarias, solicitou que o antigo sapateiro se dirigisse a Décio naquele instante:

– Sim, meu filho – falou o mencionado espírito com carinho. – Estes são dois tesouros cuja preciosidade vai além de qualquer aparência. Somos todos responsáveis uns pelos outros na ordem do Universo, mas, entre os que erram, as suas vítimas se tornam mais responsáveis por eles do que os seus cúmplices ou sócios no crime.

Você foi escolhido para cumprir parte desta jornada terrena como o zelador de um patrimônio muito caro ao nosso querido Mestre.

Jesus pede seu carinho, seu sacrifício, sua coragem, sua renúncia em favor destes dois infelizes, Décio.

Estaremos sempre ao seu lado, mas precisamos levar a sua resposta diretamente ao coração de nosso Mestre.

E sem entender a profundidade daquele sentimento que nutria em sua alma, envolto pelas lágrimas de gratidão, Décio ajoelhou-se diante dos espíritos deformados que estavam à sua frente e, lentamente, sem dizer qualquer palavra, começou a beijar os olhos cegos e o ventre machucado de Lúcio, tanto quanto os pequenos cotos que Demétrio exibia em seu perispírito mutilado. E cada ósculo era como que um jato de luzes rutilantes que se projetavam sobre as deficiências de ambos, lavados pelas gotas que lhe escorriam dos olhos.

Sem dizer qualquer palavra, até porque não tinha condições de fazê-lo, Décio olhou para Zacarias que, igualmente emocionado, exclamou:

— Bendita a sua generosidade, meu filho. Que Deus o ilumine e, doravante, esteja sempre ao lado destes dois irmãos, custe o que lhe custar.

A cena comovedora foi muito marcante naquele instante e, logo mais, todos se achavam reconduzidos ao ambiente pobre do barco, com o espírito preparado para as ocorrências dos dias que viriam pela frente.

As Forças do Bem estavam agindo para amparar a caminhada de cada indivíduo perante seus próprios compromissos de evolução, ora se valendo da culpa, dos crimes do passado, ora utilizando a disposição para o Amor que cada um já tenha desenvolvido como ideal de serviço e de renúncia para a glória da implantação do Reino de Deus e da fraternidade verdadeira no coração dos homens.

Jornada que prossegue

Ao amanhecer do novo dia, todos se encontravam de volta ao corpo físico e, em cada um, a experiência da noite havia repercutido de alguma forma especial, fazendo com que todos os envolvidos naquele drama se dispusessem a meditar sobre as palavras amorosas de Simeão e as lembranças que elas suscitaram em seus íntimos.

Por mais que todos estejamos fugindo dos erros já cometidos, eles se encontram impregnados em nossa consciência, de onde só os conseguiremos retirar à medida que refizermos os caminhos errados e nos dispusermos a agir de maneira diversa daquela que nos levou à queda.

Por isso, nas circunstâncias difíceis da vida, todos podemos encontrar o momento adequado para que nossos equívocos comecem a ser reparados de alguma maneira, ainda que o seja com outra criatura que não aquela que tenhamos ferido ou prejudicado.

Uma vez que o erro é fruto das limitações de nosso caráter e dos defeitos de nosso espírito, a necessidade de correção impõe que nossa conduta seja diferente e nova, independentemente de ser em relação à pessoa que ferimos ou a terceiros.

Se nós só melhorarmos corrigindo nossa conduta em relação àquele que ferimos, mas continuarmos a fazer as mesmas coisas com os demais, isso não é melhora, mas, sim, fantasia de melhoria.

Um dia, fatalmente, estaremos diante das vítimas que prejudicamos e, tendo exercitado no Bem, no esforço que o arrependimento emprega para a correção de nosso caráter, ofertaremos a eles não apenas o gesto de recomposição do prejuízo que foi produzido por nossa conduta errada, mas, sobretudo, apresentar-lhes-emos a nova escultura da nossa alma, agora modelada não só para lhes devolver o que lhes tomamos, mas para, também, enaltecer-lhes o sacrifício de nos terem suportado tolerando nossas mazelas.

Por isso, querido leitor, não espere ser bom apenas para aqueles que foram feridos por seus atos. Às vezes, estão longe de você, às vezes estão intransigentes, na condição de vítimas feridas, às vezes já partiram para outro lugar ou outra vida...

Esforce-se por ser Bom para todos os que são seus irmãos e que poderiam ser suas novas vítimas potenciais. Mais cedo ou mais tarde, aquele que é seu credor será trazido à sua presença pelas forças da vida a fim de receber de volta aquilo que tiramos, o Bem que não fizemos, o carinho que negamos, a saúde que exploramos, a esperança que matamos, o alimento que não oferecemos, o lar que lhe furtamos, os sonhos que desfizemos, o amor que não demos.

Se nesse dia você tiver exercitado a bondade para com todos os que se aproximaram de sua jornada, fatalmente você não deixará passar a oportunidade de acertar, confirmando as experiências no Bem nas quais você foi desenvolvendo sua capacidade de superar-se e de ajudar os que sofrem.

Assim, Tito, Caio e cada um de nós possui equívocos que nos compete enfrentar através da doação pessoal a qualquer criatura, como se ela fosse aquela que nós abandonamos, que nós matamos, que ferimos, traímos ou esquecemos.

Comecemos a consertar o erro sem cogitar daquele a quem nós serviremos.

Em realidade, nossos equívocos não foram produzidos contra uma pessoa, apenas. Todos os erros são uma agressão à Bondade de Deus e, no fim das contas, é a Deus que deveremos apresentar nossa alma melhorada pelo esforço que aprendemos a fazer a fim de consertar o que estragamos, sem importar qual é o destinatário físico de nossos empenhos.

Ao despertarem no dia seguinte, nossos personagens, como dissemos, haviam recebido do plano espiritual elevado, um chamamento franco para que seus espíritos estivessem atentos no aproveitamento das oportunidades de resgatarem as próprias faltas no serviço aos aflitos, e, entre eles como entre nós, não existem inocentes ou almas que nunca tenhamos nos equivocado.

Assim, tão logo as atividades náuticas se viram retomadas, no afastamento do porto amigo que os agasalhara durante a noite, Décio se pôs a trabalhar em suas funções que, se já produziam reconhecimento nos demais oficiais e membros da tripulação romana, que dizer, então, junto aos pobres escravos condenados a remar até o extenuar das próprias forças.

Tito e os meninos foram os primeiros a receber o líquido fresco. Nesta manhã, como durante o trajeto, os dois jovens se mantinham sonolentos por força do remédio narcotizante que lhes vinha sendo ministrado pelo enviado de Marcus, para que não se manifestassem ao longo da viagem, atrapalhando os planos de seu infeliz genitor. No entanto, naquela manhã, assim que chegou para servir às suas necessidades, Décio pôde observar que Tito se mantinha menos arrogante ou arredio, ao mesmo tempo em que os jovens pareciam menos apáticos ou sonolentos.

Em realidade, tão logo se acercou para lhes oferecer água, depois de ter sido autorizado por Tito que os observava à distância, sem imaginar que Décio os conhecia desde Roma, Demétrio, mais lúcido, buscou fixar com mais clareza a face do generoso homem que os servia, como a tentar fazer-se entender com ele, demonstrando certa intimidade, no que foi contido pela palavra sussurrada de Décio, que lhe pediu silêncio sobre aquele momento.

Percebendo a distração de Tito, que se encontrava caminhando pelo convés da embarcação para se refazer da noite dormida desconfortavelmente, o ajudante de bordo falou-lhe, rápido:

— Sim, Demétrio, sou seu amigo Décio. No entanto, finja que não me conhece para que eu possa ajudá-los como pretendo. Tenha calma. Vocês não estão mais sozinhos. Estarei com vocês. Fique calado para que tudo dê certo.

Algo perturbado em face das condições em que se encontravam, sem entender muito o que se passava e em que local estavam, uma vez que vinha de um longo sono, Demétrio moveu a cabeça em um sinal afirmativo enquanto sorvia o líquido que Décio lhe oferecia à boca, ao mesmo tempo em que Lúcio, escutando as mesmas advertências, ingeria o conteúdo de pequena caneca tosca.

Logo depois, ao dirigir-se à cabine do capitão, foi por ele recebido de maneira cortês e ansiosa, demonstrando o desejo de se entender com o aguadeiro.

– Bom dia, Décio – falou Caio, sorridente.

– Bom dia, meu senhor – respondeu, respeitoso.

– Sente-se aí para que possamos tratar daquele assunto.

Tomando um assento rústico que havia nas estreitas acomodações do comandante, Décio se fez todo ouvidos.

– Estive pensando sobre tudo o que conversamos no dia de ontem e, ao amanhecer de hoje, uma ideia luminosa parece que despertou comigo.

Como você me informou, os meninos serão desembarcados em Narbonne e ali ficarão ao desamparo, já que o seu responsável se afastará de regresso a Roma por via terrestre, não é?

– Sim, meu senhor, isto é tudo o que escutei do próprio Tito.

– Pois bem. Estes meninos, ainda que já crescidos, não podem ficar abandonados no porto sem que ninguém os proteja ou vele por seus destinos.

– Também concordo, meu senhor...

– Assim, Décio, como você é o único que se importa com eles, e como não tenho nenhum parente ou conhecido em Narbonne, não vejo outra saída a não ser fazer com que você se coloque igualmente em terra para que seja aquele que os ampare. Tenho comigo certas economias que transferirei às suas mãos a fim de que não passem privações e possam adquirir alguma pequena vivenda onde estejam seguros.

Entendendo o devotamento espontâneo do comandante, Décio não deixou de sentir certa emoção no espírito, ainda ligado às forças superiores que os haviam envolvido durante o repouso do corpo. Todavia, lembrou-se das ordens recebidas diretamente do Imperador Adriano para que o desembarcasse nas terras espanholas, não sendo correto romper, de sua parte, as determinações do governo romano.

– Mas, meu senhor, suas ordens são expressas em me entregar no destino pré-fixado. Não acho que seria possível fazer-me ficar no meio do caminho sem que isso viesse a complicar sua situação no comando desta nau.

Admirando-se da preocupação de Décio, Caio sorriu e lhe disse:

– Bem, meu amigo, isso eu também já pensei e, como lhe falei, a ideia que me nasceu nesta manhã, como o Sol que se levantou no horizonte, foi completa e atendia a todas as necessidades.

– Como assim, comandante?

– É verdade que preciso cumprir as determinações legais de Adriano e sua corte de interesseiros e aventureiros, oportunistas e ladrões. No entanto, existe uma determinação nas leis náuticas que autorizam o comandante de uma embarcação a desprezar no mar ou no primeiro porto onde isso for possível todo indivíduo que se apresentar doente ou que tenha aparência de enfermidade, informando os superiores sobre o ocorrido para que isso fique nos registros competentes e se possa considerar cumprida a ordem.

Dentro de minhas condutas, muitas têm sido as experiências nesse sentido e, por questão de consciência, sempre evitei atirar ao mar as vítimas de qualquer doença, como costumam fazer certos capitães da esquadra romana, indiferentes. O espetáculo é muito triste e doloroso para toda a tripulação.

Assim, inúmeras vezes fundeei o navio ao largo do continente quando encontrava pessoas enfermas com o potencial de espalhar a peste a todos os que se encontrassem à bordo e, valendo-me de pequena embarcação, enviava o desditoso à terra, onde o deixava com alguma provisão para que não perecesse ao relento e pudesse dar destino aos seus incertos dias do futuro.

Por isso, não me será difícil informar que, com relação à sua pessoa, vi-me forçado a deixá-lo em terra, precisando, no entanto, contar com o seu sigilo e a sua colaboração para que não regresse à Roma a fim de que isso não prejudique nosso intento em benefício dos pequenos.

Entendendo o que isso significava, Décio o escutava em silêncio, tentando articular suas ideias de forma a planificar sobre os planos do próprio comandante.

Parecia-lhe que essa era a melhor e, a princípio, a única solução que poderia ser adotada diante do drama dos dois meninos, relegados à miséria e ao abandono.

Caio não poderia ficar no porto nem mantê-los no navio, uma vez que as ordens de Tito eram no sentido de certificar-se de que os meninos ficaram em terra, o que exigiria a sua vigilância até a partida da nau, de preferência afastando-os do local onde foram desembarcados e levando-os para algum ponto do interior, longe das rotas mercantes conhecidas e que favoreceria o regresso deles à capital do mundo daqueles tempos.

Assim, Décio não via outra solução, ainda que não lhe fosse agradável a situação da mentira a que se propunha Caio.

Diante desse conflito de consciência, falou ao capitão:

— Nobre senhor, sua proposta é generosa e fala muito claramente sobre seu caráter bom e puro. No entanto, dói-me a ideia de que se estabeleça sobre uma inverdade, ou seja, a de que eu me encontrava doente, quando todos me estão observando sadio e forte.

— Não se preocupe, Décio, até a chegada a Narbonne, pensaremos em como contornar esta circunstância. O que me importa é que você esteja de acordo com a possibilidade de seguir sendo o tutor moral destes meninos, sem regressar a Roma para não nos comprometer caso sua volta seja descoberta.

— Ora, senhor, eu mesmo não poderia ter pensado em um plano melhor do que esse. Estarei a serviço da causa de Jesus em qualquer lugar, sobretudo tendo comigo estes dois desventurados.

— Pois então, estamos acertados. Conto com a sua discrição e esteja certo de que isso será um segredo nosso, e desse... Jesus...

A referência direta fizera Décio perceber certa emoção no timbre de voz do capitão.

— Parece que o senhor se entende bem com Ele – falou, fraterno, o aguadeiro. – Poucos romanos importantes se dão ao trabalho de se referirem ao seu nome com certa consideração.

— É verdade, Décio. Os importantes romanos estão mais preocupados com seus negócios e seus lucros, seus roubos e suas estratégias de vencer na vida. No entanto, eu carrego comigo certos pesos que me parecem ser maiores do que todo este navio e suas palavras me foram muito importantes para perceber a extensão dessa nova filosofia. Somente os que sofreram o suficiente poderão entendê-la melhor e nela serão capazes de encontrar a linfa que ameniza a consciência pelo Bem que se pode fazer aos que sofrem.

— É verdade, meu senhor. Suas palavras denotam grande sabedoria.

— Não é isso, Décio. Não tenho qualquer sapiência. Apenas, a noite me foi muito especial e meu despertar ainda mais sereno e pleno de esperanças.

Minha alma vinha se corroendo por causa de certos erros que pratiquei e que não eram do conhecimento senão de pouquíssimas pessoas, entre as quais, o nosso querido Cláudio Rufus, graças ao qual, pude me localizar à distância do cenário de minhas quedas morais, segundo o desejo de preservar minha alma das desagradáveis lembranças de minha derrocada pessoal.

No entanto, ao contato com suas palavras, esta noite foi para mim um refrigério de esperanças na certeza de que eu mesmo possuo salvação pelo Bem que puder realizar. E me sinto inclinado a ver nestes meninos e em você os primeiros destinatários desse impulso que me foi dado por almas amigas a fim de que, um dia, possa conquistar essa bondade que é deles, mas que poderá incorporar-se a mim também.

Deixando que o comandante desse curso aos seus desabafos pessoais, sem demonstrar pressa ou curiosidade, Décio seguia ouvindo em silêncio.

— Até ontem eu era um escravo que se fazia de livre para afastar-me de Roma e de mim mesmo. Hoje, posso dizer que sou um homem livre, compreendendo que uma força maior me conhece e que se incomoda comigo, apesar de saber o tamanho de meus erros. O sonho desta noite jamais sairá de minha mente e de meu coração, Décio.

Ele me transformou no homem que eu ainda não havia sido, desde que me vi envolvido pelos dramas do destino que minha vaidade ferida piorou com atitudes tresloucadas.

Sem saber que forças sobre-humanas me levaram para um local de bênçãos desconhecidas da Terra, as experiências que senti ao lado de uma luminosa alma, que me falava de coisas que pertenciam tão somente aos meus mais bem guardados segredos, foram decisivas para me fazer perceber que minha vida tem sido um constante conduzir-se coniventemente com os erros que critico, com as forças negativas pelas quais nos deixamos governar os destinos e com as mesmas falhas que temos eternizado através dos anos.

Não posso revelar a você o teor dos conselhos recebidos porquanto não os tenho gravados claramente na memória, mas, sim, incorporados à minha alma, através da necessidade que passei a sentir de fazer o Bem. No entanto, uma coisa posso revelar-lhe.

E fazendo com que seu interesse estimulasse o desejo de contar o teor que conseguia relembrar do sonho que tivera na noite anterior, Décio se fez mais curioso, demonstrando ser importante que o comandante falasse sobre sua experiência.

Estimulado, então, o comandante continuou:

— Não sei como saí do barco, mas senti como se alguém me levasse para o alto, como se eu tivesse asas semelhantes às gaivotas que voam suaves no céu sobre o oceano. Quando fui trazido de volta, no entanto, a voz amiga que me conduzia me perguntou onde estava o meu barco.

E como ainda estava escura a noite, ao longe, no céu, não conseguia imaginar onde encontraria a embarcação que nos transporta.

Foi então que a voz amiga me informou para que fixasse o olhar no ponto mais luminoso que encontrasse abaixo de mim, já que era como se eu estivesse flutuando no ar.

E, em realidade, comecei a perceber que na escuridão da noite um ponto de luz se apresentava em região litorânea, pensando eu que se tratasse de alguma pequena cidade ou vilarejo que mantivesse suas luzes acesas. No entanto, por mais tochas que ficassem acesas, sua luz não seria forte o bastante para ser observada de tão elevada altitude.

— Continue observando a luz – falava-me a voz, firme e veludosa.

E enquanto íamos baixando, ela ia se tornando mais intensa, apresentando rutilâncias especiais e multicores como nenhuma de nossas lâmpadas possui.

Um pequeno Sol começou a ser visualizado por meus olhos espantados e encantados ao mesmo tempo, quando pude perceber que essa luminosidade indicava a localização exata do porto onde nós estávamos e, mais especificamente, da galera que me recolhia o corpo adormecido.

Emocionei-me com o fenômeno inexplicável para minha ignorância.

Quanto mais nos acercávamos, mais vislumbrava o farol a ganhar novas formas até que, por fim, parecia representarem a escultura primorosa de duas mãos diamantinas a segurarem as madeiras da proa, como se dirigissem a nau a partir daquele ponto, sem se incomodarem com o leme.

Percebi, então, que essas mãos radiosas eram as que mantinham o navio no curso seguro, apesar de todos os meus esforços humanos para garantir o bom trajeto, isento de problemas e riscos.

Foi então que a mesma voz se fez ouvir novamente, como que testemunha vigilante de meus próprios pensamentos:

– Não, meu filho. Sua conduta correta e competente é parte da proteção que o céu confere a esta embarcação e é muito importante que você a continue exercitando porque transportar pessoas é das funções mais sérias e valorizadas que os homens podem realizar na Terra, já que, de uma forma ou de outra, estarão se expondo para dar segurança aos seus passageiros.

No entanto, – continuou a voz a me falar – Décio, estas mãos são a garantia superior pelo Bem que você esteja fazendo a todos os passageiros e, em especial, aos dois infelizes que estão entre os que você transporta.

Estas mãos se ocupam pessoalmente de você e deles, pela proteção que sua conduta têm dispensado aos que se mantêm sob seu comando e pela bondade natural de sua alma, no atendimento humano aos que se veem sob sua responsabilidade.

Por onde você seguir, espalhando esses sentimentos, esteja certo de que esta luz o acompanhará sempre.

Visivelmente emocionado diante das lembranças, Caio não conseguia mais falar sobre o momento do regresso, enquanto que Décio, surpreso, pensava na coincidência de tal visualização, correspondente exatamente às próprias constatações quando da chegada da nau ao porto de Óstia.

Aproveitando-se do silêncio, Décio exclamou, feliz:

– Graças a Deus que você pôde ver o que tenho visto desde o

momento em que a galera aportou em Óstia, meu senhor. Isso é a proteção de Jesus aos nossos bons desejos, demonstrando que em seu coração há bondade suficiente para merecer a atenção do Divino Mestre. Isso não foi ilusão, meu senhor. Eu também pensei assim quando era criança e vi, pela primeira vez, os contornos luminosos dessas mãos, cujo contato generoso me curou para o desempenho de tarefas que, segundo suas próprias afirmativas, um dia me caberiam realizar.

E a presença delas neste momento, me indicam que estou diante do testemunho que me cabe viver, segundo a gratidão de tudo quanto recebi de suas emanações.

Visivelmente tocado pelas revelações de Décio, Caio se deixou levar pela emoção e, ali mesmo, sem se importar com a condição submissa e subalterna do exilado, pediu-lhe que lhe explicasse sobre esse Jesus tão generoso que sabia de todos os nossos problemas e se importava tanto conosco.

Foi, então, que Décio passou a lhe contar tudo quanto conhecia sobre o Divino Mestre, prometendo que lhe forneceria uma cópia dos escritos que possuía consigo para que o comandante os apreendesse pessoalmente e os copiasse durante a viagem, se o desejasse.

Mais uma vez, a sublimidade do espírito havia encontrado, no coração aflito e fustigado do capitão, a terra fecunda e preparada para que a semente pudesse ser atirada e germinasse, robusta.

* * *

Enquanto isso, a situação de Tito seguia entre a impaciência e as reflexões taciturnas.

Também ele havia tido sonhos incongruentes e cheios de reveladoras informações. Em determinado momento daquele novo dia, passou a sentir que precisava livrar-se daqueles dois monstros que, desde o momento em que aceitara a tarefa que Marcus lhe propusera a troco de dinheiro grosso, parecia terem se tornado duas maldições em seu caminho.

Suas lembranças negativas do passado as quais procurava afugentar para sempre pareciam regressar-lhe à mente, fixando-se na figura da moça iludida pelas suas promessas e engravidada pela sua astúcia masculina, para logo depois abandoná-la, sem apoio de ninguém, entregue à incerteza da vida.

— Por que tais lembranças, agora? — perguntava-se, irritado. Ela também não quis a aventura, não aceitou o prazer no momento em que tudo estava agradável? Eu não a enganei. Ela pensava que iria me prender arrumando um filho meu, isso sim. Mas eu não sou homem de ser enganado ou ser engaiolado como se fosse um pássaro bisonho, não...

Com estas palavras, Tito tentava se livrar da memória de Sabina, como se ela fosse um fantasma que ele deveria exorcizar e que, naquele dia, se fizera mais vívido em suas lembranças.

— Ora, nem sei por que esta coisa me veio à mente... deve ser por culpa destas duas desgraças que tenho que levar para longe e não vejo a hora de largar em qualquer canto — pensava Tito, tentando jogar a culpa de sua consciência pesada nos ombros inocentes daqueles dois seres.

Não vejo a hora de pegar o caminho para Roma.

No entanto, a agonia interior lhe impunha manter a lembrança dos seus sentimentos por Sabina, apesar de não ter correspondido ao desejo de formar uma família. Com quem será que ela estaria, será que existia algum filho dele que andasse pelo mundo, sem que ele mesmo o conhecesse? Com quem será que se pareceria? Teria a sua feição ou teria puxado as aparências da mãe? Todas estas eram perguntas que se fazia, ao mesmo tempo em que se via na condição daquele que era responsável por duas crianças desconhecidas. E se a ironia do destino estivesse lhe trazendo os próprios filhos para abandoná-los ao acaso em um porto distante?

Marcus não lhe informara de quem se tratavam aqueles infelizes. Não haveria a possibilidade de serem seus próprios filhos?

Não — respondia para si mesmo — não pode ser que os deuses tivessem castigado a minha fuga trazendo ao mundo como meus filhos estes seres deformados e horrendos.

Mas que culpa teriam eles pelas minhas atitudes ao recusar-me a assumir a paternidade?

Esses pensamentos feriam fundo, mais fundo do que desejava, a mente e os sentimentos de Tito, que não se lembrava conscientemente do sonho da noite, mas que, dentro de sua alma, carregava a marca de sua ocorrência, reagindo segundo lhe fora solicitado, buscando uma forma de se livrar dos dois pequenos sem lhes produzir qualquer mal, como se eles o fizessem se lembrar das próprias tragédias. Um misto de dor e vergonha invadia-lhe a alma, preparando o caminho para os fatos que se avizinhavam na alma de todos.

Mais dois dias e a embarcação chegaria ao porto, onde o destino de cada personagem sofreria as mudanças necessárias para a continuidade do crescimento espiritual de cada um, no caminho da melhoria através da dor, do arrependimento e da correção dos próprios erros.

* * *

Sem explicações plausíveis, na tarde daquele dia Décio sentiu-se indisposto e solicitou autorização do comandante para descansar no tombadilho da embarcação. Suores invadiam o corpo dolorido e uma constante náusea tornava impossível caminhar carregando o recipiente de água.

Os sintomas pareciam confundir-se com os males que acometiam os marinheiros de primeira viagem, mas eram mesclados com tremores e alterações de temperatura pouco comuns nesses casos.

Décio se resignara à condição de necessitado de auxílio, mas que, em face de seus sintomas, poucos se apresentavam dispostos a ajudá-lo.

Caio, o capitão, adotou as medidas disponíveis a bordo para ajudá-lo a suportar as reações orgânicas e, como ninguém se dispusesse a lhe servir as rações de água e comida, ele próprio se propôs a enfrentar o desafio que, aos olhos dos outros, era gesto de heroísmo ao qual se via obrigado o comandante do navio.

Já não era mais serena a atitude dos tripulantes que, estando reunidos em um local coletivo e sem saídas, sempre se tornavam nervosos diante do adoecimento de alguém a bordo, ainda mais quando o doente fosse um condenado, geralmente tido como endividado moral, perseguido pela maldição dos deuses.

Não tardou para que os oficiais subordinados se apresentassem ao capitão para solicitar uma medida drástica a fim de preservar a todos de eventuais enfermidades.

Caio, que se mantinha sério e altivo diante de todos os que comandava, para não lhes dar a impressão de fraqueza, continuou firme no propósito de cumprir suas ordens e levar o enfermo até a Hispania.

– Mas como, capitão... a província demorará mais de uma semana para ser atingida. Até lá, todos poderemos ter morrido caso este miserável nos transmita sua maldição e sua doença... Os deuses não nos perdoarão. Se os escravos adoecerem não teremos quem reme e sem os remos a tragédia pode se estender por mais e mais tempo.

– Eu sou o comandante e decido o que fazer...

– Mas o senhor pode dar um fim nesse infeliz e garantir o prosseguimento de nossa viagem até o destino, sem deixar de cumprir as ordens – falou seu subordinado imediato, estimulado pela postura tolerante do capitão da galera.

– Você se refere a jogá-lo ao mar? O homem acabou de ficar doente. E se ele melhorar, por que iremos matá-lo?

– Antes ele do que todos nós, capitão. Eu tenho família que me espera em Roma e não pretendo fazer viúva minha mulher, que está para ser mãe de meu primeiro filho, senhor.

– Verei o que fazer, Petrônio. Antes de minha decisão, não permita que nada aconteça àquele que, até hoje, nos serviu com desvelo. Transfira-o para minha cabine e mantenha um vigia à porta. Em breve eu estarei lá e eu mesmo me exporei para cuidar de sua doença.

– Pois bem, meu senhor. Assim, ao menos tiramos ele das vistas dos demais tripulantes que, facilmente, executariam a ordem que o senhor tarda em emitir, livrando-se do fardo para que os peixes adoeçam em lugar de todos a bordo.

E dizendo isso, Petrônio se retirou para conduzir o enfermo até os aposentos do comandante, onde um leito simples o esperava e onde, mais tarde, Caio se fizera presente para informar-se de sua condição e confirmar os planos que haviam feito.

– Bons ventos possam ser estes que o fizeram cair doente a pouco mais de um dia de Narbonne, Décio – falou Caio, sereno, ao amigo abatido e confuso diante da aparente indiferença do capitão.

— Ora, meu senhor, o servo ínfimo de Deus não discute os desígnios do Pai. Apenas os aceita sem murmurar... – foi a resposta do indisposto acamado.

— Seja menos trágico, Décio, porquanto ainda não chegou o momento de você se entrevistar pessoalmente com seu Deus. Você está passando mal em virtude de uma erva que tive o cuidado de colocar no alimento que lhe foi oferecido durante o almoço. Afinal, você estava tão preocupado com a motivação para expulsá-lo que não vi outra forma de fazê-lo, liberando-o do peso da mentira através do procedimento que adotei para que a própria tripulação viesse até mim solicitar que eu o expulsasse da nau, custasse o que custasse. Agora já tenho o motivo de que precisávamos para que nosso plano fosse perfeito.

Fique tranquilo, porque esses efeitos passarão logo que você estiver em terra, já na segurança e, se tudo correr bem, com os meninos sob seus cuidados.

Quanto a mim, peço desculpas pela atitude desleal, mas que nos garante os resultados planejados.

Que Deus coloque mais esta culpa junto às muitas outras que estão a meu cargo. Ao menos esta, representa compromisso que contraí a benefício de alguém.

Décio entendera o inexplicável mal súbito e, impossibilitado de fazer qualquer coisa, respondeu, apenas:

— Se é assim, Caio, peço a Jesus que compartilhe sua culpa comigo também para que o destino desses dois meninos seja menos doloroso e que o nosso seja a expressão da vontade de ajudá-los, por amor a Jesus.

— Pois então, Décio, que sejamos sócios no delito também – respondeu o capitão, sorrindo e deixando o amigo a sós em seu camarote.

Em breve, para alívio de toda a tripulação, o comandante decidiria deixar o enfermo no porto da capital da província ao qual chegariam a qualquer hora do dia seguinte, justamente onde desembarcariam Tito e os dois meninos.

Um novo começo para todos

Ao se aproximarem do referido porto, situado nas costas mediterrâneas daquele que é, hoje, o litoral francês, Caio foi procurado por Tito que lhe comunicou a disposição de deixar o navio com os dois infelizes que lhe competia transportar e, por isso, solicitava que a maior autoridade daquela nau procedesse de forma a facilitar-lhe o desembarque.

– Não há problemas, Tito, pois a sua solicitação vem ao encontro de uma necessidade nossa. Temos a bordo um outro enfermo que precisamos deixar em Narbonne para que sua doença não contagie todos os tripulantes.

Por isso, já providenciei para que um pequeno barco possa levá-lo até o desembarcadouro, aproveitando a ocasião para transportar você e os meninos até o mesmo destino. E por falar nisso, espero que possam ter sorte no novo caminho.

Ouvindo as referências do capitão, Tito sentiu um calafrio a percorrer-lhe a espinha, sobretudo pelo temor de se ver contagiado ao contato com um doente que seria transportado no mesmo escaler que ele próprio, não podendo, entretanto, opor-se às decisões do capitão.

Depois de adotar as medidas necessárias à transferência, Caio dirigiu-se à sua cabine onde, desde o dia anterior, Décio se encontrava recolhido, entre o abatimento físico, as náuseas constantes e uma certa palidez decorrente do efeito levemente tóxico da raiz que lhe fora ministrada pelo próprio capitão, no dia anterior.

– Tudo está pronto, meu amigo – falou Caio, radiante pelo sucesso de sua estratégia.

— Ora, meu senhor, com a sua inteligência, não tenho dúvidas de que tudo sairá de acordo com seus planos – mencionou sorridente o aparentemente enfermo.

Entendendo sua referência indireta ao "adoecimento", solução que Caio encontrara para conseguir desembarcá-lo antes do destino para acompanhar os dois infelizes, o comandante respondeu:

— Ora, meu amigo, não se amofine por tão pouco. Poderia ter escolhido droga mais forte do que essa que você ingeriu, mas como sabia que estaríamos próximos do destino, preferi algo mais leve para que você estivesse em condições de seguir substituindo o responsável junto aos jovens.

— Mais uma vez, senhor, o seu discernimento seguro foi decisivo para que até mesmo o grau de meus padecimentos fosse dimensionado adequadamente – falou Décio.

— Pois o que necessitamos agora, meu amigo, é planejar os passos finais do desembarque.

Já informei a Tito que vocês serão levados num pequeno barco de transporte até o porto, deixando-o visivelmente preocupado pelo fato de estar colocando um "doente" tão próximo dele. Quero que, no momento em que estiverem no barco, você estabeleça contato físico com os dois jovens, como que os acariciando paternalmente, a fim de que Tito se veja obrigado a abandoná-los o mais rápido possível, livrando-se do risco de contrair sua doença.

Certamente, o covarde tudo fará para ficar o mais longe de você e, sabendo disso, esse medo será um trunfo para que estejamos adiante de seus interesses de fazer qualquer mal a ambos.

Eis aqui os recursos de que lhe falei e espero que sua jornada na nova vida possa estar iluminada por esse Jesus que você tanto ama e que tanto me tem servido nas horas de meditação. Saiba que a cada três meses costumo passar por aqui e, se precisar de alguma coisa, envie-me uma mensagem por qualquer galera romana que, através dos canais próprios de nossas atividades náuticas, eu a receberei e tudo o que puder fazer, esteja certo de que me incumbirei de conseguir.

Percebendo a admiração silenciosa e a surpresa agradecida de Décio, Caio ajuntou:

— Não pense, meu amigo, que isso é fruto de minha bondade.

Talvez seja fruto de minha consciência pesada que o seu Jesus está conseguindo fazer mais leve à medida que me tem ensinado seus conceitos, seus exemplos, suas lições.

Reconheço-me como um endividado moral que, antes, imaginava fugir das próprias responsabilidades afundando-se na vastidão do oceano para esquecer. Hoje, graças a esse Jesus e a você, Décio, aprendi que, por onde for, meus erros me perseguirão como minha própria sombra, já que eles estão impressos da minha personalidade falível. Preciso mudar, preciso me transformar e, assim, meus esforços para fazer o Bem serão as únicas coisas verdadeiras que poderão me corrigir, que me farão mais humano, que melhorarão o peso de minhas culpas.

Estes recursos em dinheiro que lhe entrego pertencem a todos os que se vejam na tarefa de amar em nome desse Jesus que me conquistou o coração, graças a você. Não se trata de um favor que lhe faço, mas, sim, de uma modesta ajuda que possa chegar a esse Cristo que não negou nada para que todos nós acordássemos. Se você se dispõe a amparar estes filhos de ninguém, esteja certo de que tais recursos são ínfimos perto dos valores que você mobilizará de dentro de si próprio.

Jamais o esquecerei Décio, por todos os benefícios que sua alma generosa concedeu ao meu próprio ser necessitado.

E dizendo tais palavras, o vigoroso comandante, num gesto espontâneo de submissa admiração, tomou as mãos daquele homem maduro que lhe serviria de pai e beijou-as, emocionado.

Sem dizer qualquer palavra, Décio, igualmente tocado nas mais profundas fibras de seu ser, puxou-o pelo braço e enlaçou aquele irmão em um abraço carinhoso dizendo:

– Meu filho, que Jesus ilumine seu coração por todo o Bem que nos está fazendo. Jamais se esqueça de que é o Amor que cobre a multidão dos nossos pecados. A Justiça retifica, a Verdade esclarece, a Caridade salva, mas é o Amor que conforta sempre e em qualquer condição.

* * *

Tão logo se apresentaram prontas as medidas atinentes ao

desembarque do grupo, como fora previsto por Caio, Tito se fizera colocar no local mais distante em relação a Décio, fiscalizando-lhe os menores gestos e relegando a segundo plano os cuidados com os dois meninos enfermos, ainda tontos sob a ação do medicamento narcotizante.

Sabendo das orientações de Caio, Décio se fez todo carinhoso com os dois infelizes, tomando-os entre seus braços e afagando-lhes os cabelos, como se se irmanassem na mesma desdita.

Sem poder fazer nada para impedir, Tito não esboçou qualquer atitude que obstasse esse contato físico do doente com os dois miseráveis seres que ele teria que abandonar logo mais, para que morressem no porto gaulês.

— Já são dois infelizes que morreriam de fome ou de qualquer coisa mesmo... pois que morram igualmente doentes como esse pestoso que os afaga — era o pensamento de Tito. — Que se abracem tanto quanto desejem, pouco me importa. Estou cumprindo minha tarefa, por fim.

Não vejo a hora de regressar a Roma e receber o restante de meu pagamento.

Tão logo o pequeno escaler tocou as pedras que margeavam o ancoradouro de madeira, Tito saltou para terra, sem se preocupar em prestar qualquer auxílio aos meninos.

Vendo a sua disposição para a fuga, Décio lhe indagou:

— Ora, Tito, agora que chegamos ao destino, venha recolher o que lhe pertence por obrigação...

— Nada me pertence, velho infecto. Estes infelizes não deveriam ter nascido e, se ousaram enfrentar a vida nessas condições, melhor que morram ao lado de outros que lhe sejam igualmente infelizes como você, por exemplo.

Eu tenho minha vida e estou muito novo para me ver envolvido entre desgraças e aleijões. Vocês, que parece gostarem de misérias, que se entendam. Lastimo seus futuros, mas não posso expor minha vida pela vida de vocês.

Percebendo que Tito já estava se despedindo, como a deixá-los ali, Décio aproveitou a oportunidade e exclamou:

— Eu aceito de coração esse encargo, meu filho. Quanto a você, peço a Deus que o ajude na viagem de regresso ao seu mundo de medo e sofrimento, porque por mais que fujamos de nós mesmos, Tito, jamais conseguimos encontrar refúgio nos prazeres e coisas da Terra. Lembre-se de que chega sempre o dia em que teremos que nos encontrar frente a frente com nossas próprias verdades e, por mais que estejamos fugindo dos deveres, eles nos alcançarão solicitando a correção de nossas condutas.

Volte a Roma como deseja, mas não se esqueça de que Jesus o acompanha e que, de seus erros do passado surgirão as oportunidades para a reconstrução do futuro. Pare de fugir de si mesmo, pois se isso continuar, você acabará perdendo todas as oportunidades de se melhorar. Avise ao seu patrão, o nobre Marcus, que os filhos dele encontraram a morte ao lado de um doente da peste. Isso garantirá a você uma maior recompensa e a ele um alívio. Mas para os dois, o prêmio do dinheiro e do alívio serão muito pobres se comparados ao preço que a dor vai cobrar pelo gesto desumano que um cometeu e o outro ajudou.

Da lei do Universo ninguém conseguirá fugir, Tito.

Que Jesus ilumine sua consciência.

Dizendo isso, deu por terminada a despedida e, agarrando os dois meninos, ajudados por um dos remos de que um romano tosco se servia para empurrá-los para fora da embarcação, sentiu caírem sobre si os pequenos sacos de objetos que lhes pertenciam, voltando a se sentir diante do desconhecido, agora como tutor moral e material de dois infelizes.

Tito se afastara confundido.

Como é que aquele velho desconhecido sabia que ele era empregado de Marcus, e por que motivo havia chamado os dois infelizes de filhos dele?

Seriam, de verdade, dois filhos carnais de seu patrão?

Isso explicaria o seu desejo de livrar-se de ambos e o receio de tirar-lhes a vida, mesmo de forma indireta?

Mas que mistério havia por detrás de toda esta história?

Ao mesmo tempo em que caminhava rápido para fugir daquele lugar que o oprimia, notadamente depois das palavras de Décio que, sem o saber, haviam tocado coisas muito profundas na sua consciência de culpa, Tito, agora livre, não conseguia deixar de pensar em todas as possíveis explicações para aquelas tão diretas e importantes revelações que acabara de ouvir.

Meninos abandonados pelo pai, ignorados pela sorte e enjeitados por suas mãos, relegados ao sofrimento do mundo.

Esse era um quadro que fazia com que rememorasse a sua conduta com Sabina, a jovem namorada que engravidara nos arroubos da juventude de muitos anos atrás.

Sonhando com a liberdade, fugira ao dever uma vez para manter a possibilidade de gozar nos prazeres do mundo. Afinal, não haviam sido os homens feitos para isso e as mulheres criadas para lhes servir?

Ainda que essa houvesse sido a maneira tradicional da compreensão dos laços familiares por longos séculos, a lembrança de sua conduta em relação às esperanças de Sabina haviam feito com que um amargor voltasse a lhe invadir a alma, como a lhe dizer sobre suas próprias misérias, sua vergonha e covardia morais, sua falta de decência como homem e como companheiro de uma moça que confiara a sua intimidade à sua carícia apaixonada, para ver-se frustrada com a sua fuga desesperada.

Um vulcão ameaçava explodir em seus pensamentos e sentimentos, que lutavam uns com os outros para se justificarem sem se condenarem, levantando argumentações favoráveis tanto à condenação quanto à inocência.

As palavras de Décio, no entanto, eram um atestado de que mais alguém sabia o que ele fizera e que, oculto pelo véu do mistério, os olhos da Verdade seguiam seus passos, não importasse onde ele tentasse se esconder, nem quanto tempo já tivesse se passado desde que rompera o relacionamento afetivo com Sabina.

Afastou-se de Narbonne e buscou dormir em uma estalagem modesta existente à beira da estrada romana que dava acesso da província gaulesa até a sede do império.

No dia seguinte, seguiria sua jornada através do caminho mencionado, fosse usando montaria, fosse esperando conduções para ver-se transportado, carroções que faziam o intercâmbio primitivo de mercadorias entre os diversos entrepostos.

No entanto, por todo o percurso, seus pensamentos doíam

sempre quando imaginava qual teria sido o destino daqueles que abandonara junto a outro infeliz, no porto que ficava para trás.

Seria a segunda vez que estaria se conduzindo da mesma maneira, só que, nesta ocasião, estimulado pelos interesses materiais. Havia-se vendido e aceitado tornar-se um algoz na vida alheia apenas e tão somente para se ver remunerado por algumas moedas que, de maneira absolutamente precária, jamais iriam conseguir proporcionar-lhe a paz íntima, a leveza de alma e a noção de que ele era um ser íntegro ou, ao menos, a caminho da integridade.

Tentou esquecer distraindo-se pelo caminho, conversando com pessoas diferentes, bebendo nas estalagens, deixando-se ficar mais tempo afastado daquele monstro – Roma – que parecia devorar todas as esperanças, depois de estimular nos seus habitantes todos os sonhos como bem o sabia fazer aquela cidade imponente por fora e suja por dentro.

E algumas semanas depois que iniciara o regresso, dera-se conta de que já não tinha tanta pressa em chegar à capital imperial, desejando evitar os compromissos que lá o esperavam, conforme vaticinara o próprio Décio, junto ao porto em Narbonne semanas antes.

Não haveria como manter-se por muito mais tempo, já que, passados quase dois meses, os recursos escasseavam e se fazia urgente atingir a cidade para prestar contas daquilo que já estava consumado. No entanto, para não revelar seus conhecimentos sobre aquele segredo do patrão, deliberou nada dizer sobre a condição de filiação que Décio lhe expusera.

Falaria com Marcus como a lhe informar do destino dos desconhecidos, nada mais.

Isso lhe garantiria a gratidão e a generosidade de seu senhor. Depois pensaria no que fazer de sua vida.

Ele não tinha ideia do que se havia passado em Roma naqueles meses em que estivera ausente e, tais transformações iriam surpreendê-lo quando de sua chegada.

＊＊

Voltemos ao porto.

Vendo-se, agora, sozinho naquela cidade, tendo sob sua responsabilidade os dois meninos, Décio concluiu ser imprescindível sair dali e buscar o interior para ocultar das vistas curiosas e maléficas aqueles dois seres em provações acerbas.

Assim que pôde, tomou rústica carroça que se dirigia ao norte em direção a vilarejos circunvizinhos nos quais pretendia encontrar lugar para estabelecer uma vivenda onde pudesse velar pelos pequenos infelizes. Dispondo de alguns recursos, não lhe foi difícil adquirir modesta choupana, tão ao estilo dos moradores campesinos daquela área e, ali, constituir sua improvisada moradia, tanto quanto providenciar o abastecimento para as necessidades gerais, enquanto auxiliava os dois jovens a se recuperarem da experiência desgastante do sequestro e do banimento forçado, mantido à custa de remédios e narcóticos que Tito lhes ministrava mesmo no navio.

Arrumara o ambiente, providenciara palha limpa e nova para usar como leito, conseguira alimento fresco e algumas roupas limpas para trocar já que, em ambos, as condições eram precárias e humilhantes para qualquer ser humano.

Providenciou para que os dois pudessem se banhar, levando-os à margem de pequeno riacho que corria pela região agreste e bela, auxiliando para que ambos conseguissem se livrar das roupas e se higienizassem da melhor forma possível.

Foi aí que Décio se surpreendeu com o estado de Lúcio, o cego, que trazia o ventre extremamente ferido em área extensa na região umbilical, a exigir os maiores cuidados possíveis para que não se complicasse ainda mais o seu estado.

Era isso o que fazia com que seu corpo estivesse sempre arcado para a frente, no esforço de afastar o ventre do atrito com as vestes, o que motivava os constantes gemidos que emitia.

No entanto, Lúcio se acostumara à indiferença das pessoas e, sabendo que poucas criaturas além de sua mãe e de Lúcia, sua irmã, se ocupariam de aliviá-lo, relegara a plano secundário as queixas dolorosas. Da mesma maneira, como dependia da generosidade pública nas exibições de música e canto que ele e Demétrio apresentavam na rua, não podia se permitir a exibição de rosto sofrido, queixando-se diante da plateia.

Quando sua dor o obrigava a gemer um pouco mais, Demétrio se virava para ele e lhe dizia:

— Cale a sua boca, Lúcio, que as pessoas podem achar que nós temos a peste e isso vai afastar todo mundo...

Para Décio, no entanto, a revelação daquele estado era enternecedor, diante das agonias morais e das dores físicas que aquela quase criança estava enfrentando desde os primeiros dias de sua vida.

Assumindo-lhes a paternidade informal, Décio passara a organizar a vida de ambos segundo as próprias necessidades, procurando infundir-lhes ânimo, coragem, otimismo e saúde ao corpo e à alma.

A rotina da pequena família, afastada da curiosidade dos centros urbanos permitira que, entre eles, se estabelecesse uma afinidade espontânea que significava um momento de paz no meio da turbulência.

Foi, então, que Décio escutou a versão dos meninos para as ocorrências de que haviam sido vítimas.

Percebera que, de uma forma ou de outra, havia a maldade humana por detrás daquele destino triste. No entanto, acostumado a entender que a vontade de Deus deve ser sempre compreendida e, em vez de nos rebelarmos contra ela, nosso dever é o de fazer todo o bem que nos seja possível, para que os efeitos nocivos dos instantes de aflição sejam diminuídos, Décio se limitou a escutar e a dizer que o mais importante, era que eles estavam juntos e, enquanto tivesse condições, seria o pai que eles não haviam tido, cuidando de ambos para que fossem felizes, apesar das próprias dores.

Esse gesto de bondade natural aliviou os corações agoniados dos dois meninos que, sem saber o que o destino lhes reservava, ao menos agora podiam contar com algum conhecido amoroso que aceitara se esquecer da própria vida para doar-se, em forma de esperança, ajudando o sofrimento de ambos.

Com o esforço de Décio, Lúcio recuperou parcialmente o equilíbrio e as feridas em seu ventre diminuíram sensivelmente, apesar de permanecerem abertas em alguns pontos.

Demétrio, mais rebelde e contrafeito com o destino, parece que encontrara um pouco de serenidade, sob a sombra do carinho do novo tutor, que tudo fazia para agradá-los, principalmente lhes falando sobre as coisas que Jesus havia ensinado e que, agora, a eles todos competia viver da forma mais pura e sincera possível.

Ali, nessas condições especiais, cercados de paz e singelo conforto, os três encontrariam refrigério e refazimento para as lutas que ainda teriam que enfrentar.

* * *

Lembre-se, querido leitor, de que a nossa vida nunca pode ser somente pouso nem somente guerra. Entre as lutas e os descansos estamos posicionados para que aprendamos a superar todos os limites de nosso ser, vencendo nossas inclinações à preguiça e aprendendo a cultivar forças nas vibrações íntimas da alma durante os desafios dos problemas.

Se o repouso é garantia para a recuperação do corpo e o refazimento do espírito ao contato com belezas e bons sentimentos, não nos devemos deixar arrastar pelo ócio que intoxicaria nossos tecidos fluídicos com o narcótico da preguiça que produziria tempos difíceis pela frente.

Se as lutas da vida são os momentos decisivos para a aferição de nossa capacidade de resistência e combate, lembre-se de que não estarão para nos fornecerem medalhas ou troféus de lata e, sim, para avaliarem como é que cada um reage às provocações e às dificuldades.

Não é mais válido vencer de qualquer jeito.

É necessário obter a vitória através da vivência de princípios, sem os quais, o crime, o engodo, a mentira, a força, a violência, acabariam sendo ferramentas de um sucesso na vida que corresponderia tanto quanto corresponde sempre a um fracasso moral do espírito reencarnado.

Não basta vencer. É preciso VENCER-SE.

E para tanto, é indispensável CONHECER-SE.

E depois de conhecer-se, é urgente DOMINAR-SE.

Assim, as lutas da vida esperam de nós comportamentos compatíveis com a nobreza de princípios que adotemos como norma de conduta.

Se você acredita na honestidade, não se deixe arrastar para o delito do furto de qualquer tipo, apenas porque a prova da dificuldade material surgiu em seu caminho. Vencer a carência tomando o que não nos pertence é contrair nova dívida conosco, com o próximo e com Deus.

Se acredita na bondade, não seja mau porque sua bondade foi ludibriada. Se você não fizer mais nenhum Bem, esteja certo de que você nunca foi Bom. Apenas se fantasiava.

Se acredita na alegria, não se permita entristecer pelas surpresas desagradáveis. A carranca da face ou o mau humor na alma não modificarão a sisudez do problema. No entanto, a capacidade de fazer troça das próprias desditas o auxiliará a conseguir a simpatia dos que o cercam e aliviará as tensões naturais que surgem de qualquer situação difícil que nos ocorra.

Lembre-se: você é aquilo que esculpe em si mesmo, com o material que Deus colocou em seu coração segundo as orientações e os projetos à sua disposição.

O mundo apresenta uns e Jesus oferece o dele.

Escolha certo e você não se arrependerá.

Nesse momento de decisão, lembre-se das palavras do Divino Mestre:

Não é possível servir a dois senhores.

Enquanto isso, em Roma...

Retornando ao cenário da capital do império, lembremo-nos de que encontraremos nossas personagens envolvidas no drama da morte de Domício e do desaparecimento dos irmãos, sequestrados por ordem de Marcus.

Naturalmente, aquele havia sido um dos piores dias na vida de Serápis e de sua filha adotiva, Lúcia, já que ambas não sabiam para que lado correr, diante das agruras decorrentes tanto do desaparecimento de Lúcio e Demétrio quanto da triste surpresa representada pela morte do filho adotivo, supostamente envenenado, de acordo com as informações do experiente curandeiro, suspeitas estas que apontavam diretamente para a ação de Flávia, eis que os indícios conhecidos davam a entender ter sido ela a última pessoa a encontrar-se com o rapaz, carregando consigo o fatídico bolo através do qual o veneno teria sido ministrado.

Terminados os atos funerários simples e rápidos, ficaram os envolvidos diante uns dos outros.

Mantendo a serenidade de alguém que trazia a consciência tranquila, Lélia permanecia ao lado da amiga e da pequena Lúcia, como a demonstrar o seu desejo de confortá-las.

Por sua vez, Serápis não sabia mais o que fazer nem em que pensar.

A perda de Domício, graças ao qual conseguira recursos para viver durante muitos anos, doía-lhe no coração mais do que seria capaz de supor. A resignação do garoto, a sua história de abandonos e sofrimentos haviam produzido no coração daquela mulher interesseira do passado uma transformação sensível a ponto de, com o passar do tempo, já não se sentir feliz em recolher moedas através da exploração da desgraça de Domício.

A convivência e a confiança que o jovem depositava em suas palavras, muitas vezes grunhindo de alegria quando ouvia sua voz no ambiente, tanto quanto o brilho de seu olhar quando Serápis lhe dirigia a palavra nas rápidas demonstrações de atenção que lhe dava, haviam esculpido no íntimo daquela mulher uma nova forma de sentir e considerar a dor e o sofrimento daquele menino. E isso, agora, vinha à tona, uma vez que a ausência de Domício fazia doer-lhe a consciência de maneira mais profunda. Ao mesmo tempo, enquanto chorava pela sua morte física, Serápis misturava a dor da perda à angústia do afastamento misterioso de seus outros dois filhos legítimos, sem deixarem qualquer pista ou sinal de paradeiro. De nada havia adiantado recorrer aos circundantes à cata de informações. Todas as diligências a autoridades e pessoas importantes haviam sido vãs tentativas que se frustraram diante de sua incapacidade financeira e da insignificância de sua influência. Não estavam mais por ali nem Décio nem Cláudio que, certamente, a ajudariam na solução de tal dificuldade.

As lágrimas eram mais abundantes quando a angústia da perda de Domício se somava à incerteza do paradeiro dos filhos que ela aprendera, igualmente, a amar já que, por força das modificações que os ensinamentos do Evangelho lhe haviam propiciado, Serápis sentia pesar duplamente a consciência por não ter podido fazer nada para protegê-los.

Afastada dos filhos adotivo e legítimos, sua vida se resumia apenas a Lúcia, a outra adotiva a quem se ligava profundamente pelos laços benditos das vidas sucessivas, única forma de explicar a maneira natural e espontânea através da qual as duas se relacionavam, como velhas conhecidas.

Ao lado de toda essa tragédia concentrada em um único dia, pesava a possibilidade de encontrar, na única benfeitora, a víbora traiçoeira a tramar contra a sua paz pessoal, quem sabe por motivo de vingança do pretérito.

Lélia Flávia poderia ter sido a causadora da morte de Domício? Parecera-lhe ser uma pessoa tão íntegra, cuja dor anterior modelara e cuja fé em Jesus parecia ser sincera manifestação de uma essência purificada pelo sofrimento.

Como poderia ter feito tal atrocidade?

No entanto – pensava Serápis – o ódio guardado continua quente mesmo que anos se passem, décadas sejam vencidas e, como era da tradição romana daqueles tempos, a vingança era um prato que se comia frio, para poder saboreá-lo melhor.

Serápis havia denunciado Lélia a Marcus para que fosse responsabilizada pela morte da esposa, livrando o caminho pessoal da suspeita de ter sido, ela própria, a criminosa com a ideia fixa de tomar-lhe o lugar junto ao homem amado.

Lélia só não fora morta no circo pela intervenção pessoal de Licínio. No entanto, havia sido humilhada e maltratada no cárcere por longo período, antes de ser colocada em liberdade. Isso poderia ter deixado marcas profundas, a estabelecer um processo de revide que se alongaria no tempo, como é muito comum ao espírito humano moralmente menos elevado.

Além do mais, ela poderia ter estabelecido o plano de se aproximar da família de Serápis, trabalhando em silêncio no seu lar, conhecendo a rotina de seus filhos, graças ao fato de ter aceitado a solicitação de Décio.

Tudo fazia sentido, levando as suspeitas na direção da antiga conhecida.

No entanto, o comportamento e as manifestações de Lélia Flávia eram contrárias a tal conclusão. Sua palavra era sempre generosa, seu carinho sempre parecera ser espontâneo, seu interesse pelas crianças sempre demonstrou-se verdadeiro no sentido mais puro e generoso. Alguma coisa não combinava nessa história.

A cabeça tumultuada de Serápis, no entanto, não tinha como pensar em todas as hipóteses simultaneamente.

Assim, agradeceu a solicitude da amiga e, dizendo que necessitava descansar um pouco naquela noite, pediu-lhe que, no dia seguinte, lá pela hora do almoço, Lélia Flávia pudesse voltar à sua presença para que conversassem melhor.

Depois das despedidas, durante as quais Serápis procurou parecer o mais natural possível, todas recolheram-se em suas casas.

Enquanto isso, Marcus agia com a euforia típica dos adolescentes imaturos que anteveem o sucesso de suas empreitadas, como se ele fosse o arquiteto do destino dos seus semelhantes, ao sabor de seus caprichos.

Em sua mansão ficava, agora, imaginando o que estaria acontecendo aos meninos que, por força de sua inteligência e astúcia, havia tirado de seu caminho, para que, ao livrar-se de todos os estorvos, pudesse conseguir a companhia de Serápis, restabelecendo os ideais afetivos alucinadamente desequilibrados.

Lembramos o leitor querido que, naquele mesmo dia, Marcus havia solicitado audiência frente ao magistrado a que lhe competia recorrer para a retomada do pátrio poder sobre a jovem Lúcia.

Assim, antevia o fechamento da armadilha sobre Serápis, de forma a possibilitar a sua capitulação definitva, restabelecendo a relação amorosa anterior.

E não demoraria muito tempo para conseguir a autorização de que necessitava para ir até a moradia de Serápis e resgatar a jovem filha, usando as prerrogativas legais da paternidade, sempre tão defendidas pelo direito romano.

No dia seguinte, no horário marcado, Lélia compareceu novamente ao pequeno tugúrio de Serápis quando puderam conversar com um pouco mais de calma.

A noite havia sido agitada, e o sono pesado de Serápis permitiu que seu espírito descansasse um pouco depois de tantas tormentas reunidas.

— Bem, Lélia, hoje creio que me encontro melhor para conversar com você. Sua presença em minha vida tem sido uma constante e, como você sabe, ela é a única força com a qual passei a contar depois do infausto destino de Décio e Cláudio.

Nosso passado não precisa ser lembrado, pois ele se encontra vivo dentro de meus pensamentos, pelo mal que procurei fazer-lhe e do qual não consigo me perdoar. Assim, a sua conduta generosa para comigo ainda me diminui sobremaneira, porquanto somente uma alma lidimamente purificada é capaz de superar as torpezas que construí em seu caminho por ocasião da morte de Druzila.

Ouvindo atentamente, Lélia dava mostras de discordância silenciosa quanto às afirmativas elogiosas de que era objeto. No entanto, sabia que isso era apenas o manto claro de neve delicada que cobria a boca fumegante dos altos vulcões, prontos a explodirem em lavas comburentes.

Assim, Serápis prosseguiu:

– No entanto, minha amiga, não posso negar-lhe a surpresa que me acometeu quando do descobrimento da possibilidade do envenenamento de Domício, fato este que, conforme o próprio curandeiro afirmou, só poderia ter sido praticado por alguém próximo, que tivesse como se adentrar no ambiente modesto desta casa e trouxesse consigo um bolo ou uma torta, como aquela que foi encontrada, um pouco deteriorada, na garganta de meu filho, tudo isto apontando na sua direção.

Não imagine que dei crédito a tais suspeitas, mas necessito ser honesta com você acreditando que você, em nome de Jesus, haverá de ser honesta igualmente comigo.

Não consigo imaginá-la planejando envenenar aqueles infelizes que já estavam condenados pela vida de dores aos tormentos do inferno, antes mesmo de terem morrido.

No entanto, reconheço que o mal que lhe fiz um dia poderia ser combustível poderoso para facultar um processo de vingança tardia que, confesso, é totalmente contrário à sua inclinação e bondade atuais.

Ajude-me, minha amiga, a matar em mim todo o germe da injustiça e do mal, porquanto não desejo fazer nada que possa, novamente, corresponder a um julgamento errôneo ou interessado, levada apenas pela força das aparências.

E falando assim, quase em súplica, Lélia pôde compreender o grau de desespero que tomava conta de sua amiga, entendendo os conflitos entre a lógica do passado e a lógica do presente, na avaliação dos fatos que haviam sucedido.

– Eu sei que não foi você, Lélia – exclamou Serápis, num desabafo desesperado. – Mas eu preciso ouvir isso de você pessoalmente, para que não fique nenhum laivo de dúvida, nenhum resquício de desconfiança entre nós, a atrapalhar nossa convivência verdadeira sob os mesmos princípios do Evangelho que nós aceitamos.

— Se isso a faz mais tranquila, Serápis, eu posso afirmar-lhe que, em momento algum procurei, mesmo em pensamento, ferir ou fazer sofrer os seus filhos, que sempre considerei como meus mesmos.

Se desejasse matar algum deles, tive todas as oportunidades possíveis para fazê-lo, sem levantar qualquer suspeita e acobertada pelo anonimato conferido à condição de serva de sua casa.

Também não compreendo o que se passou, mas esteja certa de que todas estas questões serão solucionadas a contento. Seria bom que orássemos pedindo a Jesus que nos ajudasse a reencontrar o equilíbrio e a nos lembrarmos de Domício com todo o nosso carinho, entregando-o ao Pai.

Em realidade, Lélia não desejava mencionar a presença de Marcus nas redondezas para não agir com leviandade diante de uma acusação sem provas.

Ela mesma houvera sido vítima de um procedimento desse tipo e não desejava, agora, seguir pela mesma estrada perigosa e comprometedora.

— Eu também preciso pensar mais em certos detalhes desse assunto para poder tirar conclusões mais justas, Serápis. Esperemos mais alguns dias e trabalhemos juntas para encontrar os meninos.

A sua afirmativa franca e segura trouxera certa serenidade ao espírito de Serápis, ainda confundido pelas sucessivas notícias ruins e a conversa se perdia nas questões que envolviam o desaparecimento dos filhos legítimos.

Estabeleciam planos para pedir informações, para ficarem de plantão nas portas mais movimentadas da cidade, fiscalizando o transito de pedestres para identificar alguma pista do paradeiro dos filhos aleijados.

E nesse processo de pesquisa, ambas se entregaram, gastando os dias seguintes, sempre trazendo com elas a companhia de Lúcia, agora adolescente, a aproximar-se da idade considerada pelos romanos como a que possibilitava a mulher unir-se a um homem para a constituição de uma família.

Ao fim do terceiro dia, no entanto, quando regressaram ao lar de Serápis, foram surpreendidas pela presença de um destacamento militar à porta da casinha, a fim de executarem a diligência que retiraria da antiga amante de Marcus a última razão que possuía para viver.

Estarrecidas com o comunicado da autoridade que exercia a magistratura inflexível, Lúcia deveria ser levada diretamente à casa paterna, sem qualquer direito de recusa ou tentativa de fuga.

Por isso se fazia necessária a presença da milícia, a garantir, pela intimidação prévia, o cumprimento da sentença.

Serápis, Lúcia e Flávia não acreditavam no teor da medida desumana por todos os motivos.

Lúcia se agarrara à Serápis como quem se prende à única tábua de salvação, já que ao pai não devotava qualquer afeto. Como estar, agora, submetida à sua autoridade se ele nunca se fez presente em sua vida nem nunca se interessou pelo seu futuro? Fora Serápis quem conseguira comida e roupa para ela, quem a protegia do frio, quem a ajudara nos pequenos problemas de uma criança.

Percebendo a rusticidade dos homens que ali estavam para cumprirem as determinações da autoridade, Serápis procurou manter serenidade para ajudar a filha a não acabar ferida pela força bruta dos soldados, que não titubeariam em executar um santo, que dizer, então, de agarrar uma menina frágil para levá-la embora.

As lágrimas de Serápis, no entanto, se fizeram espontâneas, como se o último fio de esperança lhe estivesse sendo cortado a frio e como se já não houvesse mais por que viver neste mundo.

Em menos de uma semana, havia perdido tudo de uma vez. Só lhe restava a amizade de Lélia Flávia, único conforto ao qual se apegava para não acabar se afogando no Tibre sonolento que circundava aquele antro de mármores e maldades.

— Calma, filha, não fique assim, porque estes homens são violentos e podem machucar você. Eu irei até o juiz para pedir que isso seja cancelado. Vá com eles e, em breve, você estará de volta para continuarmos a viver nossa vidinha — eram as palavras que a chorosa Serápis, nos dramas de uma cruel despedida, se via obrigada a dizer, única forma de criar certa esperança no espírito da filha adotiva para que ela não se opusesse à condução forçada de que era objeto pela ordem judicial.

E solicitando um breve instante à autoridade militar que comandava o destacamento de homens, foi até o interior da casa e trouxe algumas roupas e objetos pessoais da menina para que ela tivesse o que usar, carregando consigo as lembranças daquele período de penúrias e dificuldades.

Vendo o pequeno amontoado de roupas desgastadas, o soldado incumbido do cumprimento da determinação sorriu, irônico, e acrescentou:

– Para que gastar esforço por carregar esse lixo, se a menina vai direto para o palácio onde a esperam roupas dignas da família a que pertence?

E como a se insurgir em silêncio contra essa insinuação arrogante e desumana, Lúcia agarrou-se aos tecidos pobres como se ali estivesse toda a sua condição humana e disse:

– Mãezinha, ainda que Jesus me viesse buscar no lugar desses diabos em forma de gente que aqui estão e me oferecesse o paraíso, os palácios no céu e as mais belas roupas que existissem, eu só iria se você fosse comigo. Fique certa que, se você não conseguir nada com o juiz eu encontrarei um jeito de fugir daquele palácio e, então, fugiremos desta cidade para sempre.

Sem permitir mais qualquer entendimento, a cena sombria e constrangedora que transcorria na via pública começava a produzir o ajuntamento de pessoas curiosas para entender o que se passava, obrigando os soldados a agirem com rapidez para terminarem a tarefa que lhes fora encomendada.

Seguindo entre dois homenzarrões, ia a pequena Lúcia agarrada aos seus pobres pertences, entre a revolta e o medo.

Serápis, inconformada com o destino, seguiu o contingente à distância, a fim de se certificar do verdadeiro destino de Lúcia, para que pudesse tomar as medidas que acreditava possíveis no sentido de liberar a filha adotiva do cativeiro paterno.

Por fim, constatou ser verdade que a menina havia sido levada ao palácio de Marcus, tendo Lélia ao seu lado como o ombro amigo no qual se deixou debruçar e secar mais uma fonte de lágrimas, a mais dolorosa e ácida que o destino lhe havia aberto na alma naqueles dias.

— Por que, Lélia? Os demônios devem estar organizados contra mim, conspirando contra a minha felicidade mínima.

Eu sempre quis grandezas e poderes mundanos e, por isso, fiz muita besteira na vida. No entanto, fui reduzida a um amontoado de trapos, morando em uma tapera emprestada, mãe de três filhos doentes e da única criatura com quem mantinha uma profunda ligação e que, por ironia, é a filha da pior rival que já tive nesta vida.

Quão má eu devo ter sido para que minhas culpas recaiam sobre os pobres inocentes que tiveram a desgraça de ser meus filhos, legítimos ou adotados!

E enquanto falava, sua voz saía como um lamento, ora gritada ora sussurrada, ocultando o rosto no colo de Lélia, que se mantinha igualmente emocionada a orar em silêncio, pedindo pelo equilíbrio da mulher que se perdera por si mesma e se via fustigada pelas forças invisíveis do destino doloroso.

O que é que aquele maldito homem do qual se tornara amante desejava ao tomar-lhe a menina que servia de último apoio de sua alma solitária?

Por que tamanha crueldade gratuita? Não tinha ele o dinheiro, o poder, as facilidades, os prazeres que sempre desejara? Por que não as deixava em paz para sempre se, já há algum tempo, nem mesmo a casa em que viviam pertencia ao antigo amante?

Uma sinistra sensação fez percorrer toda a espinha e alojar-se no coração daquela mulher, como a lhe prenunciar dores maiores pela frente.

Sem mais o que fazer, regressaram para a casa e, naquela noite, Lélia permaneceu em companhia de Serápis para garantir-lhe o equilíbrio e para velar por seu descanso, se é que se poderia chamar aquele desprendimento noturno de sono.

***

No interior do palácio, Marcus exultava com a última cartada. Segundo seus planos, pouco faltava agora para convencer Serápis a aceitar o convite para voltar ao antigo ambiente, agora na condição de dona da casa.

Precisava, apenas, dar tempo ao tempo para que as dores da separação esculpissem nela o necessário panorama que lhe aconselharia a retomada da antiga ligação afetiva com aquele que fora o único homem de sua vida.

Inspirado negativamente por Druzila e pelos asseclas que a obedeciam nos processos de perseguição, Marcus deliberou retirar-se da cidade por alguns dias, apenas para deixar que a poeira baixasse e para impedir que a menina lograsse fugir do palácio, tentando voltar para a companhia da mãe adotiva.

No dia seguinte, ao despertarem, Lélia serviu o pouco pão e leite que havia conseguido e, tão logo Serápis se alimentou, a amiga tomou a palavra para revelar certas coisas que, até agora, estava ocultando por prudência.

– Serápis, preciso falar sobre uma coisa que pode ajudar a retomada de Lúcia perante a autoridade judicial.

Ouvindo a notícia, a abatida mulher que, agora, se poderia comparar a um trapo de gente, voltou seu olhar apagado na direção da amiga, como a lhe dizer que estava pronta para escutar, ainda que não fosse capaz de acreditar que se pudesse modificar o curso das coisas.

E então, passo a passo, Lélia revelou-lhe o encontro que tivera às portas do pequeno barraco, com Marcus disfarçado, que saía apressado carregando um embrulho nas mãos, como quem foge do local do crime. Na ocasião ela não havia entendido o que motivara ao antigo patrão a comparecer naquele ambiente tão pobre. Qual não fora a sua surpresa maior quando, ao entrar, constatou a presença tão somente de Domício no lar desguarnecido.

Depois da ingestão do bolo e do diagnóstico de envenenamento, não foi difícil a Lélia imaginar que fora o próprio Marcus quem estivera ali para levar a dose letal a alguém daquela casa, já que sabia que o veneno não estava no bolo que ela portava.

– Eu não havia falado nada, ainda, porque precisava entender melhor todos os fatos, porquanto me parecia estranhíssima coincidência a morte de Domício no mesmo momento do desaparecimento inexplicável dos meninos. Agora, tudo se torna mais claro.

Esse relato novo produzira uma transformação no espírito de Serápis.

Com a rapidez do raio, a mulher logo imaginou, tanto quanto Lélia que, com a retomada de Lúcia, Marcus estivesse por detrás, também, do desaparecimento dos dois filhos legítimos.

E se ele pudesse ser acusado de ter envenenado o filho inválido e desprotegido, poderia conseguir recuperar a guarda da menina que, obviamente, não poderia permanecer na companhia de um genitor perigoso e homicida.

Essa rapidez de raciocínio permitiu a Serápis sair do abismo do desânimo para o patamar da euforia, em questão de rápidos minutos.

— Sim, Lélia, essa é a chave de todo este mistério.

Somente a cabeça maldosa e astuta de um homem como ele poderia ter pensado em tudo isso.

Não duvido, inclusive, de que tenha sido também o responsável pelo desaparecimento dos meninos.

Ouvindo-lhe as conclusões da intuição feminina, Lélia procurou ser mais prudente, afirmando:

— Bem, Serápis, quanto a isso eu nada posso afirmar, porquanto não pude presenciar nenhuma coisa nesse sentido. No entanto, concordo com você, que é muita coincidência tudo acontecer como aconteceu.

— Você precisa me ajudar, Lélia. Precisamos ir até o juiz falar dessa situação que poderá reverter todo o caso a nosso favor. Você me ajudará, não? – era o pedido súplice de Serápis para a amiga que sabia ter o dever de revelar os fatos para preservar a integridade de Lúcia e o equilíbrio de Serápis.

— Bem, minha amiga, eu não pretendo prejudicar com acusações falsas a ninguém. No entanto, tomo Jesus por testemunha de que irei revelar toda a verdade que pude presenciar aqui naquele dia triste de nossas vidas.

— Então iremos, nós duas, à presença do juiz para solicitar uma intervenção favorável no processo de retomada de Lúcia.

— Antes, então, Serápis, oremos a Jesus para que nos ajude em nosso esforço de conseguir reverter a situação, já que, na condição de pobres como somos, não podemos contar com nenhum outro tipo de influência ou de apoio que nos facilite as coisas nesse sentido. Se não for por Jesus, não será por ninguém.

Daí, ajoelhadas no solo pobre da casinha de Décio, ambas se dirigiram ao Divino Mestre a solicitar-lhe ajuda para que a pequena Lúcia pudesse ser trazida de volta à companhia da mãe adotiva e da amiga, já que o Mestre se apresentava como a única fonte de esperança em suas vidas.

Na tarde do mesmo dia, ambas estavam às portas da casa de Justiça na qual o representante da lei pontificava segundo os cânones da "lex" romana. Naturalmente que não lhes foi fácil o acesso ao magistrado que se responsabilizava pelo caso, mas depois de inúmeras diligências nas quais foram ajudadas por alguns funcionários da casa de Justiça que eram, secretamente, simpatizantes do Cristianismo nascente e que Lélia conhecia, terminaram diante da autoridade que as recebera de muito má vontade, sempre demonstrando pressa na escuta das queixas do populacho.

E então, buscando segurar o ímpeto e domar seus impulsos de mãe ferida para manter-se com a temperança necessária à clareza da exposição, Serápis apresentou o caso, explicando tratar-se da questão de tutela legal sobre a menor Lúcia, que já se encontrava com ela há mais de 12 anos e que, inexplicavelmente, dela fora retirada por solicitação do pai.

— Mas o genitor nunca deixa de ser pai, enquanto que a senhora nunca será nada para essa menina — respondeu o magistrado, rispidamente.

Contendo o nervosismo e a vontade de esbofetear aquele homem indiferente e grosseiro, Serápis continuou, buscando aparentar humildade a todo custo:

— Sim, poderoso magistrado, reconheço a razão de seus argumentos baseados na tradição de nossos ancestrais. No entanto, ouso solicitar a sua nova avaliação porque a lei romana também não reconhece ao assassino de inocentes a condição normal para exercer o poder paternal, de forma que, na defesa da lei, a vossa sapiência pode ter colocado a jovem em companhia de um perigoso homicida.

— A senhora está ciente do quanto é grave a acusação que está fazendo — disse o juiz, solenemente, levantando os olhos dos papéis que tinha diante de si.

— Tão ciente que, se for preciso assinar qualquer documento, eu o assinarei agora mesmo.

– E que provas tem a senhora dessa acusação?

Usando das melhores palavras que podia, teceu o quadro que Lélia lhe contara naquele dia, revelando os detalhes do dia do desaparecimento dos filhos, da morte de Domício e da testemunha que presenciara a saída de um disfarçado Marcus, deixando a casinha e carregando o embrulho nas mãos, certamente o bolo com veneno que matou o inocente leproso.

Intrigado com aquela narrativa grave e acusadora, o magistrado voltou-se para a acompanhante a fim de ouvir dela, pessoalmente, os detalhes do encontro.

E as informações de Lélia foram ainda mais convincentes, já que provinham de uma pessoa mais serena e que presenciara os fatos de forma decisiva, carregando as informações que, no mínimo, indicavam a participação clandestina de Marcus em um delito que ainda não havia chegado ao conhecimento das autoridades.

– E por que a senhora não veio denunciar o possível homicida antes?

– Porque, meu senhor, as tragédias se sucederam e eu só tomei conhecimento desse detalhe no dia de hoje, quando Lélia me revelou, certamente por passar a entender o motivo desse homem em retirar de mim a pequena Lúcia. Não possuo outras provas, mas, na intuição de mãe, sou compelida a afirmar que ele deve estar envolvido também no desaparecimento dos próprios filhos aleijados que abandonara desde o nascimento.

Serápis exaltava-se em acusações e, discretamente, Lélia desferiu rápido beliscão em seu braço, longe das vistas do magistrado, a fim de que ela se contivesse nas palavras para que não parecesse uma mulher desequilibrada pelo sofrimento, a procurar culpados por suas dores.

Entendendo o recado, Serápis silenciou não sem antes afirmar que, da última suspeita não possuía qualquer acusação que pudesse incriminar o ex-amante. No entanto, da acusação de ter matado Domício, podia apresentar Lélia como prova que se disporia a manter sua versão, custasse o que custasse.

O magistrado, então, mandou anotar os pormenores da acusação de Serápis e o teor do depoimento de Lélia para que isso fosse juntado aos documentos do caso Lúcia, e determinou que Marcus fosse convocado à sua presença para esclarecimentos diretos sobre o assunto.

Dispensando as duas mulheres, inclinou-se o juiz romano sobre o caso para meditar sem o calor das emoções e buscar desvendar tal mistério que se ocultava por baixo das aparências sociais.

Seria Serápis uma mulher ferida no afeto, que desejava prejudicar gratuitamente o homem que a abandonou? Haveria razão em sua postura firme e resoluta, embasada, inclusive, no testemunho de outra mulher, que lhe parecera insuspeita e correta?

Além do mais, havia o interesse da menina que, à toda evidência, poderia estar correndo um risco muito grande se fosse verdade a informação que Serápis lhe fornecia.

Expediu-se a convocação a Marcus para que comparecesse urgentemente diante da autoridade legal, convocação essa que só pôde ser cumprida dias mais tarde quando de seu regresso da viagem que fizera em companhia de Lúcia.

Assim que regressou ao seu palácio, tomou conhecimento da determinação oficial que o convocava à casa da Justiça onde o magistrado o esperava, naturalmente para lhe dar notícia do andamento regular do processo, com o encerramento da questão graças à retomada da guarda da filha.

Para sua surpresa, no entanto, as coisas não seriam desse modo.

No dia seguinte ao da sua chegada, estaria sendo informado solenemente de que alguém o acusava de homicida e apresentava provas contra ele.

O suor frio que lhe percorreu a espinha só fora disfarçado pela existência da rica túnica que trajava nas ocasiões especiais perante autoridades importantes.

Naturalmente que negaria qualquer envolvimento e lançaria sobre os depoimentos a acusação de leviandade e de interesses contrariados, que buscavam reverter a exatidão da sentença que lhe concedera a guarda da filha.

— Mulheres frustradas, bem sabe vossa sabedoria, são capazes das piores mentiras, das mais pérfidas acusações para que não se sintam perdedoras em seus interesses.

— Sim, nobre Marcus. No entanto, não se trata apenas da versão da mulher que cuidava de sua filha. Trata-se do depoimento embasado em uma prova testemunhal que garante ter visto a sua pessoa saindo do local onde, minutos depois, um romano veio a morrer envenenado.

E como Marcus não havia visto Lélia naquele dia, já que tinha pressa para seguir com Tito até o ponto de encontro a fim de dar destino aos dois menores sequestrados, não sabia que Lélia também tinha levado um bolo para dar de comer aos filhos de Serápis.

Isso o fez imaginar que alguém de seu círculo pessoal havia denunciado sua atitude.

"Impossível", pensou ele. "Somente Tito sabe de todos os detalhes do caso e ele está longe, nesse momento, levando os dois inválidos para o inferno. Ninguém poderia ter revelado nada, fora ele. E, ainda assim, é o mais fiel de meus servidores".

— Bem, meu senhor, eu não sei o que dizer a não ser que isso é uma invenção de gente que se sente prejudicada com a vossa decisão justa e sábia, valendo-se de calúnias contra mim.

— Penso que esta possa ser uma argumentação coerente com os fatos. No entanto, deliberei investigar a morte do menor na casa da senhora Serápis a fim de apurar as duas coisas ao mesmo tempo. Assim, em breve o senhor será novamente convocado para estar aqui diante de suas acusadoras para vermos que rumo tomarão as coisas.

E dizendo isso, dispensou Marcus, que voltou para o palácio, pensativo e preocupado com seus passos.

Tão logo se viu encerrado em seu escritório de trabalho, deliberou enviar outros empregados de confiança às proximidades da casa de Serápis a fim de obterem informações sobre a morte de Domício naquele dia em que seu plano foi posto em ação.

Que perguntassem a todos os vizinhos, aos passantes e aos donos de estabelecimentos próximos sobre o caso e lhe trouxessem informações.

E foi através desse expediente que Marcus ficou cientificado, antes do próprio magistrado, de que o curandeiro que atendera o caso no momento em que a morte ocorria, encontrara, apenas, uma mulher no local, a mesma que o fora chamar para cuidar do menino envenenado, tendo sido ela a portadora do bolo suspeito.

Aquilo era misterioso para Marcus. Outra mulher e outro bolo...?

Que coisas poderiam ter acontecido ali depois que ele saiu? Teria sido essa mulher a mesma que alegava tê-lo visto saindo da casa?

De qualquer forma, ela poderia ser apontada como a principal implicada no crime, e isso o tranquilizava naqueles momentos, pois saberia como fazer as coisas para que a culpa lhe fosse atribuída, eximindo-o de qualquer responsabilidade.

Os dias seguintes veriam o desenrolar dos fatos.

Enquanto isso, esperava ansioso o regresso de Tito de sua missão derradeira, levando para longe os dois filhos indesejados.

Pagar-lhe-ia pequena fortuna quando de sua chegada, aumentando-a significativamente para que se apresentasse em juízo com a versão dos fatos que fosse mais conveniente à inocência de Marcus.

Tito, no entanto, tardava a chegar e o magistrado já havia deliberado a data do encontro entre ele e suas acusadoras.

A AJUDA ESPIRITUAL DURANTE O SONO

A partir daquela noite, Marcus passou a ser vítima de estranhos sonhos, envolvido pela pressão psicológica de Druzila e seus asseclas, todos eles mantendo estreito domínio sobre suas ideias, notadamente no controle de suas emoções, lutando para que não acontecessem preocupações maiores que viessem a modificar o rumo da jornada vingativa de sua ex-esposa.

Inicialmente temia pelo insucesso de seus planos já que aquela testemunha imprevista surgira para atrapalhar-lhe o desenrolar da estratégia.

Ao mesmo tempo, a perspectiva de se ver diante do juiz, que voltaria a averiguar as questões da morte de Domício, faziam com que sua alma se incomodasse, ainda mais agora que Tito não se encontrava em Roma.

Diante de todo o novo cenário, Marcus passara a dar guarida à ideia de movimentar-se nos bastidores políticos da capital do Império e conseguir junto às autoridades maiores, o afastamento do magistrado de suas funções, já que lhe parecera uma conduta pouco adequada aos seus interesses a união dos dois problemas sob uma mesma investigação.

Lúcia se encontrava sob sua responsabilidade, ainda que não mantivesse qualquer tipo de aproximação afetiva da jovem. Era ela a isca com a qual seu sonho de reconquistar Serápis se mantinha vivo e luminoso, apenas isso.

No entanto, com a possibilidade de se apurarem os dois casos, seja o da capacidade de tutelar a filha, seja a sua condição de assassino de crianças, atormentava-se Marcus com a perspectiva sombria de ver-se revelado em sua astúcia e perfídia.

Por isso, ocorria-lhe a ideia de atuar nos bastidores para que, através de influências escusas obter o afastamento do referido magistrado do comando da questão específica, para que um outro fosse designado para o caso, sem que parecesse que tal se dera por sua intervenção direta.

Segundo as determinações do magistrado oficial, dentro de duas semanas os pleiteantes se encontrariam diante dele para as apurações decisivas do caso, com a tomada das informações de ambas as partes.

Visando influenciar o juiz oficial, Marcus fez chegar-lhe ao conhecimento a existência de testemunhas da morte do menino, informando o nome e o local de moradia do curandeiro que na data dos fatos pôde presenciar tudo e identificar a possível suspeita de ter envenenado o menor, afastando sua culpa.

Ele mesmo, através de seus enviados, conseguira a aquiescência do referido indivíduo a fim de que aceitasse comparecer perante a autoridade para manter o depoimento sobre os detalhes do caso.

Por outro lado, Lélia e Serápis aguardavam, ansiosas, o momento de voltarem ao tribunal, único recurso para que a filha adotiva pudesse ser reconduzida à antiga condição de companheira de lutas.

Relembramos o leitor de que Marcus, na anterior trajetória humana, houvera sido o mesmo Sávio, aquele que, por ser amante de Fúlvia – a atual Serápis – levara o veneno que esta destinava a Pilatos no cativeiro, veneno esse que, por fim, acabou sendo ingerido por Zacarias, na defesa do governador exilado.

Regressando aos braços de sua amante, terminou por ela igualmente envenenado e, no plano espiritual, acabou recolhido pelo espírito Zacarias, tendo sido mantido em modesto casebre nas regiões umbralinas para servir de base para o resgate dos demais personagens da história.

Zacarias lhe destinava atenção e carinho paternais e, por sua intercessão, obteve Sávio a oportunidade de renascer na mesma Roma, desta vez como Marcus, com a função de auxiliar a recuperação de

Pilatos e Sulpício, que chegariam ao mundo para uma reencarnação de testemunhos e dores.

Marcus, no entanto, amedrontado e fragilizado pelas convenções sociais próprias daqueles que vivem uma vida aquinhoada, afastou-se do cumprimento das promessas feitas anteriormente e, não apenas abandonou a mãe dos dois infelizes sofredores, como também passou a conspirar para pôr fim à existência daqueles dois problemas em seu caminho.

Continuava cultivando a mesma veneração sensual com relação à antiga Fúlvia, agora sua ex-amante Serápis. No entanto, nada queria fazer no sentido de ajudar os dois infelicitados indivíduos nos processos de reparação pela dor.

Ligando-se aos espíritos de mais inferior condição vibratória, passou a nutrir-se dos alimentos mentais e das sensações compartilhadas nos excessos das festas mundanas, nas quais seus ímpetos inferiores ganhavam força e se enraizavam os vícios em seu espírito.

Aumentava-se, assim, a ligação de Marcus com entidades de padrão vibratório negativo, já que comungavam todos das mesmas vontades, nos atos igualmente compartilhados e usufruídos.

Com isso, o pai de Demétrio e Lúcio se deixou arrastar para o resvaladouro onde se precipitam aqueles que perdem a solidez dos princípios morais para se permitirem chafurdar na lama das condutas ilícitas ou sem nobreza.

Planejara o golpe na vida de Serápis para que pudesse retomar o controle sobre ela, imaginando que, se a privasse de todos os seus pobres e horrendos tesouros, mais fácil seria atraí-la ao seu redil astuto e mau.

Não imaginava que a própria Serápis já houvera se modificado, deixando para trás aquele período de insensatez afetiva graças ao qual se estabeleceu o romance apaixonado com o patrão, na esperança de assumir, um dia, a mesma posição de Druzila, não só no coração do homem desejado, como também na estrutura social daquela capital depravada.

Marcus contava com as ambições de Serápis para elaborar aquele que lhe parecia o melhor plano para reconquistar-lhe o afeto.

Quando seu corpo adormecia, seu espírito se via envolvido pelos eflúvios pestilentos de Druzila que, valendo-se da peculiaridade plástica do perispírito, ativado por uma forte vontade, apresentava-se aos seus olhos com a forma de Serápis, pegajosa e sedutora, iludindo-o com carícias provocantes, despertando mais desejos em seu íntimo e agindo para que, em momento algum, Marcus desistisse da ideia de ter Serápis em seus braços como antigamente.

Agora, as forças negativas que se uniam ao desejo negativo do homem que se julgava poderoso, percebiam que o momento de ferir Serápis se aproximava rapidamente, fosse com a retomada de Lúcia, fosse com a acusação de homicídio que, pela ação dos espíritos vingadores, se faria recair sobre Lélia.

Druzila exultava com a perspectiva de massacrar todos os envolvidos em sua tragédia, infelicitando Marcus, Serápis e Lélia de uma só vez.

E com isso, a própria entidade perseguidora estimulava em Marcus a ideia de trocar o juiz do caso para que ele não atrapalhasse as coisas com uma postura que parecia inclinar-se na direção daquelas duas mulheres.

Imaginavam os romanos importantes que a Justiça era um instrumento que lhes pertencia e que deveria ser usado para garantir e proteger os interesses da classe dominante, não cogitando, em geral, da legalidade dos procedimentos e da imparcialidade dos magistrados que, quando se mantinham firmes em seus princípios, eram sempre considerados amantes da plebe, instrumentos da desordem, indignos da confiança das classes mais elevadas da sociedade romana.

Com tais conceitos estabelecidos em seu pensamento, envolvido pals intuições de Druzila, Marcus tratou de mover seus influentes contatos, como já se disse, para que o julgamento final do caso estivesse a cargo de outro magistrado que não aquele que, originariamente, lhe havia concedido a guarda da filha Lúcia, mas que, agora, estava dando demasiada importância às acusações de Serápis.

No entanto, sabendo de suas andanças pelos gabinetes importantes, sempre com promessas de recompensa e favores na forma de presentes, o espírito Zacarias acompanhava os tortuosos passos que Marcus resolvera empreender para comprometer-se novamente com as forças do destino. Chamado a um testemunho verdadeiro de renúncia e devotamento, para o qual lhe haviam sido concedidos recursos materiais abundantes com os quais poderia garantir facilmente os bens e as facilidades aos filhos aleijados, preferira caminhar pelo mundo de braços dados com a inutilidade, com o gozo fácil, com a irresponsabilidade gastadora.

Apesar do muito que houvera recebido antes da reencarnação em curso, a fim de se preparar para estar na Terra no cumprimento de parte de importante missão de reajuste, Marcus tergiversara, fugira e se embrenhava por trilhas muito mais dolorosas do que ele mesmo fosse capaz de supor.

Assim, amando aquele jovem doidivanas e imaturo, Zacarias houve por bem preparar Marcus para um encontro espiritual durante o seu repouso, através do qual o alertaria para os dias do futuro e lhe solicitaria que não modificasse o curso das coisas, comprometendo-se ainda mais com as leis sagradas que regem a Justiça no mundo.

Envolvido pelo magnetismo superior de uma plêiade de espíritos fraternos que, ainda que à distância, mantinham a observação sobre o antigo amante de Serápis, sem que os espíritos trevosos tivessem como impedir, tão logo deixou o corpo físico em virtude do sono noturno, Marcus foi acolhido por entidades luminosas e encaminhado a delicada região, incompreensível aos seus olhos, na qual sentiu-se despertar de um brando e agradável sono.

Estaria sonhando acordado? Sentiria aquela sensação para o resto de seus dias? Que lugar seria aquele? A morada de algum dos deuses romanos que ele não conseguia identificar?

E enquanto suas divagações se acumulavam em sua cabeça, buscando respostas para suas angústias, eis que vê se formar à frente de seus olhos, a imagem de Zacarias, que parecia sair do nada, como uma miragem que ganha forma depois de abandonar a bruma da madrugada, à feição de alguém que construísse com ela as próprias vestes luminosas e fofas.

A face brilhante e serena, o sorriso generoso e afável, a barba longa e branca, a face segura e doce, eram impressionantes características que faziam com que Marcus se lembrasse de alguma coisa no mais profundo de seu ser, sem saber identificar de onde vinha aquela sensação de amistosidade, de veneração que ele carregava dentro de si mesmo e que se perdera ao longo dos anos vividos.

A presença generosa de Zacarias, no entanto, envolvia o homem deslocado em espírito para aquela região etérea em uma atmosfera de paz indizível e certeza de que aquilo não havia sido apenas um sonho sem maiores consequências.

– Venha em paz, meu filho! – disse Zacarias, com sua voz doce e cativante.

Ao timbre suave daquela cantiga paternal, Marcus sentiu-se tremer no mais íntimo, já que ele tinha certeza já ter escutado aquela voz.

Impotência absoluta tomou conta do seu espírito que, diante de uma grandeza tão humilde, não sabia nem o que falar, nem como se postar.

Segurou nas mãos daquele venerável espírito que a consciência não lhe sabia informar com exatidão o nome, mas que, indubitavelmente, fazia parte de sua vida pretérita, e parecia o náufrago que chegou até um tronco flutuante que poderia ser-lhe a salvação no mar revolto.

– Não se preocupe em me identificar para que você não desperdice suas energias com coisas inúteis.

Somos espíritos ligados por Jesus já há muito tempo e sempre estarei ao seu lado para que o Divino Mestre seja compreendido por você.

Este encontro, no entanto, tem a finalidade de solicitar à sua consciência que reveja as deliberações que está buscando para influenciar no curso dos destinos alheios.

Sempre que nos colocamos na função de Deus, Marcus, acabamos fustigados com a chama do mesmo fogo que endereçávamos aos outros.

Você deliberou fazer coisas nocivas a inocentes que lhe competia proteger, numa escolha livre que nós respeitamos, apesar de lastimá-la.

No entanto, agora você está buscando envolver outras pessoas na transformação dos destinos, valendo-se de uma instituição de responsabilidade e nobreza que somente os séculos futuros poderão entender e descortinar.

Não leve estas coisas mais longe do que já foram, meu filho.

Lúcia era feliz ao lado de sua mãe adotiva. Você não conhece as ligações do passado entre elas e não pode imaginar quanto elas estão necessitando caminhar juntas, agora.

Não imagine que será a melhor forma de reconquistar a mulher do coração, usando de estratagemas que, assim que descobertos, o farão o mais odiado dos homens no mundo.

Os conselhos de Zacarias eram curtos e diretos porque ele sabia das grandes dificuldades de Marcus em reter todo o conteúdo daquele entendimento.

Marcus, por sua vez, empalidecera de tal forma diante das advertências diretas de Zacarias, como se alguém muito poderoso lhe tivesse descoberto os planos, que mais se assemelhava a uma estátua de mármore do que a um espírito humano.

– Não se oponha aos ditames da lei do Universo, meu filho. Não se arvore em julgador, em condenador, em administrador da Justiça, pois você não está preparado para tal e, assim, corre o sério risco de ver as coisas se tornarem ainda piores do que estão.

Devolva as coisas ao estado anterior. Traga os meninos de volta ao seio de sua mãe, ainda que os ignore para sempre. Deixe Lúcia seguir o seu destino na companhia de Serápis. Não interfira na ordem administrativa que comanda a Justiça dos homens, valendo-se de quaisquer artifícios ou influências. Já há sangue suficiente em suas mãos para um bom período de dores reencarnatórias. Por que fazer as coisas ficarem piores? Por muito amá-lo, venho junto ao seu coração como paizinho que é grato por tudo o que você pôde fazer quando do resgate de Pilatos, Fúlvia e Sulpício nas zonas umbralinas. Agora, estou tentando auxiliá-lo a resgatar-se dos erros já cometidos, a fim de que eles não se tornem maiores ou piores.

E aproveitando o momento de silêncio emocionado através do qual Marcus, em espírito, escutava a exortação de Zacarias, a fim de que desistisse de seus planos, longe das influências de Druzila e dos espíritos que a obedeciam, o ancião luminoso acrescentou, terminando:

– Se você me ouvir e reparar os erros já cometidos dessa forma espontânea, esteja seguro de que eu poderei estar ao seu lado e fazer muito pela sua recuperação. No entanto, se der seguimento às ideias inferiores, isso abrirá profundo fosso entre nós, que somente as décadas ou os séculos serão capazes de vencer, naturalmente me mantendo ligado a você pelas forças da oração, mas me impedindo de auxiliar pessoal e diretamente no seu caso, meu filho.

Você possui a chave de seu destino, Marcus. Não a transforme em adaga contra seu próprio peito. Use-a como remédio, como alento, como tratamento para os males já praticados.

Enquanto Marcus se mantinha impressionado junto de Zacarias, as luminosas expressões do velhinho penetravam em seu perispírito apagado para ajudá-lo no armazenamento daqueles momentos de elevação, para que eles não ficassem esquecidos, já que, como sabia o ancião, ao regressar ao corpo físico as ideias principais ficariam gravadas em sua consciência, mas de uma forma nublada, confusa, sobretudo se ele acabasse sendo atraído para o exercício dos mesmos prazeres extenuantes oferecidos por Druzila como forma de manter o ex-marido sob seu controle hipnótico.

– Repare os erros, meu filho e não interfira nos mecanismos da Justiça dos homens, é tudo quanto eu lhe peço.

Encerrada a conversação, Zacarias impôs as mãos sobre a cabeça de Marcus e dirigiu a Jesus comovedora oração solicitando as concessões adicionais para que aquele homem em teste não se permitisse trilhar os piores caminhos.

Espíritos amigos cuidaram de trazer Marcus novamente ao corpo físico, sem que as entidades ignorantes tivessem como impedir ou atuar sobre ele, de imediato.

Afinal, como sabiam, eram incapazes contra os "filhos do cordeiro", como costumavam chamar os seguidores de Jesus.

No entanto, tão logo Marcus voltou ao corpo, acordando lentamente daquele primeiro encontro com o mundo invisível, sentindo as inefáveis e inexplicáveis sensações da presença superior e familiar de Zacarias, recebeu novamente o convite e o envolvimento de Druzila, que se atirara sobre ele como verdadeiro morcego a requisitar a posse de sua presa, agarrando-se aos centros vibratórios que comandavam a sua sexualidade e projetando em sua mente as imagens sedutoras de uma Serápis fácil e apaixonada, a esticar-lhe os braços e solicitar seus carinhos.

Era assim que estas entidades buscavam neutralizar as forças do Bem junto das pessoas invigilantes, fazendo-as experimentar, por causa de suas próprias fraquezas, aquelas sensações mais candentes que, por esse motivo, encobriam qualquer beleza ou sutileza espiritual superior decorrente do encontro com Zacarias.

Naturalmente invigilante, logo que as influências mentais se fizeram mais fortes sobre um Marcos entorpecido, as suas tendências sensuais e os impulsos masculinos se fizeram sentir mais intensamente e, embalado pela sensação dos carinhos da mulher amada, voltou à atmosfera do mundo invisível, desta vez abraçado ao espírito horrendo de Druzila, que se travestia de Serápis para melhor representar o seu papel e mais facilmente enganar o tolo que tinha sob seu comando.

* * *

Mais uma vez, querido leitor, o mundo espiritual amigo se esforçava para tentar ajudar aqueles que, prestes a enveredarem pelo terreno da arbitrariedade, recusam-se a escutar os conselhos da razão, da lógica, da lei, dos amigos, da consciência e das próprias entidades protetoras, desejando correr os riscos e fazer valer as próprias metas, contrariamente a todas as leis da vida.

No entanto, o amor e a bondade se haviam feito presentes para impedir que Marcus se arrependesse dos seus atos quando isso já fosse tarde demais para ele.

Envolvido pelos seus impulsos inferiores e sem desejar resistir ao convite da sedução carnal que se apresentava, inclusive, durante os momentos de repouso para o seu espírito viciado, Marcus repelira com facilidade os conselhos elevados de que fora objeto e, ao amanhecer do outro dia, sem que qualquer alteração fosse observável, encontraremos sua imaginação excitada tão somente pelos sonhos que tivera com Serápis naquela noite, presságio positivo, segundo costumava-se interpretar naqueles tempos, de que tudo sairia como planejado, apesar dos pequenos percalços do caminho. Somente sua consciência profunda mantinha o registro do encontro com Zacarias para que, no futuro, estivesse registrada em si mesmo a prova de que o mundo invisível tudo fizera para que ele não sofresse.

* * *

No dia seguinte, conforme seus planos, compareceu à casa de julgamentos para levar pessoalmente o curandeiro à presença do magistrado, o qual, considerando a sua condição principesca e patrícia, recebeu a ambos e demonstrou interesse nos depoimentos do homem que, mantendo a sua versão dos fatos, relatava os pormenores da conversa com Lélia sem identificar-lhe o nome, mas referindo-se constantemente à ideia central de que ela levara até aquela casa o bolo que lhe parecia ter sido o causador do envenenamento.

Revelou que, ainda que sem se lembrar do nome, seria capaz de identificar a mulher se estivesse em sua presença.

O magistrado, no entanto, ainda que tratasse Marcus com consideração e respeito, não se inclinava servil à sua importante e abastada condição social. Em vez de dar logo por encerrado o caso e mandar as pessoas para suas casas, mantinha-se firme na apuração de todos os fatos, não sem antes agradecer a presença da testemunha, ressaltando que, por causa desse depoimento, se tornava ainda mais urgente a audiência que já houvera deliberado realizar para daí a alguns dias, ocasião em que todos os envolvidos diretamente estariam ali presentes, o que ainda mais contrariou os desejos de Marcus.

Quanto mais ele se movia para antecipar as coisas, mais parecia que as coisas se tornavam piores para ele, forçando a realização da audiência que ele pretendia abortar com as informações antecipadas.

Saiu da presença do magistrado ainda mais decidido em lutar pela sua substituição. Se não o conseguisse por meios legais, arrumaria uma forma de criar obstáculos ilegais para que não se mantivesse à frente do processo.

Contataria bandidos assalariados para que, no dia do encontro, criassem problemas para o juiz, para a sua família, ou qualquer outra coisa que viesse a impedir a sua tarefa como juiz daquela causa.

Já se haviam passado quase dois meses desde aquele dia em que tudo acontecera e, sabendo que Tito era o único homem de confiança e o único a quem revelara todos os pormenores do plano, precisava muito de sua presença para que, com base em seu depoimento forjado, atestasse a inocência do patrão, informando ao magistrado de que ambos se encontravam ausentes de Roma no dia dos fatos.

Para Tito não seria difícil mentir, já que ele próprio se achava envolvido naquele negócio escuso, pelo qual iria receber pequena fortuna, que lhe tornaria suave a vida pelo resto dos dias.

Tito, no entanto, não chegava.

Marcus enviara seus empregados por todos os caminhos que saíam de Roma para ver se encontravam o emissário que regressava, tudo em vão.

O dia da audiência se aproximava e sabia ele que, naquela data, tudo se resolveria a seu favor.

Acusado por Serápis, levaria testemunhas que provariam a sua inocência e apontariam a verdadeira culpada pela morte de Domício. E percebendo a sua inocência, tanto quanto a possibilidade de estar junto de Lúcia, Marcus aproveitaria da audiência para externar seus mais sinceros desejos de trazer Serápis para o palácio, diante da autoridade legal que tudo testemunharia.

Ali, na sua presença, uma vez afastada a suspeita de homicida ou infanticida, confessar-se-ia apaixonado por Serápis e solicitaria que ela o aceitasse como seu marido legítimo, oferecendo-lhe as vantagens materiais que detinha, tanto quanto a oportunidade de voltar ao convívio da filha.

Para tornar as coisas ainda mais candentes na emoção com que pretendia envolver Serápis, deliberara levar a jovem até o ambiente do tribunal para que o contato pessoal entre ambas facilitasse o processo de vencer qualquer resistência da mulher amada que, assim, não poderia resistir.

Naturalmente, o peso da culpa pelo crime recairia sobre outra pessoa, mas isso era somente um pequeno detalhe no curso de todos os projetos de felicidade humana, geralmente bem elaborados por egoístas para garantir-lhes a felicidade pessoal em detrimento das lágrimas alheias.

Finalmente, dois dias antes da audiência, Tito chegava ao palácio de Marcus, relatando todos os fatos e afirmando ter cumprido as diligências conforme havia sido determinado.

Não fizera nenhuma menção aos encontros com Décio e ao sonho impressionante que ele próprio tivera a bordo, dias antes do desembarque.

Muito menos fizera menção ao amparo que Décio passara a prestar aos dois desditosos sofredores, ressaltando, apenas, que os infelizes desembarcaram e que, quando foram abandonados no porto, apresentavam sinais de enfermidade que, àquela altura, certamente já lhes havia ceifado a existência.

As boas notícias afastaram um pouco a preocupação de Marcus que, com liberdade, abraçara o servidor fiel e o felicitara, prometendo-lhe o pagamento da vultosa recompensa, acrescida de outra parte significativa para daí a dois dias, quando ambos se apresentariam diante do juiz com a finalidade de encerrar todo o caso.

Relatou, então, o que é que Tito deveria dizer ao juiz do processo, afirmando que, na ocasião dos fatos, ambos estavam em viagem, ausentes de Roma e, por isso, impossibilitados de praticarem qualquer crime.

Acertados os detalhes, não seria a primeira vez que Tito mentiria para receber vantagens materiais e agradar o poderoso patrão.

As horas se aproximavam rapidamente e, para ambos, as noites eram povoadas de sonhos estranhos.

Marcus, confundido por Druzila, e Tito, relembrando as afirmativas que escutara naquela noite fatídica, quando um ser luminoso lhe apontara os próprios desatinos do passado, falando da mulher abandonada, da consciência de culpa e exortando-o a começar ali mesmo a ser bom, a não se enganar sobre a impunidade e a estar preparado para o momento em que o Verdadeiro Tribunal fosse deliberar sobre sua condição.

Amanhecera, por fim, naquelo que seria o momento importante para Marcus nos planos finais para a própria felicidade.

E para que não corresse nenhum risco diante de um magistrado tendencioso, inclinado a dar razão a miseráveis plebeus, apesar de todas as provas que ele próprio fizera questão de apresentar ao juiz, conseguira, com sua influência e seus contatos superiores, o compromisso de que aquele magistrado não deliberaria naquele processo.

Uma convocação de urgência, vinda do próprio palácio imperial, fizera com que o magistrado atuante naquela questão pudesse ser afastado, tendo recebido de César uma missão de representá-lo em importante homenagem que se lhe iria prestar em afastada região italiana.

Naquele dia, esquecido de todas as advertências espirituais que Zacarias lhe fizera solicitando a sua modificação, Marcus antegozava o momento da vitória de seus projetos e se alegrava intimamente pelo fato de que, afastada a última barreira para o sucesso de sua empreitada, na figura daquele magistrado duvidoso e pouco simpático às estratégias de seu espírito corrupto, agora era só uma questão de tempo para que tudo acabasse em sua declaração amorosa diante de uma Serápis vencida.

Colheita

Devidamente vestido para tão importante ocasião, desejando demonstrar sua estirpe de patrício romano para lembrar ao novo magistrado a sua condição de importante cidadão, diante da pobreza dos que o acusavam, Marcus tomou o rumo da casa da justiça na qual se apresentaria perante as vistas do juiz de forma a demonstrar-lhe toda solidez de sua reputação e a robustez de sua inocência.

Fizera-se acompanhar tanto do curandeiro que fora chamado no dia para atender às emergências de Domício quanto do servo de confiança que, desde muito tempo, lhe conhecia os desejos e lhe servia com canina fidelidade.

Tito, o referido empregado, desde que regressara da Gália, onde cumprira o infausto dever de abandonar os dois infelizes jovens para que morressem à mingua, carregava em seu íntimo um vulcão de confusão e desarmonias morais.

Certamente pelo contato com Décio e, sobretudo, pelo sonho que tivera com aquela luminosa entidade que lhe falara tão diretamente, trazendo-lhe à consciência os antigos atos irresponsáveis do passado, Tito se dividia entre a promessa de recompensa que ainda não lhe fora paga e o desejo de desaparecer daquela cidade, indo em busca de tentar reparar os males que sua conduta irresponsável haviam produzido na vida das pessoas que haviam confiado em seu afeto, no passado.

Essa situação se mantivera por todo o trajeto de volta a Roma, conforme o próprio leitor ainda se recorda e, segundo seus pensamentos, assim que Marcus lhe pagasse o prometido quinhão, deixaria seus serviços e daria outro rumo ao seu destino.

Quanto ao curandeiro, naturalmente bem remunerado pelo senhor a quem, agora, servia tanto por interesse quanto por gratidão, sua função era a de repetir diante do novo magistrado a mesma explicação que dera perante o outro juiz, a fim de impressionar o entendimento do julgador sobre as indicações da verdadeira culpada pelo envenenamento.

Assim que chegaram ao tribunal foram dirigidos para ambientes nos quais as pessoas aguardavam o chamamento para se apresentarem perante os magistrados responsáveis pela solução dos conflitos.

Às pessoas mais importantes, pela sua condição social, era conferida uma sala especial, apartada do populacho a fim de permanecerem preservadas das possíveis agressões dos desafetos, garantindo, assim, o seu sossego e a harmonia do ambiente da corte. Ali ficaram Marcus e suas testemunhas.

Vencidos os trâmites preparatórios e atendidos os compromissos que compunham as audiências anteriores, Marcus e Serápis foram conduzidos à espaçosa sala, ficando as testemunhas em outros ambientes, à espera da convocação.

Assim, Serápis de um lado se mantinha naturalmente ansiosa e algo intimidada pelas cerimoniosas condutas dos funcionários da lei e, de outro, se apresentava Marcus.

A sua figura de patrício, trajado segundo as tradições de opulência e altivez da época, dominava o centro das atenções daquela sala e, por isso, canalizava para sua pessoa todas as atenções dos antagonistas.

Serápis percebia nele um certo ar de segurança e arrogância, como se já estivesse ciente de todos os detalhes, dominando as circunstâncias pelo jogo de influências que seu dinheiro poderia, facilmente, propiciar.

Aliás, lembrava-se ela da ocasião em que, graças à sua ação corrupta, quase havia conseguido mandar Lélia para o sacrifício, a fim de livrar-se da acusação de cúmplice no homicídio de sua esposa.

Agora, pensava Serápis, chegara o momento em que a Justiça seria feita, colocando-o como acusado diante de todos.

Lélia, enquanto aguardava a sua vez, examinava as condições estranhas daquele encontro diante do tribunal, lembrando-se da ocasião em que seu destino fora salvo pelo heroísmo de Licínio, que se entregara como culpado para evitar sua morte injusta.

No fundo, agora que se mantinha ao lado de Serápis para falar a verdade do que vira, percebia que as circunstâncias poderiam voltar-se contra ela.

Desse modo, passou a elevar silenciosa oração, buscando esquecer de todas as possíveis consequências negativas para si mesma, solicitando a Jesus que permitisse que Licínio a amparasse na hora do testemunho pessoal no qual falaria apenas a verdade.

Marcus observara as formas esbeltas de Serápis, sem imaginar que, em breve, depararia com aquela que fora a sua serva e que, suspeita de envenenamento de sua própria mulher, novamente se apresentaria perante a corte romana envolvida em uma questão de envenenamento.

Certamente, aquela seria uma audiência que lhe produziria imenso prazer, ao mesmo tempo em que o espírito Druzila, feliz e antegozando as desgraças que se abateriam sobre todas as partes, sentia que chegara o momento decisivo durante o qual, finalmente, iria fazer ruir todos os sonhos de Serápis e, num golpe de sorte do destino, faria vingança sobre a serva de confiança, aquela Lélia que lhe servira a água envenenada.

Encontravam-se postados na sala à espera do novo magistrado designado para dar cumprimento às determinações legais.

Não tardou para que fosse anunciada a sua entrada no recinto dos julgamentos.

A ansiedade de Marcus revelou-se acalmada quando percebera que, no lugar daquele magistrado pouco interessado na defesa de seus pontos de vistas, surgira um magistrado diferente, demonstrando que suas influências de bastidores haviam sido eficazes no sentido de afastar a autoridade anterior, que parecera antipática e hostil à sua condição de patrício, cuja palavra deveria servir de poderoso instrumento de convencimento a suplantar todas as demais provas existentes.

No lugar do antigo magistrado, surgira simpático ancião, cujos cabelos brancos contornando a calva fronte, inspiravam respeito natural.

Os olhos demonstravam serenidade e firmeza e a idade avançada permitia imaginar que se tratava de um homem amadurecido nas questões da vida, de onde se deveria esperar a compreensão das estruturas do poder romano e a defesa dos antigos patrimônios sociais de sacerdócio da lei sobre todos os cidadãos.

Tão logo deu entrada no recinto, os olhares de todos o buscaram para captar a primeira impressão.

Serápis achou-o simpático e confiável.

No entanto, Marcus se sobressaltou quando lhe fixou a figura encanecida.

Marcus se recordava dos lances mais decisivos da morte de Druzila e do processo que envolvera a apuração e a punição da culpada, visitando as autoridades, alegando a condição de marido ofendido e ultrajado por alguém de sua própria casa, detentora de sua confiança e que dela fizera o pior uso possível, transformando a liberdade em caminho para o crime.

Lembrara-se dos presentes que espalhara para conseguir a agilidade do julgamento tanto quanto das pressões junto aos amigos influentes, para que, durante a sua ausência de Roma, a justiça fosse feita com a morte da serva que as circunstâncias haviam escolhido como aquela que deveria pagar para que ele e Serápis pudessem ser felizes como tanto sonhavam.

Relembrara-se, por fim, do regresso a Roma, depois dos dias de ausência, quando fora procurar o magistrado para agradecer-lhe todo o empenho na solução do caso, ocasião em que fora informado pelo julgador de que quase havia condenado a pessoa errada por sua influência nociva.

À sua mente voltava, como num filme claro e real, o último diálogo que havia tido com aquele magistrado indignado a indicar-lhe a porta da rua e devolver-lhe os presentes com os quais pretendera comprar a sua parcialidade para condenar a inocente.

Marcus, agora, se inquietava novamente, uma vez que, apesar de se terem passado mais de dez anos sobre aqueles fatos, ali, diante deles, se encontrava o mesmo Sérvio Túlio, magistrado que já o tivera frente a frente para a apreciação de um caso de envenenamento e sobre o qual já se fez menção nos capítulos finais de "A Força da Bondade".

Assim que assumira a função naquele caso, o juiz tomou a palavra e esclareceu:

— Prezados cidadãos, que o império da lei seja maior do que o império dos homens que sobem e caem do poder segundo o desejo dos deuses, enquanto que a lei permanece para guiar os rumos de nobre e plebeus, reis e súditos, ricos e pobres.

Acostumado às questões legais que precisam ser resolvidas segundo a vontade magnânima da lei, por motivos estranhos à minha vontade, fui conduzido ao caso presente por surpreendente afastamento de seu titular, juiz probo e exemplar e, sem tergiversar ante os deveres que me cabem em qualquer processo, afirmo-lhes que tudo farei para que a defesa da verdade se faça acima dos interesses de qualquer parte.

Pelo que pude constatar, trata-se da disputa da tutela de pequena garota, solicitada pelo genitor natural contra a guarda informal que vinha sendo exercida por antiga serva da família, já há mais de dez anos. Concedida a retomada da tutela pelo detentor do direito paterno segundo nossas antigas tradições, apresentou-se perante esta corte a vencida, a levantar contra o pai pleiteante a séria acusação de homicídio, condição esta que levou o nobre juiz, ora afastado do caso, a marcar este encontro para a apuração das duas coisas ao mesmo tempo, já que se encontram elas ligadas entre si.

Por este motivo, pergunto à cidadã Serápis se ela trouxe as provas para apresentar a esta corte e que possam servir de base a tão delicada acusação.

Escutando-lhe a convocação, Serápis procurou falar com firmeza, a fim de que o estado de seu nervosismo não lhe traísse a convicção de que possuía fortes razões:

– Sim, magistrado soberano. Aqui está aquela que poderá confirmar todas as acusações. Trata-se de cidadã romana, modesta e pobre tanto quanto eu, mas que poderá responder às vossas indagações, demonstrando que o homem que pretende ter a posse de Lúcia não reúne condições para se responsabilizar por sua criação, já que é assassino de crianças.

A fala desassombrada de Serápis produziu em Marcus um impacto desagradável, já que, através dela, ele pôde perceber o quão difícil seria conseguir que a mulher amada aceitasse retornar ao seu convívio.

No entanto, pensava ele consigo mesmo, isso era só o começo da audiência e, portanto, ela estaria muito diferente quando, ao final, as coisas se voltassem contra seus próprios interesses, sentindo-se derrotada e infeliz.

Fazendo um sinal autorizador, a guarda pretoriana que servia naquele tribunal fez entrar a testemunha a que Serápis se referia.

Lélia foi levada para perto da mesa do juiz que, sem demonstrar qualquer surpresa diante de sua pessoa, deu-lhe a impressão de não guardar qualquer lembrança de sua pessoa.

E diante das perguntas diretas do magistrado, relatou-lhe toda a história, sem aumentar nem alterar qualquer detalhe, falando de seu encontro com a família de Serápis, historiando o seu relacionamento de serviço em sua casa, o carinho que nutria por seus filhos aleijados, as circunstâncias daquele dia, quando fora levar-lhes o bolo que adquirira na mesma padaria onde a mãe dos meninos trabalhava e, o mais importante e suspeito, o fato de ter visto Marcus saindo da sua casa, coberto por capa rústica e carregando pequeno embrulho nas mãos que, facilmente, poderia ser o que restara do bolo envenenado.

Perguntada pelo juiz sobre os detalhes, informou que esperava encontrar ali a pequena Lúcia, que costumava ficar em casa para cuidar das necessidades de Domício enquanto a mãe trabalhava na padaria distante, mas que, naquele dia, não se apresentava no ambiente por causa do sequestro dos outros dois filhos deficientes, como veio a saber depois.

Afirmou, com riqueza de detalhes, todos os procedimentos adotados, a procura por ajuda que foi encontrada na pessoa do curandeiro próximo que veio com ela até a casa, para tentar ajudar a salvar o jovem do estado desesperado em que se encontrava.

Valendo-se de pequeno estilete mergulhado em tinta, o magistrado produzia algumas anotações sobre pergaminho que mantinha à sua frente, ora retificando ora acrescentando ao documento detalhes que o depoimento colhido por ele achava importantes ficassem grafados no conjunto das provas.

Terminada a indagação de Lélia, o magistrado convocara a defender-se o ilustre patrício Marcus.

Tomando a palavra, algo formal e tentando demonstrar segurança e superioridade, passou a dizer:

— Ilustre representante dos deuses e de César, que a sabedoria dos primeiros e a magnanimidade do último sejam unidas em vossa pessoa para a segurança de todos os cidadãos do império.

Surpreendido quando buscava exercer o inalienável direito de pai na retomada da filha querida, vi-me atingido na honra patrícia por uma acusação vil e sem nenhuma base. Minha pessoa goza de histórica tradição de nobreza e serviços prestados ao império e, naturalmente, agrada ao populacho conduzir a tais situações de vergonha e desonra alguém que detenha recursos morais e materiais, expondo-a a julgamento com base em pérfida calúnia.

Tão logo fizera breve intervalo em seu discurso, que mesclava falsa humildade à declarada arrogância, Sérvio interveio, afirmando, sereno e incisivo:

– Nobre Marcus, não me consta ser nenhuma vergonha comparecer diante de um Tribunal Romano para esclarecer fatos importantes e decisivos, porquanto, transformar uma corte de justiça em uma casa de vergonha é aviltar e amesquinhar todos os que nela trabalham com honradez e seriedade, transformando-os em criaturas vis e asquerosas.

Percebendo a direta afirmativa a reconduzir suas palavras ao correto rumo da prudência, Marcus retomou o discurso, cuidadoso:

– Agradeço a advertência e desculpo-me por qualquer mal-entendido perante a corte, mas, injuriado por acusações que logo se verão mentirosas, assumo a dignidade ferida de meus antepassados para opor-me a tais afirmativas levianas.

– Pois que o faça, nobre cidadão, apresentando provas do que pretende ver demonstrado – falou o juiz, sério.

– Pois então, meu senhor, trouxe comigo o curandeiro referido, a apresentar-se diante de vós para esclarecer tudo quanto seja de vosso interesse.

Abanando a cabeça, foi o referido indivíduo conduzido ao mesmo posto onde se encontrava Lélia, momentos antes.

E diante das perguntas do magistrado, procurou o homem afirmar os fatos segundo a sua ótica, agora naturalmente inclinada na direção de Marcus, o benfeitor que transformara a pobreza de sua medicina em uma importante função dentro de seu palácio, facilitando-lhe a vida com recursos e conforto.

Diante das perguntas inteligentes, o curandeiro procurava fazer crer ao magistrado que a culpada pelo envenenamento era Lélia, a mulher que lhe havia antecedido no depoimento, única pessoa presente no local dos fatos e que ali estava como a transportadora do bolo envenenado, sendo que um dos pedaços tivera ele tempo de retirar da garganta do jovem infeliz.

Perguntado pelo magistrado por que a moça teria buscado ajuda para salvar um menino, se a sua intenção era a de matá-lo, tentou justificar-se com alegações genéricas, talvez para não levantar suspeitas, para não acabar descoberta, para vingar-se...

Depois de lhe ouvir as acusações, Sérvio Túlio fez com que a guarda pretoriana trouxesse diante dele a figura de Lélia, novamente.

— Minha jovem — falou o magistrado, solene — as acusações que você levanta contra Marcus recaem agora sobre você de tal forma e com tal intensidade que, diante do que vier a acontecer aqui, nesta audiência, possa ser você e não ele quem se veja condenada e punida.

Escutando-lhe as palavras firmes e diretas, Lélia voltou seu pensamento para Jesus e respondeu, serena:

— Por mais que respeite vossas deliberações, magnânimo senhor, tenho comigo que a Verdade Real somente a Deus e a Jesus pertencem. Já estive, um dia, às portas da execução injusta e esse Cristo amoroso enviou um anjo generoso e bom que me fez inocente. Confiarei sempre nas deliberações de vossa sabedoria, mas, diante de meu destino, não hesitarei em enfrentar qualquer consequência por ter falado apenas e tão somente a verdade. E quem fala a verdade nada deve temer.

— Sábias palavras, minha filha. Quem fala a verdade jamais deve temer — repetiu o magistrado, algo tocado diante da coragem daquela mulher que, se fosse outra, talvez se debulhasse em lágrimas e acusações.

Acompanhando a cena emocionante, Serápis se via atormentada pela dor de ver, agora, a amiga conduzida à condição de ré depois de ter aceitado ser-lhe a testemunha. Um arrependimento profundo tomou conta de seu coração, confundido com o rumo que as coisas estavam tomando.

Marcus vira sua angústia transformada em alívio ao perceber a modificação do panorama e ao supor que Sérvio Túlio, depois de tantos anos, já não mais guardasse lembrança dos fatos desagradáveis acontecidos antes.

Retomando o curso do interrogatório, o juiz voltou-se para o outro acusado, como a lhe perguntar sobre a outra testemunha.

Antes de falar sobre isso, desejando dar ao fato os detalhes da reincidência de Lélia nos mesmos delitos, Marcus aproveitou e disse:

— A vossa magnânima sabedoria haverá de entender se me sirvo deste momento para mais demonstrar minha inocência, antes que a próxima testemunha se apresente para colocar uma pedra sobre qualquer acusação leviana quanto ao meu caráter. Acontece, senhor, que essa moça que me acusa, além de tudo, possui todos os motivos do mundo para me odiar. Afinal, já servira em minha casa e esteve envolvida no envenenamento tanto de um servo de minha propriedade rural quanto no de minha própria esposa, Druzila, há mais de dez anos.

Recolhida ao cárcere, creio que não se apagou de vossa augusta memória o fato de dali ter sido tirada somente por força da confissão de meu servo Licínio que, assumindo a culpa por tudo, permitiu que essa jovem fosse devolvida à liberdade, naturalmente, cheia de ódios e desejos de vingar-se contra o senhor que a colocara na cadeia como a única responsável pelo envenenamento da patroa.

Novamente as circunstâncias a conduzem ao mesmo banco dos réus para pagar por delitos que se repetem por onde ela passa, deixando atrás de si um rastro de cadáveres, sejam nobres ou plebeus.

Assim, nobre juiz, reforço neste instante as acusações pretéritas a pesarem sobre Lélia, desde os remotos atos até os dias atuais, como culpada por todos estes crimes que procura atribuir a outras pessoas.

A palavra solene de Marcus criara uma atmosfera altamente eletrizante no ambiente da corte, não sendo quebrada por nada a não ser a respiração dos presentes.

Lélia empalidecera diante das acusações diretas e certeiras, contra as quais não tinha defesa.

Serápis carregava a consciência culpada pelos atos do passado, quando fora a primeira a levantar as suspeitas sobre aquela que, hoje, tentava defender seu direito sobre Lúcia.

Marcus respirava acelerado, envolvido pelas emoções daquele instante de teatral representação, como que a dar ênfase a coincidências que tornariam Lélia ainda mais culpada, revelando seu passado de supostos desatinos e suspeitas condutas.

O curandeiro se mantinha interessado na solução da questão favoravelmente ao seu patrão e protetor, enquanto Tito se mantinha fora da sala, restando como última testemunha a definir a questão a favor de Marcus.

※ ※ ※

Enquanto isso acontecia no plano material, no mundo espiritual o pequeno grupo de espíritos generosos que acompanhava aquelas infelizes personagens se postava como plateia daqueles eventos decisivos na vida dos envolvidos.

Zacarias, Lívia, Licínio, Cleofas e Simeão estavam no ambiente em elevadas vibrações de prece a Jesus, enquanto Druzila e seu séquito de entidades trevosas e galhofeiras transformavam aquela sala em um verdadeiro circo de gritos e zombarias, algazarras e acusações, sem perceberem o que, realmente, estava acontecendo.

Licínio se mantinha ligado a Marcus e a Sérvio Túlio, Lívia acolhia Serápis e endereçava energias luminosas a Druzila. Cléofas amparava o magistrado e Simeão envolvia Tito nesse momento decisivo para o destino de todos.

Com sua força amorosa, Simeão fazia Tito voltar aos meses anteriores, quando se via responsável pelo destino dos dois filhos de Marcus e Serápis, abandonados no vazio da província distante.

Lembrava-se, sobretudo, do sonho que tivera e das revelações que aquele espírito luminoso lhe fizera, como a demonstrar que todo o seu passado era conhecido pelas forças invisíveis que solicitavam a sua intervenção a favor dos desditosos seres.

※ ※ ※

E enquanto o mundo espiritual acompanhava a cena triste em que a mentira, mais uma vez parecia ter construído seu cenário de engodos para que viesse a triunfar sobre a verdade simples e cruel, eis que se escuta a voz do juiz a indagar do patrício:

— Pois bem, meu senhor. Antes que delibere sobre os fatos, impõe-se que a última testemunha seja escutada.

— E ao ouvi-la, magistrado – respondeu Marcus, demonstrando

a indignação dos estelionatários do mundo fazendo-se de honestos e injustiçados – já não haverá mais dúvidas sobre minha ilibada reputação.

Foi então que os soldados conduziram Tito até o local onde, agora, se encontrava também a outra acusada, Lélia, bem diante do magistrado.

Para melhor orientar a testemunha sobre as novas circunstâncias do caso, o Juiz relatou, suscintamente, os contornos do problema, indicando que, agora, já não era mais apenas Marcus quem se via na condição de acusado, mas, igualmente, Lélia se via envolvida na denúncia de envenenamento e, por isso, o seu depoimento seria decisivo para a solução do caso de ambos. Somente um dos dois teria razão. Ou Marcus seria condenado ou Lélia o seria.

Para Tito, então, aquela situação era grave e delicada, tendo a sua atenção voltada, graças à descrição do magistrado, para aquela mulher que, até então ele não conhecera, não imaginando onde é que ela entraria nessa história.

Assim que passou a observar a jovem acusada, Tito foi tomado de um sobressalto súbito, pelo qual não pôde conter a palidez imediata tanto quanto o tremor dos membros que se fizeram visíveis.

Na sequência, a turgidez dos olhos se pronunciaram em lágrimas espontâneas que começaram a descer pela face esbranquiçada.

Seus olhos não conseguiam mais fixar outra coisa senão o rosto triste e sereno de Lélia, ao mesmo tempo em que esta, igualmente surpresa, não sabia como se conduzir naquele momento.

Sem que os demais entendessem o que se passava, o juiz convocou a testemunha a que contasse tudo quanto tivesse conhecimento e que respondesse às perguntas que lhe iriam ser feitas.

– O senhor conhece os fatos e as acusações que pesam sobre seu senhor?

– Sim – disse Tito, voltando-se para o juiz, tentando controlar o vulcão prestes a explodir.

– O que o senhor tem a dizer sobre eles?

Nesse momento, todo o vulcão de seu passado se projetou sobre seu mundo presente e, não fosse o amparo vibratório de Simeão, naquele momento, ele teria desmaiado ou fugido dali.

Antes de responder à pergunta direta, no entanto, Tito começou a falar do passado, como a se lembrar de coisas muito distantes.

– Um dia, senhor juiz, num distante povoado do interior, um jovem irresponsável se apaixonou por uma moça bela e simples que lhe escutou as promessas e, na adolescência, se entregou a seus carinhos.

As promessas do rapaz eram sinceras, mas, imaturo, não tinha noção das responsabilidades que pesavam sobre os corações que se entregam às paixões da carne. Assim, aquela moça, cujo nome era Sabina, apresentou os primeiros sintomas da gravidez e os comunicou ao rapaz amado que, sem saber o que fazer, fugiu e a abandonou ao descaso e ao desespero.

Percebendo que a testemunha divagava, o juiz cortou-lhe a palavra, sereno, mas firme, dizendo:

– Mas isso nada tem a ver com o caso que estamos julgando, meu filho.

– Sim, meu senhor, tem muito a ver, se vossa sabedoria permitir que eu termine – falou Tito, envolvido pela emoção e contendo as lágrimas.

Deixando que o mesmo continuasse, retomou a narrativa:

– O tempo passou e esse rapaz nunca mais apareceu para assumir aquela paixão, acreditando que o destino se houvesse incumbido de resolver as coisas. Com o tempo, ficou sabendo que a jovem Sabina fora expulsa de sua casa pelo pai intransigente, jogada na rua como um cão sem dono, grávida e sem nenhum direito, por ter desonrado a tradição familiar. Contra todas as posturas de humanidade, a moça, uma quase menina, se viu enxotada do único refúgio que possuía no mundo e, no abandono da rua, nada poderia ter impedido que a morte ou o suicídio a viessem livrar da vergonha da maldição paterna.

Esse rapaz ficou sabendo desses fatos e, ainda que continuasse irresponsável, sentiu por primeira vez um peso na consciência, decorrente de ter sido igualmente co-responsável pelos fatos que infelicitaram a vida daquela menina.

No entanto, as aventuras o levaram a se esquecer da dor que, certamente, produzira na alma da jovem que nele confiara.

Mas o tempo não apaga da consciência nem o bem nem o mal que se cometa.

A vingança dos deuses não tarda a chegar e, quis o destino, que o dia de hoje fosse o do acerto de contas para aquele rapaz.

O tribunal seguia em silêncio emocionado diante da narrativa de Tito. Serápis, pálida, Marcus, atarantado, Lélia, de olhos molhados, todos mantinham o espírito em suspenso, aguardando o desenrolar daquela confissão.

Simeão encorajava o coração de Tito que, à medida que ia se revelando aos ouvidos de todos, como que se visse libertado de uma estreita gaiola, ganhando o ar puro e podendo esticar as asas espirituais há muito amarradas aos grilhões da culpa, se enchia de mais força e confiaça em si mesmo.

– Eu sou esse rapaz, senhor juiz. Eu sou esse irresponsável culpado que abandonou aquela inocente menina ao mundo cruel e destruidor. E não sei por que forças do destino, eis que sou colocado diante dela, nesta sala, esta mesma Sabina que não sei por que motivos está aqui com esse outro nome – Lélia – mas que se trata da mesma pessoa, credora de minhas desculpas, que serão extremamente pobres para compensar as dores que causei em sua vida.

E dizendo isso, ajoelhou-se diante de Lélia, que chorava de emoção pelas lembranças do passado e, tomando-lhe as mãos calejadas, passou a beijá-las em desespero, humilhando-se diante dela e de todos.

Essa cena durou alguns minutos que o próprio magistrado não ousou interromper.

Tito, transtornado, era outra pessoa agora. Seus olhos brilhavam o estranho brilho do escravo que volta à liberdade, do condenado que vence a barreira do cárcere, do doente que recebe a notícia da própria cura.

Depois, voltando-se para Marcus, Tito afirmou, resoluto:

– Desculpe-me, senhor, mas não posso infelicitar injustamente e por duas vezes a mesma criatura que outra coisa não fez senão confiar em mim.

Percebendo que o empregado iria traí-lo, Marcus gritou:

— Lembre-se do futuro que lhe pertence e o aguarda...

— Seu ouro não pode comprar a paz de minha consciência, e dia chegará em que o senhor mesmo vai precisar agir como eu o estou fazendo. Quanto a mim, chega de carregar minha cela dentro de mim mesmo.

Levantando-se diante de Sérvio Túlio, Tito passou a relatar toda a verdade.

— Ilustre Magistrado dos Deuses, isto não é apenas o testemunho de um fato, é a libertação de um escravo diante de sua própria culpa. O nobre Marcus sempre se mostrou generoso e amigo para com seus empregados. No entanto, por nutrir um amor cego e não saber aceitar a derrota diante dos desafios, deliberou cercar a sua amada com um cenário que viesse a possibilitar sua reconquista.

Assim, contando com a ajuda dos que lhe eram mais chegados, entre os quais eu me encontrava, deliberou o sequestro dos filhos aleijados da amada mulher, afastando-os para longe, tanto quanto decidiu envenenar o filho adotivo de Serápis, valendo-se do bolo envenenado para que fosse levado à casa da família, justamente no horário em que a pequena Lúcia, a filha de meu senhor e sua falecida esposa, estivesse ausente levando a comida para Lúcio e Demétrio.

Com isso, Serápis estaria livre de todos os compromissos com os odientos meninos e poderia, mais facilmente, aceder a retornar aos seus braços.

Como lance final desse plano, minuciosamente organizado, meu senhor decidiu retomar a tutela direta de Lúcia por saber o quanto Serápis e ela se encontram ligadas como mãe e filha, o que facilmente permitiria que a antiga amante voltasse ao palácio na condição de nova esposa.

Há suspeitas dentro de mim mesmo, senhor, de que os filhos sequestrados são fruto de encontro clandestino do senhor Marcus com Serápis, ao tempo em que esta servia em seu palácio enquanto sua mulher, Druzila, ainda era viva.

Estático diante de tais revelações da crueldade e do caráter horrendo de Marcus, Sérvio Túlio perguntou:

— Mas Serápis havia sido fecundada por Licínio, conforme o antigo processo assim o atestara – falou ele confundido.

— Não, meu senhor. A gravidez se deu em decorrência de relacionamento que meu senhor e Serápis mantinham dentro do próprio palácio e de seus encontros íntimos em afastada residência mantida por ele para tais entendimentos, ao tempo da morte de Druzila. Segundo ela mesma me revelou, a gravidez da serva amante e a morte da esposa deram origem à necessidade de seu afastamento daquele ambiente para que, da maternidade da serva não decorresse a suspeita do envolvimento de ambos na morte da mulher – afirmou Lélia.

A própria Serápis, aqui presente, poderá confirmar ou não o que vos revelo.

O senhor Licínio assumiu a culpa, ao que tudo indica, para poder salvar-me da morte certa, deixando ao futuro o dever de restabelecer a verdade dos fatos.

Marcus estava à beira do descontrole com tudo aquilo. Finalmente, a verdade que ele conhecia era revelada a todos os ouvidos e os seus crimes, agora, eram patentes. O que fazer? Como se livrar de tais acusações?

Pensou em fugir do recinto, o que demonstraria ainda mais a sua culpa.

Indignado, tentou mudar o rumo das coisas, gritando:

— É um mentiroso, senhor. É um homem sem caráter, pretendendo me injustiçar para ganhar mais dinheiro...

— Guardas, prendam o senhor Marcus para que seja acalmado o seu ímpeto, pois o que se ouviu aqui neste dia é mais do que suficiente para condená-lo à morte por todos os crimes que cometeu contra pessoas, contra a justiça e contra os princípios legais do nosso direito.

Atendendo à ordem direta, dois soldados fortes se acercaram de Marcus, que os repelia com força, mas dos quais não conseguia se livrar, carregando-o ao interior do prédio onde uma cela o esperava e onde aguardaria as deliberações do magistrado.

Desdobramentos

Depois de cessado o tumulto com a prisão de Marcus, os envolvidos se mantinham à frente do magistrado que, com a cabeça entre as mãos, tentava concatenar todas as informações e organizar os próximos passos diante de tantas e desconcertantes informações.

– Pelo que posso ver, senhores e senhoras, temos aqui vários crimes envolvendo todos os mesmos personagens.

Não se trata apenas da disputa da guarda de uma pequena jovem, mas, sim, de sequestros e homicídios.

Assim, com exceção de Túlio, o curandeiro, todos os demais aqui presentes estão envolvidos em um ou mais dos delitos.

Por isso, determino que todos permaneçam detidos para que sejam ouvidos e, por fim, todos os fatos possam ser esclarecidos.

Começarei por escutar mais detalhadamente os relatos da senhora Lélia, a remontarem aos idos de sua condição de serva da casa de Marcus e Druzila. Depois, repetirei o interrogatório com os demais para que a Justiça possa ser efetivada de acordo com os interesses soberanos de nosso maior Juiz, o próprio Imperador.

E dizendo isso, deu ordem aos guardas para que procedessem à detenção de todos, em compartimentos separados, dispensando o curandeiro que em momento algum parecia envolvido em qualquer conspiração homicida.

Depois, voltou a interrogar Lélia, desde os tempos dos fatos passados com Druzila, relembrando os pormenores daquele trágico evento e dela escutando todas as informações necessárias ao deslinde do evento em si.

Sem desejar conspurcar a verdade com distorções que não seriam mais condizentes com sua consciência, Lélia procurou ser fidedigna na descrição de todos os detalhes da vida que tivera antes, relatando, inclusive que, depois de ter sido expulsa do lar paterno em decorrência da gravidez, o desespero lhe havia aconselhado o assassínio da criança ou o suicídio, mas, graças à boa mulher que a retirou da sarjeta depois que chegou em Roma fugindo da perseguição dos próprios parentes, de comum acordo resolveu adotar novo nome e acolher o sobrenome da mãe que a ajudara na solução daquele conflito moral, de onde deixou de ser Sabina e passou a ser Lélia Flávia, como já o conhecemos.

Necessitando criar o filho que nascera sadio, mas que era mais uma boca para ser alimentada, conseguiu o emprego na casa de Marcus e Druzila, onde se fizera mais próxima da patroa que, obcecada pelo amor de Marcus, tudo fazia para lhe chamar a atenção, inclusive cortejar e criar problemas difíceis para os demais servos, entre os quais o próprio Licínio, buscando seduzi-lo e conquistar seus carinhos, já que os do marido lhe eram totalmente escassos ou ausentes.

Com isso, ela própria pretendia enredar o pobre administrador de confiança de seu marido, em uma teia de tentações que tornasse muito árdua a sua resistência aos seus encantos e provocações.

Foi então que Druzila engendrou a excursão ao campo e na qual desejara criar situação embaraçosa a comprometer a integridade moral do fiel serviçal da casa, ocasião em que lhe forneceu o veneno, afirmando que se tratava de um sonífero potente para imobilizar pobre empregado que pretendia vender sua cumplicidade pelo preço dos seus favores sexuais.

Por isso, para se ver livre das investidas do rapaz, confiando nas afirmativas da patroa, ministrou o líquido crendo fosse inocente sonífero, voltando a Roma logo em seguida. O tempo correu célere e, não muito depois, a desgraça da morte recaía sobre a própria casa principal, atingindo, então, a antiga patroa, com os estertores próprios dos que ingerem violento corrosivo, numa sinistra coincidência que ainda era de todo desconhecida da serva depoente.

Qual não foi sua surpresa quando, depois de investigação em

seus pertences pessoais, foi encontrado aquele mesmo frasco, que ficara em seu poder como sendo simples narcótico, mas que, em realidade, tinha o conteúdo que se mostrou letal na própria Druzila.

A partir daí, o juiz conhecia bem o caso e ela não tinha nada mais a acrescentar, a não ser o fato de se ver surpreendida pela intercessão de Licínio a seu favor, sendo certo que, no calor dos fatos, havia sido a própria Serápis quem levantara as suspeitas contra sua pessoa.

Dando por encerrado o depoimento de Lélia, remeteu-a ao cárcere e mandou trazer Serápis, que interrogou da mesma forma, conseguindo extrair mais informações sobre os fatos vividos desde os dias de seu envolvimento com Marcus, ressaltando a circunstância de Serápis ter deliberado fugir da casa levando a filha do casal em seu poder, o que a estimulara a usar do malfadado sonífero que ela havia subtraído do frasco que Lélia lhe havia emprestado para combater a insônia que a atormentava devido ao estado gravídico em andamento.

Usando daquele sonífero – pensava Serápis – faria Druzila dormir e retiraria Lúcia para ferir o pai, amante que não demonstrava a intenção de aceitá-la na casa principesca como sua efetiva mulher.

Também ela não sabia que se tratava de um poderoso veneno, mas, quando percebeu que Druzila morria entre gritos e gemidos, deu-se pressa em abortar o plano de fuga para passar a esperar a oportunidade de assumir o papel de esposa de Marcus, em definitivo, coisa que não ocorreu, apesar de estar carregando no ventre aqueles que viriam a ser filhos do casal.

E vendo a necessidade de eximir-se da culpa ou da suspeita que, naturalmente, recairia sobre ela própria e o amante, esposo da vítima, tratou de inculpar Lélia, cuja prova material com a descoberta do frasco maldito em seus pertences apontava como a única e principal responsável pelo envenenamento.

A esta altura, Serápis chorava convulsivamente, já que a lembrança de seus atos mesquinhos do passado faziam-na ver como sua conduta houvera sido imoral para com aquela que, apesar de tudo, se tornara sua benfeitora mais tarde, esquecendo seus erros e demonstrando a força do perdão sincero.

Lembrando-se dos exemplos de Licínio, dos ensinamentos de

Décio e da bondade de Cláudio, Serápis recusou mentir a fim de beneficiar-se e inculpar Lélia novamente.

Agora que os fatos surgiam de inopino, não mais faria o que fizera um dia, sem pensar nas consequências desastrosas para os que são acusados injustamente.

Lélia era inocente de qualquer ato que a pudesse ligar a quaisquer dos crimes e, se dependesse de Serápis, seria libertada mesmo que toda a responsabilidade tivesse de ser assumida pela depoente.

Por fim, Serápis relatou ao juiz a sua condição de mãe sem auxílio, de mulher abandonada pelo amante depois que constatou o nascimento dos dois filhos enfermos e deformados, tanto quanto a saga de criar os quatro, sendo dois adotivos e dois naturais.

As expressões de Serápis tocavam profundamente o coração daquele magistrado, que já parecia tão acostumado aos distúrbios sociais e pessoais, mas que, desde há muito não acompanhava tão complexo dilema, a envolver os interesses pessoais e coletivos de forma intrincada e delicada.

A perda do filho leproso, o sequestro dos filhos naturais e a perda de Lúcia representavam, para ela, a perda do sentido de viver. Nada mais pareceria hábil a lhe restituir o viço e a vontade de seguir lutando.

Se tivesse de morrer na boca das feras, isso mais lhe pareceria um prêmio ou um alivio do que uma punição.

Somente os bons exemplos dos antigos amigos que foram exilados e os conselhos de Jesus lhe serviriam de consolação e apoio nestas horas,

Reafirmou a inocência de Licínio, no tocante à paternidade dos filhos que, de forma indubitável, pertenciam a Marcus, o único homem com quem estivera intimamente desde que ingressara nos serviços daquele palácio.

E depois de dar os pormenores e detalhes, foi igualmente dispensada para regressar ao cárcere, onde todos os envolvidos passariam a noite até que o magistrado estivesse convencido de quem libertar e quem manter recluso para levá-lo a julgamento.

Enquanto os outros depoimentos iam ocorrendo, foi mantida na mesma sala destinada a servir de quarto às mulheres, na companhia de Lélia, cuja história triste ficara conhecendo naquele mesmo dia, pela boca do antigo e acovardado namorado.

Entre elas, as confissões se sucederam, procurando Serápis abrir todo o coração como nunca houvera feito para incriminar-se com toda a sordidez que fora lançada contra Lélia.

A amiga ouvia em silêncio toda a confissão dos pormenores e detalhes que, agora encadeados e ordenados, permitiam que fizesse sentido todo o contexto em que se vira envolvida como culpada de homicídio antes mesmo de qualquer julgamento.

Num exercício de auto-flagelação moral, Serápis relatou-lhe os pormenores dos diálogos que tivera com Marcus a fim de que ele providenciasse a sua condenação e aliviasse as pressões que buscavam encontrar alguém responsável por aquele equívoco do destino.

Um homicídio sem culpas ou culpados, mas, sim, cheio de pessoas para as quais a morte favoreceria de maneira significativa, o que tornava tanto ela – a serva – quanto o marido infiel, extremamente vulneráveis a desconfianças e perseguições.

Por isso – continuava Serápis – havia sido conveniente que a justiça tivesse em seu poder aquela que poderia merecer o cárcere ou a morte, sem fazer diferença nenhuma para este mundo. Condenar Lélia seria conseguir tranquilidade para que Serápis e Marcus pudessem dar sequência à vida afetiva, sem obstáculos ou suspeitas.

Este sentimento, contudo, não era mais o que ela própria nutria pela antiga colega de trabalhos domésticos. O tempo havia transformado o coração de Serápis, e, os exemplos de Lélia no estender-lhe as mãos amigas na adversidade eram a maior vergonha que uma criatura poderia ter que enfrentar no mundo: receber ajuda da própria vítima inocente.

Ambas choravam e se abraçavam como se desejassem se esquecer das dores múltiplas que se haviam causado desde os idos tempos da imaturidade moral e da falta de Jesus no coração.

* * *

E, assim, a noite do cárcere foi, em realidade, a noite da libertação de ambas no sentido de limparem a consciência e o coração de todas as mentiras e sordidezes acumuladas pelo tempo, agora expelidas pela revelação da sinceridade.

Todo lodo que se acumula no fundo permite que a água fique cristalina na superfície, mas não deixa de existir como lodo no fundo. Para purificar a água, é preciso retirar o lodo que, bem processado, poderá se transformar em adubo.

Saber fazer isso é um sinal de sabedoria porque é conduta que não deve ser realizada de qualquer forma, já que não se deve tisnar a água, sujando-a novamente.

Ao tratarmos das questões morais que representam o ideal cristalino de nosso ser, lembremo-nos de que o tempo funciona tanto a nosso favor quanto contra nós mesmos.

É um instrumento de esquecimento e de diminuição de tensões, permitindo que as tormentas do afeto e dos relacionamentos se abrandem. No entanto, cada um deverá saber que, quanto mais o tempo passe, mais estará perto o momento de consertar os equívocos, eis que as situações da vida ensejarão que os adversários se reencontrem, algumas vezes ainda em campos opostos, mas, muitas vezes, dentro da mesma prisão.

Pode ser a prisão da miséria, a prisão da enfermidade, pode ser o mesmo quarto de hospital, pode ser que o culpado esteja hospitalizado e sua vítima venha a ser o enfermeiro que o acaso levou até ali para o entendimento.

Pode ser o credor implacável que, num acidente qualquer, se veja à mercê do mesmo devedor que ele espoliou sem pena nem dó, a retirá-lo das ferragens do veículo acidentado, a expor a própria vida para salvá-lo. Pode ser a alma luminosa da vítima a visitar a furna espiritual tenebrosa e dali retirar o espírito daquele que lhe foi o algoz infeliz, perdido na escuridão e na dor dos próprios erros.

O tempo, sábio educador de todos, saberá fazer com que os que deixaram coisas mal terminadas possam se encontrar mais tarde, mais amadurecidos pela dor e pelas experiências da vida, para que saibam reparar os erros, entendendo coisas que antes não eram compreendidas e sentindo o coração mais preparado para saberem perdoar, saberem ter compaixão e saberem superar as antigas diferenças.

A mensagem da Boa Nova, que havia sido semeada no espírito das duas mulheres graças aos exemplos de seus benfeitores materiais tanto quanto dos seus amigos invisíveis, havia tido ocasião para amadurecer e germinar, fazendo com que deixassem para trás toda a lamacenta corte de erros, interesses mesquinhos, ilusões materiais, desejos de grandeza, e igualarem-se nas tragédias do coração desiludido, da alma abatida pelo próprio orgulho e da perda de todas as antigas posições de importância ou poder.

Por isso, leitor querido, lembre-se de ser aquele que aproveita o tempo, antes de ser surpreendido por ele. A seu favor estão os bons conselhos da consciência e os exemplos do Amor de Jesus que lhe pedem para perdoar, para reparar o mal, para pedir desculpa antes que seja tarde demais. Contra você estão o inexorável transcorrer dos dias, a inflexível condição de mortalidade das criaturas, o arrependimento e a dor por não ter agido enquanto era possível agir, os efeitos nocivos da demora na correção do mal e, com absoluta certeza, a circunstância de, mais cedo ou mais tarde, reencontrar o adversário ou a pessoa que você feriu como a única que lhe possa ajudar ou a única a quem você possa pedir ajuda.

Não escarneça do tempo que, em realidade, jamais passa em vão.

Talvez, como as duas personagens acima, chegue o dia em que você também tenha que passar uma noite em companhia de alguém que você prejudicou de alguma maneira e que, até agora, ainda não foi capaz de corrigir o mal nem de pedir desculpas.

Sábio é aquele que faz o próprio tempo, não deixando que o destino realize, através da lei de ação e reação, aquilo que cada um pode fazer através da lei de amor.

As revelações de Tito

Depois de Serápis, naquele mesmo dia, dando seguimento ao interrogatório dos diversos envolvidos, foi a vez de Tito apresentar-se diante de Sérvio Túlio, revelando a sua versão de todos os fatos.

Nesse sentido, buscou historiar, atendendo à curiosidade do magistrado romano, desde o início de seu envolvimento com Marcus, já que era do interesse do juiz, conhecer a sua participação nos casos anteriores que pudessem incriminar os demais envolvidos.

– Não, nobre magistrado, eu não conheci Licínio, a não ser pela sua fama de homem honrado e generoso com os empregados que comandava.

Quando fui colocado no serviço pessoal de Marcus, todos os fatos tristes da sua viuvez já tinham acontecido. Aliás, alguns meses depois é que fui admitido, justamente quando o nobre senhor se afastou de Roma em viagens pelo interior onde permaneceu por mais de ano, recebendo eu a incumbência de ser auxiliar no transporte de sua bagagem, o que me permitiu ganhar a confiança do patrão.

Observando que não conseguiria qualquer detalhe sobre a circunstância da primeira morte, o magistrado solicitou que Tito continuasse seu relato sobre suas tarefas junto a Marcus.

Foi então que o servo pôde revelar detalhes interessantes do modo de proceder de seu patrão, relatando os diversos hábitos, sua conduta licenciosa, seu afastamento de Roma como que fugindo da responsabilidade paternal, como mais tarde lhe revelou o mesmo patrão, acusando Serápis de imputar-lhe uma culpa pela gestação que não lhe correspondia.

Queixava-se de certa mulher que o perseguia, exigindo que assumisse a criação de seus filhos aleijados, o que motivara a sua longa viagem, afastando-se da capital imperial.

O seu regresso, tempos depois, representara um mistério para Tito, já que o patrão voltara decidido a reencontrar certo amor de anos anteriores, com o qual pretendia reatar relações.

Isso fez com que ele instaurasse um processo de espionagem para averiguar o paradeiro da referida musa de seus sonhos. Foi aí que ele – Tito – descobrira que referida fonte inspiradora era a mesma mulher que o acusava de pai de seus filhos doentes.

Naturalmente que não lhe cabia, na condição de servo de confiança, questionar ou solicitar explicações a seu patrão, eis que a função do servo é servir como se não tivesse olhos, ouvidos ou boca. Foi assim que, obedecendo a Marcus, ele próprio organizara a referida rede de espionagem para descobrir que Serápis – a mulher desejada – estava vivendo junto de outro homem ou sob a sua dependência afetiva. Tal informação produziu uma onda de revolta em Marcus, que deliberou arrumar uma forma de afastá-la do novo protetor.

Assim, Tito passou ao relato da ida de Marcus ao cemitério da Via Nomentana, na reunião dos cristãos, na noite anterior ao aprisionamento de Policarpo, tanto quanto, do dia seguinte, ao seu comparecimento junto aos responsáveis pela administração pública como delator do referido encontro, com vistas a conseguir que os benfeitores de Serápis, que lá se encontravam reunidos também, fossem presos e executados, liberando seu caminho para a conquista do troféu de seu afeto.

Isso produziu a detenção de Cláudio Rufus e Décio, cujo destino, para ele, Tito, era desconhecido desde então.

No entanto, depois de ter sido bem sucedido no afastamento dos protetores da mulher, Marcus entabulara o sumiço dos filhos aleijados bem como a retomada da pequena jovem para que, com esse trunfo nas mãos, convencesse Serápis a voltar a viver em sua companhia, sobretudo porque, em momento algum, seu nome apareceria envolvido nos trágicos acontecimentos, ocultado por subornos e protegido pela ação de seus servos.

Foi aí que lhe fora atribuída a função de acompanhá-lo no processo de envenenamento de Domício, tanto quanto lhe tocou seguir com os dois outros, sequestrados, para garantir que seriam exilados para muito longe.

O relato de Tito era assaz repugnante, a demonstrar a ardilosa conduta de Marcus, a sua astúcia viperina, o desejo de moldar todos os fatos aos seus interesses, custasse o que custasse.

– E, por que você, agora, revela todos estes pormenores tão prejudiciais ao seu antigo benfeitor? – perguntou Sérvio.

– Como já lhe revelei anteriormente, senhor juiz, sempre chega na vida de um homem o momento da suprema vergonha ser encarada. Eu mesmo sabia que as atitudes de meu patrão eram indecorosas, mas a condição de serviçal, na longa tradição de nossos ancestrais, sempre fora aquela de manter-se fiel e discreto. Todavia, durante a viagem que levou os dois infelizes ao seu triste destino, algo estranho me aconteceu.

Parece que a voz interna de severos juízes se fizeram ouvir em meu íntimo, como a me prepararem para que começasse a pagar pelos meus erros do passado. Eu também carrego comigo certas condutas que, agora, me fazem um homem menor diante de meus próprios olhos. Tive um sonho – e o senhor sabe muito bem como nós devemos respeitar os sonhos que temos – no qual um juiz severo e bondoso me pedia para não prejudicar os meninos exilados, pois eu mesmo tinha severas contas para acertar com a Justiça Soberana dos deuses em decorrência do abandono a que eu próprio relegara certa jovem e o filho de nosso amor fogoso.

A figura de Sabina me atormentava a consciência. Engravidara a jovem por quem me enamorara e, fugindo dos deveres, abandonei-os à miséria. Nunca mais voltei à sua casa, mas soube que ela fora expulsa do lar e precisara fugir para não ser morta pelos parentes, ultrajados com a gravidez sem pai declarado ou conhecido.

Considerada reles prostituta, ficava a imaginar o que seria de sua vida, sem que isso me desse coragem para ir em busca de ajudá-la. Pensei em esquecer e, no cipoal dos prazeres da juventude, entre as bebedeiras e as outras mulheres fáceis, me permiti entorpecer a dor da consciência, procurando tornar esse fato como algo normal na vida de jovens imaturos.

Afoguei-me em gozos efervescentes, embebedando-me no vinho

fácil das aventuras e conquistas que se sucediam para logo mais serem substituídas.

No entanto, a viagem silenciosa e lenta no barco, obrigara a ter que me manter sóbrio e lúcido, o que, certamente, fez voltarem à tona os fantasmas de minhas culpas. Deixei o porto de Narbonne e regressei pelas estradas até a capital, perseguido pelos remorsos e pela lembrança de Sabina, moça que sempre amei, mas que não tive suficiente coragem para ajudar.

O ancião que me apareceu em sonho me dissera para que fosse bom para com todos, pois isso seria o início do meu resgate, pelo abandono do filho e da mulher amada, mas que eu me preparasse para o dia em que esse encontro pessoal, efetivamente, viesse a acontecer.

Que por mais que eu fugisse de tudo e de todos, jamais conseguiria escapar da Lei Soberana. E foi mais cedo do que eu imaginara que o referido encontro se dera. Tão logo cheguei em Roma, a buscar a esperada recompensa pelos meus serviços fiéis e meu silêncio, eis que Marcus me solicita o último ato de violência da própria consciência, a atestar, diante do tribunal, que o patrão não estivera em Roma no dia do sequestro dos meninos e da morte do outro.

Pessoas o haviam incriminado e ele necessitava livrar-se da acusação. Não seria a primeira vez que ele se valeria de seu dinheiro para construir a verdade que lhe fosse mais conveniente e que permitisse que uma outra pessoa, mais pobre, menos nobre, sucumbisse no pantanal da dor, fazendo com que a mentira se transformasse em realidade.

Ele me pagaria ainda mais pela confirmação, aqui, perante vossos ouvidos, do relato que o inocentaria de qualquer crime.

E eu vim para cá com a clara disposição de realizar mais este favor ao meu senhor, quando percebi que a pessoa que seria incriminada como assassina era a mesma moça que eu abandonara grávida na minha juventude tresloucada. Meu coração não conseguiria ser, novamente, o algoz da mesma criatura. Entendera, por fim, o caráter do sonho premonitório que tivera, a preparar-me para este encontro fatídico de meu destino.

Diante de meus olhos, estava Marcus com seu dinheiro, Sabina, com sua inocência e eu com a verdade dos fatos e minha culpa.

Entre eles, eu me punha como o que poderia começar a corrigir o erro do passado falando a verdade ou como o que abraçaria a mentira para ficar rico e infeliz pelo resto de meus dias.

E, nesse ponto do depoimento, Tito já não conseguia falar sem conter as lágrimas que lhe visitavam os olhos aos borbotões. Sem controle diante da verdade amarga que revelava, não conseguira mais manter-se de pé diante do juiz. Ajoelhara-se ante o magistrado, como a revelar a sinceridade de seu depoimento através da humilhação, a mesma a que se obrigava diante de Lélia, confessando seus erros como um sincero devoto dos deuses a abrir-se diante de suas estátuas, nos impulsos do pedir perdão para os próprios deslizes.

– Pensar em Sabina, presa, culpada por um crime que eu sabia não ter ela cometido, incriminada pela minha palavra ignominiosa, seria o pior de todos os venenos que meu ser poderia ingerir. Já não bastava a dor pelo erro do passado a me pesar como uma montanha que me esmagava por dentro?

Então, meu senhor, não posso ser melhor do que já fui? Se essa moça sofreu tudo o que sofreu por minha causa, não poderia eu, ao menos tardiamente, começar a corrigir meus atos nefandos, impedindo que sofresse mais ainda como culpada por um delito que não cometeu? E se isso me custasse a própria vida, esteja certo, meu senhor, eu a entregaria feliz, libertando-me de meus próprios fantasmas. Jamais a havia encontrado antes do dia de hoje. No entanto, parece que nunca me afastei de seu ser. Sua imagem me povoava os pensamentos todos os dias e a lembrança de seu rosto triste e preocupado do último encontro continuava a marcar minhas visões íntimas.

Estou certo de que, falando a verdade, não estou salvando apenas Sabina de um destino injusto e doloroso. Estou salvando a mim mesmo da tragédia mais amarga de minha vida. De joelhos diante de vossa autoridade eu estou me declarando livre, enfim, do martírio de ter sido covarde um dia.

Finalmente, senhor juiz, hoje eu posso dizer que sou um homem.

Preciso fazer mais para que Sabina se sinta reparada pelos meus equívocos, mas, agora, aqui de joelhos, eu me sinto de pé diante do futuro, vencendo em mim próprio as mazelas da covardia, da venalidade, do servilismo, da ambição que faz homens serem ricos no bolso e miseráveis na alma ao mesmo tempo.

Já não temo nem a justiça de César, nem a presença de Marcus, nem a prisão que me pode encarcerar o corpo, nobre magistrado. Hoje, já não tenho mais medo de mim próprio. Talvez o senhor, homem que nunca errou como eu, não imagine o que é carregar o peso da culpa por tantos anos e, por fim, livrar-se dele...

E prorrompeu em uma mistura de lágrimas e sorrisos, batendo no próprio peito, como se desejasse expulsar de seu íntimo os últimos resquícios da própria indignidade.

Não sabia ele que, ao seu lado, o mesmo venerável espírito daquele sonho, o velho e querido Simeão, se encontrava fortalecendo-lhe a determinação, para que seu depoimento, pelo espontâneo e firme, apresentasse a marca da mais pura e lídima verdade.

Ao mesmo tempo, para que ele não se intimidasse diante das possíveis repreendas decorrentes de sua participação pessoal nos delitos de Marcus, a presença espiritual de Simeão procurava garantir-lhe essa convicção intimorata e essa força espiritual que somente os que se escudam na verdade podem sentir para sempre, como força libertadora de todas as amarras, como porta de passagem para a luz de uma vida com sentido.

A vida na mentira produz uma atmosfera turbulenta e turva, como as águas reviradas de um pântano.

A vida na verdade se assemelha a um riacho pedregoso de águas cristalinas e transparentes, frescas e oxigenadas, onde todos podem beber até se saciarem, sem medo.

Essa era a opção que, finalmente, Tito estava fazendo naquele momento, ajudado pelas forças de Simeão que, sem interviram em sua vontade, serviam-lhe de respaldo, de fator equilibrante, de ponto de apoio para que o rapaz não perdesse a lucidez diante da exteriorização das próprias culpas, comprometendo a integridade do depoimento com a suspeita de estar com as faculdades mentais adulteradas.

Entendendo o estado do servo de Marcus, emocionado igualmente por sua coragem, pelo seu testemunho naquela sala de audiências públicas, o ilustre magistrado deu-se por suficientemente esclarecido e determinou que ele fosse reconduzido ao local em que se via detido, afastado de Marcus, para não lhe receber as pressões diretas ou indiretas.

Antes que Tito fosse levado ao seu destino, no entanto, o magistrado lhe disse:

— Engana-se você, meu filho, a pensar que dentro de mim não exista culpa decorrente de erros cometidos ou de condutas incorretas. Este julgamento, pelo que estou entendendo, também está sendo uma forma de me redimir diante de minhas próprias misérias e equívocos do passado, Tito. Por isso, tão bem compreendo os seus motivos pessoais. Eu também partilho deles nesta hora em que a vergonha das próprias fraquezas vai sendo transformada em força que nos faz reformar a própria vida, na construção de uma dignidade que não depende de cargos ou de aparências, mas que é pulsante e verdadeira, na riqueza ou na miséria, no poder ou no anonimato.

E assim dizendo, autorizou aos guardas que conduzissem o depoente até o cárcere, onde aguardaria a deliberação final do magistrado.

Restava ao juiz escutar Marcus, o maior implicado em todas estas teias abjetas e vis.

* * *

Enquanto esperamos o desenrolar do seu depoimento, entretanto, observemos como estão as coisas no mundo espiritual.

Antes do julgamento, Druzila, a antiga esposa, liderando os processos persecutórios de Marcus, Serápis e Lélia, mantinha-se toda eufórica, controlando a situação em todos os detalhes e fazendo com que Marcus não atendesse à solicitação de não levar as coisas até o limite, forçando a verdade, devolvendo Lúcia a Serápis ou, pelo menos, não pretendendo prejudicar as já tão infelizes mulheres.

Tal inspiração lhe fora transmitida em sonho pelo próprio Zacarias, com o fito de impedir que uma tragédia de grandes proporções se delineasse na vida de todos, simplificando o resgate de seus erros, modificando para melhor a jornada dos envolvidos e acabando com os conflitos.

No entanto, enovelado pelos próprios pensamentos viciosos e pelas interferências do espírito que aceitara como fonte de intuições criminosas, Marcus não dera qualquer valor às solicitações do Bem, preferindo seguir com suas planificadas estratégias, alimentadas pelo fato de descobrir que Lélia, a antiga suspeita de envenenamento, encontrava-se novamente no centro de outro crime da mesma natureza.

Até aí, Druzila também seguia soberana, acreditando que seus atos e projetos estavam dominando o panorama das personagens a quem devotava ódio mesquinho e desejo de vingança.

No entanto, sobre eles todos, pairava a Soberana Sabedoria que, permitindo que todos estes mecanismos mobilizassem forças inferiores, na verdade os estava usando para que a verdade de todos os crimes viesse à tona, restabelecida a efetiva ordem dos fatos, patenteando as reais responsabilidades por todos os crimes.

Foi assim que, sem controlar Tito nem Lélia nem Serápis, Druzila começou a ver ruírem seus castelos no mal. A prisão de Marcus correspondeu a um verdadeiro golpe em seus projetos, enfurecendo-a de tal maneira, que as próprias feições espirituais, por si só deformadas, assumiram a monstruosidade de difícil e imprópria descrição.

Pelo fato de estar jungida a Marcus, como aquela que dirigia seus pensamentos num processo simbiótico estranho e muito comum entre encarnados e desencarnados que se sintonizam, Druzila como que se vira detida também na mesma cela.

No entanto, em vão fazia esforços para sair dali, como um encarcerado que procura deixar os limites estreitos da prisão onde se vê encerrado.

Isso porque os espíritos superiores, que tudo observavam de mais alto, produziram também linhas de força que mantinham Druzila e a maioria dos seus mais próximos asseclas, detidos no mesmo ambiente.

E se as acomodações materiais eram desfrutadas apenas por Marcus, no mesmo ambiente, do lado invisível, havia uma verdadeira multidão de entidades presas, todas agitadas e surpresas com o fato de não poderem sair dali.

Pouco acostumadas ao processo de reclusão daquele tipo, voltavam-se contra Druzila, como a lhe exigir que desse um jeito naquilo.

Afinal, ela era aquela que os dirigia, aquela que os havia convocado para a vingança, aquela que se arvorara em cobradora de Fúlvia, Pilatos, Sulpício, a transferir para a nova jornada carnal daquelas almas os processos de perseguição e de reparação violenta dos erros perpetrados.

As entidades, até então iludidas pelas suas promessas de vingança, sentiam-se enganadas, levadas a uma armadilha que não supunham capaz de detê-las.

Todas se voltavam contra Druzila, cobrando-lhe a liberdade.

– Tire-nos daqui, sua megera mentirosa, sua demônia traidora – gritavam uns.

– Você nos traiu, sua víbora – falavam outros, ameaçadoramente.

– Se você é tão poderosa como sempre disse e pareceu ser, saia daqui e nos leve junto.

Os desafios eram contundentes e chegavam às portas da agressão.

Tendo-se transformado em um monstro de expressão horripilante, muitos dos que se viram na mesma situação se intimidaram, buscando se afastarem o máximo possível.

No entanto, outros havia que não se importavam com o estado desequilibrado ao extremo daquela triste alma.

Ao se ver assim intimidada, Druzila percebera o problema que tinha pela frente, já que, ela própria não conseguia deixar o ambiente onde se via reclusa, não importava o que fizesse para sair dali.

Sem ter como resolver a questão, Druzila apresentou como único argumento a ação de forças do "Cordeiro" a impedir que a Justiça fosse feita. No entanto, – prometia ela – assim que Marcus saísse para ir ter com o magistrado, todos sairiam junto com ele.

Nem ela sabia se isso seria possível, mas, como não tinha outro argumento, preferiu liberar-se das pressões insuportáveis de que vinha sendo objeto, usando tal perspectiva de fuga no momento oportuno.

Não sabiam eles, no entanto, que do mesmo modo que os homens haviam instaurado naquele local a casa da justiça terrena, a Bondade Superior havia, também, implantado naquele mesmo ambiente, a Casa da Justiça Celeste, de forma a apresentar a estrutura que lhes serviria de espécie de tribunal das próprias culpas, aproveitando-se do ensejo em que as culpas humanas iam sendo averiguadas e remediadas.

E do mesmo modo que as duas mulheres e Tito já haviam sido ouvidos pelo magistrado, começaram a ser retirados da cela espiritual, um por um, os diversos espíritos que se haviam acumpliciado com Druzila para as vinganças aos envolvidos naqueles crimes.

Eram levados a salas onde os processos de julgamento não se viam eivados pelas influências e interesses humanos.

Cada qual, antes de ser interrogado pelos três juízes que tinham diante de si, era postado diante de pequena tela individual, na qual sua vida era apresentada integralmente, num processo de rememoração rápida, nos lances mais dramáticos ou dolorosos, belos ou tristes, como a lembrar ao indivíduo dos compromissos que ele próprio assumira pelas atitudes já cometidas um dia.

Além do mais, certos lances de vidas anteriores também lhes eram rememorados para que as causas de ontem pudessem ser entrevistas nos efeitos de hoje e os porquês acabassem entendidos.

Cada um que visualizava a apresentação não consumia mais do que poucos minutos para inteirar-se dos fatos que lhe correspondiam e, em nenhum caso, um único espírito ousou questionar a correção das cenas.

Quando terminavam de ver, geralmente, estavam em prantos de vergonha ou de arrependimento.

Depois disso, entidades generosas os levavam até a presença dos três magistrados.

Um deles, dando-lhe as boas-vindas àquele tribunal, perguntava se o indivíduo tinha alguma dúvida sobre o que havia visto ou se discordava de alguma coisa do que havia constatado.

E um por um, todos foram unânimes em reconhecer que não havia nenhuma mentira ou nenhum exagero. Alguns perguntavam o que era aquilo, porque se tratava de uma forma estranha de relembrar.

Outros perguntavam se aquele era o tribunal dos deuses de Roma, acostumados aos seus modos religiosos tradicionais.

Para todos os espíritos ali submetidos à avaliação, uma resposta fraterna e esclarecedora era dada pelo magistrado espiritual que lhes dirigia a palavra.

Nenhum dos averiguados, no entanto, se queixou de serem mentirosas aquelas imagens.

A seguir, o segundo magistrado lhes perguntava se achavam corretos ou justos os seus atos, adequadas ou boas as próprias atitudes. Se eles achavam que o que haviam feito guardava alguma ligação com a Justiça Superior.

E, invariavelmente, a confusão, a perplexidade, a vergonha, o arrependimento, o erro, a culpa, eram as respostas que emitiam, ao perceberem que eles estavam fazendo coisas más contra pessoas que lhes haviam beneficiado de alguma forma, hipnotizados pelos tentáculos vingativos de Druzila.

Alguns haviam sido alistados pelo simples prazer da aventura de perseguir por perseguir, outros para conseguirem créditos que lhes permitissem solicitar ajuda em outros processos de vingança que lhes interessava instaurar.

Nesse momento, o choro convulsivo se tornava mais amargo, porque os espíritos se viam diante de si mesmos, sendo chamados a revelar o que eram pelas próprias palavras.

A um ou outro mais difícil ou menos disposto a compreender a própria condição, era-lhe facultado voltar ao aparelho para averiguar mais um pouco de si mesmo, coisa que poucos aceitavam fazer, antes de reconhecer a própria culpa.

Dali não havia como fugir. O ambiente sóbrio e imponente daquelas entidades divinizadas, ao olhar despreparado dos espíritos imaturos, representava um fator magnetizador, como se não fosse necessária a presença de guardas, de grades ou de ameaças.

Não faltou quem, nesse momento, se ajoelhasse diante dos juízes, como que a se confessarem diante dos próprios deuses de suas crenças mundanas, surpreendidos na prática de coisas erradas.

Depois, então, que esta segunda etapa de despertamento acontecia, o terceiro juiz se dirigia ao averiguado, perguntando-lhe:

— Meu filho, qual é a punição ou o prêmio que acha que merece pelos atos que você cometeu?

E, também, quase que invariavelmente, todos se reconheciam indignos de qualquer favor divino, dizendo que para os crimes que haviam praticado, a pena adequada seria a mais cruel e a mais dolorosa: o inferno a que chamavam de Tártaro.

— Ainda que você ache que mereça o inferno e que, se o receber, isso não o surpreenderá, vindo mais como o esperado prêmio para lhe aliviar as próprias culpas do que como injusto castigo, porventura aceitaria uma outra sentença diferente dessa condenação que você está se dando? – perguntava o terceiro magistrado.

— Só se existir algo que seja pior do que os tártaros – respondia a maioria dos interrogados.

— O pior lugar para os culpados, ainda mais cruel do que o Tártaro, meu filho, você já está nele. É a consciência de seus erros e a vergonha de os ter cometido. O que Deus está oferecendo-lhe é a sublime oportunidade de você corrigir o mal que foi praticado, em vez de estar em aflições eternas no lugar dos suplícios.

— Mas isso é possível?

— Não é possível que o Sol nasça todas as manhãs? Que o céu volte a ser azul apesar das tempestades que o enegrecem por instantes? Que a Terra volte a produzir na primavera depois de ter estado coberta pelo gelo que mata toda a vida? Que o corpo volte à saúde depois da enfermidade?

Por todas estas manifestações, meu filho, Deus deseja que aprendamos que é possível ser bom depois de ter sido mau e é esse o convite que ele lhe oferece no lugar do inferno que você sabe que merece por suas próprias culpas.

Você aceita trabalhar no bem para restaurar o mal que foi praticado?

E a cena comovedora se repetia sempre, quando as entidades viam brotar um brilho novo no olhar mumificado pela desilusão e pelo tempo desperdiçado no erro.

Alguns pediam para beijar as mãos de tão augustos representantes do deuses, outros ainda não se diziam merecedores da compaixão, alegando que havia muita culpa neles para que nova oportunidade lhes fosse concedida, mas que se isso fosse possível, eles a aceitariam e tudo fariam para corrigir o mal...

* * *

Esse era o julgamento que o mundo invisível proferia para criaturas naquela condição.

O processo, mais do que um amontoado de documentos e provas, era o arquivo de experiências contido em cada um dos espíritos tanto quanto em cada um dos encarnados.

A sentença não era proferida pelos magistrados, mas, sim, pelo indivíduo que se apreciava a si próprio.

E aos magistrados competia, tão somente, exercitar a misericórdia em nome de Deus.

Essa é a Justiça do Universo, queridos leitores.

É a Justiça que nos perseguirá para onde formos, a nos apresentar, indelevelmente, a nudez do que somos.

Os Tribunais Celestiais são verdadeiras Cortes de Misericórdia, nas quais, espíritos sábios e amadurecidos nas tragédias das humanidades sabem avaliar as necessidades da criatura frágil e, aplicando o grau de misericórdia indispensável à sua recuperação, modelam e esculpem a alma aflita para que se transforme em um ser melhor por força do Amor e não por ação do Ódio ou da Vingança.

Por isso, querido irmão(ã), cada nível de evolução tem seus próprios processos específicos de avaliações, mas, em qualquer deles, não espere por um julgamento no qual você se apresente mais como vítima do que como réu. Não pense que juízes inflexíveis estarão esperando-o como carrascos a extraírem, mediante tortura, as afirmativas mentirosas para usá-las como elemento de condenação.

Não espere algum tipo de cerimônia faustosa na qual apaniguados e gordos magistrados, investidos da toga negra, venham a esquecer seus próprios defeitos para se arvorarem em sentenciadores dos infelizes.

Não!

Os que esperam o dia do Juízo, como se fossem os inocentes e imaculados seres a aguardarem, dormindo, o momento de serem levados ao paraíso, serão surpreendidos tristemente, diante da coloridade e objetividade desse procedimento. Tolice e ingenuidade que não os livrarão da realidade de terem que enfrentar o filme de sua própria vida, de seus próprios pensamentos mais ocultos, dos gestos de amor, de renúncia, de sacrifício, de coragem no Bem, tanto quanto de seus sentimentos mais pervertidos, mais mesquinhos, de suas ideias mais vis, de suas palavras mais torpes, como se uma testemunha oculta registrasse não apenas as aparências dos atos ou condutas, mas, além disso, toda a essência dos pensamentos e sentimentos que geraram os comportamentos.

Como espíritos imortais, não imaginemos os Tribunais Celestes como cortes de acusação ou como dispensadoras de punições.

Esses são os tribunais humanos, por falta de outros recursos na averiguação da verdade real.

Os Tribunais de Deus são casas de despertamento, hospitais da consciência, onde espíritos generosos, em nome da Bondade do Pai, são os dispensadores do sublime remédio que salva da loucura, da insanidade espiritual aqueles que se descobrem mais culpados do que os que perseguem: o sublime remédio da MISERICÓRDIA.

São Templos Sublimes onde estaremos sempre como réus e juízes, encarcerados e carcereiros. Os magistrados do Amor farão os papéis de médicos da alma e enfermeiros da bondade, a conduzirem nossa ignorância aos caminhos retificadores do esclarecimento e não aos antros pervertidos e fumegantes do inferno.

Procure entender isso enquanto você não tem que assistir a sua vida passar nos mínimos detalhes depois que seu corpo perecer.

Enquanto seu corpo tem vida, comece a ser aquele que retifica e esclarece, corrige e coopera no Bem. Sabendo que essa é a lei da vida, você saberá como agir enquanto é tempo para que as boas atitudes sejam as únicas advogadas decentes e eficazes do seu caráter frágil e em crescimento.

De qualquer forma, desse tribunal, desse Juízo você não escapará, ainda que pense que seu espírito vai ficar dormindo por um tempo depois que a morte destruir seu corpo.

O JULGAMENTO DE MARCUS

Depois de longa espera, perdido entre a surpresa dramática de seu encarceramento e a agonia de estar, agora, revelado perante aquele magistrado, restava que Marcus se apresentasse ao salão onde lhe seriam tomadas as informações como o que aconteceu com os demais. O pior era o fato de que ele não tinha ideia nenhuma do que cada testemunha havia falado a seu respeito nem possuía condições de avaliar como melhor se conduzir perante aquele que, agora, deveria ser quem o julgaria.

Conduzido à presença do nobre magistrado, procurou manter o ar de importância de sua condição, confiando que uma certa dose de ousadia o ajudaria a lembrar à autoridade a sua condição de romano, de importante ou de rico representante da casta mais respeitada da sociedade.

No entanto, apesar de sua empáfia, de sua arrogância, o seu estado denotava a sua deficiência geral, a condição de um indivíduo que se sabia em débito com a lei, com a verdade e com a correção de proceder.

O velho orgulho, contudo, dava sinais de sua existência, mantendo os padrões de pensamento viciosos daquele homem que só crescera no corpo, esquecendo-se de se tornar adulto no espírito.

Colocado diante do julgador, cujo coração vinha navegando nos mares revoltos da repulsa diante de todos os fatos constatados, mas que buscava a serenidade indispensável para cumprir seu papel de forma consciente e responsável, Sérvio Túlio começou o interrogatório, sem olhar para o réu, mas percebendo sua aparência desafiadora:

— Quanto ao senhor, quais são as suas argumentações sobre os fatos em si?

— Ora, nobre magistrado, repito o que já lhe informei. Sou aquele que é vítima de um complô de pessoas inescrupulosas que eu ajudei, que assalariei dentro de minha casa e que, não satisfeitas em matarem minha primeira esposa, agora pretendem acabar comigo.

— Senhor Marcus, quero adverti-lo de que, mais do que os crimes que já pesam sobre a sua pessoa, mentir perante um magistrado romano no exercício de suas funções divinas é a mesma coisa que fraudar os deuses que nos protegem, consistindo em um outro crime, cuja punição será mais dolorosa do que a das outras penas.

A sua posição de rico patrício não impedirá que tal justiça seja feita.

Observando que Sérvio Túlio não se permitia intimidar, Marcus procurou assumir o tom mais íntimo, não sem antes relembrar ao magistrado as antigas relações de amizade e os contatos que já haviam tido outrora.

— Veja, nobre juiz, trazemos em nosso sangue as mesmas tradições que nos permitiram o entendimento no passado, que me franquearam a intimidade de sua casa, onde era recebido sem objeção e onde sempre pudemos nos entender diante das dificuldades que enfrentávamos, nos problemas da justiça e das melhores decisões.

Percebendo a tentativa do réu em criar-lhe embaraços na aplicação da isenção, através da sutil lembrança dos pretéritos compromissos de cumplicidade, Sérvio Túlio levantou o rosto dos documentos que tinha diante de seus olhos e, com voz firme para que todos escutassem, respondeu, sereno:

— Nobre Marcus, nosso passado nada tem a ver com o que estamos discutindo. Aliás, julgava-o digno de minha intimidade e, quando sua opinião se fazia importante, realmente, tivemos ocasião de nos entender sobre as questões do mundo, acreditando eu que tal privilégio fosse entendido como um voto de confiança de um magistrado romano em um outro romano que pensava digno de tal deferência. No entanto, desde a fatídica ocasião em que, por desejar acelerar os processos de punição, estivera em minha residência a cobrar providências de assassínio e vingança, fiz questão de romper com a sua pessoa todos os vínculos de intimidade que pudessem fazer parecer que minha independência de julgamento estava, na verdade, dependente de suas pressões, de seus presentes ou de suas influências materiais.

Assim, por todas as palavras que neste instante sua boca profere, reconheço o acerto de minha conduta ao expulsá-lo de minha casa, declarando-o mal-vindo em quaisquer ocasiões, tal a indignidade de suas conclusões acerca de minha pessoa e das possíveis fragilidades de meu caráter.

Se sou um ser cheio de equívocos, como não os faltam nesta cidade, estarei prestando contas aos seres que me garantiram a posição de magistrado nesta corte, réu da minha própria consciência, coisa que não costuma acontecer com os demais romanos, principalmente com os de melhor nível, cuja consciência moral está em piores condições do que a "cloaca maxima" *.

Percebendo que sua posição piorava a cada momento, Marcus se viu atarantado, sem saber como agir.

Observando-lhe o mutismo, Sérvio voltou a perguntar:

– O senhor já esteve em uma reunião de cristãos, no cemitério da via Nomentana?

Acabrunhado com a pergunta direta, Marcus procurou afirmar a sua inocência, dizendo:

– Sim, uma vez, quando fui compelido a ali comparecer para desvendar uma situação que me prejudicava, a fim de denunciar os seus participantes ao governo da cidade, como o fiz, prestando um serviço ao nosso imperador, que muito tem feito para punir os que pertencem a esta seita cristã.

– Sobre a morte de Domício, o que o senhor tem a declarar?

– Ora, sou inocente, nada fiz...

– Sobre o sequestro de seus dois filhos, o que tem a declarar?

– Eu não tenho filhos...– gritou ele, descontrolado – aqueles monstros são filhos de Licínio, como ele mesmo confessou perante o senhor.

– Sobre o exílio desses dois meninos – filhos de Licínio como você diz – qual é a sua alegação?

(*) Nome dado ao principal sistema de esgoto subterrâneo implantado em Roma.

– Eu não sei o que aconteceu com eles – já disse...

– Sobre o testemunho de Serápis, de que ambos foram amantes e que mantinham um local para os encontros amorosos, dos quais decorreu a gravidez da serva?

– É uma louca querendo meu dinheiro, fazendo chantagem.

– Sobre o testemunho de Lélia, que afirma tê-lo visto na casa de Serápis, carregando um embrulho e saindo apressado do local?

– Ora, meu senhor, isso é pura invencionice de quem tem raiva de mim por ter pedido a sua condenação como culpada pela morte de Druzila, coisa que se tivesse acontecido mesmo, nos teria evitado todo este tormento de agora. Melhor que estivesse morta já há quase dez anos.

Vendo a crueldade e a frieza do depoente, que ainda não atinara para a condição de réu que assumira em toda a trama que se desvendara, Sérvio Túlio terminou o interrogatório indagando:

– E sobre o depoimento de seu servo de confiança, daquele que você mesmo trouxe aqui para livrá-lo das acusações e que, diante da verdade, não se acovardou e revelou todos os fatos, o que você tem a dizer?

– Que é um ingrato, que comeu do melhor, que se beneficiou de minha riqueza e que, agora, vendo-se em uma posição de importância, talvez tenha-se permitido vingar-se de alguma mágoa que carrega, da inveja de ser apenas um empregado que pode prejudicar o seu patrão. Bem sabe o senhor, nobre juiz, como são as classes inferiores, quando estão na situação de poderem causar dano aos seus benfeitores. Não se sabe o que vai na alma humana nestas horas, mas, com certeza, o despeito, a ambição, a alegria de fazer mal aos que estão acima deles é um poderoso estímulo para que se aproveitem dessa ocasião e mintam para livrar o próprio pêlo, como se fossem inocentes criaturas, singelos cumpridores de ordens desumanas, partidas dos seus superiores.

Essa é a única forma de entender o que se passou aqui, com esse infeliz bandido, traidor de minha confiança... – terminou de falar, trêmulo, gaguejante, aparentando descontrole e desespero.

Escutando-lhe as palavras, o magistrado deu por encerrado o interrogatório e determinou que, no dia seguinte, todos os quatro componentes daquele julgamento fossem trazidos à sua presença para que escutassem a sua deliberação.

Marcus foi reconduzido à cela que ocupava e os demais, apreensivos, não sabiam o que os esperava.

Afastados os envolvidos, encerrou-se o juiz em sua sala de trabalhos para meditar sobre todos os detalhes daquilo que, a começar em uma querela sobre a guarda de uma jovem, tornara-se a ponta da meada, a elucidar tantos crimes, ocultos pelos interesses mesquinhos da alma humana, pelas lutas de poder, pela deficiência do senso moral naquela sociedade de podridões recobertas por mármores raros.

E o que acontecia em pequena escala nos ambientes privados, a envolver um senhor e seus servos mais pequenos, certamente se reproduzia em escalas mais volumosas nos níveis superiores da administração, onde a astúcia e a maldade tinham que ser refinadas e onde o poder era de vida e de morte.

O pensamento de Sérvio viajava sobre as questões filosóficas da vida, a imaginar a responsabilidade dos políticos que se apresentam como representantes do povo, mas que, sorrateiramente, às suas costas, manipula, vende, compra, corrompe para que sua estadia no poder lhe renda os dividendos materiais que lhes forneça uma "velhice honrada".

Quantos não morreram nas carências, nas dificuldades, nas lutas e na ausência das menores oportunidades para que apenas um espertalhão e oportunista pudesse conquistar a sua " aposentadoria tranquila"?

Ali, diante de seus olhos, estava a teia das ignomínias. A morte de Druzila, envenenada, a morte do funcionário da fazenda, envenenado, a acusação injusta de Serápis e a igualmente injusta prisão e a quase condenação de Lélia, a morte de Licínio, martirizado injustamente, a morte de Domício, envenenado, o sequestro dos dois meninos e seu destino incerto, a sua aproximação do culto cristão, o jogo de interesses e as tramas de bastidores que redundaram na prisão de Cláudio Rufus e Décio, na prisão e execução de Policarpo e na desgraça de outros tantos, o esforço de se incriminar Lélia novamente, e tudo isso pesava principalmente sobre Marcus e, em segundo lugar, sobre Serápis.

Em relação a Marcus, estes seriam os delitos conhecidos, sem se falar ou cogitar dos outros que não estavam visíveis, fruto de sua conduta naturalmente corruptora, caprichosa e interessada no comando das coisas segundo seus desejos caprichosos.

Com relação à Serápis, a longa lista de sofrimentos e seu histórico de atendimento a crianças miseráveis se levantava a seu favor a indicarem uma certa punição para seus interesses asselvajados. Afinal, nenhuma vantagem conseguira e terminara por ver aumentados os seus prejuízos.

Além do mais, sobre Marcus pesava a sua condição de patrício, da qual se esperava uma conduta que pudesse servir de exemplo para os menos aquinhoados, como mandava a antiga tradição patriarcal, herdada dos ancestrais.

Lélia e Tito se apresentavam como criaturas úteis aos interesses de Marcus, a manipular suas vidas como um predador que se diverte com sua presa, apavorando-a antes de devorá-la.

Seu pensamento organizava as deliberações que se tornariam definitivas a partir de sua decisão, como o permitiam as leis e costumes de seu tempo, não sem antes se preocupar com a melhor opção, a que pudesse fazer a justiça não apenas na questão da pequena Lúcia, mas, sim, na punição de tantos e tantos crimes que se acumulavam e que, até então, pareciam nunca terem existido.

A noite correu para ele como se não tivesse existido.

A aurora do novo dia assinalava ao juiz o marco de sua própria reabilitação moral perante a consciência de magistrado, que o acusava de indigno representante da Verdade pela condenação injusta de Licínio, na teia de interesses que fora traçada pelo patrício romano.

Assim, logo pela manhã, Sérvio Túlio ultimou os detalhes da decisão mediante a qual procuraria realizar a punição de todos os crimes e a reparação de todas as injustiças, e rumou para a Casa da Justiça na qual haviam pernoitado os integrantes desse drama triste que a ele incumbia desvendar e resolver. Por isso, tão logo chegou, instalou-se na sala principal e determinou que fossem todos trazidos à sua presença para que escutassem as decisões inapeláveis.

Perfilados e trêmulos os homens, serenas e calmas as mulheres, todos esperavam pela palavra do juiz, rigidamente observados e separados por soldados que mantinham a ordem entre eles, impedindo qualquer tipo de conversa ou ameaça, intimidação ou briga.

Marcus, naturalmente, tinha ímpetos de esganar a todos os outros, principalmente a Tito e a Lélia, que, segundo suas avaliações, haviam sido os miseráveis que mais o prejudicaram naquele julgamento.

Já entrevia seus passos para depois de sair da corte e demandar suas amizades mais importantes para vingar-se, tanto daquele juiz insolente que o mandara prender, quanto dos que, como reles serviçais, o fizeram humilhar-se em uma casa de justiça como aquela.

Mesmo nessas condições, o pensamento de Marcus não conseguia fugir das antigas formas de proceder, embaraçando-se nas próprias amarras, pensando que as coisas materiais e as posições sociais durariam para sempre em sua vida.

Seu estado mental, assim, apresentava a alucinação própria dos que se encontram no limiar do desequilíbrio geral, afastados da perfeita avaliação dos fatos com a nitidez e o bom-senso mais comuns.

Não tardou muito para que o juiz desse início à deliberação para apreensão dos que, finalmente, tinham dívidas a acertar.

Depois de adotadas as naturais condutas ritualísticas próprias da reverência aos deuses romanos, notadamente à que simbolizava a Justiça, o magistrado tomou a palavra e começou a pronunciar-se:

— Antes de informá-los sobre seus destinos, gostaria de proferir-lhes algumas palavras que, longe de serem ordens, são singelas exortações para o futuro de suas vidas.

A começar de uma disputa sobre uma quase criança, os caminhos da verdade trouxeram à tona toda a trama que foi urdida sobre a vida de muitas outras pessoas. Homens e mulheres morreram, foram torturados, envenenados, crianças foram mortas ou sequestradas, pessoas foram injustamente condenadas, somente para que os caprichos humanos pudessem continuar desfilando suas poses e desfrutando de suas regalias.

Não pensem que a mentira poderá prevalecer para sempre e que, ainda que nada disso se tivesse apurado por força dessa "casualidade", isso ficaria impune nos tribunais celestes. Nunca se esqueçam de que, se os homens não veem seus crimes mais ocultos, os deuses sabem e os testemunham. E tudo o que aconteceu aqui nestes dois dias é a maior prova de que a vontade dos deuses era a de que a Verdade surgisse e a Mentira trouxesse os seus nefastos efeitos sobre aqueles que a cultivam.

Nunca se esqueçam de que é melhor o reconhecimento do equívoco do que a ira dos deuses a fazer o mentiroso rolar do pedestal de sua pose para a poeira do nada.

Por isso, não imaginem que aquilo que escutarão aqui represente a minha vontade pessoal como um imperfeito representante dos deuses na Terra. Não.

O que vocês receberão é o fruto de seus próprios atos, nos comportamentos que semearam diante da lei que os avalia e os premia ou pune.

Eu sou apenas o singelo ajustador que, como um pedreiro, precisa cortar a pedra no tamanho do buraco onde deverá ser colocada, na grande estrutura da Verdade que a Lei tenta proteger e privilegiar para o bem de todos os cidadãos.

E por mais que ricos e pobres furtem ou matem, envenenem ou traiam, que nobres se hostilizem, que miseráveis invejem, que magistrados enganem, que sacerdotes fraudem, que imperadores corrompam, que reis espoliem seu povo, o que importa é que, hoje, cada um de vocês é que está sendo apreciado pelo padrão de suas próprias condutas. Assim, não agradeçam a mim nem maldigam as decisões que se baseiam tão somente naquilo que vocês mesmos fizeram, na Mentira ou na Verdade que vocês próprios viveram.

Depois do intróito, Sérvio passou a individualizar sua decisão, para definir o destino de cada um dos envolvidos.

Dito isto, considero que Lélia merece as desculpas do Império e desta corte, tanto pela primeira reclusão injusta de anos atrás quanto pelos constrangimentos de agora, já que, em realidade, nada pesa contra sua pessoa e, ao contrário, sua sinceridade e sua correção a tornam digna da mais alta consideração desta corte e de minha pessoa, estimando que todas as mulheres de Roma deveriam espelhar-se em seu perfil para que nossos costumes se purificassem.

Com relação a Tito, considero que a sua posição de servo vinculado aos deveres de sua casa e seu amo o obrigaram a manter a posição de obediência, como é da tradição de nossa sociedade, inclusive preservando o padrão de questionamentos que não lhe seriam próprios realizar. Enaltecedora também a sua postura de arrependimento diante de seus erros passados, como o envergonhado que encontra a chance de se redimir diante de si próprio, se não corrigindo o mal de antes, evitando que um outro mal ainda mais grave viesse a se consumar sobre a mesma criatura desditosa que lhe recebera as promessas de amor dos tempos juvenis.

E como as ações indignas de seu amo estariam, agora, a produzir ainda mais males, considero justificadas as declarações do servo, a romperem o liame de confiança que deverá sempre existir entre ele e seu patrão, para que isso não signifique o acobertamento de crimes e de lesões a direitos muito mais sagrados do que os da fidelidade servil.

Quanto à Serápis, considero-a vítima de suas próprias ilusões, deixando-se levar pelos apelos da ambição e da carne, mas, apesar disso, assumindo as consequências dessa conduta. Sua postura ardilosa em relação à Lélia correspondeu a um delito que precisará ser punido para que ela jamais se esqueça de não acusar sem provas e de reparar o dano que produziu através das dores, da vergonha e do medo que causou na antiga companheira de trabalho, salva da morte pelos esforços heroicos daquele que se entregou ao martírio em seu lugar.

Desse modo, condeno-a a servir como serva de Lélia por dez anos, na residência onde antes mantinha os encontros clandestinos com o amante Marcus, residência essa que confisco das posses deste último para entregar a Lélia como indenização pelos sofrimentos que teve de suportar e que passa a lhe pertencer doravante, para sempre.

Assim, a mesma casa onde ela serviu como empregada não remunerada aos filhos da sua algoz, agora a receberá como a proprietária a ser servida por Serápis, como sua serva.

Declaro Lélia a tutora vitalícia de Lúcia, que se responsabilizará pela sua criação e pela administração de um legado de cinco grandes sestércios que lhe será conferido dos bens confiscados de Marcus, para que tenham um futuro sorridente.

Quanto a Marcus, como o agente destes delitos, direta ou indiretamente, considero-o culpado de todos os crimes aqui levantados, reconhecendo que, se pesa em seu favor a circunstância de ser patrício, pesa contra sua conduta a de traição da pátria, a de mentir perante os deuses, a de fraudar a lei, a de tentar corromper ou intimidar a justiça, a de produzir mortes e perseguições sem fundamento.

Além do mais, sua vida representará um risco para todos os

demais romanos já que sua conduta deu mostras de que estará sempre tentando prejudicar aqueles que estejam em seu caminho.

Assim, por todos estes crimes, declaro a sua condenação à morte, com o confisco de todos os seus bens, a repulsa a seu nome e à sua tradição, a maldição dos deuses sobre sua memória, a proibição do culto à sua alma para que possa vagar pelos Tártaros e continuar a expungir os crimes conhecidos e os ignorados pelas autoridades.

E que se faça constar, em sua sentença de morte nas comemorações do regresso de Adriano que estão em andamento, que fora ele traidor do império até mesmo na condição de cristão, frequentador das reuniões clandestinas proibidas pelo Imperador.

– Mas eu não sou cristão – gritou, insolente, o condenado.

Contido com um golpe duro que o soldado presente lhe desferiu para que calasse, escutou do magistrado:

– Você esteve na reunião e confessou isso aqui perante minha autoridade. Isso é o bastante para condená-lo. Se você é ou não cristão, isso já é um problema de sua consciência. Afinal, você também não estava muito interessado em saber se Lélia era ou não a culpada pelo envenenamento de Druzila. Bastava que morresse e isso já lhe serviria. Não há diferença nenhuma.

Você morrerá no circo, junto do povo, como Licínio morreu condenado por mim, injustamente, exatamente por sua culpa, Marcus. Tenha a decência de se fazer digno daquele verdadeiro amigo que não poupou a sua vida para salvar a de uma inocente que você queria matar a qualquer preço e que, se lhe fosse possível, hoje mesmo você repetiria a mesma acusação e o mesmo crime de outrora.

Você morrerá carregando sobre si mesmo os crimes que cometeu e a mesma alegação que Licínio apresentou, ou seja, a de que era cristão.

Seus atos demonstraram que você, livremente, foi a uma reunião dos cristãos. E depois que são presos por isso, todos os que lá estavam dizem que não eram cristãos, que estavam para espionar e delatar, que estavam fazendo um favor ao Imperador. Esse é o mesmo caso. Acha você que a Lei do Império pode considerar essas defesas para inocentar os que a desrespeitam por vontade própria?

Morrer como cristão será, apenas, um prêmio para suas mentiras. Já que você viveu sua vida em mentiras, que morra com elas, envolto em mentira também, uma mentira com aparência de verdade.

E obedecendo aos rituais normais, deu por encerrada a entrevista do julgamento, dispensando as pessoas, determinando o encaminhamento de Marcus à prisão, declarando a sua incomunicabilidade para que não fosse capaz de produzir qualquer tipo de conspiração, no aguardo de sua oportuna execução, nas comemorações da volta de Adriano da sua última viagem pelo Império.

A esse tempo, Lélia e Serápis se abraçavam espontâneas e amigas, felizes pela decisão do magistrado que, segundo elas, foi o mais justo e imparcial possível.

Todos foram encaminhados para fora, a fim de que voltassem às suas rotinas diárias.

Já na rua, fora da casa de justiça, davam vazão à alegria verdadeira da liberdade, sem se importarem com as novas condições que Sérvio lhes havia estabelecido, entre serva e senhora.

A um canto, sem saber o que fazer, estava Tito, também feliz e aliviado, mas aturdido diante da proximidade com Lélia que, em realidade, não o havia percebido fora do recinto.

Passados os momentos de êxtase, ambas as mulheres deram-se conta de sua presença discreta.

Agora chegara para ele o derradeiro momento de pedir desculpas pessoais à jovem injuriada.

Assim que as duas se voltaram para sua figura apequenada, Tito deu o último golpe de misericórdia no próprio orgulho e, aproximando-se de Lélia, disse, emocionado:

— Sabina — eu não sei o que vai ser de minha vida, agora, mas eu não quero seguir para o desconhecido sem dizer que nunca a esqueci e que me arrependo profundamente pelo mal que produzi em sua vida. Eu não tenho ninguém mais no mundo, mas serei capaz de encarar minha solidão se você estender a este miserável pedinte a esmola de sua compaixão em uma única palavra, em um único sorriso de perdão.

Contendo dificilmente o sentimento, ante aquele desabafo e aquela conduta pública de humilhação sincera, Lélia acercou-se de Tito e, diante dele, abriu os braços para envolvê-lo num abraço silencioso.

Ambos choravam convulsivamente. Ele, de vergonha pelos próprios erros e ela, por se lembrar das próprias dores do passado, por se lembrar do filho comum que crescera sob a sua proteção, mas, sobretudo, por agradecer a Jesus ter reencontrado aquele irmão que, no passado, tanto odiara, mas que, agora, cristã convertida, estava tendo a oportunidade de perdoá-lo de verdade.

– Obrigada por tudo o que você teve coragem de fazer por mim aqui, neste tribunal, Tito. Você salvou a minha vida.

E se não tem para onde ir, meu irmão, sinta-se convidado a morar na casa de Décio, a mesma casa que está abrigando Serápis que, doravante, mudará comigo para sua antiga residência, aquela que já nos acolheu outrora, de onde haveremos de reconstruir nossas vidas. Você poderá partilhar de nossa convivência, visitará nossa família e, se lhe servir de algum estímulo para o amanhã, aproveite o tempo para começar a construir com o seu filho os laços que até hoje estão por se fazerem mais fortes.

Fábio está crescido, se parece muito com você e, em seu íntimo, sei que ele sempre quis conhecer o próprio pai.

Você aceita?

Seguindo para frente

A decisão do magistrado recolocou um pouco de ordem naquele caos em que todos viviam, sem falar nas modificações ocorridas junto aos espíritos que se acercavam dos envolvidos na tragédia humana e que, no momento exato, também receberam o auxílio que a Misericórdia Divina lhes estendia, ainda que não solicitado.

Druzila estava alucinada, sentindo-se presa e cada vez mais sozinha nas dependências espirituais em que os liames vibratórios a mantinham reclusa para seu próprio bem.

Seus seguidores ou amedrontados colaboradores iam escasseando, cada qual sendo levado à presença daqueles três espíritos sábios que faziam as vezes de despertadores da consciência individual para os futuros projetos evolutivos.

Presa ao ex-marido, encarcerado de forma rude e sem qualquer tipo de contato com o mundo exterior, seu espírito não entendia o rumo que as coisas haviam tomado, depois de ter edificado todos os passos para a tão esperada vingança de seu ódio.

Não entendia ela que os homens planejam seus lances e suas estratégias, mas que, acima deles, e superior à maldade de seus intuitos, vigia a sabedoria do Criador, através da visão serena e lúcida de entidades elevadas que, permitindo que o mal prospere por um tempo, equacionam com antecedência os melhores caminhos para que todos, vítimas e algozes, encontrem neles mesmos os medicamentos necessários ao tratamento de suas feridas morais.

Por isso, no momento adequado e, através das ferramentas amorosas, as entidades superiores que, por muito amarem os ignorantes seres em evolução, possuem o governo da vida, intervêm de maneira decisiva a fim de aproveitar as circunstâncias por eles criadas e, longe de permitirem que a maldade ofereça a última palavra, retiram de todo o ódio e de todo o mal o ensinamento que melhorará os errados e os maldosos.

Algo como o engenheiro que, percebendo a desavença entre dois vizinhos que outra coisa não fazem a não ser destruírem reciprocamente as suas moradias, com o propósito de levar o outro à ruína, planeja a construção de um edifício de grandes proporções no exato local das duas casas velhas que seus moradores estão arruinando por ódio ou vingança mútuas.

Naturalmente que as agressões não se acham no rol dos melhores procedimentos. No entanto, nos atentados que vão derrubando as paredes, o sábio construtor encontra a colaboração valiosa que os dois adversários prestam gratuitamente na transformação daquele meio, substituindo as velhas construções por uma mais bela e útil, ampla e imponente edificação, na qual ambos poderão ser, igualmente, acolhidos como moradores.

Enquanto se desgastam em raivas, têm a sua força destrutiva utilizada pela sabedoria que, graças a elas, vai implantando o projeto de modificação para melhor. Cansados de se debaterem e não tendo mais o que destruir, perceberão que são, ambos, os derrotados na contenda, não possuindo local de moradia e não conseguindo exterminar as suas diferenças. Frustrar-se-ão pela conduta equivocada que tiveram e sofrerão os prejuízos que se impuseram de forma irracional. No entanto, apesar deles, a obra do Bem projeta o melhor e, à medida que as dores fizerem o seu trabalho em suas almas, ambos aprenderão que não conseguiram nenhuma vitória verdadeira enquanto se hostilizavam. E ao sentirem que, relegados ao abandono e ao desamparo, precisarão dormir de maneira precária em qualquer lugar, sentindo o frio da noite, o risco da chuva, o perigo dos ladrões, melhor avaliarão as suas escolhas baseadas no orgulho, na disputa mesquinha, na competição ilimitada para, a partir de então, sentirem a própria responsabilidade nos atos agressivos.

A dor os empurrará para o arrependimento e este os levará a uma modificação verdadeira de seus conceitos. Precisarão trabalhar para ganharem recursos com os quais possam pagar por aquilo que, antes, tinham sem qualquer despesa: a moradia.

Enquanto isso, o sábio engenheiro está projetando a nova obra. E necessitando de trabalhadores, acolhe os dois insensatos como novos operários, como novos pedreiros, ajudantes, serventes, carregadores de peso que, com seus esforços, poderão receber o pequeno salário honrado, com o qual aprenderão a valorizar os pequenos esforços da vida, as pequenas conquistas de cada hora.

E o prédio vai sendo construído, edificado com o concurso dos dois adversários que, agora, no esforço comum, reconhecem a tolice que os visitara naquele período de desavenças e conversam sobre a saudade da antiga e velha casa, que os protegia e lhes permitia viver em segurança.

O trabalho, no entanto, não permite divagações saudosistas, e o prédio vai sendo edificado para transformar aqueles mesmos terrenos que serviam apenas a duas famílias em um local onde possam morar centenas de seres e suas estruturas de vida coletiva.

E com a obra acabada, recebendo o salário justo por seus esforços no trabalho, qual não será para eles a surpresa ao receberem a chave de dois apartamentos no mesmo andar, um vizinho do outro, como um presente do Sábio Engenheiro que, graças à sua visão ampla, soube aproveitar os esforços da ignorância e transformá-los em degraus para a melhoria.

Agora viverão na mesma condição de vizinhança, amadurecidos pelos tormentos que criaram antes e aproximados pelo sofrimento comum que os irmanou durante a construção da nova obra, ao mesmo tempo em que, graças às suas discórdias, uma nova construção pôde surgir sobre as casas velhas em que viviam, dando abrigo a muito mais pessoas, que passaram a se beneficiar daquela transformação.

Sobre o mal, é assim que o Bem age, valendo-se das forças desconexas e desequilibradas para usá-las a serviço de todos, extraindo benefícios que se multiplicam e melhoram a estrutura de muitas vidas.

Isso era o que acontecera com aqueles indivíduos, de acordo com a Justiça, mas, sobretudo, em atenção à Misericórdia, sempre atenta e pronta a intervir no momento adequado, não para fazer sofrer o maldoso, mas para fazê-lo acordar, ampliando os benefícios decorrentes de suas condutas mesquinhas para transformá-las em sementes de bênçãos.

Se você entender isso, leitor querido, muitos de seus problemas serão encarados de outra maneira, não como se o mal estivesse vitoriosamente atacando suas defesas generosas e boas, mas, sim, como se o Bem estivesse esperando a melhor hora para fazer o Mal esclarecer-se, resgatando aqueles seres que o praticavam não porque fossem, essencialmente, maus, e sim, porque eram, em verdade, ignorantes apenas.

Lembrar-se de que é o Bem quem dirige as coisas e que é o Amor que governa a vida, nos fará sentir que, por mais injustiçados que nos sintamos, forças generosas estão apurando os fatos, preparando os caminhos e construindo o edifício mais belo e imponente para que todos, agressores e vítimas, nos vejamos beneficiados com os frutos de seus exercícios morais, os rudes recebendo a vergonha da constatação de seus erros e os resignados encontrando a paz da aprovação da consciência e o sorriso da evolução luminosa como prêmio que lhe pertence por direito, conquistado por seus esforços pacientes e perseverantes.

Esqueça o impulso de ver seus desafetos sofrerem como forma de pagarem pelos desaforos que lhe fizeram. Sua alegria não pode depender das lágrimas alheias porque isso seria a mais triste constatação de seu atraso moral e de sua iniquidade pessoal.

Não pode existir em seu coração qualquer resquício de vingança, para que a Misericórdia se levante em seu favor.

Se é o Amor que governa a vida, esse conceito é a maior força que você pode cultivar para que, no governo das realidades materiais você seja admitido como um bom e fiel servidor.

Druzila e Marcus haviam marcado seus destinos pelos mesmos erros que os tornavam jungidos um ao outro, de forma que, quanto mais seus impulsos de vingança cresciam, mais insanos ambos se tornavam, acontecendo, por fim, que, depois de algumas semanas no cárcere, privado de todas as facilidades e todos os recursos materiais, Marcus passou a dar sinais de loucura, falando coisas desconexas, rindo descontroladamente, como se duas personalidades se fundissem em um único corpo, conversando consigo mesmas em voz alta. Era assim que, depois de algum tempo, Marcus daria entrada na arena festiva das comemorações da volta de Adriano à Roma, para deleite dos cidadãos, igualmente insanos e ignorantes, horrorizando-se espiritualmente com a cena dantesca a que também levara Licínio no passado.

Em suas lembranças espirituais mais ocultas, apesar da

insanidade mental que o tomara nos dias derradeiros que antecediam seu martírio, a figura imaginária de seu antigo amigo surgia diante dele, como que afastada por um largo abismo que ele próprio não conseguia transpor.

Licínio dera a própria vida para salvar alguém, enquanto ele perecia exatamente desejando mandar matar a mesma criatura inocente do passado.

Como lhe havia advertido Zacarias anteriormente, uma vez escolhida essa estrada tortuosa e cheia de espinhos, a ação de seus amigos invisíveis se faria mais difícil no sentido de socorrê-lo, já que se tratava de um reincidente na mesma conduta, deliberadamente desejoso de ferir, apesar de todas as advertências em sentido contrário. É da lei que, assim tendo escolhido, se faça indispensável que a pessoa aprenda, no sofrimento solitário, quais os efeitos de sua conduta livremente aceita e praticada. Nem mesmo a influência de Druzila seria capaz de diminuir a sua responsabilidade já que essa ação negativa se implantara à sua volta graças ao seu próprio consentimento, sem que tivesse feito qualquer esforço para opor-se a ela.

Era mais uma convidada em sintonia com o dono da casa mental do que uma intrusa a forçar o anfitrião a agir contrariamente aos seus bons desejos ou luminosos valores.

Somente o resgate doloroso de muitas décadas poderia fazer aquele Marcus/Sávio e aquela Aurélia/Druzila depurarem suas culpas e acordarem para suas efetivas necessidades morais.

Durante esse tempo receberiam a visita dos amigos invisíveis através de suas preces e exortações intuitivas, mas não poderiam contar com o alívio de suas ações diretas até que, efetivamente, dessem mostras de real modificação de seu íntimo, eis que ninguém consegue burlar a Lei do Universo com falsos gestos de arrependimento ou simplistas condutas rituais.

✣ ✣ ✣

Enquanto isso, a vida das demais personagens ingressara num período de calma depois da tormenta de angústias e dores.

Graças à riqueza que lhe fora colocada sob a administração, Lélia acolheu Lúcia naquela mesma casinha na qual aprendera a cantar as músicas que Serápis ensinara aos filhos no passado, diante da fome, enquanto fizera ampliar a vivenda a fim de que se transformasse em pousada de amor espiritual.

Trouxera para morar ali a própria mãezinha adotiva, além de manter o grupo familiar harmonizado, graças à convivência baseada no afeto e não na força da sentença do juiz. Por isso, não tratava Serápis como sua serva e tudo fazia para que aquela fosse a moradia suave e benfazeja de todos. Fábio passara a morar em confortável acomodação que Lélia fizera construir no jardim que circundava a casa, e as quatro mulheres se mantinham juntas no interior da vivenda, protegidas pelos braços firmes do filho e pela solicitude de Lúcia, crescida e ingressada na condição de mulher.

Tito se fizera devotado amigo da família e, sabendo transformar os erros do passado em esforços de serviço no presente, ia ganhando lentamente o coração de todos, principalmente o afeto do filho que abandonara no ventre de Sabina nos tempos da imaturidade juvenil, mas que, agora, representava o seu ideal de viver. Entre os dois foi sendo construída uma simpatia que o tempo se encarregaria de transformar em amizade, nos processos de escultura que o Amor vai fazendo, lentamente, no coração das pessoas.

Continuava a viver na casinha que pertencera a Décio, mas que, em momento algum, imaginava se tratar daquele mesmo indivíduo que compartilhara com ele os balanços da galera romana, que aportara em Narbonne e que se demonstrara propenso a cuidar dos dois infelizes.

Serápis, desde a juventude, jamais tivera um período de tamanha calmaria, somente comparado ao breve tempo em que vivera sob o teto de Cláudio Rufus, ainda que na condição de serva.

No entanto, para todos pesava no coração a ausência dos dois meninos sequestrados e banidos do convívio comum.

Lúcia havia perdido seus dois irmãos. Serápis, seus dois filhos legítimos. Fábio, seus dois amigos e companheiros. Tito era o único elo que havia entre a família romana e o seu paradeiro e, mais do que nunca, agora, carregava na consciência a dor da conduta irresponsável que aceitara a troco de recompensa.

Lélia se lembrava dos dois meninos a quem aprendera a estimar sinceramente, nas oportunidades em que pudera atender às suas necessidades de alimentação e higiene quando em serviço naquele lar, a título de voluntária do amor.

Por isso, raro era o momento em que, ao se reunirem todos, a lembrança e os comentários familiares não girassem em torno do acontecido com os desditosos meninos.

– Meu coração sente que eles ainda estão vivos – falava Serápis, como mãe que se liga aos filhos pelos laços inquebrantáveis do afeto vibratório.

– Eu não sei por que, mas também sinto que eles vivem, mamãe – aduzia Lúcia, carinhosa e melancólica.

– Por minha vez, recordo-me de nossas idas às aulas de música e aos primeiros sucessos em público, nas apresentações ao ar livre, ainda que a indiferença dos transeuntes tivesse custado muito a ceder – expressava-se Fábio, saudoso.

Escutando essas referências, doía o coração de Tito que, sentindo-se responsável pelo destino infeliz dos jovens, iluminado agora pelas conversações sobre o Evangelho e pelo carinho daquela Sabina que seu coração não esquecera desde os tempos juvenis, a si mesmo se acusava, em silêncio, como responsável por aquela penúria coletiva.

O tempo passara e a alegria familiar contrastava com a ideia da infelicidade das almas que haviam recebido da vida tão pesado fardo, o que tornava tal ventura coletiva maculada por um quê de amargura.

Corria o ano de 139, o imperador Adriano já tinha morrido e outro lhe ocupava o mais importante cargo na condução da nau romana, a execução de Marcus já tinha-se dado há um bom tempo e as marcas de toda tragédia já se haviam esmaecido nos corações.

No entanto, a consciência do erro e a ideia da possível dor dos entes amados pesava em todos.

Entendendo que se tratava da única pessoa que poderia resgatar esse elo, buscando informações ou elementos para conhecer o destino dos ausentes queridos, Tito manifestou-se em uma das reuniões do grupo, apresentando um projeto para que o coração de todos se pusesse menos apertado.

– Estive pensando e decidi compartilhar com vocês meus planos, nesta tarde – falou ele ao grupo que se reunira para as trocas do afeto sincero.

– Ora, bons planos são sempre bem-vindos quando podemos, com eles, melhorar o mundo que nos cerca – respondeu Lélia, apoiando a sua fala entusiasmada.

Aproximaram-se e se puseram a escutar as ideias e explanações de Tito que, depois de breve avaliação da situação favorável que a todos sorria, demonstrou o acúleo doloroso que fustigava, impedindo que a felicidade do grupo se tornasse plena.

– Sim, o desconhecimento do paradeiro dos meninos é um ponto de infelicidade em todos nós. Na irmã que sente falta, no amigo que os ajudou a lutar honestamente, na mãe que se martiriza em silêncio por desconhecer seu destino, na amiga que tratou deles como se mãe fosse. No entanto, todas vocês são visitadas pela tristeza do amor que não é capaz de se expressar. Em mim, todavia, a dor é a da vergonha, da consciência que acusa, do arrependimento, do crime compartilhado, do abandono, do descaso ou indiferença. E se dói em cada uma de vocês a ausência dos corações juvenis, em mim, além da dor deles dói também a dor de vocês, a quem passei a amar como minha própria família, relevando meus erros do passado.

Todos lhe protestaram estima e, emocionados, diziam que ele deveria esquecer os equívocos de ontem, já que não havia, ali, nenhum inocente: todos já haviam errado muito.

Entendendo a tentativa de lhe aliviar a consciência responsável, Tito aduziu:

– A nobreza de seu perdão somente aumenta o tamanho de minhas culpas. Por isso, e não havendo o que fazer para que meus erros se vejam corrigidos perante minha própria consciência, pensei e deliberei que, se puder contar com o apoio de vocês, na próxima semana partirei para refazer o mesmo caminho que fizera de regresso a Roma, anos atrás, a fim de procurar notícias dos jovens, e não descansarei enquanto não regresse aos seus pés com algum indício de seus paradeiros ou destinos.

A deliberação de Tito fora pronunciada com decisão irrevogável e não como quem lança uma ideia tíbia para observar a reação dos ouvintes e, aí então, tentar ou desistir do intento.

Sua palavra vinha aureolada da atmosfera de esperança que nutre todos os ideais no bem, mesmo aqueles que, num primeiro momento, parecem impossíveis de se concretizarem adequadamente.

E sem que os ouvintes pudessem disfarçar a reação entusiasmada, um brilho novo percorreu o olhar de todos.

O coração de Serápis acelerou-se diante da emoção de poder encontrar um rastro, uma pista de seus filhos. Os olhinhos de Lúcia marejaram, o semblante de Lélia se tornou terno e a expressão de Fábio se encheu de orgulho na admiração que nascia em favor daquele que se redimia aos próprios olhos.

Um instante de silêncio foi suficiente para entender que todos se encantavam com a perspectiva.

Foi Serápis quem rompeu o cenário de êxtase:

– Tito, você acha que é possível encontrar alguma informação de meus filhos? Muitas vezes quis perguntar isso a você, mas me continha para que não se imaginasse cobrado ou acusado, quando não era esse o meu desejo.

– Sim, minha senhora, acredito que qualquer coisa que façamos é melhor para produzir algum resultado do que a própria inércia. Nada fazer e nos mantermos sempre recordando a memória daqueles que podem estar vivos até hoje, é uma conduta contraditória dos nossos sentimentos. Poderei nada encontrar e isso, apesar de não mudar o nosso ponto de partida, ao menos poderá nos servir de triste consolo para o nada que vinhamos fazendo. No entanto, se tivermos alguma notícia, isso nos permitirá estender-lhes nossas mãos, quem sabe para trazê-los de volta.

– Seu oferecimento, Tito, é o espelho do verdadeiro amor que já faz morada em seu coração e em nossas mentes. Se já não existia mais espaço para a figura do jovem fugitivo dos deveres, agora surge o exemplo de devotamento e coragem que haverá de nos inspirar em todos os momentos – falou-lhe, com emoção, a antiga noiva abandonada.

Observando o quadro e percebendo o esforço do pai em não ceder à emoção, Fábio interveio, igualmente entusiasmado:

– Pois eu só concordo se puder ir junto com você.

Desde o dia do reencontro, o filho se esforçava para reconstruir a imagem paterna, sempre maculada pela conduta irresponsável da juventude, sem conseguir aceitar que aquele estranho se lhe apresentasse como o genitor a quem prestasse devotamento filial. A atmosfera de covardia lhe cercava a aura e Fábio, ainda que lhe concedesse um voto de confiança, sentia-se incapaz de chamá-lo de pai.

Todos percebiam os esforços do rapaz e a dedicação de Tito no sentido de manter conduta correta e sincera, com a finalidade de conquistar, mais do que o respeito, o sincero afeto do filho.

Vendo o propósito de Fábio, declarado de inopino diante de todos, Tito buscou não concordar, visando poupar o jovem da estafante jornada.

– Veja, Fábio, a viagem é muito longa para um jovem. Seguiremos enfrentando perigos, viajaremos por estradas ermas, passaremos privações, poderemos ser assaltados, e eu não desejo que você venha a se ferir. Afinal, sua juventude é promissora na perpectiva de uma vida adulta de sucesso e alegrias.

Compreendendo os escrúpulos do interlocutor, Fábio não esmoreceu em seus intentos e respondeu:

– Não vejo em mim nenhum requisito que falte, eis que aprendi a sobreviver nas ruas desta cidade, em meio aos bandidos de todos os tipos, precisando saber aceitar as privações, aprendendo a passar frio, a encarar as árduas subidas das colinas e, depois de dezessete anos de vida, posso dizer que sobrevivi.

Os tormentos citados produziram no espírito de Tito uma dor aguda, porquanto, ainda que de maneira indireta, se referiam a situações que surgiram exatamente por sua falta como pai ao lado do filho.

Mas quebrando esse primeiro impacto de suas palavras diretas e verdadeiras, Fábio completou:

– E se eu pude aprender isso quando você estava longe de mim, gostaria, agora, de aprender mais ao seu lado, de conviver mais tempo com você e de acompanhar seus passos depois de longo tempo de afastamento. Por isso, renovo o meu pedido perante a sua generosa oferta de auto-sacrifício:

E sem conseguir mais conter a emoção que carregava no peito, Fábio desabafou, em lágrimas:

– Pai..., aceite a minha companhia ao seu lado.

Nesse momento, Tito não mais conseguiu, igualmente, conter as lágrimas e, colocando a cabeça entre as mãos, mergulhou em um convulsivo choro emocionado, como se o peso de um mundo inteiro começasse a ser tirado de cima de seu coração, como se a vida, a partir daquela frase curta, começasse a valer a pena ser vivida, como se nada mais importasse, a partir dali.

Ele, que se oferecera para ir buscar os filhos alheios, ele, que se fizera sensível à dor do coração materno que chorava a ausência de dois aleijados do mundo, ele, que se fizera o último elo de contato com tão desimportantes criaturas, ao dispor-se ao resgate dos estranhos, naquele momento, estava encontrando o próprio filho que abandonara.

Num átimo, relembrou-se das palavras proféticas escutadas no sonho daquela noite no navio:

– "A Bondade Divina está se ocupando de todos vocês porque está também se ocupando do destino destes dois infelizes no mundo. Você foi escolhido para ser o responsável temporário por conduzi-los, Tito, porque Deus conhece a sua dor íntima e deseja ajudar, fechando feridas produzidas por abandono no passado. Deus conhece o peso de sua consciência por haver relegado ao abandono pobre mulher que se vira engravidada no relacionamento que ambos mantiveram. Seu receio diante da paternidade fizera daquela situação um tormento para seu futuro de homem sem compromissos, levando-o a fugir sem explicações. No entanto, seu coração e sua mente, muitas vezes, no silêncio de suas ideias e sentimentos, se perguntam o que deverá ter acontecido à Sabina, a jovem que se entregou aos seus argumentos sedutores.

Olhe para estas crianças, Tito, como o filho de Sabina, aquele que você ajudou a colocar no mundo sem que tivesse tido a coragem de criar. Pense que estes poderiam ser os seus e que, efetivamente, de alguma sorte, como filhos de Deus e irmãos uns dos outros, na pessoa destas crianças desditosas, você estará dando o primeiro passo no sentido de obter o perdão dos próprios erros no tribunal inflexível da consciência.

Você haverá de encontrar Sabina um dia e, nessa hora, será necessário ter alguma coisa para apresentar diante da realidade da fuga para que seja levado em consideração como forma de arrependimento.

Não lhes faça mal, nem prejudique estes inocentes que nenhuma maldade lhe fizeram. Mais do que isso, eles representam a sagrada oportunidade de recuperação diante de seus próprios erros. Um dia você pretenderá que seu filho perdido o aceite como um verdadeiro pai, apesar de sua covardia inicial. No que você fizer por estes dois meninos estará a chave para que a sua consciência o perdoe e que seu filho o reconheça como verdadeiro pai.

É isso tudo quanto lhe pedimos. Ajude-os já que o destino que eles mesmos escolheram se tem apresentado difícil na solidão que precisarão enfrentar doravante."

Todos choravam e, envolvendo o ambiente daquele lar, as luzes espirituais de Simeão faziam eco em seus corações, despertando os detalhes mais marcantes daquele compromisso em meio do mar. Era o momento da gratidão, da retribuição da espiritualidade amiga ao irmão arrependido que modificara o próprio destino ao enfrentar a verdade em vez de conspurcá-la ou violá-la com a mentira e a injustiça. Lívia, ali presente tanto quanto Zacarias, Cléofas e Licínio acercou-se de Lélia e, tocando-lhe as fibras da alma, lhe sussurrou aos ouvidos:

— Filha, eis o amado de seu coração. Não permita que um equívoco apenas se eternize no afastamento de uma vida. Seu esforço na superação de seu delito é notória flor pura a nascer do charco de suas quedas. Eis o momento da verdadeira reaproximação, Lélia. Seu coração precisa encontrar neste filho o homem que, no passado, não soubera ser mais do que o menino assustado.

Ele suportou tudo isto por sentir um verdadeiro amor por você. Um amor que supera os impérios dos homens, supera a duração das estrelas do céu, que ultrapassa a fronteira do tempo. Não desperdice esta oportunidade.

Safirinos raios luz partiam do coração daquela heroína do afeto, daquele espírito que soubera amar sem ser amada, que se fizera vítima da injustiça sem revoltar-se e sem esquecer o sentimento verdadeiro pelo insensato esposo, iludido e tolo.

Lívia incendiava com sua luz espontânea todo o ambiente, e não havia, ali, quem não sentisse suas vibrações de pureza e ternura. Lélia, Serápis e Lúcia recebiam-lhe o impacto emocional diretamente no centro do afeto.

E sem que seus ouvidos escutassem as palavras da nobre

entidade, Lélia viu despertado no coração os sentimentos sonhadores da adolescente que amava com confiança, que sentia uma pulsação de carinho desconhecida dos que não se entregam com plenitude e verdade. Uma igualmente gigantesca ternura penetrou-lhe o ser, observando a comovente cena de Tito entregue às lágrimas amargas e doces, viu a reaproximação entre o filho abandonado e o pai que o ignorara e sentiu-se premida a fazer alguma coisa para que seu afeto selasse aquele recomeço de família, adiado por quase duas décadas, mas que renasceria com base na verdade, no arrependimento, no carinho mútuos e na fé de um Amor que nunca esquece e que é Perdão sempre.

Lélia, então, encorajada pelas forças de Lívia, mas fundada na própria decisão compassiva de esquecer o mal e transformá-lo em Amor, aproximando Fábio com um dos braços, enlaçou o antigo companheiro com o outro, num abraço triplo que, no silêncio das lágrimas de felicidade e ternura, vinha fecundar o solo seco onde a semente da reaproximação espiritual fora plantada quando os processos de reencarnação para uma nova jornada terrena estavam sendo organizados entre eles, no plano espiritual.

Assim, a partir daquele dia, todos se reuniriam ao redor dos novos objetivos, preparando a partida da viagem, estudando os melhores itinerários e sonhando, entre preces e invocações coletivas, com a difícil, mas possível circunstância de encontrar os filhos perdidos, ou, ao menos, notícias deles.

Ao longe, Lúcio, Demétrio e Décio se achavam perdidos no intrincado cipoal da sobrevivência, no meio hostil de uma Gália violenta, pobre e cheia de desafios aos indivíduos normais, que dizer, então, aos que traziam o corpo marcado pelas chagas e deficiências.

Agora, nos sonhos noturnos dos nossos dois caravaneiros da esperança, duas mãos luminosas apareciam como a lhes indicar, veladamente, a proteção para o caminho, as mesmas mãos de luz que haviam guiado a embarcação romana, as mesmas que iriam marcar os passos do Bem no escuro trajeto pelas furnas da dor e da ignorância, aceitando os desafios de se erguerem como os benfeitores dos demais, não se incomodando com obstáculos, não se valendo das mesmas armas do mal, não se intimidando com as agressões, suportando a incompreensão e as injustiças.

* * *

Aquele era um período de semeadura para a implantação do Reino de Deus no coração das pessoas. Espíritos elevados vinham à Terra para desempenharem sacrificiosas missões, enquanto muitos outros, arrependidos, que se alistaram como soldados do Bem, mergulhavam no escafandro físico para dar testemunho dos novos rumos espirituais escolhidos.

Assim, na Roma daqueles tempos estavam renascidos muitos dos que haviam perecido no Circo Máximo, nas inúmeras perseguições desde Nero e que, ouvindo a palavra de amor do Divino Amigo, haviam aceitado o caminho áspero como forma de recomeço de sua própria epopeia evolutiva, como fora descrito no início desta obra.

Ali estavam eles, os que serviam de postes incandescentes, os que eram alimento para as feras, os que se viam perdidos nos calabouços daquela cidade devoradora sem malbaratarem a fé, sem titubearem no testemunho, sem fugirem da exemplificação na hora difícil.

Na figura de muitos dos que foram vitimados, encontraremos espíritos cujo desejo de superação fez a diferença entre seu atraso moral e a sua capacitação para tarefas mais nobres no seio da humanidade.

Tito estava seguindo seu caminho de arrependimento espiritual e de decisiva colaboração com as forças do Amor que mourejavam na Terra daqueles tempos, tanto quanto seguem trabalhando na Terra de hoje contando com você próprio, querido leitor.

Deixaremos, agora, que as lutas demoradas e dolorosas do trajeto possam ir esculpindo o caráter espiritual daqueles dois seres que, na condição de pai e filho, agora aprendiam a vencer as adversidades construídas quando, em vidas anteriores, haviam sido adversários no afeto de Lélia, inimigos que se hostilizaram para a conquista de um coração feminino o qual, agora, se lhes apresentava como mãe e companheira, cimentando as novas edificações com o cimento de seu carinho a estimular em ambos o desejo de se aproximarem para que mais sentissem o afeto daquela que seguiam amando.

Transportar-nos-emos para o interior da antiga França, a Gália de outrora, onde encontraremos Lúcio e Demétrio, aqueles cuja trajetória evolutiva se fazia mais áspera do que a dos demais e que, no meio de deficiências e sofrimentos, haviam encontrado a mão luminosa a se lhes apresentar através de Décio, o devotado servidor do Bem que a Misericórdia do Pai enviara para lhes servir de esteio e apoio nas horas difíceis.

Resgates necessários

Desde que deixaram o porto, depois de abandonados por Marcus, já acompanhamos a trajetória das três personagens desta narrativa sobre os quais nos compete, agora, tecer maior aprofundamento.

Ingressando pelo interior da Gália em busca de isolamento, Décio conseguiu modesta propriedade na qual passou a viver com os dois meninos que, para a curiosidade alheia, passaram a ser apresentados como seus dois filhos, chegados ali para se esquecerem da morte de suposta esposa amada e mãe, vitimada por violenta enfermidade.

Com essa explicação simples e conveniente, as pessoas mais próximas se davam por satisfeitas e, por isso, aos dois meninos não foi difícil começarem a chamar Décio de pai.

Como o estado de saúde de ambos precisava de cuidados, Décio entregou-se de forma devotada e carinhosa a fornecer-lhes os melhores tipos de alimentos e cuidados, tornando a recuperação de ambos um processo que lhe consumia boa parte do dia.

Demétrio, sempre mais revoltado com suas limitações, custava a aceitar com paciência as situações que se apresentavam, muitas vezes, a desafiarem sua capacidade de ação.

Naturalmente, o que suas mãos ausentes não eram capazes de fazer e seus braços inexistentes não conseguiam realizar, sua boca e suas palavras realizavam em impropérios e xingamentos, já que, à medida que ia crescendo e ganhando mais contato com o mundo, lhe era muito difícil conviver com as posturas preconceituosas dos outros.

Não aceitava que qualquer pessoa dirigisse o olhar espantado em sua direção e sua boca se transformava em uma metralhadora de insultos. Isso levara Décio a não permitir que se aventurasse sozinho muito além dos limites da pequenina chácara onde passavam a maior parte do tempo.

O crescimento físico tornara Demétrio mais amargo e rebelde, sendo causador, muitas vezes, de desentendimentos com os estranhos que, por causa disso, outra coisa não tinham prazer em fazer do que provocá-lo, com ditos chistosos, apelidando-o com toda sorte de adjetivos pejorativos.

Graças ao sofrimento que os resgates das passadas faltas lhe impunham, Lúcio fora modelado de forma a tornar-se menos temperamental e agressivo naquela encarnação, ainda que, em seu íntimo, os antigos defeitos que se acumularam em sua alma pelas reiteradas práticas ilícitas, quando vivera sob a personalidade de Pilatos, continuassem presentes. Tal atenuação episódica, entretanto, se tornara possível também em face da interferência de Lúcia, de seu carinho fraterno, tanto quanto pela influência positiva e amorosa de Décio que, com paciência e devotamento, ia ajudando os dois filhos adotivos no enfrentamento de seus problemas.

A própria enfermidade visual se tornava uma bênção já que, além de ser uma limitação aos seus impulsos mais agressivos, era, igualmente, um véu protetor que impedia que ele constatasse a expressão de repulsa que causava nos demais à sua volta.

No entanto, a dor abdominal seguia inclemente, obrigando-o a limitar seus deslocamentos e manter-se em posição semi-arcada, como a proteger a região ferida do contato com as roupas rústicas que tinha que usar.

Os cuidados de Décio se tornaram essenciais para a melhoria de sua capacidade física e, depois de alguns meses juntos naquela pequena propriedade rural, sob a disciplina de uma alimentação saudável e protegidos pelo carinho do novo pai que a Sabedoria Divina lhes facultara para aquela etapa evolutiva, a região umbilical se regenerara quase que por completo, apresentando apenas uma delicada membrana cicatricial a indicar a delicadeza da área e a necessidade de constantes cuidados.

Isso aliviou as dores de Lúcio, permitindo que ele pudesse deslocar-se com mais facilidade e independência.

Com a participação direta e decisiva de Décio, Demétrio se viu um pouco liberado da dependência de Lúcio, que podia contar com o novo pai para os cuidados com o cego, permitindo-se, então, agir com maior liberdade.

No entanto, fazia-o no interior da pequena propriedade, evitando deixar os seus limites pelas zombarias de que se via objeto e pela maldade de outros garotos ou jovens de sua idade, sempre prontos a produzirem situações embaraçosas ou perigosas, das quais extraíam boas gargalhadas.

Preferia caminhar no território protegido da pequena chácara, distanciada da presença direta dos olhares indiscretos.

Enquanto isso, Lúcio permanecia na dependência de Décio, recebendo alimentos mais substanciosos, ajudando em pequenos serviços para desenvolver a capacidade de trabalho, apesar da deficiência visual.

Demétrio não se dispunha a esforçar-se para nada, já que a ausência de braços lhe parecia uma convincente desculpa para não tentar fazer nada com os pés ou com o auxílio da boca.

Sempre que estavam juntos, Décio se esforçava em lhes falar de Jesus e explicar as coisas do Evangelho, com a finalidade de fazê-los entender as mensagens do Mestre que, se para muitos eram tão produtivas, para os aflitos do mundo como eles, em especial, eram a base, o pão e o alicerce de suas forças.

Pelo seu caráter um pouco melhorado, Lúcio era o mais aberto às explicações de seu paizinho, enquanto que o irmão, insatisfeito com a vida, vivia contrariando as afirmativas generosas e pacientes de Décio, que não desistia de continuar semeando em seus corações.

O crescimento dos mais jovens foi acompanhado pelo envelhecimento do tutor improvisado que, a despeito disso, continuava a realizar os serviços gerais a benefício da família que Deus lhe concedera.

Os cuidados com o plantio, o crescimento e a colheita eram fundamentais para a existência de víveres que pudessem ser vendidos ou trocados por outros, tomando uma boa parte do tempo de Décio.

Os recursos que Caio lhe tinha oferecido generosamente estavam bem administrados, sendo utilizados apenas em momentos de muita necessidade, obrigando que, de uma forma ou de outra, todos os membros daquele pequeno grupo se disciplinassem na organização das coisas da melhor maneira possível.

O crescimento dos meninos, com o passar dos anos, fizera com que suas personalidades efetivas aflorassem e, uma vez reveladas, demonstrassem o pouco grau evolutivo que lhes era próprio.

No caso de Demétrio, espírito menos evoluído, a singela menção da Boa Nova e do exemplo de Jesus representavam um motivo para rebeldia e discussão. Demétrio e seu irmão se encontravam na fase que os romanos consideravam como o início da condição adulta, aproximando-se dos dezessete anos.

Ele não era capaz de entender por que Deus e aquele Jesus tinham tanta raiva dele e do irmão para permitirem que ambos nascessem com aquele estigma.

Naturalmente que, ingressando na fase adulta, Demétrio sonhava em encontrar uma companheira, uma mulher com quem construir um lar, um ser que lhe fosse capaz de amparar e servir de apoio para a continuidade da vida, longe da solidão.

No entanto, as primeiras tentativas de encontrar o complemento da afetividade foram frustradas pelas naturais repulsas de que se via objeto, tanto por parte das jovens, mesmo as mais feias, quanto por parte de seus familiares, que não aceitariam ter a sua descendência maculada pela inserção de um membro desfigurado no rol de seus ancestrais.

Não tardou a Demétrio perceber que sua jornada na Terra, a não ser que tivesse dinheiro para oferecer como chamariz, seria a do aleijado solitário e entregue a si mesmo.

Daí, entre se manter resignado, na condição de aprendiz da paciência e da perseverança, abrindo caminhos para se ver admirado pelos outros, graças ao desenvolvimento de suas virtudes, o jovem preferiu enveredar pela construção planejada e meticulosa de uma estratégia que lhe permitisse arrecadar fundos para que, com eles, pudesse se impor ao coração de qualquer mulher e de seus familiares que, olhando para seu patrimônio, não seriam capazes de ver suas deficiências como obstáculos.

No entanto, sua falta de braços impedia que seus intentos levianos de furto ou de subtração dos bens alheios fossem bem sucedidos.

A falta de braços e de oportunidades deixavam-no ainda mais irritado.

Pensava em furtar os outros, mas como é que uma pessoa sem braços poderia fazê-lo?

Por esse motivo, Demétrio voltou ao antigo método que aprendera a desenvolver na Roma de anos atrás, através da exibição pública de seus parcos dotes como cantor popular.

Não dominava a língua do local, mas cantando no velho latim de sua terra, não seria difícil que alguém entendesse suas palavras e correspondesse aos seus desejos.

Conversando com Décio, solicitou-lhe o auxílio para que encontrassem um local adequado no modesto vilarejo na proximidade do qual passaram a viver para que, com o irmão a segurar pequena caixa de madeira, ambos trabalhassem na arrecadação de recursos para as necessidades da família.

Lúcio não poderia tocar nenhum instrumento, já que não mais os possuía, mas estando ali, de olhos apagados, seria aquele que se mantém dominando a caixa de auxílio, recolhendo as espórtulas dos passantes e impedindo que qualquer engraçadinho se visse tentado a furtar o seu conteúdo.

Entendendo as suas necessidades e reconhecendo que seria muito importante que os dois encontrassem uma destinação útil para o tempo de que dispunham, enquanto ele se dedicava à organização da chácara, Décio acedeu, prazeroso, e, sem perda de tempo, buscou na localidade mais próxima um recanto favorável, à beira do caminho de maior movimento e à sombra de uma agradável árvore, para que os dois filhos do coração ali pudessem se apresentar ao longo de uma parte do dia e, com um pouco de sorte, receberem esmolas pela apresentação.

Nas primeiras vezes, Décio se manteve presente para que os transeuntes pudessem entender que ele estaria por perto, como a velar pelas condições gerais dos dois filhos deficientes. Depois, no entanto, o tempo se incumbiu de tornar os jovens mais conhecidos dos passantes e, cada dia era uma nova empreitada de esforço e entrega, vergonha e esperança.

Nesse novo trabalho, a repetir a mesma função que desenvolviam em Roma, na época do sequestro, os dois jovens enfrentavam de tudo. Desde pessoas que paravam para escutar o teor das cantigas e sorriam como estímulo aos dois esforçados, até outros que escarravam dentro da caixa de madeira, conspurcando as poucas moedas que ali estavam, numa manifestação animalesca de indiferença e mesquinhez para com a dor alheia.

Os recursos eram poucos, mas, ainda assim, cada dia voltavam para casa carregando alguma coisa para colaborarem nos recursos e gastos da família.

Décio os estimulava sempre, dizendo que a parte que ganhassem juntos, permaneceria com eles, como um depósito para emergências ou para as realizações de seus desejos.

Isso alegrou os dois jovens que, agora, tinham redobrados motivos para se exporem sem se importarem de ter que lavar as moedas no riacho próximo, limpando-as do catarro de alguns que, ignorantes, em realidade, davam o que tinham...

Pelo entendimento dos dois jovens, ambos iriam juntar as moedas em um saco para que, reunidas, pudessem mais tarde ser divididas entre eles a fim de que cada um fizesse o que bem entendesse.

Dia após dia, canto após canto, humilhação após humilhação, as pobres moedinhas iam sendo juntadas umas às outras e guardadas em local protegido dos olhares cobiçosos dos possíveis usurpadores.

Lúcio se sentia satisfeito com a possibilidade de estar ajudando na arrecadação dos recursos, ainda que não fosse capaz de ver-lhes o valor.

Demétrio, no entanto, mais interessado nas rendas daquilo que sentia ser trabalho apenas seu, já que seu irmão nada fazia a não ser segurar a caixa, carregava no âmago do ser a ideia de conseguir para si mais do que as moedas que lhe cabiam na divisão dos recursos.

Ao mesmo tempo em que os dois ficavam mais conhecidos, os outros também passavam a lhes ser mais familiares, principalmente a Demétrio, que sonhava muito em encontrar uma companheira que o aceitasse.

Nessa situação, uma jovem romana que todos os dias precisava transitar por aquele local atendendo às obrigações de sua casa, punha-se a admirar o esforço daqueles dois jovens desconhecidos.

E nas idas e vindas, nas palavras que trocavam, no desejo de estimular suas empreitadas, a sua simpatia espontânea foi entendida por Demétrio como sendo interesse afetivo, o que veio ao encontro do incêndio íntimo que ardia em seu coração vazio.

Jamais a moça dera qualquer demonstração de um desejo específico, mas a simples simpatia e a pouca atenção que lhes dedicava, diante da total indiferença dos outros, acabara interpretada por Demétrio como indicativo de potencial estabelecimento de laços mais íntimos, a demonstrar o interesse da jovem que, segundo suas interpretações presunçosas, talvez se tivesse deixado enfeitiçar por sua voz agradável e macia.

Na verdade, Leonora não tinha a menor intenção de demonstrar qualquer interesse mais profundo, além do carinho fraterno dedicado a pessoas cuja deficiência, por si só, já torna a difícil aventura da vida ainda mais insípida e infeliz.

Demétrio, sem saber que a jovem precisava passar todos os dias por ali, interpretava a sua frequência ao local como outro indicativo de que estava criando condições para que se encontrassem ali, o que permitia que se mantivesse cheio de expectativas e esperanças.

Ao regressar para a chácara, depois de algum tempo do primeiro encontro com Leonora, Demétrio passou a agir como alguém que está, ao mesmo tempo, apaixonado e mais impaciente do que de costume.

Sua mente era um vulcão efervescente, pois dentro dele havia um conflito titânico entre o bom-senso que lhe dizia ser impossível que uma jovem como aquela se inclinasse por um monstro como ele, e a esperança de ser feliz, que o fazia pensar que aquela poderia ser a única oportunidade de sua vida.

Não sabia Demétrio que Leonora possuía um jovem que lhe estava prometido e para o qual ela própria se dedicava com amorosa solicitude e que, tão logo reunissem as condições mínimas para a união, estabeleceriam os fundamentos do futuro lar.

Enquanto isso, Leonora continuava servindo na casa modesta dos pais, moradores da localidade e que se serviam dela como ajudante nos serviços gerais, o que a obrigava a comparecer todos os dias à cidadezinha, em busca de víveres e outras coisas importantes para a casa.

Da mesma idade dos jovens deficientes, Leonora não apresentava qualquer distintivo de beleza especial que a transformasse em alguma beldade disputada. Era uma mulher simples e normal que, no entanto, carregava no íntimo uma natural bondade, que encantava pelo sorriso feliz e compassivo que a acompanhava por onde passasse.

Essa forma de ser, atenciosa e gentil, encontrando Demétrio carente e ansioso, fizera despertar em sua alma sedenta de emoções, o desejo de ser aceito pelo coração da jovem, ainda que outra parte de sua consciência lhe aconselhasse a ter cuidados.

Naturalmente que as condições de segurança daquela época eram muito precárias e, espreitando todos os caminhos, olhos indiscretos sabiam acompanhar as pessoas invigilantes ou frágeis, para delas extrair os pertences que carregassem.

Por isso, era tão importante a presença de Lúcio junto a Demétrio, eis que seria muito mais difícil que alguém conseguisse assaltar a duas pessoas reunidas do que a uma única criatura, isolada e vulnerável.

Com essa ideia, Demétrio pensava numa maneira de estar ao lado de Leonora para descobrir onde ela morava e tornar-se mais fácil a abordagem.

Por isso, na primeira oportunidade que tivera, no intervalo de uma ou outra canção, dirigiu-se à jovem, galanteador, dizendo:

— E a mais bela de nossas ouvintes, não tem o desejo de solicitar nenhuma canção?

Surpresa com a frase certeira proferida por Demétrio, com um sorriso meio tímido nos lábios, Leonora olhou ao redor para certificar-se de que era com ela mesmo que ele falava.

Então, sorrindo meio sem jeito, a jovem exclamou simpática:

— Ora, meu amigo, os que pedem precisam honrar o pedido que fazem e, como nada tenho, não posso me dar ao luxo de solicitações específicas. Fico, então, como uma ladra das escolhas alheias, a escutar e admirar as suas interpretações, desfrutando delas sem as obrigações do pagamento.

Encantou-se Demétrio ainda mais, com a segurança e humildade da jovem.

E não desejando perder o fio da conversa, respondeu-lhe, cavalheiro:

— E nós nos deleitamos em furtar da ladra o prazer de admirar a sua beleza e a ternura de seus olhares, o que nos absolve do delito de tomar de quem já está tomando de outro também. No entanto, queremos desfrutar mais de sua companhia e, assim, se não tem pedido específico, aceite a canção que canto agora, como singelo pagamento pelo prazer de tê-la como nossa mais exuberante e simpática plateia.

Não é preciso dizer que tanto Leonora quanto Demétrio se fizeram enrubescer diante dos galanteios ali escutados, além de os outros transeuntes se admirarem dos modos do cantor, tecendo elogios públicos à desconhecida jovem, animando os demais espectadores a comentários insinuantes, desses que se observam até os dias de hoje quando se trata de referir-se a situações potencialmente reveladoras do sentimento.

Sem repelir as palavras doces de Demétrio, e pouco acostumada a ser o ponto central de homenagens daquele tipo, Leonora se viu envolvida por uma natural emoção que lhe produziu um tremor desconhecido, proveniente da mistura da homenagem de Demétrio e da circunstância de se ver no centro das atenções de todos os outros espectadores.

O canto do aleijado veio cheio de trinados e vibrações enlevadas, como se, por um momento, ele se tivesse esquecido da sua condição repulsiva de mutilado.

Ao terminar, os transeuntes aplaudiram e, voltados para Leonora, esperavam a sua reação como aquela para a qual a cantiga fora dedicada.

Então, sem jeito e sem ter como pagar pela homenagem singela, não lhe ocorreu outra coisa do que dirigir-se até Lúcio, que segurava a caixa de madeira, e depositar-lhe um beijo nas mãos, colocando-as dentro de recipiente a indicar que aquele era o seu pagamento para as emoções daquela homenagem.

Feito isso, discretamente, afastou-se dali e retomou o rumo de sua casa.

Aquela fora a primeira emoção que o coração carente de Demétrio experimentava nas questões do afeto.

Não nos esqueçamos que estamos tratando do mesmo espírito que vivera quase um século antes como Sulpício, aventureiro, irresponsável, cultivador dos prazeres sexuais desregrados, inveterado destruidor de lares, desnorteador de consciências, abusador de mulheres, aproveitador das circunstâncias.

Era natural que, agora, despido do poder ou da possível condição física agradável, se visse inclinado a conquistar afetos que se lhe escapavam da influência, a receber um carinho que não via ninguém lhe direcionar, a fugir da solidão e não encontrar outra companheira que não ela mesma.

E os gracejos dos outros ouvintes, as referências estimuladoras que os demais proferiam, diante das declarações afetuosas que ele lançara como forma de galanteio a iniciar uma aproximação, caíam-lhe na alma como um estímulo dos outros à possibilidade de ser feliz com alguém, de construir uma vida afetiva saudável.

Ao mesmo tempo, em seu coração não havia lugar para a menor possibilidade de a jovem não estar interessada e encantada com a sua condição de artista, maior e mais luminosa do que o seu estado de debilidade física.

Iludido pelos desejos de ventura, soltara as rédeas do cuidadoso bom-senso e se permitira enveredar pelas incertas paragens do sonho, do idílio romântico e da construção de castelos nas nuvens do sentimento, sem resguardar a menor possibilidade de que tudo não fosse como ele estava imaginando ser.

Leonora, no entanto, voltara para casa envolvida pela emoção daquela situação inusitada, mas, em momento algum, se deixara levar pela galanteria do cantor, correspondendo-lhe a qualquer intenção.

Dentro dela, nada tinha mudado em relação aos seus planos de felicidade.

No entanto, apesar de tudo isso, a condição de importância de que se viu revestida naquele ambiente, caía-lhe como uma alegre satisfação emocional, como se, naquele dia, tivesse valido a pena ter existido pelo simples fato de alguém ter reconhecido o seu valor ou a sua existência.

Dessa forma, sem contar isso a ninguém, já antevia a oportunidade de regressar ao mesmo lugar, como o cumprimento natural de seu dever de transitar por aquele caminho, esperando que, mais uma vez, o galanteio espontâneo daquele jovem a fizesse sentir as emoções belas de ser alguém importante no mundo.

Os dias seguintes seriam novas oportunidade de desfrutar tais emoções tanto para Leonora quanto para Demétrio que, em sua mente, já preparava os próximos passos de seu investimento, imaginando a aproximação mais direta em relação a seu alvo afetivo.

SURPRESAS DIFÍCEIS

A presença dos romanos emigrados na Gália Narbonensis já durava mais de oito anos desde o abandono de Tito no porto de Narbonne. Alguns anos antes, Roma havia sido abalada pela morte do imperador Adriano e as naturais incertezas da sucessão haviam marcado as preocupações tanto dos moradores da capital quanto dos habitantes de todo o Império.

Naturalmente, a perda do dirigente maior produzia sempre, em um estado centralizado, a impressão de desgoverno, a estimular a adoção de condutas arrojadas, como se não mais se estivesse sob o domínio do poderoso vigilante.

Nos governos extremamente centralizados e dependentes de uma expressão personalista, toda vez que tal centro se eclipsa, as incertezas naturais abrem espaço para disputas militares, para confusões sociais e para as torpezas de tantos quantos acreditem que, no espaço das turbulências, no vácuo da ordem, consigam obter vantagens ilícitas que não possam ser corrigidas naquela situação de confusão que se instalou na administração dos negócios.

E a lentidão das notícias, as dificuldades de transporte e comunicação faziam com que, somente depois de muito tempo, as coisas regressassem à condição ordenada, quando todo o Império, novamente submetido à autoridade de um outro centro poderoso, se visse domado pelas ações de uma nova cabeça dirigente.

Esse período era aquele em que se encontravam as nossas personagens, turbulento por natureza e dependente da definição das novas diretrizes imperiais.

Em Roma, no ano de 139, Antonino Pio havia galgado a posição deixada por Adriano, e a sua origem gaélica tornava a Gália, sua província natal, cheia de esperanças e aspirações naturais.

No entanto, seus habitantes ainda se mantinham sob o impacto do vazio do poder, o que promovia um aumento significativo no número de crimes, na prática de furtos e delitos, uma vez que pessoas de índole má, aproveitando-se do aparente ou suposto enfraquecimento das rédeas da vigilância, se punham a cavaleiro para conquistarem impunemente alguma vantagem ou praticarem atos de vingança e abuso que, antes, não se encorajavam a praticar.

O clima de medo e de perigo aumentara desde a notícia da morte de Adriano e, enquanto não ocorressem modificações no panorama geral com a influência das medidas do novo Imperador, tal situação perduraria.

Assim, nossas personagens viviam esse período delicado, nos perigos e incertezas de um Estado inseguro, com um governo central tão distante quanto recente, além de uma difícil condição social, sem que isso, no entanto, impedisse a elaboração dos sonhos de afeto no coração de todas as pessoas.

Nos dias seguintes, Demétrio viu crescer a sua ansiedade por um momento de maior aproximação com Leonora, apesar das advertências de Décio para que ele não se empolgasse com a simpática moça, forma delicada de alertar o filho adotivo para que não se iludisse, evitando futuras decepções ou problemas.

Demétrio, todavia, rebelde e teimoso por natureza, à medida que o tempo passava, se demonstrava mais senhor de si e com uma personalidade mais arrogante do que corajosa e, assim, apesar de escutar as advertências do benevolente Décio, em seu íntimo prosseguia determinado a conseguir seus intentos de conquista.

Também Lúcio, apesar da falta de visão física, que delimitava muito a sua capacidade de ação, de maneira mais sensata aconselhava o irmão para que não se infelicitasse em aventuras obviamente impossíveis.

Todavia, como o coração apaixonado não suporta as advertências da razão, nada lhe tirava da cabeça a possibilidade de conquistar aquela jovem simples e sensível que lhe centralizava as mais profundas e agitadas sensações.

Alguns dias depois daquele primeiro momento de aproximação, novamente os dois irmãos se encontravam no mesmo local, já tendo avançado as horas e aproximando-se o final do dia, sem que o coração de Demétrio se sentisse completado porquanto Leonora não se fizera apresentar como naquela primeira tarde. Dificuldades familiares e certos receios diante das incertezas haviam impedido a sua vinda até o vilarejo, fazendo amargurado o sentimento do pobre cantor deficiente.

No entanto, quando já pensavam em voltar para casa, aproveitando a luz do dia, a figura simples de Leonora apontou no calçamento mais adiante, fazendo com que a pulsação do enamorado artista se acelerasse abruptamente.

A jovem dava sinais de que não se deteria, ainda que se mostrasse atraída pela presença dos jovens artistas infelizes.

Demétrio não podia perder a oportunidade de novo galanteio e, tão logo a aproximação tornou-se maior, elevou a voz, dizendo:

– Eis que, por fim, a nossa inspiração resolveu nos dar a honra da visita!

Sabendo que o cantor se dirigia à sua pessoa, Leonora diminuiu o passo e, voltando a cabeça discretamente, certificou-se de que era para ela mesma que Demétrio se dirigia.

– Estávamos esperando pela bela jovem a fim de que nos certificássemos de que a nossa canção mal cantada daquele dia não houvesse causado a sua morte – falou sorrindo.

– Ora, senhor cantor, nenhuma canção bela pode causar mal, sobretudo quando oferecida como um presente generoso – respondeu, educada, a jovem que, a esta altura, já havia interrompido o passo.

Vendo a disposição favorável daquela que lhe correspondia ao diálogo, Demétrio procurou esticar a conversa, diante da ausência de outros ouvintes ou admiradores.

– Pois que nós havíamos pensado que alguma coisa houvesse acontecido com você, já que, desde aquele dia, não pudemos encontrá-la novamente...

– É que as atuais condições em que vivemos não permitem que nos arrisquemos muito, sobretudo por não poder contar com nenhuma companhia para voltar para casa.

— Ora, moça, perigos existem por toda parte...

— Sim, meu amigo, e imagine para uma mulher sem proteção!

— Não me parece que uma jovem tão simpática e bela se veja na situação de não possuir protetores que, em realidade, devem estar fazendo fila na porta de sua casa, com certeza.

Leonora enrubesceu ante a insinuação elogiosa de que se via objeto.

Mas não desejando encerrar a conversa, Demétrio entreviu, naquele silêncio, a possibilidade de Leonora não possuir, efetivamente, nenhum protetor que pudesse lhe dar amparo no caminho de volta, o que favoreceria o estreitamento da amizade com a jovem. Sem pensar em mais nada, disse-lhe:

— Pois eu gostaria de oferecer a nossa companhia a fim de seguirmos juntos pelo caminho até o seu destino. Tanto eu quanto meu irmão teremos muito prazer em servir de companhia. Não é lá muita coisa em virtude do nosso estado pessoal, mas é melhor do que nada. Afinal, o número já é um fator que intimida.

— Não desejo criar qualquer dificuldade nem quero que vocês tenham que parar o trabalho a fim de caminharem para um destino diferente.

Leonora não pretendia criar embaraços aos dois jovens, que ali estavam para ganhar o pão através da caridade alheia. Ao mesmo tempo, sentia-se constrangida por negar peremptoriamente a generosa oferta, estando no dilema de quem que não deseja comprometer-se, mas que, no fundo, não vê qualquer maldade em se ver acompanhada por um mutilado e um cego, de regresso pelo mesmo caminho.

Acertando as coisas de acordo com seus interesses, Demétrio respondeu:

— Pelo que vejo, seu caminho é na mesma direção do nosso e não nos será nenhum sacrifício acompanhá-la.

Tentando conciliar as coisas e para evitar qualquer problema para sua reputação em face dos olhares indiscretos, Leonora acedeu, dizendo:

— Faremos assim, então: Caminharemos até o trecho que nos

seja comum e, depois, cada um segue para seu destino para não nos atrapalharmos demais, está bem?

Não desejando ser inconveniente com exigências mais amplas, Demétrio e Lúcio acederam, contentes, já que estariam contando com nova companhia para regressarem à chácara distante.

Os circunstantes não deixaram de notar a conversação de Demétrio e Leonora, acertando o regresso pela mesma estrada e, ainda que ninguém tivesse se aproximado do grupo, várias pessoas puderam ver a cena pouco comum na qual uma jovem solitária era acompanhada por aqueles dois indivíduos cuja deficiência física repugnava à mente normal daquele tempo, vistos por alguns como amaldiçoados ou como ameaça à paz do vilarejo.

Reunidos os pequenos pertences, entre os quais a caixa pobre onde a generosidade igualmente pobre fizera depositar pequenas moedas, o grupo tomou o rumo comum onde, alguns quilômetros adiante, bifurcação natural da estrada os afastaria cada um para o seu lado.

A generosidade e inocência da jovem fizeram-na oferecer o braço ao cego para que ele não precisasse seguir enganchado no ombro de Demétrio, em fila, como costumavam caminhar. De seu outro lado, mantinha-se o irmão mutilado, como que a protegê-la, colocando-se no meio dos dois homens, ainda que guardando respeitosa distância.

Somente Lúcio se punha mais próximo fisicamente, pelo contato físico necessário para ser guiado pelos caminhos acidentados que tinham pela frente.

Naturalmente, que o deslocamento se fizera mais lento do que o seria caso Leonora caminhasse sozinha, eis que, agora, ela necessitava respeitar as limitações de velocidade impostas pelo deficiente visual.

Isso fez com que o tempo de caminhada se alargasse mais do que o esperado e as penumbras vespertinas já se apresentassem no céu quando o grupo chegou ao ponto de separação, diante do qual os irmãos seguiriam para sua chácara e ela demandaria seu lar.

Demétrio, encantado com sua conversação leve e divertida, estava decidido a seguir com ela até sua casa, mas a postura firme da jovem se fizera inflexível, já que ela não desejava, igualmente, que seus pais a vissem na companhia daquele jovem mutilado, que poderia dar oportunidade tanto a punições quanto a errôneas suposições.

Leonora seguiria sozinha pelo pouco caminho que restava até o seu destino, enquanto os dois jovens se despediam dela, esperando pela nova oportunidade de se encontrarem, sobretudo agora que sabiam residir na mesma região.

Demétrio, esfuziante, chegara a casa entre o riso e o sonho, feliz pelo encontro e por ter podido se aproximar ainda mais da jovem.

Lúcio também demonstrara a Décio a sua surpresa com a jovialidade da moça e com a simpatia espontânea que demonstrara.

No entanto, Décio mantinha o semblante obscurecido, como se suas intuições o advertissem de que os anos de tranquilidade tinham chegado ao fim.

Naquela noite, durante seu sonho, ele havia sido visitado por visões dolorosas de perseguições e sacrifícios, como se mãos luminosas o guiassem para fora do vilarejo a fim de que não se vissem, todos, vitimados por dolorosos eventos.

Acordara sem entender o que podia ter motivado aquela visão mas, agora que os relatos de seus filhos se faziam mais claros, podia vislumbrar todos os pormenores que sua intuição e maturidade costuravam ao lado das maldades humanas.

Sem que os dois filhos entendessem seus motivos, Décio lhes disse, firme e melancólico:

– Filhos, lamento dizer-lhes isso justamente agora que, pelo que me parece, seus anseios de uma vida feliz parecem estar no caminho da realização. No entanto, meus deveres são para com uma felicidade que não se mistura com os sonhos juvenis e sim com a segurança de uma alma livre dos tumores do mal. Precisamos partir daqui, imediatamente, meus filhos.

Aquela palavra serena e segura de Décio caiu-lhes como uma bomba nos ouvidos.

– Como assim? – perguntou afoito e impaciente Demétrio, levantando-se contrariado. O senhor está louco?

– Não, meu filho. Ainda guardo a lucidez dos velhos tempos e, ainda que a velhice me enfraqueça o corpo, posso lhe garantir que a visão da alma se mantém límpida e serena.

— Que visão de alma o quê! Sempre que as coisas começam a melhorar, vem o senhor com essa conversa de evangelho, de alerta, de cuidados, de perigos, de visões. Eu já estou cheio disso por aqui e não penso em deixar esta casa, por piores que tenham sido as suas visões, não agora que a sorte está me fazendo, pela primeira vez, um carinho direto no coração.

— Mas meu filho – perdoe-me em falar-lhe assim, abertamente – você acredita mesmo que nesta sociedade rural, onde todos se conhecem, onde a menor enfermidade de um aldeão já é noticiada para todos os outros a fim de que se afastem do doente, em que os que são deficientes são vistos como enviados do demônio ou culpados de graves coisas, você acredita que, realmente, algum laço de afeto verdadeiro poderá ser estabelecido por uma moça daqui com um jovem cujo aspecto é diferente de todos os demais?

O orgulho ferido de Demétrio crescia terrivelmente diante das advertências carinhosas e verdadeiras de Décio. Ele, no entanto, se mantinha calado, tentando conter a explosão. Assim, o pai prosseguiu:

— Veja como são as pessoas, meus filhos. Quão poucos deixam suas moedinhas pobres na caixa e quantos nela atiram a cusparada agressiva e insolente, sem respeitar a condição dolorosa daquele que está pedindo..

Isso já é um demonstrativo do que nos esperará em todos os lugares. Graças ao Pai e a Jesus, nós encontramos um recanto que nos permitiu, até hoje, a proteção e o sustento, mas que, agora, está ameaçado pela maldade dos homens.

— Como assim, pai? Perguntou Lúcio, mais atento e menos contrariado.

— Ainda não sei, meu filho, mas tenho sido destinatário de avisos luminosos, que nos alertam para que deixemos este lugar sem demora porque, ainda que não saiba o motivo, forças negativas se organizam para acabar com nossas vidas.

— Eu não acredito nessas coisas – gritou Demétrio, descontrolado. – Isso é coisa de velha medrosa, de crendice miserável para nos tirar do caminho da verdadeira felicidade. Eu posso ser aleijado, sim, como o senhor está dizendo, mas o que isso impede que uma jovem possa me desejar, possa me querer? Além do mais, eu tenho dinheiro e isso é outro fator importante para convencer.

— Ora, meu filho, se não houvesse preconceitos de outras pessoas, acredito que o afeto de um para com o outro não dependeria nem de belezas, nem de perfeições, nem de riquezas, ainda que a maioria das criaturas dê muito valor para tudo isso.

Entretanto, esta moça pela qual você se deixou encantar nos seus justos sonhos de ventura, possui uma família, talvez possua um pretendente em melhores condições que todos nós e livre da mácula que se coloca sobre os homens e mulheres que se apresentem diferentes da maioria.

Nem mesmo o seu dinheiro — e ele não deve ser muito volumoso — será capaz de fazer ceder a indiferença, a ironia, a oposição dos que não querem ter uma filha vivendo ao lado de um homem menos capacitado fisicamente. Isso, para muitos, é uma vergonha, tanto quanto fora para seu próprio pai motivo de fuga do dever paternal ao abandoná-los sob os cuidados de Serápis.

Toda esta era argumentação poderosa e firme, verdadeira e convincente, a tentar trazer a mentalidade de Demétrio à realidade de sua condição de condenado à solidão do afeto, como forma de resgate dos erros do passado na área da afetividade.

Para fazer com que tais desafios fossem vencidos de maneira menos dura, a Misericórdia lhes havia garantido a presença de Décio, como o benfeitor abnegado a lhes proteger o caminho, a trabalhar por eles e a conseguir manter suas necessidades básicas atendidas.

Demétrio, no entanto, não era facilmente tocado pelas argumentações que contrariassem seus desejos pessoais.

Já tornado um adulto para os padrões da sua época, havia momentos em que ele se comportava como se não estivesse no rol dos que não possuíam dois braços, como se pertencesse à classe dos que mandam, dos que dominam, para, somente depois de se perceber incapacitado de agir fisicamente, prostrar-se na condição abatida e revoltada daquele ser limitado e que não pode corresponder, na prática, às arrojadas manifestações verbais da arrogância.

Lúcio, porque mais dependente dos outros e menos inclinado à posturas incompatíveis com sua situação de maior vulnerabilidade, adotara, desde há muito, uma postura mais introspectiva, que lhe permitia entender as coisas por um outro prisma, fazendo-se mais dócil aos conselhos paternais de Décio e entendendo a ansiedade e o desespero de Demétrio.

No entanto, nada havia acontecido na prática para que essa conversa pudesse modificar tanto a estrutura da vida daquele grupo familiar.

– Não há nada acontecendo, pai. Nada mudou em nossas vidas, não fizemos nem fortuna nem crime que nos possa impor uma tal transformação radical nos destinos – falou Demétrio, tentando controlar-se.

– É verdade, meu filho. No entanto, somos cegos que enxergamos, surdos que ouvimos, como falava Jesus. Olhamos e vemos apenas o que nos seja conveniente, escutamos e ouvimos apenas aquilo que nos seja agradável. Por isso, não conseguimos ver longe nem escutar com sabedoria o soar do trovão que vem do horizonte. Corremos para recolher a criação apenas quando as primeiras gotas fortes de água nos surpreendem no impacto com o telheiro.

O céu já está mais escuro, o vento já anuncia a chuva e nós, invigilantes, nos deixamos ficar na situação daquele que espera o inevitável para adotar as medidas que já poderiam ter evitado toda a correria da última hora, muitas vezes inútil e funesta.

É por isso que os que nos amam, muitas vezes, procuram nos avisar de certas coisas para que nos preparemos a tempo para enfrentá-las, sem necessitarmos passar por determinados dissabores que ainda podem ser impedidos.

E o sonho que tive se encontra dentro dessa esfera de avisos.

Tal era a sua realidade que, diante dos fatos que vocês me contaram agora, tenho certeza de que se trata de uma verdade profética, a alertar-nos para nos proteger, ainda que, de fato, nenhum de vocês tenha feito nada de errado.

E como o tempo passava rápido, Décio não procurou aprofundar muito mais a conversa, dizendo que, como fiel seguidor de Jesus, não deixaria de acatar a orientação de alerta que recebera das hostes invisíveis, comunicando aos dois filhos para que preparassem suas bagagens simples já que, valendo-se da escuridão da noite, todos deixariam para trás a pequena e acolhedora chácara, em carroção rústico, puxado pelo cavalo já atrelado.

— Eu não irei, pai. Vocês podem sair, mas eu vou ficar aqui para que possa seguir meu destino – falou Demétrio, abatido.

— Mas meu irmão, papai nunca nos enganou, nunca nos deixou sofrer mais do que o destino nos impõe que soframos, tratou de nós todos estes anos e não é justo que nos separemos dele – exclamou Lúcio, tentando trazer o irmão à razão.

— Nós sempre estivemos juntos, Lúcio, mas quando você sentir por alguém, no coração, o que eu estou sentindo, será mais fácil entender a minha necessidade de ficar.

Décio não contrariou o filho determinado, buscando entender suas posturas, agora já mais próprias do homem independente do que do garoto de anos atrás, que lhe pedia ajuda para tudo.

Olhando-o com compaixão, apenas lhe disse, tristemente:

— Filho querido, que você não precise aprender no sofrimento aquilo que Jesus tem tentado ensinar-lhe no calor pobre do nosso carinho. Aceite nosso convite e caminhe conosco. Outras jovens existem pelo mundo e em outros lugares você também pode se apaixonar e construir a felicidade.

— Não, meu pai. Eu agradeço sua devoção por mim durante todos estes anos, mas chega o dia em que temos que nos tornar independentes de tudo e de todos, ainda que seja para chorar ao pé dos deuses esmolando ajuda e amparo. E esse tempo chegou para mim.

Vendo que não adiantaria nada tentar mais, Décio, então, lhe disse:

— Pois então, Demétrio, tome cuidado com tudo e com todos. Deixaremos para você recursos suficientes para que nada lhe falte por um tempo, mas não se esqueça, fora nossos corações que o amamos por aquilo que você é, ninguém mais será capaz de amá-lo tanto quanto nós.

Todos quererão seu dinheiro, seus bens e aquilo que você possui para desprezá-lo tão logo obtenham suas conquistas imediatas.

E tomando a palavra, por sua vez, Lúcio acrescentou:

– E eu deixo para você o meu saco de moedas já que, ao lado de papai não precisarei dele tanto quanto você, meu irmão.

Aquele gesto de bondade natural emocionou profundamente Demétrio que, em realidade, vinha roubando o irmão nas horas da divisão, deixando-lhe com as moedinhas mais insignificantes, valendo-se da sua deficiência visual.

Agora, sem qualquer questionamento ou qualquer suspeita, Lúcio entregava-lhe o pequenino pacote de moedas pensando que ali estava a metade justa que lhe cabia, enquanto que, na realidade, ali se encontrava apenas pequena fração do que havia sido conquistado ao longo desses meses de petições públicas.

Demétrio, emocionado, controlou-se diante da demonstração de desprendimento de Lúcio, pela qual agradeceu beijando sua cabeça e lhe dizendo do muito carinho que tinha por ele, ao mesmo tempo em que lhe agradecia por toda a ajuda que havia recebido de seus braços prestativos.

Sem tempo a perder, valendo-se de suas palavras no sentido de orientar as mãos de Lúcio, Demétrio ajudou o irmão a reunir suas poucas coisas enquanto Décio se via às voltas com a carroça pobre, organizando-a da melhor maneira e preparando tudo para que o trajeto noturno pudesse ser produtivo, de maneira que, ao raiar do dia, estivessem distantes, ainda que sem rumo certo.

A despedida foi triste e o coração dos três ficou apertado diante da primeira separação efetiva em vários anos de convivência. Ao mesmo tempo, a chuva fina que começara a cair tornava ainda mais lúgubre o cenário, esfriando ainda mais a despedida.

Não obstante essa dor, era necessário seguir adiante, obediente e fiel ao amparo superior que lhe chegava, oriundo diretamente do coração generoso de Licínio que, em espírito, ladeado por Simeão, Zacarias, Lívia e Cléofas, acercara-se daquele querido amigo para fortificá-lo e afastá-lo dos dissabores e armadilhas das forças negativas.

Os mesmos espíritos amigos vinham orientando os passos desse grupo tanto quanto se dividiam nos cuidados com aqueles que ficavam em Roma, em busca de notícias dos filhos desditosos.

No entanto, para eles seguia desconhecida a motivação de tal alerta onírico misterioso, fazendo com que a incerteza se apresentasse no coração de todos, com a única diferença de que, em Décio, a falta da compreensão dos porquês não o impedia de obedecer ao aviso, enquanto em Demétrio, as conveniências pessoais, os caprichos do afeto, as ilusões dos sonhos materiais, os desejos imediatos se antepunham à condição de obediência ou de acatamento dos avisos espirituais, sempre sutis e preservadores do livre-arbítrio de cada um daqueles aos quais se destina.

A noite se prolongava e o frio era mais intenso, quando Décio sentiu a serenidade voltar-lhe à alma, como a autorizar que pudessem abrigar-se, interrompendo a marcha que já acontecia há mais de oito horas, sem interrupção.

Já passava das quatro da madrugada, quando a carroça estacionou sob a proteção de um rochedo que lhes serviria de abrigo mais seguro contra a chuva que continuava a cair, ora mais forte ora mais fraca.

Ajudando Lúcio a deixar o interior do carro rústico, abrigaram-se ao redor da carroça, depois de Décio certificar-se de que não havia ninguém adormecido ou à espreita no mesmo ambiente.

A noite na chácara, no entanto, fora sem alegrias.

Demétrio não conseguira dormir, fosse pela euforia das lembranças de Leonora, fosse pela ausência dos entes amados e pelas derradeiras palavras de Décio a alertá-lo para a diferença do afeto que encontraria no coração dos demais.

Para contrapor a tais lembranças, Demétrio divagava sobre o futuro, contentando-se em avaliar as perspectivas alvissareiras que os recursos materiais lhe permitiriam colocar a serviço de seus sonhos.

Em sua alma impetuosa e arrogante, no entanto, nem em sonho se fazia viva a ideia de que tudo poderia dar errado, nem que os fatos, independentemente de sua vontade e de suas condutas, conspirassem contra seus sonhos verdadeiros e justos.

Acontece que, naquele mesmo dia, depois de terem-se despedido no entroncamento dos caminhos, Leonora fora vítima de violento malfeitor que, já há algum tempo vinha espreitando os passos da moça, sonhando em impor-se a ela como o primeiro homem, desrespeitando sua condição virginal e abusando de sua fragilidade.

Por isso, no dia seguinte, a família, desesperada, saíra em busca da jovem que não regressara da cidade. Seus parentes dirigiram-se para o burgo onde normalmente a jovem ia para as compras básicas regulares e, outra informação não conseguiram senão a de que fora vista deixando o local acompanhada dos dois jovens que pediam esmolas.

Essa notícia verdadeira tornava os dois as únicas possíveis testemunhas do destino final da jovem.

Com isso, enquanto alguns davam buscas em outros lugares, outros foram até a chácara onde sabiam residirem os dois jovens e, antes do nascer do Sol, bateram a pedir informações sobre a moça.

Assustado com a algazarra, Demétrio acudiu dizendo que não tinha conhecimento de seu paradeiro, pois que haviam se despedido antes, seguindo cada qual para seu caminho.

Nessa ocasião, o rapaz tomou ciência de que a jovem não chegara à sua casa e que, por isso, seu destino era incerto.

Talvez tivesse se abrigado na casa de alguém, onde passara a noite até que a manhã lhe permitisse terminar o percurso.

A opressão no peito de Demétrio se estabeleceu, parecendo fazer sentido, agora, os presságios de Décio. Num instante, ele entendeu que, como as coisas se passaram, pesaria sobre os dois irmãos a culpa por qualquer coisa má que tivesse ocorrido com Leonora.

Uma vez sozinho na choupana, sua mente como que se viu cercada de todas as possibilidades sombrias da aproximação da tragédia e outra coisa não lhe ocorreu senão a de, a duras penas, vestir rústico manto em cujos bolsos Décio colocara os sacos de moedas e sair dali antes que qualquer desgraça se abatesse sobre sua vida.

No entanto, ele não contava que, lá fora, sentinelas vigiassem a chácara para evitar qualquer fuga até que o destino de Leonora fosse conhecido. E assim, para sua surpresa, braços fortes e rudes envolveram seu pescoço a impedir-lhe o prosseguimento da jornada, quase que no mesmo instante em que familiares chegavam, desesperados, informando que o corpo de Leonora havia sido encontrado no meio de arbustos afastados, vitimada pela violência e brutalidade sem nomes.

A gritaria envolveu Demétrio enquanto outros mais invadiram a chácara não muito distante, procurando por seus supostos comparsas no crime hediondo que havia acabado de ser cometido e para o qual os dois aleijados eram os únicos suspeitos.

Ali, não tendo encontrado mais os traços do cego nem do pai, além de terem observado os sinais de viagem por faltarem seus objetos, tanto quanto a carroça e o cavalo, trataram de atear fogo à choupana, na antecipação da condenação sumária, enquanto faziam correr a notícia da morte da jovem inocente e da fuga dos outros dois suspeitos, na alucinação da dor e no desejo cego de vingar o crime.

Cavaleiros saíram a galopar por todas as estradas, informando onde paravam sobre os fatos e espalhando a notícia do estupro e morte da moça para que mais e mais pessoas ajudassem na prisão dos outros suspeitos, um ancião e seu comparsa, um jovem cego.

Demétrio foi levado até a casa da família de Leonora para que todos os seus membros pudessem conhecer o suspeito e pessoas foram trazidas do burgo não muito distante para contarem suas versões sobre os fatos.

Não houve quem não se lembrasse do galanteio de dias antes, através do qual Demétrio demonstrara sua inclinação para a moça nem aqueles que pintaram com cores negras o inocente caminhar dos três, no regresso aos lares naquele dia fatídico em seus destinos.

A estas alturas, apesar de inocente, Demétrio já se achava com o rosto ensanguentado, vítima dos socos e pauladas que caíram sobre ele, apesar de sua alegação de inocência.

Havia sido despido de sua roupa, privado de seu pequeno tesouro com o qual pensava comprar o afeto ou a consideração dos outros, agredido e amarrado a um poste de madeira, onde esperava seu destino entre o medo e a dor da agonia.

À sua volta estavam muitos que o conheciam nos momentos de suas canções populares, outros mesmo que haviam cooperado com suas necessidades dando-lhe moedas, outros que vinham pedir canções específicas, todos agora transformados em acusadores, todos prontos para levantar suspeitas cada vez mais maldosas e mentirosas, a fazer aumentar os indícios de sua culpa na morte violenta da jovem.

E as mentes infantis, desejosas de encontrar explicação para tal evento cruel, se faziam mais enegrecidas nas suposições de que os três misteriosos personagens se haviam consorciado para a prática da atrocidade contra a moça, seja Décio, com sua força de homem e seus braços acostumados aos trabalhos do campo, seja Lúcio e Demétrio que, apesar de suas deficiências, facilmente poderiam ter-se sucedido no nefasto delito, seviciando a jovem, imobilizada pelo mais velho dos três.

Assim, como se tratavam de seres diferentes da maioria, para todos aqueles seria o melhor momento para fazer com que suportassem o peso das suspeitas que poderiam recair sobre qualquer um, roubando seus pertences e afastando-os, com tal atitude, da convivência dos fisicamente perfeitos.

O movimento de busca dos outros dois, então, incrementou-se por todos os lados, com a versão mais conveniente de que seriam comparsas desumanos, que se uniram para a satisfação de seus prazeres indignos, confirmando a tese de que o demônio os estava usando para levar a infelicidade àquela aldeia.

No entanto, graças à condição de fidelidade ao Bem, a esta altura, Décio e Lúcio já se encontravam suficientemente distantes das vistas de todos e, por terem viajado na escuridão da noite, não foram vistos por olhos curiosos, não tendo deixado qualquer rastro para ser seguido ou qualquer testemunha ocular de sua passagem.

Quanto a Demétrio, aquele destino que o leitor imagina, o aguardava, efetivamente, como o que teria de responder tanto pelo homicídio de Leonora quanto pela fuga dos outros supostos dois cúmplices.

Seria supliciado com o chicote, amarrado ao poste. Depois de ter sido dilacerada sua pele, sobre ele seria atirado um punhado de sal por cada pessoa do vilarejo que quisesse vingar a morte cruel da jovem.

Salgado em vida, numa mistura grotesca de sangue, lágrimas e impropérios, o infeliz e arrogante mutilado via a morte como a salvação mais ansiada para seu destino, morte essa que parecia recusar-se a chegar, como se também ela estivesse satisfeita em assistir à sua agonia.

– Demétrio, pense em Jesus, meu filho. Lembre-se de sua bondade para com todos nós e ore como se fazia junto de sua mãezinha Serápis.

Essa era a voz doce, mansa e emocionada de Simeão, envolvendo o busto do irmão querido que lhe houvera sido o algoz implacável em situação muito parecida, na distante Samaria, quando vivera sob a veste do implacável Sulpício, perseguidor de mulheres, adulterador de esperanças, sequestrador, torturador e braço direito do governador Pilatos.

O torturado e infeliz aleijado não escutava com os ouvidos, mas, nesse mesmo instante, uma nostalgia profunda acometeu seu espírito e ele recordou-se das horas felizes que vivera sob a proteção de Cláudio Rufus, os carinhos de Lúcia e de sua mãezinha Serápis, e tal lembrança foi um momento de paz interior, ainda que as dores que lhe queimavam a pele tornassem quase insuportável qualquer forma de consolação.

O espírito arrogante desse Sulpício começava a pressentir o outro lado da existência, como se seu espírito deixasse a mortalha corpórea sem perceber, passando a vislumbrar o clarão no qual se inseria Simeão, o velhinho simpático que lhe falava, com o olhar cristalino e o coração rutilante de uma estrela.

— Eu conheço você... – falou titubeante Demétrio. Eu não... sei quem ... você é, mas ... sei que o conheço...

— Oremos a Jesus, meu filho. De agora em diante lembre-se de que você é meu filho e eu sou o seu pai. Recorde-se do Cristo que nos ama e que nos permite estabelecer este momento de paternidade e filiação em nome de um Amor que vence todas as misérias.

— Mas eu sou vítima desses homens miseráveis – respondeu Demétrio, algo confundido, dando espaço à sua condição revoltada.

— Nunca se esqueça, meu filho, de que quando os homens se deixam conduzir por seus atos até às suas ilusões, acabam sempre levados aos tribunais de Justiça que lhes fornecem, exatamente, o que deram aos outros. No entanto, quando nos deixamos conduzir pelo Pai e por Jesus, somos arrastados pelo império da Misericórdia, que procura nos amparar antes que a Justiça nos venha cobrar o que devemos.

Você preferiu confiar em si mesmo, enquanto Décio e Lúcio acataram o convite superior. Assim, meu filho, a Justiça chega para você através da aparente injustiça que os homens cometem, enquanto a Misericórdia traça o destino daqueles que atenderam o seu chamado.

Bendiga este momento, Sulpício. Perdoe os que matam seu corpo pensando matar o espírito, para que as nódoas de sua alma comecem a ser apagadas pela força de suas lágrimas de arrependimento.

Nunca se esqueça de que Deus não se equivoca.

Venha comigo, aceite meus braços paternais, para que novos caminhos possam ser construídos doravante.

E sem entender como isso podia acontecer, Demétrio viu-se transformar em outro ser, vestido à moda dos lictores romanos, assumindo uma personalidade mais velha e entendendo que, naquele momento, uma transformação muito importante estava acontecendo em sua jornada.

À sua frente já não via mais apenas um ancião luminoso. Via também uma cruz rutilante que, por detrás do velhinho, fulgurava como no dia em que fora retirado do vale escuro e tenebroso onde comandava as forças malignas que obsidiavam Pilatos, Fúlvia e outros, já relatada na obra "A Força da Bondade".

E, envergonhado, identificava ali a presença de Simeão, a sua mais inocente e compassiva dentre todas as vítimas. Revia a cruz rústica, o velho amarrado, o chicote em suas mãos, as pessoas ao redor, ironizando sua condição de impotência, o sangue a brotar de sua pele, o abandono e a solidão a que fora relegado, a espada sendo enterrada no peito por suas mãos e a sua figura descontrolada e animalesca a espancar o corpo inerte do ancião, como um alucinado demente.

Sem conseguir mais se conter diante da memória que lhe voltava, violenta e acusadora, viu fugirem-lhe os sentidos, sem entender como poderia ser vítima e algoz ao mesmo tempo.

Perdendo a lucidez, Demétrio foi amparado por Simeão, que o encaminhou aos planos espirituais compatíveis com a sua vibração, à espera da hora adequada para o despertamento da própria consciência.

A VIAGEM E A BUSCA

Enquanto o trágico destino de Demétrio se concretizava e repercutia por todo o vilarejo e arredores, sobretudo por constituir-se numa tragédia a envolver a pobre Leonora, vítima da violência inescrupulosa e selvagem de criaturas tão viciosas quanto desconhecidas da lei humana, Lúcio e Décio se mantinham protegidos no interior da cavidade rochosa que os abrigara, ampla o suficiente para ocultar a carroça e o cavalo também.

Afinal, a chuva não dera trégua, intensificando-se com o passar das horas. Quando a manhã chegou, tornara-se torrencial e impedira o prosseguimento da jornada.

As incertezas de ambos eram compensadas pela fé e pela oração, coisa que lhes era comum nas práticas e que permitia sentir as vibrações de coragem e amparo espiritual que nunca são negados a todos os seres humanos que recorram à prece sincera, mobilizando as próprias forças nas lutas da vida, mas entregando-se aos desígnios de Deus nas horas em que se tornem nebulosos os caminhos.

Décio deveria escolher o destino e, sem bússola, sem mapas e desconhecendo as estradas da região, não sabia qual o melhor rumo a seguir.

Ao longe, sem que o soubessem, corria a notícia da morte de Leonora e do linchamento brutal de Demétrio bem como se empenhavam as pessoas do vilarejo em procurar pelos dois, considerados fugitivos, para lhes dar o mesmo destino, na sede de vingança cega que acomete a todas as pessoas imaturas e ignorantes.

Nem imaginavam, os dois viajores, abrigados da inclemência dos elementos naturais, que estavam sendo procurados como assassinos cruéis.

Ao mesmo tempo em que a chuva castigava o ambiente, aprisionando-os na caverna, também impedia que a busca empreendida pelos homens do antigo vilarejo, fossem parentes de Leonora, seus amigos ou simples justiceiros de ocasião, tivesse continuidade, já que a precipitação pluviométrica apagava qualquer pista, tornava lamacentos os caminhos, aumentava o volume dos riachos, dificultando a sua travessia.

Com isso, os perseguidores se viam obrigados a regressar ao ambiente aquecido e protegido de suas choupanas campestres, aguardando a melhora do tempo para voltar à perseguição.

Não obstante, a notícia da morte de Leonora corria de casinha em casinha, como história trágica a tornar-se ainda mais grotesca com a informação de que os culpados eram um grupo estranho, composto por dois deficientes e um ancião.

Esse cenário de fria umidade a embaraçar as atividades de todos naquela região prosseguiu por todo o dia, obrigando Décio e Lúcio a se manterem ocultos, agasalhados como podiam, com as precárias vestes que possuíam.

Com o cair da tarde, o frio se tornou maior, mas a chuva praticamente dera uma trégua temporária, o que estimulou em Décio a necessidade de seguirem viagem.

Sua alma se sentia inquieta e a sua sensibilidade captava com clareza as exortações do mundo invisível para que retomasse o rumo a fim de atingir a segurança de um destino mais longínquo.

Foi retomada, então, a trajetória cega que os levaria a um novo porto seguro, não sem antes rogarem a proteção para a jornada através de singela oração feita por Lúcio no interior da caverna isolada.

Em seu íntimo, Décio se lembrara daquele dia em que estava recluso no porto de Óstia, aguardando a sua transferência para o destino incerto do exílio quando percebeu, ao longe, uma estrela fulgurante, como que um farol a flutuar sobre o mar escuro que a noite abraçava.

Intrigado, colocara-se a observar o estranho fenômeno que se mantinha cada vez mais ampliado até que pôde divisar que, por detrás da forte luminosidade, imponente galera romana se movia, sendo que o farol luminoso que a precedia outra coisa não era do que duas mãos de luz que lhe seguravam a proa, como a puxá-la para o destino do porto, em segurança.

– Sim! – pensou Décio consigo mesmo – por que não pedir a Deus que nos mande um sinal, para que saibamos o caminho a seguir, em busca da segurança?

E enquanto Lúcio suplicava a proteção segundo seus modos simplórios, Décio mentalizava a ajuda de Policarpo, o paizinho querido, como a rogar-lhe que intercedesse por eles naqueles momentos de incerteza, a fim de que, estando na situação de ser responsável por um irmão desditoso, incapacitado para levar uma vida independente, Deus haveria de escutar-lhe as orações e atender às necessidades imediatas tanto de proteção quanto de rumo para suas vidas.

– Senhor, – dizia ele mentalmente – tantas provas recebemos de seu amor, que nos envergonha invocar-lhe o nome com se estivéssemos a duvidar de sua solicitude. No entanto, você sabe de nossas fragilidades e, por entender as fraquezas humanas, conhece as necessidades de força e orientação de que estamos carecendo. Por isso o buscamos, como os filhos órfãos da esperança, aqueles mesmos que, ao pé da sua cruz no dia triste de nossa queda moral, olhavam sua agonia com os olhos ansiosos daqueles que veem apagar a chama luminosa de suas candeias na noite escura da vida.

Aqui, Mestre Amoroso, dois cegos pedem seu amparo e a luz de sua sabedoria.

Lembramos a estrela generosa que guiou os peregrinos que o buscavam na noite do nascimento na Belém adormecida e indiferente.

Não pedimos o privilégio de uma estrela, mas lhe suplicamos um guia que nos mostre o caminho, neste momento em que a jornada recomeça, porque temos a certeza de que nossos entes queridos, em seu nome, velam pelos nossos passos.

Emocionado com as lembranças e com o envolvimento que lhe propiciavam os espíritos que atendiam às suas súplicas, Décio se deixou envolver em um estado de êxtase rápido, como não era incomum acontecer quando todos oravam em conjunto na casinha da chácara, o que não causou nenhuma surpresa em Lúcio que, sem constatar visualmente o que acontecia, entendia que o silêncio do pai representava um momento de elevação mística que duraria alguns minutos e depois passaria.

A respiração de Décio se fizera mais ruidosa e um estado de entorpecimento lhe tomara o corpo físico enquanto o espírito se desdobrava, levado pelos amigos espirituais que lhe amparavam os esforços no Bem, para entrever o caminho a seguir.

A jornada que lhe era apresentada ao espírito era longa e envolvia a árdua tarefa de atravessar a cordilheira que separa a Gália da Hispania, valendo-se de caminhos que as expedições romanas tinham aberto para o deslocamento terreno de seus exércitos e expedições.

Deveriam seguir por estradas menos usadas e, por isso, mais difíceis de serem percorridas.

No entanto, se tivessem coragem e determinação, não lhes faltaria a proteção para a jornada, tomando o cuidado de, enquanto não tivessem cruzado a proteção montanhosa, viajarem somente durante o cair da tarde e o anoitecer, preferindo a pousada em algum abrigo da natureza do que em hospedarias precárias pelo caminho.

E para as dúvidas que lhe surgissem nas encruzilhadas, que ele recorresse a Lúcio para que, com sua sensibilidade natural, observasse a situação, pois seria capaz de divisar sempre uma indicação para definir qual o melhor roteiro a seguir.

Fora rápida a jornada de seu espírito fora do corpo físico, mas suficientemente esclarecedora para servir de estímulo e alimento para a alma que, no seu caso, deveria comandar um corpo já alquebrado e enfraquecido pelas carências da idade, ainda que disposto ao trabalho e à demonstração de destemor ante o testemunho.

Passados alguns minutos do encerramento da oração de Lúcio, Décio voltava a si mesmo do estranho fenômeno mediúnico de que se vira protagonista e, com palavras de alegria, relatava ao filho cego as suas experiências e a certeza de que mãos amigas os amparavam para a caminhada a seguir, cujo rumo já lhes fora traçado e exigiria deles os esforços maiúsculos até então ainda não exigidos.

Mais do que depressa, aproveitando o cair da tarde, o parar da chuva e as perspectivas novas que se lhes apresentavam, Décio e Lúcio tomaram seu lugar sobre a carroça e, cuidadosamente, deixaram o refúgio que lhes servira de proteção e amparo gratuitos, como se Deus o tivesse reservado para acolher filhos em dificuldades nos momentos mais cruéis ou dolorosos do abandono.

* * *

Nunca se esqueça, leitor querido: quando os homens, que são irmãos, fecham as portas uns para os outros, a Misericórdia de um Deus que é Pai, esculpe a rocha dura e abre nelas o espaço que não conseguiu abrir no coração das pessoas.

Jamais se permita levar pela angústia de se pensar abandonado, por mais indiferentes lhe possam parecer as pessoas, as circunstâncias e a própria sorte.

Deus não precisa da conjunção fortuita dos fatores a que os homens denominam sorte para fazer o Bem aos que necessitam.

É verdade que a Misericórdia sai à procura de corações macios e sensíveis para usá-los a fim de que diminuam as agruras alheias e ajudem nas horas mais difíceis daqueles que estão às portas do desespero.

Mas quando lhe parecer que não há mãos estendidas, não há pousada nos corações humanos, nem há esperanças, nunca se esqueça de que Deus construiu suas próprias pousadas gratuitas no seio da natureza para que os mais necessitados pudessem se abrigar e proteger até que o Sol voltasse a imperar no céu de um novo dia.

Seja, pois, aquele que Deus usa para amparar as inúmeras aflições que o circundam, porque dia vai chegar em que as adversidades também o visitarão para testar sua fé e sua capacidade de lutar. E se, antes, você fez todo o Bem que podia, esteja certo de que as forças da vida saberão orientar seus esforços para encontrar o abrigo de que necessita, nem que seja no oco de uma árvore ou no coração da rocha, por falta de espaço no coração dos semelhantes indiferentes.

Se os homens não tiverem sentimentos de compaixão para entregar-lhe, a Bondade do Pai é rica em Misericórdia para acolher você.

* * *

Seguindo a jornada, definida para oeste através de caminhos ora pedregosos ora lamacentos, iam os dois homens na direção assinalada, retomando a viagem ao longínquo destino.

E por mais que soubessem qual a meta a ser atingida, se lhes apresentava confuso, muitas vezes, o meio para chegar até ela.

Os caminhos rurais não tinham indicações claras, eram cheios de atalhos pouco confiáveis e, por mais que se procurasse seguir os trilhos mais definidos, o cenário chuvoso e frio os tornava mais indefinidos.

Então, quando as coisas pareciam mais complicadas, sem saberem qual a direção a seguir ou defrontando-se com duas rotas que brotavam da estrada em que estavam, Décio interrompia a carroça e dizia para que Lúcio orasse a prestasse atenção, pois lhe havia sido indicado que, através desse procedimento, ele seria capaz de observar, mesmo cego, algum sinal que definiria o melhor a fazer.

Naturalmente que isso se apresentou como uma surpresa para o rapaz, nunca imaginando que a sua incapacidade visual pudesse ser útil para encontrar alguma coisa através do sentido da visão.

No entanto, apesar de seus protestos, Décio reafirmou-lhe a orientação de que dependeria dele a jornada a seguir, e que, confiando em Deus, confiasse em si mesmo, para que isso fosse mais uma prova do amparo superior que os mantinha protegidos do mal.

Estimulado pelo pai, Lúcio se pôs em prece, falando em voz alta para que suas palavras pudessem ser ouvidas por Décio:

— Senhor, somente Você poderia colocar um cego para guiar um homem que enxerga. E é tão inusitada essa situação que, se não fosse uma ordem sua, poderia representar uma insanidade de nossa parte. No entanto, na minha cegueira, me lembro da história do velho cego que gritava o Seu nome incessantemente ao saber de sua passagem pelas proximidades. Como o velho Bartimeu, eis que invocamos o Seu nome para pedir, sem entender como isso será possível, que permita que vejamos qual o caminho a seguir.

As lembranças das diversas passagens em que Jesus curara os cegos brotavam-lhe na mente. Será que Jesus poderia fazer novo milagre e permitir-lhe, pela primeira vez naquela vida, divisar a luz? Será que se repetiria a mesma situação de Bartimeu que, gritando-lhe o nome em plena rua, conseguiu atrair-lhe a atenção e ter a visão restituída, para espanto dos indiferentes que o tratavam como lixo do mundo?

Jamais havia tido a possibilidade de enxergar e, por isso, não tinha a menor ideia de como seriam as coisas.

A prece o emocionava profundamente, como se, ele falasse ao Cristo a partir de sua própria desgraça. Antes, seguia a prece dos outros e escutava as rogativas de proteção que as pessoas faziam. Agora, ele estava na condição principal, graças à qual a caravana encontraria o caminho certo.

Como e por que, um cego de nascença, estaria nessa função tão pouco favorável de guia, enquanto seu companheiro de jornada, cuja visão era perfeita, ficava à mercê de um deficiente visual?

E enquanto estava nessas cogitações sobre a própria limitação física, sobre as dificuldades naturais de não poder ver, eis que Lúcio dá um grito de surpresa e emoção, exclamando:

— É o da direita..., da direita... eu estou vendo... está tudo escuro, mas, não sei como, eu estou vendo... Décio, paizinho, eu estou enxergando que é para ir para a direita.

Emocionado com aquela inusitada circunstância e tocado pela emoção do próprio filho adotivo, Décio tratou de puxar as amarras do cavalo, endereçando-o para o novo trajeto.

Lúcio por sua vez, eufórico e em pranto convulsivo, não parava de dizer:

— Paizinho, eu vi, não sei como... Jesus me fez ver... ainda que continue cego...

Deixando que o filho extravasasse sua emoção, Décio esperou o momento e, tão logo se apresentou a oportunidade, indagou de Lúcio:

— Mas me conte, filho, o que é que deu tanta certeza de ter visto qual o caminho a seguir, se você ainda continua sem enxergar?

— Ah! Paizinho, em momento algum eu saí da minha costumeira escuridão, mas não sei por que milagre, eu vi, na minha frente, uma cena que representava dois caminhos que começavam de uma estrada e, no caminho da direita, como que flutuando sobre ela, pude ver duas mãos que brilhavam com os dedos entrelaçados, como nós fazemos quando oramos com as nossas mãos postas. No outro caminho não havia nada disso e, por faltar-lhe a luz das mãos, ele se encontrava escurecido e apagado. O da direita, no entanto, parecia dotado de luz própria e, então, tive certeza de que se tratava daquele que deveríamos seguir.

A descrição das mãos correspondia a uma senha confirmatória para Décio, já que ele próprio tinha em sua mente aquele mesmo símbolo a se apresentar nos momentos difíceis, estabelecendo os rumos seguros a serem seguidos.

Agora, mais tocado pelas revelações de Lúcio, Décio abraçou o filho que chorava baixinho e lhe disse:

— Bendito seja Jesus, meu filho, que nos transforma para sempre os espíritos e que nos ensina que um cego pode guiar um vidente pelos caminhos duros da vida. Obrigado, Lúcio, a sua alma pôde ver aquilo que seus olhos continuam impedidos de enxergar. Agora você pode entender o que, às vezes, acontece comigo nas horas em que me ausento ou em que me mantenho em silêncio. É mais ou menos a mesma sensação de visão interior, a orientar nossos passos, a mesma que pude receber dias atrás, aconselhando-nos a deixar nossa chácara, sem maiores explicações.

E a partir daquela experiência, isso se repetiu ao longo de toda a trajetória da viagem, ficando Lúcio como o instrumento espiritual para a identificação do melhor caminho a seguir.

A travessia dos Pirineus demonstrou-se penosa e sacrificial já que o frio e a fome tornavam mais cruentas as lutas de ambos.

Os recursos materiais escasseavam e a ausência de vivendas ou lugares para a compra de alimento ao longo do trajeto piorava as coisas.

Além disso, o frio ia fazendo os estragos naturais na saúde desgastada de Décio que, como alguém com maiores recursos biológicos, privilegiara o oferecimento dos agasalhos ao jovem frágil que transportava, colocando sobre Lúcio o maior número de cobertas que podia.

Quando o rapaz protestava, Décio se valia da cegueira do filho para lhe confirmar que ele também estava suficientemente agasalhado, usando um pequeno pedaço de pele de ovelha que colocava sobre o próprio braço para que Lúcio se certificasse pelo toque de que era verdade o que o pai lhe afirmava.

Depois de muitos e ingentes esforços, conseguiram cruzar a elevação montanhosa referida, atingindo a província cujo destino lhes demarcara como o novo território de suas vidas.

*＊＊

Enquanto isso, Tito e Fábio empreendiam a busca incessante dos filhos de Serápis, seguindo pelos caminhos conhecidos, entrando em todas as cidades do trajeto terrestre, perguntando por dois meninos cujas características físicas eram tão marcantes que se transformariam no documento de identidade facilmente observável em qualquer local.

Encontraram muitos que eram cegos, outros que eram mutilados, mas em nenhum lugar souberam de dois meninos que, cego e mutilado, andavam juntos.

Essa procura se alargou no tempo e, dentro de seus propósitos, Tito e Fábio se recusavam a regressar a Roma sem notícias. Eventualmente, escreviam uma mensagem breve que entregavam a algum mensageiro que se dirigia à capital para que informassem às mulheres que lá haviam ficado acerca dos progressos que tinham feito.

A ascensão de Antonino Pio ao poder, anos antes, parecia ainda não haver influenciado a distante região onde já estavam os dois peregrinos, que, finalmente, chegavam àquele porto onde Tito havia desembarcado ambos os filhos de Marcus e Serápis, mantendo-se turbulenta a vida já agitada daquele centro de comércio, capital da província da Gália Narbonensis.

Muitos anos já se haviam passado desde o seu desembarque naquele local para que alguém se lembrasse dos dois meninos por ali.

Assim, envolvido pela esperança de encontrá-los, como se uma força incógnita o fizesse caminhar para a frente, misto de sua culpa e do desejo de redimir-se ante a própria consciência e ante os corações amados que confiaram nele, Tito afastou-se do porto e informou-se quais vilarejos poderiam ser atingidos a partir dos caminhos que saíam de Narbonne.

Selecionou as mais importantes vilas do interior e, acompanhado do filho Fábio, saiu a procurar pelos dois meninos, sem fazer ideia que, desde o porto, ambos haviam sido acolhidos por Décio.

Foram frustrantes as primeiras tentativas, nas quais perderam várias semanas entre perguntas, caminhadas e negativas dos moradores.

No entanto, depois de se cansarem nessas rotinas e sem saberem mais para que burgos seguirem, estavam saciando a fome em miserável estalagem quando escutaram uma conversa misteriosa entre os homens daquele local.

Tratava-se do assunto trágico da morte de uma virgem depois de ter sido violentada. Mas o que lhes chamou muito a atenção foi o fato de que os suspeitos eram dois rapazes, um cego e o outro sem os braços e seu pai, certamente, o responsável principal por tal ato, ao que se supõe, para iniciar seus filhos nas experiências da maturidade. E a notícia dava detalhes da tragédia, sempre ampliadas pelo imaginário popular que atribuía o crime à ação do demônio no corpo dos dois infelizes jovens, que se disfarçavam de cantor e pedinte durante o dia, mas que se transformavam em entidades malfazejas durante a noite.

A menção aos dois atraiu a atenção de Tito que, chamando o mal encarado indivíduo para sua mesa, como a se interessar pela notícia, propôs-lhe pagar a bebida em troca dos detalhes sórdidos daquele crime.

E não foi difícil obter as principais informações, inclusive do local onde o delito ocorrera, do linchamento do mutilado, da fuga dos outros dois, fuga essa que já fazia mais de três meses que tinha acontecido.

Mais do que depressa, pai e filho dirigiram-se para a região como se fossem dois viajores de passagem, adotando os cuidados para não levantarem suspeitas sobre o interesse que demonstravam, já que poderiam ser interpretados de maneira errada pelos moradores que, certamente, estavam ainda muito atentos a qualquer indício dos supostos criminosos evadidos.

Custava a Tito acreditar que se tratavam dos dois meninos que ele abandonara, mas em nenhum outro local de seu longo percurso, encontrara referência tão marcante quanto ali.

Assim que chegaram ao burgo onde os fatos se deram, não lhes foi difícil escutar as versões que confirmavam as notícias tristes a responsabilizarem os dois deficientes e seu pai pelo crime.

Quando Tito se informou dos nomes dos envolvidos, o arrepio que sentiu na espinha foi difícil de esconder, já que ali estavam os nomes de Lúcio e Demétrio, além de um tal de Décio, que ele nao se lembrava ser aquele mesmo que pudera ver de longe quando da sua ida à reunião clandestina dos cristãos no cemitério da via Nomentana, em dias distantes do passado.

Deveria ser algum oportunista que se valeu das deficiências dos meninos para ganhar dinheiro, explorando-as – era o que imaginava.

Mas Lúcio e Demétrio eram os mesmos que abandonara. Agora

sabia que Demétrio já não mais vivia e que havia recebido todo o peso da culpa tanto pelo crime quanto pela fuga dos outros dois suspeitos.

Imediatamente, a mente arguta de Tito passou a imaginar o que estaria no pensamento de alguém que desejasse fugir do local do crime e que rumo deveria tomar para conseguir se manter em segurança.

Não lhe foi difícil supor, portanto que, próximos de outra província, seria mais provável que os fugitivos, ainda mais havendo um cego entre eles, portanto de fácil identificação, tivessem procurado afastar-se da Gália, onde seriam muito mais facilmente encontrados pelo favorecimento de comunicação que a língua comum propiciava.

– Não, Fábio – argumentava Tito, enquanto andavam, distanciando-se dos outros curiosos – ninguém que está fugindo de um crime tão bárbaro permaneceria aqui nesta província nem em uma outra cuja proximidade de língua permitisse que a notícia se espalhasse e os encontrasse. Você mesmo foi testemunha de como é que as notícias correm de boca a boca e, mesmo para nós, que não entendemos as palavras deste povo nativo, há sempre alguém falando latim e espalhando as novidades. Que dizer, então, entre os que se expressam numa mesma língua natal.

– Isso é verdade, meu pai.

– Sim, Fábio, quem está fugindo não poderia ficar na Gália, mas, ao contrário, deveria arriscar-se a seguir para a Hispânia, como forma de encontrar proteção em outro território e em outros costumes, para que pudesse começar uma nova jornada a salvo de perseguições.

– É, pai, acho que você está certo.

– Iremos para a Hispânia amanhã mesmo.

E com um pouco de sorte, Tito contava que não seria tão difícil conseguir informações sobre dois homens, um velho e outro cego, que caminhassem por alguma estrada ou parassem em alguma estalagem a pedir um prato de comida, um pouco de água ou um canto para dormir. Se a morte de Demétrio já era um fato consumado e irrevogável, restava a possibilidade de encontrar Lúcio, o que motivava a ambos para que tal fato representasse uma alegria, mesmo tardia, ao coração das mulheres em Roma.

Por isso, Tito e Fábio iniciariam também a mesma peregrinação à província vizinha, pouco tempo depois que os dois procurados já o tinham feito a duras penas.

Conselhos e despedidas

A travessia dos Pirineus, nos esforços dolorosos e sacrifícios constantes, cobrara o seu preço tanto de Décio quanto de Lúcio.

O frio cortante e a preocupação com a saúde do jovem haviam exposto Décio em demasia, e a chegada ao território novo da província hispânica foi acompanhada por uma nova realidade para ambos: a enfermidade.

Enquanto o corpo cansado de Décio pedia um repouso indispensável para qualquer prognóstico de melhora, Lúcio começava também a apresentar os sinais da antiga enfermidade abdominal que, recrudescente, tornara a romper a delicada camada da pele do ventre, abrindo-se em flor sanguinolenta e dolorosa como resultado dos rigores daquela peregrinação sempre difícil e desabastecida da antiga tranquilidade que existia na chácara Gaulesa.

Apesar disso, Décio era obrigado a seguir no comando da carroça salvadora até que pudessem encontrar algum vilarejo onde se abrigariam adequadamente, com os poucos recursos que lhes restavam.

A alteração da natureza era notável, mas a nova província possuía características mais rústicas do que a antiga Gália Narbonensis, onde haviam vivido mais de oito anos.

O povo da hispânia era diferente e distante, desconfiado diante de forasteiros, fechado em suas condutas, como se podia notar pelos transeuntes que encontraram pelas rústicas estradas, que se recusavam a responder ao mais singelo cumprimento.

No entanto, sabendo do estado de saúde de Lúcio, mais delicado e precário em face das dores que produziam, Décio fez com que o jovem se deitasse na parte posterior da carroça a fim de que mantivesse o corpo estendido, sem obrigar o ventre a dobrar-se na posição sentada, o que aliviava um pouco seus penares.

Enquanto isso, algo febril, Décio conduzia o conjunto adiante, ansioso por encontrar sinais mais seguros de civilização.

Andaram durante todo o dia até que, ao cair da tarde, avistaram pequeno aglomerado de casas ao longe, para onde Décio fez encaminhar-se o cansado animal que, até aquele momento, lhes havia sido a garantia da sobrevivência na árdua jornada.

– Pela dureza de nossos sofrimentos, meu pai, acho que Demétrio escolheu a decisão mais certa, ficando em segurança lá na chácara, não é? – perguntava Lúcio, a quebrar o silêncio que se impunha devido aos sofrimentos do condutor do veículo, igualmente alquebrado.

– Sabe, filho, os olhos dos homens costumam se iludir com coisas exteriores e prazeres fáceis, enquanto a sabedoria de Deus, que tudo vê e a todos auxilia, desejando nos ajudar nas lutas, muitas vezes não é compreendida. Nós achamos que Ele não deve fazer outra coisa senão nos preservar a saúde, manter a mesa abastada, garantir o conforto de um leito quente, abastecer os nossos cofres de moedas e favorecer nossos negócios para que não tenhamos os problemas materiais.

No entanto, Deus age como um pai que, vendo o precipício mais adiante, prestes a dragar o filho amado e distraído, providencia inúmeros recursos para impedir que a queda fatal aconteça. Vendo a estrada frágil que, não suportando o peso do carro, dos passageiros e das bagagens, os fará projetar-se no vazio, manda alertas para que seu filho diminua a velocidade, coloca pedras na estrada, buracos no caminho para tornar mais lenta a jornada, coisas estas que fazem o carro andar aos solavancos, atrapalhando o conforto dos seus ocupantes que, nestas alturas, começam a reclamar de Deus.

Não entendendo a lição, o condutor continua desatento, sem saber que o carro está muito pesado para a estrada delicada que não o suportará e, então, não tendo como alertá-lo de outra forma, a sabedoria divina permite que num desses solavancos do caminho a roda do carro se parta e ele fique imprestável para seguir à frente.

O seu condutor e seus ocupantes, naturalmente, vão dizer que não compreendem esse Deus que, em vez de ajudá-los, está fazendo de tudo para que aquela jornada, que já estava insuportável e cansativa, agora, se tornasse quase impossível.

Deus, todavia, não lhes dá ouvidos e deve estar muito feliz por ter conseguido evitar que o carro, seu condutor e todos os passageiros se vissem rolando despenhadeiro abaixo, quando não mais teria como salvá-los da dor desnecessária.

Assim somos nós, Lúcio, crianças mimadas, que achamos que a bondade de Deus pode ser medida pelo bem-estar de nossos corpos e por nossas barrigas cheias.

A vida, no entanto, me ensinou, filho, que nós nunca perdemos por confiar na Bondade de Deus, ainda que, naquele momento, nossos sonhos e objetivos estejam perdidos para sempre.

Esperamos que Demétrio esteja bem e feliz, apesar de sabermos que seu amor por nós deve estar sentindo saudades, como acontece com nossos corações. No entanto, não me arrependo por ter seguido o que o aviso celeste apontou para que, certamente, nos afastássemos de algum precipício que a maldade humana facilmente poderia abrir em nossos caminhos.

E é melhor seguir adiante enquanto há tempo, do que se ver consumido pela tragédia depois que ela se apresenta.

Lembra-se você do esforço de Noé ao obedecer as ordens do Senhor?

A pergunta de Décio chegara aos ouvidos atentos de Lúcio, que respondeu afirmativamente.

— Pois então, meu filho. Deus mandou fazer um barco no lugar onde não havia rio, mar, lagoa ou qualquer coisa na qual aquela imensa estrutura pudesse navegar. Deu as medidas e orientou o filho obediente como edificar. As pessoas que nada faziam para ajudá-lo, ainda o consideravam um louco e sem juízo por acreditar que aquele imenso navio pudesse valer para alguma coisa. Naturalmente que Noé deve ter encontrado oposição dentro da própria família, em um ou outro que tinha ideias próprias e uma fé em Deus menor do que suas ambições. Quantas coisas não devem ter dito ao destemido e corajoso ancião que, apesar disso, não interrompeu a jornada edificante aparentemente sem objetivo lógico.

Deus, que lhe disse o que fazer e como fazer, não poderia lhe ter explicado POR QUE fazer?

Talvez fosse possível dar detalhes mais específicos, fazer uma conferência com Noé, perguntar se ele estava de acordo com os planos divinos, expor o problema e, depois, fazer uma votação para eleger que medidas tomar. Entretanto, talvez, o Pai estivesse desejando salvar um filho fiel, testando-lhe a confiança e a obediência de seguir Suas orientações sem questionar ou exigir contas do Criador.

Gesto de humildade de Noé que, acatando as orientações sublimes, colocou mãos à obra, como aquele que não questiona seus patrões nem espera tratamento superior ao que merece ou esclarecimentos de que não necessita.

Ao mesmo tempo, depois de pronta a embarcação, a generosidade divina ordenou que ele convidasse todos os que quisessem entrar a fim de que tomassem assento no navio. Os homens, que se pensam racionais e inteligentes, ridicularizaram mais uma vez o velho insensato que resolvera construir um navio que não tinha onde navegar. No entanto, conta a tradição que os bichos, os animais aceitaram o convite e entraram, dois a dois, no interior da nau. Os parentes mais próximos de Noé, filhos e mulheres, acreditando na integridade do ancião, foram também os que o ajudaram e puderam com ele estagiar no interior do navio que, conforme as orientações, deveria estar pronto até certo período, devendo ser lacrado e, depois disso, não ser mais aberto sob nenhum motivo, por mais justo que parecesse.

Noé explicava aos que o ironizavam, que uma grande chuva iria cair e uma inundação sem precedentes destruiria tudo e a todos. Mas isso não tocava o coração das pessoas que, olhando para o céu, davam risadas grossas diante da ausência de nuvens.

Depois de ter obedecido, coube-lhes esperar o tempo predito pelo Senhor e, então, ... começou a chover.

A inundação foi desastrosa e os mesmos que achavam o velho um louco, corriam a bater à porta do navio suplicando a sua ajuda, em desespero, para que não sucumbissem afogados, coisa que, infelizmente aconteceu, porque o fiel Noé soube ser obediente até o fim, mantendo a arca lacrada.

Lúcio ouvia, atento e impressionado, as referências bíblicas que seu pai adotivo proferia, como que inspirado por forças sublimes, sem interrompê-lo.

– Assim acontece conosco, meu filho. Agora estamos aqui, nesta nossa pequena arca, transpondo as enchentes, os obstáculos e os problemas, privados das facilidades da vida a que estávamos acostumados, com dores e fome, com o corpo cansado e doente, mas, fora desta empreitada, não sabemos de que enchente a bondade de Deus nos livrou, não temos ideia de que perigos ela pôde nos afastar apenas porque nos avisou que deveríamos construir a nossa arca e convidar os que quisessem seguir conosco. Demétrio foi convidado, mas na sua condição naturalmente rebelde à disciplina necessária, acreditou que suas deliberações eram mais sábias que os conselhos divinos.

Não sabemos como ele está, mas, pelo menos, sabemos que nós estamos aqui, ajudados a vencer essa cadeia de montanhas, suportando as agruras da estrada, amparados pelas breves visões que você pôde perceber quando nos caminhos confusos, tudo a nos fazer flutuar no turbulento mar das incertezas da vida para que pudéssemos atingir o porto seguro que nos espera.

Estou certo de que nossos momentos presentes são de transição e que, mais adiante, não sei quando nem onde, estará o pouso sereno que receberá nossa arca tanto quanto a montanha generosa acolheu a barca de Noé, ocasião em que todos os humildes e resignados retomaram suas vidas e voltaram à liberdade da natureza.

Os egoístas, irônicos, mesquinhos, indiferentes, preguiçosos, arrogantes, àquela altura, estavam todos mortos afogados.

Nós chegaremos a algum lugar tanto quanto aportamos na acolhedora chácara depois de uma caminhada de incertezas e lutas.

A misericórdia divina colocou muitos em nosso caminho para nos ajudar a chegar até aqui e, se nos recordarmos do passado, entenderemos como a vontade do Pai se faz em nossas vidas de forma sutil, mas firme. Graças a ela, encontramos Cláudio, que, encontrando Domício, acabou encontrando Fábio, que encontrou Serápis e, assim, descobriu Demétrio, Lúcio e Lúcia. Todos encontramos Jesus e, por causa dele, eu encontrei Flávia, que também encontrou vocês e, assim, pudemos viver momentos de alegria em família.

Mas ao mesmo tempo que a mesquinhez dos homens nos

afastou, colocando você e seu irmão na condição de sequestrados e eu na de exilado, essa mesma Misericórdia sublime nos fez embarcar no mesmo navio, cuidou que Tito não os matasse, nos fez achar o capitão generoso, Caio, que nos ajudou.

O tempo correu e, juntos, encontramos alegrias, progressos, e a Misericórdia de Deus nunca nos abandonou, nem mesmo quando nos permitiu servirmo-nos deste humilde animal que nos transporta desde que saímos da chácara, que toma chuva e passa frio mais do que nós dois, que tem de trabalhar para que nos salvemos das agruras do caminho, que come qualquer coisa sem exigir pratos diferentes e que, humilde como Noé, nos ensina a entendermos que a Misericórdia de Deus está em todos os lugares, sempre tentando fazer o melhor para cada um que a aceita e a escuta, sem exigir suas explicações ou seus motivos.

Graças a esta carroça, meu filho, estamos vivos e endereçados a um destino que, sabemos, Deus prepara com carinho e amor de um Pai que não se olvida dos que Ama.

Calara-se Décio, impressionado com a fluência das próprias palavras, que se sucediam em uma torrente de conceitos luminosos, provocada pelo contato direto das mãos benditas do espírito Zacarias, que os acompanhava em todo o trajeto, fornecendo forças e ajudando naquilo que podia.

O caminho seguia adiante, mas, naquele momento, aproximando-se de um vilarejo isolado, Décio achou por bem interromper a marcha e descansar na estalagem.

Desceu e acertou os detalhes para a acomodação dos poucos pertences, para dar descanso ao animal e guarida ao meio de transporte de que necessitariam para seguir adiante, para obterem alimento e recursos para um banho, depois de muito tempo sem fazer a higiene completa do corpo e, finalmente, uma cama para que pudessem descansar e se tratar.

Para tudo isso, o proprietário do local exigiu pagamento adiantado, o que fez com que Décio quase extinguisse os recursos de que dispunha.

Felicitado com a condição de bom pagador, o dono do local não pôde protestar quando Décio trouxe para o interior, em direção às acomodações rústicas, mas protegidas, o filho cego e ferido, apesar de sentir-se contrariado por ter que acolher um deficiente, considerado por muitos como portador de maus presságios.

Décio sabia desses preconceitos desumanos a dificultarem qualquer tipo de acolhimento mais generoso. Por isso, não protestou em pagar antecipadamente já que, de posse do dinheiro, poucos se permitiriam devolvê-lo para não acolher o filho doente. Mais comum era que engolissem seus medos e preconceitos para poderem guardar no bolso o peso das moedas.

Assim se deu e, não demorou muito, ambos já ocupavam um quarto simples, mas abrigado da noite fria, tanto quanto já haviam comido o suficiente para espantar o fantasma da fome que rondava seus passos e consumia suas reservas de forças.

No entanto, ali começava a despedida de Décio do mundo físico, já que parecia que lhe faltava apenas abrigar Lúcio das intempéries do mundo estranho para que sua tarefa se desse por concluída na Terra.

A noite chegou e a febre tornou-se mais devastadora.

Procurando não assustar o filho cego e doente, Décio se via no estreito limite da lucidez, à beira do delírio, o que impôs que acordasse o filho para revelar-lhe a precariedade do estado de saúde em que se achava.

Assim que Lúcio trouxe a pequena candeia que permanecia acesa nas proximidades da cama, atendendo às orientações de Décio, o pai adotivo lhe comunicou seu estado debilitado, trêmulo em decorrência da febre abrasadora, dando-lhe as instruções antes de perder a consciência.

Falou para Lúcio do que lhe restava em termos de dinheiro, passando às suas mãos a pequena sacola que abrigava os poucos recursos remanescentes. Explicou que, segundo seus sentimentos mais profundos, ele não sobreviveria mais do que algumas horas, já que entrevia, nas penumbras do quarto pequeno, vultos que dele se acercavam, sorridentes e fraternos, como que a lhe darem boas-vindas para o regresso à casa do Pai.

Assim, antes de perder a consciência completa, orientou o filho para que não gastasse seus poucos recursos com os cuidados funerários, que não perdesse tempo em permanecer ali naquela estalagem e que seguisse adiante para alguma cidade maior, já que ali ele ficaria exposto a muita maldade enquanto que, em um centro maior, sempre era mais fácil encontrar um pouco mais de bondade nas pessoas, até porque haveria mais romanos nos grandes ajuntamentos populacionais. Ali só havia pessoas nativas do local, diferentes nos costumes, nos hábitos e na forma de tratamento para com aqueles que eles considerassem estrangeiros.

Lúcio ouvia, emocionado e triste, tentando fazer com que o paizinho não se permitisse morrer, deixando-o sozinho.

Entendendo seu drama pessoal, Décio respondeu-lhe carinhoso:

— Filho, lembre-se da nossa conversa de ontem, na carroça. Deus conhece você e sua Misericórdia está buscando meios de amparar a sua condição. Mantenha-se atento, humilde, confiante no Pai porque, se para mim a jornada não demorará em encerrar-se na Terra, para você ela deve prosseguir.

Ore muito e lembre-se de Jesus como o melhor amigo que você possui. Sua cegueira será sua aliada e não se permita odiar os que não o amarem ou entenderem. Siga adiante porque esses são os testes de que você necessita para demonstrar sua convicção no Bem.

Amigos invisíveis o ajudarão sempre, como sempre me ajudaram, e as mãos de luz guiarão seus passos. Nunca desanime nem desista...

A palavra, agora, tornava-se difícil, misturada com delírios febris.

Vendo o estado de descontrole, Lúcio, mesmo na escuridão de seus olhos mortos, saiu a pedir ajuda, tateando as paredes e gritando por alguém que pudesse atender.

Depois de algum tempo, o proprietário da estalagem acudiu, encaminhando-se para o quarto de Décio, que ardia em febre e se mantinha na inconsciência.

Diante do seu estado, o homem se ocupou de procurar os poucos recursos que tinha para tentar ajudar. Chamou a mulher que, rápida, trouxe água e compressas para diminuir a febre, providenciando os remédios caseiros de que a prática diária lhe permitia valer-se para o atendimento de estados como aquele.

Ao amanhecer, a febre um pouco controlada pelas medicações e o estado de lucidez mais recuperado, Décio voltou a conversar um pouco, agradecendo aos seus improvisados enfermeiros pela ajuda que lhe era oferecida, rogando-lhes que cuidassem do filho enfermo, já que ainda não sabiam que Lúcio estava, igualmente, fragilizado pela ferida do ventre, necessitando de cuidados.

Um curandeiro da região foi trazido e, depois de ver o estado geral do doente, ordenou a preparação de algumas beberagens, que se mostraram inócuas ou inúteis para a reversão da enfermidade que, atingindo os pulmões, se espalhava pelos demais órgãos do corpo sem defesa.

Ao final daquele dia, Décio voltava à inconsciência, depois de despedir-se, emocionado, do filho, a quem pediu para beijar as mãos, em sinal de gratidão por ter-lhe sido a companhia, ao mesmo tempo em que Lúcio beijava, em desespero, as velhas e rugosas mãos daquele que desempenhara o papel do pai que nunca conhecera na vida, desde o nascimento.

Pela primeira vez, Lúcio sentira de perto a condição solitária de não poder contar com mais ninguém além de si próprio.

Ao anoitecer, a agonia dolorosa de Décio terminou e, com a frieza natural das pessoas que se fizeram duras ao contato com as durezas da vida, o dono do local determinou que se procedesse ao enterramento quase que imediato do corpo, em local afastado e, de preferência, ainda durante a noite, para que a morte não viesse a prejudicar os seus negócios, espantando os poucos clientes que ali paravam para matar a sede ou para dormir um pouco.

Como Décio não tinha parentes e como o único que possuía era Lúcio, igualmente doente além de cego, o estalajadeiro deu-se pressa em se livrar da incômoda ocorrência, mantendo o deficiente no quarto com a desculpa de que iria receber o tratamento para suas feridas, sem que, em realidade, fosse esse o verdadeiro intento. O motivo principal era, realmente, afastá-lo da visão dos outros usuários de sua estalagem, consumidores de suas bebidas e sua comida simples ao longo do dia.

Lúcio mantinha-se obediente no quarto, enquanto a mulher do proprietário providenciava uma empregada da casa para ajudar o jovem no curativo da ferida. O estado dela era de impressionar os olhos menos experientes, o que repugnava a qualquer pessoa que, sem o preparo do afeto, se visse obrigada a fazer aquele serviço.

Naturalmente que a empregada, depois de ver-lhe o aspecto e

colaborar pela primeira vez com seus cuidados, recusou-se a voltar ali para fazer novos curativos, alegando que não ganhava para isso e que preferia ser demitida a ter que atender aquele quase pestoso.

Não tardou para que, sem a proteção de Décio, o estalajadeiro comunicasse a Lucio que não poderia mais mantê-lo ali, o que viria a prejudicar seus interesses pelo afastamento da clientela. Já havia conseguido evitar o prejuízo com a ocultação da morte de Décio, mas não poderia continuar exposto ao mesmo risco com a manutenção de seu filho doente e cego no mesmo estabelecimento que abastecia outras pessoas.

Que se preparasse para a viagem porque, naquela mesma noite, a carroça estaria esperando por ele para seguir em frente.

A sua condição de cego não impediria que ele partisse, já que o proprietário, mediante o pagamento de pequena gratificação, convocara o mesmo indivíduo que sepultara Décio para transportar o rapaz e suas coisas até um outro vilarejo maior, onde ele deveria ser deixado para que se virasse para sobreviver.

Assim, com a chegada da noite, depois que os poucos clientes se afastaram para voltar às suas casas, lá estava a mesma carroça pronta para receber o cego e seus pertences, estacionada nos fundo da estalagem, com um desconhecido envolvido por cobertas para a proteção contra o frio noturno a esperar para ao transporte de sua carga infeliz até o próximo destino.

Ali estava Lucio, novamente, sendo levado por um desconhecido, a fim de que suas dores e seu aspecto doentio fossem administrados por outras pessoas.

Testemunhos Individuais

Dessa forma, sem a proteção de seus verdadeiros amigos, em uma terra estrangeira, sem contar com o apoio de ninguém, sem ter capacidade de enxergar, com uma ferida no corpo que reduzia ainda mais a sua mobilidade, tornando-o ainda mais dependente de qualquer um, Lúcio encontrava pela frente o momento crucial no qual o velho Pilatos precisaria aprender a enfrentar o fruto amargo de seus atos, nos testemunhos indispensáveis que servirão de avaliação para o nosso verdadeiro aprendizado.

E ainda que as mãos amigas das entidades fraternas o acompanhassem, esse momento de solidão e aparente abandono era necessário para o amadurecimento de seus valores, de sua confiança em Deus, humildade e resgate de seus compromissos pesados do passado.

A jornada noturna prosseguiu por longo trajeto, entre marchas e paradas, sendo que o condutor da carroça, sem nenhum escrúpulo ou caridade, carregava na mente a ideia de espoliar aquele infeliz.

Assim, antes que chegassem ao novo vilarejo, o infeliz condutor já tinha estabelecido seus planos, graças aos quais – pensava ele – iria conseguir mais algum lucro daquele transporte.

Cobiçava a carroça e o animal que haviam servido a Décio e Lúcio até aquele momento.

Por isso, depois de atingirem as cercanias do novo destino, quando os raios solares tingiam de rubro o céu, no anúncio da nova aurora, o condutor informou ao cego que tinham chegado ao destino.

No entanto, faltava ainda um bom pedaço de estrada para que se vissem, realmente, em contato com as pessoas naquele novo burgo. Sem se atentar para as necessidades do infeliz passageiro, os planos do condutor para se apropriar do veículo envolviam a necessidade de não chegar até a cidade com a carroça, mas, sim, voltar com ela do caminho, o que o obrigava a deixar Lúcio a pé já que, na presença de outras pessoas, o rapaz poderia dizer que a carroça lhe pertencia e não ao condutor.

Por isso, a determinada altura do caminho, o indiferente manejador das rédeas do carroção informou a Lúcio que haviam chegado e que era necessário descer.

Sem poder ver onde estava, o rapaz, com muito esforço, desceu do veículo, no que foi ajudado pelo homem que, com medo de se contaminar com os objetos e pertences do cego, recusou-se a ficar com qualquer coisa que lhe pertencesse, descarregando a pouca e leve bagagem.

– Você deve caminhar mais um pouco porque, daqui para a frente, a carroça não pode seguir por causa da estrada ruim. Vou colocar você na direção e nos encontraremos na cidade porque precisarei fazer outro caminho.

– Mas, seu moço... eu não sei para onde ir... me leve com você...

No entanto, enquanto falava isso, escutava o barulho da carroça que se afastava e o homem a gritar para que seguisse em frente, sempre em frente...

Naturalmente que, naquele instante, Lúcio se deu conta de que o manejador do veículo se estava evadindo, levando o único meio de locomoção que poderia servir-lhe. Estava sendo furtado pela primeira vez na nova condição de vítima, não apenas nas coisas materiais, mas, sobretudo, nas esperanças do futuro.

Um impulso de ódio brotou-lhe do íntimo e sua garganta estava pronta para esbravejar os piores palavrões que os xingamentos populares usam para extravasar a inferioridade dos sentimentos humanos. No entanto, quando pensava em vomitar os impropérios, sentiu um calor estranho no próprio coração e, sem conseguir proferir nenhuma palavra, pôs-se a chorar diante da própria desdita.

Acabava de perder Décio, o único verdadeiro amigo que tivera, sepultado no vazio do desconhecido, e isso o fazia relembrar a trajetória de uma vida que, apesar de tão breve, já se mostrava tão desditosa. Fora abandonado pelo genitor ao nascer, uma vez que chegara à Terra debilitado e enfermo. Depois, foi usado como mercadoria para conseguir esmolas. Mais adiante, quando trabalhando honestamente, foi sequestrado, o que o privou do carinho materno. Agora, abandonado por tudo e por todos, se via roubado da única forma de transportar-se menos penosamente.

Como sobreviveria?

Enquanto pensava nisso tudo e as lágrimas rolavam pelo seu rosto, uma ideia insidiosa lhe passava pela mente:

– Matar-se. Isso mesmo... morrer seria mais fácil e aliviaria a vergonha de uma vida inútil...

Por que não? Morrer aqui seria o coroamento digno de uma existência de dores atrozes e de desilusões completas. Jamais seria uma pessoa respeitada naquele mundo, onde os preconceitos faziam os destinos das criaturas. Seria sempre o cego ridicularizado pela maioria, aquele que dependeria de esmolas para comer, aquele no qual as crianças travessas jogariam pedras, excrementos, aquele que teria que lavar as moedas que se misturavam aos escarros na caixinha de ofertas. Seriam amargos seus dias, sempre cheios de lágrimas. Por que esperar por elas? Melhor não seria abandonar este mundo e acabar no nada, já que as dores se sucediam em dores piores?

Estava doente, seus ferimentos não melhoravam, suas pernas doíam, sua fraqueza não se refizera com o descanso turbulento das últimas noites e, agora, lhe restava uma caminhada, às cegas, para chegar a outro vilarejo desconhecido, como um forasteiro desgraçado que aporta no meio de pessoas que estão com suas vidas razoavelmente arrumadas, e nas quais não existe lugar para mais alguém, principalmente para um rapaz como ele.

Todos estes pensamentos lhe brotavam do íntimo por força da fragilidade de seu caráter, a aconselhar-lhe a mesma conduta aparentemente fácil da última existência quando, despido de todas as pompas e regalias, Pilatos aceitara sair da vida pela forma mais dolorosa: a via do suicídio.

Agora, na nova jornada humana, seu espírito fora levado a condições de penúria e degradação material para que, dentro da preparação que fizera antes de renascer, acabasse testado nesse poder de resistir ao mesmo erro, de impedir a mesma queda, de vencer a mesma fraqueza que o fazia fugir diante da vergonha, da derrota, da penúria e da desonra.

Não eram pensamentos originados na ação nociva de nenhuma entidade perturbadora que, de forma insidiosa, se fazia sentir para induzi-lo ao sofrimento suicida, não.

Eram suas tendências, as mesmas marcas ou vincos que nós decalcamos em nossos espíritos através de nossas atitudes no Mal tanto quanto no Bem e que regressavam à tona de nossa personalidade, despertadas de sua dormência pela experiência que o fazia sofrer, que o desafiava e que parecia querer derrotá-lo.

A personalidade arrogante e depressiva de Pilatos era convocada ao presente para, na forma de Lúcio, aconselhar seus comportamentos e interferir em suas condutas.

Nesse momento, o jovem não poderia ser auxiliado por nenhuma entidade amiga já que, naquela hora, sua capacidade pessoal de reação é que estava tendo a oportunidade de manifestar-se.

Deveria encontrar em si mesmo os recursos para defender-se, as forças para não aceitar a mesma conduta criminosa do passado e a coragem para poder agir por si mesmo, sem interferências dos que o amavam e protegiam.

Isso porque, desde que se viu com alguma consciência na nova existência, como filho de sua antiga amante Fúlvia, foi cercado de conceitos e ensinamentos enobrecedores, através dos quais, a coragem da fé, a certeza da vida, a compreensão do Amor de Deus através do Amor de Jesus permearam suas ideias, recebendo demonstrações dessa afetividade através do carinho de Décio, de Cláudio Rufus, de Flávia, de Lúcia, sua irmã, entre outras criaturas.

Ali encontraria material para pavimentar as novas construções ou para atirar para longe de si mesmo e preferir a repetição das antigas quedas.

O exemplo já lhe havia sido dado, sem contar a proteção e a intuição dos amigos invisíveis, dos espíritos que se comprometeram em auxiliar a sua jornada nova, os quais, em nome da Celeste Misericórdia, empreendiam esforços para que aquela não fosse uma vida desperdiçada na pauta reencarnatória de Pilatos, que já havia ignorado muitas oportunidades de crescimento.

Agora, ao mesmo tempo em que as privações o convocavam a uma decisão, os ensinamentos de Décio, ao longo daqueles oito anos de convivência diária, precisavam fazer a sua parte no íntimo de Lúcio para que, germinando de forma a dar-lhe novas esperanças, fossem aceitos como fatores impeditivos de nova queda desastrosa.

Desse modo estava Lúcio, entre lágrimas de autopiedade e pensamentos sinistros, tendo pela frente uma jornada incerta e perigosa para a precariedade de seus recursos.

– Sim – pensava ele – morrer seria mais fácil, mas ali, no meio do nada, não teria como matar-se rapidamente, o que tornaria seus padecimentos ainda mais atrozes. Até mesmo para matar-se, precisaria chegar até a cidadezinha, cujos ruídos, ao longe, ele conseguia captar pela sensibilidade auditiva aumentada pela falta de visão.

E, ainda que com a ideia de morte a rondar-lhe o pensamento, decidiu seguir adiante para ver se conseguia chegar até a urbe, como esforço final para, depois, quem sabe, encontrar o descanso eterno na mão do vazio aliviante da morte.

Não foi sem muita dor que, passo depois de passo, tropeçando, caindo e levantando, quase ao meio-dia Lúcio chegou à periferia das casas, praticamente desfigurado e sem forças.

Assim que escutou vozes de crianças que brincavam, barulhentas, entendeu que nelas estaria a sua esperança de alguma ajuda.

Precisava de um pouco de água, estava com dores e exausto.

Apalpou as paredes da primeira construção que identificou pelo tato, procurando uma região onde o calor do sol não o ferisse mais ainda, sentou-se no chão e, percebendo a proximidade da algaravia dos meninos, procurou falar-lhes, com voz abatida e fraca:

– Hei, meus amiguinhos, algum de vocês pode me ajudar com um pouco de água? Eu não enxergo e estou muito doente...

Percebeu que o barulho dos jogos infantis se interrompeu por um lápso de tempo e foi substituído por palavras infantis, misturando surpresa e curiosidade:

— Alguém ouviu uma pessoa pedindo água? – perguntava um.

— Eu ouvi – respondia o outro.

— Eu também, mas não sei de onde veio...

— Olha, veio dali, na sombra da casa do Morán...tem um moço sentado...

— Nossa, como ele está sujo... será que está doente?... vamos ver...

— Ah! Cuidado... nossa mãe sempre falou para não ficarmos perto de gente estranha...

E vendo que a conversa dos meninos ia nesse sentido, Lúcio falou, como numa súplica:

— Sua mãe tem razão, meu amiguinho, mas, vejam bem, eu não posso lhes fazer nenhum mal. Eu sou cego e estou com tantas dores, que não me aguento de pé.

Vendo que o jovem estava à beira das lágrimas, as crianças perceberam que seu sofrimento era muito grande e, num instante, os temores foram substituídos por uma compaixão que só o coração puro das crianças é capaz de sentir em profundidade e que os adultos acabam perdendo quando crescem e se metem nos problemas da vida, nas mentiras do interesse, nos jogos da conquista.

Ali, no entanto, estavam aqueles a quem Jesus havia aconselhado que todos nós nos assemelhássemos, aqueles cujo impulso no Bem representava a única esperança daquele jovem explorado e roubado pelos adultos.

— Ramón, ele está quase chorando de dor... vá lá na sua casa e traga um pouco de água.

— Quem sabe ele também está com fome... falou o outro, vendo a tragédia do rapaz quase caído ao solo. Vou ver o que é que consigo para ele...

— Eu vou ficar aqui, conversando, para saber o que mais ele precisa – falou um terceiro...

— Vamos, vamos pedir ajuda para ele, é nosso amiguinho também, está sofrendo mais do que a gente...eu já fiquei doente uma vez, quando caí da árvore e machuquei minha perna... não é fácil, não...

E assim, enquanto seu pensamento infeliz se via inclinado a partir da vida, como a fugir da desgraça, vitimado pela indiferença dos adultos que, recentemente, o haviam expulso da estalagem para não perder fregueses, e haviam-no espoliado da carroça protetora, aqueles meninos inocentes e fraternos sabiam se fazer solidários com suas dificuldades. E em pouco tempo, de três ou quatro, umas dez crianças rodeavam Lúcio, cada uma carregando alguma coisa para dar ao novo amigo, uma vez que as primeiras que viram a sua penúria, falaram da sua situação para outras que, do mesmo jeito, queriam conhecer o novo visitante.

Brotavam, das mãozinhas sujas e ávidas em ajudar, frutas simples, colhidas nas árvores próximas, pedaços de pão roubados da cozinha das próprias casas, uma cuia de água fresca trazida gotejando, pela pressa de outra criança feliz em aliviar-lhe a sede.

Um outro menino, junto com sua irmã, veio correndo e trouxe um gorro para que Lúcio protegesse sua cabeça, mas que, como pertencia ao próprio menino, era muito pequeno para caber-lhe. Mesmo assim, o garoto disse para que ficasse com aquilo, que poderia servir para alguma coisa.

Aquele foi um alvoroço no coração dos pequeninos que, reunidos ao redor do infeliz ceguinho, sentiam o impulso que o verdadeiro amor produz diante da necessidade cruenta de um outro ser.

As próprias crianças sabiam que alguns adultos maldosos não iam gostar de saber que um novo morador da cidade estava ameaçando a segurança de seus filhos e, por isso, entre eles, fizeram um pacto de silêncio, como se aquele fosse um segredo de todos.

– Vamos ajudar nosso amiguinho, mas não podemos deixar que os grandes saibam, porque isso pode significar problemas. O pai do Miguel é muito bravo e não gosta de ajudar ninguém.

– É verdade. Mas nós temos que arrumar algum lugar para que ele fique abrigado.

– Olha – respondeu o menino de nome Luiz – no fundo da minha casa tem um quartinho onde meu pai coloca o milho que colhe na época em que as espigas ficam maduras. Como ele está começando a plantar agora, acho que ali podemos colocar nosso amigo para que fique protegido. Além disso, minha mãe sempre falou que devemos ajudar os que sofrem porque, um dia, nós também sofreremos e vamos precisar que nos ajudem.

– Isso mesmo, Luiz, acho que lá é um bom lugar. Além disso, sua casa fica perto e podemos ir pelos fundos dos terrenos até chegarmos lá, sem chamar muito a atenção. Por isso, acho que devemos fazer isso no fim do dia. Eu e mais dois de vocês vamos arrumar as coisas por lá, colocar uns panos para ele não passar frio, levar alguma comida e um pouco de água, aproveitando que nossos pais estão no campo trabalhando.

– E nós vamos levar nosso novo amigo para um lugar melhor e menos visível para que os mais velhos não o descubram.

– Vamos lá, então.

Lúcio não sabia o que dizer, diante das decisões daqueles que o haviam adotado e que passavam a cuidar de sua vida, sem sequer lhe perguntar se ele queria isso daquela forma. Na sua feição entusiasta e pura, as crianças só viam a necessidade de ajudar, de fazer alguma coisa, de amparar o sofrimento daquele novo amiguinho. Afinal, Lúcio, nos seus dezessete anos, ainda não aparentava a idade adulta e, por isso, era visto pelos menores como um amigo mais velho e não como um homem perigoso.

Com isso, os meninos se dividiram e puseram em prática seus planos.

Com a ajuda dos que ficaram, Lúcio fez os esforços que podia para deslocar-se até um lugar menos exposto. Foi então que, diante de sua dificuldade, os pequenos puderam ver como ele estava doente, fraco e ferido.

As duas meninas, irmãs dos garotos que lideravam esse movimento, mais sensíveis e previdentes, pediram para ver o que estava acontecendo em sua barriga e, com a permissão de Lúcio, que levantou a pobre vestimenta, visualizaram as bandagens sanguinolentas que, há quase dois dias, não eram trocadas.

– Manoela, isso não pode ficar desse jeito, está muito feio. Precisamos arrumar uma forma de limpar esse machucado.

Lúcio, no entanto, que sabia que aquilo poderia causar repulsa às meninas, procurou dar uma outra solução ao caso, dizendo:

— Minhas amiguinhas, se vocês arrumarem um pouco de água e uns pedaços de pano limpos, eu mesmo faço a limpeza e isso me ajudará muito, sem que vocês precisem ficar vendo essa coisa feia e malcheirosa.

A postura humilde de Lúcio fazia com que a simpatia das meninas por ele aumentasse, o que produziu ainda mais desejo de ajudar.

— Nós vamos ver o que podemos conseguir, disse Cármem, apoiada em Manoela que, da mesma forma, afirmou que não teria nojo nenhum e que já havia feito um curativo no irmão, aquele mesmo que havia caído da árvore e se machucado.

Assim, protegido das vistas alheias e, agora, contando com um pequenino exército de ajudantes espontâneos, que se desdobravam para aproveitar o tempo fazendo alguma coisa de útil, Lúcio sentia que uma onda de esperança penetrava sua alma abatida e, conquanto o corpo continuasse débil, seu espírito, agora, se lembrava das palavras de Décio, com relação a Jesus e seus conselhos.

"Conhece-se a árvore pelo seu fruto. A árvore má não dá bom fruto e a árvore boa não dá mau fruto. O homem de bem tira boas coisas do bom tesouro de seu coração e o homem mau as tira más, do mau tesouro do seu coração..."

"Aquele que não for como um desses pequeninos, não poderá entrar no reino dos céus."

"Meus discípulos se reconhecem por muito se amarem."

"O próximo é aquele que tratou o infeliz com compaixão e misericórdia quando o encontrou caído na estrada, vitimado por enfermidades e pelos ladrões."

— Sim, – pensava Lúcio, renovado – eu sou aquele infeliz que, ferido e roubado, foi abandonado na estrada para que morresse.

Eu estive dentro de uma hospedaria cujo dono me expulsou. Aquele homem deveria estar fazendo o papel do sacerdote que, hospedado à sombra do Amor de Deus, não acolhia os que sofriam, fingindo que não os via.

Depois, fui transportado por um homem que me abandonou ao final do caminho e me furtou o pouco valor que possuía. Esse deveria ser o levita, aquele que podia fazer o julgamento, defendendo os inocentes contra a ação dos malfeitores, mas, interessado em seus próprios negócios, tornou-se indiferente ao sofrimento de seu próximo.

E estas crianças devem ser aquele samaritano que, tendo compaixão do seu sofrimento, tratou de suas feridas, arrumou-lhe uma estalagem, responsabilizou-se por seu tratamento e, na volta, pagou a conta da hospedagem.

Esses pensamentos, construídos na solidão de seu sofrimento, serviam-lhe de alento ao espírito, elevando seus potenciais de esperança e, por alguns instantes, faziam com que se esquecesse de tirar a própria vida. O amor dos pequeninos havia aquecido seu coração e feito com que ele próprio pudesse entender melhor os ensinamentos daquele Jesus que não deveria ser conhecido por aquelas crianças.

Assim, a noite chegou, encontrando-o no interior de modesto, mas acolhedor paiol de milho, esvaziado da colheita anterior, mas preenchido pelo carinho dos meninos e meninas que, orquestrados qual bando de passarinhos cantantes, organizaram as coisas para que não lhe faltasse o mínimo essencial, para não perecer exposto na noite fria. Preencheram os buracos das paredes com a palha seca que encontraram por ali, para evitar que o vento frio fustigasse muito o seu corpo cansado e, antes que os pais voltassem do campo, todos já estavam em suas casas, para evitarem suspeitas e atrapalhações, felizes e eufóricos, com os olhos brilhando pelo orgulho de terem feito alguma coisa por alguém que sofria.

Naquela noite, o pacto do silêncio foi cumprido por todos e nenhum deles falou sobre Lúcio que, agasalhado e alimentado, conseguiu dormir, apesar do frio que fazia lá fora, aquecido que estava no próprio coração pelo carinho espontâneo das crianças daquele lugar.

* * *

Por sua vez, Tito e Fábio, vencendo os mesmos desafios que Décio e Lúcio haviam enfrentado, sentiam-se estimulados a seguir adiante, sobretudo por saberem que Lúcio estava vivo e poderia ser encontrado.

Imaginando que ele e seu acompanhante estavam fugindo da caça impiedosa dos vingadores da morte da jovem, escolheram seguir pelas trilhas menos exploradas, pensando como pensaria um fugitivo, para que pudessem andar pelos rumos mais prováveis a fim de se aproximarem do seu objetivo.

Mais saudáveis e preparados, conseguiram cruzar os Pirineus de forma menos dolorosa e cansativa, não tardando muito para defrontarem-se com o mesmo vilarejo onde, semanas antes, Décio e Lúcio tinham passado.

Chegando ao local cerca de quinze dias depois da morte de Décio, mantiveram a mesma tática que estava dando certo desde o início. Procuraram estalagens nas quais através das conversas das pessoas, acabassem se informando de algo relevante, já que, agora, buscavam um ancião acompanhado por um cego.

De hospedaria em hospedaria, chegaram àquela em que Décio perdera a vida física e solicitaram pousada.

Vendo-lhes o estado de forasteiros estrangeiros, esmerou-se o dono do local em favores e reverências, procurando colocá-los nas melhores acomodações e garantir-lhes alimentação de primeira.

Ao mesmo tempo, destinou-lhes o serviço da mesma jovem que fora obrigada a fazer o curativo em Lúcio no dia seguinte à agonia de seu paizinho adotivo.

Percebendo que a jovem tímida poderia ser importante fonte de informações, assim que puderam ver-se a sós, tanto Fábio quanto Tito se fizeram mais amistosos e, agradecidos pelos seus serviços, depois de remunerá-la de forma pouco comum para uma empregada, tocaram no assunto sobre a busca dos dois amigos.

Disseram que eram velhos conhecidos e que traziam notícias importantes da velha Roma para entregar-lhes com urgência e que, sabendo que estavam transitando por aqueles lados, precisavam encontrá-los com certa urgência.

O olhar brilhante da jovem denunciou-lhes o conhecimento que nutria a respeito de alguma coisa.

O temor inicial, assim, foi superado quando Tito fez brilhar nova moeda ao olhar surpreso da jovem.

— Mas o que eu lhe contar, meu patrão não pode saber que contei, pois ele me manda embora na hora se souber que fiquei falando coisas por aí que possam prejudicá-lo.

— Esteja certa de que nada sairá destas paredes – respondeu Tito, seriamente.

— Estiveram por aqui, sim, um senhor e seu filho, um cego, que estava muito doente, com uma enorme ferida na barriga.

São eles – pensou Tito. Afinal, ele se lembrou de que Lúcio tinha o referido ferimento desde Roma, quando embarcou com os pequenos para a fatídica viagem.

No entanto, essa certeza foi disfarçada para não intimidar o depoimento da jovem.

— Mas onde estão eles, então?

— Infelizmente, não sei, meu senhor. O ancião morreu aqui mesmo neste quarto e, na mesma noite da morte, meu patrão mandou enterrar longe daqui para não lhe causar prejuízos pelo afastamento da freguesia, o senhor sabe como é que funcionam estas coisas...

— Sim, eu sei. Mas e o cego?

— Logo no dia seguinte, durante a noite alta, meu patrão contratou um homem daqui para levá-lo adiante, para um outro lugar que eu não conheço.

— E quem é esse homem?

— Está por aí, ora aparece, ora some. O que sei é que acabou voltando com a carroça que levava o ceguinho. Não sei se ganhou, se comprou ou se roubou porque, afinal de contas, o indivíduo não vale lá o prato de comida que come.

— Você mostra quem ele é, quando ele aparecer por aí?

— Se o senhor guardar segredo, assim que ele aparecer eu o aponto para vocês.

E assim, no dia seguinte, Tito e Fábio puderam conhecer o mencionado indivíduo que, estacionando a carroça na frente da estalagem, nela ingressou, sorridente, para tomar os costumeiros tragos de bebida, na cumplicidade que mantinha com o dono do estabelecimento, conhecidos que eram um do outro, desde longa data.

Vendo que o homem gostava de negociar, Tito e Fábio se aproximaram perguntando se ele poderia colocar um preço para um transporte dos dois a um destino próximo.

Estimulado pela possibilidade de negócio fácil, valendo-se da própria carroça roubada, Benito se colocou à disposição dos viajantes que, alegando cansaço da jornada a pé, gostariam de fazer o próximo trajeto contando com o transporte animal, atenuando-lhes o esgotamento.

O destino eles comunicariam ao condutor no momento da partida, que ficou acertada para o dia seguinte.

E, então, no amanhecer do outro dia, os três estavam sobre a mesma carroça que, semanas antes, havia transportado o amigo perdido há tanto tempo. Agora precisavam saber o destino e isso lhes seria facultado pelo próprio Benito, cuja maldade estampada nos olhos cobiçosos fazia Tito supor, experiente como era, que a carroça lhe fora uma conquista da astúcia, da ilicitude e do crime, aproveitando-se de um impotente rapaz cego.

No entanto, as conversas seguiam amenas até que a carroça tivesse deixado as proximidades da estalagem, ocasião em que Tito se referiu à procura do jovem cego, para o qual precisavam entregar uma mensagem urgente de Roma.

Como sabiam que Benito trazia o interesse acima do próprio raciocínio, Tito fez com que soubesse que, se tivesse êxito nessa missão, poderia recompensar generosamente a pessoa que o levasse até o destino. E segundo informações conseguidas na estalagem, Benito poderia ajudar na busca já que, semanas antes, um rapaz, cujas características correspondiam à descrição daquele jovem que buscavam, havia estado por ali e, talvez, tivesse alguma informação que os levasse até o moço.

Experiente, Tito não disse que sabia que fora Benito que o havia transportado, mas que, como o cego tinha estado por aquelas bandas, talvez ele houvesse sabido alguma coisa.

Benito se viu desafiado pela tentação da recompensa e pelo abandono que cometera com relação ao jovem que, a estas alturas, já poderia ter morrido no terreno hostil no qual fora deixado.

Não podia revelar esta história verdadeira ao viajante que agora conduzia. Fazendo parecer que buscava, no mais profundo da memória, uma referência a tal pessoa, Benito, por fim, confirmou a informação de que havia comprado aquela carroça de um homem que, dias antes, havia transportado um cego até as proximidades de outra cidade maior do que a pequena vila de onde haviam partido.

– Pois se você nos levar até lá e nós conseguirmos encontrar nosso amigo, posso garantir-lhe polpuda recompensa.

Cobiçando as moedas que já sentia em seu bolso, Benito aceitou correr o risco, imaginando que, cego como era o rapaz, ele não poderia ser identificado pelo moço como o ladrão de suas esperanças e da carroça. Para defender-se da eventual acusação de furto, inventara a estória de que comprara aquela carroça de outro homem. Garantiria assim o acesso à recompensa e, para tanto, precisava ajudar a encontrar agora, aquele mesmo cego que jogara no mundo, sem nenhum escrúpulo.

– Ora, – pensava consigo mesmo – se eu soubesse que aquele cego era tão valioso, eu mesmo o teria hospedado em minha choupana para ganhar ainda mais com ele...

E a carroça tomou o rumo que já houvera trilhado semanas antes, carregando Tito e Fábio, ansiosos por encontrarem aquele que lhes havia motivado a busca tão longa.

***

Junto das crianças, o destino de Lúcio havia ganhado outros contornos, mas o seu estado de saúde piorava muito, devido aos precários cuidados com seus ferimentos abdominais.

Assim, no dia seguinte, nem Manoela nem Cármem conseguiam fazer algo de eficaz, colocando em risco a vida do ceguinho que, agora, mais debilitado, já não tinha mais vontade de se alimentar.

A fraqueza o dominava e abria espaço para surtos febris que indicavam a infecção, que se mantinha resistente aos cuidados dos meninos.

Reunidos todos, acharam por bem contar sobre a situação do jovem à mãe generosa de Luiz e Manoela, aquela que sempre exortara seus filhos a ajudarem as pessoas.

Assim que chegou do trabalho no campo, os meninos a cercaram e informaram de que precisavam falar muito com ela.

Escutando, delicada, ficou surpreendida ao saber que todos estavam empenhados em salvar a vida de um rapaz desconhecido e, serenamente, deixou-se levar pelo grupo até o paiol da própria casa, onde deparou com o quadro triste de Lúcio, febril, abatido e sofredor, não sem antes ter prometido que ajudaria os meninos a salvarem o rapaz infeliz.

Domênica, emigrada romana, emocionou-se com o comportamento dos meninos e meninas e, imediatamente fez transportar Lúcio até o interior da própria casa, mais abrigada e quente para as noites frias daquele período do ano.

A alegria dos pequenos foi imensa ao ver o entendimento daquele coração maternal que, sensível à necessidade e à aflição de outro ser humano, não se negou a recolhê-lo, exemplificando para os próprios filhos aquilo que sempre recomendara que eles também tivessem: Misericórdia para com os que sofriam.

O marido, que inicialmente não aprovara muito a atitude da mulher, diante do quadro doloroso de Lúcio, não pôde adotar outro comportamento senão o de ajudar aquele infeliz.

E assim, aquela noite, todos passaram envolvidos com os cuidados ao rapaz que, finalmente, encontrara uma pousada humilde, graças às crianças que tiveram compaixão de sua dor física e moral.

**

Lembre-se, querido leitor, do que Jesus afirmava aos nossos corações:

MISERICÓRDIA QUERO, NÃO O SACRIFÍCIO!

Finalmente, o reencontro

Desde a sua chegada à pequena cidade, Lúcio se viu cercado do carinho espontâneo das crianças que, na sua maneira natural de ser, haviam se unido para salvar-lhe a vida, diminuindo seu sofrimento.

Da rua para o paiol e do paiol para a casa de Domênica, tudo parecia transcorrer por caminhos menos dolorosos, e a atenção de que se via destinatário preenchia seu coração vazio e desesperançado.

Ainda que os meninos se mantivessem interessados no sentido de colaborarem no tratamento e na recuperação do novo amigo, a atenção de uma pessoa adulta e carinhosa como a da romana, que abrira sua casa para recebê-lo, fora decisiva para que não perecesse no paiol frio e isolado, já que as crianças não sabiam como agir, e em tudo dependeriam de um adulto junto de quem precisariam conseguir mais provisões para o enfermo.

Com a proteção de Domênica que se fazia, em tudo, acompanhar pelo casal de filhos que criava naquelas paragens remotas, tentando infundir-lhes conceitos elevados de amor e respeito aos semelhantes, Lucio pareceu fortalecer-se um pouco, saindo da debilidade quase absoluta na qual se mantinha como decorrência da áspera jornada dos últimos meses, desde a saída da chácara na Gália Narbonensis.

Agora, tinha alimento fresco e quente nas horas fixas e proteção contra as forças da natureza que, a cada dia representavam uma ameaça à sua fragilidade.

Incapaz de enxergar, dependia ainda mais da ajuda alheia do que outras pessoas normais que, com maior facilidade poderiam encontrar os recursos indispensáveis à sobrevivência.

Para a maioria, caminhar era coisa sem importância, enquanto que, para ele, o menor buraco ou depressão no solo poderiam representar queda desastrosa, com machucados dolorosos.

Para pessoas normais, encontrar o que comer dependia, muitas vezes, de uma rápida busca pelas árvores da redondeza e da colheita dos frutos mais apetitosos e convidativos.

Para ele, no entanto, comer dependia da colaboração de alguém que o ajudasse a encontrar alimentos ou lhe fornecesse alguma coisa.

Por isso, a modesta casinha de Domênica representava o abrigo mais bem-vindo que sua indigência poderia esperar, verdadeiro palácio para suas necessidades, enquanto os pequeninos amigos, seus filhos, responsáveis diretos por sua salvação, eram aqueles que o cercavam de um sentimento espontâneo e verdadeiro, orgulhosos por terem ajudado um infeliz, como sempre havia sido recomendado pela mãezinha amorosa.

Com o carinho materno aprendiam quais cuidados deveriam adotar nos casos como aquele e, desde o preparo de alimentos simples e nutritivos até a maneira como limpar um machucado e aplicar remédios caseiros, feitos com as plantas disponíveis no terreno ao redor, tudo isso representava lições de amor das quais Domênica fazia partícipes os filhos, Luiz e Manoela, aqueles que compreendiam a língua materna e que, por isso, haviam sido capazes de entender os pedidos de socorro que Lúcio emitira quando de sua chegada ao povoado.

O pai ausentava-se durante a jornada diária para os cuidados com o campo agreste, onde a plantação aguardava a atenção de sempre. Enquanto isso, sua esposa e seus dois filhos permaneciam na enfermagem do rapaz que, apesar de melhor no estado geral, mantinha o ventre em preocupante estado, objeto de carinho por parte de todos.

Durante as noites, Luiz fazia questão de dormir no mesmo quarto que Lúcio, aceitando acomodar-se em um estrado improvisado pelo pai e recoberto com acolchoados feitos de pele de ovelhas, já que queria permanecer por perto do enfermo para o caso de ele precisar de alguma coisa, sobretudo porque, com essa atitude, desejava mostrar à mãezinha que entendia muito bem os seus conselhos e os seguia com fidelidade.

Domênica mostrava-se muito contente com a reação dos filhos

diante da necessidade de um desconhecido e, graças aos seus atos de amor, não apenas Lúcio conseguia uma estabilidade relativa na saúde do corpo, mas Luiz e Manoela podiam entender melhor as belezas da doação, enquanto iam aprendendo mais sobre os cuidados que os enfermos necessitam receber, para que isso lhes servisse pelo resto de suas vidas.

Os dias se passaram sem muitas modificações na vida daquela família simples a não ser, obviamente, pelo cortejo de crianças que, todos os dias, vinha visitar o doente.

Os dez meninos e meninas se apresentavam logo pela manhã, cada um trazendo alguma coisinha para dar ao rapaz.

Uns vinham com frutas colhidas na redondeza. Outras crianças traziam pedaços de pão ou bolachas simples que conseguiram junto de suas mães, depois de muito atazanar-lhes a vida, pedindo que lhes dessem alguma coisa para levar ao doente.

As crianças que não conseguiam algum alimento, traziam um raminho florido para embelezar o quarto de Lúcio, mesmo que ele não fosse capaz de enxergá-lo.

Cada um trazia a sua oferta e, ao chegar ao quarto onde estava, acercavam-se dele e, procurando-lhe as mãos, nelas colocavam os modestos presentinhos, para que Lúcio soubesse o que era. Esse ritual, essa quase cerimônia de cada manhã, representava uma verdadeira festa para sua alma, já que em momento algum de sua vida havia recebido uma tal consideração.

Os meninos e meninas se alegravam com sua alegria e bastava que soubessem que o visitante infeliz tinha alguma necessidade, que saíam em bando, como abelhas em busca do néctar, até que conseguissem aquele algo que lhe faltava.

Depois do encontro de cada manhã, a maioria se despedia e voltava para os seus lares ou partia para os folguedos de todos os dias, em uma época onde a carência de meios e a falta de projetos sociais não sabia suprir as necessidades de escola para todos os que cresciam.

No coração de Lúcio, a generosidade daquela gente simples fizera morrer a ideia do suicídio, que cedeu lugar a uma satisfação de viver, mesmo cego e doente.

Quando tinha ocasião de conversar com os filhos de Domênica, que não paravam de lhe perguntar as coisas, procurava lhes falar das belezas da vida, relatando suas experiências boas, pouco falando das dores da infância, dos processos de miséria, do seu passado de angústias na rua, ao lado de sua mãe e seus irmãos.

Falava de suas saudades dos parentes em Roma e do sonho que tinha em reencontrar a mãezinha que, já há muitos anos, não sentia ao seu lado.

E a figura de Domênica lhe inspirava ainda mais estas saudades.

Ele também havia tido uma mulher que se esmerava para superar todas as dificuldades e sofrimentos, que aceitara humilhar-se nas ruas sujas da capital imperial para pedir comida, que suportara todo o tipo de investida do mal e das tentações para, mesmo abandonada e sem recursos, conseguir-lhes alimento e agasalho honestamente.

A lembrança de Serápis aflorava ainda mais em seu coração, nos momentos de solidão naquela casinha, a produzir-lhe lágrimas quentes que caíam silenciosamente pelo rosto.

Quando alguém as testemunhava, Lúcio explicava serem uma mistura de gratidão pela generosidade com que estava sendo atendido e uma saudade dos tempos em que podia sentir o carinho da mãe.

Os membros daquela família se emocionavam também com a resignação e as palavras carinhosas que Lúcio tinha para todos, inclusive para o dono da casa, homem de bom coração, mas que, como era de se esperar, menos sensível ou menos aberto na demonstração de seus sentimentos.

Às vezes, Lúcio contava as coisas bonitas que havia aprendido com Décio, os conceitos elevados de vida muito parecidos com as virtudes vividas naquele lar. Os pequeninos escutavam as lições que Lúcio contava sobre aquele Jesus inocente que, puro e sincero, fora o Sol que viera ao mundo para ensinar aos homens aqueles sentimentos que ele só encontrara, fora de casa, na companhia de Décio e daquele grupo familiar.

A menção a Jesus não representou nenhum problema já que, tão afastados de tudo como eles se achavam, não havia por que temer a crença em uma nova seita, sobretudo porque os hispânicos não se sentiam obrigados aos mesmos cultos dos romanos tradicionais, nas suas manifestações religiosas.

Mas ligados aos cultos pagãos, todos daquela região se viam permeados por uma série de crenças vinculadas às divindades da natureza, aos sentidos univérsicos das forças superiores não materializadas em imagens ou símbolos humanos.

Por isso, as notícias que Lúcio lhes dava sobre aquele Jesus eram novidades emocionantes que, em nada, alteravam a já natural forma de entendimento, mas, ao contrário, ainda mais fortalecia a noção de que aquele era o verdadeiro caminho.

Domênica, principalmente, apesar de romana de nascimento, já se havia integrado à forma de ser daquelas paragens porquanto não suportava o estilo de vida fútil e banal da capital do império, o que motivou sua união com alguém de tão afastada província, com a condição de viverem distanciados da cidade imperial.

Assim, ao escutar as notícias daquele luminoso ser que havia trazido tão superiores noções de fraternidade, de confiança em Deus, de respeito a tudo e, sobretudo, de doação amorosa aos que sofriam, a quem chamava de próximos, de irmãos, de amigos, Domênica e os filhos assimilavam o clima de agradável elevação que se formava no interior daquela pobre casinha camponesa, onde o exterior de pedra contrastava com o interior macio e aconchegante do afeto.

Passaram-se, assim, os dias e as noites, durante as quais todos se punham a conversar com Lúcio que, tocado de sublimes inspirações, falava de um Jesus que ele nunca conhecera, a não ser pelos ensinamentos de seus antigos amigos e parentes.

E quando pareciam ter-se esgotado as passagens que ele trazia guardadas na memória, eis que os pequenos pediam que repetisse as que já havia contado para que pudessem, verdadeiramente, guardar com todos os detalhes.

Encantava a todos, principalmente, o drama da paixão e morte, com todos os seus contornos de tristeza e grandiosidade que, naqueles tempos, não haviam sido mutilados pelas modificações posteriores introduzidas pelos compiladores e glosadores na tradição teológica, restringindo os textos existentes apenas aos quatro considerados canônicos e oficiais.

Os milagres encantavam, as passagens na forma de parábolas faziam pensar e suscitavam perguntas dos menores aos seus pais, desejosos de melhor entender seus significados, ao mesmo tempo em que obrigavam os adultos a meditar sobre as suas próprias significações.

Aqueles dias, portanto, foram de uma troca extremamente rica, já que os benfeitores que salvaram Lúcio do perecimento doloroso acabaram recompensados pelas notícias do Reino de Deus de que o cego era portador, podendo dizer que se transformara num dos primeiros divulgadores itinerantes do Evangelho naquela região, ainda que de forma pequena e sem a pretensão de fazer-se pregador, como era muito normal naquelas épocas.

Lúcio falava de Jesus aos corações generosos que estavam abertos para aquele Cristo de Bondade, como alguém que dizia do pão aos famintos, de Luz aos que esperavam pela aurora, de Idealismo aos que sonhavam construir um mundo melhor.

Em realidade, dos dois lados estavam criaturas ricas no espírito, ainda que pobres na matéria, débeis no corpo.

Domênica e sua família, generosos e desprendidos, fizeram-se importantes na vida de Lúcio na exata medida em que, merecedores da Soberana Bondade em face da Bondade que já espalhavam a todos os que necessitassem, Lúcio lhes trazia a contrapartida, em nome da celeste Misericórdia, alimentando seus espíritos com a linfa pura da esperança, com a aprovação da Divindade, com o sorriso generoso daquele Jesus que contava muito com as suas atitudes no Bem.

— Será que esse Jesus é capaz de entender nossos desejos mesmo aqui nesta província tão distante? — era a pergunta inocente do coração dadivoso de Domênica ao doentinho.

— Ora, minha irmã, Jesus é o nosso Mestre, aquele que nos governa com um poder maior e mais duradouro do que os de todos os Césares reunidos. Ele sabe quando derrubamos uma única lágrima e tem conhecimento se essa lágrima é de tristeza, de raiva ou de emoção.

— Nossa, como é que ele faz isso? Deve ter espiões por toda parte — comentou Luiz, que ouvia a conversa com atenção.

Esse comentário infantil produziu uma risada geral em todos os presentes, permitindo a Lúcio aproveitar a brincadeira para explicar melhor:

— Veja, meu amiguinho, eu não sou um estudioso porque me faltam as luzes da visão. No entanto, eu aprendi com os outros e a minha escuridão visual me fez um pensador mais cuidadoso. É verdade que os imperadores e governantes precisam espalhar espiões para conhecer as opiniões e surpreender os rebeldes antes que produzam as rebeliões, para poderem confiar nos que parecem amigos e para desmascararem os que se fazem de amigos para melhor explorar as vantagens do poder.

No entanto, esse Jesus não desejava riquezas nem poderes. Assim, não tinha intenção de um reino mundano, feito de pedras, ouro e exércitos. E isso, meu amiguinho, porque a maneira de Jesus nos conhecer é através de nosso sentimento. Não precisa de espiões, não. O que nós sentimos é suficiente para que o Mestre nos identifique e, por mais que queiramos esconder ou fingir que não somos uma coisa, ele nos conhece por dentro, independentemente daquilo que pareçamos.

Assim, ele não precisa de ajudantes que tragam as notícias. Os nossos sentimentos chegam até ele tanto quanto os sentimentos dele podem ser captados por nós se estivermos sentindo de forma parecida. Se você presta atenção em mim, você entende o que eu falo. Se eu presto atenção em você, eu sei o que se passa consigo. É assim que eu sei, por exemplo, que você tem mania de roer as unhas.

Surpreso com aquela revelação pessoal certeira, Luiz olhou para Manoela e disse:

— Sua fofoqueira, língua comprida... fica contando para todo mundo que eu não paro de comer unha...

— Não, Luiz, nem Manoela me contou nem ninguém.

— Ora, Lúcio, como é que você sabe disso se nunca me viu comendo unhas? A não ser que esteja mentindo dizendo que é cego, mas não é... – respondeu o menino, intrigado com aquele mistério.

— Estou falando isso para que perceba, meu amigo, que, se prestarmos atenção, podemos saber muita coisa e sentir muito mais.

E esclarecendo melhor o pequeno curioso, Lúcio continuou:

— Desde que me entendi sem os olhos, tive que aprender a obter informações através de outras fontes, entre as quais os meus ouvidos e a minha capacidade de sentir as coisas pelo toque.

Assim, desde que você me pegou pelas mãos para me conduzir até o paiol, pude sentir que seus dedos tinham as pontas das unhas ásperas, irregulares, próprias de dedinhos com unhas raspadas ou lanhadas.

Como você não trabalha no campo, não usa as unhas para qualquer tipo de atividade que as pudesse estragar. Assim, logo imaginei que devia roê-las.

Depois, quando pudemos nos conhecer melhor, passei a escutar o trabalho dos seus dentes dilacerando as unhas, o que veio a confirmar as minhas suspeitas de que você as roía. Não é verdade?

Olhando para Domênica, meio aparvalhado por ter sido visto daquela forma por um cego, Luiz deu um sorriso amarelo e confirmou que era verdade.

– Então, meu amiguinho, é assim também em relação a Jesus. Ele nos vê quando pensamos que é cego, e nos pomos a fazer as coisas mais absurdas ou mais santas, imaginando que não há testemunhas de nossos atos.

Se entendemos que Ele a tudo observa e, mais do que isso, tudo sente, entenderemos por que ele não precisa de espiões ou fofoqueiros que venham lhe contar as coisas, da mesma forma que eu não precisei que ninguém me contasse que você comia as unhas.

Entendeu como é que funciona?

– É... entendi... quer dizer que Jesus também sabe que eu roo as unhas, não é?

– Ora, Luiz, se um cego sabe.... imagine o Cristo que enxerga muito bem...

A conversa prosseguiu até que o sono veio convidar a todos para o descanso.

A rotina da família prosseguia normal e já fazia duas semanas que Lúcio havia chegado àquela cidade e sido acolhido por aquele grupo de criaturas fraternas.

E nada indicava que as coisas iriam se modificar por mais tempo quando, sem qualquer aviso, alguém se apresenta na cidade procurando por um cego que havia sido trazido até lá dias antes.

Era Tito, Fábio e o carroceiro que chegavam.

E como as crianças são os jornais mais fiéis e rápidos que circulam nas localidades remotas, conhecedoras de todos os detalhes e espalhadoras das notícias com o seu cantar de passarinhos acelerados, não foi difícil que os viajantes encontrassem logo as notícias do paradeiro de Lúcio.

Com cuidado, como quem sabe que qualquer palavra mal colocada pode ser interpretada de forma errada, Fábio se apresentou aos meninos explicando-se a Manoela que, dentre as crianças, era a que melhor entendia a língua dos romanos:

— Eu tenho um amigo que deixou Roma há muito tempo e estou incumbido de encontrá-lo para levá-lo de volta à sua família. Ele se chama Lúcio e, desde que nasceu não enxerga.

Impressionada com as coincidências de nome e de deficiência, Manoela indagou, eufórica, mas desconfiada, procurando mais pistas sobre o verdadeiro interesse dos forasteiros sobre um pobre cego abandonado:

— Por que vocês estão procurando por ele? O que aconteceu? Cometeu algum crime?

— Não, minha menina, é que a sua mãe está muito doente e, antes de morrer sonha em reencontrá-lo. Ele foi vítima de um sequestro que o manteve afastado de todos nós e, depois de muito tempo, viemos buscá-lo para que a família se reencontre.

A notícia exagerada da doença e quase morte de sua mãe fez com que Manoela se lembrasse das palavras de Lúcio sobre as saudades que sentia da genitora, fazendo com que ela não tivesse mais nenhuma prevenção em revelar as informações que conhecia a respeito do hóspede de sua casa.

— Bem, eu conheço um cego que chegou aqui há algum tempo, que se chama Lúcio, mas que não falou nada desse negócio de "questro". Se for alguma doença nova, coitadinho dele, porque já está sofrendo muito com uma ferida na barriga, que não sei se vai aguentar saber que tem essa nova desgraça.

Escutando sobre a ferida no ventre, Tito e Fábio se convenceram de que, finalmente, depois de longos anos de busca, haviam encontrado o objeto de sua peregrinação.

Sabendo que Manoela era conhecedora do mesmo ser que eles tanto precisavam encontrar, Tito usou a mesma estratégia que sempre lhe granjeara as informações para chegar até ali.

– Menina, se você nos levar até ele eu lhe dou uma moeda.

E para seu espanto, escutou da garota uma resposta que, até então, nunca tinha ouvido:

– Não precisa de moeda não, senhor. Ele está na minha casa e para ir até lá é de graça mesmo.

Tito e Fábio se olharam surpreendidos.

O carroceiro, diante da possibilidade arriscada de ser descoberto, perguntou se poderia esperá-los ali fora, ao que Tito concordou sem lhe dar muita atenção.

Afinal, como esperava o pagamento da prometida remuneração, não arredaria pé daquele local até que as moedas lhe fossem colocadas umas sobre as outras na própria mão.

Seguindo Manoela, os dois viajores chegaram diante da porta da casa, onde ficaram esperando até que a menina fosse comunicar à sua mãe sobre a chegada das visitas.

Lá dentro, a filha explicava à Domênica o fato estranho de dois homens desconhecidos estarem procurando por um Lúcio cego, que deveria ter chegado na cidade semanas antes. Que eram provenientes de Roma e que sabiam muita coisa sobre aquele mesmo enfermo que eles estavam cuidando.

Domênica, escutando a filha, foi até Lúcio, que ouviu o relato com preocupação e curiosidade. Não lhe constava que conhecesse alguém naquelas regiões afastadas e nem supunha ser capaz que alguém de Roma viesse para encontrá-lo ali, tanto tempo depois. No entanto, para tentar ajudar, disse a Domênica, respeitoso:

– Senhora, seria conveniente que os visitantes dissessem seus nomes para que pudéssemos avaliar quem são.

– É uma boa medida, Lúcio – disse ela. – Vou até eles para lhes indagar sobre a identidade.

E fazendo isso, logo foi informada de que se tratavam de antigos conhecidos da família de Lúcio, principalmente Fábio, que fora seu amigo de infância, dos tempos em que viviam pedindo esmolas nas ruas da capital.

Domênica, que não sabia de todas as dores que Lúcio enfrentara, identificou nos relatos que foram feitos pelos desconhecidos, alguns traços de veracidade, principalmente os nomes dos parentes próximos aos quais Lúcio já havia se referido muitas vezes.

Pediu um minuto aos visitantes e voltou até Lúcio para relatar as novas descobertas.

Naquele momento, um raio de esperança penetrou-lhe o ser, como se o passado de afetividade tivesse conseguido um atalho para chegar novamente ao presente de dores, com o cesto de remédios para sanar seus sofrimentos e acabar com sua solidão.

— Sim, minha senhora, esse Fábio eu conheço. É meu amigo desde a infância e foi graças a ele que eu aprendi a cantar nas ruas da cidade. Por favor, traga-os até aqui...

Mais do que depressa, Domênica fez entrar os dois viajantes e os conduziu até o leito do enfermo.

Quase dez anos tinham se passado desde a última separação, mas a modificação de fisionomia não impedira que reconhecessem os traços do mesmo filho de Serápis ali recolhido ao leito e abatido pelas desgraças de que fora vítima.

O encontro foi emocionante.

Fábio correu a abraçar o amigo que, com muito esforço, se sentara no leito para corresponder à mesma alegria, não se importando com a dor que o abraço do amigo de infância produzia no ventre lacerado.

Ambos repetiam frases simultâneas, como se desejassem falar das memórias felizes, dos momentos vividos em comum.

E a catarse de emoções manteve todos envolvidos por longos minutos de êxtase sublime, como se as misérias tivessem encontrado um fim nos braços do amigo.

Aquele encontro entre Fábio e Lúcio, no entanto, despertava em Tito a mesma angústia que sentira quando se confessara culpado diante de Lélia, por ocasião do julgamento de todos pelos crimes cometidos.

No entanto, nada fizera para impedir que os dois interrompessem as demonstrações de afeto.

Ali estava como o culpado por todas as dores daquele infeliz menino, que se fizera quase homem, na terra distante e sem recursos. Todas as suas privações, todas as suas dores, todos os momentos de aflição deveriam ser-lhe debitados como o executor inclemente das ordens de Marcus e, ao mesmo tempo em que a alegria de encontrar Lúcio vivo lhe amenizava a dor íntima da consciência culpada, colocava-o na condição de algoz arrependido diante da vítima inocente.

Entre os jovens, o diálogo prosseguia:

— Mas me conte, Fábio, como é que você conseguiu chegar até aqui, tão longe, depois de tanto tempo?

— Ah! Meu amigo, é uma longa e longa história. No entanto, para resumir, posso lhe dizer que isso só foi possível por causa de meu pai.

— Seu pai? Mas você era órfão, pelo que me lembro...

— Sim, Lúcio, você disse bem: eu ERA órfão, mas a bondade de Jesus permitiu que meu pai me encontrasse e, mais do que isso, que eu o encontrasse em meu coração. Foi graças a ele que nós conseguimos chegar até aqui, com a função específica de vir buscá-lo para o levar de volta aos braços de sua mãe. Meu pai disse que só regressaria a Roma com vocês, vivos ou mortos e, por isso, já há mais de dois anos estamos na estrada, visitando cidades, perguntando por vocês, até que achamos uma pista e meu pai a veio seguindo até este momento.

— Mas isso é uma bênção de Deus, Fábio. Que homem generoso poderia se incomodar com um cego e com um aleijado? Afinal, se vocês me encontraram, creio que acharam Demétrio também... Ele veio com vocês?

Nesse momento, ambos perceberam que Lúcio não sabia o que tinha se passado com o irmão e, assim, entenderam ser mais adequado revelar os fatos mais adiante, sem ferir aquele momento de alegria com notícias trágicas e ainda mal elucidadas.

Mudando de assunto, Fábio prosseguiu:

— Falaremos de Demétrio mais tarde, porque, agora, queremos

saber de você. – Fomos informados de que alguém mais o trouxe para esta província, mas que essa pessoa, segundo relatos de dias atrás, morrera recentemente. Como se deu essa empreitada, desde o seu desembarque até aqui?

– Ora, Fábio, sei que a mão sublime da Misericórdia esteve a velar por nosso destino porque, desde que fomos atacados e sequestrados na rua onde cantávamos, passamos por um período de turbulências e me recordo de termos embarcado em um grande navio, no qual uma pessoa que nós desconhecemos nos mantinha meio dopados com remédios, apesar de nos dar alimentos e água para que não morrêssemos.

Não sabíamos por que estávamos passando por aquilo, mas os dias se sucediam e nada se modificava. Sono e fome a bordo até que a galera parou em um lugar e fomos colocados em um pequeno barco que nos levou à praia. No entanto, enquanto nosso acompanhante nos abandonava para voltar a Roma, certamente para que morrêssemos à mingua, a Misericórdia de Deus nos havia protegido, colocando na mesma galera aquele que fora nosso maior protetor em Roma, o querido paizinho Décio, condenado pelo imperador a passar seus dias no exílio. Como ele mesmo nos contou depois, surpreendeu-se ao nos ver naquela situação, sem notícias de nossa família, na companhia de um estranho que nos guardava de forma tão próxima para, logo depois, nos deixar ao desamparo. Como Décio se fizera enfermo à bordo, o comandante da embarcação resolvera deixá-lo no porto mais próximo, o mesmo em que ficamos. No entanto, a enfermidade de nosso protetor havia sido fruto de uma intoxicação que o próprio comandante produzira nele para que pudesse abandoná-lo no mesmo lugar que nós ficaríamos. Isso nos garantiu a sobrevivência.

Décio nos criou e cuidou de nossas necessidades que, tantas como você deve imaginar, fizeram adiar nossa tentativa de regresso, ainda mais que ele se via no rol dos impedidos de voltar em face do banimento que sofreu e não poderia nos deixar fazer isso sozinhos.

Saímos do porto e fomos para o interior onde estabelecemos moradia modesta em pequena chácara que ele conseguiu comprar e, desde então, lá vivemos em paz. No entanto, depois de tantos anos, há cerca de três meses Décio teve um sonho que mandava que saíssemos daquele local antes mesmo do amanhecer. Como ele sempre confiou muito nas exortações e conselhos daqueles que, em nome de Jesus, procuram nos amparar, preparou tudo e nos pusemos a caminho, sem entendermos definitivamente o porquê de tal viagem sem destino.

Demétrio, no entanto, apaixonado por uma jovem da nossa aldeia, recusou-se a nos acompanhar, alegando que já queria viver a vida por conta própria e, apesar das exortações de nosso pai, nada o demoveu da ideia de ficar. Décio dividiu com ele o dinheiro que havia economizado e, sobre um velho carroção puxado pelo cavalo que nos servia nos trabalhos da chácara, passamos a andar sem rumo definido, deixando perdida na escuridão noturna a chácara onde vivemos esses anos todos.

Graças às visões luminosas, fomos encontrando o caminho a seguir, de maneira que tivemos que atravessar difícil obstáculo na forma de montanhas ásperas até que pudéssemos chegar aqui, na nova província. No entanto, neste trajeto, Décio não suportou o esforço de me carregar e acabou doente, vindo a morrer no quartinho modesto dessa estalagem à qual você se referiu, tendo sido enterrado na mesma noite para evitar problemas para o proprietário.

No dia seguinte, atendendo aos seus receios quanto à minha condição de doente hospedado em seu estabelecimento, determinou que um homem que não conheço me conduzisse para longe e, assim, usando a mesma carroça da chácara, fui trazido até as proximidades desta cidade quando, sem entender o porquê, acabei abandonado por ele que, fugindo, levou a carroça consigo, indicando-me o rumo que deveria tomar para chegar até aqui. Levei muito tempo entre caminhadas e quedas até que conseguisse aportar na sombra acolhedora destes corações, que se tornaram credores de minha imorredoura gratidão. Desde que passei a ser tratado nesta casa, meus pensamentos se voltaram para nossos dias do passado, quando éramos felizes e não sabíamos, mesmo como pedintes.

Ao menos, naquela época, tínhamos o amor de nossas mães, o carinho de nossos outros irmãos a nos aquecer a alma. Aqui, somente depois de muitos tropeços e agonias é que pude voltar a sentir essa mesma sensação, relembrando o aconchego de um lar.

Em resumo, meu amigo, esta é a minha história.

Todos escutavam o relato da verdade e, somente agora, Domênica podia aquilatar o tamanho do sacrifício e da dor que aquele jovem vinha padecendo, desde a mais tenra idade, tanto quanto a conduta silenciosa que soubera omitir todos estes detalhes para não ferir os corações amigos que o acolhiam, com uma lamentação infinda que, naturalmente, poderia ser interpretada como exagero para conseguir-lhes a simpatia.

Mas voltando à cena, Lúcio se dera conta de que usara longos minutos para seu relato desabafo e não deixara que os próprios amigos, os verdadeiros heróis de seu resgate relatassem as peripécias de tal gigantesca aventura.

– Então, Fábio, já falei muito, mas gostaria que detalhasse como é que essa proeza foi conseguida. Você disse que não teria sido possível sem o seu pai. Ele deve estar aqui com você, não?

– Claro que está, Lúcio, sem ele isso não aconteceria.

– Deixe-me senti-lo, meu amigo, para que possa agradecer-lhe o gesto de coragem que jamais terei como pagar. Faça-o aproximar-se para que possa beijar-lhe as mãos generosas, Fábio.

O filho devia imaginar o vulcão que estava oculto no coração do pai, a lhe servir de cautério nas feridas da alma, abertas pelo arrependimento e pelo desejo de se corrigir perante a própria consciência.

Fábio olhou para Tito, que estava meio escondido num dos cantos do quarto, assistindo a tudo em silêncio.

Convocado a aproximar-se, não tinha mais como evitar o contato direto com a vítima dos atos nefastos do passado.

No entanto, sem que ninguém esperassem ou entendessem, a não ser Fábio, que se afastara do leito para abrir espaço, Tito, ao se achegar, ajoelhou-se nas proximidades da cabeceira e, sem conseguir articular qualquer palavra, chorava de emoção e vergonha.

Já houvera enfrentado situação semelhante perante Lélia e aquele próprio Fábio por ele abandonado antes de nascer.

Agora precisava encarar o último de todos, o mais pungente, o mais cruel, o mais doloroso, aquele que o perseguia desde o dia em que praticara o nefasto ato de sequestro e abandono.

Percebendo a emoção do genitor de Fábio, Lúcio procurou-lhe o rosto com as mãos a tatearem o ar sem encontrar. Fábio conduziu-as até a cabeça de Tito, enterrada no colchão, sobre a qual colocou-as como a dizer ao cego que aquele era o pai a quem dirigir-se.

– Obrigado, meu irmão. Obrigado por ter-se incomodado comigo, um cego inútil, distante de todos e pobre de recursos para devolver-lhe o que gastaram para me encontrarem.

E quanto mais Lúcio falava, mais o choro de Tito se tornava avassalador, surgindo-lhe da garganta, como se o próprio coração fosse quem chorasse.

Vendo a emoção inexplicável daquele homem ajoelhado, Lúcio procurou levantar-lhe o rosto da cama para que aquela situação pudesse ser minimizada, cessando as lágrimas borbulhantes.

– Vamos, meu irmão, sou eu quem deve chorar assim de emoção e gratidão por isso que vocês fizeram por mim, não você.

Então, Tito reuniu toda a coragem do mundo e disse, soluçando:

– Você é rico para me pagar... sim.... Lúcio. Você é rico sim... Você pode me pagar por essa longa busca...

– Ora, meu amigo, se você não é cego como eu, poderá ver que minha riqueza é a ferida que carrego no ventre e as poucas roupas que possuo. Com exceção da ferida, tudo o mais que possua eu lhe entrego como pagamento e ainda fico a lhe dever muito.

– Não, meu filho. Você é rico de perdão e é esse perdão que eu necessito de você. Eu sou Tito, aquele que o sequestrou e que o abandonou com seu irmão no porto de Narbonne, há quase dez anos.

O silêncio emocionante envolveu a todos, sem exceção.

Domênica chorava, Manoela e Luiz choravam abraçados nas pernas da mãe e Fábio, imaginando o quanto custava ao seu pai aquele momento de revelação e humilhação diante de si mesmo, também misturava a emoção do ato de seu pai à emoção da alegria pelo orgulho que sentia em face da nobreza paterna, transformando, em seu espírito, toda a nódoa pelo abandono do passado, em luminosa estrada de exemplo de virtude a ser seguida por seu coração filial.

Vendo a situação difícil de Tito, a esperar a palavra de Lúcio, Fábio ajoelhou-se ao lado do genitor e disse:

– Sim, meu amigo, o mesmo homem que me abandonou antes de nascer e que abandonou você e seu irmão quando era um iludido da vida, um tolo do mundo, agora venceu todos os obstáculos para vir corrigir seu erro, para vir resgatar a própria consciência dos crimes que cometeu no passado. Este é meu pai, Lúcio, o homem que eu também aprendi a perdoar e que, agora, passo a admirar como um exemplo que devo seguir. Por isso, eu também me ajoelho ante sua alma generosa de vítima para confessar que, nós, que enxergamos, somos mais cegos do que você que não vê. Em nome daquele Jesus que é sempre Misericórdia para com nossas quedas e erros, daquele Mestre que nos aproximou os corações, que nos envolveu com seu manto de Amor e pediu a Deus que nos perdoasse o crime de matá-lo na cruz..., em nome dele, em nome de Tito, meu pai arrependido e em nome de nossa amizade, eu também lhe peço que o perdoe como eu próprio perdoei.

Fábio abraçava o pai ajoelhado ante o leito que acolhia Lúcio naquele reencontro emocionante, enquanto as duas mãos do enfermo afagavam os cabelos sujos dos viajores que, com o empenho da própria vida, tinham voltado para resgatá-lo.

E num esforço doloroso, mas hercúleo, Lúcio dobrou-se sobre as próprias feridas e beijou-lhes as cabeças pendentes, no gesto de afeto de quem demonstra que a gratidão se tornou maior do que qualquer mágoa, que a dor amenizou o desejo de vingança e que Jesus se sobrepôs a todo tipo de rancor que o mais abjeto dos crimes poderia produzir no coração de suas vítimas.

Vendo a situação de íntimo reencontro, Domênica, acompanhada pelas crianças, deixou silenciosamente aquele ambiente para que os velhos amigos agora pudessem dar expansão às lídimas sensações do recomeço.

O REGRESSO

Assim que os amigos reencontrados puderam se entender, depois de longo tempo mantidos isolados pelos cuidados de Domênica, que impediu até mesmo que os meninos, acostumados aos encontros com Lúcio, se aproximassem, estabeleceu-se a necessidade de levarem o fruto de suas buscas até o seio das amadas mulheres que se achavam na capital do Império à espera de notícias.

Ao longo daqueles quase dois anos de jornada, Tito e Fábio tinham enviado apenas duas cartas destinadas ao coração das mães que haviam ficado em Roma, cartas estas que eles não podiam saber se haviam ou não chegado ao seu destino, tal a precariedade dos sistemas de comunicação daquela época, se comparado aos atuais.

Como também os dois peregrinos não se estabeleciam por tempo suficiente em um local para aguardar a resposta da missiva que enviassem, seguiam adiante sem esperar qualquer contestação, alertando as suas destinatárias para que nem intentassem escrever, já que seria incerto o paradeiro de ambos.

Agora, cumprido o principal objetivo da jornada com o encontro de Lúcio e a descoberta do trágico destino de Demétrio, impunha encerrar o projeto com a restituição do precioso tesouro aos braços da ansiosa Serápis.

Durante a conversação, Tito e Fábio puderam descobrir, graças ao relato inocente de Lúcio, que Demétrio havia sido vítima da dolorosa e infundada suspeita que o colocava como causador da morte da jovem Leonora, enquanto que, em realidade, o verdadeiro assassino ainda deveria estar solto, atacando outras jovens desprevenidas.

Em função das dores do rapaz, ambos se fizeram menos enfáticos ao relatarem as circunstâncias dolorosas da morte do irmão, ao mesmo tempo em que descobriram que aquele homem que acompanhara os dois meninos desde o desembarque até algumas semanas antes, era o mesmo Décio que, desde os dias passados em Roma, lhes servira de esteio e esperança nas horas mais cruciais.

Somente a proteção da Misericórdia poderia ter ajudado aquele grupo a não se ver atirado no vazio do destino inclemente que a indiferença humana reserva aos que se encontrem afastados do carinho familiar.

Os dois visitantes puderam, então, avaliar a ação direta da Divina Providência, ao buscar retirar aqueles três inocentes do centro das confusões ocorridas na Gália, afastando-os em segurança, ainda que fossem procurados por todos os aldeões como criminosos perigosos, dignos da sentença de morte.

Somente o teimoso Demétrio, acostumado a não aceitar as imposições do destino nos processos de resgate de seus antigos crimes, mantendo as mesmas características de arrogância, intolerância e descrença dos tempos em que, como Sulpício, fora o homem de confiança de Pilatos é que se confiara a si próprio, presunçoso e imaturo, acabando por encontrar a morte cruel que poderia ter evitado se, mais humilde, tivesse acreditado nos alvitres de Décio e seguido com o grupo para longe da região agitada pela sede de vingança.

Tito, então, pôde imaginar como as "coincidências" tinham modelado aquela viagem, tanto no sentido de prepará-lo para tudo o que viria depois em sua vida pessoal, quanto para ajudar aos dois infelizes filhos de Serápis para que não acabassem despedaçados pelos cães do porto, ou mortos como presa fácil da crueldade ambiciosa das pessoas sem escrúpulos.

Além disso, entendeu que ele próprio estava vivendo em Roma, na casinha de Décio, o mesmo salvador de Lúcio e Demétrio, depois que fora exilado por ordem de Adriano.

Admirado com todos estes fatos, Tito passou a meditar em silêncio enquanto ouvia Fábio conversando com Lúcio, sobre os planos para a volta a Roma.

— Você não imagina a agradável surpresa que será para Serápis e minha mãe, Lélia Flávia, reencontrar você, meu amigo, tanto tempo depois, podendo abraçá-lo com carinho e saudade – exclamava Fábio, quase eufórico.

– Para mim, também, Fábio, será a coisa mais feliz do mundo poder sentir o calor de minha mãe, a quem devo a condição de estar vivo hoje. Depois de todos os sofrimentos e necessidades que passamos juntos, passei a dar outro valor aos sacrifícios anônimos que ela fez por nós. A distância nos faz ver melhor as coisas e, se por um lado, ela nos usava para não ficarmos à míngua, por outro lado posso aquilatar quantas misérias e humilhações teve que enfrentar junto aos homens arrogantes e maus, somente para que algumas moedas garantissem o nosso pão do dia seguinte.

Por mais tempo que permaneça longe, a gratidão pelo seu empenho e coragem só fazem aumentar meu respeito por sua dedicação a todos nós.

Uma mulher sem marido que a auxilie, que seja seu companheiro de lutas, já é uma corajosa lutadora. Agora, uma que fique com quatro filhos, sendo que três são doentes e a única sadia seja filha da sua antiga rival no afeto são traços de uma verdadeira heroína que não podem ficar ignorados.

Ouvindo as palavras daquele amigo triste e doente, Fábio admirava a importância do devotamento silencioso que esculpe o caráter das pessoas com o cinzel suave do bom exemplo.

– Apenas, Fábio, é que eu me encontro muito doente para pensar que essa viagem poderá ser realizada como é do nosso desejo.

Veja como está meu ventre...

E dizendo isso, levantou o tecido pobre que lhe servia de camisa de dormir para que o amigo tivesse uma visão do seu estado delicado, com as bandagens a tentar esconder a ampla ferida na qual havia se convertido a pele do seu abdômen.

Impressionado com aquele cenário, mas sem pretender dar a Lúcio a ideia de que se deixara assustar com a precariedade de sua saúde, Fábio exclamou:

– Isso não será o que nos impedirá de voltar a Roma, meu amigo. Temos remédios e vamos tratar de você para que, rapidamente, as condições melhorem e possamos voltar ao seio dos nossos.

No fundo, entretanto, Fábio bem imaginava que haveria de ser muito difícil a jornada de regresso, naquelas condições.

Para tratar desse assunto, pediu licença a Lúcio, afirmando que iria conversar com Domênica sobre o seu estado geral, já que ela fora a alma generosa que cuidara dele durante os dias de estágio naquela região.

Com isso, puderam entender-se com a dona da casa, à distância de Lúcio, de quem ouviram as mesmas tristes notícias, confirmando a debilidade da sua saúde, informados sobre os estados febris, as dores e os curativos demorados.

A sua condição se havia estabilizado graças a estes cuidados específicos, com as aplicações de ervas nativas sobre o local da ferida e a alimentação mais regular. No entanto, que não se iludissem sobre a capacidade de deslocamento de Lúcio que, com aquele delicado estado de saúde, muito dificilmente conseguiria chegar a Roma.

Quando muito, se tivessem sorte, chegariam a Tarraco, a capital portuária da província, onde, graças à sua capacidade financeira e importância política, poderiam encontrar mais recursos médicos ou de remédios para tratarem do rapaz, antes de o levarem a Roma.

A ideia de Domênica foi acatada de maneira natural por ambos os amigos já que não lhes passara desapercebida a dolorosa reação do enfermo ao mais delicado movimento.

Ficou acertado, então, que, ao amanhecer do outro dia, depois que o Sol se levantasse no horizonte, espantando um pouco a fria madrugada, os três se colocariam a caminho de Tarraco, no litoral do Mediterrâneo, a buscarem ajuda.

O que conspirava contra os planos finais do regresso era, justamente, a exiguidade dos recursos financeiros que lhes possibilitaria a viagem final.

Com o decurso do tempo e por mais que os dois trabalhassem pelo caminho, guardando o tesouro que lhes fora entregue pelas mulheres antes da empreitada, as moedas haviam sido consumidas lentamente e, agora, restavam escassas, servindo, talvez, para garantir a chegada até Tarraco.

Tornar-se-ia mais grave a condição da expedição justamente com o encontro de mais um membro, merecedor de maiores cuidados e carente de todo tipo de tratamento.

Tito, para cumprir sua palavra com Benito, remunerou-o da forma combinada, dando a entender que necessitariam ficar com a carroça para que pudessem se deslocar até seu destino.

Benito, homem mesquinho e acostumado a regatear com todas as situações em busca de vantagens, não se recusou a negociar, exigindo, pela mesma carroça que havia roubado de Lúcio, mais algumas moedas para compensar o "investimento" que, segundo ele, havia feito quando da compra daquele meio de transporte.

Sem desejar criar problemas que atravancassem seus objetivos, Tito entregou-lhe mais algumas moedas para ter de volta o meio de transporte, ficando Benito dispensado para regressar à comunidade de onde havia vindo.

Com as moedas que lhe produziam brilho nos olhos, Benito deu as costas a todos e, mais do que depressa, tratou de tomar o rumo que melhor lhe garantisse a chegada ao destino, onde iria juntar aquelas com as outras moedas que conseguia através de inúmeros procedimentos escusos.

No entanto, não imaginava que olhos mais argutos e pessoas mais ferinas do que ele próprio o espreitavam, tecendo armadilhas para tomar-lhe aquilo que ele havia tomado dos outros inocentes.

Benito foi seguido à distância no caminho de volta até a sua moradia e, tão logo a noite se fez mais escura, braços fortes e agressivos pedaços de madeira caíram-lhe sobre a cabeça, rompendo-lhe o crânio para tomar-lhe não apenas as moedas que havia roubado de muita gente, mas também a própria vida.

No entanto, enquanto Benito se via vitimado pelo curso da maldade de que sempre se valera para conseguir o sucesso no mundo, vamos encontrar nossas outras personagens na última noite em que estariam sob a proteção de Domênica e sua família.

Uma sensação de alegria e tristeza invadia o coração de todos já que, apesar das dificuldades naturais que um doente como Lúcio impunha a todos, a sua presença silenciosa e mansa, sofrida e calma havia produzido muitas coisas boas no coração, principalmente nos dois filhos do casal, Luiz e Manoela.

Naquele dia, os dois pequenos dormiram no quarto de Lúcio, já que desejavam despedir-se do amigo que partiria para nunca mais voltar.

Enquanto esperavam o sono chegar, crivaram Lúcio de pedidos para que ele contasse mais alguma coisa sobre aquele Jesus que ele conhecia pelas histórias que ouvira de Décio.

E, apesar de já terem escutado, Lúcio não se queixava em relatar, novamente, as passagens amorosas e fortes nas quais Jesus se via ao lado dos aflitos para curar suas doenças, para devolver-lhes a esperança e para falar do Reino de Deus que viera fundar no coração das pessoas.

Acolhidos pela família, Tito e Fábio não aceitaram a oferta do chefe da casa, que se via honrado em receber pessoas tão importantes, como eram consideradas as visitas provenientes da Roma Imperial. Agradecidos pela reverência dos proprietários que, num gesto demonstrador de renúncia, se dispunham a dormir no paiol para que os visitantes dormissem em seu quarto modesto, Tito e Fábio tomaram o rumo do paiol e lá se agasalharam para que a noite fosse vencida o mais rápido possível e, no dia seguinte, tudo estivesse pronto para a viagem.

Dessa forma, o dia chegou moroso, entre as brumas da manhã que a madrugada modela para que o Sol combata e espante.

As despedidas foram tristes e emocionadas.

Os meninos do vilarejo se amontoaram junto da carroça, jogando flores e folhas das árvores pelo caminho que ela iria passar, ainda que Lúcio não visse tão significativa e singela homenagem aos seus sofrimentos.

Outrora, um Pilatos homenageado de forma retumbante, com ouro, púrpuras, sedas e joias. Agora, um cego e doente, homenageado por crianças pobres, que tiravam, da própria miséria, os louros que atiravam ao amigo que partia, sem as clarinadas e as fanfarras da violência ou da usurpação.

Agora, o canto inocente dos passarinhos, o barulho da roda sobre o chão, do riacho a correr, tudo isso era o novo cenário a dar as boas-vindas àquele que, nesta existência, precisava recomeçar a partir do reequilíbrio da própria estrutura física, vencendo os problemas criados pelo suicídio anterior.

Tito conduzia a carroça enquanto Fábio e Lúcio iam sentados em seu interior, acomodados como podiam sobre as peles que Domênica, o marido e os filhos haviam colocado para atenuar os chacoalhões do caminho longo.

E como eram longos no tempo aqueles caminhos ásperos que os conduziriam até Tarraco.

Ainda que a distância em nossos quilômetros não fosse tão imensa, a precariedade das estradas e dos veículos tornava sempre muito desgastante todo esforço de transitar, além dos perigos naturais escondidos em cada curva, com as surpresas de assaltos ou violências.

No coração dos três, no entanto, pulsava a esperança da volta a Roma, do reencontro com os amados parentes, a motivar-lhes a jornada apesar dos obstáculos e do cansaço.

Quanto mais o tempo passava, mais e mais precária ia se tornando a condição física de Lúcio que, afastado da casinha acolhedora de Domênica, parecia ter iniciado o processo de piora que se agravava a cada etapa da jornada.

A estrada até Tarraco exigiria quase um dia inteiro, mas as condições de Lúcio e as paradas que se exigia em face de sua recuperação, faziam ampliarem-se as horas. E com a aproximação da noite, todos teriam que se arrumar como podiam, já que não parecia haver local para pernoitar.

Abrigados como podiam, sob a própria carroça que lhes serviria de teto improvisado, ficaram os três à mercê da sorte e da proteção divina até que o Sol viesse a clarear os caminhos novamente.

Quando isso aconteceu, todos retomaram seus postos e a viagem prosseguiu, sendo que o grupo, no início da tarde seguinte, dava entrada à cidade de Tarraco, na costa Mediterrânea.

No entanto, as finanças e os suprimentos que Domênica tinha providenciado para eles, haviam-se esgotado.

Tito e Fábio precisariam arrumar algum trabalho urgente para que pudessem ter o que comer e, com seus esforços, deveriam suprir as necessidades de Lúcio que, naturalmente, não poderia trabalhar para auferir alguma receita.

As condições precárias do rapaz não permitiram que os dois

homens se ausentassem, precisando um deles permanecer para cuidar do enfermo.

Assim, Tito saiu a procurar trabalho rápido, enquanto Fábio postou-se com Lúcio em um local abrigado por uma sombra acolhedora, nas ruas da desconhecida Tarraco, para esperar enquanto seu pai não regressasse.

A fome já se fazia sentir no estômago dos dois, mas era importante vencer quaisquer obstáculos.

Pensando nas necessidades do amigo, Fábio pediu licença por alguns minutos e saiu a ver se podia conseguir alguma coisa pedindo para as pessoas em suas casas, ali nas redondezas.

Enquanto isso, deixaria Lúcio acomodado em área protegida daquele local, levando a carroça consigo para que não fosse ela, novamente, roubada por algum outro mesquinho e oportunista cidadão.

Ficou Lúcio, sentado no chão, junto da rua onde passavam as pessoas enquanto Fábio, apesar de saber das necessidades de cuidado que a situação do amigo exigia, foi tentar conseguir o que comer como forma de diminuir as agruras do próprio doente.

Depois de muito andar pelas ruas confusas daquela cidade barulhenta e de língua estranha, Fábio voltou ao mesmo local sem nada ter conseguido, frustrado e inútil, sabendo que precisariam engolir a própria fome para que a fome se sentisse alimentada.

Ao longe, viu Lúcio, sentado no mesmo local, do mesmo modo que o deixara. No entanto, ao seu lado havia duas pessoas que se encontravam em pé, olhando para ele.

Com a chegada de Fábio, continuaram a olhar a expressão de Lúcio, sem se incomodar com a presença de mais um ao largo do doente. Não se importavam, porque não deixavam de escutar o que saía da boca do cego.

Relembrando suas tarefas na antiga Roma e as parcas lições de canto que recebera, enquanto Fábio e Tito se debatiam procurando trabalho e ajuda dos outros, Lúcio começara a cantar.

Havia-se lembrado da história de Bartimeu, o cego que gritava o nome do Senhor e, escutando o barulho dos passantes que andavam não muito longe dali, Lúcio fez uma prece a Jesus, dizendo:

– Senhor, Bartimeu gritou seu nome para pedir que voltasse a enxergar. Eu, sem os mesmos méritos, o procuro para que me ajude a cantar, mesmo cego. Meus amigos estão com fome e gastaram tudo para me encontrar. Não é justo que eu nada faça para retribuir-lhes tal esforço.

Permita que alguém escute e, se isso acontecer, que minhas palavras, inspiradas pelo tom de seu coração, possam estimular nesse alguém o desejo de ajudar de alguma forma. É tudo o que peço.

E, depois dessa oração pequena e calorosa, Lúcio se pôs a entoar as antigas canções que aprendera na rua, nas experiências tanto de Roma quanto da Gália recente, fazendo com que inúmeras pessoas que passassem fossem chamadas, pela curiosidade, a escutar aquelas canções romanas ou gaélicas, produzindo-lhes a sensação de saudade abrandada, de esperança e alegria íntimas.

E, tão logo passou a cantar, circundantes se aproximaram e começaram a depositar pequenas moedas sobre o estofo de peles onde o pobre Lúcio descansava.

Foi uma surpresa para Fábio constatar que, depois de algumas horas de pedir para pessoas normais ele nada houvesse conseguido, mas que, cego com se encontrava, Lúcio já havia ganho o suficiente para que os três fizessem, naquele dia, ao menos uma boa refeição.

Depois, no dia seguinte, novamente voltariam ao esforço, descansados e refeitos.

Não houve possibilidade de os três homens se abrigarem em outro local, a não ser sob as árvores daquele parque improvisado pela natureza.

Tito e Fábio acomodaram Lúcio sobre a carroça, protegido da friagem da noite com as cobertas que possuíam e, reservando precários pedaços de pano, deitaram-se sob o veículo, até que o dia clareasse.

Na manhã seguinte, entretanto, as condições de Lúcio pioraram muito e, por causa da friagem sucessiva, amanheceu sem voz, com febre alta e muita dor na região do abdômen.

Era necessário, urgentemente, encontrar um médico que, mesmo de forma muito precária, pudesse aconselhar algum tipo de conduta que ajudasse.

Lembramos que, naqueles tempos, a medicina não era nada que lembrasse ou fosse parecida com o que é hoje.

Havia pessoas que entendiam um pouco mais de remédios fitoterápicos, sem que isso significasse que fossem médicos, na acepção moderna do termo.

Somente os mais importantes e ricos se poderiam permitir o luxo de convocar pessoa estudada e preparada para os exames da condição clínica do paciente, prescrevendo-lhe tratamento e medicação adequados.

Tito e Fábio saíram para buscar alguém que os ajudasse, mas só encontraram curandeiros que, para que saíssem de suas casas, cobravam muito dinheiro e, desconfiados de tudo e de todos, o cobravam adiantado.

Ninguém se dispôs a atender os reclamos desesperados dos dois homens, que haviam andado meio mundo para reencontrarem aquele ser abandonado.

Depois de muito pedir e muito suplicarem por ajuda, ficaram sabendo que, em Tarraco, se precisassem de auxílio, não o encontrariam em nenhum lugar, a não ser junto a uma casa pobre que, sem distinção, atendia a todos os que chegassem.

Localizada num bairro afastado do centro, não restava outra esperança para Tito, Fábio e Lúcio que, sentindo dores sem conta, apenas orava e chorava em silêncio, lembrando-se dos conselhos de Décio para que nunca perdesse a fé nem se deixasse abater pelo desânimo, justamente quando se aproximava a hora de voltar a Roma.

No entanto, se as condições do doente, antes da viagem, já eram duras, com a chegada a Tarraco, tudo ficou muito pior, como, aliás, a própria Domênica já tinha orientado, graças aos rudimentos de enfermagem que possuía e colocara à disposição de Lúcio quando de sua estadia no seu lar.

Sua voz quase não saía da garganta, a febre se tornava cada vez maior e os ferimentos, sem o tratamento adequado e a limpeza necessária pareciam ter aumentado, ampliada a área acometida, infligindo a Lúcio um momento dos mais difíceis de sua vida.

Assim, enquanto que os dois amigos se empenhavam em encontrar uma solução para aquele momento tão desesperador em que se viam, precisando arrumar uma forma de tratamento e um ponto de apoio para que a busca de anos não se frustrasse tão próxima do sucesso, Lúcio reuniu suas forças em uma oração singela que dizia, mais ou menos, assim:

– Senhor, há uns dias eu pensava em me matar diante de uma vida de inutilidades e sofrimentos. No entanto, a sua solicitude me permitiu encontrar o carinho dos pequeninos que me fizeram reviver na esperança e esquecer do desejo de fugir da vida.

Agora que a sua Misericórdia me enviou estes amigos queridos, venho representando um peso imenso para seus ombros cansados. Estou doente e, com certeza, não chegarei a ver Roma novamente. Alivie meus companheiros dessa carga, Senhor. Mate-me logo, por favor. Já ter reencontrado estas duas almas generosas representou para mim um refrigério e um consolo. Não os puna por meio intermédio. Leve-me com o senhor e ponha um fim em meus sofrimentos inúteis, que só tem feito os outros sofrerem.

Enquanto orava em silêncio, as lágrimas escorriam pelos olhos apagados, eis que suas rogativas saíam das fibras mais profundas do próprio ser.

– Não morrerei em revolta, já que sou testemunha viva da sua soberana bondade que, em todos os momentos, deu prova de sua presença em meu caminho. Morrerei agradecido e ainda mais endividado diante da Sua Augusta Providência que, em todos os dias da minha pobre vida, se ocupou com minhas necessidades e auxiliou minhas forças para que não fraquejasse.

Que a alma de Décio possa me amparar no regresso ao seu seio e isso já me será mais do que mereço.

O silêncio lacrimoso de Lúcio era um atestado de sua dor íntima e da precariedade de seu estado geral.

Desesperados e sem recursos, Tito comentou com Fábio se não seria o caso de ambos saírem por aí, batendo de porta em porta, no que foi desestimulado pelo filho que, conhecendo as coisas da rua pelo lado mais duro e sórdido, sabia que logo os representantes da polícia local os viriam arrestar, conduzindo-os à prisão.

Tito não se dera conta de que as horas haviam transcorrido e que Lúcio estava entrando em convulsão pelo estado febril elevado.

Pararam junto de uma fonte pública e, com as próprias vestes embebidas em água fresca, passaram a proteger o enfermo, tentando diminuir-lhe a temperatura corporal.

Os transeuntes se assustavam com aqueles três homens em uma carroça, todos com aparência de pobreza manifesta e, por isso, o afastamento era a resposta natural da maioria.

Vendo que não era mais possível continuar naquela condição, sem alimento, sem abrigo e sem recursos médicos, Fábio voltou-se para o pai e aconselhou, firme:

– Pai, não nos resta outro recurso a não ser irmos em busca daquela pousada que nos foi aconselhada, como o único lugar onde Lúcio poderá ser amparado antes que morra aqui na rua, em nossos braços.

– Mas a sua situação é muito perigosa para sairmos andando a esmo por aí, carregando-o mesmo na carroça, meu filho. Por isso é que não me animei a seguir para lá. Disseram-nos que é mais distante do que aconselha a situação de Lúcio.

– Pois então, vá sozinho que eu ficarei aqui, velando por ele até que você regresse. Mas vá correndo, vá com fé, vá logo para que o pior não aconteça.

Vendo que não havia muito tempo a perder, Tito deixou os outros dois junto do mesmo local onde, no dia anterior, havia permanecido e onde Lúcio havia ganho algumas moedas cantando, e saiu, desesperadamente, a buscar o desconhecido sítio onde poderia encontrar ajuda.

Passou uma hora sem resposta e a segunda hora se completou sem notícia de Tito.

No entanto, antes da terceira hora se integralizar, eis que Tito se apresenta, suando, dizendo que conseguiu encontrar o lugar e, depois de ter contado o que se passava, parece que conseguira sensibilizar as pessoas para ajudá-los. Tanto que pediram que ele viesse na frente enquanto iam reunir mais braços fortes para vir até o local combinado, trazendo a ajuda necessária.

– Mas pai, o senhor tem certeza que eles virão? Isso pode ser notícia falsa, pode ser enganação novamente – falou Fábio, agoniado.

– Meu filho, não tenho como garantir nada, mas pelo que vi nos olhos daquele homem e dos que estavam com ele, me parece que não iriam mentir. Além do mais, estavam em uma reunião, dentro da casinha, lendo uns pergaminhos que eu logo imaginei que se tratassem de alguma cópia das passagens de Jesus. Todavia, não tive tempo de me certificar do que se tratava porque precisei contar os fatos rapidamente e pedir o auxílio emergencial de que estamos precisando.

Só me perguntaram onde é que estávamos e, antes que eu saísse, o homem me deu este frasco de remédio, dizendo que é para dar de beber ao enfermo...

– Mas o homem nem sabe o que Lúcio tem, meu pai. Como é que vamos dar qualquer coisa, assim, sem que o doente seja visto por quem o esteja tratando?

– Ora, meu filho, vamos ter fé. Afinal, nesta cidade infernal, ninguém nos deu nem um copo de água. Por que vamos desperdiçar a primeira coisa generosa que fizeram por nós desde que chegamos aqui?

Cedendo aos argumentos paternos, Fábio despejou o conteúdo do frasco na boca de Lúcio que, com muita dificuldade e dor, engoliu lentamente, mantendo-se inalterado o seu estado de silêncio resignado, através do qual esperava a resposta de Jesus às suas orações, pedindo que a morte lhe viesse ao encontro.

Quem sabe aquele frasco não fosse o tão esperado veneno libertador, a encerrar aquele martírio e deixar menos aflitos os amigos devotados?

Enquanto os dois homens se voltavam para o enfermo, tentando diminuir-lhe as necessidades, renovando os panos úmidos com os quais mantinham mais baixa a temperatura corporal, não perceberam que um pequeno grupo de homens e mulheres se aproximava do local, trazendo várias sacolas e apetrechos nas mãos.

Quando se fizeram mais próximos, Tito olhou para Fábio e disse, eufórico e cheio de esperanças:

– Eu não disse que eles viriam, Fábio, eu não falei que era verdade? Graças a Deus, graças a Jesus, eles vieram...

Ouvindo-lhe as referências à figura do Divino Mestre, mais se achegaram as pessoas que, num gesto de fraterna advertência, pediram que ele não exteriorizasse a crença em Jesus, ali, daquela maneira, tão abertamente.

Eles faziam parte dos que acreditavam em Jesus também, mas não queriam estar expostos a represálias dos romanos que, até então, tinham tolerado procedimentos generosos como aqueles.

Entre os homens e mulheres que se encontravam ali, alguns carregavam alimento, outros portavam roupas limpas, bandagens, unguentos.

Vendo que todos estavam parados, Tito, ansioso, apontou o enfermo e disse-lhes:

— Podem atender o doente, rápido, porque ele está muito mal...

— Desculpe, meu senhor, mas nós não começamos nada sem o nosso chefe, aquele que nos tem servido de pai e amigo, em nome desse mesmo Jesus – falou um dos homens do grupo.

— Mas onde está ele? Desse jeito o doente vai morrer antes que receba qualquer ajuda – falou Fábio, já meio áspero, diante da urgência que constatava.

— Ele foi buscar um médico amigo, já que nenhum de nós tem conhecimentos profundos dessa arte grega. Nosso paizinho sabe onde vive um senhor muito bondoso que, apesar de não ser cristão, se colocou à disposição dele depois que teve a própria filha curada por suas orações quando seus conhecimentos médicos nada mais podiam fazer para salvá-la.

Ele não deve demorar, porque saiu muito antes de nós, tão logo o senhor aqui deixou nossa reunião.

E dizendo isso, apontou para a rua, exclamando, feliz:

— Graças a Jesus, ali estão eles, chegando...

Tito olhou os dois homens, um bem mais maduro e o outro já com seus mais de cinquenta anos, que representavam as suas únicas esperanças.

— Aqui está o doente, aqui... – gritou o romano, aflito, para chamar a atenção dos dois homens que se aproximavam, rapidamente.

— Graças a Jesus que vocês chegaram...ajudem-nos... por caridade – falou Fábio, igualmente descontrolado.

Olhando-os com calma e confiança, o mais jovem respondeu:

– Confiemos em Jesus acima de tudo, meus filhos, porque há mais alegria no céu quando o que estava perdido é encontrado do que quando todos os justos do mundo se confirmam em sua justiça – falou aquele que trazia o ancião para o tratamento necessário.

Este é o médico mais respeitável desta cidade, nosso irmão Bernardo, que irá estudar o caso desse filho querido e, do que ele aconselhar, nós iremos cuidar dele até que melhore.

Ao mesmo tempo em que ia apresentando o médico, Fábio passara a prestar mais atenção naquela expressão, o mesmo acontecendo com Lúcio que, mesmo perdido no cipoal das dores, tinha preservada a acuidade auditiva.

Sim, o tempo tinha passado, mas a Misericórdia Divina tinha preparado, com anos de antecedência, aquele momento importante na vida de todos.

Ali estava Cláudio Rufus, o exilado cristão que chegava para interceder por mais um aflito no mundo, por mais um irmão de sofrimento, dentre tantos que já houvera amparado desde que, deixado nas costas da Hispânia, havia decidido ali estabelecer a alvorada da fé, vencendo suas próprias mazelas pessoais, afastando-se daquela cidade corrompida pelos costumes bárbaros de uma civilização degenerada e torpe.

Roma lhes tinha feito um grande favor. Tinha preparado o caminho para que, longe das coincidências pueris da vida, o plano de Jesus para o resgate dos filhos amados pudesse ter seu curso, contando com os erros dos homens, com as injustiças e as perseguições que eles próprios produzem.

Fábio não sabia o que dizer, tal a emoção que lhe invadia o ser. Ali estava o mesmo homem que, um dia, muito tempo atrás, havia tropeçado no Grande Imperador, numa das ruas sórdidas de Roma, quando toda a história tinha começado.

* * *

Não pense, leitor querido, que as coisas acontecem segundo o caráter fácil de acasos e forças cegas.

A Doutrina Espírita, na questão 459 de "O Livro dos Espíritos", é muito clara a esse respeito, quando o mundo espiritual superior é convocado a explicar se os espíritos interferem em nossas vidas, respondendo-nos que, o fazem muito mais do que podemos supor, informando ainda que, via de regra, SÃO ELES QUE NOS DIRIGEM.

Tantas são as coisas que poderiam ser melhores e nós não o permitimos porque não entendemos essa situação...

Quantas são as nossas respostas rebeldes diante das situações inexoráveis, modificando comportamentos, situações, forçando ocorrências e fatos que, por nossa cegueira, estariam sendo preparativos para coisas mais importantes, que o futuro nos revelaria.

Assim, ainda que esteja bem longe de nós a ideia da omissão ou da absoluta passividade, queremos lembrá-lo de que a direção espiritual norteia tudo e a todos, mesmo os que se dediquem a espalhar o mal.

E quando o sofrimento visita o corpo, a casa ou a família de alguém que se pensa bom, lembremo-nos de imaginar que aquela dor deveria ser bem maior do que está sendo, graças à intervenção da Misericórdia do Pai, a diminuí-la, a reduzi-la aos menores níveis possíveis.

Não se trata de uma direção impositiva, de uma força que nos tire a liberdade de agir e de escolher outros caminhos.

Fizeram isso várias de nossas personagens, entre as quais, Serápis, Marcus, Demétrio, Benito e, assim, pagaram o preço amargo de suas escolhas.

Lembramos a você de que esta tragédia teria sido muito diferente se, dentro dos projetos mais suaves traçados no plano espiritual, Serápis tivesse aceitado o coração sincero de Licínio como seu esposo, companheiro e amigo, para que, recolhendo os dois filhos infelizes, pudessem ter uma vida honrada, com o amparo do trabalho de um marido e pai amoroso, com a possibilidade de superação das maiores dificuldades.

No entanto, cada qual escolheu seu caminho e pagou o preço que precisou para aprender segundo suas próprias opções.

Independentemente disso, a lei do Amor, a força da Bondade e o Império da Misericórdia continuavam a governar todas as vidas, preparando os futuros passos e atendendo, com as aparências da casualidade, as necessidades mais emergentes das almas em processo de resgate.

Assim, com o atendimento das carências mais urgentes de Lúcio, graças ao carinho de Cláudio Rufus, à atenção de Bernardo, às orações coletivas que o pequeno grupo de dedicados irmãos fazia em favor da sua recuperação, conseguiu-se mobilizarem os recursos necessários à estabilização de suas condições, ainda que o médico interditasse qualquer esforço de voltar à cidade imperial.

Se quisessem, que Tito e Fábio fossem até lá e trouxessem os demais parentes, numa jornada que poderia consumir não menos de dois a três meses de viagem, tempo esse que seria utilizado nos esforços de recuperação de Lúcio, a aguardar o reencontro com a mãezinha querida que, com maiores motivos ainda, poderia transferir-se para a província para a retomada das antigas relações com o romano querido, Cláudio, que havia sido exilado.

Se insistissem em levar Lúcio, Bernardo garantia a morte ao meio do caminho, para espanto dos assustados amigos que o ouviam.

E, dessa forma, ficou acertado que, com os recursos que Cláudio ajudou a conseguir, os dois homens voltariam para Roma na primeira galera que aportasse com o destino da capital imperial para que, agora, depois de acharem parte da família, pudessem resgatar daquele antro de perdição e maldade o restante dos entes queridos e recomeçar a nova etapa de suas vidas na província distante.

Cuidados espirituais

Muito tempo se havia passado desde a partida de Tito e seu filho Fábio, na árdua tarefa de reencontrar os filhos sequestrados, tanto que a esperança falecia no coração de Lélia Flávia, Serápis e Lúcia. Durante esse período, as duas amigas se fizeram mais íntimas nos trabalhos compartilhados e a jovem se tornava graciosa mulher, cujos sentimentos guardavam, entre seus segredos, a simpatia e a saudade do jovem Fábio.

A genitora adotiva de Lélia regressara à vida espiritual já há alguns meses, de forma que, agora, elas só tinham a si mesmas como família na Terra, uma família que, como ensina a Doutrina Espírita em "O Evangelho Segundo O Espiritismo", é o conjunto de espíritos harmonizados pelos laços comuns da virtude e do ideal, a superarem até mesmo os laços físicos do sangue ou da tradição.

A aproximação da convivência, nos inúmeros embates, produzira a afinidade espontânea que se impôs àquela anterior impressão de antagonismo, surgida dos tempos da morte de Druzila.

Serápis, tendo de suportar os dramas e misérias de uma vida de desencontros e desencantos, começara a colher os amargos frutos da sementeira desastrosa e isso já tornara mais brando seu caráter, ainda que não se tivesse santificado da noite para o dia.

Além disso, a situação de serva de Lélia pesava em sua consciência, já que aquela determinação de Sérvio Túlio, conquanto não fosse vivida na prática pela forma com que Lélia a tratava, representava importante marca em sua mente, lembrando-a constantemente de que não deveria se considerar dona de nada e que, apenas pela benevolência de sua ama, Lélia, é que podia assumir uma vida de igualdade e respeito, sem se sentir acima ou superior a ela.

Tanto que, a moradia que outrora fora seu tugúrio de paixões e prazeres, agora pertencia à amiga a quem, igualmente, competia a administração dos recursos que foram atribuídos à Lúcia pela decisão do magistrado romano.

Todas estas modificações de seu "status" vinham sempre para lembrá-la de que, de uma forma ou de outra, continuava a ser serva. De nada lhe adiantara todos os planos e construções para sair da condição servil, vista como inferior na sociedade materialista e sem outra ética que não a da aparência.

Aventurara-se com o patrão, desprezara o amigo que a amparara na hora difícil, sonhara com a ascensão social e o respeito dos romanos importantes, tudo para deixar a situação miserável que a pobreza lhe impunha como efeito de seus compromissos do passado.

E o que fizera para sair do nível inferior não impediu que ali continuasse, aumentando-lhe, porém, a dose de humilhação, sofrimento e dor íntima.

Quando sonhara em recomeçar a vida afetiva próxima de Cláudio, vira a sua aspiração frustrada com o seu banimento para o desconhecido.

Quando poderia passar a viver uma vida modesta, mas serena, com os filhos doentes, vira a existência ser transformada num turbilhão de solidão e abandono, crime e dor multiplicada.

Lélia, por sua vez, sofrida desde a infância, acolhera a desdita como situação contra a qual se deveria lutar com honradez e coragem, o que lhe propiciou a garantia do amparo superior, através do acolhimento recebido daquela que lhe fora mãe adotiva, responsável pelo seu reequilíbrio, pela garantia da criação de Fábio e, depois de todo o tempo de demonstração de confiança em Deus e em si mesma, reencontrara o espírito arrependido de Tito, agora mais amadurecido com as decepções e lutas que enfrentara, cujo empenho atual de resgatar os meninos abandonados representava obrigação moral que, de forma absoluta, a si mesmo se impunha para servir de demonstração de sinceridade nos processos da transformação moral.

Ambas, acompanhadas de Lúcia, haviam transformado aquela

casa em um agradável tugúrio de alegrias familiares, mesclada pelo amargor da saudade, já que todos aqueles que representavam os ideais de afeto de seus corações estavam ausentes.

Para Serápis, tanto os filhos quanto Cláudio Rufus tinham o destino ignorado.

Lélia, amparada pelos sentimentos de Lívia, se permitia voltar a sentir o encantamento sereno pelo antigo namorado, agora transformado em homem probo, arrependido e exemplo de pai para o filho que trouxeram ao mundo, e Lúcia que, nos sigilosos escaninhos de sua alma, imaginava as construções afetivas ao lado daquele jovem tão próximo que, simples e devotado, poderia se fazer o companheiro de seus dias futuros.

Assim, para todas elas, os momentos de espera se eternizavam com a ansiedade natural de que se revestia cada ruído na porta, cada mensageiro que, vez ou outra, chegava trazendo notícias dos membros da expedição de resgate.

Mas tão longo se fizera o intervalo entre a partida e a possível volta que, no íntimo de cada uma, interrogação sinistra pesava, a anunciar a possível incapacidade de regresso.

E sem que nenhuma delas comentasse com a outra, o aperto no coração ia aumentando à medida que nada de concreto se apresentava, com a possibilidade de, ao longo dos meses, até mesmo aqueles dois homens amados terem desaparecido sem deixar pistas.

Portanto, foi com uma verdadeira explosão de alegrias que os corações femininos receberam a chegada de Tito e Fábio, mais de um mês depois de haverem deixado o porto de Tarraco.

Surpresas que se ampliavam com as notícias da aventurosa jornada que os dois viajantes iam oferecendo às mulheres, encantadas com tudo, sobretudo com o retorno de seus entes queridos.

E depois de muito conversarem e permitirem a expansão de um carinho longamente acumulado, através dos gestos de gentileza e demonstrações de alegria, Lélia tomou a palavra, dizendo:

– Graças a Jesus, pudemos receber de volta o precioso fardo que vimos partir há tanto tempo. Em certos momentos me questionava sobre o acerto de tal escolha, a raciocinar sobre a conveniência de termos aceitado nos afastar de dois seres tão importantes para nós, correndo o risco de perdê-los tanto quanto aqueles ao encalço dos quais eles se determinaram.

Somente a dor de um coração materno e fraterno como o são Serápis e Lúcia me fez aceitar a possibilidade de afastar-me do filho amado e do homem que se fez seu pai e cuja falta, agora, posso dizer ter-me marcado com o selo da saudade.

A expressão afetuosa de Lélia Flávia era um refrigério ao coração do filho. No entanto, ao coração de Tito, a referência da mulher amada era o troféu longamente cobiçado que significava muito mais do que um perdão do erro do passado, perdão esse que podia ser conferido com os lábios, sem que representasse a efetiva reaproximação de almas.

Agora ele se sentia valorizado por aquela cujo sentimento e confiança não valorizou outrora, mas que, com seu gesto de heroísmo idealista, estoico, conseguira resgatar.

– Eu também me questionava, Lélia, depois de passados tantos meses, se teria sido acertada a exposição de seres amados em uma perseguição tão perigosa e incerta – falou Serápis, concordando com a exclamação da amiga.

Somente a esperança de mãe é que pode justificar a insanidade de expor os que estão vivos para ir em busca de notícias ou informações sobre os seres amados, ainda que estivessem mortos.

Ouvindo a expressão da mãe adotiva, Lúcia completou:

– Mas graças à coragem deles, pudemos saber qual é a realidade. Esperamos ser possível trazer Lúcio, o irmãozinho querido, o mais rapidamente para Roma. Quando isso poderá acontecer? – perguntou a jovem.

Entendendo que se fazia necessário aprofundar o assunto e relatar a condição extrema e dolorosa de Lúcio, Tito informou que tal evento não seria possível.

A pedido de Cláudio, Tito e Fábio aceitaram não revelar a elas sua presença na Hispânia nem que ele era o responsável pelo tratamento do doente.

Importava, antes, que todos aceitassem regressar ao local onde o filho as esperava, aproveitando-se da viagem para deixar a capital em definitivo, transferindo-se para área menos conspurcada pelos excessos, aviltada pelos interesses miseráveis, corrompida pelas lutas do poder.

Esse havia sido o propósito de ambos ao regressarem a Roma.

Convencê-las da necessidade de deixar a capital, se desejassem encontrar o filho Lúcio ainda com vida, já que seu estado era muito delicado e frágil.

As notícias sobre todos os fatos, com a natural omissão da presença de Cláudio na Hispânia Tarraconenses, representava, no coração de todas, motivação suficiente para ir ao encontro daquele que fora abandonado, que sofrera desde o dia do nascimento e que, agora, impossibilitado de voltar ao seio dos amados parentes, se fizera credor de todos os esforços para que os demais se desdobrassem para ir até ele.

A concordância das mulheres foi imediata, não sem antes demonstrarem a urgência de se desfazer dos haveres mais importantes com o fito de reunirem o maior cabedal de recursos e de não deixarem mais nenhuma raiz naquele ambiente grotesco, corrupto e mesquinho no qual Roma se transformara.

– Foi por esse motivo que eu e Fábio viemos juntos. Tendo encontrado um coração generoso que aceitou velar pelas necessidades do enfermo, aceleramos nosso regresso para que, liberando-as, pudéssemos auxiliá-las na solução rápida dos compromissos e, com a urgência possível, encetarmos a viagem de ida ao encontro do destino e de nossa felicidade.

Segundo nos parece mais exato, promoveríamos a viagem de vocês imediatamente, ficando aqui Lélia, eu e Fábio para as medidas indispensáveis que significassem a venda da casa e a arrumação dos demais detalhes da viagem.

Assim que isso se fizer real, tomaremos a primeira embarcação e nos juntaremos a vocês na província distante.

Entendendo que se tratava de uma medida sábia para a questão da aproximação da mãe com o filho em precário estado de saúde, ela foi aceita com serenidade e aplaudida com entusiasmo mesmo, menos por Fábio e Lúcia que, ao contato renovado, se fizeram enamorados, como se isso já estivesse deliberado em seus destinos desde muito tempo.

A jovem, pouco mais nova do que ele, havia amadurecido nas formas e na beleza a surpreender o coração do rapaz que, ao reencontrá-la naquelas condições, esquecera-se da menina insossa, da jovem pouco acessível, para encará-la como o ideal da esposa, com a qual construiria seu futuro.

Lúcia correspondia aos sentimentos do filho de Lélia e, assim, fazendo uso da palavra, quando se lhe apresentou o momento de ponderar as coisas, à medida que se passavam as primeiras horas e dias daquele regresso, fez ver à mãezinha adotiva que não pretendia afastar-se, novamente, de Fábio, como se vira obrigada durante todos esses anos que duraram a peregrinação salvacionista.

A saudade de Lúcio apertava-lhe o peito, mas, ainda que isso fosse significativo, sentir-se-ia mais oprimida se fosse obrigada a afastar-se do jovem amado, sobretudo agora que se via correspondida por ele no mesmo grau do afeto.

Além disso, não tardariam em seguir o mesmo trajeto, dependendo somente da ultimação das medidas burocráticas atinentes a solucionar todas as questões que as prendiam a Roma.

Com isso, Serápis entendera a necessidade de permitir a Lúcia o direito de manter-se ao lado de Fábio, com quem pretendia unir-se, tão logo se estabelecessem na nova província.

Assim, a viagem deveria ser efetivada sozinha, de forma a chegar em Tarraco o mais cedo possível e dirigir-se ao local onde se abrigara o filho perdido no trágico dia em que as ações nefastas de Marcus amargaram ainda mais o seu destino.

Foi muito rápido o processo de resolução e, em poucos dias, Serápis embarcava solitária na galera comercial que, de maneira mais rápida, atingisse a costa da Hispânia Tarraconenses.

Enquanto isso, os quatro permaneceriam em Roma para concretizar a venda da moradia comum, arrecadar os recursos materiais, notificar as autoridades da mudança de domicílio, notadamente em face da responsabilidade legal que Lélia exercia sobre Lúcia.

Da mesma forma que entre Fábio e a jovem tutelada o amor fizera sua teia luminosa, ao coração de Lélia e Tito se apresentava uma ventura radiante que, depois de muito tempo parecendo a expressão de uma impossível realidade, repentinamente, se tornara verdadeira.

Aos dois casais era urgente a transferência de domicílio para a distante província, antes que as diatribes romanas, aquelas entidades nefastas, que pareciam colocar suas mãos escuras sobre toda a possível felicidade dos que ali vivessem, se dispusessem a interpor sua nociva influência para acabar com sua felicidade.

Não viam a hora de assumirem seus lugares no interior da nau que os levaria ao destino alvissareiro, deixando para trás o rastro de agonias e venenos, intrigas e crimes que modelava aquela sociedade marcada pelo primitivismo e pelos vícios.

Todo o procedimento consumiu mais de um mês, desde a partida de Serápis, de tal forma que, certa manhã, para alívio de seus corações precípites, divisaram à distância a costa italiana, a apequenar-se em suas lembranças para sempre.

Daquela cidade, todos não desejariam mais obter sequer notícias.

Diante deles, o desconhecido se apresentava a convidar a novas experiências e a construir a própria vida, pelo tempo que ainda lhes restava.

– Como será que deve estar Serápis? – perguntava Lélia em voz alta, como se estivesse falando sozinha, comparando a desdita da amiga com a sua própria felicidade pessoal, asserenada desde a reconstrução de sua vida afetiva ao lado de Tito.

Em verdade, todos os viajantes pensavam a mesma coisa, tentando vislumbrar, ainda que na imaginação, o reencontro entre Serápis e Lúcio. E no pensamento de Tito e Fábio, tal ocorrência se revestia ainda de maior significado, eis que sem que os demais soubessem, a solitária e desditosa mulher iria reencontrar-se com Cláudio, também.

Já fazia mais de trinta dias que havia partido do porto de Óstia em direção ao encontro de Lúcio.

* * *

Enquanto isso acontecia em Roma, lá na cidade sede da província onde se localizava o enfermo, as coisas não iam bem.

Desde o encontro com os antigos amigos, Cláudio se esforçava para manter Lúcio dentro das melhores condições de equilíbrio orgânico.

Além do mais, em suas práticas religiosas fazia-se acompanhar do enfermo que, de uma maneira muito natural, aceitava as exortações de bom ânimo e se submetia, sem oposição, aos tratamentos fluídicos que eram feitos, desde os primeiros tempos do Cristianismo, com a singela imposição de mãos sobre o doente.

A oração prévia e a transferência de energias haviam equilibrado temporariamente as condições do jovem. No entanto, as visões mediúnicas de Cláudio, hauridas nesses momentos de exaltação da fé a favor do jovem doente, não lhe autorizavam ilusões.

As mesmas entidades, que o haviam advertido de que deveria preparar-se para o encontro decisivo graças ao qual sua tarefa no caminho do Bem poderia autorizar-lhe maiores ganhos de felicidade, agora se apresentavam a informar-lhe de que aquela vida estava fadada a finar-se, coisa que já estava acontecendo, lentamente, e que os esforços espirituais promoviam a moratória apenas para conceder aos parentes distantes os momentos do reencontro derradeiro, últimas despedidas da jornada terrena, a facultar àquelas almas, Lúcio e Serápis, os antigos amantes Pilatos e Fúlvia, as emoções da compaixão e da elevação do afeto, transmutando os baixos padrões sexuais do pretérito em um sentimento sublimado de compaixão e gratidão.

Cláudio escutava as advertências como o executor obediente que, fazendo-se digno de confiança, não traía as determinações de seus conselheiros invisíveis, sem que isso pudesse significar desleixo ou abandono do tratamento que, por sinal, as próprias entidades dirigiam pessoalmente.

Zacarias, Lívia, Cléofas, Simeão, Licínio e, agora, Décio, entre outros, eram os representantes daquela caravana interessada na recuperação de muitos, mas empenhada com esforços soberbos, no reerguimento do antigo governador romano e dos demais espíritos que lhe foram contemporâneos ao tempo das aventuras criminosas da Palestina Evangélica.

A vida física de Lúcio não se equilibrava como era de se esperar. Por maiores que fossem os esforços de Cláudio e seus amigos, por melhor que os alimentos fossem preparados e ministrados, que a higiene zelasse pelas estruturas abdominais comprometidas, na infecção da região umbilical, isso parecia não surtir qualquer efeito.

Somente à força das imposições magnéticas é que Lúcio encontrava certo refrigério ao incômodo que experimentava, constantemente.

Os quase quatro meses de ausência iam tornando apreensivo o coração de Cláudio que, apesar de confiar nos avisos do mundo invisível, acreditava que se tornaria impossível o encontro entre o doente e a mãezinha, encontro esse que seu próprio coração também ansiava muito, fosse pela curiosidade depois de tantos anos, fosse pelo sentimento armazenado no cofre da alma, no interesse afetivo que nutria por Serápis.

No entanto, para suas preces os espíritos respondiam com sorrisos serenos, como a dizerem para que aprendesse a esperar e confiar que a Misericórdia de Deus nunca faltava.

Para que o coração do fiel servidor pudesse se ver acalmado, certa noite, depois de muito tempo em que Tito e Fábio se haviam dirigido a Roma, Licínio foi incumbido por Zacarias de retirar o espírito de Cláudio do corpo físico para apresentar-lhe uma cena que pudesse diminuir-lhe a ansiedade.

Retirado durante o sono, viu-se Cláudio envolvido pelo carinho de todos aqueles seres cuja vibração ele tão bem conhecia, amparado pela força espiritual de seus mentores e felicitado pela visão do velho amigo Décio, que se fazia vivo ao seu lado.

— Bem, meu querido, conhecemos seus medos e, apesar da confiança que você deposita em Jesus, sabemos do aperto que o consome, diante do receio de que se torne impossível a chegada oportuna dos romanos distantes. Por isso, vamos, nesta noite, fazer uma agradável excursão para que você possa entender certas coisas.

Dizendo isso, todos saíram em direção ao céu escuro que envolvia todo o continente europeu para que, de mais alto, pudessem vislumbrar todo o cenário.

— Lá embaixo, Cláudio, está a noite do Império, palco de nossos embates evolutivos. Se se pode vislumbrar no continente, pequeninos focos de luz bruxuleante, oriundas dos aglomerados humanos com suas iluminações primitivas e frágeis, a escuridão domina o corpo do mar interior que o banha. No entanto, se a escuridão do mar é a verdadeira noite, seus olhos poderão encontrar uma réstia de esperança no meio da treva. Preste atenção.

E fixando os olhares na direção do orbe, os espíritos puderam vislumbrar uma terrível noite na área marítima, identificando, porém, como única exceção, um pequeno ponto de luz, forte e firme o suficiente para contrastar com todas as demais baças expressões luminosas do continente.

– Sim, meu amigo – respondeu Cláudio. Vejo um ponto de luz no meio das vagas escuras. É o único que consigo identificar. Parece que está nas proximidades da costa da Gália.

– Muito bem, Cláudio, é esse mesmo ponto que nós observamos. Desçamos um pouco mais.

Ao dizer isso, todos pareceram volitar suavemente na atmosfera no sentido inferior, para observarem melhor as circunstâncias que propiciassem aquela improvável manifestação luminosa no gigantesco corpo aquoso adormecido.

E a aproximação revelou o mistério.

Era uma galera que singrava os mares no período da noite, diante da experiência de seu comandante e da urgência de suas mercadorias.

Cláudio, no entanto, não sabia dizer por que aquele barquinho tão ínfimo podia ser identificado de tão longe.

Com a aproximação, sua visão pôde compreender a causa daquele brilho.

Sem entender como, percebia, na proa do navio, duas mãos luminosas que pareciam guiar a nau até o seu destino, aquelas que Décio havia visto, que o comandante Caio havia sonhado e que, em outras circunstâncias, já havia dado provas de sua existência.

– Veja, Licínio, há um farol luminoso na frente da embarcação... – falava com entusiasmo e emoção o viajante desdobrado durante o sono.

– Sim, Cláudio. Aquela embarcação está recebendo a proteção sublime porque carrega preciosa carga – falou o amigo invisível.

Do alto da proa, as duas mãos diamantinas emitiam raios luminosos de suave textura, ao mesmo tempo em que pareciam puxar a embarcação para os trilhos luminosos que ia abrindo no seio das águas com a projeção que fazia.

Ao observador externo, parecia que aquelas mãos eram os

motores do grande e pesado navio, já que a velocidade ou lentidão encontravam ali o fator determinante do progresso do deslocamento pela vastidão aquosa.

Licínio e Cláudio, acompanhados por todos os outros espíritos, estavam emocionados com a constatação da imensa sabedoria da vida que, em qualquer situação, jamais deixa de enviar a misericórdia a defender os fracos e os viciosos, única maneira de informá-los sobre seus próprios potenciais construtivos e educativos.

— Eu já vi aquelas mãos em uma situação muito parecida — exclamou o espírito Décio, impressionado.

— Sim, meu amigo, esse símbolo esteve sempre no seu caminho também e, agora, aqueles que se aproximaram do amor, mesmo que seja pelo sofrimento, pelo erro, pela queda, igualmente se fizeram merecedores dessa constatação luminosa, de que a Misericórdia não se compraz com a punição do culpado, mas envida todos os esforços para a salvação e a educação daquele que errou.

Em todos os quadrantes da vida, este representa o sinal de que alguém está sintonizado com as potências sublimes, aqueles que aceitaram voltar ao mundo em sacrifício de seus sonhos para resgate de suas faltas, nos processos de fidelidade ao Bem, mesmo pelo sofrimento e pela perseguição.

Olhando para o amigo emocionado, Licínio complementou:

— Entende agora, meu irmão, que Deus dirige com as leis sábias de sua compreensão superior, a todos, dos mais simples aos mais inteligentes seres humanos? Que enquanto estamos fazendo planos mirabolantes para colocar as coisas como gostaríamos que fossem, o Pai já elaborou os projetos e os está executando exatamente como as coisas devem ser.

Não se desespere diante da demora. Veja que as mãos luminosas guiam o barco e sabem qual deverá ser o seu destino.

Você é, apenas, e tanto quanto nós, singelo executor, companheiro comprometido também com essa tarefa, com a organização destes momentos de reencontro, já que, outrora, você também se deixou arrastar por inúmeros desvios diante da administração material dos recursos do povo.

Agora, a vida o convoca a entregar o que é a sua essência na construção da nova ordem de esperanças no coração dos homens.

Essa é a convocação da Misericórdia. Esqueçamos nossos erros de ontem e ajudemo-nos uns aos outros na superação de nossas próprias quedas, através do esforço comum, da tolerância constante, do sorriso nos lábios e da vontade de fazer Jesus sorrir.

Quanto a isso, nunca devemos nos esquecer de quantas vezes já fizemos o Cristo caminhar sozinho, chorar sozinho, passar fome sozinho, ter sede sozinho, sofrer sozinho.

Agora, Cláudio, para nós surge a chance de colaborarmos com a reconstrução de nós mesmos através da ajuda constante e decisiva. Abrande o coração que, a estas alturas, não tardará para que os destinos dessas almas se encontrem diante de seus olhos e, assim, tudo possa ser encaminhado para as necessárias estradas da evolução.

Dizendo isso, Licínio abraçou o espírito daquele devotado servidor e, com cuidados especiais, reconduziu-o ao leito carnal onde o depositou de regresso, ao mesmo tempo em que energias potentes eram projetadas sobre os terminais cerebrais do corpo em repouso para que, vibrando de maneira mais sutil e acelerada, conseguissem recolher as informações hauridas na excursão noturna e arquivadas na mente do espírito, a fim de que tais noções pudessem fazer parte das lembranças claras de sua memória consciente, quando do despertar na manhã seguinte.

Enquanto isso, a nau se aproximava do destino, e o mundo espiritual envolvia o coração de Lúcio, de Serápis e de Cláudio nos eflúvios benditos para que as sublimes questões do afeto pudessem terminar equacionadas nos caminhos do Amor Superior.

Compreendendo os planos de Jesus

Com as informações de Tito e Fábio, não foi difícil para que Serápis se dirigisse até o local onde seu filho, Lúcio, se encontrava, submetido aos cuidados generosos daquele grupo de cristãos que, unidos pela fé em Jesus e pelo desejo de se melhorarem ao contato com a Boa Nova, tudo faziam para amparar os que lhes chegassem, cruzando-lhes os destinos.

Desde que chegara à província distante, Cláudio se pusera a viver dentro dos mesmos padrões de dedicação que já vivenciava em Roma, com a diferença de que, nos primeiros tempos, fizera-se trabalhador braçal para conquistar as moedas necessárias à sobrevivência. Com sua capacidade de execução e sua visão experiente, não demorou muito para que fosse conduzido a novas tarefas, já mais complexas, e que lhe permitiam uma maior liberdade de ação, coisa que soube utilizar em favor de suas causas, agora notadamente vinculadas ao ideal cristão.

Transformou a sua modesta vivenda numa casinha de encontros fraternos tanto quanto o fizera seu antigo amigo e benfeitor Décio e, dessa forma, semanalmente, pessoas mais íntimas se reuniam para conversarem sobre as coisas de Jesus, contando suas experiências, suas novas lutas, ou mesmo falando de sonhos premonitórios, pedindo explicações ou opiniões sobre problemas pessoais.

Dessa maneira, vendo ampliarem-se os corações interessados, resolvera Cláudio transformar aquele grupo de bem intencionados indivíduos em um pequeno exército de modestos servidores que, de forma generosa e discreta, se ocupavam dos aflitos e desprezados pelos homens.

E dessa iniciativa, as reuniões de conversas e relatos passaram à congregação de esforços benemerentes, base de todo tipo de projeto superior até os dias de hoje, quando os que discutem as teorias não passarão de um grupo de conversadores se suas mãos se mantiverem inertes, sem demonstração da superioridade efetiva de suas teses.

Cláudio, com o espírito realizador, deu vazão aos seus desejos de relembrar, em sua casinha, a memória de Décio que, ao seu lado, tão bem o ensinou pelos exemplos de devotamento e entrega, acolhendo os aflitos e sabendo ajudar a todos, de uma maneira ou de outra.

E nem no passado, quando as suas condições materiais eram tão opulentas ou vastas ele se sentia tão útil como o passara a se sentir agora, ali, destituído de quase todas as facilidades da vida, sem contar com recurso e sem estar ligado a nenhuma autoridade importante.

Descobrira, então, que para se fazer útil na vida dos demais, não era essencial ou indispensável a detenção de riquezas, opulências, cargos, poderes, todos eles muito pesados para se moverem na direção dos mais aflitos, todos eles muito complicados para se fazerem simples no desprendimento e no desinteresse.

Isso porque, na vida de Cláudio, a sentença de desterro a que fora injustamente submetido, elevara-se como bênção de amadurecimento, através da qual sua alma pôde perceber o quanto as coisas do mundo mundanizam as boas intenções e os ideais das criaturas que, mesmo possuindo ideias de serviço, acabam contaminadas pela competição e pela mentirosa satisfação das conquistas materiais, insanamente buscadas pela maioria.

Percebera o quanto se vê escravizado pelo mando aquele que deve ter a obrigação de organizar, o quanto se vê cobrado e vigiado pela cobiça aquele que possui bens materiais, o quanto está cercado de vigias e inimigos sorridentes aquele que se encontra em posição de destaque.

Entendera o peso das concessões humanas, a requisitar, das criaturas favorecidas, a constante e obsessiva vigilância para que não se vissem despidas das ilusórias prendas com que os homens se iludem, achando que representam a mais importante premiação.

Por isso, agora que não era mais importante, que não possuía mais empregados ou dinheiro abundante, percebera que, sendo mais livre de tudo, detinha maior poder de agir, maior liberdade de escolha e mais facilidade para fazer tudo quanto desejasse, sem ter que prestar satisfação a quem quer que fosse, não dependendo da aprovação de superiores, da aquiescência de cônjuges, da aceitação de parentes nem de nada além da sua própria vontade.

Descobrira que, para transformar o mundo, não se fazia necessário uma mina de ouro com a qual se comprassem as pessoas. Seria indispensável, no entanto, um sentimento rico, um filão dourado de afeto, uma determinação de servir sempre à causa maior que Jesus viera descortinar aos olhares ingênuos e bisonhos dos homens de sua época, tanto quanto da humanidade de hoje.

Quando da chegada da mãe de Lúcio ao local que se convertia em asilo de doentes, ainda que de pequenas dimensões, Cláudio se havia dirigido ao atendimento de infeliz sofredor que, desde longa data, lutava contra a tuberculose.

Desde a noite alta, Cláudio havia sido chamado para atender nas dores materiais e morais daqueles seres que compunham o círculo afetivo dos seguidores do caminho cristão, o que o obrigou a permanecer longe dos cuidados para com Lúcio, já que não houvera recebido nenhum correio de Roma a indicar quando seria a chegada dos parentes distantes.

O certo é que, identificando-se como mãe daquele cego enfermo, as portas da pequena hospedaria de infelizes, na qual se transformara o lar de Cláudio, se abriram para ela, uma vez que todos os seus voluntários acompanhavam-lhe o caso pessoal, na expectativa de encontrarem, o mais rápido possível, a genitora daquele ofegante e sofrido jovem, entregue à morte.

Nada melhor do que a própria mãe para se transformar em excelente enfermeira, ainda que não conheça os remédios específicos, os procedimentos mais corretos ou as normas da enfermagem porque, ainda que os que se dediquem a cuidar dos aflitos possam fazê-lo com correção e devotamento, ainda, na maioria dos casos, não atingiram a sublimidade do fazê-lo por Amor simples e puro.

A mãe, no entanto, sem conhecer técnicas ou procedimentos regulares, reveste as suas condutas com tal devotamento, que santifica as mais equivocadas práticas, imprimindo um caráter de esperança, alegria, força, vontade que contamina no Bem o ânimo daquele ser caído, abatido, cansado ou frágil.

Assim, Serápis foi imediatamente levada até a presença do filho combalido e, tão logo se fez escutar no ambiente, produziu em Lúcio a reação positiva de alguém que está esperando com ansiedade a chegada do coração amado.

– Mãezinha, mãezinha – exclamava o jovem, emocionado, esquecendo a própria dor física – estou aqui... fale comigo... é você mesma?

Ouvindo as palavras do filho, mais do que depressa Serápis se aproximou daquele que, dentre os outros aflitos ali acolhidos, se apresentava nas piores condições.

Sem conseguir conter a emoção, a sua alma, imantada à alma daquele filho desditoso desde o nascimento, se fez mais dúlcida e carinhosa, a exclamar:

– Lúcio, meu filho... Sim, sou eu, Serápis, sua mãe, que precisa muito agradecer a Jesus pela oportunidade de retomar de seu passado perdido a oportunidade de rever tão querido coração.

E enquanto ela se ocupava em controlar as emoções diante daquele que desaparecera já há vários anos, desdobrava-se em cuidados para não lhe dar a perceber a péssima impressão que seu estado geral lhe produzia.

Naturalmente que o tempo o havia modificado em muitas das formas orgânicas.

No entanto, os últimos desafios a gastarem suas forças e a fazerem voltar suas dores mais fortes tinham esculpido os traços de Lúcio de forma a fazer dele quase um cadáver ambulante.

Suas estruturas ósseas se viam por sobre a roupa pobre, nas saliências e pontas esqueléticas que anunciavam a precariedade da vida naquela forma humana.

Abraçando-se ao filho, Serápis deixou-se levar pela impulsividade do afeto arrependido, surgindo-lhe na mente as cenas grotescas nas quais se valia das deficiências dos meninos para expô-los em público e ganhar dinheiro.

Parecia que o mundo a julgava como a pior dentre todas as mães, aquela que, não satisfeita com as desgraças encontradas no caminho, de forma mais desumana, delas resolvera extrair vantagens imediatas, como era a sua conduta naqueles tempos.

Informada pelos colaboradores que ali se encontravam, foi colocada a par das condições de atendimento que haviam sido adotadas para Lúcio desde a sua chegada àquele local.

Ao mesmo tempo, informavam que, para obter maiores informações, deveria ela esperar pela chegada daquele que se apresentava como o primeiro responsável pelos cuidados ao doente, que não deveria tardar.

Serápis não sabia se protestava pelo estado delicado e frágil do filho ou se se punha a agradecer o fato de terem acolhido Lucio, mesmo nas condições terminais em que se fazia evidente a sua situação.

Isso porque as chagas abdominais se haviam ampliado e, desde dois dias, uma longa fissura permitia que os órgãos internos pudessem ser visualizados, ao mesmo tempo em que se fazia muito mais complicada a realização de qualquer procedimento, ainda que precário, por parte dos homens devotados àquele caso específico.

Assim, dividia-se entre a prostração da inércia, abatida pela inexorabilidade das condições terminais do filho e a luta encarniçada para não permitir que a morte ocorresse.

Sentia uma admiração por aquelas almas amigas que se esqueciam para que seu filho pudesse estar melhor e, desde esse dia, as mensagens de Jesus, ouvidas por ela desde longa data, passaram a fazer outro sentido, muito mais belo e profundo, de onde poderia extrair toda a força para compreender a sua profundidade consoladora, na hora do testemunho.

Vendo a emoção de Lúcio saudoso, Serápis perdeu-se em carinhos extremados, como a aproveitar rapidamente aquele encontro que, pelas evidências patenteadas na débil condição física do rapaz, não se alongaria a permitir maiores colóquios.

Falou de sua irmã, Lúcia, da saudade dos encontros em casa,

falou da morte de Domício, das lutas em conseguir encontrá-los, da dedicação de Tito, dos efeitos salutares da prece em favor de seus espíritos ao mesmo tempo em que ouvia do filho o relato das dificuldades enfrentadas pelo caminho, vindo a ter uma melhor ideia do significado da vida de Décio na realização dos objetivos amorosos de Jesus no coração dos aflitos.

Entendera a lógica daquela sentença iníqua que o banira para distante região, mas que, ainda que imerecida, preparava os caminhos protetores para o acolhimento de seus dois filhos infelizes, distanciados de seus braços protetores.

Percebia, então, como a bondade do coração humano poderia ser usada como instrumento nobre pela Misericórdia Superior, para amparar mesmo aqueles cujo passado estivesse a exigir prantos e ranger de dentes.

Quantas vezes houvera acusado a Deus e questionado a Jesus do porquê da feroz injustiça a afastar as duas mais amadas criaturas de seu caminho, fosse o antigo patrão e benfeitor Cláudio, fosse o seu anjo protetor Décio, colocando-as nas adversas situações da solidão e da necessidade material.

Agora podia avaliar como a planificação sábia do Amor Misericordioso tudo realizava para que, através das sentenças indignas do mundo, as estradas da evolução estivessem abertas e protegidas a fim de que todos os devedores encontrassem o convite ao trabalho, não importando onde se veriam instalados.

E Décio foi o exemplo desse tipo de instrumento, a consolar seus dois filhos e tutelá-los intimamente, como realizador da Vontade de Deus, sabendo mesmo sucumbir para que algum deles pudesse viver.

Ali estava ele, sobrevivente, sem qualquer tipo de envaidecimento ou arrogância, perdido no cipoal das desgraças e limitações mentais e materiais, graças ao apoio que um desterrado, um condenado, um degredado soubera entregar por Amor verdadeiro.

As confissões se faziam de parte a parte e, por mais que Serápis insistisse em não forçar muito a estrutura respiratória do filho querido, mais este tinha pressa em expressar-se, não se importando com as maternais advertências para que se pusesse mais calmo.

— Não, mãezinha, preciso falar tudo porque sei que não me resta muito tempo. Sei que a bondade de Jesus me concedeu essa dádiva de poder reencontrá-la nesta hora final de meu destino, para que a saudade não viesse a ser a minha algoz daqui para a frente. Jesus é generoso e não pretendo desperdiçar a sua concessão para resguardar um corpo que sinto não ter mais como manter-se por si próprio.

Todos os dias minhas orações junto ao paizinho que me acolheu nesta casa eram no sentido de permitir a sua chegada antes da chegada da morte, ainda que em minha alma, ela surgisse mais como a libertadora do que como a punidora.

Para os que sofrem como eu tenho sofrido, mãe, a despedida desta Terra soa como uma forma de liberdade, já que, acreditando em Jesus, todos estaremos acolhidos pelas suas Mãos Compassivas.

Sinto que pareço estar no limiar entre dois mundos, fazendo parte tanto da realidade deste ambiente, quanto da outra, mais leve e desconhecida.

E se for isso que me espera, ainda que não consiga nada captar pela falta da visão, posso dizer-lhe que não é algo horripilante que se deva temer.

Além do mais, escuto certas vozes que, às vezes, posso jurar se tratarem de vozes amigas, entre as quais, distingo a de Décio.

Não deve haver barreiras para aqueles que se amam de verdade, mãe, e, por isso, agradeço a todos estes que estão cuidando de mim e a quem, de minha parte, quem sabe um dia, eu próprio poderei cuidar.

E, ainda que meu primeiro paizinho nos tenha abandonado a todos, posso afirmar-lhe que a misericórdia de Jesus nos dotou de muitos paizinhos ao longo da jornada da vida.

Primeiramente foi Cláudio, a nos oferecer o trabalho e o aconchego de sua casa. Depois foi Décio que, de forma pessoal e direta, velou por nossas necessidades de maneira desprendida e sacrificial.

Agora, são estes aqui que nos ajudam em tudo o que necessitamos e que, como você mesma vai poder constatar, tudo fazem para que nada nos falte.

Veja a grandeza do Amor Sublime quando nós nos deixamos arrastar por seu doce chamamento.

Entendendo a necessidade de permitir que o filho pudesse dar expansão aos seus mais profundos pensamentos, no sentido de despedir-se da vida de maneira corajosa e serena, Serápis passou a meditar que, em toda a sua vida, tivera mais oportunidades de ser feliz do que dores a lhe produzirem condições adversas.

Conhecera Licínio, salvador de sua juventude, mas desprezara seus desejos honrados de união.

Houvera encontrado Marcus e dele fizera um trampolim para as escaladas materiais da vaidade e do poder.

Conseguira certa proeminência, que se fizera inútil para conduzi-la aos postos sociais que tanto invejava. Estivera nas beiradas do crime, ao conspirar para a fuga da mansão, levando consigo a filha de Marcus, abrindo espaço para os eventos tristes do envenenamento de Druzila. Ao mesmo tempo, suportara na carne o sequestro de seus dois filhos e o envenenamento do outro, o adotivo Domício.

A mesma criança que iria usar como ferramenta de manobra e chantagem acabou lhe sendo tirada por Marcus com o mesmo objetivo. A mesma mulher que ela acusara de culpada pelo envenenamento da patroa e que seria, por sua vez, supliciada no circo, fora conduzida pelas forças superiores da Misericórdia para socorrer-lhe nas horas difíceis, cuidando de sua casa e ajudando-a a superar as próprias injustiças.

Agora, transformada em sua senhora, por força da sentença sábia, se tornaria a sogra da jovem Lúcia, a filha adotiva de seu coração.

Do mesmo modo que desprezara Licínio para escolher o amor ilícito de Marcus, a vida a condenara à solidão de forma a não conseguir ver preenchido o vazio do seu coração, com o companheiro amigo e generoso.

Trocara Licínio honrado e bom por um Marcus covarde e fraco, criminoso e doente. Quando se vira inclinada a construir a felicidade novamente com outro, eis que o destino afasta de seu coração aquele outro candidato, banindo-o para longe. Lembrava-se de Cláudio.

Sempre que quis interferir e modelar seu destino, segundo seus próprios interesses, foi surpreendida pela resposta da Justiça do Universo a colocar as coisas dentro dos padrões educativos para que ela entendesse que a felicidade não se furtava nem se falsificava.

Ao contrário, a felicidade se construía, pedaço por pedaço, renúncia por renúncia, esforço por esforço, sem prejudicar a ninguém por sua causa.

Como era diferente a sua história daquela que seu próprio filho relatava aos seus ouvidos, principalmente quando lhe deu conhecer os detalhes da viagem da Gália Narbonensis até à Hispânia Tarraconense, inspirada pela ação durante o sono, de entidades generosas, a exibirem suas mãos luminosas nos entroncamentos difíceis do caminho para que, ao final, conseguissem chegar em segurança ao destino.

Aos ouvidos de Serápis, aquela epopeia era a demonstração clara da intervenção superior nos desígnios humanos, sempre que os homens se permitem suficiente humildade para saberem escutar os conselhos luminosos e as orientações das forças do Bem.

E, emocionada, seus pensamentos divagavam pelo seu passado de erros e intrigas, a envergonhar-se diante daquele cego que, mesmo às portas da morte física, se fazia sentir ao seu coração como um credor de seu afeto, um credor que, vestido de dores e limitações, havia visto e descoberto as coisas lindas que ela, visualmente perfeita e fisicamente forte, se fizera cega e impotente para notar.

O estado de saúde débil de Lúcio impusera uma pausa na conversação e, por mais que o jovem se esforçasse em prolongar aquele entendimento, sua voz não tinha mais força e seu abdômen ferido se recusava a dar-lhe trégua para que a menor palavra pudesse ser articulada.

Chamando uma ajudante, Serápis a informou da gravidade e de que não poderia permanecer ali para que o rapaz não se esforçasse em falar ainda mais.

Afagando-lhe a cabeça suarenta, Serápis cochichou-lhe palavras de carinho, informando-o de que deixaria que descansasse para que continuasse a conversa um pouco depois. Disse, no entanto, que permaneceria por ali porque passaria a ser sua enfermeira pessoal, a cuidar de suas necessidades mais básicas, inclusive responsabilizando-se por sua alimentação e pela limpeza de seus dejetos já que, a essas alturas, Lúcio não tinha mais condições de se deslocar do leito.

Por causa do esforço e da emoção, Lúcio se entregou ao sono rapidamente, enquanto a mãe, recém-chegada de Roma, se dava pressa em informar-se de um local para estabelecer-se, já que tudo indicava que ali não lhe seria possível a permanência, pela absoluta falta de espaço.

Saiu à rua em companhia de outra colaboradora que, conhecendo as necessidades como as dela, encaminhou-a à hospedaria mais próxima, que fosse compatível com suas necessidades e que lhe garantisse a segurança e o singelo conforto de um leito limpo.

– A senhora fique aqui até que Lúcio possa acordar enquanto nosso paizinho não regressa. Assim que ele chegar, nós a informaremos para que possa ir conhecê-lo – afirmou a voz amiga que se despedia logo a seguir.

Emocionada por tudo aquilo que acabara de vivenciar, sentiu que somente o estado precário de Lúcio se impunha como impeditivo para que ela permanecesse junto dele para sempre, como que a beneficiar-se de suas palavras reflexivas e luminosas, agora que as dores orgânicas se tornavam mais cruéis.

Apesar de Serápis atribuir tais expressões sábias a circunstâncias pessoais produzidas pelo amadurecimento que a dor favorece, não sabia ela que, naquela hora de entendimentos decisivos, Lívia se valia das forças de Lúcio e de suas expressões para fazê-la escutar o que era indispensável para que refletisse e se transformasse.

Era o carinho espiritual daquela que lhe fora vítima da intriga mesquinha do passado que, transformada em benfeitora e celestial protetora, se fazia ouvir aos seus ouvidos e sentimentos através da boca carnal de Lúcio, influenciado diretamente por suas energias espirituais.

Serápis, a mesma Fúlvia de outrora, precisava entender, de uma vez para sempre, que suas dores eram efeito de suas próprias escolhas e não perseguições de uma Justiça Injusta.

Precisava sentir que tudo o que fizera atrapalhara os planos de resgate que haviam sido elaborados antes, graças aos quais ela poderia estar ao lado de um homem que a amava, que a sustentaria nas horas difíceis e que a ajudaria a reparar os erros e dívidas com aqueles espíritos que vieram à vida para se reajustarem com a Divina Lei através de seu auxílio direto e pessoal.

Era indispensável que ela pudesse perceber a absoluta

discrepância que existe entre o destino dos que lutam, aceitando as estradas que Deus abre para serem palmilhadas e o destino dos que lutam, acreditando, porque rebeldes, serem capazes de esculpir suas estradas por si mesmos, com as ferramentas da própria ignorância.

Serápis, assim, se pusera pensativa e a perquirir que leis seriam aquelas a que Lúcio se referia, a atender suas mais importantes necessidades, a revestir seu caminho ora com a doçura de Décio, ora com o amparo de uma gruta no meio da chuva, ora com a solidariedade de crianças inocentes, ora com a decisiva empreitada de Tito, enquanto para ela mesma, a vida parecia ter sido madrasta.

E sem poder negar a situação trágica de seu filho, Serápis igualmente se perguntava por que foram deslocados de tão longe, tanto ele quanto ela, para que o encontro entre ambos não durasse mais do que algumas horas ou, quando muito, alguns dias, como tudo indicava que seria.

Como pode haver lógica nessas coisas que Lúcio lhe revelava, quando tudo mais parecia uma brincadeira de mau gosto, uma ironia do destino a tirá-la de Roma para fazê-la encontrar o único filho legítimo que restava, apenas para levá-lo à sepultura, depois de anos de afastamento?

Seu olhar não era capaz de entrever no meio da bruma da noite os clarões convidativos da aurora, a surgirem por detrás da escuridão, revelando a sabedoria solar que apaga a mais densa neblina e a substitui pela alvorada.

— Por que motivo, então, Lúcio percorreu todo este trajeto, Décio perdeu sua vida, Tito e Fábio se arriscaram, nós fomos deslocados da capital do Império para esta região remota, com o sonho de reconstruirmos nossas vidas se, agora, quase nada há para ser reconstruído? – perguntava-se Serápis, quase em pranto de dor.

Ao seu lado, Lívia afagava-lhe os cabelos despenteados, a sussurar-lhe aos ouvidos que não se entregasse ao desânimo, que não se permitisse pensamentos infelizes, porquanto a Misericórdia do Pai jamais fazia algo inútil e que não tivesse a função de nos ajudar a crescer.

Perdida em seus pensamentos, Serápis não viu o tempo passar no pequeno quarto que a abrigara, nas proximidades da pousada em que Lúcio era tratado.

Adormecida, viu-se na presença de Lívia, que procurava acalmá-la com palavras de carinho, enquanto Serápis a tratava como se estivesse diante de um anjo de Deus, tal o quase temor que a sua beleza espiritual lhe inspirava.

Sem entender de onde vinha a sensação, Serápis identificava naquele espírito uma alma para com a qual ela própria havia falhado e produzido muitos males. Lívia a enlaçava com a doçura de uma mãe compreensiva e amiga, falando-lhe aos ouvidos para que não se ocupasse do passado.

— Agora, Serápis, somos verdadeiras irmãs, unidas por Jesus e pelo amor aos espíritos de que estamos cuidando. Prepare-se para entender os motivos de Deus, porquanto, em breves horas, nosso Pôncio estará regressando aos nossos meios, enquanto você deverá prosseguir na jornada terrena, velando das coisas de Jesus com o olvido de toda queda.

Já perdemos muito tempo nas lágrimas de nossos erros do passado. Chegou a hora de nos ocuparmos da única coisa que vale a pena. O suor do Bem, o serviço a Jesus, o zelo pela Casa do Pai que é o nosso coração, para que nela residam as sementes de esperança do celeste armazém.

Você é jovem ainda, plena de forças e carregada de cicatrizes da dor e do equívoco. Agora é a hora de extrair as vantagens dessa experiência uma vez que, diante das armadilhas da vida, não haverá mais aquelas que conseguirão iludi-la facilmente.

Já não mais a beleza estonteante, a facilidade das riquezas, a importância do mando, a exuberância do corpo, as euforias das emoções.

Curtida como o velho vinho no esforço do tempo que o doma, você está sendo preparada para ser o néctar de esperanças nas quais a Misericórdia de Deus encontrará a compreensão para atender os caídos no mundo das sensações. Prostitutas encontrarão em você a compaixão para com suas ilusões, amantes iludidos encontrarão em seu verbo a palavra sábia daquela que já provou o venenoso líquido das aventuras ilícitas. Os aventureiros das conquistas encontrarão em suas experiências as advertências daquela que se viu surpreendida pelos espinhos que não havia previsto antes do começo da aventura.

Os famintos encontrarão a força daquela que se fez mãe de quatro filhos desditosos, abandonados, enfermos, de forma que você tem em si mesma a verdade que falta a todos eles, e seus exemplos serão fecundas manifestações de Deus – o Pai Misericordioso – no caminho de todos os aflitos.

Embevecida com todas estas referências à suas tarefas futuras, Serápis chorava por se achar indigna, sobretudo na nova terra desconhecida, sem contar com recursos maiores do que aqueles modestos meios que rapidamente se consumiriam.

Lúcia se encaminhava para o matrimônio com Fábio e Lélia tinha a Tito para compartilhar as suas aspirações de mulher.

Ela, todavia, não se sentia suficientemente capaz para sair da tragédia da escuridão para a batalha da luz.

Talvez Jesus estivesse esperando muito dela – pensava consigo mesma – sem ter coragem para verbalizar suas ideias diante da luminosa entidade que olhava em seus olhos e sorria em silêncio.

Percebendo suas reticências diante de tais vaticínios inspiradores, os quais Serápis interpretava como eloquência exagerada de uma alma pura que desejava inspirá-la, Lívia se fez mais próxima e sussurrou-lhe aos ouvidos espirituais, enquanto o corpo repousava, cansado:

– Serápis, nunca duvide de Deus e de Jesus. Vocês conhecem o império do mundo nas expressões de uma Roma de mármores e mentiras. Mas o império do poder e do medo, dos exércitos e das intrigas, da morte e do crime não são nada diante do Império que Jesus exerce por delegação direta do Criador.

Nunca se esqueça de que você vive SOB AS MÃOS DA MISERICÓRDIA.

E percebendo que Serápis se emocionava ainda mais, sem atinar para a profundidade daquelas palavras, Lívia concluiu, dizendo-lhe:

– Prepare-se, minha filha. Volte ao corpo agora para que você entenda, finalmente, o que significa o que estou lhe dizendo.

Conduzindo seu espírito até as proximidades do organismo físico adormecido, Lívia incumbiu-se de recolocá-lo suavemente junto às células biológicas, quase que ao mesmo tempo em que fortes pancadas na porta anunciavam que alguém a chamava.

Meio atontada pelo torpor do sono e pela noção sublime que lhe invadia a alma, Serápis dirigiu-se para porta.

Naturalmente, como lhe haviam falado antes, alguém a vinha chamar para regressar junto ao filho infeliz.

No entanto, assim que a porta se abriu plenamente, seus olhos se iluminaram e um grito de surpresa se fez ouvir por todo o ambiente.

Diante de seus olhos, estava Cláudio Rufus.

– Cláudio, ... Cláudio... – foram as suas únicas palavras, antes de atirar-se em seus braços, em lágrimas de alegria a traduzirem a sensação de sonho, como se suspeitasse ainda não ter acordado.

– Sim, Serápis, SOU EU.

Estou aqui para levá-la até Lúcio.

E sem entender bem tudo aquilo, a mãezinha do enfermo só conseguiu dizer:

– Quer dizer que foi por isso que Jesus me trouxe para cá...

Abraçados, seguiram pelas ruelas até a pousada que Cláudio mantinha para o atendimento dos necessitados, em nome de Jesus.

– Sim, Serápis, agora também entendo por que Jesus me trouxe para cá!

* * *

Ali, ao contato daquele que, por fim, reencontrara também o próprio destino, na compreensão do porquê de ter sido deslocado da longínqua Roma para os confins daquela província, Cláudio e Serápis iriam dar seguimento à mesma trajetória de bondade aprendida com Licínio, com Décio, com Lélia: a de servirem por amor aos que de amor necessitavam como o mais importante remédio para suas feridas, tanto as do corpo quanto as do espírito.

SOB AS MÃOS DA MISERICÓRDIA

No recinto, que impressionava pela sobriedade e pela beleza, encontravam-se reunidos os espíritos amigos que, desde há mais de cem anos vinham se desdobrando em auxílio daqueles companheiros que se haviam feito parte integrante da própria razão de viver e por cuja recuperação todos trabalhavam.

Trazendo Zacarias à frente, na sua postura apostólica humilde que, em momento algum, se fazia chefe ou superior aos outros, mas com a autoridade moral daquele que recebera do Cristo a principal incumbência dos cuidados ao ex-governador da Galileia, ao seu lado se podiam vislumbrar o seu antigo ajudante em tais esforços, o centurião Lucílio, o mesmo Licínio, tanto quanto o igualmente devotado apóstolo da Samaria, o velho Simeão, ladeado por aquela que abrigara da perseguição de Sulpício em sua modesta casinha, Lívia, postada igualmente ao lado de João de Cléofas ao lado do qual fora devorada pelas feras no Circo Máximo, por ocasião dos festejos de Nero.

Era o cortejo nobre dos que, apesar das próprias limitações pessoais, se haviam entregado ao trabalho do Bem, pela instauração do Reino de Deus no coração das criaturas.

Todos, ali, sem exceção, na pobreza, na dor, na injustiça, na força da coragem, haviam dado a vida por seus semelhantes, como houvera afirmado Jesus não haver amor maior do que aquele que sucumbe por amor aos que considera seus amigos.

Zacarias, envenenado para salvar Pilatos.

Lucílio, queimado no circo para salvar Lélia e ajudar Marcus e Serápis.

Simeão, crucificado, espancado e ferido até a morte para salvar Lívia e Ana.

Lívia, devorada pelas feras para dar testemunho de sua fé, salvando a serva e amiga que a acompanhava, Ana.

João de Cléofas, morto junto com Lívia, para dar testemunho de obediência às determinações superiores que o haviam levado a Roma a fim de preparar a todos para as perseguições que se avizinhavam e das quais fora ele uma das primeiras vítimas.

Nenhum deles, no entanto, deixara de acolher com carinho verdadeiro, aquele que deixara a condição de gladiador feroz de outrora para tornar-se, na última jornada física, o devotado Décio, aquele que se fizera instrumento do Bem para que os planos da Misericórdia pudessem ser cumpridos.

Décio se ajuntava aos outros naquele momento, já retirado do corpo físico depois das heroicas lutas protetoras do destino de muitos, entre os quais, de Demétrio e Lúcio.

Graças ao seu devotamento fiel, os espíritos elevados que agora o circundavam haviam conseguido levar até o final os planos daquele projeto reencarnatório que visava iniciar o processo de resgate de Sulpício, Serápis, Pôncio Pilatos, Sávio e todos quantos pudessem ajudar na esteira de tais esforços.

E por isso, sua figura recebia de todos aqueles espíritos que o cercavam, as vibrações de carinho e gratidão, nas demonstrações de ternura a que se entregaram todos os que foram beneficiados pelos atos de humanidade que ele devotara, graças aos quais, a Misericórdia encontrara caminho para amparar as aflições do mundo.

Tão intensa era a gratidão de todos, que Décio se sentia constrangido por não ver, em si mesmo, merecimento para tal demonstração de afeto dos demais.

No entanto, ele também dera a própria vida para salvar a de Demétrio, rebelde e iludido, e a de Lúcio, a quem conduzira ao seguro porto depois de todos os esforços ingentes da longa viagem.

Ele também morrera para salvar um amigo.

O ambiente se fazia impregnado de brilhos e perfumes, enquanto suave e emocionante cavatina, como se por detrás das altivas colunas de material desconhecido dos humanos, corais de crianças angélicas se pusessem a entoar as melodias que desafiavam os corações mais indiferentes a não chorarem de emoção.

À frente de todos, a razoável distância, sobre uma discreta elevação, à guisa de palco, lavrado na alvura que o mais puro mármore terreno é incapaz de traduzir, se punha uma bancada ampla, como mesa imponente e preciosa, na qual se podia perceber importante local de decisões, à frente da qual se esculpiam três palavras que representavam a função daquela assembleia: VERDADE, JUSTIÇA, MISERICÓRDIA.

Três poltronas simples e confortáveis dariam sua cooperação às entidades que se fariam apresentar para a direção daqueles trabalhos.

As entidades que se congregavam ao redor de Zacarias mantinham-se em discreta conversação, naturalmente, nos comentários sobre tudo quanto iria acontecer em breve.

Ao mesmo tempo em que se mantinham unidas, no mesmo ambiente daquela galeria de indescritível beleza se posicionavam Públio Lentulus, o amado companheiro de Lívia, Ana, a sua amiga e fiel serva, Flamínio, o senador seu amigo e Calpúrnia, sua esposa, espíritos que estavam ligados aos eventos que envolviam os desígnios divinos que ali se decidiriam, em respeitoso e emocionado silêncio.

Não tardou para que suave toque cristalino se fizesse escutar no recinto e que, com a modificação do teor da melodia, como se as mais puras belezas da composição estivessem esperando por aquele momento, todos entendessem que se iniciava a cerimônia para a qual todos concorriam com especial participação.

Sem qualquer ritualismo ou retumbância, os três anciãos que judiciavam naquela corte celeste se fizeram no ambiente, impregnando aquele salão de um magnetismo tão emocionante que os presentes não conseguiam conter as próprias lágrimas.

Almas preparadas para o importante ofício de estabelecerem os juízos e despertarem os homens para as próprias realidades, eram, os três, a expressão da Verdade, da Justiça e da Misericórdia.

Nimbados de celestial atmosfera, aliavam a simpatia veneranda à sapiência natural, como se não houvessem conquistado tais virtudes por seus próprios esforços e sacrifícios, mas por um inexplicável favoritismo divino, já tivessem sido criados por Deus com aqueles atributos.

Tomando seus lugares indicados naquele amplo parlatório espiritual, sem maiores cerimônias, o magistrado que representava a Verdade, vestido de sua toga simplíssima e lirial levantou-se e falou a todos, reverente :

– "Em nome do Senhor da Vida, reunimo-nos novamente para o reencontro com nossa própria consciência. Sejam bem-vindos todos os irmãos que aqui se congregam e que a luz da verdade represente a própria existência."

Voltando a sentar-se, fez soar delicada campainha, dando início à audiência.

E, assim que a mesma teve início, todos os presentes foram convocados para tocante cena que se apresentava aos seus olhos úmidos. Por um desvão lateral, acompanhados por duas entidades que tinham funções específicas de amparo dos que chegavam àquele Tribunal, surgiram duas entidades sofridas, dois espíritos que transportavam em si mesmos as marcas das próprias tragédias.

O que vinha à frente, espantado e impressionado com o ambiente que o circundava, caminhava amparado pelos dois espíritos que, delicadamente, o endereçava para o local que o aguardava, à frente da bancada luminosa.

Parecia querer recuar diante da luz circundante, como que petrificado pelas forças que o recebiam ali. No entanto, os braços firmes das entidades amigas impediam que ele retrocedesse.

A emoção do ambiente, no entanto, se intensificara à medida que os presentes puderam ver que, segurando o ombro da primeira entidade sofredora e, por esta conduzida, vinha a outra, cega e ferida.

Ali estavam Demétrio e Lúcio, conduzidos para o encontro com a Verdade, a Justiça e a Misericórdia.

Seus espíritos guardavam a forma da sua última existência, da qual haviam acabado de sair pelas portas da morte.

Mantinham-se, desse modo, vinculados às formas que suas lembranças gravavam em seu psiquismo individual, o que fazia com que Demétrio se apresentasse sem os braços e, fruto da tortura grotesca a que fora submetido antes de morrer, trazia seu corpo espiritual marcado e dilacerado, o que, igualmente, produzia nele certa dificuldade em deslocar-se.

De semelhante forma, Lúcio se deixava levar pelo antigo irmão, cego e curvado pela lesão no ventre, que parecia tão real quanto aquela que o havia acompanhado desde o nascimento no novo corpo.

Ambos foram encaminhados até o centro do recinto, bem defronte ao púlpito dos magistrados.

A emoção se fizera muito particular para todo o grupo que, já há quase cem anos, se desdobrava em auxílios para aquelas duas almas, entre outras.

As duas entidades sofridas que seriam colocadas diante de seus próprios feitos não tinham condições de lucidez plena para perceber a presença de seus benfeitores.

Demétrio, que vinha à frente, fora conduzido por um dos espíritos amparadores até pequeno pilar cristalino no qual iria vislumbrar, em breves momentos, as cenas de suas vivências pessoais para que as pudesse reconhecer.

À medida que ia sendo mostrada a sequência de imagens, que só podiam ser vislumbradas pelo próprio interessado, as expressões de sua face iam apontando transformações, como se, ao contato com sua memória real, as expressões de sua forma começassem a se transformar de acordo com o impulso de suas próprias recônditas lembranças.

É assim que, à medida que as recordações iam surgindo, Demétrio foi perdendo a forma de rapaz infeliz e deformado, aquela que o havia marcado na última existência, para apresentar-se, novamente, trajado à moda romana.

Sua aparência tornou-se a de um homem adulto, transformado em funcionário do Estado, nas feições próprias do antigo lictor Sulpício.

Para seu espanto, seus braços faltantes surgiram como que por milagre e, em vez de se visualizar como o rapaz apaixonado da Gália Narbonensis, via-se como o braço direito de Pilatos, na antiga Palestina.

A prática das atrocidades, as injustiças espalhadas indiscriminadamente, a ligação estreita com o governador, as visões de suas orgias, os abusos contra as jovens indefesas, o desfrute dos recursos do governo, usurpados do trabalho digno e sacrificial dos que eram obrigados a pagar tributos a Roma para que, logo a seguir, fossem gastos em festas e obscenidades, transtornavam a face de Sulpício que, de forma muito fácil e rápida, deixara a forma de Demétrio para regressar à condição ancestral, inclusive com as expressões pouco modificadas.

Poucos minutos demorou a operação.

Assim que se deu por encerrado o processo de rememoração, Sulpício foi encaminhado pela entidade que o ajudava até a presença do primeiro magistrado que, sereno e inspirado por luzes que caíam do alto, perguntou-lhe, diretamente:

– Meu filho, aquilo que você pôde ver corresponde à verdade dos fatos?

Aturdido com sua nova situação, Sulpício/Demétrio respondeu:

– Estou confuso, sem saber quem sou. Em um momento era um rapaz aleijado e, agora, depois daquelas cenas, parece que sou outra pessoa.

– É assim que a Lei do Universo nos concede novas oportunidades para o resgate de nossas faltas, Sulpício. Você vive muitas vidas e, em cada uma delas, seus atos vão se somando para que o aprendizado possa se dar, tanto pelo sofrimento do erro quanto pela alegria do acerto.

– Quer dizer, então, que eu sou mesmo esse homem que vi?

– Sim, meu filho. Em uma de suas vidas você foi aquela personagem.

O silêncio se fez mais amplo.

– E o que você me diz, Sulpício? As cenas são mentirosas ou verdadeiras?

Engasgado e procurando uma forma de safar-se das próprias verdades, o ex-lictor de Pilatos respondeu, reticente:

— Bem, senhor juiz, elas são verdadeiras em parte, porque, para mim, eu fora usado por um mais culpado do que eu, aquele governador que me mandava fazer tudo aquilo.

Entendendo as maneiras imaturas daquela alma, o magistrado falou, calmamente:

— Meu filho, aproveite este momento decisivo para sua alma. Aqui você não está para ser acusador e, sim, para apresentar-se diante de seus próprios atos, reconhecendo-os como seus ou não.

E se você for honesto consigo mesmo, poderá ver que há muitas coisas que foram produzidas por sua exclusiva vontade.

Rebelde e desafiador, Sulpício respondeu, infantilmente:

— Pois com todo o respeito, senhor juiz, meu espírito não se recorda...

— Para nós, Sulpício, seria muito fácil levá-lo ao mesmo aparelho para que sua lembrança fosse reavivada... – falou o magistrado, enquanto Sulpício dava mostras de contrariedade. No entanto, isso não será necessário porque poderemos nos valer de outro recurso.

E dizendo isso, atendendo a um sinal específico de sua destra, o espírito amparador que se mantinha junto a Lúcio aproximou-se de Simeão e de Ana, pedindo que os acompanhasse até as proximidades de Sulpício.

A chegada de ambos à presença do ex-lictor, que não se achava plenamente responsável pelos atos praticados pessoalmente, fez com que ele se petrificasse.

— Diante desses dois irmãos que os seus olhos podem constatar, talvez a sua lembrança se torne mais clara.

A visão de Simeão já lhe era bastante conhecida e, à sua presença, toda a cena de sua execução lhe voltava à mente espiritual lúcida. E apesar de ter sido recolhido por ele quando da sua execução pelos que o acusavam pela morte da jovem romana nas terras da Gália, a postura de arrependimento não era duradoura em sua alma, desaparecendo tão logo Simeão dele se afastava.

Assim, na sua essência, Sulpício não havia aprofundado a lupa da investigação para que a plenitude de seus defeitos pudesse ser combatida.

Tanto era assim que, ao primeiro retrocesso ao passado, sua personalidade estampara em seu corpo espiritual a forma que mais dominava seu caráter, aquela da qual não conseguira se desapegar, mesmo depois de quase duas décadas de sofrimento na condição de aleijado e sofredor.

No entanto, se Simeão era o venerável e paciente ancião que o fazia voltar à vergonha do passado, Ana era a jovem cobiçada e que motivara o pedido particular dele a Pilatos para que fosse autorizado a persegui-la na velha Samaria.

Realmente, a visão de Ana fizera surgir em seu espírito as palavras proferidas diante de Pilatos que, ecoando em sua mente, eram o atestado lídimo da verdade a condená-lo, conforme se pode encontrar na beleza de " Há Dois Mil Anos..." história relatada pelo espírito Emmanuel, em livro assim conhecido.

Vendo que Ana, a mulher desejada fugira em companhia de Lívia para abrigar-se à sombra de Simeão, na Samaria distante, e, percebendo que Pilatos se conformava com a impossibilidade de encontrar a desejada Lívia, desistindo de seguir ao seu encalço, Sulpício se adianta e exclama, apaixonado:

"– Mas, agora, – exclamou o lictor, com interesse – se não é por vós, deve ser por mim, porque me sinto escravizado a uma mulher que devo possuir de qualquer maneira. Sou eu agora quem vos pede, humildemente, a concessão dessas providências – acentuou ele, desesperado, no auge de seus pensamentos impuros."

Aquelas poucas palavras eram o atestado de culpa do qual ele desejava fugir, alegando esquecimento.

Já não tinha como esconder-se de si próprio.

– E então, meu filho, os fatos e cenas que você presenciou correspondem à verdade ou são frutos de mentirosa ilusão?

Sem recursos diante dos fatos, Sulpício abaixou a cabeça e respondeu:

— Não, senhor juiz. Tudo o que vi corresponde exatamente a tudo o que fiz.

Notava-se a dor em suas palavras, tanto quanto a dificuldade em pronunciá-las.

Logo a seguir, foi conduzido ao segundo magistrado.

— Meu filho, o que você fez foi justo?

Aquela pergunta, a colocá-lo como juiz de si mesmo, representava uma punhalada em seu orgulho, em sua vaidade pessoal, em seu desejo de parecer aquilo que, efetivamente, ainda não era.

Inicialmente, pensou em voltar a colocar a acusação sobre Pilatos, como forma de dividir com ele o peso de suas atitudes. No entanto, a presença de Ana e Simeão espelhavam nele próprio a noção da injustiça cometida.

Desse modo, ainda que com os sentimentos extremamente conturbados, sua expressão verbal deu a resposta seca, como se emitida por entre os dentes cerrados:

— Não. Mas o outro também tem culpa pior do que a minha.

— Não se ocupe de ninguém mais a não ser de si mesmo, meu filho. Ninguém ilude o Senhor da Vida, Sulpício. Nem tronos fazem melhores os reis, nem farrapos são capazes de empobrecer as almas ricas dos verdadeiros valores do espírito.

Deus não julga pelas aparências. Deus é o Senhor das Essências e lê nos nossos corações o quanto a Verdade do seu Reino já se fez dentro de nós.

Uma vez assumindo as próprias atitudes e sem conseguir deixar de reconhecer as próprias injustiças, Sulpício houvera perdido, na sua aparência, aquela altivez da autoridade arrogante e prepotente que voltara a assumir por alguns minutos, logo após a recordação do passado.

Agora se apresentava como que alquebrado e vencido, trêmulo e sem forças.

Seus cabelos como que tomaram a cor esbranquiçada e sulcos de velhice marcaram a face, a anunciar que seu íntimo se apresentava realmente vitimado pela verdade que sua consciência assumia.

Amparado agora pelos braços luminosos de Simeão e Ana, que sustentavam suas pernas trêmulas, foi levado até o terceiro Juiz que, serenamente, sem se deixar impressionar pela resposta física do avaliado, dirigiu-se a ele, carinhoso:

– Meu filho, qual é a punição que você acha que merece pelos crimes que cometeu?

Sem entender por que se prolongava aquilo que, para ele, se apresentava mais como uma tortura do que como um julgamento, Sulpício dirigiu-se ao magistrado compassivo que se punha diante de seus olhos, meigamente:

– Eu fui especialista em punições, meu senhor. Feri, matei, persegui, destruí sonhos, abusei. Aqui estão minhas vítimas. Talvez elas possam dizer melhor do que eu qual, dentre todo o arsenal de meus crimes, é o mais adequado ao meu sofrimento.

– É certo que todos teremos que encarar nossas vítimas, Sulpício. No entanto, neste momento é a você que se pergunta qual a punição que você merece por tudo o que foi praticado por suas próprias mãos.

– Qualquer uma que me faça padecer ao extremo, senhor juiz – falou ele, elevando a voz como se tivesse de gritar para seu próprio interior escutar suas palavras.

Mereço todo tipo de castigo, de tortura, de lágrima. E é isso que eu peço. Imaginava que os deuses de Roma tivessem formas de garantir nossa impunidade, concedendo-nos favores pelas oferendas que lhes fizéssemos. No entanto, não os encontro aqui, neste julgamento. E ainda que os encontrasse, não conseguiriam me afastar daquilo que eu fiz e do que minhas culpas me acusam.

Emocionado diante da postura do lictor, o magistrado se dirigiu aos dois entes delicados que o sustentavam e indagou:

Sulpício pede que o cortejo de crimes que praticou, os piores dos quais a envolvê-los pessoalmente, seja a punição a lhe fazer justiça perante as dores produzidas.

Na condição de vítimas diretas de sua ignorância agressiva, concedo-lhes a palavra para que se manifestem sobre esse pleito do réu, nesta casa da Verdade, da Justiça e da Misericórdia.

Assim surpreendidos pela convocação direta do magistrado, Simeão e Ana se entreolharam e, sem saber o que dizer, coube ao ancião, por primeiro, responder ao condutor daquele inquérito celeste:

— Nobre magistrado, faltam em nós condições para avaliarmos sobre as faltas alheias porquanto somos igualmente impuros de espírito. Apenas gostaria que a sua sabedoria pudesse conceder à minha alma a ventura de ajudar Sulpício nos resgates necessários, oferecendo minha pobre vida para servir de altar à sua recuperação.

Simeão não sabia mais o que dizer, tal o estado de emoção sincera que lhe invadia o peito.

Olhando para a jovem Ana, o magistrado esperava-lhe a resposta.

Tocada pela mesma comoção que invadia o antigo tio generoso, Ana se prostrou diante do juiz e falou, com os olhos brilhantes:

— Senhor, este irmão não é mau. Antes de tudo, é imatura e frágil semente divina, iludida pelas forças do mundo e da ignorância. E na medida em que o que motivou a desgraça que o fustiga estava enraizado em um sentimento de seu coração endereçado a mim, gostaria de suplicar às autoridades, que me pudessem conceder a virtude de oferecer-lhe meu ventre para que, na condição de mãe amorosa, pudesse lhe orientar os passos pelas veredas do amor, através dos pobres exemplos de virtude que lhe for capaz de infundir.

Não importa qual seja a sua condição. Peço-vos me concedam a oportunidade de amá-lo como mãe e dele receber o amor de filho.

Sulpício não conseguia compreender que tipo de tribunal era aquele.

O réu é que dizia sobre a verdade. O réu é que falava sobre a justiça ou injustiça e, ainda que o réu fosse aquele que pedisse a punição para as próprias culpas, encontrava amparo no coração das próprias vítimas, que advogavam a seu favor, oferecendo-lhe a mão estendida.

Enquanto meditava, emocionado, o terceiro magistrado se dirige ao interrogado e lhe pergunta:

— Meu filho, você pediu a desgraça, a dor, o abandono, a fome, a tortura, a miséria. No entanto, suas vítimas se apresentam a pedir outra coisa para você. Oferecem o amparo de seus braços, o calor do próprio ventre e o alimento do próprio seio, para que você recomece nova jornada amparado pelo afeto real, mesmo que sua vida necessite dos corretivos para lembrá-lo dos deveres do espírito perante a própria evolução.

Você pede a tortura e eles oferecem a nova vida ao seu lado.

O que você escolhe, Sulpício?

Entre lágrimas de arrependimento verdadeiro e sem conseguir mais manter-se de pé, o envelhecido lictor cai aos pés de Ana e abraça-lhe as pernas a rogar perdão.

– Vamos, meu filho – continuou o magistrado que representava a Misericórdia – escolha agora, para que possamos seguir com nossos trabalhos.

Diante da palavra firme do juiz, Sulpício foi tomado de coragem e sinceridade para dizer:

– Eu nunca tive isso para com nenhuma de minhas vítimas, mas, diante de meus deméritos, a reconhecer que mereço o peso de um sofrimento destruidor de minhas esperanças, seria louco se não aceitasse a única coisa que será capaz de me fazer outra criatura. Sem merecê-lo, aceito o ventre de mãe daquela que quis possuir como mulher, tanto quanto o braço forte daquele que saberá conduzir meus braços para que nunca mais me sirva de chicotes ou espadas para ferir como o fiz com ele próprio.

Repito, senhor juiz. Eu não o mereço. Mas entre as escolhas que me deu, esta é a única que me concede esperanças de me tornar outra pessoa.

Enlevado diante daquele que se fazia miserável pelo peso de seu arrependimento, o magistrado termina sua apreciação, dizendo:

– Meu filho, seu estado demonstra a sinceridade de suas escolhas. Nenhum de nós possui méritos capazes de justificar a nossa condição de filhos de Deus. Todos somos devedores eternos de um Pai generoso e verdadeiro.

Seus crimes são a expressão de sua humanidade, mas as mãos de suas vítimas, que se estendem para você, meu filho, são a expressão da Misericórdia do Senhor da Vida, que não se esqueceu de você.

Que você se erga diante de si próprio, Sulpício. Este é o nosso decreto.

Mais do que vítima do erro, você é filho da Misericórdia que lhe garantirá o apoio necessário para as novas lutas da vida que o esperam.

Esta é a vontade do Pai, que estamos encarregados de zelar nesta Corte.

Que assim, Ela seja feita para você também.

E dizendo isso, fez soar suave sinal sonoro, como a informar que aquele caso havia sido encaminhado à solução temporária, com vistas ao futuro evolutivo daquela alma.

Restava o julgamento de Lúcio.

Novamente, os dois espíritos amparadores se fizeram ao seu lado para conduzi-lo até o mesmo local para a visualização do seu passado.

No entanto, um problema surgia de imediato.

Lúcio se mantinha cego, sem condições de visualizar nenhuma das imagens que se projetariam diante de seus olhos.

Diante disso, o primeiro magistrado passou a lhe perguntar se, apesar de não ver nada, ele podia descrever o que estava sentindo:

— Meu senhor, eu não compreendo muito o que se passa comigo. Dentro de minha mente, sinto-me como um rapaz enfermo, envolvido pelo carinho de uma mulher a quem chamo de mãe, mas que, ao mesmo tempo me confunde o sentimento porquanto se me apresenta ao sentimento como desejada amante. Minhas roupas, eu as sinto ora como pobres andrajos, ora como suntuoso manto a pesar-me sobre o corpo. Ora me sinto menino, ora me sinto velho.

E enquanto explicava seus sentimentos íntimos, sua forma permanecia como a do garoto que se deixara morrer nas mãos de Serápis e Cláudio, na longínqua Hispânia Tarraconense.

O magistrado que representava a Verdade não se deu por vencido diante da aparente impossibilidade de Lúcio em vencer a própria cegueira.

Falando aos seus mais próximos amigos espirituais que presenciavam a cena de seu despertamento, sinalizou para que Zacarias e Lucílio dele se aproximassem.

Achegando-se ao antigo protegido, impuseram-lhe as mãos sobre a fronte e, em silenciosa prece, passaram a oferecer de si mesmos elementos fluídicos para auxiliar o jovem no doloroso transe de relembrar sua vida passada.

Envolto por essa capa de energia, Lúcio voltou a dizer, mais agitado:

– Senhor, senhor, eu continuo cego, mas algumas imagens me voltam ao pensamento. Vejo minha figura imponente, minhas vestes luxuosas, o povo a gritar... crucifiquem... crucifiquem...

Não sei do que estão tratando, mas sinto que sou eu quem vai decidir. Um corrupto, um devasso, um ladrão, um criminoso, tudo isso sou eu e sou eu quem vai ter que decidir...

Crucifiquem – grita a multidão ensandecida.

Trazem um jarro tosco e uma bacia dourada.

Vejo minhas mãos serem molhadas naquela água, lavadas diante do povo.

Oh! Senhor, ...é a Jesus que estão se referindo...

Meu Deus... – falava Lúcio agitando-se, agora, agoniado. – Eu sei que aquele homem sou eu, mas não posso acreditar. Ele é Pilatos, o maldito covarde...

Somente a voz indignada de Lúcio transformava aquele ambiente. Ninguém mais ousava proferir qualquer expressão.

– Ele lavou as mãos dizendo que não via culpa naquele homem... Não! Não! Faça alguma coisa... Chame os guardas, afaste o tumulto... não lave as mãos, seu inútil – gritava Lúcio, perturbado.

Novo intervalo, nova retomada:

– Agora que as mãos estão lavadas, eu as vejo com sangue... Não entendo. Acabei de lavá-las e elas estão vermelhas. Mancham minhas roupas, mancham os despachos que assino, mancham a comida que como, mancham tudo o que toco...

Não é possível, a morte do Justo caiu sobre minha alma e eu sucumbo ante minha própria miséria.

Sou chamado a Roma, onde perco tudo e sou preso, para

humilhação de todos os meus antigos amigos e comparsas que, agora, se afastam de mim.

Somente uma alma luminosa me acompanha. Um velho sapateiro. Um velho bom, ao lado da representação da maldade.

Agora estou em um barco. Vejo que tramam minha morte. Um soldado romano, ajudando o velho, igualmente me protege. Chego ao destino e sou preso para sempre. O velho morre envenenado por minha culpa...

Desejo morrer para sempre.

Senhor juiz, como é que vejo tudo isso se estou cego? – pergunta, exclamando, o depoente.

Agora vejo uma espada ser colocada em minha cela. Meus desejos de morrer se estimulam pela concessão de meus companheiros de armas, que anseiam pela minha morte para se livrarem da vergonha de minha presença.

Sinto-me morrer. A dor no ventre, a mesma que matou meu corpo jovem nos braços de minha mãe, essa dor sem solução nem remédio...

Agitando-se com os braços a contrair o próprio ventre, Lúcio se mantinha envolvido pelas lágrimas do descobrimento de si próprio.

Amparados, agora, pelas forças de Zacarias, o velho sapateiro e de Lucílio, o centurião romano que o ajudara no cárcere derradeiro, Lúcio continuava sofrendo com as visões interiores, sem, contudo, recuperar a visão do ambiente onde estava.

– Como posso eu ser Pilatos e Lúcio, senhor Juiz?

Emocionado com a sua pergunta, o primeiro magistrado, dando cumprimento às suas atribuições, perguntou-lhe:

– Meu filho, o que você acabou de ver dentro de si próprio, corresponde à verdade?

Entre as aflições dolorosas que sentia em seu corpo, decorrentes da visão interna que testemunhava em sua própria alma, respondeu Lúcio, controlando-se ao máximo:

– Eu não sei, senhor, se isso é verdade ou não. Mas posso

dizer que me vi como Pilatos e me senti o pior dos homens da Terra. O mais sujo, o mais indecente, o mais vil dos seres, a envergonhar as próprias cobras mais peçonhentas se me visse nascido entre elas.

Não entendo o que se passa, mas respondendo com respeito à sua pergunta, posso dizer que, apesar de me saber Lúcio, também me vejo como Pôncio a praticar todas as misérias e a não impedir a mais cruel de todas as injustiças.

Senhor, fui eu quem matou Jesus.... ESSA É A VERDADE... veja minhas mãos cheias de sangue... – gritava Lúcio, em estado de transe doloroso, erguendo os braços na direção do magistrado.

Sobre o chão límpido e quase transparente daquela sala, suas mãos de rapaz começaram a transpirar o líquido vermelho que, por elas escorrendo, pingavam sobre aquele mármore celeste, como a expressão mais triste – a da consciência de culpa.

Ao sinal do magistrado, ele foi levado ao segundo, que representava, ali, a da Justiça.

– Meu filho – perguntou paternalmente, emocionado, o segundo juiz – o que você fez foi justo?

Escutando a indagação cheia de ternura, Lúcio, cego, quase descontrolado, repetiu:

– Meu senhor, desculpe meu descontrole, mas acabei de dizer que EU MATEI O JUSTO. Como é que eu poderia ter agido com justiça?

Eu me confesso culpado diante de todos vocês. Eu sou a pior espécie de homem que poderia estar sendo julgado.

Judas foi ingênuo e enganado pelas próprias ambições. Anás e Caifáz eram zelosos de suas crenças judaicas, vendo no Justo a ameaça para suas tradições. Eu, no entanto, era romano, magistrado e general, detentor dos poderes sobre as guardas, zelador da ordem e da lei, dispensador de sentenças, juiz das questões gerais, dominando a pena e a espada.

Eu matei.... eu matei...

Não existe justiça em nada do que fiz. Nos menores delitos envolvendo os interesses mais baixos até a miseranda condição de covarde, com ares de santo, ao lavar minhas mãos.

Veja, nobre Juiz, sinto o odor acre do sangue que pinga de minhas mãos.

Só não entendo por que estou cego... Estou cego, senhor Juiz, talvez para não me ver tão horrendo como devo ser...Sim, isso é uma punição pequena para a minha perversidade...

Todos naquele ambiente choravam. Lívia, Públio, Zacarias, Lucílio, João de Cléofas, Flamínio, Calpúrnia, e os próprios magistrados, tocados de compaixão por aquele sofrimento tão verdadeiro, não conseguiam esconder as lágrimas a escorrerem por seus rostos, como gotas de cristal luminosas e puras.

Todos testemunhavam o tamanho da culpa daquela alma que, de forma sincera, não se escondia por detrás de ninguém diante da nudez dos próprios fatos.

Vendo o tamanho da auto-incriminação, todos os espíritos ali presentes se inclinavam para o réu, num gesto de amparo espontâneo, de fraternal solicitude.

Todos queriam envolvê-lo com os próprios braços, coisa que só Zacarias e Lucílio podiam, efetivamente, realizar.

Não deixavam de fazê-lo, entretanto, com as próprias orações.

Encaminhado por seus dois sustentáculos vivos, Lúcio foi encaminhado ao terceiro juiz.

— Meu filho – falou o último magistrado – minhas atribuições junto a esta casa me impedem de exercer qualquer deliberação antes que você seja reconduzido à plenitude de seus sentidos de espírito. Será necessário que recupere a visão, antes que possamos prosseguir.

Sem saber o que fazer e, despreparado para qualquer outra conduta que não aquela que demonstrava a sua sinceridade, Lúcio respondeu:

— Nobre senhor, eu não sei como fazer isso. Estou cego.

Sem se espantar com essa informação, o amoroso indagador o repreende, fraternalmente:

— Ora, meu filho, como pôde se esquecer de que na sua viagem em companhia de Décio, era você quem enxergava o caminho a seguir? Lembra-se?

Como que transportado para aqueles momentos difíceis de sua última viagem, Lúcio levantou a cabeça, como se fitasse o céu, e respondeu:

– Sim, meu senhor, é verdade... não sei como, mas eu via.

Décio me ajudava com a prece e, graças a ela, meus olhos cegos conseguiam vislumbrar o caminho a ser tomado.

Atendendo ao sinal silencioso do magistrado, Décio se aproximou de Lúcio para que o rapaz o sentisse e falou:

– Pois então, meu filho querido, estou aqui a orar com você para que sua cegueira, novamente, possa identificar o caminho a seguir.

– Paizinho.. paizinho... é você, meu paizinho....

– Sim, meu filho, sou eu, Décio, seu paizinho que não o abandona. Vamos orar juntos, novamente?

E acolhendo entre as suas as mãos postas de Lúcio, cheias de sangue, Décio ergueu a prece a Jesus:

– Amado Mestre de nossas vidas, aqui estamos novamente no escuro da estrada do crescimento, cegos pelos nossos erros, envolvidos na noite de nossa ignorância, conduzindo a carroça generosa da vida.

Como outrora, nos caminhos humanos, carecemos da vossa misericórdia para que não nos percamos nos cipoais da incerteza, aproveitando o momento crucial de nossos equívocos para transformá-los em adubo para nossos acertos.

A vossa solicitude nos ensinou a buscar-vos sempre que estivéssemos aflitos, porque ela nos aliviaria. Aqui, as nossas mãos estão sujas do sangue de nossos erros. Ajudai-nos a nos limpar e a encontrar nossos caminhos. Dai-nos a vossa luz para sempre...

Todos os presentes oravam, inclusive os próprios magistrados que, cabisbaixos, haviam-se transformado em sóis a irradiarem força e luz por todos os lados.

As colunas marmóreas e cristalinas do amplo salão reverberavam ante as emanações luminescentes e, sem entenderem como aquilo acontecia, parece que a atmosfera se fizera opalina e cintilante.

E diante das vistas de todos os presentes, o teto abobadado do ambiente se fez flexível ao contato de duas mãos rutilantes que desciam do alto e penetravam ali.

– As mãos, paizinho, as mãos.... estou vendo as mãos – gritava, eufórico, o cego Lúcio. As mãos que nos guiaram pelos caminhos, elas me aparecem novamente.... irão nos guiar de novo, meu pai.

Os presentes não se continham mais. Enquanto aquelas duas mãos de luz se apresentavam diante deles, não houve quem não se prostrasse de joelhos no mármore celeste daquele templo de esperanças.

Diante da chegada daquela projeção luminosa, os próprios magistrados se levantaram de seus assentos e se fizeram reverentes.

Para o júbilo dos participantes eleitos para aquele encontro, as mãos se achegaram até as que se uniam em preces e que se mesclavam com o sangue de Lúcio/Pilatos.

O rapaz continuava cego no olhar esgazeado e perdido, mas sua voz continuava a descrever o que seu interior vislumbrava.

– Paizinho, as mãos estão chegando... são as mesmas de nossa viagem...

Elas estão aqui, tão perto de nós.

Não, paizinho, elas estão se unindo às nossas mãos.

Não! Não! Minhas mãos têm sangue... – falava Lúcio, exasperado. – Minhas mãos têm sangue do Justo...

E ao pronunciar aquele nome, diante de todos os presentes embevecidos, as duas mãos vão se transformando, agregando-se os braços, o tronco, os cabelos longos e a túnica lirial, formada das luzes das estrelas.

Diante do olhar de todos, as mãos se transformam em Jesus.

– Paizinho – gritava Lúcio, em transe de emoção – é Jesus, é Jesus. Aquelas mãos luminosas que nos guiaram, paizinho, elas são as mãos de Jesus...

Ninguém tinha palavras para exclamar.

Ao toque suave das suas mãos sobre as mãos unidas de Décio

e de Lúcio, a visão espiritual se abriu e, então, o rapaz se transformou em homem.

Nesse mesmo instante, ambos se fizeram ajoelhar aos pés do Divino Mestre, de mãos postas.

– Bem-aventurados os que sofrem, porque serão consolados.

Bem-aventurados sois, meus amigos, que a bondade de meu Pai me permitiu guardar no profundo de meu coração.

Dirigindo-se ao jovem, agora com as aparências de um romano de estirpe, ainda que envolvido em trajes pouco exuberantes para o seu cargo, Jesus o afaga e pergunta:

– Pôncio, onde está o sangue de tuas mãos?

E observando as palavras do Senhor, Pilatos vislumbra as mãos limpas.

Sentindo-lhe as íntimas cogitações, Jesus lhe fala ao coração:

– Filho amado, limpa tua consciência também.

A obra do Pai é vasta e não precisa de mais doentes. Suas mãos operosas são aquelas que o Pai vai usar para transformar o erro em acerto, o crime em bênção, o Mal em Bem.

Vê tua volta todas as almas que se têm ocupado com a tua própria recuperação. Não desdenhes da luta nem do sofrimento, porquanto o espinho que fere nos faz acordar dos sonhos da ilusão.

No entanto, nunca te esqueças de que, se um dia serviste ao império dos homens, nunca deixaste de estar "Sob as Mãos da Misericórdia".

Pilatos agarrava-se ao manto do Divino Amigo, enquanto seus olhos não desgrudavam do rosto do Celeste Emissário de Deus.

Os três magistrados haviam descido de seus postos e se colocado junto ao Cristo de Luz, como a recusarem-se exercer qualquer autoridade naquele ambiente visitado pela mais sublime autoridade que existia, a representar a autoridade de Deus no meio dos homens.

Olhando a reverência daqueles serviçais do Tribunal Celeste, o Mestre lhes sorriu e disse:

— Nobres cumpridores da vontade de meu Pai, eu vos entrego o irmão Pôncio para que prossigais com vossos deveres.

Emocionados pelo respeito com que Jesus os considerava nas funções para as quais haviam sido nomeados pelas instâncias espirituais ligadas à fixação dos destinos das criaturas, as três autoridades espirituais ali se fizeram, igualmente, ajoelhar diante da soberana demonstração de respeito e, através do magistrado que representava a Misericórdia, aduziram:

— Óh Mestre dos Mestres, neste tribunal ocupais o cargo de Soberano de Deus, a dispensar as dádivas da Celeste Misericórdia.

Tomai a vosso cargo o que vos pertence por direito e exercitai sobre todos nós o império de vossa doce Misericórdia. Não apenas este irmão falido, mas todos nós, igualmente falidos moralmente, necessitamos dela.

Envolvendo os seus dignos representantes naquela casa que, acima e antes de ser uma casa de Justiça, era um templo de Compaixão Sublime, o Senhor, então, deliberou:

— Nobres magistrados, velem para que receba as lições DO AMOR que o fortaleçam e disciplinem. Todavia, atendendo à Vontade de meu Pai, desejo ser as mãos luminosas no caminho deste filho amado em todas as etapas de sua jornada. Por isso, que ele jamais se esqueça das mãos luminosas que o seguirão por onde for, mãos que nunca lavarei e que estarão sempre estendidas sobre sua alma.

— Senhor, suas vontades são ordens para nós. No entanto, o amor que nos pedes para este filho é exatamente o que nos recomendas para todos os outros filhos de Deus.

— SIM, MEUS QUERIDOS, O "AMOR" DE DEUS É PARA TODOS IGUAL TANTO QUANTO A SUA JUSTIÇA. NO ENTANTO, NEM TODOS TÊM QUE CARREGAR POR MILÊNIOS O PESO DO JULGAMENTO INJUSTO DA HUMANIDADE SOBRE AS COSTAS. POR ISSO, A *MISERICÓRDIA* É SEMPRE MAIOR PARA OS QUE MAIS SOFREM.

COMO PARA JUDAS, PARA PILATOS TAMBÉM A COMPAIXÃO SE ESTENDE COM MAIOR PODER, PARA QUE SE TORNE DOS MEUS MAIS CEDO DO QUE OS OUTROS, A FIM

DE QUE, SENTINDO-SE AMPARADO PASSO A PASSO, POSSA, UM DIA NO FUTURO, TORNAR-SE UM SERVIDOR DA HUMANIDADE, O MESMO QUE RESGATA AQUELES QUE, POR SÉCULOS, O CONDENAM.

MISERICÓRDIA QUERO, NÃO O SACRIFÍCIO.

* * *

Eis aí, leitor(a) querido(a), a mensagem da Misericórdia de Deus, através da compaixão maior aos que mais sofrem, aos que são mais perseguidos pelos erros que cometem, aos que são injustiçados em grau superlativo.

Se o Amor e a Justiça do Universo são igualmente distribuídos pelos filhos, de forma a revelarem a igual preocupação do Pai e a correta avaliação de todos os atos, sem engodos ou trapaças, a Misericórdia segue outros parâmetros para poder abarcar cada ser, na exata medida da compaixão celeste, em cada caso específico.

Nunca se esqueça de que você pode contar com ela, desde que, ao contato com o Tribunal da Verdade, seja capaz de assumir seus erros, sem acusar os outros, sem desculpar-se de nada, sem pretender fingir-se de perfeito.

Que aprendamos de uma vez por todas, o que significa a expressão contida no Pai Nosso a que Jesus se refere, proferindo a frase SEJA FEITA A VOSSA VONTADE.

O querer do Criador, acima de nossos desejos ou pretensões.

O desejo do Pai Sábio, a suplantar nossos anseios e a transformar nossas considerações sobre justiça, merecimento, direito ou virtude.

Que já não haja tanto ego em nosso Eu. Que cada um de nós possa vislumbrar que também haveremos de enfrentar esse mesmo tribunal que, de uma forma ou de outra, nos perguntará se os nossos atos, entrevistos pela nossa consciência, são verdadeiros ou estão desproporcionados.

De igual maneira, deveremos avaliar se foram justos, se estiveram embasados nos critérios de elevação e correção, de sinceridade e pureza de sentimentos.

Por fim, nos será apresentada a avaliação sobre que tipo de pena acreditamos ser merecedores.

Se você leu esta última parte com olhos de ver, poderá ter percebido que, em momento algum, a Misericórdia deixara ao desamparo as personagens desta história.

Quando tudo parecia apenas injustiça dos homens, a sua ação discreta e sábia preparava os passos do futuro, ampliando a rede de amparo aos espíritos que, injustiçados pelas ambições da ignorância, seriam deportados para que morressem ao desabrigo.

Se, portanto, os homens são avarentos no afeto, nunca se esqueça de que a Misericórdia tudo vê, e a tudo atende como a mão augusta da Augusta Providência.

E quando pareça que a Justiça vai desferir seus golpes sobre o caído no erro ou no delito, um mísero gesto de carinho por parte do falido, uma pequena demonstração de esforço sincero para vencer as más inclinações, representa material que a Misericórdia apresenta ao Tribunal Celeste, a invocar o adiamento da pena para o aproveitamento da centelha luminosa do Bem que começa a brotar no coração desditoso.

Não eternize seus sofrimentos, leitor querido. Faça todo o Bem que estiver ao alcance de suas mãos.

É certo que há uma espada afiada sobre todas as nossas cabeças, como se a Justiça estivesse pronta a vir cobrar nossos débitos longamente acumulados ao correr dos milênios.

No entanto, forneçamos à Misericórdia o material para que estabeleça a nossa defesa, adiando a incidência da Justiça para que o Tempo nos favoreça nas realizações do Bem.

O Amor nunca esquece, a Bondade é fortaleza, mas quem nos governa os destinos é a AUGUSTA MISERICÓRDIA, graças à qual, nós ainda nos encontramos vivos, sendo tão imperfeitos como temos sido.

Se não fosse por ela, certamente a Terra estaria desabitada de seres humanos até os dias de hoje.

Nunca desista de si mesmo. Sobre as dores que o fustiguem, a Misericórdia trabalha para atenuá-las a fim de que você aprenda a crescer e a superá-las.

Por onde andar o espírito Pilatos e todos os demais que compuseram as pobres linhas destas três mensagens que terminam neste momento, lembremo-nos de que eles, tanto quanto todos nós, somos aqueles que Jesus está esperando para que o Reino de Deus se concretize nos corações dos homens.

Se você for daqueles que entendem o quanto sofre a consciência que falhou nos caminhos do mundo, tenha um pouco de compaixão ou de Misericórdia e, ao invés de malhar Judas no sábado de Aleluia, julgar Pilatos como um covarde ou assassino, ou condenar qualquer irmão que falhou no caminho da vida, faça uma oração por eles.

Você vai perceber que, enquanto Jesus se ocupou pessoalmente de Judas, seu apóstolo fracassado, e de Pilatos, seu juiz tíbio, desde que você se fez um cristão assumido e talvez, até os dias de hoje, jamais tenha orado, sinceramente, por estes dois espíritos.

Assim, para você,

O ESPIRITISMO PERGUNTA

Meu irmão, não te permitas impressionar apenas com as alterações que convulsionam hoje todas as frentes de trabalhos e descobrimentos na Terra.

Olha para dentro de ti mesmo e mentaliza o futuro.

O teu corpo físico define a atualidade do teu corpo espiritual.

Já viveste, quanto nós mesmos, vidas incontáveis e trazes, no bojo do espírito, as conquistas alcançadas em longo percurso de experiências na ronda dos milênios.

Tua mente já possui, nas criptas da memória, recursos enciclopédicos da cultura de todos os grandes centros do Planeta.

Teu perispírito já se revestiu com porções da matéria de todos os continentes.

Tuas irradiações, através das roupas que te serviram, já marcaram todos os salões da aristocracia e todos os círculos de penúria do plano terrestre.

Tua figura já integrou os quadros do poder e da subalternidade em todas as nações.

Tuas energias genésicas e afetivas já plasmaram corpos na configuração morfológica de todas as raças.

Teus sentidos já foram arrebatados ao torvelinho de todas as diversões.

Tua voz já expressou o bem e o mal em todos os idiomas.

Teu coração já pulsou ao ritmo de todas as paixões.

Teus olhos já se deslumbraram diante de todos os espetáculos conhecidos, das trevas do horrível às magnificências do belo.

Teus ouvidos já registraram todos os tipos de sons e linguagens existentes no mundo.

Teus pulmões já respiraram o ar de todos os climas.

Teu paladar já se banqueteou abusivamente nos acepipes de todos os povos.

Tuas mãos já retiveram e dissiparam fortunas, constituídas por todos os padrões da moeda humana.

Tua pele, em cores diversas, já foi beijada pelo sol de todas as latitudes.

Tua emoção já passou por todos os transes possíveis de renascimentos e mortes.

Eis por que o Espiritismo te pergunta:

— Não julgas que já é tempo de renovar?

Sem renovação, que vale a vida humana?

Se fosse para continuares repetindo aquilo que já foste e o que fizeste, não terias necessidade de novo corpo e de nova existência – prosseguirias de alma jungida à matéria gasta da encarnação precedente, enfeitando um jardim de cadáveres.

Vives novamente na carne para o burilamento de teu espírito. A reencarnação é o caminho da Grande Luz.

Ama e trabalha. Trabalha e serve.

Perante o bem, quase sempre, temos sido somente constantes na inconstância e fiéis à infidelidade, esquecidos de que tudo se transforma, com exceção da necessidade de transformar.

Militão Pacheco

(Extraído do livro *O Espírito da Verdade*, Espíritos Diversos, psicografado por Francisco Cândido Xavier/Waldo Vieira.)

Seja, então, a expressão que constrói o mundo melhor a partir de seus próprios sentimentos, a transformar os que o cercam com a doçura dos seus atos, com a compreensão de suas palavras, com o carinho de sua entrega porque, relembrando as palavras do Cristo:

"NO FIM DOS TEMPOS, POR CAUSA DA INIQUIDADE DE MUITOS, A BONDADE ESFRIARÁ NO CORAÇÃO DAS PESSOAS. NO ENTANTO, TODO AQUELE QUE PERSEVERAR ATÉ O FIM, ESSE SERÁ SALVO."

PERSEVERAI NO BEM, MEU IRMÃO, MINHA IRMÃ.

É POR ISSO QUE O PAI VOS CRIOU.

BRILHE VOSSA LUZ!

MUITA PAZ!

Com carinho, para você,

Lucius

idelivraria.com.br

Pratique o "Evangelho no Lar"

Aponte a câmera do celular e faça download do roteiro do **Evangelho no lar**

Ide editora é nome fantasia do Instituto de Difusão Espírita, entidade sem fins lucrativos.

◎ ideeditora   f ide.editora   ▼ ideeditora

◄◄ **DISTRIBUIÇÃO EXCLUSIVA** ►►

Av. Porto Ferreira, 1031 | Parque Iracema
CEP 15809-020 | Catanduva-SP
📞 17 3531.4444   ⓢ 17 99777.7413

◎ boanovaed
▶ boanovaeditora
f boanovaed
🌐 www.boanova.net
✉ boanova@boanova.net

Fale pelo whatsapp

Acesse nossa loja